JN318116

雲英末雄 監修
佐藤勝明・伊藤善隆・金子俊之 編

元禄時代俳人大観

第一巻 貞享元年～元禄十年

八木書店

緒　言

佐藤勝明

改めて断るまでもなく、俳諧は集団性に深く根ざした文芸である。連句は基本的に複数の人間が時と所を共有して行うものであるし、発句会もまた同様。『去来抄』を見れば、蕉門では相互批評による切磋琢磨が日常的になされていたと知られ、商業的な前句付・万句合などの興行にしても、宗匠の出題に応じるという意味で、やはり本来の対話性につながるものを残している。要するに、いわゆる「座」の問題を抜きにして俳諧は語れないということであり、俳諧研究の中で俳壇状況の把握が大きな意味をもつ理由も、またそこにある。

自分自身、初期俳諧（貞門・談林）から蕉風俳諧が生まれる過程に興味を抱き、天和期前後の芭蕉とその門人・知友らの動向を総合的に把握しようと考えた時、当然のように採用したのは、寛文から宝永頃までの俳書を調べ、そこから得られる諸情報をまとめるという手法であった。しかし、いざ始めると、たちまちそれが容易ではないことを思い知ることになる。活字化された俳書はごく一部に過ぎず、各図書館・文庫などが所蔵する書群に目を通す労力も相当なものである上、そもそもどの本がどこにあるかという情報にも通じていない。心細い状態で右往左往している時、灯台の役割を果たしてくれたのが、「俳書の雲英」として知られた恩師雲英末雄の存在であり、各種の目録・年表類を含む先行研究の蓄積であった。後者では、とくに今栄蔵編『貞門談林俳人大観』（中央大学出版部　平成元年刊）から得た学恩が大きく、天和期までの各俳書に入集する人々とその句数を一覧化し、歳旦と連句の部まで備える同書は、研究になくてはならないものであった。

続く貞享以後に関しても、同様のものがあればどれほど便利であるかしれない。これは、俳人の年譜やそれに基づく論考を作成するため、各機関を訪ねて資料を集めながら、いつも思うことであった。やがて、ないものは自分たちで作ればよいのかもしれない、と考えるようになり、雲英研究室でもそれがしばしば話題に上るようになった。雲英・佐藤のほかに賛同者も現れ、対象とすべき書目やその底本を選定しつつ作業を進め、『近世文芸研究と評論』44号に「元禄時代俳人大観（一）」を掲載したのが平成五年六月。以来、平成二十二年六月の同誌78号に掲載した「元禄時代俳人大観（三十五）」まで、年に二回（基本的に六月・十一月）の連載を続けて、貞享元年（一六八四）から宝永四年（一七〇七）までの作業を終了。最初から何年までと決めていたわけではないものの、結果的には、芭蕉が「野ざらし」の旅に出た年から、芭蕉の高弟である其角・嵐雪の没した年までを扱ったことになる。作業の分担者には出入りがあるので、ここに一覧を示せば、以下の通りである。

（一）～（六）　池澤一郎・伊藤善隆・大村明子・雲英末雄・佐藤勝明
（七）～（十一）　池澤一郎・伊藤善隆・大村明子・雲英末雄・佐藤勝明・寺島徹
（十二）～（十四）　池澤一郎・伊藤善隆・大村明子・金子俊之・雲英末雄・佐藤勝明・寺島徹
（十五）　伊藤善隆・大村明子・金子俊之・雲英末雄・佐藤勝明・寺島徹
（十六）～（十九）　伊藤善隆・金子俊之・雲英末雄・佐藤勝明・松澤正樹
（二十）～（三十二）　伊藤善隆・金子俊之・雲英末雄・佐藤勝明
（三十三）～（三十五）　伊藤善隆・金子俊之・佐藤勝明

当初は文字通りの手作業で、集計も各人が紙に正の字を書いて数えるといったもの。そのための計算間違いや人物の誤認などが見られるほか、大まかな方針によって作業を開始したこともあり、表記や配列、人物の同定などにも揺れがある。つまり、統一に欠ける面があるということで、この問題にどう対処するかを考えていた時、有効な方法を手に参画してくれたのが松澤正樹であった。『貞門談林俳人大観』の全情報を単独で電子データ化し、索引まで作り上げた上、「元禄時代俳人大観」もその対象にしつつあった松澤の提案を受け、（十六）以後は最初からパソコンで入力・集計し、それをワープロ文書に貼り付け、体裁を整えて入稿するという手順をとるようになったのである。また、これに先立ち、基本的な方針を確認・修正するとともに、誤りを減らすため、原本の読みに関しても、可能な限りは問題点を共有しようということになり、作業効率は大きく改善されていった。

連載も進み、元禄期から宝永期へ移ろうかという頃、雲英が勤務先の早稲田大学を退職する平成二十二年を目標に、これを一書にまとめてはどうかという話が浮上。幸いにも八木書店からの快諾が得られ、以下のように各自の分担を決める。雑誌掲載時のデータ整理は金子俊之の担当。伊藤善隆は（十五）以前で松澤が未入力の分を入力し、金子から渡される分と合わせ、電子データの総合化を図る。これと雑誌版を見比べての点検を大城悦子、雑誌版の解題を中心とした点検を越後敬子に依頼し、佐藤は両人から示される疑問点に取り組みつつ、雑誌版・データ版の双方を総点検する。雲英はそれら全体の統括役。このように雑誌掲載・刊行準備という二つを同時進行させ、書目調査のための訪書旅行なども行う中、雲英の発病・入院という予期せぬ事態を迎え、平成二十年十月六日には最も悲しい報に接する次第となる。一時は茫然自失の状態であったものの、一同、これはぜひとも完遂しなければならないと決意を新たにし、再び越後にも協力を仰ぎ、書籍版の校正に取り組むようになるのが平成二十一年。雑誌掲載では、新出資料や遺漏分を（三十四）（三十五）にまとめて一応の終了とした後も、追加すべきものは次々と見つかり、そのつど書籍版に組み入れつつ、今日に至っている。

話を戻せば、この書籍版を企画した際、最も重視したのは索引を付けることであった。それは、索引により、各俳人の入集歴が容易に一覧化できると考えたからにほかならない。俳諧が集団的な文芸である以上、文芸としての内実を考えることと、集団と個人の関係や各動向を追うこと、この二つを分ける方が不自然であり、後者に関してはできるだけ機能的に作業を進め、その成果を踏まえつつ前者に取り組むことが望まれる。本書の索引からは、各人がどの俳書に何句を採られているかに加え、誰の歳旦帖に参加しているか、連句では誰と一座しているかということまで、一目瞭然となる。その結果、これまで漠然と考えられていたことが確実な定見となることもあろうし、見逃されていた新事実が浮上することもあろう。元禄時代の俳書に登場する約二万二千人の個人別データが、ここに検索可能となったことの意義は、決して小さくないはずである。しかも、今氏の同意の下、松澤版『貞門談林俳人大観』索引を併収したことで、本書には近世前期（十七世紀）の俳壇全体が収録されたといっても過言ではない。撰集の規模や人員構成の諸相、歳旦帖のあり方の変遷、元禄頃に活躍する人々の前歴、蕉門俳人の他派との交流実態、芭蕉と同時代の地方俳壇の動向、元禄俳書に採られた古俳人の句、享保・宝暦や中興俳壇につながる問題の萌芽などなど、本書の寄与するところは俳諧研究の多方面に渡るであろうし、それぞれの興味・関心に従って、その利用価値も大いに拡充するに違いない。

さらに、近世の作家や演劇人の多くが俳諧に携わり、それが人的交流や作品の内容にまで関わっている事実からすれば、俳諧研究のみならず、近世文学研究の各分野において本書が活用されることも期待される。たとえば、浮世草子や戯作の中には実在の俳人やその逸話が用いられる事例があり、その背景や実際の人間関係を追う場合など、本書の索引はきわめて有効であろう。俳諧師の交流圏と劇界の重なり合いや、歌壇・狂歌壇・漢詩壇と俳壇の交流なども、これまで以上に詳細な把握が可能になると見込まれる。そもそも、俳諧の世界は作者即読者ともいうべきもので、大名のような貴顕から遊女・物乞に至るまで、ほぼすべての職業・階層を巻き込んで展開した。従って、その実態をとらえること自体、近世史研究の大きな課題となりうるはずである。俳書という格好の材料がこれほど膨大にありながら、その取っつきにくさから歴史研究の方々が手を出しかねているのであれば、本書はその橋渡しの役を果たすことにもなるであろう。その際、各人にしばしば付される肩書（住所・姓氏・俗称・職業・年齢など）の情報が大きな意味をもつことは多言を要さず、本書のCD版索引ではこれによる検索も可能とした。もちろん、それらが俳人の伝記研究にも有効であることは、いうまでもない。

こうした索引重視の方針を掲げ、検索の便を最優先事項とした本書では、各データの単純化も断行した。俳人の読みを音で統一したのも、旧字・俗字・異体字の類を基本的に使わず、近い字体があればそれを使うことにしたのも、同一書内の同一人名は支障がない範囲で一本化したのも、すべてそのためにほかならない（詳細は凡例を参照）。むろん、そのことによる弊害も予想されないわけではなく、また、誤読・誤記などのすべてに訂正を施したとも断言はできず、書目などの遺漏もあろうかと危惧される。あらかじめお断りしつつ、教示を切に願う次第である。なお、本書が成るまでには、多くの機関や人々からご厚意を頂戴した。とりわけ、資料提供などで協力をお願いした雲英家の皆様、上記の今・松澤・越後・大城の各氏、雑誌版に関わった池澤・大村・寺島の各氏、本書刊行を快く引き受けられた八木書店の八木壯一社長、丁寧な仕事ぶりを発揮された担当の恋塚嘉氏と出版部の方々。どれ一つ欠けても本書の成就はなかったことを思い、ここに深甚の謝意を表する次第である。

平成二十三年の端午の節句に

編者の一人として記す

凡例

一、本書は、元禄期前後の俳壇や諸俳人の動向を明らかにするための基礎資料として、各俳書に入集する作者名と入集句数をまとめたものである。ここでは、貞享元年（一六八四）から宝永四年（一七〇七）までの二十四年間を「元禄時代」として扱う。

一、本書は全三巻からなる。収録範囲は次の通りである。

第一巻　貞享元年（一六八四）〜元禄十年（一六九七）

第二巻　元禄十一年（一六九八）〜宝永四年（一七〇七）

第三巻　索引（人名索引・書名索引、『貞門談林俳人大観』の人名索引）

一、調査の対象とする俳書には、刊行された版本のほか、稿本・写本として伝わるものがあり、できるだけ収めるように心がけた。ただし、懐紙・軸物などはその多くを割愛し（一部は資料的価値を勘案して収録）、点取帖などは偶目したもののみを取り上げた。なお、俳書の調査にあたっては、各図書館・文庫の目録や乾裕幸『古俳書目録索引』（赤尾照文堂　昭和49年刊）、米谷巌他『近世俳書年表稿（一）〜（四）』（『近世文芸稿』20〜23　昭和50・10〜昭和52・9）などを参照した。

一、構成や体裁は、先行する時代を扱った今栄蔵編『貞門談林俳人大観』（中央大学出版部　平成元年刊）におおむね倣い、書名の下にその解題を記した上で、入集者と入集句数の一覧を掲示した。ただし、同書のように「発句付句集編」「歳旦集編」「連句集編」と全体を三部に分けることはせず、一書ごとに「発句」「連句」の項を立てる（ない場合は省略する）形態とした。

一、元禄時代俳書一覧の役割も担わせるべく、俳論書・作法書などで句をまったく収めない（あるいは無記名でしか収めていない）ものも取り上げ、書名と解題を記した。原本の行方が知られない未見の散逸書も取り上げ、解題には書籍目録などから知られる範囲の情報を記すこととし、「発句翁（三楽）」のような注記を適宜に行った。

一、前句付集・雑俳書は一部を除いて割愛した。

一、偽書と目される書目も除外せず、解題でその旨を断った。

〔俳書の配列〕

一、刊行・成立の年次ごとに配列し、各年次の中は月日の早い順に編成した。情報源には刊記・奥書・識語・跋文・序文などがあり、月などが同じ場合は、おおむねこの順番（刊記→奥書…）に従って前後を決定した。版本と稿本・写本で月などの記載が等しい場合は、版本を前に配した。井筒屋庄兵衛版行の刊記は基本的に住所・書肆名のみを記しており、同一の丁に年記があっても、それは奥書として扱った。

一、歳旦帖・歳旦集に関しては、月日を明記していない場合でも、正月の刊行と見て、その年の最初に配した。

一、版本で書籍目録類から年月日の情報が得られる場合は、解題にそれを記し、配列に活用した。その際、『広益書籍目録』（元禄五年刊）は『広』、阿誰軒『誹諧書籍目録』（元禄五年序）は『阿』、これを増補した井筒屋『誹諧書籍目録』（宝永四年奥）の付録（「目録次第不同」）は『阿付』、『柳亭種彦翁俳書文庫』（天保三年成）は『種』、三浦若海『故人俳書目録』（天保頃成）は『故』と略記した。それが刊記などより得られる情報の範囲内にある場合、その記載は省略した。

凡　例

〔俳書名の表記〕

一、外題（題簽など）によることを原則とし、これを欠くものは内題や序・跋の記載などによった。複数冊からなるものは、一冊目の外題によることを原則とし、これに不備がある場合は二冊目以降の外題によった。題簽に欠損があるものなど、場合により一部を類推で補った。

一、旧字・俗字なども含め、基本的に原本通りの表記とした。角書に関しても原本の体裁に従うことを原則としつつ、枠で囲ってある場合などはこれを割愛した。外題で書名の下に小書きされた記述は、これを書名に含めず、解題にその情報を記す（「全」「上」「下」などは省略）にとどめた。

一、外題・内題などを欠き、内容から仮の書名を付けた場合は、その書名に〔　〕を付した。他書の情報などから書名を特定した場合も、多くは同じ扱いとした。

〔解題〕

一、版本の場合、刊記・奥書・編著者・種類・書型数量・序跋・所蔵・影印・翻刻・その他の順で、各情報を記した。稿本・写本の場合は、刊記に替えて「稿本」「写本」とそれぞれ記し、以下は同じ要領とした。版本で刊記のないものは「刊記ナシ」、零本で刊記の有無が確認できないものは「刊記不明」とした。年次などを知らせる情報が刊記・奥書・序跋以外にあるものは、これを刊記の後に記した。ここでは自筆資料やこれに準ずるものを稿本、それ以外は写本として扱い、それが版本からの写本で版本が散逸している場合のみ、版本と同じように記載した上で、所蔵の欄にその情報を記した。

一、刊記・奥書・序跋などは、できるだけ原本通りの記載としつつも、字体は通行のものに従った。必要に応じて（奥）（序）（跋）などを補い、月の異名などに対しても、それが何月に当たるかを（　）内に示した。改行以外でも適宜に「／」を補った。

一、編著者に関しては、撰集は「編」、俳論書・作法書・紀行などは「著」で統一した。複数の性格を併せもつ俳書では、より比重の高いと判断される方で表記した。点取帖などは点者名を「点」として記載した。

一、俳書の種類に関しては、発句だけを収める発句集、連句だけを収める連句集のほか、両方を収めるものは、その比率に関わらず発句・連句集とした。そのほか、俳論書・俳諧作法書・俳諧紀行・俳諧日記・点取帖など、内容に応じて適宜に表記した。歳旦では、個人が編んだものを歳旦帖、複数の歳旦帖を集めたものを歳旦集とした。

一、書型は一般的な分類に従い、数量に関して現存書が完本と認められない場合は、「欠一冊（現存ハ上巻ノミ）」などと記載した。

一、複数の所蔵先が知られる場合は、善本と思われるものを選んで代表させた。個人が所蔵する場合は、研究者は固有名詞で示し、他は基本的に「個人蔵」と記載した（一部に「〇〇家蔵」などとしたものがある）。以下の文庫名は略記した。

潁原文庫→京都大学文学部潁原文庫
柿衞文庫→財団法人柿衞文庫（兵庫県伊丹市）
雲英文庫→早稲田大学図書館雲英末雄文庫
月明文庫→石川県立図書館月明文庫
光丘文庫→山形県酒田市立図書館光丘文庫
櫻井文庫→立命館大学アート・リサーチセンター櫻井武次郎文庫

洒竹文庫↓東京大学総合図書館洒竹文庫
松宇文庫↓講談社芭蕉庵文庫（旧松宇文庫）
竹冷文庫↓東京大学総合図書館竹冷文庫
藤園堂文庫↓藤園堂書店藤園堂文庫（愛知県名古屋市）
中村俊定文庫↓早稲田大学図書館中村俊定文庫
綿屋文庫↓天理大学附属図書館綿屋文庫

一、影印・翻刻が複数ある場合は、その一つを選んで代表させた。以下の書目は略記した。

『青木鷺水集』→『青木鷺水集』（ゆまに書房　昭和59～平成3年刊）
『伊丹風俳諧全集』→『伊丹風俳諧全集』（顕文社書店　昭和15年刊）
『鬼貫全集　三訂版』→『鬼貫全集　三訂版』（角川書店　昭和53年刊）
『加越能古俳書大観』→『加越能古俳書大観』（石川県図書館協会　昭和11年刊）
『去来先生全集』→『去来先生全集』（落柿舎保存会　昭和57年刊）
『近世俳諧資料集成』→『近世俳諧資料集成』（講談社　昭和51年刊）
『元禄江戸俳書集』→『元禄江戸俳書集』（白帝社　昭和41年刊）
『元禄前期江戸俳書集と研究』→『未刊国文資料　元禄前期江戸俳書集と研究』（未刊国文資料刊行会　昭和42年刊）
『校註俳文学大系』→『校註俳文学大系』（大鳳閣書房　昭和4～5年刊）
『校本芭蕉全集』→『校本芭蕉全集（修訂版）』（富士見書房　昭和63～平成3年刊）

凡　　例

『古俳大系』→『古典俳文学大系』（集英社　昭和45～46年刊）
『資料類従』→『近世文学資料類従・古俳諧編』（勉誠社　昭和47～52年刊）
『蕉門珍書百種』→『蕉門珍書百種（復刻版）』（思文閣　昭和46年刊）
『蕉門俳書集』→『蕉門俳書集』（勉誠社　昭和58年刊）
『新大系』→『新日本古典文学大系』（岩波書店　平成元～17年刊）
『新編稀書複製会叢書』→『新編稀書複製会叢書（復刻）』（臨川書店　平成元～2年刊）
『新編西鶴全集』→『新編西鶴全集』（勉誠出版　平成12～18年刊）
『善本叢書』→『天理図書館善本叢書』（八木書店　昭和46～61年刊）
『早大影印叢書』→『早稲田大学蔵資料影印叢書・国書篇』（早稲田大学出版部　昭和59～平成7年刊）
『宝井其角全集』→『宝井其角全集』（勉誠出版　平成6年刊）
『俳諧文庫』→『俳諧文庫』（博文館　明治30～34年刊）
『俳書集成』→『天理図書館綿屋文庫俳書集成』（八木書店　平成6～12年刊）
『俳書集覧』→『俳書集覧』（松宇竹冷文庫刊行会　大正15～昭和4年刊）
『俳書叢刊』→『新編俳書叢刊（復刻版）』（臨川書店　昭和63年刊）
『俳書大系』→『日本俳書大系』（春秋社　大正15～昭和3年刊）
『北条団水集　俳諧篇』→『近世文芸資料・北条団水集　俳諧篇』（古典文庫　昭和57～58年刊）

〔「発句」〕

一、各俳書（歳旦帖・歳旦集は除く）に収められる発句については、作者別に入集句数を集計し、「発句」の項に作者名と句数を記載した。付句・和歌（狂歌も含む）・漢詩・漢句が収められる場合は、数字の上にそれぞれ「付」「歌」「漢詩」「漢句」と記し、笠付を含んだ撰集でこれを集計した場合も、同じく「笠」と記した。発句を含まず付句ばかりを収める俳書に関しても、項目としては「発句」で統一した。付句において前句の作者名も記されている場合は、それも付句数の中に加えた。

一、作者の配列は、作者名の実際の発音とは関わりなく、現代仮名遣いによる音読みで、一字ごとの五十音順とした（一字目が等しい作者は二字目の五十音順に従う）。漢字の音は便宜的に一つに定め（その結果、たとえば西鶴はセイカク、言水はゲンスイとなる）、清音→濁点、短音→長音を原則として、音が同じ漢字は画数の少ない順に配列した。

一、作者名の表記に当たっては、旧字・俗字・異体字の類は基本的に使わず、通行の字体に統一した。「簑→蓑」「厂→雁」などの統一も適宜に行い、通行の字体と一致する字がない場合は、近似する字に置き換えた。それがない場合は作字して、旁の音読みによって配列し、読みが不明な場合、二字目以降であれば一字目の漢字をもつ作者群の最後に、一字目であれば末尾に配した。

一、虫損などにより判読できない箇所は□によって表し、二字目以降であれば一字目の漢字をもつ作者群の最後、一字目であれば末尾に配した。破損が著しく、全体の句数などもさだかでない場合は、判読できる作者名や句数を記した。

一、一書中に同一人物で二つ以上の作者名が使用されている場合は、そのままの表記で記載した上、（○○モ見ヨ）と注記した。

一、原本の作者名に対しては、「桃青（芭蕉）」のように、（　）を付して適宜に注記した。作者名に誤記が認められるものも、基本的には原本通りとし、「楚良（ママ）（曽良）」のように、（ママ）を付して（　）内に正しい表記を記した。

一、作者名に肩書が付されているものは、原本通りに記載した。同じ作者名で肩書の有無や複数の肩書が一書中に混在する場合、問題がなければ同一人物として集計し、肩書も合成した。住国などが「同」とあるものは内容を置き換え、誤記と見られる場合は（ママ）を付した。

一、「女」「行脚僧」なども俳号と同じ扱いにした。ただし、「江戸衆」「京衆」などや「作者不知」などはそれぞれ末尾に一括し、作者名が記載されていないものは「作者不記」として集計し、これも末尾に記した。

一、作者名に姓や職名などが冠されている場合、これらは肩書に扱った（作者名の下にある「法師」などはそのままとする）。一方、「妻（嵐雪）」のように肩書に人名があるものは、「嵐雪妻」とした。

〔連句〕

一、各俳書に収められる連句に関しては、所収順に①②…の番号を打ち、連衆数と連句の形式を「三吟歌仙」のような形で記し、〔　〕内に連衆名とそれぞれの句数を「—」で連接して出座順に記した。独吟と各作者の句数が一句ずつの場合は、句数の記載を省略した。

一、各連句の中の作者名は、複数の表記がある場合も一つに統一した。

一、作者名を欠く箇所は「作者不記」として扱い、基本的に出座順とは関わりなく末尾に配し、連衆の人数から除いた。ただし、独吟で発句の作者だけが記してある場合などは、「同」が省略されていると考え、「作者不記」の扱いとはしなかった。作者が特定できる場合は「作者不記」の後に（　）を付して作者名を補い、連衆の数に加えた。執筆（筆）も連衆の数には入れず、出座順とは関わりなく末尾（「作者不記」がある場合はその後）

に配した。それが執筆役と想定される場合も、作者名があるものは連衆の数に加え、出座順の通りとした。

一、連句の形式は、興行時のそれとは関わりなく、俳書内に収められた内容によって、百句あるものは百韻、六十句は源氏行、五十句は五十韻、四十四句は世吉、三十六句は歌仙、二十四句は短歌行、十八句は半歌仙として扱い、それ以外は句数によって表した。たとえば詞書から歌仙の興行であることがわかる場合も、表六句しか収められていなければ「〇吟六句」とした。三物も「三吟三句」などとした。

一、句数による形式名のほか、和漢・漢和の場合はその情報も加味し、「〇吟和漢歌仙」などとした上で、作者名の下に和句・漢句の別（ないし内訳）も記した。聯句の場合は「〇吟漢聯十句」などの表記とした。

一、詞書などから夢想の作品であることがわかる場合、形式名にその情報は加えず、便宜的に「御」も連衆の数に加えた。

一、既存の発句を利用した脇起しの作品である場合、発句の作者も連衆の数に加えた。作品中に既存の句を流用している場合も、作者名があればそれを連衆の数に加えた。

一、詞書などがあるものは、各連句の末尾にこれを記載し、長い場合は「…」により略記した。前書・識語・後注などの区別は付けず、複数ある場合は「／」をはさんで列挙した。濁点・句読点などを含め、表記は基本的に原本通りとしつつも、字体は現行のものに従い、人名・地名などが列挙される場合のみ「・」を補った。詞書の中に「同」とあり、前の連句の情報を受けている場合は、必要に応じてその内容を（　）内に補った。補足事項も（　）内に補った。

一、字体や表記、作者の同定、肩書の扱いなどは、「発句」の場合に準拠した。

〔歳旦〕

凡　例

一、歳旦帖や歳旦集に関しては、配列はすべて原本の記載通りとし、五十音順とはしなかった。「歳旦」などの項目名も示さなかった。

一、三物は③と記して、その下に発句・脇・第三の作者名を〔　〕内に「―」で連接しつつ記した。三物以外の連句も、句数により②・⑥などと記して、その下に連衆名（と場合により各句数）を「―」で連接しつつ記した。

一、歳旦発句の作者名は▽の下に、歳暮句の作者名は▼の下に記した。句数は集計せず、複数句の入集者は、その数だけ作者名を記した。

一、独吟・和漢・漢和・歌・漢詩・漢句に関しては、それぞれその情報を（　）内に示した。

一、歳旦集に関しては、歳旦帖ごとに見出しを付けることとし、●の下に宗匠名（不明な場合は巻頭者名）などを記した。歳旦帖でも大部なものの場合、必要に応じ丁数などで適宜に見出しを付けた。

一、字体や表記、作者の同定、肩書の扱いなどは、「発句」の場合に準拠した。

目次

目　次

元禄三年（一六九〇）庚午……113

元禄四年（一六九一）辛未……163

目次

目次

天和四年・貞享元年（一六八四）甲子

誹諧五百韵三哥仙

刊記ナシ（版下ハ寺田重徳筆デ、重徳刊ト見ラレル）。小島如雲編。連句集。半紙本一冊。天和甲子初節ノ日（正月カ）／洛下小島如雲序。綿屋文庫他蔵。『阿』ニハ『五百三歌仙』ノ書名デ「天和元年」（天和ハ貞享ノ誤リ）。題簽ノ下部ニ「ならひ／よゝし」トアル。

連句

①四吟百韻〔如雲25—栄声25—奚疑25—信徳25〕
②三吟百韻〔玄三33—信徳33—重徳33—執筆1〕
③三吟百韻〔信徳33—奚疑33—重徳33—執筆1〕
④三吟百韻〔信徳33—奚疑33—如雲33—執筆1〕
⑤独吟百韻〔奚疑〕
⑥独吟歌仙〔重徳〕
⑦独吟歌仙〔如雲〕
⑧独吟歌仙〔栄声〕
⑨九吟世吉〔如雲5—意之5—家春6—金延5—魚躍5—有方5—永吟5—知義4—存林4〕
⑩独吟世吉〔信徳〕

禽獣魚虫句合

稿本。貞享元年子暮春（三月）上旬筆（奥）。服部清翁（初代定清）点。横本一冊。点取集（句合ノ形式ヲトル点取俳諧）。愛知県西尾市立図書館岩瀬文庫蔵。

発句

ア行

いと（女）　一
伊藤　一
一雲　二
一吟　一
一志　二
一初　一
一信　一
一澄　一
一銅　一
一風　二
一遊　一
因阿弥　一
詠楽（山田氏）　三

カ行

可笑　一
花吉　一
家栄　一
画声　一
皆悦　一
義治　一
吉則　一
吉田　一
久　一
久寛　一
虚業　二
虚言　一
見飛　一
玄隆　一

古鶏 一
光広 一
サ行
斎吟 二
三白 一
山野 一
之延 一
之々 一
寿延 一
秋蛍 一
重可 一
重国 一
重俊 一
重乗 一
重清 一
初 三
如見 一
如水 一
如白 一
小島 一
紹甫 一
勝清 一
情好 一
心花 一
辰明 二
森氏 一
薪水 一
正益 一
（小西）正延 一
正春 一
正尚 四
（平野）正章 一
正隆 一
西米 一
斉 一
清香 一
清重 一
盛兼 一
宗運 一
（三郎兵衛）宗益 一
宗治 一
宗清 二
宗範 二
則風 三
タ行
太阿弥 一
猪 一
（元田）長宗 一
直房 一
定径 一
貞治 二
藤 一
独悦 一
ハ行
（女）ふり 一
不言 一
不酔 一
福井氏 一
マ行
（女）まさ 一
無我 一
無心 一
無正 一
ヤ行
友心 一
友水 一
有伴 一
有門 一
（牧野）遊心 一
（女）よつ 一
ラ行
頼春 一
楽山 一
浪元 一

一夜庵再興賛

稿本（季吟自筆）。貞享元年甲子卯月（四月）十三日／季吟（奥）。北村季吟著。俳文。巻子本一巻。柿衛文庫蔵。『新編香川叢書・文芸編』（香川県教育委員会 昭和56年刊）ニ翻刻。

発句

季吟 一

誹諧花時鳥

刊記ナシ。貞享元甲子期六月日／子英東雄撰（奥）。岩本子英編。発句・連句集。半紙本一冊。

佐賀県祐徳稲荷神社中川文庫蔵。

発句

ア行
一明　一

カ行
雅近　一
岸子　二
掬匂　一
掬月子　一
挙白　一
軒松　二

サ行
才麿　二
在種　一
山夕　二
子英　二
子健　二
子丈　二
子僮　二
子伯　二
子諷　二
子雄　二
子葉　二
卮房　二
尺草　一
秀泉　一
春松　一
松濤　一
正恭　一
正性　一
夕友（かさい）　一
雪夕　一
雪童　一
沾葉　二
宗雅　二
宗也　二

タ行
中阿　二
中吟　二
丁我　一
長河　一
調宇　二
調琴子　一
調勇　一
調柳　二
調和　二
直方　一
汀雨　一
定雄（かさい）　二
東英　一
東子　二

ハ行
悲志　一
不角　一
不卜　二
文鱗　一
卜夕　一

マ行
木端　一

ヤ行
遊夕　二

ラ行
蘭風　一
利仲　二
立感　二
立挙　二
立吟　二
立己　一
古 立志（初代立志）　一
立志　二
立松　一
立正子　一
立静　二
立非　一
立風子　一
立雄　一
立容　一
露英　一
露言　二

ワ行
和立　一

連句

①五吟百韻〔直方11—子英51—立志13—山夕14—立吟11〕（子英ガ一折ゴトニ各連衆ト両吟デ巻イタモノ）

②四吟源氏行〔長河9—子英30—中阿12—軒松9〕（子英ガ一折ゴトニ各連衆ト両吟デ巻イタモノ）

蠹集

寺田与平治重徳板行。宝井其角編。連句集。半紙本一冊。貞享甲子中元日（七月十五日）／倉闇蘇鉄林千春序。柿衞文庫他蔵。『宝井其角全集』等ニ翻刻。題簽ノ下部ニ「其角京五吟／追加よゝし」トアル。『故』ハ「貞享二」トスル。

連句

①五吟歌仙〔其角8—只丸7—信徳7—虚中7—千春6—筆1〕

②五吟歌仙〔只丸7—信徳7—虚中8—千春6—其角7—毫1〕

③五吟歌仙〔信徳7—虚中7—千春7—其角7—只丸7—毫1〕

④六吟歌仙〔虚中7—千春7—素堂（筆）1—其角7—信徳7—只丸7〕（『みなしぐり』ノ素堂発句ヲ第三ニ利用）

⑤五吟歌仙〔千春7—其角7—只丸7—信徳7—虚中7—筆1〕

⑥八吟世吉〔友静6—其角6—春澄6—信徳5—千春5—只丸5—虚中5—千之5—筆1〕附尾

俳諧引導集

貞享元年子八月吉辰／大坂伏見呉服町書林／深江屋太郎兵衛板。中村西国編。無記名序（西国自序）。俳諧作法書・付句集。横本一冊。早稲田大学図書館他蔵。『早大影印叢書　貞門談林俳諧集』ニ影印。中村俊定『俳諧史の諸問題』（笠間書院　昭和45年刊）ニ翻刻。

発句

ア行

（岡西）惟中　付一

（衣笠）一鶴　付二

（合原）一国　付二

（栢）一札　付三

（高滝）益翁　付三

（武村）益友　付一

（和気）遠州　付一

カ行

（貝田）覚外　付一

（加藤）鶴道　付五

（高瀬）鶴甫　付一

石黒 鬼鶴　付二
中堀 幾音　付一
亀屋 均朋　付一
南 元順　付一
江戸 言水　付一
安心院 公経　付一
安心院氏 公女　付二
葎宿 江雲　付一
安平氏 幸方　付三
坂川 国友　付一
京屋 国流　付一

サ行

求来里 氏則　付一
江戸 似春　付一
京 春澄　付一
樋口 如見　付一
如昔　付三
生田 如道　付一
高木 松意　付一
市松 松鶴　付一
紀州 是計　付一
松井 西花　付一
津田 西柯　付一
井原 西鶴　付一〇
平川 西雁　付二
牧野 西鬼　付一
中村 西国　付二
山本 西夕　付一
武内 西波　付三
中林 素玄　付一

タ行

大鶴　付一
小見山 大国　付五
和田 忠光　付一
江戸 桃青（芭蕉）　付一
釈 堂性坊　付一

ハ行

西山 梅翁（宗因）　付五
梅子　付一
州里 百国　付一
谷島 不極　付二
梶山 保有　付一

ヤ行

青木 友雪　付一
前川 由平　付三
篠田 幽季　付一

ラ行

利玄　付一
作者不知　付二

有馬日書

散逸書。『阿』ニ「一札　囉々哩鬼貫作　貞享元年子五月廿八日」。上島鬼貫著。俳諧日記。自春庵囉々哩鬼貫序。貞享元甲子歳九月廿八日／囉々哩鬼貫跋。『続七車』（元文二年六月鬼貫自序）ニ序・跋ヲ含ム抄録ガアリ、『続七車と研究』（未刊国文資料刊行会　昭和33年刊）ノ翻刻ニヨリ、コレヲ集計シタ。

発句

鬼貫　二・歌一
青人　九
宗旦　一
鉄卯　五
百丸　五

連句

①三吟百韻〔鬼貫82―来山9―鉄卯9〕百韻（七十四句マデハ鬼貫独吟）

古今俳諧女哥仙

貞享元甲子暦孟冬（十月）下旬／大坂南本町堺筋／河内屋市左衛門板。井原西鶴編。発句集。半紙本一冊。難波俳林西鶴（自序）。綿屋文庫蔵。『新編西鶴全集』5下ニ翻刻。西鶴画。

発句

ア行
一直妻　一
一入子娘　一
永覚　一
栄春　一
カ行
花鳥　一
輝貞母　一

吉田　一
吉野　一
久女　一
金女　一
虎女　一
光貞妻　一
好女　一
孝女　一

サ行
捨女　一
初女　一
松安妻　一
勝女　一
津宇　一
正治妻　一
正由娘　一

夕霧　一
雪女　一
タ行
竹女　一
蝶暮　一
伝女　一
藤女　一

ハ行
弁女　一
方女　一
マ行
満女　一
妙庵　一
ヤ行
葉南　一

ラ行
里女　一
林女　一
隣宝　一
六女　一

かやうに候ものは青人猿風鬼貫にて候

京極通二条上ル町／書林井筒屋庄兵衛開板。貞享元十月下旬／一摶四郎島之青人（連句①ノ後）。上島鬼貫・上島青人・岡島猿風著。連句集。半紙本一冊。青人序。上島氏聟ノ鉄卵跋。版下ハ青人筆。柿衛文庫蔵。『鬼貫全集　三訂版』ニ翻刻。末尾ニ既刊書ヨリ三者ノ付句ヲ抜粋シテ付載。『阿』ハ『加様候者は』ノ書名デ「宗旦作」トスル。

発句

連句

一摶（青人）付　三
鬼貫　付　五
木兵（猿風）付　二

①独吟半歌仙〔青人〕

②三吟百韻〔青人56—鬼貫22—猿風22〕釣竿（六十八句目カラハ青人ノ独吟）

③三吟九十四句〔猿風60—青人17—鬼貫17〕いふべき事は前叙の外もなし…（五十一句目カラハ猿風ノ独吟、末六句ニ代エテ「三匹の猿」ヲメグル文章ヲ配ス）

④三吟百韻〔鬼貫51—猿風24—青人24—宗旦（請人）1〕空濶ノ人曰竜ハ円シ亀ハ長シ…自春庵囉々哩鬼津ら序／満しをみるに…予もまたおつて一下ヲ吐ク（七十五句カラ九十九句マデハ鬼貫ノ独吟、挙句ノミ宗旦）

冬の日

初版初印本ハ刊記ナシ（後印本ハ京寺町二条上ル町／井筒屋庄兵衛板）。貞享甲子歳（奥）。『阿』ハ「芭蕉作　貞享元初暦」トシ、『阿付』ニハ「貞享二年」トアル。山本荷兮編カ。連句集。半紙本一冊。潁原文庫他蔵。『木村三四吾著作集Ⅰ　俳書の変遷』（八木書店　平成10年刊）等ニ影印。『新大系　芭蕉七部集』等ニ翻刻。題簽ノ下部ニ「尾張五哥仙」トアル。

連句

①六吟歌仙〔芭蕉7—野水7—荷兮7—重五7—杜国7—正平1〕笠は長途の雨にほころひ…

②六吟歌仙〔野水7—杜国7—芭蕉7—荷兮7—重五7—正平1〕おもへとも壮年はいまたころもを振はす

③六吟歌仙〔杜国7—重五7—野水7—芭蕉7—荷兮7—正平1〕つえをひく事僅に十歩

④六吟歌仙〔重五6—荷兮6—杜国6—野水6—芭蕉6—羽笠6〕なには津にあし火焼家はすゝけたれと

⑤六吟歌仙〔荷兮6—芭蕉6—重五6—杜国6—羽笠6—野水6〕田家眺望

⑥六吟六句〔羽笠—荷兮—重五—杜国—芭蕉—野水〕追加

貞享二年（一六八五）乙丑

稲莚

井筒屋庄兵衛板。鈴木清風編。発句・連句集。半紙本二冊。貞享二丑人日（正月七日）／松洛下／才麿書斬洞（序）。光丘文庫他蔵。『資料類従』35等ニ影印。『俳書叢刊』4等ニ翻刻。

発句

ア行

地名	俳号	句数
山形	阿童	一
	蛙水	二
尾州寺島	安通	一
甲州	安貞	一
鶴ケ岡	已省	一
米沢富所	為重	一
越後高田	為井	一
宇津宮	一羽	二
	一雲	五
羽州大石田	一栄	九
庄内	一喜	一
鶴岡	一向	二
播州室	一孝	一
	一之	一
京中村	一志	四
加州金沢	一笑	一
大坂	一水	一
豊前中津	一雫	一
尾花沢	一中	九
肥前長崎釈	一風	一
米沢	一歩	一
肥前長崎	一夢	一
酒田	一遊	一
江戸	一葉	一
筑前	一竜	一
万木軒	一露	四
	尹雪	二
加州松任	因風	一
筑後柳川	雨声	一
加州金沢	烏水	一
宇津宮	烏躍	一
越中	云々子	一
京	云身	一
豊前中津	雲水	一
江戸四谷	円水	二
南部	応身	一
雲州	黄口	一
江戸	黄哂（黄吻カ）	二

カ行

地名	俳号	句数
京	加水	一
江戸	可心	一
秋田	可成	一
奥州白川	何云	二
加州金沢	何似軒	二
加州松任	花盛	一
肥前長崎	河竹	一
加州金沢	夏泉	三
酒田	家智	一
大坂	荷平	二
檀林	雅計	一
仙北横手	鶴志	二
江戸	鶴友	三
秋田	鶴和	一
	竿水	一
山形	寛包	三
	其角	二
江戸	紀子	一
大坂	喜之	一
	幾音	一
酒田	器水	一
	機鶯	一
越後寺泊	吉休	一
大石田	吉直	五
越後寺泊	吉盤	一
漆山	休侯	一
	挙白	三
肥前長崎	橋泉	一
加州松任	琴水	二
	吟水	一
大坂	愚言	一
加州松任	薫煙	一
秋田	桂葉	一
谷地	経定	一
江戸	犬坊	二
江戸	軒松	一
京	元子	一
津軽	元舟	一
和州郡山	元世	一
酒田	元珍	一
京藤井	玄三	二
肥前国	言鶯	一
江戸	言管子	二
江戸	言弓	二
十三歳	言休	一
肥前辛津	言国	一
江戸	言山	一
江戸	言松	二
江戸	言詔	一
江戸	言韶	一

江戸 言色 一
言水 三七
筑後久留米 言栖 一
肥前長崎 言夕 二
谷地 言仙 一
河州 言泉 一
肥前長崎 言泉 三
豊前中津 言岨 一
酒田 言鼠 一
肥後川尻 言湊 一
酒田 言淡 一
和州小泉 言稠 一
京 言丁 一
肥前長崎 言朝子 一
豊前中津 言洞 一
言風 二
新庄 言楓 二
筑後クルメ 言葎 四

江戸 言竜（言滝カ） 二
肥前長崎 言林 一
江戸 言滝 二
佐寒江 古見 一
豊前中津 古硯 一
河州 虎一 一
京 湖春 三
江州大津 湖仙 四
江戸 口慰 四
勢州山田 口今 四
江戸 口心 一
江戸 幸順 二
京 高政 二
京 谷遊 一
加州松任 今水 一

サ行

対州 才柱 一
才麻呂（才麿） 六

紀州 才流 一
三州釈 在円 一
仙台 三千風 一
伯州 三卜 一
山夕 四
肥後八代 山石 一
尾花沢 残水 三
秋田野尻 残雪 二
子英 二
支静 一
江戸 四友 二
摂津三田 志計 一
豊前中津 紫円 一
豊前中津 紫墨 一
京 自悦 一
本間 自言 一
谷地土谷 自興 三
鶴岡鈴木 似休 二

越後柏崎 似水 二
堺 時次 一
加州 捨才 二
雀啞 一
勢州山田 雀風 三
大谷 秀勝 一
京 秋風 一
仙北片野 重賢 一
湯沢岡田 重旨 二
肥前長崎 重勝 二
佐州相川 重澄 二
石州 重祐 一
酒田 春鴬 一
佐州 春興 一
京 春澄 一
谷地 春甫 二
京 順也 二
筑前博多 如雲 一

肥前佐賀国 如閑 三
江戸 如昔 一
京 如泉 二
江戸 如扇 二
如船 一
京 如風 二
大坂 如要 一
雲州 如流 二
京氏沼 序見 一
檀林 松意 一
松濤 一
笑水 一
新庄 笑入 一
江戸 笑夢 一
江戸 粧猿 二
筑後 嘯雲 一
越前鶴岡 乗風 一
庄内長山 色綜 二

肥後八代 心常子 一
伊勢 心友 二
京 信徳 二
酒田 信入 一
仙北堀江 真明 一
肥前長崎 薪休 三
肥前長崎 薪丹 二
仙北角館 人虫 一
播州 水遠 二
肥後熊本 水翁 二
庄内 水軒 五
豊前宇佐 水滴 一
江戸 水柳 二
水軒妻 翠女 三
江戸山本 是急 一
白川 井帆 二
南部石井 正近 一
佐渡井上 正之 二

酒田 正次 一
左沢 正寿 四
勢州山田川村 正則 三
江戸 正徳 一
檜林 正友 一
西鶴 一
肥後八代 西雀 一
山形 西通 四
山形 声葉 二
江戸 青旦鶻 一
江戸 青布 一
清風 三
晴楓花 一
左沢永井 夕水 一
米沢 夕露観 一
庄内 拙斎 一
京 千之 二
仙化 一

江戸 専口 一
秋田沙門 祖寛 二
素堂 一
秋田 素遊 一
肥前長崎 疎休 二
疎元 一
筑後 鼠山 一
肥前長崎 宗辰 一
宗知 五
豊前中津 宗朝 一
勢州 草雲 一
芸州三原 草及 一
芸州 草風 一
芸州 草也 一

タ行

仙北赤坂 知風 一
加州金沢 遅楼 一
江戸 忠告 一
羽州 忠宗 四
江戸 丁我 二
長河 一
白川 蝶夢 四
調宇 一
早州 調貫 一
江戸 調機 一
江戸 調欠 一
調盞子 一
調子 一
江戸 調倉 一
江戸 調滴子 二
江戸 調賦子 一
江戸 調乏 二
庄内 調用 一
江戸 調柳 八
江戸 調和 七
谷地長延寺 直阿 二

江戸 直方 一
京 定之 一
左沢 定秀 一
定清 一
備前岡山 定直 一
勢州射利長井 貞久 一
貞能 三
芸州 泥水 一
江戸 田山 一
仙北 東翁 一
江戸 東丸 一
江戸 東子 二
江戸加藤 東水 一
左沢 東風 一
酒田 凍谷 一
須加川 等躬 二
須賀川 等松 二
藤匂子 六

洞雨 一
肥前国氏 洞水 一
水戸住 道傘 一
筑後 禿鷗 二
丹州柏原 独国 二

ナ行

肥前長崎井出 南水 一
谷地 年玄 三

ハ行

京 破暁 一
横手 梅窓軒 一
南部 梅朝 一
山形 梅滴 一
梅流 一
肥前長崎 白藤斎 五
漆山 白了軒 一
対州 弥平 一
酒田 不玉 六
越前高田 不知 二
酒田 不白 四
江戸 不卜 五
江戸 鳧水 一
雲州 風庵 一
雲州大社 風水 四
大谷 風和 四
谷地 風和 二
白田 風和 一
庄内 乀斎 三
対州 蓬水 三
秋田 望酒 一
肥前長崎 蒡次 一
加州 北枝 二
卜以 一
越前 卜琴 一
宇津宮 卜子 一
江戸 卜尺 二

宇津宮 ト也　一
加州帯藤軒 牧童　一
六沢 凡雪　二

マ行

肥前長崎 末介　一
長崎松田 未覚　二四
加藤 無塩　一
江戸志村 無倫　一
京 明中　一
肥前長崎 茂久　一
天童 茂都　一
備前岡山 茂門　二

但州・江戸 盲月（駒角）　四

ヤ行

豊前中津 野水　一
加州薗田九歳 友丸　一
加州 友琴　一
絶州若山 友之　一
仙北湯沢 友治　二
加州松任 友晴　一
京 友静　三
佐州相川 友庸　一
大坂 由平　一
秋田城下 由甫　一

木暮 有水　二
勇招　一
南部 幽閑　二
鶴岡 幽好　三
幽山　七
秋田片岡 幽石　一
幽入　一
加州松任 祐慶　一
筑後 湧水　一
遊引　一
遊頌　一
遊水　四

遊川　八
遊夢　四
伊勢村田 融華　一
肥前唐津 用流　一
志州鳥羽 養浩子　一

ラ行

左沢 蘿月　四
勢州山田 雷山　四
江戸春日 李冠　一
鶴ケ岡 里子　四
立吟　一
立志　六

江戸前田 立貝子　一
鶴ケ岡 柳陰　一
江戸 柳水　二
流瓢子　二
了静　四
豊前中津 了祖　一
山形 林風　一
江戸 露関子　二
江戸 露迎　一
露言　七
江戸 露宿　二
江戸 露昌　一

江戸 露章　五
新庄 露身　一
江戸 露深　二
下長井 露水　二
江戸 露沾　二
山形 露竹　二

ワ行

常州大妻 和兮　一
和石　一
江戸 和肘　四
常州下妻 和明　二
江戸 和明　一

連句

①独吟歌仙〔清風〕花の婀娜（ナヨヤカ）なるにさへしめ帯に男繋れん

②独吟歌仙〔清風〕子にかゝり鱣恨みむ橋涼み

③独吟歌仙〔清風〕蕎麦の様たるに柚子のときはそおかしかる

④独吟歌仙〔清風〕四方の竜頭油呑けね窓の霜

俳諧白根嶽

刊記ナシ。一瀬調実編。発句・連句集。半紙本一冊。一瀬氏調実自序／貞享二乙丑季初陽（正月）に。空原舎風水書（跋）。柿衛文庫他蔵。『資料類従』35ニ影印。『俳書大系　談林俳諧集』等ニ翻刻。

発句

ア行

安貞（甲府）　八
意悦（野州部屋）　一
一居　一
一笑（甲府）　五
一露（宇都宮）　一
尹雪　一
烏躍　一
雲梯　一

カ行

可躍　一
海士子　二
義忠（甲州）　七
吉正（甲府）　四　漢句一
吉通（甲府）　四　漢句二
居文　一
挙白　一
軒松　二
言水　二
五郎（甲府）　一　漢句二
工呷　一
好信（甲府）　三
好文子（甲府十二歳）　一

サ行

才麿　二
採菫（甲府女人）　一
山夕　二
子英　二
自言　二
松声（甲府）　三
松旦　一
心水　一
水軒（羽州）　漢句一
随柳（甲府）　一
正徳　一
青旦鴨　一
青布　一
青楓子　一
青嵐　一
政直（甲府）　一
清風（羽州）　二
沾葉　一
素堂　一
宗也　一

タ行

中河　一
忠之（甲府市川）　四
丁我　一
長雅　一
釣雲子（市川）　一
朝水　一
調宇　一
調鶴（羽生）　三
調管子　一
調其　漢句一
調欠　一
調己（甲府）　二　漢句二
調合　一
調実　三〇　漢句二
調序　一
調声（甲府）　二
調滴　一
調賦子　三
調乏　一
調味　一
調勇　一
調幽（栗橋）　一
調用（羽州庄内）　一
調柳　二
調和　一
直方　二
都水　一
等躬（奥州）　三
藤匂子　二

ハ行

梅庚（甲府）　一
晩水　一
麋塒　一
不角　一
不玉（羽州酒田）　二
不卜　一
不明（甲府）　一
風狐（台河岸）　一
風車　一
風水（雲州）　二
風和　一
風話（台河岸）　一
暮船　一
卜也（宇都宮）　一

マ行

- 未覚（羽州最上）　一
- 未哲（甲府）　二
- 未発（甲府）　四
- 無長（市川）　二
- 盲月（駒角）　三

ヤ行

- 勇石　三
- 幽山　一
- 遊水　二

ラ行

- 藍水　一
- 蘭風　一
- 立挙　一
- 立交（甲府）　二
- 立志（松雨軒）　三
- 立庭（甲府）　三　漢句一
- 柳陰堂（甲府）　四
- 林種　二
- 路聴　一
- 露言　三
- 露沾　一

ワ行

- 和兮（下妻）　一
- 和松　一
- 和竹（下妻）　一
- 和肘　一
- 和明（下妻）　一

連句

①両吟歌仙〔調和18―調実18〕市川に来て

ゆかた山

散逸書。『阿』ニ「一冊　有馬独吟歌仙　松平氏曲肱作　貞享二年三月日」。『広』ニ「一　清風」、『故』ニ「清風　貞享二」。

あけ鴉

刊記ナシ。「貞享二年春」（連句②ノ挙句）。斯波一有編。発句・連句集。半紙本一冊。口今序。書名ハ後補外題ニヨル。綿屋文庫蔵。『俳書集成』8ニ影印。『俳書叢刊』4ニ翻刻。

発句

ア行

- 一顕　二
- 一砥　二　漢句
- 一道　七
- 一峰　二
- 一友　一
- 一有　一六
- 云而　一
- 永重　一
- 永便　二
- 益光　八

カ行

- 可次　二
- 可俊　二
- 丸子　二
- 規吉　一
- 煕快　二
- 吉申　一
- 吟石　二
- 娯觚斎　二
- 口今　九
- 口唱　一
- 口和　二

弘氏　一

サ行
三倫　三
似殘　三
尺鵐　一・漢二
守栄院　一
襲眠堂　一八
重清　一
女　二
如心　一
勝延　三
心友　一
是今　四
正英　一

タ行
団友（涼菟）　一
竹子　一
枕声　一
定次　二
貞恒　一
桃下　六

ナ行
二休　一

ハ行
白因　一
非紫　三
卜志　六

マ行
未済　一
未白　二

ヤ行
友花　一
友古　三
幽窓居　六

ラ行
雷枝　一〇
頼照　二
頼庸　一
拉鬼　一

連句

①三吟歌仙〔襲眠堂12―一有12―雷枝12〕三吟
②両吟和漢歌仙〔一有和12・漢7―一素和7・漢10〕附賛和漢

卯月まで

散逸書。『阿』ニ「一冊　備前　芳室軒定直作　貞享二年卯月中旬　葉桜の卯月を京の風情かな如泉／樗幾日の我脚を借る　定直」。

勧進能発句合

稿本。貞享二年六月日／執筆（奥）。服部清翁（初代定清）点。横本一冊。点取集（句合ノ形式ヲトル点取俳諧）。無記名跋（清翁自跋）。法政大学鴻山文庫蔵。『神女大国文』12（平成13・3）ニ翻刻。勧進能ノ番組ヲ発句題トスル。

発句

ア行
案山子　二
一貫　二
一丸　六
一幸　二
一志　二
一信　三
一長　二
因阿弥　二
遠耳　二

カ行
可笑　一

花来子　一
回雪　一
晦室　一
外計　二
鶴子　一
寒竹　一
寛利　一
観水　一
岩松　一
季尹　一
季清　九
寄西　二
吉治　一
吉清　一
驚風　二
吟静　一
経栄　一
継吉　一
古木　一
好春　一
好房　一
行長　一
孝治　五
国思　一

サ行

さき（崎モ見ヨ）女　一
崎（さきモ見ヨ）女　一
山彦堂　一
山女　一
山母　一
之延　二
矢田　一
志計　一
寿同　一
重実　一
重俊　一
重勝　二
重正　二
重隆　一
春鳥　一
順之　二
小春　一
昌勝　一
松雪　二
勝俊　一
勝明　三
常雄　一
親治　一
誰今　一
正益　一
正元　一
正次　一
正則　一
西流　一
清正　一
千代 女　一
仙ト　二
前波　一
善于　一
宗治　二
宗重　一
宗清　一
則風　一

タ行

沢水　一
端歩　一
忠義　一
忠勝　一
忠長　一
長清　一
長宗　二
直治　一
定行　一
定静　一
貞治　一
田村氏　一
徒然子　二

ナ行

二葉　一

ハ行

梅薫軒　一
繁　一
弥広　一
不淵　一

マ行

まさ 女　一
無雲　一
無心　一

ヤ行

友一　一
友吟　二
友知　一
友定　一
友和　一
由己　三

ラ行

来庵　一
良誉　一

ワ行

和ト　一

式楼賦

刊記ナシ。松葉風瀑編。発句・連句集。半紙本一冊。貞享二乙丑夏／垂虹堂風瀑漫書（自序）。山逸人（素堂）書其後（跋）。松宇文庫蔵。『近世俳諧資料集成』１ニ翻刻。

発句

ア行
一晶　九

カ行
季吟　一
其角　九
枳風　四
去来　二
虚洞　六
暁雲　二
琴蔵　四
苦桃　一
荊口　二
奚疑　二
幻吁（千長老）　一
コ斎（壺斎）　四
湖春　一

サ行
山川　一
山店　一
杉風　三
此水　一
自悦　二
舟魚　一
秋風　四
渋篌　四
春澄　二
順也　一
如泉　一
尚白（大津）　二
信徳　五
青鴉（大津）　一
千春　二
千那（大津）　二
仙化　五
素堂　三

タ行
退省　一
濁子　一
長吁　一
藤匂子　一

ハ行
芭蕉　一
破笠　一
梅嶂　四
麋塒　二
風市　一
風瀑　一八
楓興　四
文桃　二
文鱗　五
蚊足　二
北鯤　一
卜尺　一
卜千　一

ヤ行
友静　一

ラ行
嵐雪　三
嵐蘭　二
李下　四
緑系子　一

連句

①十二吟百韻〔信徳9—風瀑8—其角9—卜尺8—琴蔵8—虚洞8—文鱗8—枳風8—李下8—仙化8—壺斎8—一晶9—執筆1〕孟夏二十一日興行

②八吟五十韻〔一晶6—信徳7—風瀑6—楓興6—渋篌6—舟魚6—一扇6—梅嶂6—執筆1〕

③三吟歌仙〔風瀑12—其角12—信徳12〕

連誹諸秘傳之一通

稿本（随流自筆）。于時貞享二年丑ノ文月（七月）七日／松月庵中島氏随流（奥）。中島随流著。俳諧秘伝書。巻子本一巻。柿衞文庫蔵。大西善但ニ与エタモノ。作者不記ノ例句ニツイテハ集計ヲ省略スル。

新玉海集

刊記不明。安原貞室予編・乾貞恕補編。発句・付句集。中本欠四冊（『阿』ニ「七冊」トアル中、現存ハ発句春・夏ト付句上・下ノミ）。一嚢軒貞恕序（自序）。貞享二歳極月（十二月）下浣（貞恕自跋）。発句春・夏ハ綿屋文庫蔵、付句上・下ハ広島県三原市立中央図書館蔵。斎藤耕子『福井県古俳書大観』4（福井県俳句史研究会　平成15年刊）ニ発句集ノ翻刻。

発句

ア行

作者	注記	句数
安春	茂木	三
安信		一
安拙	田中	三 付二
已完	吉田	一
伊安	神原	五 付二
為甲	巻淵	六 付三
為信	七尾	一
韋重	神谷	一
維船	敦賀	二
慰存		二
育月		一
一九	□□市川	付一
一吟	大津	三
一欠		一
一師		一
一十	柏崎長井	付一
一寸	大坂	一
一得子	丹福	八 付二
一徳		一
一鵬		一
一房		付一
一要		一
胤及		一
永従		付三
栄道	大津	一
延情		一

カ行

作者	注記	句数
可卿	神戸	二 付五
可春		付一
可井	尼崎□田	一
可成	賀州	一
可浅		一 付一
可貞		一
可必		三
可頼		二 付一
佳種		二
河内	井狩	一
家直母	敦賀	一
華幽		一
俄悦	山形岩淵	一
会陰	石田	一
悔焉	沙門	八 付八
学長	本勝寺	一
甘分		一
莞爾	法鷲寺	一
歓生		一
雁正		一
祈誓		一
季林	糸魚川	三
其角	江戸	一
喜雲	中川	三
喜三		一 付一
義景	七尾	一
義秀	大正持長谷川	一
義章	能州	一
掬水	高橋	一
九畔		付一
久悦	八幡	一
久次	岩城	一

四手井 久次 一
一井 久重 一
中目 久盛 二
敦賀室 久友 一
休忠 一
虚中 付 一
庄内 魚牙子 二
御 付 二 一
玉椿 付 一 四
藤村 近知 付 一
南都 吟風 付 三 七
庄内 愚口 一
花安 愚情 一
下原少林寺 薫清 一
都筑 荊口 一
溪疑 付 一
兼時 二
兼明 一

加州原氏 賢能 付 三 二
元益 一
塩見 元勝 二
中村 元知 一
元定 付 四 四
伊藤 玄歌 一
宇都宮桜井 玄玖 一
鳴林 玄徹 二
玄甫 三
玄流 七
言水 一
井村 源清 四
井村 源直 四
孤吟 付 五 三
高橋 觚哉 一
摂州小松樋口 後昌 三
公共 二
大和屋 広信 一

光益 二
五条 光義 一
光継 付 二 二
御田 光之 付 八 三
光次 一
光能 付 八 五
大浦饗庭 好直 二
佐藤 行道 付 一 一
山形西宮 行余 一
横山 幸運 一
幸佐 付 三
吉原 肱曲 一
香泉 一
若州河越 今武 三

サ行

さこ女 一
原田 左右馬 一
山形 忩索 一

[法]野氏 再可 付 六 二
竹内 三禧 三
松原 三児 一
竹内 三信 付 一 三六
魚津 三成 一
松平 三弥 一
敦賀 山下氏 一
野呂 山井 付 二 三
之次 付 二
木崎 之武 一
西宮松村 之房 一
伴 只計 付 四 二
松崎 次称 一
□州池上 而半 一
自悦 四
水野 似云 付 六 三
松村 這雪 一
寿覚 二

寿硯 付 一 一
西村 寿之 三
秀茂 一
江戸落合 秋玉 付 一 三六
重永 一
重紀 一
広瀬 重継 一
今田 重広 付 二 三
重好 二
重次 二
若州 重昌 一
西宮葛馬 重[紫] 一
羽州□□ 重雪 一
重長 付 四 二
木村 重道 四
鈴木 重徳 付 六 三
但馬 重○ 一
犬井 重満 二

辻 重門 付 一 一
水谷 重良 一
順也 付 二
如顕 一
如春 付 一
如泉 一
如貞 一
浜 恕計 一
つるか浜や 小右衛門 二
尚光 二
尚白 一
永田 昌永 一
甲州塩川氏 昌益 一
昌満 付 二 三
松女 付 七 三
賀島 松摘 三
江戸落合 松友 五
山脇 章継 二

辻 重門 三
水谷 重良 一
順也 付 五 五
如顕 五
如春 二
如泉 二
如貞 一
浜 恕計 一
つるか浜や 小右衛門 付 一
尚光 付 五
尚白 付 一 六
永田 昌永 二
甲州塩川氏 昌益 一
昌満 一
松女 五
賀島 松摘 二
江戸落合 松友 一
山脇 章継 一

章存（宮津）　一
勝次（長井）　一
勝宣（京）　二
賞余子　付一六
樵夫（越山下）　四
乗秀　一
浄□（越□田）　一
常侚　付四一
信家（堺）　一
信次（山形広瀬）　二
信就　付一一
信徳（伊藤）　付七〇
信里　一
真察（西宮円福寺）　一
真信　一
森氏（丹福）　一
森定（最上）　一
森明（若州）　一

親之　付一
親次（つるが店屋）　付一
水容（□原）　六
随滴　三
随流　一
崇延　付一二
是金（岡本）　二
是式（姫路赤穂）　二
是清　一
正久（森）　二
正次（山本）　四
正治（伊藤）　一
正寿（江田）　付五五
正勝（木原）　二
正信　三
正世　付一
正清（土佐浜田）　一
正則（早崎）　一

正忠（高島屋）　一
正長　一
正直（上田）　一
正利（河顕）　一
正利（中村）　一
正量（河口）　一
生敬　付一
西武　二
青松（岩木）　四
政安（野間）　付三六
政久（七尾岡本）　一
政行（乾）　二
政信（府類屋）　一
政忠　付一
清長　一
盛重（□村）　一
静山（大門寺）　一
千之　五

宣安（筒井）　二
宣秀（豊田）　二
泉弐坊（羽州）　一
善六（六才）　一
素桂（沙門）　三
宗永（大津森）　付三二
宗義（今井）　二
宗次　付一
宗治（寺町）　一
宗周（梶木）　一
宗臣　一
宗清　一
宗武　付二三
宗由（野口）　一
宗与　一
宗里　付五
宗隆　一
漱洗子　一

タ行

泰雲　付六八
沢元　付二六
淡子（七尾）　一
知休　付一
知辰（大津）　一
竹犬（高野氏）　四
竹風（越後直江）　一
忠重（端氏）　二
忠宗（酒井氏）　四
長阿（生田）　四
長[覚]（福□）　一
長規　付二
長久（七尾）　一
長憲　付一
長順（馬淵円願寺）　四
長藤（横山）　一
長判　付二

長茂（吉田）　一
長利（中村）　付二
鳥雲（田中）　付二一
朝湖　一
蝶女（木村氏娘）　一
直興　付一九
直之（京）　付一三
直信　二
通隆（加州成田）　付七四
定覚（河口）　一
定共（河毛）　付四一
定憲　二
定好　一
定好母　一
定克　二
定重（端氏）　二
定春（笠原）　一
定昌　付一

定章（羽州青木） 付一 一
定清 一
定泰（小黒） 二
定長（姫路） 一
定直（木畑） 二
定富 付六
定露（坂木） 一
定□ 一
貞室 付三六 二五
貞恕 付二五 一五
貞徳（逍遊軒明心居士） 一
貞木 一
統次（長野） 付二 二
同元（加州高□） 一
道寿（安原） 付一
道衆（遠藤） 付一 一
徳窓 一九

ナ行

内春 一
日能 付一 一
任口 一

ハ行

梅之丞（羽州□十二才） 一
白只（三井寺） 付一
伯咲（櫟氏） 一
半雪 付一
晩成 付三 二
杪上（大津） 二
杪長（大津） 一
不吟（鳴海） 五
不尺（岩井） 五
不白 付一
不必 二
不必妹 四
不卜 付一 二
不練 二
風琴（沙門） 一
文可（川北） 一
文室 付二 七
文実 一
文竜（本勝寺） 一
平間氏 一
別□ 一
暮悦（最上辻） 一
方赦（庄司） 一
法全 付三
望湖 二
卜琴 二
本春（野田） 一
梵益 一

マ行

満足 二
未覚 付三 六
未吟 一
未熟（若州） 一
未了（市石） 三
無求（畠中） 付二 六
名無 一
茂昭 一
茂則 一

ヤ行

野水（宇治） 二
野也（高梨） 二
友英（札野） 五
友閑（相沢） 二
友吉 一
友琴（加府） 一
友之（七尾） 一
友正（大津） 一
友静 付四 八
由的（宇津宮） 一
幽明（水谷） 一
祐元（福井多田） 一
祐範（能州塩谷） 一
祐房（石山） 一
要軒 一
葉船 一

ラ行

来雁（京） 一
頼元（金沢） 一
利宣（伊藤） 五
葎宿（那波） 付三 一
了抵（三井寺） 一
了味 付三 二
良継（つるが） 付一
良才（良歳モ見ヨ） 付一
良歳（良才モ見ヨ） 付一
良治（横山） 一
良信（若□） 四
良政（丹福） 二
良直（出羽大石田） 一
良保 付一 一
簗女 一
林忠（芸州広島） 付三 六
倫員 付六 三
蘆夕（淀） 一
露色 八
露峰 二
□□ 一
京衆 一
彦根衆 一
広島衆 付二
江戸衆 一
七尾衆 一
西宮衆 付一

作者	句数
淀衆	一
備前衆	付三
作者不知	七
作者不記	付二

誹諧ひとつ星

刊記ナシ。岸本調和編。発句・連句集。半紙本二冊。貞享二年臘月(十二月)／空原舎風水序。下巻ハ綿屋文庫蔵。上巻ハ版本所在不明ノタメ綿屋文庫蔵ノ写本ニヨッタ。

発句

ア行

作者	句数
安春	一
安貞	一
杏南子	四
意悦	一
一英	二
一蝸	一
一己	一
一交	一
一好	一
一雀	一
一笑	四
一嘯	五
一蛛	三
一蠊	一
一露	三
弌河	一
雨椿子	二
黄吻	二

カ行

作者	句数
何云	一〇
其声	六
鬼峰	四
宜寛	一
義忠	一
蟻想	三
吉通	一
橘子	二
挙白	二
狂雲	二
琴風	二
駒角	八
慶与	一
兼豊	二
言風	二
己千	七
孤砧	二
鼓月	三
五郎	二
語春	四

サ行

作者	句数
才麿	七
三喜	一
山夕	二
残水	四
斬松	三
子英	二
子葉	一
氏女	一
之夕	七
巵房	一
紫笄	五
自休	二
似休	二
寿都	三
重次	一
昌信	一
松斎	一
松声	二
松濤	一
心水	四
信子	一
晨入	一
水斬	一九
翠女	三
正吟子	一
正勝	一
正友	二
西通	一
青旦	二
政光	一
清風	五
扇雪	一
宗雅	一

タ行

作者	句数
拓伽	二
中阿	二
箸水	五

丁水　二
朝雲　三
朝水　四
調宇　二
調外　一
調含　二
調欠　一
調己　八
調子　二
調実　六
調序　一
調滴　二
調武子　二
調乏　四
調味　一
調勇　一
調幽　四
調用　二
調柳　五
調令　三
調和　五
直方　七
泥玉　五
田山　四
等躬　九
藤匂子　三
道牛　三

ナ行

任心　二

ハ行

倍子　一
梅庚　一
梅痩　一
白水　一
白里　一
不角　一〇
不玉　六
不撤　二
不卜　一
風水　四
ヽ斎　三
文子　一
芳重　一
芳里　二

マ行

未覚　四
孟英　一

ヤ行

勇招　一
幽山　二
恙水　一
葉風　一

ラ行

雷車　四
楽笑　二
藍水　三
立吟　一
立交　一
立些　一
立志　二
立庭　一
柳陰堂　一
露荷　一
露言　六
露章　三
露沾　三
露草　二

ワ行

和松　一
和水　四
和肘　四

連句

①四吟歌仙〔不卜9―調和9―挙白9―不角9〕
②三吟歌仙〔風水12―調和12―心水12〕
③三吟歌仙〔直方12―調和12―立志12〕秋納涼
④七吟世吉〔調幽（栗橋）19―調和19―兼豊1―露言1―立志1―山夕1―幽山1―執筆1〕武江の俳仙達予か母の落髪を祝するに各一句を…

⑤両吟漢和歌仙〔水軒漢18―調和和18〕漢和

彼岸桜

散逸書。『種』ニ「一冊　大坂談林　豊流撰　貞享二年　天王寺名所画入」。

貞享三年（一六八六）丙寅

〔貞享三年歳旦集〕

京寺町二条上ル町／俳諧三物所井筒屋／筒井庄兵衛重勝板行。貞享三年丙寅年（梅盛歳旦冒頭）。歳旦集。横本一冊。竹冷文庫他蔵。

●梅盛
③梅盛—残石—命政
③命政—梅盛—残石
③残石—命政—梅盛
▼梅盛　梅盛
夏木（重尚）　命政
残石
●梅盛引附
▽昔丑軒
夏木（重尚）
末吉氏慶益　平野氏重清　田島氏可猿
辻氏長公　竹井氏常久
江戸住　吟風子
井上氏弘則　原田氏則信　竹井氏吉久
橋本氏玄徳　橋本氏粂助
松軒子　宗心

吉氏」　盛次　竹井清久
信勝
●季吟
③季吟—湖春—可全
③可全—季吟—由卜
③由卜—可全—季吟
▽順也　春丸　伊安
半白　石河　水去
淡船　弁朗　露計
松葉　尾州犬山投閑　江戸一幸
水口柑村氏宗俊　森氏正之
●湖春（引付二）
③湖春—招友—正貞
③如風—湖春—宗勝
③宗得事雨香—正延—湖春
▽正貞　招友　正延

宗勝　正立　奚疑
友吉　一加　梅友
眠松
●湖春引付三
③水口住石王氏奚自—芥舟—而則
③中村氏而則—奚自—芥舟
③柑村氏芥舟—而則—奚自
②湖春—荷萍
④荷萍—湖春—湖春—荷萍
●湖春（引付四）
▽季吟孫九才季根　同十才漣女　可全孫竹女
習之　直重　俊玄
之定　正隆　益済
無道　元親　定之
正盛　沙門猒生　野州武平
大坂荷萍　正重　直汎

重恒　不知　三忘
③大坂吟霜軒渋谷詠夕（吟独）
●清翁
③清翁（初代定清）—和宏—直氏
③直氏—清翁（初代定清）—和宏
③和宏—直氏—清翁（初代定清）
▽野田氏曲肱　光俊　一雫
不酔　正隆　臨池
●服部清翁引付二枚目
▽因阿弥　三百
則風　辰明　正益
橋本氏宗治　馬之助
重勝　青木氏行長　延勝
田村氏順之　清水氏順之　正親
宗長　正房　次章
之延

●服部清翁引付三枚目
▽菱田氏正重　吟静
作者不記　松栄
満蔵　善治　長順
清範　正吉　百々
北野高道　北野道友
▼清翁
●服部清翁引付四枚目
▽増山氏直貞
▼臨池　正親
▽若州北方妙寿寺孝之　同院主蟻子
同西誓寺随可　野崎氏遊夏　遊夏
田辺氏拡忲　井吹氏如幻
●貞兼引付
▽令富　貞兼
③貞兼—種円—知徳

③知徳—貞兼—種円
③種円—知徳—貞兼
●貞兼引付二枚目
▽（黒田）貞祐　（田中）益忠　（沙弥）依西
（月田）宗勝　（淫水）樗散　（田畑）徳忠
（玉置）長久　慈全
（吉村）久太郎　（湯浅）宗利
（湯浅）宗三　（田中）益貞　（増田）貞明
（金山）得智　（谷野）公意　（大町）勝周
（木山）了元　（高橋）信澄　（藤谷）貞長
（井上）清章　（野口）政則　（津田）貞成
（藤谷）正次　（西田）直常　（小幡）直治
（小幡）宗直
●貞兼引付三枚目
▽（長谷川）正勝　（増日）好行　（沢田）道仲
（重清改之門野）行栄　（阿原）正勝
勝周　種円　宗三
益忠　貞祐　貞兼

▼益忠　勝周　公意
貞兼　宗三　勝周
貞兼　正次
●貞兼引付四枚目
▽益貞　益忠　勝周
益忠
▼貞兼　種円　勝周
益忠　貞兼　知徳
宗三　貞長　種円
宗三　貞兼
●貞恕
③貞恕—光能—光之
③光能—貞恕—幽林
③光之—宗永—貞恕
▽宗永　（敦賀伊原）頼尚　光次
光久　光益　之益
（大津）宗義
●貞竹

（小川通三条下ル町）③貞竹（吟独）
③貞竹（吟独）
③貞竹（吟独）
▼貞竹
●似船
（蘆月庵）③似船—鉄硯—鞭石
（井亀軒）③鞭石—似船—鉄硯
（醸水軒）③鉄硯—鞭石—似船
▼釣軒　鞭石　鉄硯
似船
●似船ひき付二枚目
（招鳩軒）③方山—夕煙—釣軒
③釣軒—方山—夕煙
③夕煙—釣軒—方山
▽慶命　（沙門）一妙　可仙
正伯　瀟雨堂
（へそむら）田竜　（栗原）露芝
●似船ヒキ付三枚目

▽（如子母）信教　（蘆月庵）女　（沙門）如子
（沙門）周孝　（沙門）宣海　（沙門）通感
（大村）祐重　（植松）一洞　（植松）泥玉
（植松）山人　（植松）一習　（大坂藤原）貞因
（大坂ふちはら）言因　（大坂藤原）一指
●似船ひき付四枚目
（志摩国戸羽住蘆省軒）③蝙峒子—磯侍—雪堂
（一如軒）③雪堂—蝙峒—磯侍
（竄水軒）③磯侍—雪堂—蝙峒
▽（志摩国戸羽住松藤軒）似蛙　（挙扇堂）露淵
（志摩国戸羽住）花見女　（沙門）三舟
（津軽住深井）尹安
●如泉
③如泉—青水—秋風
③如帆—如泉—青水
③青水—如帆—如泉
③秋風（吟独）
▽素雲　不言　如琴

自謙　澄正　暁酔
●如泉引附二
③幸佐-竹仙-庭幽（和漢）
③庭幽-幸佐-竹仙（和漢）
③竹仙-庭幽-幸佐（和漢）
▽幸佐　（真珠庵）香阿弥
秋風（句漢）
風琴（句漢）
●如泉引付三枚目
▽重春　暁酔　林豊
澄正　如木　（沙門）竜淵
疎形　（渡辺）玄泉　風琴
（柴辻）一之　利房　不及
昨非　吟雪　未及
（犬井）重門　（沙門）恵水　（蒲生）肩計
定政　（源二良）正利　山子
是習　元親
●如泉引付四枚目

③盍疾—水疑—心兮
③心兮—盍疾—水疑
③水疑—心兮—盍疾
▽正房　秀季　重次
松葉　重政　清吉
岑則　春風　定幽
深流　敬雅（西村）
●如泉引付五枚目
▽林鳥　正栄　笹軒（上賀茂）
一朝（上田）　貞澄（浦井）　正栄
③乙州（大津）（吟独）
▽一巵（吉野辻）　長良
泉序（江戸梅淀軒）　泉庫（江戸浮瓢軒）
泉流（江戸）　源升（江戸）　落萍（大坂）
元機（長崎黄（ママ））（元璣）
③元機（ママ）（元璣）（吟独）
●常牧
③常牧—由卜—意運

③如心—常牧—茂青
③渓口—元三—常牧
▼由卜　意運　茂青
元三
●常牧門弟二枚目
③松声—常牧—敲推
③一要—元種—富玉
③昌父—松声—意酔
▽意酔　元種　敲推
富玉
●常牧引付三丁目
▽竜子亭　常昌
一雫　直貞　秋風
元璣（黄氏）　焉求（三閑堂）　一詠
薫風　喜清　元親
梅船（宮）　宗理（吉田）　厚元（谷口）
小十郎（谷口九歳）　翼子
敬言

●常牧引付四丁目
▽臨池（鈴木氏）　不酔　可見
一閑　不兼　時閑
可幽　和由（森）　正栄（奥林）
我悦（菊）　我悦　友重（菊）
友重　不望（菊）　光俊
騤水　因阿弥
孝之（若州妙寿寺）　枕肱（若州田辺氏）
蟻子（若州妙寿寺）　如幻（井吹氏）　宗尚
●常牧引付五丁目
▽元治（遠藤）　正次（小野木）　正次（加藤）
正成（岸）　吉宣（小坂井）　昌為
如遊　勝豊（江原氏十一才）　好重
ちよ（娘十二才）　よね（娘十一才）　さぶ（男）
だい（女）　きよ（女）　てふ（女）
きゐ　たん　いち
隠子　昌木（嵯峨）　富雅
●尚白

③尚白（大津）‐玄甫‐官江（千那）
③官江（僧）（千那）‐尚白‐玄甫
③玄甫‐官江（千那）‐尚白
▽風葉軒　浴々子
●尚白引附二
③月官江（千那堂）（千那）‐青亜‐玄甫
②青亜—官江（千那）
▽長吉（執筆）
②玄甫—順時
②順時—尚白
▽松濤庵　松軒
安清
●尚白引附三
▽乙州　寿之　為忠
常之　春朝　与風
玄六　あいと（松濤息）
簪（女）　長好　政信
ウ月（宇月）　一哲

知辰　松泉　嫩石
下流　好菊　安若
●尚白引附四
▽白賁　因之　自息
島千　芦月　風竹
幽孤　巴水　半林
武広　一有　安好
安次　竹隣（按摩）　一貞
灌木
●高政一～四
㊱高政3—春恵3—
正長3—友春3—
菊隠3—正近3—
松笑3—定之3—
直方3—栄春3—
高嵐3—春暮2—
執筆1
▽正長　佳興　菊隠

春恵　松笑　友春
正近　直方　栄春
▽佳興（歌）　高政（歌）
▼高政（歌）　正長
菊隠
●重栄
③重栄—政頼—清勝
③清勝—重栄—政頼
③政頼—清勝—重栄
▽去御方（七歳ニテ）　重虚
容雪　胤成（田中）　直通（熊谷）
暠泉　飡隠　示心
心全　軽賤　両ケ
良次　正清　笠子
正意（市川）　成正（岩村）　宝生（長谷川）
正栄（三宅）　かち（女）
●重栄引付二枚目
▽了存　寸木　良次

春清　時忠　重治（山本）
実利（利根川）　木通（池永）　重次（久葉）
重高　松順軒
定吉（山崎）　重実（北尾）　春経（藤谷）
正重（渡辺）　武次（埋忠）　斎信（鹿島）
昌孝（岡本）　高道（小島）　光久（上田）
一正（小島）　宗次（岡崎）　宗正（岡崎）
照清（丹波山国）　不肖（丹波）　臥滝（丹波）
久茂（丹波）　保光　似酔
巻介（三上）　政長（山伏）
●随流
③随流—流滴—金寿
③金寿—随流—昌栄
③流滴—昌栄—随流
③昌栄—金寿—流滴
▽心計　勝治　友実
一吟　善但　吟風
清応　未英　正竹

都雪　具天
●随流引付二牧目
▽分則　義風　故知
松風　金聴　方常
快卓　善相　清郎
花木　喜治　清正
秀季　春清　藤重
一法　鶴人　重吉
不計　宜正　重次
●随流引付三牧目
▽貞軒　清風　正栄
信氏　善道　岑則
正之　但永　藤重
政美　清春　重勝
吉景　氏重　親富
宗貞　正経　金竹
●如雲
③如雲—魚躍—栄声

③栄声—如雲—魚躍
③魚躍—栄声—如雲
▽信徳　仙庵　政定（富春軒）
重徳　栄吟　有方
意之　任友　翼之
尹貝　愚柳
●信房
③信房—永久—元理
③宗明—信房—好孝
③永久—宗明—信房
▽令富　元理　好孝
元常　さる御方
●鈴村信房引付二丁目
▽奉　延正　寿易
宗三　八（小女）
③三清—清房—清之
③清房—清之—三清
③清之—三清—信房

●鈴村信房引付三丁目
▽易貞（河村）　嘉房（小川）　正房（小林）
宗延（田辺）　正好（田辺）
因阿弥　重利（谷野）
重利　重利　藤木
秀詮（中川）　吉清　長房（猪飼）
梅栄（藤原）　藤吉（吉村）　藤吉（須磨）
鼠学
●鈴村信房引付四丁目
▽文遠　吉澄　鳥女
▼永久　好孝　宗那
嘉房　信房
●常春
▽常春
③宗種—友重—是信
③是信—宗種—友重
③友重—是信—宗種
▽白　清定　重貞

嘉春　止清　正延
定頼
●常春引付
▽栄良　宗勝　吉茂
易延　吉賢　正幸
宗如　重径　喜張
安儀　藤松　昌興
宣隆　悦政　正次（小野木）
和由（森）　正栄（奥林）
吉之助　善太郎
むめ　光次　正常
友信
●秋風
③秋風（吟独）
③元璣（黄氏）（吟独）
▽元璣（句漢）
●常信
③常信（塔之壇）―清春―康重（岡田）

③康重―常信―政治（富森）
③政治―康重―常信
▽常信
▼常信　淵浅
●常信引付二枚目
▽清春　吉信　宣豊（秋原）
猶隆　常俊　清宗
女　直利　若流（宇野）
慶庵（竹田）　二木　暦勝
貞則　久光　政重
光隆　長久　又六
忠治　慶順　雨夕（本原）
友直（山下）　○　鉤玄
宗義（杢郷）
●重好
③重好―梅純―貞利
③具信―重好―梅純
③貞利―具信―重好

▽梅純
③甲佐―清次―九郎吉
③亀助―次良―為女
③清次―亀助―弥次
▼元春
●重好引付二丁目
▽十悦　永順　貞明
清三　春夕　長久
正方　為哉　貞成
谷水　楽只（上原）　定好（前田）
品計（藤井）　正勝　氏房
尚張　安節　幸長
省躬　吉次　定喜
明房　独笑　政信
吉光　不及　常雄
●重好引付三丁目
▽已任　宗寿　由巳
宗政　定好　方尚

信方　尚春　清玄
一祐　氏也　忠政
友三　楽只　友信
松詠　正辰　定悦
幽楽　二葉　寿閑
右久　月勢（沙門）　又子（相庭）
因　得　又玄
●玄昌
③玄昌―宗益―正順
③正順―玄昌―宗益
③宗益―正順―玄昌
▽光治　琴酒　弄水
直治　貞利　静始
宗直
●玄昌引付二
▽幸長　省躬
平野氏　吉次
定善　正重　善忠

常勝　元勝　武実
了喜　俊之　孝家
長松　歓悦　里人
兼氏
●玄昌引付三
③順水―盈泉―重春
③重春―順水―盈泉
③盈泉―重春―順水
▽清重　蚤息　道清
義次　易延　利明
行房　正勝
●玄昌引付四
▽悦助　好教　宗則
春重　宗直　孝家
光治　正次　一卜
夢幻子　友行
友明
▼宗益　宗則　順水

直治　弄水　宗益
一滴　易延　胤子
松養軒

●和及
③和及（沙弥露吹庵）—方寸—雪吉
③雪吉—和及—方寸
③方寸—雪吉—和及
▽暮山　光治　滝氏
五得　遊是　千足
秀情　氏寅　沙門 道円
少人 魚松　堅陸
舎巳軒　沙弥 和及

●友扇
③友扇—昌春—弄泉
③弄泉—友扇—昌春
③昌春—弄泉—友扇
③匡永—如竹—富勝
③富勝—匡永—如竹

---

③如竹—富勝—匡永
▼友扇

●友扇引附
▽柳葉　栄良　竹遊
卜清　林木　深閑
宜春　攀高　淈女
ふき女　とめ女
とめ女女 かね　とめ女女 幸　つる女
きさ女　作者不記
丸鉄　削鉄　萩雨
爾船　匡則

●言水
③言水—千春—春澄
③仙庵—言水—秋宵
③秋宵—仙庵—言水
▽友静　順也　千之
友吉　夏木（重尚）
大坂 荷萍　忠辰　正信

良雲　如元　之里
如幻

●言水二
▽観水　言井　英但
好友　西流　石流
誠意　文遠　則綱
直方　七十九才 一閑軒
南都 幸政　延定　近江 似水
丹波 則心　丹波 朝夕　丹波 愚口
丹波 恒風　最上 慶重　若州 幽水
若州 徳陳　若州 之名　若州 似声
▼夏木（重尚）　観水

●其角
③江戸 其角—文鱗—枳風
③枳風—李下—仙化
③仙化—其角—文鱗
③文鱗—枳風—リカ（李下）
③リカ（李下）—仙化—其角

●其角二
▽芭蕉　杉風　挙白
嵐雪　嵐蘭
揚水（楊水）　芳重
朱絃　コ斎（壺斎）
蚊足　去来
▼素堂　枳風
文リン（文鱗）
仙化　蚊足
③はせを（芭蕉）—蚊足—去来

●旧花
③旧花—重春—都水
③都水—旧花—重春

●旧花二
③重春—都水—旧花
▽鳳兮　高風　愚柳
鶴流　露像

●女房三つ物

---

③女 くに—十二才 てう—十三才 せき
③せき—くに—てう
③てう—せき—くに
▽十一才 水の　十三才 とら　清松丸

●好春
③伏陽 好春—ノし—重次
③重次—好春—ノし
③ノし—重次—好春
▽多聞院 問随　集蛍　如白
蛙類　杏栄

●詞蝿
③十声改 詞蝿—木幡 松程—京 梅友
③梅友—詞蝿—松程
③松程—梅友—詞蝿
▽同邑 集蛍　飛助　里福
端蟻　極失

●曲肱
③笹山住松平氏 曲肱（独吟 和漢）

③曲肱（独吟 和漢）
③曲肱（独吟 和漢）
●自元　備後国福山住水野梅径福富門流
③自元―重道―忠之（京住駒村氏）
③忠之―自元―長清（松井氏）
③重道―国正―自元（加藤氏）
▽長清　国正（桜井氏・野村氏）
●定直
③定直―即章―晩翠（備前岡山虚心子）
③進歩―定直―一鵬
③一鵬―進歩―定直
▽晩翠　即章
③茂門（吟独）（竹下）
●卜乙
▽卜乙　卜乙（句漢）（八代）
③卜乙（吟独）
●如常子
▽如常子（肥後八代松水洞）

●三千風
③三千風―素柱―左柳（寓言堂大矢数・富山氏・富山氏）
③左柳―三千風―素柱
③素柱―左柳―三千風
▽呑空斎（三千風）
無不非軒（三千風）
大極子（三千風カ）
乾関子（三千風カ）
竜林子（三千風カ）
●由平
③由平―美郷―荷萍（破瓢叟）
③荷萍―瓢叟（由平）―美郷
③美郷―荷萍―瓢叟（由平）
▼荷萍
●清勝
③清勝―きさ女―来真（大坂山口・沙門）
③来真―清勝―きさ女
③きさ女―来真―清勝

●宗旦（伊丹一）
③宗旦（吟独）（也雪軒）
▽兀木　水也
▼水也　兀木　宗旦
作者不記
③濁水（吟独）（森本氏）
▼濁水　鉄卯
●涎洞（伊丹二）
③涎洞―谷水―一性（自省軒）
③一性―涎洞―谷水
③谷水―一性―涎洞
③貞喜（吟独）（鹿島）
▼貞喜　貞喜
●雄金（伊丹三）
③雄金（吟独）
③定友（吟独）（山村）
▼定友
●鉄卯（伊丹四）

③鉄卯（吟独）（金雞子）
▽鸑動　鸑動　鸑動
鸑動　鸑動　鸑動
鸑動　鸑動　鸑動
▼鸑動
●人角（伊丹五）
③人角（吟独）（佐尾）
▼人角
③放言（吟独）
▼放言
●岩獅（伊丹六）
③岩獅（吟独）
▼岩獅
③蟻道（吟独）（森本）
▼蟻道　蟻道
●青人（伊丹七）
③青人（吟独）（鳥之）
▲青人　青人

③好昌（吟独）（北河原）
③好昌（吟独）（北河原）
●六水（伊丹八）
③六水（吟独）（酔翁山）
▽馬桜　泥水
②三紀―中間
▽中間
▼三紀（歌）　馬桜（歌）
●酒粕（伊丹九）
③酒粕（吟独）
▼酒粕
●宗旦引付（伊丹十）
▽直矩　玄拙（長生軒）　遍栄
千鶴　正次　万亀
其水　福次　厄男（茶屋）
湖雪　志笠　方副
雲山　友慶　竹林（久代尺）
重俊（久代尺）　伯相（久代尺）　黒山（大鹿尺）

大鹿尺 林山　大鹿尺 酒見　三沢
雲水　定之　流慕
信房　清山　延命室 友昌
鉄面　元格

●西吟
③摂州桜塚山落月庵 西吟—吟可—吟鶯
③東山田 吟鶯—西吟—吟可
③東山田 吟可—吟鶯—西吟

●西吟引附弐丁目
▽落月庵萌十三才 吟峰
▼西吟　摂陽吹府 退耕
③吹田太田氏 退耕—雁不—退耕

●西吟引附三丁目
③吹田観音寺 雁不—退耕—雁不
③摂国島村交世庵 生水(吟独)
▼生水

●西吟引附四丁目
③招月庵 雷吟(吟独)

③熊野田 連友—追笑—可尋
③熊野田 可尋—連友—追笑
③熊野田 追笑—可尋—連友

●西吟引附五丁目
③小畑和泥(吟独)
③生島 猶水(吟独)

●西吟引附六丁目
③吹田 无一—可休—卜滴
③吹田 卜滴—无一—可休
③垂水 可休—卜滴—无一
③茨木住樋口氏 隆貫—東行—定之
③茨木住吉志部氏 定之—隆貫—東行
③茨木住樋口氏 東行—定之—隆貫

●西吟引附七丁目
③茨木住樋口氏 自笑—渓竜—梅香
③茨木住吉志部氏 梅香—自笑—渓竜
③茨木住長井氏 渓竜—梅香—自笑
③茨木住樋口氏 嶺金—重在—澗翁

③茨木住河崎氏 澗翁—嶺金—重在
③茨木住樋口氏 重在—澗翁—嶺金

●西吟引附八丁目
③熊野田 蛙学—鶴松—祐子
③熊野田 祐子—蛙学—鶴松
③熊野田 鶴松—祐子—蛙学
③蘆原 礒風(吟独)

●西吟(引附九丁目)
③尼崎住 楳朋-如松-網子(和漢)
③網子-梅朋-如松(和漢)
③如松-網子-梅朋(和漢)
島上郡 吟臍(歌)

●西吟(引附十丁目)
③小浜 遠文—是計—雄金
③荒牧 雄金—遠文—是計
③中野 是計—雄金—遠文
③酔翁山 六水(吟独)

●西吟引附十一丁目

▽神峰山寺 松好　上宮天神 玄月
摂州島上郡坤林洞 吟白　摂州島上郡 吟八
摂州島上郡 吟亀　摂州島上郡 吟笛
摂州島上郡 吟蟬　吟諧
摂河辺郡富松沙門 春也　富松 松山
富松 松山　摂東山田 夕木　倍加釈 不方
倍加萩原氏 梅賀　中村 唯言　中河 昌成
中河 吉也　摂島上高槻 吟亀

●桜叟
②摂 婆息庵(桜叟)-也魚
▼一車堂(也魚)
高槻村 浅藪

●桜叟二
③摂婆息庵 桜叟-里竹-され魚(也魚)
③一車堂 也魚-桜叟-さと竹(里竹)
③野村姓 里竹-也魚-さくら叟(桜叟)
▽江戸谷中 幽雁　江戸 汀水
高槻村土岐 野翁　鈴木 重栄

安満 更幽　大坂都筑 以程

●桜叟三
▽畳神執行 玄月　僧 木端　日枝山 嵐山
檜尾 賢精

●梭李
▽京 梭季　三島 来紀
山田悉晶堂 順風　玉川 露言
村山秋夕扉 如帚　田中 桃夕
森 三沢　継甫門 蘇入
▼如帚

●貞木
③貞木(吟独)
▼ていぼく(貞木)
▽理即院喜観 林穪
大坂住徳懐軒岨山氏 高故
大坂不貴軒 山久　大坂住 イト
▼大坂住岨山氏 高故
▽洛下三物書写手 浪人　俳諧三物所 重勝

丙寅之歳旦

刊記ナシ。貞享三年正月（書名）。岡村不卜編。歳旦帖。横本一冊。洒竹文庫蔵。

③不卜―虜招―峡水	扇雪　琴風　不嵐	▽コ斎（壺斎）　虎白	草紫　登鯉　鯉翅	芝香　不短
③挙白―不卜―不角	不外	朱絃　一秀　楽笑	林酒　清風　黄吻	▼不獣
③虜招―挙白―不卜	③不獣―不魚―不鳥	慶与　晨入　卮房	不貞　玫枝　麁言	
▽不角　峡水	③不鳥―不獣―不魚	春桃　紅林　才白	梅友　柳黒　南水	
自準（似春）　芳室	③不魚―不鳥―不獣	立些　琪樹　洒計	心□　全峰　声井	

戴竜山延命寺眺望の詞并九景

稿本（三千風自筆）。貞享三如天（二月）／湖山飛散人無非軒呑空居士大淀の三千風（奥）。大淀三千風著。俳文。巻子本一巻。三重県松阪市射和町延命寺蔵。『松阪市史』7（同編さん委員会　昭和55年刊）ニ翻刻。

発句

三千風　歌一九

戴竜山延命寺院中地蔵院九景の品定

稿本（三千風自筆）。貞享三中春（二月）／湖山飛散人大箭数寓言堂呑空居士大淀三千風（奥）。大淀三千風著。俳文。巻子本一巻。三重県松阪市射和町延命寺蔵。『松阪市史』7（同編さん委員会　昭和55年刊）ニ翻刻。

発句

三千風　歌一九

庵桜

京都寺町二条上ル町／井筒屋筒井庄兵衛重勝板行。貞享三丙寅のとし三月下旬（奥）。水田西吟編。発句・連句集。半紙本一冊。『阿』ニ『西吟さくら』ノ書名デ「一冊　桜塚　西吟作　西翁巻頭　いそき見ん三里一肩桜塚」トアリ、本来ハ二冊本ト推察サレル。西吟（自序）。国立国会図書館蔵。『資料類従』30ニ影印。『伊丹風俳諧全集』上等ニ翻刻。

発句

ア行

法橋 維舟（重頼）　一
昆陽 一枝　一
宮戸氏 一平　二
岡島氏 猿風　九
小浜 遠文　一
江戸 蜒毳　一
松井 桜花　一

カ行

可休　一
有利氏 可尋　五 歌三
吹田観音寺 雁不　一〇
鮎川田村氏 其次　七
囉々哩 鬼貫（囉々哩モ見ヨ）　一
森本氏 蟻道　八
西田 久任　一
森本氏 棘道　三
東山田住田中氏 吟鶯　九
東山田住田中氏 吟可　一
森本氏 吟鶴　二
多田院 月山　一
上宮天神 玄月　一
藤原 言因　四
池西 言水　二
北村 湖春　三
北河原氏 好昌　二
岡 好水　一
安平次 幸方　一〇
江戸 耕雲　三

サ行

蕊香軒 昨非　一
梶浦氏 昨夢　四
石津氏 三沢　二
鮎川 司如　三
茨木住樋口氏 自笑　五
岡田氏 酒粕　六
鳴滝 秋風　四
村上 如見　一
神峰山 松好　二
伊藤 信徳　四
佐尾氏 人角　九
島村住村田 睡鬼　一
尼崎 雖愚　二
尼崎 正利　二
島村住村田氏 生水　八
島村 生水母　二
難波 西鶴　一
落月庵 西吟　九
池田 西舟　一
伏見 西波　一
島之 青人　一六
始雪軒 星山　四
牧野 晴嵐　三
猪名野隠士坂上 千門　六
猪名野隠士坂上 素風　八
池田 宗賢　一
鹿島 宗故　二
伊丹也雲軒 宗旦　三

タ行

吹田太田氏 退耕　八
大坂 泰春　一
森本氏 濁水　二
茨木住吉志部氏 定之　一六
藤原 貞因　二
鹿島氏 貞喜　七
森本氏 泥水　三
上島氏 鉄卵　四
茨木住樋口氏 東行　六
芭蕉翁 桃青（芭蕉）　一
伊藤 道晴　一

ナ行

伏見 任口　一

ハ行

小西氏 馬桜　二
西山 梅翁（宗因）　一
茨木住吉志部氏 梅虎　六
尼崎 梅悟　二
南都 梅朝　一
尼崎 梅朋　二
島上郡 白主　一
森本氏 百丸　一六
木村氏 放言　一
吹田佐尾氏 卜滴　三
山崎 梵益　一

貞享三年（1686）丙寅

マ行

- 万海（武村）　二
- 無一（吹田山本氏）　三
- 無隣（瓢乎軒）　二
- 網子（尼崎）　二
- 木平（川面氏）　一

ヤ行

- 友雪（青木）　一
- 猶水（生島氏）　五

ラ行

- 囉々哩（上島氏）（鬼貫モ見ヨ）　五
- 来山（小西）　二
- 来雪（池田）　一
- 雷吟（長島）　三
- 鸞動（古沢氏）　九
- 隆貫（茨木住樋口氏）　六
- 嶺金（茨木住樋口氏）　五
- 鷺助（木村氏）　四
- 六水（酔翁山）　三

ワ行

- 和泥（小畑氏）　四

連句

①三吟歌仙〔百丸（森本氏）12—鬼貫12—西吟12〕

②両吟六句〔季吟3—西吟3〕去その秋洛陽に徘徊新玉津島に詣しが…

③両吟六句〔如泉3—西吟3〕六条の道場にまかり…

④両吟六句〔湖春3—西吟3〕其秋亦

⑤両吟六句〔言水3—西吟3〕四とせのさき廻国とて…

⑥両吟八句〔幸方4—西吟4〕竹清軒の好士と伴ひしに

…

⑦両吟六句〔六水（酔翁山）3—西吟3〕こぞの秋庵より西の昵近をまねきしに…

⑧六吟歌仙〔西吟6—吟鶯6—雁不6—卜滴5—生水6—退耕6—執筆1〕

⑨三吟三句〔幸方（安平次）—ノ水—孤舟〕天満宮奉納千句／前書略ス／第一梅（第三マデ掲載）

⑩三吟三句〔市太郎（高野）—小四郎—権九郎〕第二燕（第三マデ掲載）

⑪三吟三句〔孤舟（中村）—幸方—市太郎〕第三華（第三マデ掲載）

⑫三吟三句〔幸方女—孤舟女—ノ水女〕第四早苗（第三マデ掲載）

⑬三吟三句〔ノ水女—幸方女—孤舟女〕第五夕涼（第三マデ掲載）

⑭三吟三句〔孤舟女—ノ水女—幸方女〕第六一葉（第三マデ掲載）

⑮三吟三句〔小八郎（安平次）—市太郎—小四郎〕第七雁（第三マデ掲載）

⑯三吟三句〔（安平次）権九郎―小八郎―ノ水〕第八月（第三マデ掲載）

⑰三吟三句〔（中村）小四郎―権九郎―小八郎〕第九雪（第三マデ掲載）

⑱三吟三句〔ノ水―孤舟―幸方〕第十神楽（第三マデ掲載）

⑲独吟歌仙〔西吟〕独吟

蛙合

貞享三丙寅歳閏三月日／新革屋町／西村梅風軒彫刻。青蟾堂仙化編。発句合。半紙本一冊。青蟾堂仙化子（自跋）。綿屋文庫他蔵。『蕉門俳書集』3ニ影印。『古俳大系　蕉門俳諧集一』等ニ翻刻。

発句

カ行

かしく　一
キ角（其角）　一
枳風　一
琪樹　一
橘襄　一
去来　一
挙白　一
峡水　一
琴風　一
コ斎（壺斎）　一
孤屋　一
紅林　一

サ行

山店　一
杉風　一
朱玄　一
蕉雫　一
水友　一
翠紅　一
仙化　一
扇雪　一
全峰　一
そら（曽良）　一
素堂　一
宗派　一

タ行

濁子　一
ちり（千里）　一
徒南　一

ハ行

芭蕉　一
破笠　一
不卜　一
文鱗　一
蚊足　一
芳重　一
北鯤　一
卜宅　一

ヤ行

友五　一

ラ行

嵐雪　一
嵐竹　一
嵐蘭　一
李下　一
流水　一

誹諧 丙寅紀行

貞享三暦林鐘（六月）中旬／皇都書林西村嘯松子・江戸神田新革屋町同梅風軒梓行。松葉風瀑編。俳諧紀行。半紙本一冊。洒竹文庫他蔵。『俳諧文庫　俳諧珍本集』ニ翻刻。紀行ノ中ニ発句・連句等ガ配サレテイルノデ、連句ノ前書ニ当タル文章モ掲出ヲ省略スル。

発句

一　捔　二｜玄　仍　一｜重　信　一｜長　明　歌一｜みつね　歌一
虚　洞　四｜玄　的　一｜昌　琢　一｜芭　蕉　一｜よ　し　一
琴　蔵　四｜沙(ツレ)門　一｜すて(かいばら)(捨女)　一｜風　瀑　三七

連句

①五吟五句〔風瀑—芭蕉—一晶—琴蔵—虚洞〕
②五吟歌仙〔風瀑8—虚洞8—一晶4—渋篌8—琴蔵8〕
③両吟二句〔琴蔵—虚洞〕
④四吟六句〔琴蔵2—風瀑2—虚洞1—一捔1〕
⑤両吟二句〔虚洞—風瀑〕
⑥両吟二句〔一捔—風瀑〕
⑦両吟三句〔風瀑1—琴蔵2〕
⑧両吟二句〔琴蔵—風瀑〕
⑨独吟三句〔宗牧〕（独吟百韻ノ第三マデ掲載）
⑩独吟十六句〔風瀑〕
⑪三吟歌仙〔信徳17—風瀑1—一晶17—筆1〕
⑫両吟歌仙〔一晶18—風瀑18〕
⑬三吟歌仙〔風瀑12—嵐朝12—一晶12〕

漢和三五韻

貞享三竜集丙寅重陽日（九月九日）／帝畿宣風坊書林／杉田長兵衛・山岡市兵衛・梅村弥右衛門。宇都宮遯庵著。聯句辞書。中本二冊。于時貞享三丙寅季夏上澣（六月上旬）／法橋昌純（序）。綿屋文庫他蔵。『古辞書研究資料叢刊』5（大空社　平成9年刊）ニ翻刻。漢和聯句・漢和俳諧ニオケル和句ノ押韻ニ関スル参考書。

はるの日

貞享三丙寅年仲秋（八月）下浣／寺田重徳板。山本荷兮編。発句・連句集。半紙本一冊。中村俊定文庫他蔵。『蕉門俳書集』5等ニ影印。『新大系　芭蕉七部集』等ニ翻刻。題簽ノ表記ハ「波留濃日」。

発句

ア行
羽笠　一
雨桐　二
越人　九

カ行
荷兮　八
亀洞　二
九白　一

サ行
犀夕　一
舟泉　三
重五　五
如行（大垣住）　一
昌圭　二
昌碧　一
商露　一
塵交　一

タ行
旦藁　三
聴雪　二
杜国　五
呑霞　一

ハ行
芭蕉　三

ヤ行
野水　二

ラ行
利重　一
李風　二
柳雨　一

連句

①五吟歌仙〔荷兮7―重五7―雨桐7―李風7―昌圭7―執筆1〕二月十八日

②五吟歌仙〔旦藁7―野水7―荷兮6―越人8―羽笠7―執筆1〕三月六日野水亭にて

③五吟歌仙〔野水7―旦藁7―越人7―荷兮7―冬文7―執筆1〕三月十六日旦藁か田家にとまりて今宵は更たりとてやみぬ／同十九日荷兮室にて（十三句目以降）

④五吟六句〔越人―舟泉―聴雪―螽髭―荷兮―執筆〕追加／三月十九日舟泉亭

俳諧一橋

京寺町二条上ル町／井筒屋筒井庄兵衛重勝板行。鈴木清風編。連句集。半紙本一冊。貞享三年九月初六の日／洛友静（序）。光丘文庫他蔵。『資料類従』35ニ影印。星川茂平次『尾花沢の俳人　鈴木清風』（尾花沢市地域文化振興会　昭和61年刊）ニ影印・翻刻。

連句

①七吟歌仙（芭蕉6—清風6—挙白6—曽良5—コ斎（壺斎）5—其角6—嵐雪2）三月廿日即興（後半ハ閏三月十四日ニ嵐雪ガ帰江シテ以後ノ興行）
②両吟歌仙（湖春18—清風18）
③両吟歌仙（才麿18—清風18）
④両吟歌仙（言水18—清風18）
⑤両吟歌仙（立志18—清風18）
⑥両吟歌仙（一晶18—清風18）
⑦七吟八句（如泉—湖春—言水—仙庵—信徳—素雲—清風—筆）七月朔日興行／右百韻略之（表八句ノミ掲載）
⑧三吟歌仙（信徳12—清風12—仙庵12）
⑨四吟歌仙（羽州清風18—江戸其角6—京仙庵6—京言水6）（清風ト各俳人トノ両吟各十二句ヨリナル）
⑩両吟歌仙（仙庵18—清風18）武蔵野に春有／山城に夏有季をしらぬ奴有
⑪両吟歌仙（調和18—清風18）

磯馴松

散逸書。『阿』ニ「一札　鞭石巻頭　維舟（重頼）門人作　貞享三年乙丑冬十一月」。『広』ニ「一　鞭石」、『故』ニハ「一　鞭石　天和三」。

新山家

京堀川通錦小路上ル町／西村市郎右衛門蔵板（初版初印ハ井筒屋庄兵衛版カトモ推察サレル）。『阿付』ニ「貞享三」。宝井其角著。俳諧紀行。半紙本一冊。狂雷堂晋其角述・虚無斎鳥文鱗校・丁亥郎川蚊足筆。綿屋文庫他蔵。『宝井其角全集』等ニ翻刻。

発句
其角　一〇
枳風　三
自悦　一
芭蕉　二
文鱗　一

連句
①三吟三句〔其角―文鱗―枳風〕其一
②三吟三句〔枳風―其角―文鱗〕其二
③三吟三句〔文鱗―枳風―其角〕其三
④四吟歌仙〔李下9―文鱗9―其角9―蚊足9〕附尾

胡塞記

稿本（嵐雪自筆）。寒蓼堂のあるし嵐雪（奥）。貞享三年成（内容）。服部嵐雪著。俳諧紀行。掛幅一軸。柿衞文庫蔵。

発句
嵐雪　三

伊勢紀行

稿本（現存シナイ）。貞享三年成（内容）。向井去来著。俳諧紀行。一冊。芭蕉庵桃青（跋）。コノ年ノ八月ニ妹千子ト伊勢参宮シタ折ノ紀行デ、芭蕉ニ添削ヲ依頼シタ原本ハ現存セズ、嘉永三年刊行ノ版本（嘉永三年歳次庚戌三月／柿寿窓蔵板「去来伊勢紀行・丈草寝転草」）ハ綿屋文庫他蔵。『去来先生全集』（落柿舎保存会　昭和57年刊）ニ版本ノ翻刻。版本ニヨリ集計シ、跋ニ見エル芭蕉発句一モコレニ加エタ。

発句
去来　一〇
千子　九　歌一
芭蕉　一

連句

①両吟二句〔千子―去来〕

②両吟二句〔去来―千子〕

③両吟四句〔千子2―去来2〕

貞享四年（一六八七）丁卯

丁卯歳日

散逸書。洒竹文庫ノ「震災焼失本目録」ニ「才麿　丁卯　完一」。

誹諧ひとつ松

井筒屋庄兵衛重勝梓行。丁卯歳春三月二十五日（奥）。江左尚白編。発句集。半紙本四冊。貞享四とせ清明の日（三月）／自序。綿屋文庫蔵。『俳書集成』9ニ影印。『俳書叢刊』5ニ翻刻。題簽ノ表記ハ「飛東津松」。

発句

ア行

愛女　一
安々子　二
安好　八
安山　二
安志　二
安室　三
安世　七
越後村上　安定　一
安法　二
若州　闇鴉　二
勢州度会長田氏　為中　一
為忠　二
若州小浜　一焉　一
加州金沢　一煙（句空）　三〇
越府引接寺　一顕　一
越府　一言　一
一只　四
加州金沢　一志　一五
播州三木　一志　二
一志　一
播州三木　一如　二
加州金沢　一笑　一九五
一晶　三
加州金沢斎藤氏　一泉　二六
加州金沢　一知　二七
一貞　六二
一哲　一
江戸　一鉄　二
いせ山田矢野氏　一道　二
加州金沢　一風　一九
加州金沢　一甫　六
越村頭陀　一夢　四
伊勢山田　一有　一七
加州金沢　尹永　一
京木村氏　尹具　三
加州松任　因風　一
ウ月（宇月）　四
越中石動　宇白　一〇
越中石動　雨蟬　一
加州金沢　烏水　五
京　烏水　三
江州彦根　云々　三
加州金沢小野氏　雲口　六二
加州金沢僧　雲圃　一〇
越前府中伊藤氏　永貞　二
勧修寺　栄春　二
栄道　三
京　栄能　一
勢州山田中津氏　益光　四
延従　一
延世　一
遠里　四
加州金沢岸氏　燕子　二
薗生　二
乙州　一〇六
乙州母　六
加州金沢　乙汀　六

カ行

女　かめ　二
越中石動　可水　四
京　可眠　五
可也　二
加州金沢　何似軒　二
加州松任　花盛　二
加州金沢　花庭　一
加州金沢　霞竹　二
金沢　雅菊（ママ）（稚菊）　一
播州三木　寛政　三
彦根湖都　岩松　一
女　きち　一
奇香　一六

注記	名	数
	季長	一
	其角	二
江戸	枳風	一
越府高田氏	喜入	一
越府山本氏	幾久	四
	貴昔	五
江戸	機鶯	一
	吉秀	二
京	九十郎	一
	久俊	一
若州小浜	去留	五
越府引接寺	旭雪	二
若州小浜	吟声	九
加州松任	薫煙	三
加州宮腰	恵忠	三
濃州大垣	荊口	二
越中石動	蛍曙	三
摂州高槻	傾酒	一
奥州三春	晛柯	三
若州小浜寺田氏	劇水	三〇
黄氏	元璣	二
堺	元順	四
播州三木	玄海	二
	玄甫	二〇
	玄六	一
	言水	五
	言任	五
加州金沢	言蕗	二
加州金沢	古翁	三
	沽月	三一
	湖仙	三六
加州金沢	口計	二
勢州川田	口今	三
勢州度会	弘氏	二
加州金沢比丘	光栄	二
	光儀	三
	光之	一
越敦賀	好之	二
京	好友	一
	江山	六
大坂安平治	幸方	三
	高政	六

サ行

注記	名	数
	沙門	二
加州松任	三之	一
越中石動	三舟	三
	三典	一
越中石動	山朴	二
播州三木	参西	二
	簪女	五
	之名	九
若州小浜	觜角	一
按摩	自悦	三
越府府中	自吟	一
越府府中赤座氏	自笑	二
	似船	三
若州日越氏	治水	一
勢州山田	雀風	二
わかさ	酒松	一
若州小浜九鬼氏	澍松	三九
	寿之	二
加州金次	岫曲	一八
花林園	秋風	二
金沢	秋里	二
	重格	五
塵芥子	重軌	八
	重顧	三
加州金沢十三歳	重次郎	一
	重徳	三
	春朝	一四
	春灯	一
	旬児	五三
	順也	四
加州金沢	庶風	八
摂州高槻	曙風	一
濃州大垣	如行	四
	如泉	八
	抄長	四
	尚白	一九三
	尚白母	二
越府府中	昌興	一
	昌貞	二
京	昌父	一
若州小浜	松響	二
	松見	五
	松泉	六
	松洞	一〇
加州金沢	松木	一
江州彦根	笑山	一
越府	唱声	一
勢州山田福田氏	勝延	七
泉州	勝友	一
	浄春	一
	常矩	一
	常之	一〇
十一歳	心水	一
京	心柳	五
	心流	四五
	信徳	五
加州松任	甚之	一
	推原	一
勢州津住	随縁	二
摂州堺僧	寸昌	四
摂州花之寺	是空	五
	是保	二
勢州山田	正英	五
	正義	七六
播州高砂	正賢	二

正次　二
（膳所）正秀　三
（横山氏）正重　二
（堺）正村　四
正道　一
（越府）正範　一
（越中石動）正木　二
正利　二
（抱筆嚢）青亜　五五
政定　一
（京）政房　一
清親　二
（伊勢山田）盛続　一
夕湖　六
（若州嶺尾氏）夕水　一
（越中石動）夕友子　四
仙庵　一
（江戸）仙化　二

（江州平田東湖挙扇堂）芊々　一七
（越中石動）専之　二
（江戸）素堂　三
（加州金沢）楚常　三三
宗永　三六
（加州金沢）宗寿　一六
宗貞　二
（堺）草風　一
漱石　三

タ行

知辰　二八
（わかさ）遅牛　一
（加州金沢）稚菊　三
（濃州大垣）竹戸　二
竹隣　四
（一貞内）長吉　三
（加州金沢加藤氏）長好　一
長貞　三

（越府大雲氏）直久　一
（越府大雲氏）直久妻　三
通雪　一六
（越前水落）定安　二
定共　一六
定克　五〇
（京）定之　四
（勢州山田正五位下檜垣氏）貞起　四
貞恕　二
東雪　二
（芭蕉翁）桃青（芭蕉）　一六
（濃州大垣）嗒山　一
（摂州高槻）同水　一
（加州金沢）徳子　五三

ナ行

（加州金沢）任有　二

ハ行

巴水　三

（加州金沢）買文　九
（三井寺）白只　二
（泉州信太）白水　一
（濃州大垣）伴柳　一
（越府我孫子氏）繁　四
（伊勢山田）ふち　五
（越府）不勘　二
（越前府中）不工　二
（越前府中）不笑　二
（江州彦根）不障　四
（越府任氏）不恁　一
（越前府中〳〵軒）不得　三
（原）不卜　一七
（加賀）不流　一
武広　三
（若州）風松　二
風竹　一三
（江戸）文鱗　一

（江戸）蚊足　一
（加州金沢）ノ松　一八
（摂州高槻）遍雲　一
望湖　二
（加州金沢）北枝　四
（加州松任）卜不　三
卜也　二
（加州金沢）牧童　一

マ行

（加州金沢伊駒氏）万子　三
（京女）みつ　二
（濃州大垣）未水　一
（勢州山田友水軒）未白　一四
（若州小浜市石氏）味両　三〇
（加州金沢）民屋　三
（濃州大垣谷氏）木因　四
（京五条）木子　二
木志　一

（隠士）木節　三

ヤ行

（江戸）野水　二
（播州曽祢田）野夫　一
（越府女）ゆき　一
（江州坂本）又石　一
友益　四
（加州金沢）友琴　一
（加州金沢）友山　一
友正　一
（堺）由政　三
（若州小浜都筑氏）幽水　三七
（播州三木）猶海　一
（御堂）猶存　二
（加州金沢）遊峒　二
（勢州村田氏）融花　一
（越敦賀）融和意　二
（尚白内）与三　六

誹園京日記

寺町二条上ル町／井筒屋庄兵衛板。貞享四年弥生（三月）中旬（連句⑨ノ前書）。池西言水編。発句合・連句集。半紙本一冊。洒竹文庫他蔵。発句ハ言水ノ自句合二十五番。

発句

（花洛住紫藤軒）言水 五〇

連句

①四吟世吉〔駒角1―言水14―湖春14―仙庵14―執筆1〕

②四吟歌仙〔清風5―湖春10―言水10―仙庵10―執筆1〕

去年ありし巻をつきて

③両吟八句〔言水4―女草4〕末略之

④両吟歌仙〔如琴18―言水18〕

⑤五吟歌仙〔空礫7―延貞7―言水8―露軒7―焉水7〕

⑥両吟歌仙〔為文18―言水18〕

⑦両吟歌仙〔秋宵18―言水18〕

⑧両吟歌仙〔貞道18―言水18〕

⑨独吟歌仙〔言水〕貞享四年弥生中旬／歌仙独吟／言水

浮月

刊記ナシ。貞享四丁卯六月日／雷明堂羊素（奥）。鈴木羊素編。発句・付句・連句集。半紙本一冊。洒竹文庫蔵。作者名部分ノ破損ガ著シイタメ、判読デキル範囲デ作者名ノミヲ記ス。

発句

一秀　鋤立

勝風　心水

随車　直風

藤水　風水

文始　羊素

立季　立吟

連句

①十二句〔風水―一桃―鋤立―勝風―随車―立志―心水…〕

②世吉〔立志―勝風―鋤立―一桃―心水―風水…〕

茄子喰さし

散逸書。『阿』ニ「一冊　鈴木氏信房作　貞享四年六月日」。

野梅集

井筒屋庄兵衛刊行。貞享四丁卯蘭秋（七月）下旬（奥）。古沢鸞動予編・池田宗旦補編。発句・連句集。半紙本一冊。也雲軒依榾子（宗旦）稿（序）。洒竹文庫他蔵。『伊丹風俳諧全集』上ニ翻刻。

発句

ア行

一風　一

猿風　二

カ行

臥山　一

臥竜（木村）　一

塊子（鹿島）　四

其水（上島）　一

鬼貫（上島）　六

蟻道　三

棘道（森本）　四

月翁　一

好昌（北川原）　四

サ行

三紀　一

三沢（石津）　一

酒粕（岡田）　二

信房　歌一

（佐尾）人角　六
西吟　一
（上島）青人　一〇
千角　一

（森本）川平　一
（中村）涎洞　二
（也雲軒）宗旦　一〇

タ行
（森本）濁水　九
（山村）定友　二
貞喜　一
鉄卵　三

ハ行
（小西）馬桜　四
（森本）百丸　付一八
放言　一

ヤ行
野泉　一

ラ行
鸞動　二
鷺助　二

連句

①三吟二十六句〔宗旦9—鸞動9—鉄卵8〕三吟

②七吟七句〔鸞動—鉄卵—宗旦—百丸—青人—濁水—猿風〕七吟

③三吟三句〔鸞動—青人—濁水〕三吟

④三吟二十三句〔鸞動8—鉄卵8—百丸7〕三吟

⑤三吟漢和五十韻〔青人漢10・和8—馬桜漢7・和10—百丸漢9・和6〕百ある星のひとつは黒し友とせし人もひとりは白くなりぬ…

⑥三吟漢和三十四句〔金鶏漢8・和4—蟻道漢3・和8—人角漢5・和6〕暮行春こゝろさひ日花岳院に詣けるに…／金鶏子序

言水随流点四季発句

稿本。貞享四丁卯八月十五日／随流〈奥〉。言水・随流点。点取帖。巻子本一巻。綿屋文庫蔵。

作者ハスベテ無記名デアルタメ集計ヲ省略スル。

かしまの記

稿本〈芭蕉自筆〉。貞享丁卯仲秋〈八月〉〈奥〉。松尾芭蕉著。俳諧紀行。巻子本一巻。綿屋文庫蔵。『天理善本叢書』10等ニ影印。『校本芭蕉全集』6等ニ翻刻。『あつめ句』ト一具ノモノトシテ伝来。数次ノ推敲ガ知ラレテイル。

発句　ソラ（曽良）　四｜宗波　三｜桃青（芭蕉）　七｜嵐雪　二｜和尚（仏頂）　歌一

連句　①三吟三句〔主人（自準／似春）—客（芭蕉）—ソラ（曽良）〕

稿本（芭蕉自筆）。貞享丁卯秋／芭蕉翁桃青（奥）。松尾芭蕉著。発句集。巻子本一巻。綿屋文庫蔵。『芭蕉全図譜』等ニ影印。『諸本対照芭蕉俳文句文集』（清水弘文堂　昭和52年刊）等ニ翻刻。『かしまの記』ト一具ノモノトシテ伝来。

あつめ句

発句　芭蕉　三四

誹諧三月物

貞享第四竜集丁卯季秋初五（九月五日）／神田新革屋町西村唄風・京同嘯松子刊行。伊藤信徳・斉藤如泉・中尾我克（我黒）・北村湖春・池西言水・三上和及編。連句集。半紙本一冊。綿屋文庫他蔵。『俳書集成』11ニ影印。宇城由文『池西言水の研究』（和泉書院　平成15年刊）ニ翻刻。題簽ノ下部ニ「信徳　如泉　我克　湖春　言水　和及」トアル。

連句

①十三吟百韻〔素雲9—周也7—為文1—貞道8—秋宵7—仙庵10—言水9—湖春10—如泉10—我黒9—信徳10—如琴1—可休8—執筆1〕六月廿一日

②十四吟百韻〔周也8—為文1—貞道1—秋宵8—仙庵10—言水12—湖春12—我黒8—信徳12—如琴1—可休3—素雲8—如泉9—和及6—執筆1〕七月廿一日

③十四吟百韻〔為文8—貞道9—秋宵1—仙庵7—如琴

1―信徳6―言水10―我黒13―可休1―周也8―如泉10―素雲10―湖春13―和及2―執筆1〕八月

十一日

伊賀餞別

稿本（現存セズ）。芭蕉庵主桃青餞別詩歌并俳諧発句／旹貞享四丁卯歳十月廿五日旅行（巻頭）。山口素堂等著。発句・連句・和歌・漢詩稿。巻子本一巻カ。帰郷スル芭蕉ヘノ諸家餞別作品ヲ集成シタモノデ、芭蕉ヨリ本間家ニ贈ラレタ原本ハ現存セズ、コレニ基ヅク各種ノ版本ガアル。安永版（書肆／江戸日本橋新右衛門町／文淵堂伊八）ハ綿屋文庫他蔵。『俳書大系　蕉門俳諧前集』ニ「句餞別」トシテ寛保版（寛保四年甲子春正月／書林川村源左衛門）ノ翻刻。寛保版ニハ誤脱ガアルタメ、ココデハ安永版ヲモトニ集計シタ（刊行時ニ付サレタ句ハ除外）。

発句

ア行

- 安適　歌 二

カ行

- 其角　一
- 枳風　一
- 渓石　一
- 吼雲（仙化僕）　一
- 孤屋　一

サ行

- 杉風　一
- 松江　一
- 如泥　一
- 翠桃　一
- 水萍　一
- 正堅（桐山）　漢詩 一
- 政宣（友松）　漢詩 一
- 正哲（悟峰）　漢詩 一
- 夕菊　一
- 仙化　一
- 沾蓬（沾圃カ）　一
- 僧　漢詩 一
- 宗草（江上閑人）　漢詩 一
- 宗波（釈）　一
- 曽良　一
- 素堂山士　一　漢詩 三

タ行

- 苔翠　一
- ちり（千里）　一
- 泥芹　一
- 荻風　一

ハ行

- 風泉　一
- 不卜　一
- 蚊足　一
- 文鱗　一
- 北鯤　一
- 卜千　一

ヤ行

- 野馬（野坡）　一
- 遊薗（露沾）　歌 一
- 由之　一

ラ行

- 嵐雪　一
- 蘭嵐　一　漢詩 一
- 李下　一
- 露荷　一

連句

①七吟歌仙〔露沾7―芭蕉6―沾蓬（沾圃カ）6―其角3―露荷6―沾荷6―沾徳1―執筆1〕

②四吟半歌仙〔濁子4―翁（芭蕉）4―嵐雪4―其角2〕十八句

③九吟十句〔松江―翁（芭蕉）―曽良―依々―泥芹―水萍―風泉―夕菊―苔翠―執筆〕十句

④七吟十句〔挙白2―翁（芭蕉）2―渓石2―コ斎（壺斎）1―其角1―卜千1―嵐雪1〕十句

続虚栗

初版初印本ハ貞享丁卯歳霜月仲三日（十一月十三日）／日本橋万町万屋清兵衛彫行（後印本ハ京堀川通錦小路上ル町／西村市郎右衛門蔵板）。宝井其角編。発句・連句集。半紙本二冊。江上隠士素堂書（序）。綿屋文庫他蔵。『俳書集成』10ニ影印。『古俳大系　蕉門俳諧集一』等ニ翻刻。

発句

ア行

安重　二
為睦　一
意朔　一
維舟（重頼）　二
一鉄　一
一林　一
宇斎　一
羽笠　一
衛門　二
黄吻　一

カ行

かしく　一
荷兮　一
観水　一三
岩翁（巌翁モ見ヨ）　一
岩泉　二
巌翁（岩翁モ見ヨ）　一
其角（キ角モ見ヨ）　三六
キ角（其角モ見ヨ）　二
枳風　一三
欺心　一
玖也　一
去来　一五
挙白　八
虚谷　五
魚児　一六
峡水　三
曲水　一
琴風　二
槿花　一
吼雲　三
渓石　二
景道　二
幻吁　二
コ斎（壺斎）　一
孤屋　七
孤舟　一
湖春　一
湖水　一
湖風　二
好柳　三
高政　一
鉤（ママ）雪（釣雪）　二

サ行

三園　五
三翁　二
山夕　一

山川　二
山店　一
杉風　六
自悦　六
自棄　一
自準（似春）　一
似兮　二
爾中　一
寿閑　一
舟竹　二
萩路[亡人]　一
春雷　二
如泥　五
尚白　二
松江　一
翠紅　一
青亜　一
千子[去来妹]　五
千春　三
仙化　七
沾荷　四
沾徳　四
沾蓬（沾圃カ）　八
扇雪　一
全峰　八
素堂　五
曽良　二
宗因　一
宗派[僧]　一

タ行

苔翠　二
沢菴　一
濁子　五
旦藁　一
旦只　二
彫棠　二
釣雪　二
杜国　一
冬市　九
冬柏　三
東順　一
透雲　一

ナ行

任口[釈]　一

ハ行

巴風　二
芭蕉　二四
破笠　六
薄雲[遊女]　一
半残　一
麋塒　一
不炊　二
不卜　四
斧鉞　一
風虎　四
風笛　一
文桃　一
文鱗　一七
蚊足　三〇
暮角　一
卜千　四

マ行

紋水　九

ヤ行

野水　二
野馬（野坡）　一〇
由之　二
酉比　一

ラ行

嵐水　二
嵐雪　三
嵐蘭　二
李下　六
綾戸[千春妻]　二
露荷　一
露沾　九
作者不記　一

連句

①六吟歌仙〔露沾6―キ角（其角）6―沾徳6―露荷6―嵐雪6―虚谷6〕春興

②三吟歌仙〔孤屋12―野馬12―其角12〕と聞えけるに次て申侍る（芭蕉句ヲ受ケテノ言）

③両吟歌仙〔キ角18（其角）―蚊足18〕蚊足にす、められて

④三吟半歌仙〔巴風6―仙化6―キ角（其角）6〕妾在閨／十八句

⑤三吟三句〔芭蕉—キ角（其角）—嵐雪〕五七日の追善会

⑥両吟短歌行〔露荷12—キ角（其角）12〕秋興／廿四句

⑦両吟歌仙〔破笠18—其角18〕六容／歌仙

⑧十一吟世吉〔芭蕉6—由之5—其角5—枳風4—文鱗2—仙化4—魚児1—観水4—全峰4—嵐雪4—挙白4—執筆1〕十一月十一日餞別会

⑨三吟三句〔其角—好柳—由之〕和好柳子

⑩三吟三句〔露沾—露荷—其角〕その朝雪見に出て

如行集

写本。貞享四卯歳臘月（十二月）六日／如行子記（奥）。近藤如行編。発句・連句集。半紙本一冊。中村俊定文庫他蔵。書名ハ『如行子』トモ仮称サレル。

発句

行	作者	句数
ア行	安宣	一
	越人	一
サ行	自笑	一
	寂照	一
	如行	五
	如風	一
タ行	桐葉	三
ハ行	芭蕉	六
	巽言	一
ヤ行	野人（関人）	一
	野水	一

連句

①三吟三句〔はせを（芭蕉）—巽言—寂照（知足）〕貞享四年卯十一月五日鳴海巽言亭に…

②三吟三句〔如風—はせを（芭蕉）—安宣〕おなし六日鳴海如意寺会

③三吟三句〔はせを（芭蕉）—越人—野水〕同十三日畠村に至りて／とありければ

④三吟六句〔寂照（知足）2—はせを（芭蕉）2—越人2〕同十六…三河の国にうつり…

⑤三吟六句〔越人2—寂照（知足）2—芭蕉2〕又鳴海に帰り宿して

⑥四吟四句〔荷兮（名護屋）—翁（芭蕉）—寂照（知足）—野水〕同十七日翁を問来て

⑦三吟三句〔はせを（芭蕉）—自笑—寂照（知足）〕同二十日…鳴海…

⑧両吟二句〔はせを（芭蕉）—起倒子〕翁心地あしくて…

⑨七吟三十句〔落梧4—はせを（芭蕉）4—荷兮4—越人4—蕉笠4—舟泉4—野水6〕同し月すゑの五日…名古屋の荷兮の宅へ…／是迄に終る

⑩八吟歌仙〔芭蕉4—昌碧4—亀洞5—荷兮4—野水4—聴雪5—越人5—舟泉4—執筆1〕同廿八日名古屋昌碧会

⑪三吟半歌仙〔如行子6—はせを（芭蕉）6—桐葉6〕芭蕉老人京までのほらんとして熱田にしはしとゝまり侍るを…

⑫両吟二句〔桐葉—如行〕三日に…

⑬五吟六句〔如行—夕道—荷兮—野水—芭蕉—執筆〕其世風月亭にまかりて

⑭両吟二句〔如行—荷兮〕同夜荷兮へ贈る

⑮六吟歌仙〔はせを（芭蕉）5—聴雪5—如行8—野水6—越人6—荷兮5—執筆1〕四日…聴雪亭に…

丁卯集

刊記ナシ。貞享四年成（書名）。芳賀一晶編。発句・連句集。大本（オヨビ半紙本）二冊。冥霊堂一晶（自序）。綿屋文庫他蔵。『江戸書物の世界』（笠間書院　平成22年刊）ニ翻刻。一晶ノ俳文ヲ含ム。

発句

ア行

一晶　八
一楚　四
黄竜　三

カ行

寛茂　三
虚洞　五
琴蔵　四
軽舟　三
孤岫　五
紅章　四
耕雲　三

サ行

左右　三
朔旦　三
三恩　三
杉声　四
糸巾　三
卮端　二
紫翠　三
自休　四
尺切　二
舟竹　四
渋篌　四

春車　三
春鋤　三
承包　三
銷遣　一
霽江　三
素礁　三
素林　四

タ行
丹觜　三
朝菌　二
汀沙　三
貞円　三
荻雪　三
吐拙　四

桐雨　三
稲雨　二

ナ行
二扇　四

ハ行
派洞　三
唄風　三
白鷗　三
八木　三
百竿　四
不悔　三
斧鉞　四
風瀑　五
文海　二
蚊扇　三

マ行
万蟬　三
木貞　二

ヤ行
友交　四

ラ行
蘭舟　四
離思　三

連句

①独吟百韻〔一晶〕

蓑虫記

稿本。貞享四年成（内容）。山口素堂著。俳文。巻子本一巻。綿屋文庫蔵。『諸本対照芭蕉俳文句文集』（清水弘文堂　昭和52年刊）等ニ翻刻。自筆稿本ハ現存セズ、蚊足清書本（「貞享丁亥南日誌／丁亥郎蚊足書」）ガ伝存スル。芭蕉ノ「蓑虫説跋」ト一対ノ作デ、併セテ一巻ニ仕立テラレテイル。数次ノ推敲過程ガ知ラレテイル。素堂ノ漢詩ヲ含ム。

寝さめ廿日

京寺町二条上ル丁／いつゝや庄兵衛板。貞享四年成（内容）。アルイハ同五年刊カ。水田西吟編。発句・連句集。大本（オヨビ半紙本）一冊。岡本勝他蔵。『俳書集成』20ニ影印。『伊丹風俳諧全集』上ニ翻刻。『阿』ノ『難波桜』ノ項ニ「江戸寝覚廿日ノ後集」トアル。

発句

其角　一

連句

①両吟歌仙〔才麿18―西吟18〕
②両吟歌仙〔西吟18―才麿18〕
③両吟歌仙〔嵐雪18―西吟18〕
④両吟歌仙〔西吟18―嵐雪18〕
⑤両吟歌仙〔西吟18―一晶18〕

⑥三吟百韻〔一晶33―蘭舟33―西吟33―筆1〕ひと、せ百丸・鬼貫のとはれしは西吟さくらの花の伏所なりことし其あるし住うくてうかれたるにはあらてむさしの爰にまふで来りぬ…

鹿島詣考

散逸書。洒竹文庫ノ「震災焼失本目録」ニ「樗堂自筆　貞享四　完一」。

〔野さらし紀行〕

稿本（芭蕉自筆）。自筆自画本ハ貞享四年頃成。松尾芭蕉著。俳諧紀行。巻子本一巻。和田家御雲文庫蔵。『芭蕉全図譜』等ニ影印・翻刻。芭蕉自筆ノ初稿本（綿屋文庫蔵）、濁子ガ清書シタ画巻本（三康図書館蔵）等ノ諸本ガアリ、風国編『泊船集』（元禄十一年奥）ニモ収メラレル。

発句

ちり（千里）　一　芭蕉　四

伊勢斐杉

刊記ナシ。貞享年間ノ刊行カ（綿屋目録）。『俳文学大辞典』ニ「天和三年（一六八三）以前の成立か〈弘氏没年から推定〉」、『俳書集成』ノ「解題」ニ「書物の状況は貞享期の外の俳書に通うところがある」ト記サレル。闘雀庵雷枝編。発句・連句集。半紙本一冊。雖設門正英（序）。綿屋文庫蔵。『俳書集成』8ニ影印。

発句

ア行
一道 二
一有 七
云而 一
益光 八

カ行
丸子 一
岸枝 一
熙快 一
吟枝 一
口令 三
弘氏 一
光久 一
光如 一

サ行
三倫 二
自沐 二
雀風 四
勝延 四
正英 五
生白 四
清止 一
精久 一
草也 三

タ行
団友（涼菟） 二
竹子 三
定次 一

ナ行
二休 二

ハ行
卜志 二

マ行
未白 七

ラ行
雷枝 二

連句

①独吟歌仙〔雷枝〕独吟

貞享五年・元禄元年（一六八八）戊辰

〔貞享五年歳旦集〕

京寺町二条上ル町三物所井筒屋／筒井庄兵衛重勝板行。貞享五戊辰歳（梅盛巻頭）。歳旦集。横本一冊。藤園堂文庫蔵。雲英末雄『元禄京都俳壇研究』（勉誠社　昭和60年刊）ニ翻刻。

●梅盛
③梅盛―残石―命政
③命政―梅盛―残石
③残石―命政―梅盛
▼梅盛　梅盛
夏木（重尚）　命政
残石

●季吟
③季吟―湖水―可全
③可全―季吟―由卜
③由卜―可全―季吟
▽順也　春丸　半白
石川　不木　伊安
夏鶯　松葉　（礒村氏）正春
正根　日栄　正澄
正清

●湖春
③湖春―松木―宗得
③如風―湖春―宗勝
③宗得―眠松―湖春
▽眠松　宗勝　松木
友吉　善林　習之
可久　正隆　林磐
三之　直定　俊玄

●清翁
③清翁（初代定清）―正隆―光俊
③和宏―直氏―（曲肱事）嘯雲（曲肱）
③直氏―和宏―清翁（初代定清）
▽（野田氏）嘯雲（曲肱）　（藤井）光俊　（斎藤）正隆
▼清翁（初代定清）

●令富
③令富―喜能―易延
③易延―令富―喜張（ママ）（喜能）
③喜張（ママ）（喜能）―易延―令富

●貞兼
▽貞兼
③貞兼―勝周―種円
③種円―貞兼―勝周
③勝周―種円―貞兼
▽（松野）笑百　（田中）益忠　（佃）宗勝
（源水）樗散　（田畑）徳忠　（玉置）長久
不知　不知　（沙弥）依西
（沙弥）依西　（饗庭）慈全
（吉村）久太郎

●貞恕
③貞恕―幽林―光能
③光能―貞恕―光之
③光之―宗永―貞恕
▽幽林　（教賀山中伊原）頼尚
光次　光久　光益
之益　宗義　宗永

●重栄
③重栄―正栄―政顕
③政顕―重栄―正栄
③正栄―政顕―重栄
▽（九オニテ）五百丸　長晦
重虚　去御方
酔秋　胤成　（熊谷）直通
容雪　（岩村）成正　室生
松房　重交　正喜
家永　勝重　（藤谷）春経

●随流
③（松月庵）随流―流滴―金寿
③金寿―随流―昌栄
③流滴―昌栄―随流
③昌栄―金寿―流滴
▼随流

●貞竹
③（小川通三条下ル町庄田氏）貞竹（独吟）
▼貞竹

●似船
③（蘆月庵）似船―薄椿―柳燕
③柳燕―似船―薄椿
③薄椿―柳燕―似船
⑧似船3―柳燕3―
薄椿2

●如泉
③（真珠庵）如泉―如琴―素雲
③青水―如泉―如琴
③如帆―素雲―如泉

▽素雲　如琴
▼如琴
●言水
③言水―為文―仙庵
③貞道―言水―女草
③烏玉―空礫―言水
▽仙庵　為文　女草
空礫　烏水　露軒
延貞　見之　朋水
志睡　夏木（重尚）
良雲
●言水門弟
③再劉―貞友―正鱗
③正鱗―再劉―貞友
③貞友―正鱗―再劉
▼再劉　正鱗　貞友
●言水門弟
③中村氏 松庵―再劉―石流

③若林氏 石流―松庵―再劉
③西川庵 再劉―石流―松庵
●信徳
③信徳―政定―重徳
③重徳―信徳―政定
③政定―重徳―信徳
●常牧
③常牧―由卜―秋風
③直貞―常牧―旦楽
③茂清―富玉―常牧
▽由卜　富玉　旦楽
▼浜口　常牧
●尚白
③大津 尚白―旬児―日韻
③日韻―尚白―旬児
③旬児―日韻―尚白
▽安々子　浴子
玄甫　正義

●秋風
③秋風（吟独）
③信房―好孝―元理
③好孝―信房―宗明
③宗明―永久―信房
▽元理　永久
●常春
③常春―宗種―是信
③是信―常春―宗種
③宗種―是信―常春
▽清定　珍木　嘉春
友重　止清　重貞
定頼
●友扇
③友扇―攀高―富勝
③攀高―友扇―昌春
③調竹―包敬―友扇
▽弄泉　昌春　富勝

包敬
●常信
③塔之檀 常信―彦根住今居氏 露軒―岐阜住 珍子
③珍子―常信―露軒
③露軒―珍子―常信
▼常信
▽去御方 清　江州彦根住西村氏 賤翁子
安友　常信
●和及
③桑門 和及―軒柳―竹亭
③亀林―和及―夏水
③夏水―竹亭―和及
▽軒柳　竹亭　林虎
可仙　一頼　広政
林烏　重信　静栄
方寸
▼露吹庵 和及　亀林　幼軒
●我黒

③我黒―虎海―竹亭
③竹亭―我黒―虎海
③虎海―竹亭―我黒
●貞木
③貞木―三木―敬雅
③敬雅―貞木―三木
③三木―敬雅―貞木
▼貞木
●定宗
▽美右川 定宗　藤重
かしく　文宅
朴方　慶徳　橘七
一葉軒　朝高
●古軒
③古軒―一哉―文水
③青水―風竹―成久
③松吟―友茂―嘉信
▽一哉　文水　風竹

専人　成久　嘉信
古軒　伴也

●晩山
③晩山—一由—正可
③一由—正可—晩山
③正可—晩山—一由
③自休—乾角—松琴
③一竿—晩山—自休
③松琴—一竿—乾角

●梅純
③梅純—重春—宗岸
③已任—梅純—重春
③宗岸—已任—梅純
▽重春　重好　勤息 素墨

●曲水
③膳所 曲水—鶴水—陸沈
③陸沈—曲水—鶴水
③鶴水—陸沈—曲水

▽素葉　素扇　可見
桜梯　蘭妃
穴滴子　蘭水
正秀　昌房　伴佐
虚水　三作

●志水
▽野田氏 志水
▽杉山 定重　直親　長清
▼志水

●国
③水野氏 国—香西氏 哲—林氏 糸
▽水野氏十一才 ふく　福間氏 てう
立花屋十才 竹　馬淵氏十一才 かめ
馬淵氏 ゑひ

●智貞
③智貞—苑扇—玄政
③玄及—智貞—苑扇
③苑扇—玄政—智貞

▼苑扇
▽森氏 忠次　木原氏 伊頼　忠次
宮川氏 清盈　忠次
九才 五百丸
▼清盈　忠次

●底元
③神 底元—上田 可山—田村 由秋
③由秋—底元—可山
③可山—由秋—底元
▼底元

●其角
③江戸 其角—文鱗—枳風
③枳風—仙化—沾蓬（沾圃カ）
③沾蓬（沾圃カ）—具角（ママ）（其角）—文鱗
③文鱗—枳風—仙化
③仙化—沾蓬（沾圃カ）—其角
▼其角

●自元

---

③京住 自元—重道—忠之
③桜井氏 忠之—自元—長清
③加藤氏 重道—国正—自元
▽桜井氏 長清　野村氏 国正

●花薪
③花薪—重氏（ママ）（重武）—不障
③鶴鱗洞 不障—花薪—重武
③重武—不障—花薪

●荷萍
③大坂 荷萍（吟独）
▼荷萍

●高故
③大坂 高故—山久—霜女
③霜女—高故—山久
③山久—霜女—高故
▼高故
▽高故

●万海

---

③大坂曳尾堂 万海—枝英—一蠡
③繡梅亭 一蠡—松雨—平旦
③平旦—万海—松雨
③松雨—平旦—万海
▽金生　山茶花
▼曳尾堂　繡梅亭

●林犬
③大坂鹿島氏 林犬（吟独）
▽大坂鹿島十三歳 林葉　小坊主 進茶
▼林葉

●枝英
③大坂 枝英—芝蘭—瓢海
③瓢海—枝英—芝蘭
③芝蘭—瓢海—枝英
▽瓢楽
▼枝英

●定直
③定直—即章—晩翠

③常仲—定直—進歩
③進歩—常仲—定直
▽晩翠　即章
竹下 茂門
▼竹下 茂門
▽一鴉　未聞　独笑

●宗旦
也雲軒 ③宗旦（吟独）
▽宗旦
▼北河原 好昌
●西吟
③摂州桜塚山落月庵 西吟—吟可—吟鶯

③東山田 吟鶯—西吟—吟可
③東山田 吟可—吟鶯—西吟
▼西吟
●荷兮
③尾張蓬左 荷兮—聴雪—舟泉
③舟泉—荷兮—聴雪

③聴雪—舟泉—荷兮
③野水—越人—重五
③重五—野水—越人
③越人—重五—野水
●主税
▽竹屋町通富岡 主税　則重　亀板

▽誹諧三物所 重勝　重勝

大坂辰歳旦物寄

刊記ナシ。貞享五戊辰のとし和吟（巻頭）。歳旦集。横本一冊。貞享五戊辰歳青陽／大坂三物所千島（序）。綿屋文庫蔵。『俳書集成』17ニ影印。『古俳大系　談林俳諧集二』等ニ翻刻。

●瓢叟
⑦由平生 瓢叟（由平）2—
椿子2—美郷2—
千島1
▽破瓢叟 由平　椿子　美郷
●六翁
③六翁—快笑—昨非
③昨非—六翁—快笑
③快笑—昨非—六翁

●六翁引附
▽美郷　淳平　松詠
舒嘯　松流　寸長
砥石　亦友　柳子
顕笑　松好　利忠
磯水　京 羨好　京 夢遊
鈍平　易貞　つね
大円　茂三　桃虫
歳人　椿子

▼昨非　快笑
●素竜
③素竜—永次—正盛
●素竜引附
▽美郷　快笑　可長
利貞　東 流石　砥石
遊枝　[女]蝶　茂間
白水　吉根　正春
幽水

●東湖
③東湖—梅雲—山笑
③山笑—東湖—梅雲
③梅雲—山笑—東湖
●不先
③不先—貞保—里山
③里山—不先—貞保
③貞保—里山—不先
●峰春

③峰春—是計—平人
③平人—峰春—是計
③是計—平人—峰春
●一笑
③一笑—忠清—直山
③直山—一笑—忠清
③忠清—直山—一笑
●庭楽
③庭楽—麻風—豊風

③豊風—庭楽—麻風
③麻風—豊風—庭楽
●登親
③登親—西子—門秋
③門秋—登親—西子
③西子—門秋—登親
●為澄
③為澄—由貞—文丸
③文丸—為澄—由貞
③由貞—文丸—為澄
●宗月
③宗月—梨人—友勝
③友勝—宗月—梨人
③梨人—友勝—宗月
●宗月引附

▽丸鏡　友勝　東流
登説　林水　宗立
古前　入子　門志
虎眼　吉子　久好
頼船　和鹿　東風
栄枝　賀俊
▼東湖
▽〔江露軒〕白鷗斧（詩漢）
●安林
③〔河州布忍自休軒〕安林—明幸—安求
③安求—遊正—明幸
③明幸—松緑—遊正
③〔花田〕恕翠（吟独）
③〔花田〕一紅（吟独）
③〔布忍〕孤船（吟独）

③〔布忍〕虎吟（吟独）
③虎吟—初川—松緑
③松緑—遊可—初川
③初川—安林—遊可
③遊可—安求—安林
▼〔河州〕安林　安求　明幸
遊正　松緑　遊可
孤船　恕翠
●万海
▽〔曳尾堂〕万海
▼万海
●寂窓
㉒寂窓11—定明11
③定明—寂窓—寂窓
●大円

▽〔釈門寮〕大円（詩漢）
〔黄巻堂〕旭栄（詩漢）
▼大円（詩漢）
●鬼貫
鬼貫
▽〔囉々哩〕鬼貫翁（歌）
▼鬼貫
●青人
▽青人
▼青人　青人
●鉄卵
▼〔伊丹〕鉄卵
▽鉄卵　鉄卵（歌）
鉄卵　〔伊丹〕百丸　〔神崎〕平六
●来山

③〔十万堂〕来山（吟独）
●来山引附
▽美郷　一無　文十
椿子　麦刀　季範
梅三　岷江　利貞
渓水　桃室　遥翠
昌遠　素角　房扉
在風　〔日向〕元綱　立山
角舟　道連　一六
直澄　持継　〔酒上〕道楽
浪町　忠門　孝永
朝波　晴嵐

戊たつ歳旦

刊記ナシ。貞享五年正月（書名）。宝井其角編。歳旦帖。横本一冊（現存ハ一部分ノミ）。国立国会図書館蔵（『歳旦発句牒』トシテ他ト合綴）。題簽ノ下部ニ「其角／引付」トアル。

▽定雄　夕友　無友［僧］
養請　豊重　雅近
流水　松岸　宗俊
西竹　東子　豊政
（以上葛西住）

唱水　唱吟　一頭
其卜　一響　一舟
一用　一望　元智
一色　一風　一的
嵐色　一灯　旦夕

一酌　一嵐　一桐
声旦　一高　歌夕
不及　一桜［大田］　一圭［大田］
一申　一彳　柳雪［行徳］
一詠［行徳］　桜風［行徳］　白楊

比竹　露桂　衛門
宇斎　几鵬　新盞
（以上佐野住）
▼挙白　巴風　三園
沾蓬（沾圃カ）　沾荷

文鱗　由之　露荷
為睦　東順

つちのえ辰のとし歳旦

通油町板木屋四郎右衛門。貞享五年正月（書名）。服部嵐雪編。歳旦帖。横本一冊。国立国会図書館蔵（『歳旦発句牒』トシテ他ト合綴）。

③嵐雪—露荷—李下
③李下—嵐雪—露荷
③露荷—李下—嵐雪
▽露沾　三翁　杉風
濁子　麋塒　北鯤
嵐竹　沾荷　卜宅
山店　チリ（千里）

而已　荻風　序志
柏風　風静　一閑
一山　算枕　翠桃
露蘭　水萍　苔翠
泥芹　夕菊
依依［釈］（依々）　曽良
友五　風泉　卜千

破笠　西比　如泥
嵐水　嵐詞　嵐鶯
洞鶯　嵐砧　嵐萩
嵐山　嵐雫　嵐蕙
嵐家　嵐葉　嵐序
当歌　林泉　東石
亀陸　水氏　鑾尾

嵐朝　松吟　未白
塔山［ママ］（嗒山）　木因
荊口　未水　四三
竹戸　如行　ゆき［李下婦］
嵐雪妻　嵐蘭
蚊足
▼露沾　其角　露荷

挙白　西北　如泥
沾荷　破笠　卜千
蚊足　嵐雪
▽野馬（野坡）
▼孤屋　野馬（野坡）

若水

刊記不明。戊辰歳元日（連句①ノ前書）。服部嵐雪編。発句・連句集。一冊（再版本ハ升形本カ）。原本所在不明ノタメ、学習院大学日本語日本文学科研究室蔵ノ写本（吏登ニヨル元文六年正月再版本ノ写シ）ニヨッタ。連句三巻ハ『つちのえ辰のとし　歳旦』ノ各三物ヲ歌仙トシテ満尾サセタモノ。巻頭ニ芭蕉ノ句文ヲ収録。再版ノ際ニ付サレタ当代作者ノ発句ハ省略スル。

発句
芭蕉　二

連句

①二十九吟歌仙〔嵐雪2―露荷2―李下2―北鯤2―濁子2―嵐水1―卜千1―当歌1―野馬（野坡）1―ちり（千里）1―如泥1―友五1―水萍1―泥芹1―山店1―苔翠1―蚊足2―曽良1―風泉1―西北1―嵐庠1―夕菊1―翠砒（ママ）（翠桃）1―嵐竹1―嵐蘭2―依之（依々）1―其角1―卜宅1―嵐萩1〕
俳諧連歌三十六句共三／戊辰歳元日

②二十九吟歌仙〔李下2―嵐雪2―露荷2―嵐蘭2―北鯤2―蚊足2―卜宅1―風泉1―友五1―ちり（千里）1―嵐水1―野馬（野坡）1―依々1―嵐庠1―濁子2―当歌1―曽良1―如泥1―翠桃1―山店1―苔翠1―水萍1―嵐竹1―夕菊1―嵐家1―泥芹1―西北1―卜千1―其角1〕其二

③二十九吟歌仙〔露荷1―李下1―嵐雪8―濁子1―友五1―卜千1―嵐水1―如泥1―野馬（野坡）1―曽良1―嵐蘭1―蚊足1―風泉1―嵐序1―嵐家1―山店1―北鯤1―当歌1―翠桃1―苔翠1―泥竹1―依々1―水萍1―卜宅1―其角1―夕菊1―嵐竹1―西北1―ちり（千里）1〕其三

浮草

散逸書。『阿』ニ「季範作　貞享五辰如月十五日」、『広』ニ「一　季範」。

難波櫻

散逸書。『阿』ニ「一冊　江戸寝覚廿日ノ後集　西吟作　貞享五年二月中旬」。

日本歳時記

貞享五年戊辰三月上澣／雒陽書肆日新堂寿梓。貝原好古著。貝原益軒刪補。歳時記。大本（オヨビ半紙本）七冊。貞享丁卯晩秋念五／貝原篤信書于筑前荒津之損軒（序）。貞享丁卯末夏望日／筑州晩出貝原好古識（自序）。雲英文庫他蔵。『益軒全集』1等ニ翻刻。

続の原

刊記ナシ。岡村不卜編。素堂・調和・湖春・桃青（芭蕉）判。句合・発句・連句集。半紙本二冊。つちのえたつのきさらき（二月）の柳いやおひ月（三月）の桜に…／一柳軒不卜（自序）。柿衛文庫他蔵。『俳書大系　談林俳諧集』等ニ翻刻。

発句

ア行

委形　一
一竿　一
一嘯　一
一桃　一〇
宇斎　一
雨閨　五

カ行

観水（京）　一
其角　八
枳風　三
去来　二
挙白　九
魚児　二
峡水　五
琴風　三
渓石　三
景道　一
コ斎（壺斎）　七
古川　二
孤屋　一
湖舟　三
紅林　一

サ行

才丸（才麿）　四
三園　三
三翁　二
此角　一
卮房　一
朱絃　二
重元　一
松濤　六
心水　四
伸風　三
夕口　二

仙化 二
沾荷 一
沾蓬 三
浅山 一
扇雪 八
全峰 二
麁言 七

タ行
大笑 一
竹山 一
調義 四
調味 三
調柳 一〇

ハ行
芭蕉 四
破笠 一
梅雀 四
比竹 二
白楊 一
不外 一
不角 一四
不跡 二
不諞 一
不卜 一三
風水 二
文子 四
文鱗 四
蚊山 四
蚊足 三
鵡白 二

ヤ行
野馬（野坡） 一
由之 三
勇招 六

ラ行
嵐水 一
嵐雪 二
李下 二
立些 一〇
柳甫 一
露沾 一

ワ行
和水 二

連句

①六吟歌仙〔調和6―不卜6―挙白6―不角6―渓石6―勇招6〕
②五吟歌仙〔才麿7―挙白7―不卜7―渓石7―松濤7―執筆1〕
③七吟歌仙〔蚊山5―不角5―一桃5―以喉5―扇雪5―琴風5―不卜5―執筆1〕
④六吟歌仙〔其角6―峡水6―琴風6―扇雪6―不卜6―一桃6〕
⑤三吟歌仙〔不卜12―琴風12―其角12〕追加

やよひ山

散逸書。『阿』ニ「一冊　独吟　落月庵西吟作　貞享五辰三月尽」。

蓙賓録

散逸書。『阿』ニ「一冊　大坂　定明作　貞享五年戊辰皐月（五月）下浣」。

八景集

散逸書。『阿』ニ「一冊　鸝一作　貞享五年辰ノ菊月（九月）上旬」、『広』ニ「一　大坂　鸝一」。

四季題林後集

貞享五年歳在戊辰長陽（九月）下浣日／雒汭銅駝坊書肆勧道軒寿梓。蛙子編。俳諧辞書・発句集。中本一冊。蛙子自序。洒竹文庫蔵。序ニ添エラレタ和歌一首モ集計ニ加エタ。

発句

ア行

蛙子　三（歌一）
安永　一
安閑　一
安治　一
安信　一
安成　一
安静　五
安村　一
以隅　一
伊氏　一
伊直　一
為親　二
意敬　一
意朔　一
意輪　一
一閑　一
一丸　一
一景　一
一光　一
一好　一
一香　一
一之　二
一守　一
一笑　二
一勝　一
一正　一
一村　一
一暖　一
一彳　一
一滴　二
一徹　一
一得　一
一入　二
員明　一
永重　一
永従　二
栄治　二
円立　六
延勝　一
燕石　一

カ行

可雲　一
可常　一
可申　一
可全　一
可理　二
可林　一
花江　一
華好　一
嘉々　二
皆酔　一
角茄軒　四
閑智　一

季吟　二
喜得　一
幾重　一
義次　一
吉久　一
吉三　一
吉次　一
吉勝　一
吉林　一
九一　一
久伊　一
久治　一
久重　一
久知　一
久都　一
休音　二
休甫　三
恭円　一

恭舟　一
教次　一
空存　一
愚心　一
恵佐　二
景幸　一
慶室　一
慶命　一
慶友　二
見恥　一
喧口　一
賢詰　一
賢与　一
元躬　一
元政　一
元清　一
元知　一
元貞　一

元利　一
元隣　一
玄札　二
言辰　一
広寧　一
弘永　三
弘嘉　一
交云　三
光永　一
光敬　一
光次　一
光正　一
光成　一
光貞妻　二
好次　一
好道　一
好与　三
行留　一

幸和　三
黒水　二

サ行

座当　一
祭治　一
昨夢　一
雑吟　一
三紀　一
三辰　一
三直　一
氏長　一
之忠　一
之巴　一
四朋　三
資方　四
次平　一
自笑子　一
自能上人　一

似道　一
治之　一
時朋　一
慈阿弥　一
慈仙　二
尺雪　一
主信　一
守栄　一
守種　一
守昌　一
守人　一
守成　一
種栄　一
種政　一
種藤　一
秀朝　一
十牛　一
充寛　一

重雅　一
重吉　一
重久　一
重供　三
重継　一
重賢　一
重三　一
重次　三
重治　一
重俊　二
重勝　一
重善　一
重直　一
重貞　二
重滔　一
重方　三
重名　一
重庸　一

重頼　三
重利　一
重良　二
俊安　一
俊寿　一
春可　四
春宵　一
春清　一
如月　一
如貞　二
助音　一
尚俊　一
尚白　一
昌意　二
昌純　一
昌房　六
松安　二
松夢　一

笑安　一
笑給　一
紹定　一
勝俊　一
勝春　一
勝章　一
勝成　一
勝良　三
仍儀　一
仍信　一
乗言　三
乗信　一
乗正　二
浄治　一
常純　二
常順　一
常辰　七
常平　一

心暗　一
心計法師　二
信輝　一
信元　二
信世　二
信政　一
信全　二
信澄　一
信徳　二
信豊　一
親光　一
親十　一
親信　二
塵哉　一
須三　一
瑞竹　一
是金　一
是等　一

正安　一
正義　一
正久　一
正近　一
正金　一
正元　一
正光　二
正好　一
正式　三
正守　一
正種　一
正秀　一
正重　二
正辰　二
正信　四
正成　一
正清　一
正盛　一

正仲　一
正忠　二
正朝　一
正直　四
正藤　一
正伯　一
正弥　一
正平　二
正甫　一
正友　一
正有　一
正利　四
正隆　一
正良　一
成安　一
成之　二
成政　一
政公　一

政光母　一
政孝　一
政次　二
政重　一
政信　二
政直　一
政通　一
政由　一
清印　五
清親　一
清長　一
清房　一
盛能　一
盛也　一
静嘉　二
夕翁　一
舌玄　一
千声　一

宣安　二
善種　一
素伴　一
楚仙（高野誓願寺木食上人）　二
宗因　五
宗雅　五
宗鑑法師　一
宗孝　一
宗衡　一
宗順　二
宗勝　一
宗城　一
宗申　一
宗信　一
宗清　一
宗弥　一
宗甫　一
宗明　二
宗頼　一
宗連　一
尊海　一

タ行

泰重　一
大野氏妻　一
啄心　一
但秀　一
知重　一
知貞　一
知徳　三
仲昔　一
虫々子　一
忠近　一
忠金　一
忠利　一
長吉　一
長弘　一
長時　一
長秀　一
長女　一
鳥毛子　一
蝶々子　二
定家　一
定敬　一
定之　一
定重　三
定親　六
定成　一
定清　二
定房　一
貞義　一
貞吉　一
貞之　一
貞室　九
貞昌　一
貞晨　一
貞盛　三
貞則　一
貞徳　三
貞友　一
貞利　一
藤夏　一
藤昌　一
道筋　一
道之　二
道節　一
道二　一
道保　一
得松　一
徳元　六
徳窓　二

ナ行

任口　一
能康　一

ハ行

梅盛　二
白鷗　一
鄙哉　一
品芝　一
不存　一
武光　一
武宗　一
武珍　一
風鈴軒（風虎カ）　三
保友　三
方孝　一
方春　一
方女　一
方成　一
望一勾当　二
卜琴　二

マ行

万女　一
未宣　一
未得　五
未卜　一
無伴　一
命哉　一
茂一　一
茂佐　一

ヤ行

野也　一
友久　一
友仙　一
友宣　一
友貞　四
由信　二
由的　一
有恵　二

有哉　四
幽閑　一
祐政　一
遊女　一

ラ行

頼治　一
利信　一
利清　二
利忠　一
離去　一
立以　一
立外　一
立玄　一
立志　一
立如　一
立静　一
立圃　二七
立歟　一
流味　一
竜之　二
良庵　一
良春　二
良徳　三
良保　一
良方　一
良利　一
嶺利　四

ワ行

和好　一
和俊　一
和年　一
岩城住　一
尾州住　一
美濃住　一
作者不記　八三

遠あるき

刊記ナシ。半田常牧編。連句集。半紙本一冊。元禄元のとし臘月（十二月）下の日…（自序）。
洒竹文庫蔵。

連句

①六吟世吉〔常牧8—可則7—松声7—富玉7—昌父7—敲推7—作者不記1〕
②六吟世吉〔富玉8—松声7—昌父7—敲推8—可則7—常牧7〕
③六吟世吉〔可則7—富玉7—敲推7—松声8—常牧8—昌父7〕
④六吟世吉〔昌父8—敲推7—常牧8—可則7—松声7—富玉7〕
⑤六吟世吉〔松声7—昌父7—富玉7—常牧8—敲推7—可則8〕
⑥六吟世吉〔敲推7—常牧8—可則7—昌父7—富玉7—松声7—執筆1〕

俳諧五節句

洛下蘭秀軒（寺田重徳）開梓。内田順也編。季寄・発句・連句集。半紙本一冊。戊辰に…／内田順也自序。無記名跋（重徳跋）。松宇文庫他蔵。『蕉門俳書集』1ニ影印。「盆」ノ解説中ニ貞徳ノ付合一組ヲ独吟百韻ヨリ引キ、コレモ集計ニ加エタ。

発句

順也 三六
貞徳 付二

連句

①独吟歌仙（順也）誹諧歌仙独吟
②独吟歌仙（順也）誹諧歌仙独吟
③独吟歌仙（順也）誹諧歌仙
④独吟歌仙（順也）誹諧歌仙
⑤独吟歌仙（順也）誹諧歌仙

〔楚常手向草〕

写本。貞享五年成（内容）。立花北枝編。発句・連句集。一冊。寿夭軒北枝拝跋。筆跡ハ鶴邨（化政期ノ楚常傍系子孫）ノモノトイウ。現所蔵先不明（鶴来保勝会旧蔵）ノタメ、『加越能古俳書大観』上ノ翻刻ニヨッタ。同年七月二日ニ没シタ楚常ノ追悼集。

発句

ア行
一笑 一
雨橋 一
雨柳 一

カ行
何之 一
漁川 一
薫煙 一
元治 一
言路 一
紅爾 一

サ行
才角 一
四睡 一
（柳川）姉女 歌一
秋之坊 一
（釵住）女 一
睡鶯 一
蟬声 一
楚常 三 歌六
楚常父 歌六
（十一歳）楚常妹 一

タ行
（白山）長吏 一
庭水 一
洞梨 一
独玄 一

ハ行
梅雫 一
梅露 一
柏蟬 一
北枝 三 歌一
牧童 一

ヤ行

遥里　一

ラ行

李東　二　歌三
柳川（松任住）　一
流志　一
流水　二
林陰　二
鷺首　一

連句

①六吟歌仙〔万子6―李東6―牧童5―四睡6―流志6―言路6―執筆1〕
②三吟三句〔牧童―流志―李東〕
③三吟三句〔舟路―牧童―四睡〕
④両吟三句〔牧童1―四睡2〕
⑤三吟半歌仙〔四睡6―漁川6―北枝6〕

はるさめ

散逸書。『阿』ニ「一冊　貞享五年　椿子作」。

若狭千句

散逸書。『阿』ニ「一冊　寄傲軒一焉巻頭　元禄元年　言水跋」。『故』ニハ「一　一焉　元禄三」。

塩味集

散逸書。『阿』ニ「一冊　西吟作」。掲出箇所カラシテ元禄元年頃ノ刊行カ。

未曾有格

散逸書。『阿』ニ「団水作　貞享元年八月」トアルモノノ、団水著『特牛』（元禄三年刊）ニハ「予過し辰の年未曽有といふものを編て俳言の事を注釈したる一冊有」トアリ、元禄元年刊ト判断サレル。

元禄二年（一六八九）己巳

誹諧大三物

京寺町二条上ル町／三ツ物所井筒屋庄兵衛重勝板行。元禄二己巳歳（梅盛巻頭）。歳旦集。横本一冊。法政大学図書館子規文庫蔵。戯名モソノママノ記述トシタ。ナオ、空欄ノ書入モ同年ノ歳旦吟ト見ラレルタメ、末尾ニ一括シテ掲ゲル。

●梅盛
③梅盛―残石―命政
③命政―梅盛―残石
③残石―命政―梅盛
▼梅盛　夏木（重尚）
命政　残石　重正〔内海氏〕
●梅盛引付二
▽夏木（重尚）　卜有
友定〔松村氏〕　祝子　老杖
宮守　清心〔高砂氏〕　兼久
宗心〔丸屋〕　玄徳〔橋本氏〕　常久〔竹井氏〕
吉久〔竹井氏〕　重正〔内海氏〕
●貞兼
▽貞兼
③貞兼―勝周―種円

---

③種円―貞兼―勝周
③勝周―種円―貞兼
▽笑百〔松野〕　益忠〔田中〕　宗勝〔佃〕
樗散〔深水〕
●貞兼引付二丁目
▽徳忠〔田畑〕　長久〔玉置〕　不知
依西〔沙弥〕　久太郎〔吉村〕
宗清〔湯浅〕　松吟〔釈〕　知徳〔広芝〕
益忠〔田中〕　得智〔金山〕　種円〔奥〕
勝周〔大町〕　公意〔谷野〕　弓元〔木山〕
●貞兼引付三丁目
▽貞長〔藤谷〕　正次〔藤谷〕　政則〔野口〕
定時〔小島〕　貞親〔高見〕　俊了〔釈〕
重慶〔筒井〕　春常〔木戸〕　定好〔奥〕
貞氏〔山崎住津田半四神戸〕　忠嘉〔石田〕

尚春〔中野〕　正辰〔石田〕　行栄〔門谷〕
元陳〔好行改之増田〕　懿昌〔田中〕
知光〔堀江〕
●貞兼引付四丁目
▽貞刹〔木野〕　善次〔木野〕　忠清〔藤田〕
貞常〔石田〕　重嘉〔石田〕　宗行〔谷中〕
清春〔岡崎〕　□□〔河内住岩崎〕
満喜〔木山〕　くら〔貞兼ふ女〕　益忠
依西　樗散　松吟
益貞　得智　種円
勝周
●貞兼引付伍丁目
▽政則　尚春　忠嘉
行栄　正辰　春常
懿昌　忠清

▼益忠　松吟　益貞
勝周　定好　忠嘉
行栄
●貞兼引付六丁目
▼正辰　尚春　貞兼
不知　不知　益忠
貞長　忠嘉　益忠
種円　勝周　正辰
貞兼　松吟　貞長
種円　勝周　益忠
●貞兼引付七丁目
▼貞兼　松吟　種円
益忠　貞常　忠嘉
益忠　貞兼　政則
貞兼　行栄　勝周

種円　知徳
●重栄
③重栄―正栄―政顕
③政顕―重栄―正栄
③正栄―政顕―重栄
▽五百丸〔十オニテ〕　重虚
去御方　栄春
酔秋　胤及　成正
宝生　重交　松房
我永　諸満　正喜
久次　久種
●重栄引付二枚目
▽景泉　春陰　示心
心全　愚身　軽賤
円周　正清　両ケ

良次　笠子　少覚
似酔　以少　春清
長延　寸木　（岡野）宣勝
（池永）木通　吉勝　（端谷）春経
（渡辺）正重　重次
松寿軒　（北瓦）重実
●重栄引付三枚目
▽（太田）久吉　忠房　国命
（浅田）栄連　（山崎）定吉　行善
（江州堅田住）寿渓　（北野小島）高道
（岩崎）宋正　（井上）重正　（敦谷）清政
（山本）清重　（山崎）高清　（田村）宗正
（井上）寛重　（山）氏正　長正
（三村）景安　専宵　星住
春経
▼木通　在之
●似船
③（蘆月庵）似船—薄椿—柳燕

③柳燕—似船—薄椿
③薄椿—柳燕—似船
⑨似船3—柳燕3—
薄椿3
●似船引付二枚目
③風喰—談夢—康吟
③康吟—風喰—談夢
③談夢—康吟—風喰
▽慶命　（沙門）一妙　（くりはら）露芝
信勝　正次　雲粉
林停　心成　（もと河）崔白
定俊　榎正
●似船引付三枚目
③（丹波佐治住）定有—刻舟—蘆風
③刻舟—蘆風—定有
③蘆風—定有—刻舟
③（佐治住）散木—正矩—正音
③正矩—正音—散木

③正音—散木—正矩
●似船引付四枚目
▽榎川　洗柳　松白
田竜　見[笠]
落水　好水　古求
（山口）可遊　棹滴
（摂州魚崎沙門）友知
（河内小寺村きり山）豊重　松髯
正房　嘯琴　（蘆月庵内）玉
歳寒　雲堂　（莫荚堂）广口
金虎
●言水
③言水—貞道—仙庵
③烏玉—言水—空礫
③為文—助叟—言水
▽貞道　助叟　空礫
烏水　仙庵
▼言水

●言水引付二枚目
▽友静　千之　春澄
千春　見之　延貞
露軒　柳之　涼進
文体　夕笑　北窓
松隠　如水　友元
入安　意玉　勝山
意水　近元　可仙
一之
●言水引付三枚目
③（中村）良佺（良詮）—（西村）未達—（坂上）松春
③松春—良佺（良詮）—未達
③未達—松春—良佺（良詮）
▽井蛙　久正　美種
蚊市　（津久井）元水　（西山）成政
●言水引付四枚目
③（那須氏）流水—魚水—澗水
③（小畑）澗水—流水—魚水

③（池西）魚水—澗水—流水
▼澗水　流水
▽（肥後）水翁　好雪　三的
●言水引付五枚目
③底元—香春—可山
③香春—底元—由秋
③由秋—可山—底元
▽可山
▼底元
●言水引付六枚目
③石流—水燕—愚水
③愚水—石流—水燕
③水燕—愚水—石流
▽梅悦　武山
▼梅悦　一入　元志
可中
●言水引付七枚目
③（編笠軒）忍山—亀木—青流

③青流—忍山—亀木
③亀木—青流—忍山
▽女瓶（肥前） 而則（水口） 迷水（若州）
松寿（武州八王子） 桃水（江州日野）

●言水引付八枚目
③暁水—言色—政広（和州法隆寺）
③政広—暁水—言色
③言色—政広—暁水
▽隅鳥（和州） 柳水（和州） 松臼（和州）
言笑（和州） 勝玄（和州） 市通（和州）
独笑（和州） さいか（江州日野）
藤林（江州日野） 白藤 畠仲

●言水引付九枚目
③寿硯—温知—常知（若州）
③常知—寿硯—温知
③温知—常知—寿硯
▽真嶺子（京） 蟻想（京）
不得（伏見） 禾高（稲荷） 海吟（稲荷）
荒鹿（稲荷）

●言水引付十枚目
▽辞笑（稲荷） 不巾（稲荷）
易貞（丹州福知山） 露艶（江戸）
成草（勢州亀山） 木流（丹州立原） 宣秀（南都）
正常（京） 宗重（丹後や） 和水（京）
正長（川井） 乙州（大津） 漱石（東寺）
心成（東寺） 可慎（東寺） 友水（東寺）
枕流（東寺） 好水（東寺） 王里（東寺）
定儀（東寺） 来心（東寺） 泉渓（京）

●言水引付十一枚目
③去留—初及—可心（若州小浜）
③可心—去留—初及
③初及—可心—去留
▽洞雲（若州釈氏） 不知（京） 芳玉（京）
宗益（京）

●言水引付十二枚目
③正広—夕歩—万川（和州万水軒）
③万川—正広—夕歩
③夕歩—万川—正広
▽見志（中井） 友志（窪田） 宗利（中立売）
松眠 文遶

●言水引付十三枚目
▽歌鱗（ふくち山） 白鷗軒
可及
▼見立 万玉 桃水（日野）
藤林（日野） 仁隠 見志（中井）
井蛙（中井） 仙庵

●常牧
③常牧—敲推—由卜
③忠径—常牧—富玉（直貞事）
③旦楽—松声—常牧
▽由卜 松声 敲推
富玉 渓口 一雫
一要 昌父 可則
漱石 薫風

●常牧（二枚目）
③永之—庸重—宗蕃
③庸重—常牧—永之
③宗蕃—宗蕃—庸重
▽可見 一林 雪川
正門
③好調（独吟）（芸州広島住城氏）
▼好調

●常牧引付三枚目
▽似鷗 朱木（作州清家） 常晴（山本）
宗利 溢薫 前波
摂姿（賀近女十五才） 泉竜（摂姿弟九才）
宗広 三匡 三角
反重（菊） 我悦（菊） 友悦（菊）
政利 富吉 政則
拮松 政清 岩勝

●常牧引付四枚目
▽穴狐（大坂住岡村） 柳琴（紀州住斎藤）
浮水（尾州住渡部氏） 常重
政房 氏次 半眠
半眠 正順 何云
何云 帯刀 吉長
正則 茨之（上柳） 九寂（按摩）
正利
▼庸重 一林 三匡
何云

●我黒
③我黒—白木—虎海
③竹亭—我黒—朋水
③朋水—小摺—我黒
▽小摺 虎海 白木

●桜叟（我黒二）
③桜叟—香山—治剣
③治剣—桜叟—香山
③香山—治剣—桜叟
▼治剣 香山

●桜叟引付（我黒三）
▽大真　山人　生玉
完柳　捨葉　棹吟
幸次　沢水　秀影
望可　里竹
●李洞軒引付（我黒四）
③勇志―琴山―岸松
③岸松―勇志―琴山
③琴山―岸松―勇志
●李洞軒門下（我黒五）
東之京富永③宗也―小野曽之―菊本涼風
③涼風―宗也―曽之
③曽之―涼風―宗也
▼曽之　涼風　宗也
●李洞軒引付（我黒六）
③下折―一之―鵜風
③鵜風―下折―加柳
③一之―加柳―李洞

▽加柳
●李洞軒引付（我黒七）
西六条③貞春―宗清―松理
③松理―貞春―宗清
③宗清―松理―貞春
▼貞春　宗清　松理
●李洞軒引付（我黒八）
▽樗木子　公〇
門山氏　宗俊
桃翁　長夢　義雪
蘆舟　冷松　岸氏千舟
蘆雪　沙門円空　一歩
笠屋小船　元睡　加田氏景重
忠長　河村範常　元清
呦軒　白鵠　虎竹
貞隆　白欧軒
●李洞軒引付（我黒九）
▽松山　大仏温故　金水

志石　和風　清忠
初長　小田氏公次　幸富
岩越氏正治　元重　吉春
良角　玄意　治重
一顧　岩勝　中村光政
春吉　幸佐（句漢）
幽竹（句漢）
正之（句漢）
竹仙（句漢）
●李洞軒引付（我黒十）
▽長夢
▼加柳　蘆舟　万玉
金水　加田氏景重　元睡
政直　小摺　呦軒
▽帯作　清水氏蘭斎　遅速
▼朋水　我黒
●貞木
③貞木―敬雅―三水

③三水―貞木―敬雅
③敬雅―三水―貞木
出口▼貞木　池永常雄　山中道可
●出口貞木引付二枚目
山中▽道可　浄教寺内三子　紅鴉
西村氏　塩水
安田義次　神足友次　岩越重義
広瀬　初侯　広瀬政雪
池永氏常雄　橘氏勝安　市川久次
正次　春近　門田氏笑水
山岡忠勝　小田氏公次
●出口貞木引付三枚目
③政頼―林ト―松島
③松島―政頼―林ト
三州ニテ小沢氏③林ト―松島―政頼
三州山岡氏③本吉（吟独）
▽直笑
●友扇

▽弄泉
③昌春―攀高―包敬
③攀高―富勝―耕苔
③富勝―昌春―弄泉
▽耕苔　包敬
●常信
塔之檀③常信―彦根住鹿生宗氏―彦根住今居氏露軒
③露軒―常信―宗氏
③宗氏―露軒―常信
▼常信　常信
去ル御方▽清　田中貞信
西村賤翁子
●曲水
ぜゝ③曲水―正秀―素葉
③素葉―曲水―正秀
③正秀―素葉―曲水
▼曲水
●きよくすい引付二

▽蘭妃　短舌　桜梯
可見　了水
花代丸　稀言
楽水　征直　松月
文可　浅水　幽音
江ノ朝　世風
虚水　桑名　及肩
松原　立花　忠宜
伴佐　卯筍　広次
●古軒
③古軒（吟独）〔中村〕
③風竹—風竹—守人
▽直之　八陰　久稔
冬水　一入　杏安
古軒　青水
●筆顕子
③筆顕子（吟独）
▽正次　笑草

●団水
▽団水
▼団水
●木村氏
▽木村氏　木村氏
木村氏　渡辺氏
渡辺氏　渡辺氏
並河氏　並河氏
並河氏　池原氏
池原氏　高畠氏
●其角
▽其角　長和
③去来（吟独）
③去来（吟独）
③去来（吟独）
●曲肱
③曲肱—可眠—常酔〔丹の篠山〕
③常酔—曲肱—可眠

---

③可眠—常酔—曲肱
▼曲肱　可眠
●卜乙（半丁）
③卜乙（独吟漢和）〔肥後八代〕
③卜乙（独吟漢和）
●笑山
③笑山（吟独）〔江州彦根住〕
▽笑山
▼笑山
●和風
③和風—保利—定行〔吉備之城下〕
③定行—和風—保利
③保利—定行—和風
▽円賀〔賀州白尾〕　妻〔安田氏〕　妻〔富世〕
和風
●西吟
③西吟—吟可—吟鶯〔桜塚山落月庵〕
③吟鶯—西吟—吟可〔東山田〕

---

③吟可—吟鶯—西吟〔東山田〕
▼西吟　六水
●西吟二枚目
③鑊応—彦照—袖彦〔吹田高須山〕
③袖彦—鑊応—彦照〔吹田太田氏〕
③彦照—袖彦—鑊応〔吹田佐保氏〕
③生水（吟独）〔島村むら田氏〕
▼生水
●西吟三枚目
③和泥（吟独）〔長島〕
③風客（吟独）〔生島氏〕
●西吟四枚目
②定之（吟独）〔茨木吉志部氏〕
▼定之〔茨木樋口氏〕
③東行（吟独）
●西吟五枚目〔鮎川田村氏〕
▽其次（漢句）〔風乗館友衍子〕　其次
③倫能（吟独）

---

③六水（吟独）〔酔翁山鉄釘飯〕
●西吟六枚目
▽沙門〔山田〕　遠野〔高平〕　可休〔垂水〕
●尾張
③東鶯—湖水—巾声〔巨霊軒〕
③巾声—東鶯—湖水
③湖水—巾声—東鶯
③松鶏—菫岡—新蕉
③新蕉—松鶏—菫岡
③菫岡—新蕉—松鶏
●尾張二
③流兔—泥牛—林子
③林子—流兔—泥牛
③泥牛—林子—流兔
③竹遊—蓬荷—一鵬
③一鵬—竹遊—蓬荷
③蓬荷—一鵬—竹遊
●尾張三

▽釈冠　東春（永田氏）　一慶
せん　村雀　亀足
浮軽　風子　一楓
洞水　頑友　清故
浮石（飛泉軒）　浮石　幽客（武藤氏）
幽客　都水　心要（松井氏）
楊青（山氏）　楊青
幸悦子　山人
一之　東吟（恒川氏）　梅雀（槙村氏）

●尾張四
▽宿朝　愚益　一水（小牧住）
梅楽（大野氏）　春呼
▼昼水　泥牛　東鶯
③昼水―岸草―秀木
③秀木―昼水―岸草
③岸草―秀木―昼水

●草也
③草也（吟独）（備後三原澄心軒）

▽草仙（村上）　山墨　加雲
酉水　一寸　松風

●草也引付二枚目
▽是睡　時習　一松
霞風　滴巷　友仙
似浅　探見（岩田）　末近（田中）
古白　草扉（花染軒）　傭也（松田）
草幽（松田）
▼草仙　草也

●晩翠
③晩翠（吟独）（備前岡山）
③林友―栄求―風笛
③風笛―枕友―栄求
③栄求―風笛―晩翠

●晩翠引付二丁目
③常山（大野氏）―風山―雲鹿
③雲鹿―常山―風山
③風山―雲鹿―晩翠

③松声―舞石―野草
③野草―松声―舞石
③舞石―野草―晩翠

●晩翠引付三丁目
▽信治　風也　汲幹（中川氏）
慶三（高沢氏）　弾流　白英
常春　穀倉　流水
一楽　友風　鬼春
楓鹿　古硯　了海（沙門）
横山　利長（中村氏）

●晩翠引付四丁目
▽法久（明本氏）　久之（河合氏）　正勝（浪河氏）

●備前（晩翠引付五～七丁目・絵入）
▽是水　雲水　梅林
梅林　是水　雲水
雲水　梅林　晩翠
▼常山　松声　雲鹿

是水　梅林　枕友
風笛　晩翠

●岐阜
③魚日―嵐蓑―蕉笠
③杏雨―湖鷗―東巡
③一髪―炊玉―嵐蓑
③蕉笠―一髪―湖鷗
③梅餌―杏雨―一髪
③炊玉―魚日―杏雨

●岐阜二
③東巡―梅餌―炊玉
③嵐蓑―蕉笠―梅餌
③湖鷗―東巡―魚日
▽玄察　藤羅　老熟
鶯榎　褒水　湖嵐
梅角　新角　草虫

●岐阜三
▽積雨　詩釣　鷗玉

亀仙
③鷗歩―風梧―素弦

●季吟
③季吟―湖春―可全
③可全―季吟―由卜
③勇卜―可全―季吟
▽季根（十一才）　瑞白　政義
石川　弁朗　富久
旭峰　伊安　正春（砂村氏）
松葉　夏鶯　一益（加州）

●湖春
③湖春―松木―宗得
③恕風―湖春―眠松
③宗得―招友―湖春
▽眠松　招友　松木
素雲　善林　梅友
如稲　一翠　林磐
好春（伏見）　正隆

●湖春引付
③賦山―木端―台人
③台人―賦山―木端
③木端―台人―賦山
●湖春引付（二枚目）
③芥舟（水口住）―奚自―寸庵
③寸庵―芥舟―奚自
③奚自―寸庵―芥舟
●湖春引付（三枚目）
▽芝蘭　西鴻　萩林
宗音　正武　元親
無弁　可不　猪之（九才）
可斗（江州）　重次　直重
三志　乙子（加生（凡兆）妻）（羽紅）
邦孝　才拙　一好
梅卜　政画（加州小松）　夕市（加州小松）
倡栄（加州小松）　梅住（丹州高仙寺）
重総（江州昼谷）

●湖春歳旦（四枚目）
▽友吉　習之　橘子
俊玄　安秋　汝啓
十丸　重之　八行
桃翁　重之　光雪
▼湖春　湖春
加生（凡兆）
乙子（加生（凡兆）妻）（羽紅）　十丸
●貞恕
③貞恕―光之―宗永
③光之―貞恕―光能
③光能―光之―貞恕
▼貞恕
▽宗永　頼尚（敦賀山中伊原）
光貞　光次　宗儀
弥四郎（六才）　光益
●随流
③随流―流滴―金寿

③金寿―随流―昌栄
③流滴―昌栄―随流
③昌栄―金寿―流滴
▼随流
●随流引付一丁目
▽夕実　善但　清応
吟風　未英　一義
以夕　都松　花木
常治　頼綱　分則
清正　松風　吉春
忠房　立家　知新（温故軒）
円水（増田氏）　信武　正次
正竹
●随流引付二丁目
▽一吟（大恩寺塔頭）　一方（大恩寺塔頭）
③虚武（大恩寺塔頭）―一吟（大恩寺塔頭）―一方（大恩寺塔頭）
▽春水　義風　一林（島田）
▽宗永（大津ノ住）　極音（丹波亀山和田氏）

教永（丹波亀山清水氏）　善道　栄道
具天　義竹
●如泉
③如泉（太平与国四条道場真珠庵）―如琴―素雲
③如帆（縦一堂）―素雲―如泉
③元清（青水軒）―如泉―如琴
▽素雲　如琴
▼如泉　如琴
●真珠庵如泉引付二枚目
③香阿弥―如秋―幸佐
③幸佐―正友―如秋
③如秋―香阿―正友
③幸佐―恵方―袁弓（漢和）
③恵方―袁弓―幸佐（和漢）
③袁弓―幸佐―恵方（漢和）
▽正友
●真珠庵如泉引付三枚目
▽重春　自謙　澄正

時久　松軒　秋夕
方旧　林豊　正利
無別　松木　佳園
貞隆　雲志　南士
可回　雪蓑（漢句）
良佺（中村）（良詮）（漢句）
栄張　政良　光覚
可笑　一雫　臨池（鈴木）
因阿弥　臨景（蒲生）
●真珠庵如泉引付四枚目
③風也―大虫（岡崎）―盆太
③盆太―風也―大虫
③大虫―盆太―風也
③松径―風山―其諺
③其諺―松径―風山
③風山―其諺―松径
●真珠庵如泉引付五枚目
③竹仙―正之―光広（漢和）

③光広—竹仙—正之(漢和)
③正之—光広—竹仙(和漢)
③量阿—政義—如雲
③如雲—量阿—政義
③政義—如雲—量阿
●真珠庵如泉引付六枚目
▽風琴　袁弓　風笛
一船　白鷗軒
理玄　遊葉　重次
亀松　中之軒正栄　上加茂世軒
可及　幽楼軒愚酔　林夏
善道　真実　栄道
禾杢　口焉　竜口
栄道　青山　空信
常本　木村氏之利
●真珠庵如泉引付七枚目
③堺住一舟—京岸松—無刻
③無刻—一舟—岸松

③岸松—無刻—一舟
▽清水氏蘭㞢(漢句)　政之
富丸　僧未及　由章
安延
●真珠庵如泉引付八枚目
③若州一焉—去留—可心(和漢)
③可心—一焉—去留
③去留—可心—一焉
③加州小松視三(吟独)
③視三(吟独)
③視三(吟独)
●真珠庵如泉引付九枚目
③加陽金府巽氏桂子—山木—嵐下
③加陽金府巽氏嵐下—桂子—沙竹
③加陽金府巽氏沙竹—嵐下—山木
③加陽金府丹羽氏山木—沙竹—桂子
●真珠庵如泉引付拾枚目
③桑名一伴—桑名風子—桑名桂子

③桂子—一伴—風子
③風子—桂子—一伴
③内海未柳(吟独)
③未柳(吟独)
③未柳(吟独)
▼未柳　未柳
●真珠庵如泉引付十一枚目
▽西岡大藪沙門恵水　西岡大藪末馴
宇治友獲　大津乙州
丹波福知山吉田種塵　丹波福知山長茂
丹波福知山桂馬　備中松山
③江州日野中山葉若氏佐命
▼佐命
▽越前福居東柳軒元春　越前福居流幾
越前福居戸村元休　能登七尾白石探吟
●真珠庵如泉引付十二枚目
▽桑名意計　桑名淵水
奥州仙台松浦氏　肥前如瓶

▽州也　硯海　貞道
③三柳—加柳—古柳
③古柳—三柳—加柳
③加柳—古柳—三柳
●荷兮
③尾張之那古屋荷兮—鼠弾—釣雪
③釣雪—荷兮—鼠弾
③鼠弾—釣雪—荷兮
③野水—越人—元広
③元広—野水—越人
●荷兮二
③越人—元広—野水
③亀洞—湍水—舟泉
③舟泉—亀洞—湍水
③湍水—舟泉—亀洞
③長虹—一井—胡及
③胡及—長虹—一井
●荷兮三

③一井—胡及—長虹
③冬文—冬松—傘下
③傘下—冬文—冬松
③冬松—傘下—鈍可
▽釈嵐朝　痩石　蕪葉
防川　二水　故国
巾上
●荷兮四
▽灯花　青江　霞朝
白兎　犬山住昌勝　犬山住松露
芳川　虎遊　正親
都上友重　愚益　津島俊正
桂花　弛張　榎遊
端山　桂夕　西円
一見　桂双　鈍可
●荷兮五
▼荷兮　燕夕　鼠弾
芝丸　越人

●重徳
③重徳―信徳―桐案
③桐案―重徳―富春軒
③富春軒―桐案―重徳
▽信徳

●方山
③[安寧坊招鳩軒]方山―二夕―可廻
③可廻―方山―二夕
③二夕―可廻―方山
▽作者不記

●方山引付二枚目
③[江州]閑雪―二夕―可廻
③杏分―閑雪―其梢
③二夕―可廻―閑雪
③金石―松林―尹具
③尹具―金石―松林
③松林―尹具―方山

●方山引付三枚目
③声疑―文思―浪化
③浪化―声疑―文思
③文思―浪化―声疑
▽風喬　求之　水闌
道悦　桐虎　除雪
宵子　可水　榎井
隣子　行安

●方山引付四枚目
▽[近藤氏]器水　[遠藤氏]棘山　如周
嶺山　類山　通葉
直堅　房成　[原田氏]宗信
吉武　円竜　半盤
[比丘]廓道　[沢村]無三　之中
不若　又笑

●方山引付五枚目
▼双木　風喬　不若
除雪　桐虎　尹具
松林　棘山　嶺風
台太郎

●尚白
③[大津]尚白―一竜―生々（千那）
③[千那堂]生々（千那）―李由―淳児
③[風羅斎]淳児―尚白―一竜
③[玄波斎]一竜―生々（千那）―李由
③[挙扇堂]李由―淳児―尚白

●尚白引附二
▽安々子　浴子
玄甫　正義　定克
心流　瓠千　松洞
松見　有栗　桃固
素石　古音　知達
友益　和跡　江山
通雪　奇香

●尚白引附三
③御―安世―和跡
③草士―棖以―一竜
③棖以―草士―淳児
▽清親　東雪　杉候
桐雨　玉三　是政

●尚白引附四
▽[江戸]右芣　[江戸]ウ月（宇月）
南吹　重顧　与風
道信　玄六　可周
宗永　[膳所]珍夕（洒堂）
[膳所]正秀　[膳所]慶成　[膳所]及肩
[膳所]忠宣　[膳所]烏有子
幽孤　巴水　半林

●尚白引附五
▽[若州]味両　[若州]幽水　[若州]嵐流
[若州]去留　[九歳]るい
[京]とめ（羽紅）　さめ
釣詠　[三井]亮乗　[僧]半夢
[僧]海印　[僧]尾親
[僧]山隠子　共貞
昌和　松愛　政幸
直之

●尚白引附六
▽乙州　松泉　羽生
在延　順忠　蘆集
推云　長吉　竹隣
安玉　安好　安法
安身　一只　一貞
[執筆]与三
▼尚白　生々（千那）

●尚白引附七
▽[京]素墨　[京]三葉軒
[京]止月　[京]鳥井氏
[京隣]女子

●晩山
③晩山―一嘯―一由
③一由―晩山―一嘯
③一嘯―一由―晩山

▽（爪木氏八歳）梅丸
▼一嘯
●吟花堂晩山引附
③枝栄―女懐―石柱（漢和）
③女懐―石柱―枝栄（漢和）
③石柱―枝栄―女懐（漢和）
▽秋水　秋水　秋水
●吟花堂晩山引附三枚目
▽松林　信忠　蛍石
一夢　宗安　幸勝
和忠　家重　（祇園）茂山
治利　柳風　（東山埜）家風
（清水住）重次　祖丹　（若州住）好治
（武州）声楽　（江州）成周　松雨
●吟花堂晩山引附四枚目
▽祐善　宗生
孤息軒　如塵
杉遊軒　友鹿

朋蟻　朋蟻　慶保
（十五才）花慶　サン女
政乃　（涼葉軒）好英　（如松軒）信雪
信清　信清　茂朝
（村上十五才）久松
●義雪
③（洛下住）義雪―不適―素軒
③素軒―義雪―不適
③不適―素軒―義雪
▽鷲山　忠豆　三翁
正衡　素翁
▼義雪　素軒　不適
三翁
●花扇
③花扇―平口―晴風
③平口―晴風―花扇
③晴風―花扇―平口
▽（木原）白霞子　（北村）村交

（岡田）康重　（宮川）青黄　村交
十才
●定宗
▽（色聚軒村上）定宗　義長　倶門
政利　満武　春中
播近　政国　政平
家時　頼久　安為
正国　行藤　守松
平春　（京川原町）本播　（宇治）三世
（法印）徳夜　（小僧）十哲　（洛下）酒流
（外遊庵）山本氏　（橋川）道無
●定宗引付二枚目
▽妙泉寺門前ノ物
作不知　川内
（道心者）西念　風山　（風山弟子）風松
名所屋　（とんぼや）せん
五良　三良
さよ一　市の丞

（女）さん　（丹波口）亀　（女）小伝
（妹）小円　さる方
八十ノ女　奇貞
膳所住　膳所住
八　（沙門）袖斗　（袖斗）下人
（沙弥）小流　義藤
●都水
③都水―柳水―原水
③原水―都水―柳水
③柳水―原水―都水
▽可曲　樗木　不聖
音水　田水　通葉
（女）ゆき　可脇
▼都水　柳水　原水
●和及
③（桑門）和及―軒柳―竹亭
③夏水―和及―亀林
③亀林―夏水―和及

▽竹亭　軒柳
▼（露吹庵）和及
●和及引付
▽林虎　法三　方寸
千足　夢雪　梅氏
広福　忠林　治重
（南都）正重　（南都）成政　（南都）無心
（南都）門水　（南都）保仍　（南都）知及
（南都）丁眠　（南都）宗恒　（南都）西葉
（南都）重貞　（南都）助申　（南都）買笑
（南都）友和　（南都）重吉
（南都少人）山三郎
▼（京）呦軒
●和宏
③（服部清翁跡）和宏―不酔―一雫
③直氏―嘯雲―臨池
③光後―宗久―正隆
▽正隆　臨池　嘯雲

一雫　不酔　宗久
●和宏引付二枚目
③如琢（鷹峰住沙門）—元女—一流
③一流—如琢—元女
③元女—一流—如琢
●服部和宏引付三枚目
▽忠径　周阿弥
賢信（梅村）　吟静（除饉男）　見意
吉正（杉村）　従方（福井）　祇方（長町）
幸道（山本）　正芳（内山氏）
作者　不記　俊広（藤岡氏）
義重　光武　金道
好行　松声　之竹
●自元
③自元（京住）—重道—忠之
③忠之（さくらゐうち）—自元—長清
③重道（加藤氏）—国正—自元
▽長清（桜井氏）　国正（野村氏）

●定直
③丁直（備前岡山）—即章—進歩（退丈軒）
③進歩—丁直—即章
③即章—進歩—丁直
▽茂門（竹下）
▼茂門　定直　進歩
▽一鵬　未聞　亀六
●北花坊
③好春（伏見）—仙戸—秋澄
③秋澄—好春—仙戸
③仙戸—秋澄—好春
▽梅友　如申　可笑
昌盛
▼如申　仙戸　秋澄
●その女（園女）
③その女（難波）（園女）（吟独）
▼その女（園女）
その女（園女）

●伏見好春二枚目
③民也—一水—木魚
③扇計—民也—一水
③一水—扇計—民也
▽木魚
▼扇計　一水　民也
好春
●伏見好春三枚目
③栄言—訥子（岡本）—絶口（中村）
③絶口—栄言—訥子
③訥子—絶口—栄言
▽偶中　未弁（宇陀山口氏）
短舌（宇陀下田氏）　永吉（宇陀政川氏）
尾程（こわた）
●問随
③問随（伏見多門院）—有隣—周木
③周木—問随—有隣
③有隣—周木—問随

▽方好　順可　如白
[稲]高　若木
▼有隣　周木
●宗旦
③宗旦（伊丹也雲軒）（吟独）
▽宗旦
③貞喜（鹿島氏）（吟独）
●伊丹二
③人角（吟独）
▼人角
▽市ノ助　百丸
●伊丹三
▽馬桜（小西氏）　三紀
▼青鬼　ミル茶鬼
ウノメ返シ鬼
サンクヅレ鬼
コイ鼠鬼
麦ワラスジ鬼

センダク鬼
トキワケ鬼
③濁水（吟独）
③濁水（吟独）
▼青人
●伊丹四
③青人
▽蘭舟
●伊丹五
▽鉄らん（鉄卵）
▼鉄らん（鉄卵）
③定友（山村氏）（吟独）
▼定友
●伊丹六
▽蟻道（杜若想）
▼蟻道
③鷺助（吟独）
▼鷺助　鷺助

●伊丹七
③森 画山(吟独)
▼画山
③酔翁山銭釘飯 六水(吟独)

●伊丹八
③森本氏 川平(吟独)
③森本氏 露重(吟独)
▼露重

●伊丹九
③北川原氏 梅風(吟独)
▼梅風
③釈氏 黒山―隣山―酒見
③酒見―黒山―隣山
③隣山―酒見―黒山
▼隣山

●伊丹十
③瀬堀氏 画藤(吟独)
▼画藤

③鹿島氏 月扇(吟独)

●伊丹十一
③岡田氏 遊客(吟独)
③本多氏 疎林(吟独)

●伊丹十二
③自省軒 涎洞―谷水―一性
③怙静子 一性―涎洞―谷水
③一寸室 谷水―一性―涎洞
③那須氏 晩嵐(吟独)

●伊丹十三
③鹿島氏 鉄面(吟独)
▼鉄面　三紀
③北川原氏 猫信
▼千百

●伊丹十四
③岡田氏 笛風(吟独)
③山田氏 万川(吟独)
▼万川

●伊丹十五
②直矩―秀親
③直矩(吟独)
③木村氏 放言(吟独)
▼放言　放言
木村氏 まん女

●宗旦引付(伊丹十六)
▽奥山 高茂　三沢　好昌
正次　屈兵　其水
千百　余谷　卜流
卜流　長室　長久
初子　万亀　鹿貞
春長　道次　政筌
櫃水　茶屋　信房

●伊丹十七
③酒粕(吟独)
③北川原 好昌(吟独)

●百齢(伊丹ノ内)
③天満西吹居 百齢―百齢―鬼貝

●由平
③大坂由平生 瓢叟(由平)―椿子―美郷
③美郷―瓢叟(由平)―椿子
③椿子―美郷―瓢叟(由平)

●由平引付ノ二
③破瓢叟 由平―楚秋―快笑
③快笑―由平―楚秋
③楚秋―快笑―由平
▽前川氏 淳平

●荷萍
③大坂 荷萍(吟独)
▼荷萍

●みつもの所
▽洛北天台山麓理即院 喜観
山越氏 久長　石川氏
石川氏　某　某
▼某　利尚

▽三ツ物所 重勝

〔以下ハ書入〕
③六翁(吟独)
③六翁―詠夕―六翁
③六翁(吟独)
▽美郷　順平　松詠
快笑　風通
棘棘云 苦十　砥石　碩笑
寛子　易貞　茂三
椿子
▽江戸衆
▽江戸歳旦 幽山
よみ人しらす
③松詠―寸長―鯉邑

③鯉邑―砥石―柳子　▽砥石　柳子　寸長　③寸長―鯉邑―松詠　正次　快山
③柳子―松詠―砥石　▽須悦　好硯　三和

花虚木

刊記ナシ。沢露川編。発句・連句集。半紙本一冊。于時元禄二巳年春壬正月人日（一月七日）／尾州大森氏風木誌焉（序）。柿衞文庫他蔵。『蕉門珍書百種』5ニ翻刻。

発句

ア行
一二亭　二
隠月　一
円寂　二

カ行
外之　二
（渡辺氏）鶴羽　一
景明　一
幸昌　二
谷水　二

サ行
（勢州松坂）残人　一
祝月　一
松月　一
松醒　一
（退思軒）推之　二
川声　一
仄芳　二

タ行
（幸賀氏）貞房　一
泥月　一
独行　一

ハ行
梅隣子　一
不知　一
不聞　三

マ行
（牧野氏）茂村　一

ヤ行
（三州刈谷）幽知　一

ラ行
露川　一

連句

①十二吟歌仙〔（雩山軒）露川3―仄芳3―一二亭3―谷水3―推之3―不聞3―志嵐3―外之3―花雀3―円寂3―泥月3―外山3〕
②八吟歌仙〔仄芳5―一二亭5―露川5―不聞4―谷水4―推之4―外之4―志嵐4―執筆1〕
③六吟歌仙〔谷水6―推之6―不聞6―露川6―一二亭6―仄芳6〕
④六吟六句〔一二亭―露川―仄芳―推之―不聞―谷水〕
追加

続新山家

散逸書。『阿』ニ「一冊　観水作　元禄二年巳二月十八日」。

誹諧前後園

京寺町通二条上ル町井筒屋／筒井庄兵衛板。池西言水編。発句集。半紙本二冊。元禄二きさらき（二月）の雪に自序／洛下言水。酒竹文庫他蔵。

発句

ア行

為文　一〇
違風（越中富山）　六
一焉（若州）　三
一鷗（越中富山）　四
一元（隠士）　一
一笑（加州小杉）　一八
一水（加州金沢亀田）　八
一翠　六
一正　一
一友　一
一蠡（大坂）　一
一露（和州郡山）　三
印計（辻氏）　一
宇白（越中石動）　四
雲口（加州小野氏）　九
雲山　一
雲岫（越中富山）　三
雲錐（江州八幡）　二
椎雪（越中富山）　七
易吹　五
円賀（加州）　四
円水（江戸）　二
延貞　三
延年　一
淵瀬　一
焉求（但州妙見山）　一
焉玉　八
焉水　七
燕軒（奥山氏）　一
黄吻（江戸）　二
乙州（大津）　一〇
温和（若州）　一

カ行

可廻　一
可休（加賀田）　五
可春　一
可諄（松岡）　一
可笑（伏見）　六
可心（若州河野）　一二
可雪（丹州出石蘆田）　四
可全（大村）　一
可友　一
花旧（江戸）　一
花車　一
河童（山形）　一
夏木（重尚）　一
我暁　一
我黒　三
駕山　一
芥舟（水口）　三
廻雪（羽州山形）　四
懐徳（丹州宮津）　二
勘心　一
貫水（隠士）　一
澗水（小畑氏）　四
観新　一
観水（志水）　七
蟻想　三
吉沢（但州）　一
客路（加州金沢）　一
久治（畑）　一
久正　一
去留（若州津田）　三
居林子（豊前西小倉）　一
暁鳴（和州兵庫）　一

号	注記	数
玉喜	酒田高宮	一
玉志	酒田市田	一
近元		二
吟松	丹後宮津	三
吟石	若州	二
吟風	丹州宮津	三
駒角		六
空礫		三
愚口	丹後佐原	三
計也	欲賀	一
恵方		一
桂子	加州金沢	二
荊口	和州鷲家	二
見之		二
元陰		一
玄信	丹州峰山	一
言求		一
言色	和州法隆寺	二
言水		三
言途	丹後	一
源進		二
乎兮	江戸	一
孤舟	丹後有路倉橋氏	六
湖翁	濃州岐阜	五
湖春		三
公政	越後柏崎	二
光春		一
光豊	丹後有路	一
好友		一
江山	大津	一
幸佐		一
垢人		一
香残	摂州	一
高政	物本地	一
高富	勢州松坂	一

サ行

号	注記	数
沙竹	加州金沢	三
才角	加州松任	一
再劉		三
彩霞	江州日野	三
札一		一
三ケ	伏見	一
三思		二
三秋		一
山姥		三
山木	加州金沢丹羽	二
子守	山形松岡	一
子酔	江戸	一
子峰	江戸	一
市水		一
志睡		一
思晴	羽州山形	六
寺田氏		一
似休	羽州尾花沢	一
似船		一
若梶	ミの	一
若楓	濃州長郎	二
守寿		一
守文	丹後	一
澍松	若州	三
周也		一
秋山	江州近江	三
秋風	日野鳴滝隠士	三
萩林		一
重観	芸州佐伯	一
重是	藤井	一
重政	別氏	二
春水	丹後宮津	二
春澄		三
順也		一
初及	若州	二
女琴		一
女章（女草カ）		一
女草		二
如芥	伊勢松坂	一
如琴		三
如山		四
如秋		一
如水		四
如泉		二
如竹	伏見	六
如鱗	和州郡山	一
小春	加州金沢	三
尚絅	江戸	一
尚白	大津	九
松陰		五
松雨	大坂	一
松鶴		一
松径		二
松洞子	豊前西小倉	一
松白	羽州山形	四
松木		一
笑風	日野	二
章孝	丹後	二
嘯雲	羽州最上谷地	二
常之		二
常征	和州今井	五
常牧		二
情山		一
心兮		一
心流	大津	四
辰茂		三
信徳		三
信入	但馬	一
真下氏	丹後有路	一
真嶺子		四
薪玉	美濃長郎	七

所	号	数
伊丹	人角	一
羽州角館	人虫	二
肥後熊本	水翁	二
	水車	一
越中富山	水友	二
吉井	水流	四
越中富山	水蓼	三
伊与松山	随友	一
江州	寸庵	一
	寸流	一
法隆寺	正元	一
和州兵庫	正広	八
	正次	一
法隆寺	政広	一
	清吉	一
	清昌	五
羽州	清風	四
若林	石流	五
	雪章	一
日野	雪窓子	二
望月	千之	一
	千春	四
江州日野	千峰	一
	仙庵	六
	泉流	二
伏見	扇計	六
加州松任	蟬声	二
豊前西小倉	全活子	一
	素雲	二
羽州	素英	五
大津	宗永	一
伊藤	宗勝	三
	タ行	
摂州	丹瑞	一
大津	知辰	一
乙州母	智月	一
大坂小川	竹雀	二
	竹亭	二
	中志	四
ふしみ	忠致	二
丹後水上	釣玄	二
	枕肱	一
	定之	二
山形長崎	定章	一
	定方	二
神氏	底元	九
法隆寺	貞応	一
	貞山	一
丹後有路	貞新	一
丹後有路	貞則	一
	貞道	六
	貞木	一
丹後関田	桃水	一
日野	桃水	二
	藤水	一
日野	藤林子	四
羽州角館	闘蟀	一
	洞水	一
備前岡山	独笑	一
	ナ行	
	入安	四
肥後熊本	忍山	一
	ハ行	
江戸	芭蕉	四
	白鷗	一
	白暁	一
日野正野	白考	二
日野	白藤	一
日野	畠中軒	一
	半舟	一
丹後宮津	半水	一
法隆寺	晩水	一
近江日野	弥六	一
加州松任	美之	三
山形	匹如身	一
伊丹	百齢	三
	苗志	一
富山	浜子	一
羽州酒田	不玉	一
酒田小島	不甲	一
日野	不似子	三
酒田伊藤	不徹子	一
酒田塚谷	不白	一
	風喬	一
	風山	二
羽州白田	風和	一
備後水野氏	福富	一
	文体	六
丹後宮津羽田	保春	八
	保利	一
	朋水	六
伏見	忘家	三
	卜円	一
但馬竹田	卜尤	一
	マ行	
難波	万海	一
但州豊岡	万勝	一
羽州	未覚	五
西村	未達	三
伏見	民也	七
	無斎	一
大津	木節	二
	ヤ行	
山形	野ノ	一
大津泉原・泉川	友益	五
	友静	三
	由卜	一
前羽	有処	一

富山 有無 一
幽香 一
丹州山形 幽窓 三
幽也 一
丹後宮津 祐山 三

ラ行

加州金沢 嵐下 二
加州金沢 蘭夕 一
山形 蘭夕 一
南都白戸 利秀 一
柳之 五
豊前大橋 柳浦 二
那須氏 流水 三
宮津僧 良斎 一
良佺（良詮） 一
涼進 一
伏見 林竹 一
林鳥 一
丹後宮津 臨水 三
露軒 一
江戸 露宿 二
江戸 露章 一
露色 二
江戸 露沾 一

ワ行

釈 和及 四
羽州角館 □○水（ママ） 二
越後住 一

誹諧番匠童

元禄二己巳年三月日／洛陽書林新井弥兵衛版。三上和及著（後半ノ「誹諧手斧屑」ハ蘆川氏某ノ著トイウ）。俳諧作法書・歳時記。小本一冊。元禄二己巳春初旬／真珠庵主（如泉）識（序）。貞享よつのとし清白翁（我黒）李洞の軒におゐてのふる物ならし（跋）。国立国会図書館他蔵。『近世前期歳時記十三種本文集成並びに総合索引』（勉誠社　昭和56年刊）ニ「誹諧手斧屑四季之詞」ノミ影印。雲英末雄『元禄京都俳壇研究』（勉誠社　昭和60年刊）ニ元禄四年版ノ翻刻。元禄二年改訂版・同三年別版（横本デ「当流　はなひ大全」ヲ付載）・同四年増補改訂版（「当流　増補番匠童」）等ノ諸版ガアル（立項ハ省略）。

発句

江戸 一晶 一
我黒 一
湖春 一
江戸 才丸 一
如泉 一
信徳 一
江戸 芭蕉 一
和及 二
作者不記 三

あら野

京寺町通二条上ル町井筒屋／筒井庄兵衛板。山本荷兮編。発句・連句集。半紙本三冊。元禄二年弥生（三月）／芭蕉桃青（序）。北海道大学附属図書館他蔵。『古板俳諧七部集』ニ後印本ノ影印。『新大系　芭蕉七部集』等ニ翻刻。題簽ノ表記ハ「阿羅野」。

発句

ア行

岐阜 杏雨　八
一橋　一
津島 一笑　五
加賀 一笑　四
一晶　一
一井　三
一雪　三
伊予 一泉　二
伊賀 一桐　一
岐阜 一髪　一八
伊勢 一有妻(園女)　一
大津 一竜　一
雨桐　一
津島 益音　一
越人　三九
越水　一
円解　一
淵支　一
塩車　三
岐阜 鷗歩　六

カ行

京 加生(凡兆)　二
荷兮　六二
快宣　一
偕雪　一
岡崎 鶴声　一
含咕　六
奇生　一
季吟　一
其角　三
十一歳 亀助　一
亀洞　一九
吉次　一
去来　一四
暁聽　三
岐阜 襟雪　一
愚益　一
桂夕　二
兼正　一
元広　一
堺 元順　一
桜井 元輔　一
玄察　三
玄旨法師(幽斎)　一
玄寮　二
コ斎(壺斎)　一
釈 古梵　二
胡及　一七
湖春　一
好葉　一
校遊　一

サ行

津島 梭似　一四
犀夕　一
杉風　二
傘下　一八
此橘　一
此橋　一
市山　一
津島 市柳　三
自悦　一
児竹　二
大坂 式之　一
長良 若風　一
守武　一
樹水　一
舟泉　一七
岐阜 秀正　一
秋芳　一
重五　六
津島 重治　一
大津 淳児　一
大垣 如行　二
鳴海 如風　一
岐阜 除風　七
加賀 小春　七
尚白　一〇
犬山 昌勝　一
昌長　一
昌碧　三
津島 松下　二
松芳　七
笑草　一
津島 勝吉　二
蕉笠　四
常秀　一
燭遊　一
心棘　一
心苗　一
信徳　一
松坂 晨風　二
塵交　二
炊玉　二
伊予 随友　一
是幸　一
生林　二
西武　一
青江　二
清洞　一
夕道　一
夕楓　一

千閣（伊予）　二
仙化　一
洗悪　一
素秋（岐阜）　三
素堂　五
鼠弾　一六
宗因　一
宗鑑　一
宗祇法師　一
宗之　一
宗和　一
村俊　二

タ行

たつ　一
且藁　二
探丸　一
湍水　九
ちね（千子）（京）　一
智月（大津）　一
竹洞　一
忠知（白灰ノ）　二
長虹　三
長之　一
釣雪　一五
聴雪　二
貞室　四
とめ（羽紅）（京）　一
杜国　七
冬松　八
冬文　七
東巡　一
東順　一
藤羅　三
洞雪　一
呑霞　一
鈍可　六

ナ行

内習　一
二水　四
任口（伏見）　一
任他　一

ハ行

巴丈　一
芭蕉　三五
破笠　一
梅餌　二
梅舌（十二歳）　四
薄芝　一
般斎（僧）　一
百歳　一
不悔　一
不交（岐阜）　二
芙水　一
鳧仙　一
風泉　一
風笛　一
風鈴軒（風虎カ）　一
文潤　一
文瀾　二
文里　一
文鱗　五
方生（津島）　一
芳川　二
蓬雨（岐阜）　一
防川　二
北枝（加賀）　一
卜枝（津島）　一五
朴什　一

マ行

未学　二
無葉　一
夢々（津島）　二

ヤ行

夜舟　一
野水　四四
友五　一
友重　一

ラ行

落梧　二
嵐蓑　一
嵐雪　二
嵐蘭　一
利重　二
李下　一
李晨（岐阜）　二
李桃（岐阜）　三
柳風　三
林斧　二
路通　九
蘆夕（濃州）　一
鷺丁　二
潦月　一
作者不知　二

連句

①四吟歌仙〔素堂1―野水12―荷兮12―越人11〕誰か華をおもはさらむ…／この文人の事つかりてと、け

られしを三人開き幾度も吟して（素堂句ニ付ケタ脇起シ歌仙）
②六吟歌仙〔亀洞6—荷兮6—昌碧6—野水6—舟泉5—釣雪6—筆1〕
③四吟歌仙〔舟泉9—松芳9—冬文9—荷兮9〕
④両吟歌仙〔荷兮18—野水17—執筆1〕
⑤三吟歌仙〔宗鑑1—越人17—傘下17—筆1〕月さしのほる気色は昼の暑さもなくなるおもしろさに…（宗鑑句ニ付ケタ脇起シ歌仙）
⑥両吟歌仙〔越人18—芭蕉18〕深川の夜
⑦両吟歌仙〔其角17—越人19〕翁に伴なはれて来る人のめつらしきに
⑧両吟半歌仙〔嵐雪8—越人10〕
⑨両吟歌仙〔野水18—落梧18〕
⑩四吟歌仙〔一井9—鼠弾9—胡及9—長虹9〕

續あはて集

刊記ナシ。吉田横船（蘭秀）編。発句・連句集。大本二冊。屠維大荒落（元禄二年）之春／蘭秀軒横船書（自序）。藤園堂文庫他蔵。各題下ニ発句・付句ガ混在スル。題簽ノ表記ハ『續阿波手集』。ナオ、『広』『故』ニハ「三　友次」。

発句

ア行

鳴海住　安宣　二
樵歌堂　一山　一
一水　一
柱観（抱月）　一
一卜　一
一味　一
水月軒　一葉　二
遠藤　一嶺　四　付一
雲窓　四　付一
風竜軒　淵水　四　付二
援陽　一

横船（蘭秀）（よこふね　モ見ヨ）　一六
耕閑亭　鷗吟　三

カ行

四日市杜本　可習　一〇
三州刈谷城下山口　可笑　六
可頻　二
山田　可友　一
四日市太田　駕焉　七
ミの、関村山　角呂　一　付一
閑饒　一
紅梨亭　岸草　八
四日市　几英　一
四日市汀田氏　几翁　三
拾穂庵　季吟　二
葉庭軒　葵圭　三
秋風軒　菊芳　三　付一
刈谷富田　吉根　三
濃州鵜飼氏　漁人　一
ミの、国にしこり和田　匡克　一
五休居士　暁鼯　八　付六
信州仁科郷　極秋　一
刈谷中村　吟松　三
信州仁科郷　吟松　二
加藤　景広　一

注記	俳号	付	数
	言焔	付	二一
	言水		一
	故温		三
ミの今里佐野氏	湖山子		一
	サ行		
ミの、国関円長院	採薄	付	二一
	山主		一
刈谷	之義		一
	至宴	付	三二
	自快	付	三六
大津	似歌		一
	酌随	付	一三
刈谷	守株		二
八十人	秀木（八十八モ見ヨ）		三
	岫雲	付	三六
	集虚		一
刈谷小島	十江		二
松江維舟	重頼		一
尾州津島伊藤氏	俊似		一
刈谷	如嬰子	付	三六
鈴木	如岩		一
三州刈谷住	如吉		二
刈谷	如若子	付	一一
	松牛		二
山路軒	松吟		一
四日市坂倉	松秀		四
鷲睡軒	松滴	付	六六
	松葉軒	付	三八
担軒	峭壁（せうへきモ見ヨ）	付	三五 三六
	勝元		一
三州くわ原庄	勝直		一
刈谷	常清	付	二一
四日市伊鷹	晨笑		四
鐘声軒	誰蛍		三
	せうへき（峭壁モ見ヨ）	付	二
刈谷	是計子		一
	是鵠	付	五五
	是之		一
四日市丹羽	正延		三
四日市竹中	正俊		二
錦水処子	青鷗	付	二一
古渡人	晴燕	付	四〇
ミの、関立木氏	石椿	付	一一
犬山藤井	雪紅		一
四日市浜辺	雪洞		四
双木堂	川月		一
四日市広田	草也		七
	蔵白	付	一二
江崎	即休		五
	タ行		
水沢	大蓮		二
刈谷太田	忠光		一
杜本	忠信		一
	貞室		一
	泥牛	付	三一
	東吟	付	一
濃州錦織村上	東月		一
竹葉軒	東全		二
	桐亭		一
	桃栄	付	一五
	桃牛		一
ミの、関	棠街	付	三三
刈谷	独楽		二
	ナ行		
丹治姓・青木氏	二已		三
	任節		一
名古屋	任他		一
	ハ行		
	巴山		九
	芭蕉		一
濃州錦織槇村	梅雀		二
	梅仁		六
砂山子	薄雪		一
	八十人（秀木モ見ヨ）	付	一一
	幡竜	付	一
	不均	付	一五
青土軒	不克		一
	不識		四
	芳兮	付	一
一柱観	抱月	付	三五
竜鱗軒	抱氷		一
羽根□逸人	北魚		二
	マ行		
岡田将監	満足		一
四日市住鈴木氏穂積姓	霧海		一〇
四日市法蓮寺	名計		二
ミの大柿（ママ）観水軒	木因		一
	ヤ行		
一廬屈	野石	付	一
犬山住	幽卜		一
山口	遊二		一
	よこふね（蘭秀）（横舟モ見ヨ）	付	二六 三
	ラ行		
	嵐雪		一
	濫吹		一
熱田小出	立心	付	一
	律笛		二
	柳水		五
	流兔		二
	竜歯	付	二五
	林支		二
涼風軒	蟒光	付	五六
	冷谷		六
	路水	付	二
刈谷住	露紅	付	五八
	潦月	付	一三
	六友		一
	鹿角		二

刈谷大岡 碌子　付二　三

よみ人しらず　付一　三

よみ人なし　一

連句

①歌仙〔作者不記（横船／蘭秀カ）〕視箴

②三吟歌仙〔松滴12―横船（蘭秀）12―蟒光12〕聴箴

③両吟歌仙〔一柱観抱月18―横船（蘭秀）18〕言箴

④両吟歌仙〔担軒峭壁18―横船（蘭秀）18〕勤箴

⑤両吟歌仙〔五休子暁鼯18―横船（蘭秀）18〕忠恕

苗代水

京寺町通二条上ル町／井筒屋筒井庄兵衛板行。富尾似船編。発句・付句（前句付）集。半紙本五冊。時に元禄二年二月十八日／富尾氏似船序ス（自序）。元禄二己巳年首夏（四月）上澣／雒水野衲書（跋）。洒竹文庫蔵。二句付興行ノ清書巻風ニ仕立テテイル。第一巻ノ国別作者一覧ニヨリ、各地域ノ中デ五十音順ニ並べ替エタ。

発句

山城国花洛住

一水　付二　一
徳山 一道　付二　一
雲彩　付二　一
栄春　付二　一
燕羨　付二　一
岸本 可理　付二　一
榎川　付二　一
歌和　付二　一
金虎　付二　一
号了夢 見笑　付二　一
少人九歳 五百丸　付二　一
幸春　付二　一
蓂蓂堂 康吟　付二　一
松花軒 秀政　付二　一
喜多 俊古　付二　一
如竹　付二　一
杉本 松髯　付二　一
松白　付二　一
笑堅　付二　一
信生　付二　一
的場 正次　付二　一
正房　付二　一
政顕　付二　一
洗柳　付二　一
談夢　付二　一
長吉　付二　一
釣月　付二　一
田竜　付二　一
桃波　付二　一
岡本 訥子　付二　一
風喰　付二　一
ノ軒　付二　一
栗原 露芝　付二　一
和随　付二　一

上谷津

松雲　付二　一

河内国上島住

一山　付二　一
江柳　付二　一

摂津国

免原郡梅仙寺 一鷗　付二　一
魚崎覚浄寺 友知　付二　一

伊勢国山田郡

一風　付二　一
船江住 寅夫　付二　一

志摩国戸羽

聾湖軒 磯侍　付二　一

間水軒 似酔 付 二一
藤田 秋萱 付 二一
安宅蓄筐軒 秋袂 付 二一
長福寺一如軒 雪堂 付 二一
巵笠軒 猻侍 付 二一
舌轄軒 洞滴子 付 二一
荻雨軒 洞嵐子 付 二一

賦枕子 付 二一
蘆省軒 蝙洞子 付 二一
木運 付 二一

武蔵国江戸

桑門 臥人 付 二一
蛍雪 付 二一
似松 付 二一

従古 付 二一
睡鷗 付 二一
西八町堀 随柳 付 二一
是伯 付 二一
西路 付 二一
都鳥 付 二一
夢朋 付 二一

若狭国小浜

津田 一焉 付 二一
去留 付 二一
故今 付 二一
乗化堂 妙孫 付 二一

越中国

寂寞堂 独幽 付 二一

丹波国佐治住

刻舟 付 二一
散木 付 二一
正音 付 二一
正矩 付 二一
定有 付 二一

安芸国宮島

閏川氏 浄心 付 二一
渡辺氏 単西 付 二一
岡村 仲品 付 二一

紀伊国若山

寓衲 三拙 付 二一
斧軒 付 二一

〔元禄二年言水加筆句集〕

稿本。元禄二中夏（五月）／言水（奥）。池西言水点。点取帖。横本一冊。大東急記念文庫蔵。

発句

ア行

一源 付 三一
一草 付 三一
一通 付 三
一道 付 三一
一無 付 三一
尹春 付 三一
うてな 一
英辰 付 三一
燕軒 付 三一

カ行

家久 付 三一
懐子 付 三一
蟻之 付 三一
及山 付 三一
光資 付 三一
幸治 付 三一
康宗 付 三一
国州 付 三一

サ行

旨兮 付 三一
寿弾 付 三一
秋独 付 三一
秋野 付 三一
重之 付 三一
重年 付 三一
重利 付 三一
従信 付 三一
出船子 付 三一
如雲子 付 三一
如水 付 三一
助申 付 三一
松子 付 三一
信庸 付 三一
席少 付 三一
雪軒 付 三一
宣秀 付 三一
扇計 付 三一
全菊 付 三一
宗佐 付 三一

タ行

直庚 付 三一

貞把 付三一
鉄水 付三一
独慰 付三一

ハ行

梅全 付三一
飛子 付三一
不求 付三一
蚊子 付三一
包元 付三一
法重（郡山住） 付三一
無我 付三一

マ行

無心 付三一
毛吟 付三一
木自 付三一

ヤ行

友雅 付三一
友近 付三一
友和 付三一

ラ行

利吟 付三一
利直 付三一
竜淵 付三一
竜水 付三一

其角十七条

書林京都寺町二条下ル丁／橘屋治兵衛・江戸本石丁十軒店／山崎金兵衛。元禄己巳閏五月（奥）。宝井其角著（ノ体裁ヲトル偽書ト見ラレル）。俳論書。半紙本一冊。晋子（其角）判（序）。洒竹文庫他蔵。『其角全集』（聚英閣　大正15年刊）等ニ翻刻。元禄二年ニ閏五月ハナク、後年ノ句モ収メルナド、疑問ノ点ガ多イ。例句ハスベテ無記名ノタメ、集計ハ省略シタ。

俳諧せみの小川

京寺町通二条上ル町／井筒屋筒井庄兵衛板行。斎藤晩翠編。連句集。大本（オヨビ半紙本）一冊。元禄己巳歳六月穀日／熊谷散人（序）。京都大学大学院文学研究科図書館他蔵。雲英末雄『元禄京都俳壇研究』（勉誠社　昭和60年刊）ニ翻刻。巻末ノ「作者名寄」ニヨリ作者ノ肩書ヲ補ウ。

連句

①八吟世吉〔[京]如泉6—[備前岡山]晩翠6—[京]湖春6—[京]和及6—[京]信徳6—[京]素雲6—[京]常牧6—[京]良佺（良詮）1—執筆1〕

②八吟世吉〔[備前岡山]晩翠5—[京]素雲6—[京]如泉6—[京]幸佐5—[京]如帆5—[京]如琴5—[京]周也5—[京]我黒6—執筆1〕

③十一吟世吉〔[京]言水5—[備前岡山]雲鹿4—[京]信徳4—[京]仙庵4—[京]烏玉4—[京]貞道4—[京]為文3—[京]助叟4—[備前岡山]茂門4—[備前岡山]晩翠4—[美濃]木因3—執筆1〕

④八吟世吉〔[京]湖春6—[京]和及6—[備前岡山]晩翠5—[京]周也5—[京]竹亭5—[京]袁弓5—[備前岡山]茂門5—[京]言水6—執筆1〕

⑤六吟世吉〔[京]我黒10—[備前岡山]野草10—[備前岡山]茂門8—[備前岡山]晩翠3—[摂津]桜叟8

—和及（京）5〕

⑥十吟世吉〔茂門（備前岡山）4—其諺（京）4—素雲（京）5—如泉（京）5—元清（京）5—和及（京）4—晩翠（備前岡山）4—方山（京）4—貞隆（京）4—松木（京）4—執筆1〕

⑦両吟二十二句〔常牧（京）10—晩翠（備前岡山）11—執筆1〕

⑧両吟二十二句〔晩翠（備前岡山）10—常牧（京）11—執筆1〕

⑨四吟歌仙〔桜叟（摂津）9—晩翠（備前岡山）9—我黒（京）9—和及（京）9〕

⑩両吟歌仙〔和及（京）18—晩翠（備前岡山）18〕

⑪三吟半歌仙〔晩翠（備前岡山）6—言水（京）6—仙庵（京）6〕

聞書七日草

写本。元禄二歳文月（七月）五日／図司露丸（識）。図司露丸（呂丸）聞書・土田竹童稿。俳論書。半紙本一冊。個人蔵。『定本芭蕉大成』（三省堂　昭和37年刊）等ニ翻刻。呂丸ニ仮託シタ偽書ト見ラレ、実際ノ成立ハ享保頃ト考エラレル。例句ハ作者名ノアルモノノミヲ集計シタ。

発句

ア行
惟然　付二
一晶　付二
匂君　付一
翁（芭蕉）　付六

カ行
其角　付一八
挙白　付一
孤屋　付三

サ行
才丸（才麿）　付二
支考　付一
翠紅　付二
千之　付一
沾君　付二

タ行
貞徳　六

ハ行
破笠　付二
蚊足　付二

ヤ行
野馬（野坡）　付一
揚水（楊水）　付三

ラ行
嵐雪　付二
李下　付二
露荷　付三

誹諧手向草

京極通二条上ル町／井筒屋筒井庄兵衛板行。元禄貳己巳年孟秋（七月）上澣（奥）。天野鷗一編。発句・連句集。半紙本一冊。天野氏鷗一再拝（自序）。版本所在不明ノタメ、岡山県岡山市立中央図書館燕々文庫蔵ノ写本ニヨッタ。

発句

以中	三	雪之	一	友益（大津）	一	鷗一	四
重秋	二	不可	三	頼尚	三		

連句

①十五吟百韻〔鷗一（江州海津）9—青柳（江州海津）9—雪之（江州海津）9—重秋（江州塩屋）9—一竹（江州西浜石田）6—豊風（江州磯野）7—清光（江州石田）7—清正（江州塩屋）5—頼尚（敦賀山中）9—愚白（敦賀山中）4—散人（江州剣熊）4—不可（江州谷口）6—以中（江州谷口）6—定重（江州海津）7—正次（海津塩屋）2—執筆（江州石田）1〕賦笠何誹諧

②十三吟歌仙〔頼尚5—鷗一3—清光3—青柳3—雪之3—重秋3—一竹1—清正3—舟次（海津舟屋）3—定重3—以中2—不可2—豊風2〕追加

角田川紀行

稿本（現存シナイ）。元禄二仲秋（八月）初三（奥）。杉山杉風著。俳諧紀行。一冊カ。原本所在不明ノタメ、『校註俳文学大系』7ノ翻刻ニヨッタ。

発句

杉風	一〇	滄波	三	友五	二

〔荊口句帖〕

写本。松尾芭蕉・宮崎荊口等著。俳諧書留（発句・連句集）。懐紙五丁綴。元禄己巳中秋（八月）廿一／於大垣庄株瀬川辺／路通敬序。岐阜県大垣市立図書館蔵。『荊口句帖』（大垣市文化財保護協会　平成16年刊）ニ複製・翻刻。「芭蕉翁月一夜十五句」ト荊口・千川・此筋・文鳥ラニヨル発句・連句ノ書留カラナリ、路通序ハ前者ニ付サレタモノ。後者ノ年次ハ不明ナガラ、ココニ一括シテ集計スル。

発句

荊口 五六　此筋 四四　斜嶺 一　千川 三四　はせを（芭蕉） 一四　文鳥 一九

連句

①九吟歌仙〔千川4―木因5―支考5―荊口4―此筋3―支浪4―斜嶺4―文鳥4―遊糸3〕千川会

②八吟歌仙〔支考6―斜嶺5―荊口5―此筋5―木因5―遊糸4―千川5―文鳥1〕斜嶺会

③六吟歌仙〔東家8―榴川7―此筋6―如三6―朴閑4―種式5〕

④五吟半歌仙〔此筋5―東家4―榴川4―朴閑4―如三1〕前書あり

⑤七吟半歌仙〔里紅3―友閑2―如三3―榴川3―東家2―二石2―松下2―作者不明1〕神法楽／歌仙一折（末尾ノ作者名ハ破損ノタメ不明）

四季千句

刊記ナシ。元禄二己巳歳八月日（奥）。草壁挙白編。発句・連句集。半紙本二冊。挙白（自序）。綿屋文庫他蔵。綿屋本ノ題簽ハ剝落シテオリ、書名ハ後補外題（墨書）ニヨル。

発句

ア行

鵶石（結城） 四　杏山 四　渭橋 四　意水（小田原丸池氏） 四　一笑（古屋） 四　一丶 四　隠之 四　右茉 四　宇斉 四　鶯窓 四

カ行

佳栄 四　棄水 四　挙白 四　狂風子（南梧堂） 四　琴風 四　菫風 四　槿堂 四　薫峰 四　桂挙 四　景道 四　月下 四　孤角 四　虎白 四　湖山 四　湖舟 四　湖夕 四　江流 四　香風 一

高風　四

サ行

才麿　二
三中（沢畑氏）　四
山峰　四
杉雨　四
至三　四
卮房　四
紫玉　四
耳風（小田原森氏）　四
柘伽　四
種思（三井氏）　四
受同　四
舟行　四
秀風　四
秀和　一
秋楓子（宇都宮）　四
粛山　四
春雷　四
鋤立　四
笑見（世野氏）　四
笑元（忍野氏）　一
笑種（三井氏）　四
笑水　四
笙鼓　四
笙雫　四
嘯蔭（涼華堂）　四
塵捨　四
水花（草加住大川氏）　四
水山（草加住吉沢氏）　四
水思（風情軒）　四
水石　四
水泉（草加住大川氏）　四
翠紅　四
是楽（浅草）　四
生船　四
西銷　三
青井　四
夕口（三浦氏）　四
赤学（小田原丸池氏）　一
昔調　四
専也（浅草）　四
全峰　四
素柳　四
素林（小田原平井）　四
宗和　四
草虫　四
蒼席　四

タ行

堆雪　四
宅女　四
昼香（膳所）　四
朝可（小田原小関氏）　四
直元（矢野氏）　四
珍夕（洒堂）（膳所）　三
田車　三
渡舟（小田原鈴木氏）　四
土白（矢貝）　四
桐雨　四
桐水　四
桃水（甲斐）　四
童次　四

ハ行

巴風　四
芭蕉　四
梅妓　四
梅甲　四
梅谷（大坂住）　四
白羽（膳所）　四
白史（小田原）　四
白水　四
白イ　四
八橋　四
飛石　四
微白（膳所）　四
百里　四
氷花　四
不詭　四
不及（舟橋氏）　四
不孤　四
不水　四
不夕　一
不卜　一
普船　四
福富（備州水野氏）　八
文鱗　四
卜女　四

マ行

未学（小田原丸池氏）　三
盲亀（半場氏）　四

ヤ行

野渓（膳所）　四
友之　四
友松　四
由之　四
由水　三
勇招　四
祐清（沙門）　四
羊素　四
葉水　三

ラ行

裸虫（膳所）　四
嵐雪　一
李下　六
里東（膳所）　四
立吟　四
立些　四
立志　二

前橋柳子 四
両等 四
露言 一

ワ行

和声 四
和濤 四

伴野柳水 四
大高氏隣水 四
露尺 四
和蠢 四
和賤 四

流亀 四
宇都宮蘆杖 四
草鶯堂鹿言 四
和菖 四
和鉄 四

連句

①五吟歌仙〔普船7—挙白7—李下7—宗和7—蒼席7—執筆1〕

②四吟歌仙〔李下9—挙白9—文鱗9—普松9〕

〔俳諧の習ひ事〕

稿本（西鶴自筆）。井原西鶴著。俳諧作法書。巻子本一巻。二十七条本（A）ト十六条本（B）ガアリ、書名ハ前者巻頭ノ表記ニヨッタ。Aハ、無記名序（自序）。元禄弐年巳八月二日／難波俳林松寿軒西鵬（西鶴自跋）。個人蔵。Bハ、難波俳林二万翁（西鶴自序）。元禄弐年巳霜月十一日／難波俳林松寿軒西鶴（奥）。綿屋文庫蔵。トモニ『新編西鶴全集』5下等ニ翻刻。ココデハAニ見エル記名分ノミヲ記ス。

発句

西翁（宗因）付一

西鵬（西鶴）三 付一

俳諧葱摺

刊記ナシ。元禄二年成（内容）。元禄元戊辰孟冬（十月）／東陸於東籬軒等躬撰之（三十丁裏）。相良等躬編。発句・連句集。半紙本二冊。一蜂（序）。綿屋文庫蔵。『俳書集成』31ニ影印。『ビブリア』96（平成3・5）等ニ翻刻。

発句

ア行

尾花沢 一橋　一
棚倉 一省　二
一嘯　一
一桃　五
一蜂　二
和州郡山 一了　一
和州郡山 一露　三
須ケ川 円察　一
須ケ川八才 延助　一

カ行

須ケ川少人 可苕　一
須ケ川桑門 可伸　四
何云　一三
芥子　一
江州日野 亀毛　三
機括元　二
白河 蟻洞　三
白河 芎芭　一
挙白　三
琴風　二
槿琴　一
駒角　二
和州郡山 ケ雪　一
軒松　一
須ケ川 元知　一
京 言水　二
コ斎（壺斎）　六
虎吟　一
白河女人 胡舲　二
須ケ川 口棘　二
好柳　二
岩城 幸能　一

サ行

才麿　一〇
三千風　一
山夕　三
白河 散只　一
子英　三
子堂　二
白河 市舟　三
京 秋風　一
須ケ川 重光　一
須ケ川 重之　四
須ケ川 重深　二
渋篌　二
白河 初云　一
須ケ川 如水　二
鋤立　五
松匂子　一
心水　六
須ケ川 須竿　七
白河 井帆　三
岩城 正忠　一
清風　七
浅山　三
扇雪　一
尾花沢 素英　二
白河 素石　三
須ケ川 素蘭　七
曽良　三
楚弓　一

タ行

隈水涯活潑堂 泰養元　四
泰養子　一
淡水　一
岩城 知忠　一
白河 虫丸　二
下総河原氏 調角　一
調管子　四
調賦子　二
調味　三
調柳　六
調和　四
直方　一
田山　一
須ケ川 杜覚　二
白河 楝久　三
須ケ川 等雲　五
等躬　一五
須ケ川 等子　四
石川 等秀　二
須ケ川 等仙　三
石川 等般　四
須ケ川 等友　一
奥州長沼 等鹿　一
奥州棚倉 道析　二

ナ行

羽州谷池 年玄　一

ハ行

白河 巴流　四
芭蕉　五
白河 破琴　二
梅茨　一
白河 白巓　二
不角　五
須ケ川 不工　四
須ケ川 不知　一
須ケ川女人 不峰　一
不卜　六
白河 楓車　四

文始　四

マ行

未覚（羽州長崎）　三
未言（白河）　一
未思（白河）　一
茂清（石川）　一

木安元（岩城）　一

ヤ行

友月（釈）　四
友夕（最上）　一
由之（岩城小奈浜）　二
羊素　五

ラ行

李下　一
李源（白河）　四
李竜（須ケ川）　五
立挙　一
立吟　五

立些　一
立志　六
立静　一
柳滴　二
盧中（白河）　一
盧桂（白河）　七

露沾　一
露幽（岩城）　一
鹿言　一

ワ行

和禁　一
和才　二

和水　五
和雪　一
和賤　三

連句

①八吟歌仙〔調和5―心水4―不角4―無倫5―何云5―盧桂4―等躬5―素蘭4〕桃日／蟾ハ魚ト不躍潮ト水ハ嘗テ其味有／と一折乞うけて跡を続ク（十八句目マデ調和・心水・不角・無倫ノ四吟デ後ヲ等躬ラガ継グ）

②四吟歌仙〔立吟9―立志9―等躬9―何云9〕いにし秋松島に下る事侍る等躬か許をかりけるに…

③三吟歌仙〔芭蕉12―等躬12―曽良12〕みちのくの名所く心におもひこめて…

④三吟三句〔曽良―芭蕉―等躬〕此日や田植の日なりと…

⑤三吟三句〔等躬―曽良―芭蕉〕此二子我草庵に莚しき…

⑥四吟四句〔桃雪―等躬―芭蕉―曽良〕芭蕉翁みちのくに下らんとして…

〔更科紀行〕

稿本（芭蕉自筆）。元禄二年成カ（内容）。松尾芭蕉著。俳諧紀行。巻子本一巻。三重県伊賀市沖森文庫蔵。『芭蕉全図譜』等ニ影印・翻刻。

発句

越人　二

はせを（芭蕉）一〇

包井

散逸書。『阿』ニ「一　都水作」。タダシ、『広』ハ「一　流水」、『故』ハ「柳水」トスル。『阿』ノ配列カラシテ元禄二年頃ノ刊カ。

元禄三年（一六九〇）庚午

〔元禄三年晩翠歳旦〕

京極通二条上ル町筒井重勝板。元禄三庚午稔／俳諧之三物／備前岡山（冒頭）。斎藤晩翠編。歳旦帖。横本一冊。洛陽宇多小路七条坊門嘯琴執筆。九州大学附属図書館支子文庫蔵。

●晩水
▽晩水
●江白堂晩翠引付二丁目
③寛好―自翠―正流
③正流―寛好―自翠
③自翠―正流―寛好
③是水―松声―枕友
③枕友―是水―松声
③松声―枕友―是水
●江白堂晩翠引付三丁目
③魁堂梅林―軽舟―雲水
③雲水―梅林―軽舟
③軽舟―雲水―梅林
③落梅軒風笛―舞石―野草
③野草―風笛―舞石
③舞石―野草―風笛

●江白堂晩翠引付四丁目
③栄求―雪斎―豊光
③豊光―栄求―雪斎
③雪斎―豊光―栄求
③風山―鬼春―可笑
③可笑―風山―鬼春
③鬼春―可笑―風山
●江白堂晩翠引付五丁目
③白英―頼暁―頼薄
③頼薄―白英―頼暁
③頼暁―頼薄―白英
③勝及―随柳―弾流
③弾流―勝及―随流
③随流―弾流―勝及
●江白堂晩翠引付六丁目
③友風―流水―一楽

③一楽―友風―流水
③流水―一楽―友風
③楽山―如醴―如稲（漢和）
③如稲―楽山―如醴（漢和）
③如醴―如稲―楽山（漢和）
●江白堂晩翠引付七丁目
③生島検校遊泉―不恐―泛舟
③泛舟―遊泉―不恐
③不恐―泛舟―遊泉
③一島―旧白―一水
③一水―一島―旧白
③旧白―一水―一島
●江白堂晩翠引付八丁目
③栄流―一河―一因
③一因―栄流―一河
③一河―一因―栄流

③万杏―重次―和俊
③和俊―万杏―重次
③重次―和俊―万杏
●江白堂晩翠引付九丁目
③勝平―直光―直正
③直正―勝平―直光
③直光―直正―勝平
③朝花―是因―蓑風
③蓑風―朝花―是因
③是因―蓑風―朝花
●江白堂晩翠引付十丁目
▽兀峰　茂門
読人不知　阿誰
汲幹　石亀　堪笑
白鷹　酒友　宮十軒東鶯
湖水　毛頭　鉄水

利長　柳翠　友次
重敏　常春　楓鹿
可楽　清直
●江白堂晩翠引付十一丁目
▽名林　古順　紅花
如林　委安　讃州住南石
梅種　一松　永古
松嵐　残月　文情
香計　晴風　卜知
重正　不酔　国貞
光春　巵言　朝三
梅子　蟻軒　為俊
●江白堂晩翠引付十二丁目
▽木葉　寸松　一泉
不貫　一少　京一泉
込流　波鷗　鳳芝

（隠者）藜灯　正道　懐古
（山本氏）一営　（志水氏）寛氏　（長谷川氏）秀盛
（斎藤氏）春長　千丸
（横井氏）市十郎　（佐竹氏）五郎吉
（可笑息）千吉　（晩翠息九才）千代丸

●江白堂晩翠引付十三丁目
▼風笛　弾流　風山
雲鹿　可笑　鬼春
栄求　如醴　鷗心
石亀　堪笑　自翠
頼薄　朝花　不恐
（隠者）臥雲　一河

●江白堂晩翠引付十四丁目

八浜之住

③（持傘軒）硯雲子―阿嵐―水月
③水月―硯雲―阿嵐
③阿嵐―水月―硯雲
▽支流　無為　東勝

酒利　頭風　竹葉
信近　常立　重昌
一毛

●江白堂晩翠引付十五丁目
▽秋杲　重能　玖養
③松嵐（吟独）

和気村之住

▽（秋山氏）利平

建部之住

▽（山本氏）豊重　（河原氏）貞次　（水野氏）勝次

佐伯之住

③一夢（吟独）

●江白堂晩翠引付十六丁目
③眠覚（吟独）
▽遊松　如雲

天城之住

③汀松（吟独）
③志計（吟独）

▽遅牛　竹翁　来随
木人　時随　誰何
良薬　白丁

●江白堂晩翠引付十七丁目

備中之国西阿知之住

▽（佐々木氏）硯世子　（岡本氏）行昌
（平賀氏）春水子　（丸川氏）亀歩
（三田氏）定虎　（丸川氏）柱睡　笑慶
硯世子

倉敷之住

▽蘆竿　春翁　一栄

●江白堂晩翠引付十八丁目
▽（女）かる　（十四才）松馴　臥雲
元安　風声　孤松
春蛙　（九才）蘆船　直助
懐残　唯勝　信勝
宗利　広勝　信義
▼元安

●江白堂晩翠引付十九丁目

浜村之住

③端舟（吟独）
③勝吉（吟独）

中島之住

③（花睡軒）阿嵐（吟独）
③（鵬風軒）太長（吟独）
▽広平（吟独）

●江白堂晩翠引付廿丁目
▽慶賀　正氏　嘯風
荷笑　知光　武部
上平

加茂之住

▽（岡崎十一才）正久　（祇薗氏）半眠
（岡崎氏）有朋　会秀

板倉之住

▽（岡崎氏）数飛

●江白堂晩翠引付廿一丁目

▽（加賀氏）賀信　（中田氏）梅春　（三好氏）宗春
（女）はな
▽（見手住渡部氏）次伊
▽（高松住岡崎）流水
▽（惣社住大森氏）行雲

帯江之住

▽（沙門）池水　池水　（高野氏）鼻高
（平松氏）盛昌　沓雪　不見
水竜

●江白堂晩翠引付廿二丁目
③品都（吟独）
③柳生軒（吟独）

美作之国津山之住

▽（朱木軒）蟠桃翁　如水
▼桃翁
帰松　如蓮

●江白堂晩翠引付廿三丁目
③（林氏）雲鹿（吟独）

▽雲鹿（漢句）――③秘計（独吟）――▽楽山（漢詩）

根　合

元禄三庚午暦元陽上幹（一月上旬）／洛書坊蘭秀斎／寺田重徳刊行。乾昨非編。発句・連句集。半紙本一冊。春理斎才麿書（序）。版下ハ重徳筆。綿屋文庫他蔵。『俳書集成』20ニ影印。

発句

快笑	四	耔郎	八	桑風	四	瓢叟	四	六翁	三
才麿	八	素竜	八	椿子	四	補天	四		
昨非	一六	楚秋	四	美郷	四	万海	四		

連句

①独吟世吉〔昨非〕
②七吟五十韻〔六翁8―昨非8―素竜8―快笑8―桑風8―瓢叟1―耔郎8―執筆1〕
③両吟歌仙〔快笑18―昨非18〕
④三吟半歌仙〔耔郎（魯鈍平）6―楚秋6―昨非6〕
⑤四吟世吉〔補天（牛々露）11―昨非11―耔郎11―才麿11〕
⑥四吟歌仙〔昨非11―耔郎11―美郷4―椿子10〕
⑦三吟世吉〔万海15―耔郎15―昨非14〕
⑧三吟百韻〔才麿33―耔郎33―昨非33―執筆1〕根合之巻大尾／碧梧風雅ナリ鳳凰枝

新　三　百　韻

元禄三竜集庚午春孟霞（一月）中旬／江戸神田新革屋町／西村半兵衛店・京三条油小路東へ入／書林西村市郎右衛門梓行。信徳・言水等編。連句集。半紙本一冊。柿衛文庫他蔵。『其角全集』（聚英閣　大正15年刊）等ニ翻刻。題簽ノ下部ニ「京宗匠会／江戸其角」トアル。

連句

①十吟百韻〔其角11―如琴12―如泉13―我黒10―信徳10―湖春14―言水3―仙庵14―野水11―良佺（良詮）1―執筆1〕

②十四吟百韻〔烏玉7―仙庵9―如琴8―信徳10―如秋7―素雲2―周也9―為文1―貞道7―如泉9―湖春9―言水9―我黒6―和及6―執筆1〕

③十四吟百韻〔如琴9―信徳12―如秋1―周也1―素雲11―為文1―貞道8―烏玉8―仙庵2―如泉7―我黒11―言水12―湖春6―和及10―執筆1〕

萬歳楽

刊記ナシ（重徳版カ）。元禄三庚午年正月日（奥）。半田常牧編。発句・連句集。半紙本一冊。常牧撰（自序）。版下ハ重徳筆。綿屋文庫他蔵。『俳書集成』11ニ影印。

発句

ア行

意勝　五
意酔　一〇
大津 一一　一
濃州加納 一口　二
一雫　五
一要　一五
江戸田中 一葉　六
尹具　一
十歳 韞玉　四
永之　一
伊賀隠士 焉可　二
遠之　二

カ行

可見　四
勢州桑名 可則　四
可白　一四
女 花鈴　三
荊之　六
莞詞　一
頑石　三
江戸 鬼峰　一
喜清　四
宜陳　一
按摩 九寂　一
久木　一
旧花　二
京 薫風　三
元矩　一
元親　三
言水　二
原水　一
古竹　四
南都住井辻 古忠　一
湖春　二
好玄　三
勢州桑名 好山　一
好春　二
三州苅谷 江流　一
敲推　三九

サ行

三友　二
丹州園部 市鶴　一
治香　七
三州苅谷 酌随　一
周富　八
秋風　三
萩水　六
充蔵　一
充孚　三
重以　一〇
重松　二
重徳　四
伊与 粛山　一

所	作者	句数
丹州薗部	準少	六
三州苅谷	如嬰	一五
	如山	四
	如春	六
	如泉	三
	如蝶	三
	如遊	一三
	小允	四
田中	小知	一
	昌房	二
	松声	二三
	常矩	二
	常牧	四二
	信徳	六
	酔雪	六
江戸	随口	四
	随友	六
	是正	二
	正雲	五
	正純	六
丹州亀山石川	正澄	三
桂氏	正武	一
	正隆	三
	政利	一
	清入	三
三州苅谷	専笑	一
西六条	宗清	一
	宗利	五
タ行		
	旦楽	一二
	知房	三
	中雅	一三
防州	中川	一
	忠径	三
	樗雲	一
	通葉	五
	都水	一
	冬風	三
作州津山朱木軒	桃翁	一三
ナ行		
江戸	任胸	一
ハ行		
	不石	一
	富玉	八
マ行		
丹州園部	眠少	一
	茂之	一
ヤ行		
	友枝	一
	由卜	八
	祐元	二
	遊園	一
ラ行		
	闌夕	一
濃州加納	里秋	二
	柳水	一
三州苅谷	柳雪	一
三州苅谷	露紅	五
江戸	露志	一
伊与	粂山	一
ワ行		
	和及	一

連句

①五吟歌仙〔常牧7—敲推7—意酔7—一要7—松声7—執筆1〕

俳諧仮橋

寺町通二条上ル町／井筒屋庄兵衛板。『阿』ニ「元禄三年午四月朔日」。無底廬朋水編。発句・連句集。半紙本一冊。言水書（序）。元禄二年臘月日／於李洞軒舟叟書（跋）。竹冷文庫他蔵。

発句

所	作者	句数
無底廬	朋水	三六

連句

①五吟歌仙〔湖春8―好春6―才𠂉呂（才麿）8―言水8―梅友6〕

②十二吟世吉〔才𠂉呂（才麿）5―言水5―湖春5―焉玉4―如帆1―助叟5―如琴4―信徳5―為文1―貞道3―我黒5―良詮1〕元禄二年十月四日言水亭興行

③両吟歌仙〔羽州尾花沢 清風18―素英18〕

④四吟歌仙〔言水11―芥舟7―寸庵9―白貴9〕

いつを昔

寺町二条上ル町／井筒屋庄兵衛板。元禄三歳南星和日（奥）。『阿』ニ「元禄三年四月十五日」。宝井其角編。発句・連句集。半紙本一冊。去来校（序）。誹諧堂湖春書（跋）。版下ハ其角筆。竹冷文庫他蔵。『宝井其角全集』等ニ翻刻。題簽ノ下部ニ「誹番匠／其角」トアル。

発句

ア行

加賀 一笑　三
う斎（宇斎）　二
雨等　一
雲口　一
尾陽 越人　一
遠水　一
翁（芭蕉）　一三

カ行

加生（凡兆）　三
荷兮　二
少年 角上　一
京 観水　一
其角　五〇
枳風　四
京 亀翁　一
去来　八
挙白　一
峡水　一
ぜ、曲水　一
琴風　一
菫風　一
仙化奴 吼雲　一
美濃 荊口　一
渓石　三
景道　三
湖春　三
湖水　一
伏見 好春　一
釈 行舟　一

サ行

伊勢 柴雪　一
柴雫　一
三翁　一
淀 三ケ　一
山川　六
杉風　二
かいはらの 捨　一
秋色　三
伊与 粛山　五
春雷　一
尚白　八
其角奴 是吉　二
大津 正義　一
膳所 正秀　一
桜塚 西吟　一
去来妹 千子　一
大津 千那　五
仙化　一
戦竹　一
全峰　二
素堂　五
素葉　一

曽良　一

タ行

苔翠　二
彫棠　三
珍夕（洒堂）（ゼ）　二
とめ（羽紅）（加生（凡兆）つま）　一
杜国　一

東順　一
徳元　一

ナ行

二七　一

ハ行

巴風　四
莫陵　一
八橋　四
比竹　一
百里　一
氷花　一
普船　二
文鱗　一
卜女　一

ヤ行

野水（尾陽）　二
友五　四
由之　三
幽也　二
与三（尚白奴）　一

ラ行

裸虫（ゼ）　一
嵐雪　二
李下　二
李由（平田）　一
路通（僧）　五
蘆夕（美の）　一
露意（坂本）　一
露沾　四

連句

①三吟三句〔尚白―加生（凡兆）―其角〕霜月下の七日／尚白亭　酔支枕
②三吟三句〔其角―尚白―加生（凡兆）〕次
③三吟三句〔加生（凡兆）―其角―尚白〕亦
④三吟歌仙〔去来14―嵐雪11―其角11〕続みなしくりの撰ひにもれ侍りしに…
⑤両吟歌仙〔巴風3―其角33〕両吟おもひたちける人のいとまなくてやみにけれは…（初裏カラハ其角独吟）
⑥三吟歌仙〔普船12―其角12―李下12〕草庵の蕉子をうへ分たれは秋風を得たるに
⑦両吟歌仙〔渓石18―其角18〕両吟すゝめられて

大路車

京寺町二条上ル町井筒屋／筒井庄兵衛梓。『阿』ニ「元禄三年午四月十五日」。可俊著。季語・付合語集。小本二冊。無記名序（自序）。富山県立図書館志田文庫他蔵。書名ハ内題ニヨル。

俳諧柱立

元禄三庚午暦／孟夏(四月)吉祥日／中川六兵衛・久保三良右衛門・田中庄兵衛。斎藤如泉著。俳諧作法書。小本一冊。元禄三年庚午歳姑洗日／真珠庵（自序）。元禄三庚午弥生中旬／洛下隠士清白翁我黒跋。雲英文庫他蔵。

誹諧雀の森

皇都書林板行。三上和及編。発句・連句集。半紙本一冊。午三月下旬／露吸庵和及（自序）。庚午孟夏日（四月）／執筆風葉軒（跋）。早稲田大学図書館他蔵。『早大影印叢書　元禄俳諧集』ニ影印。『専修国文』6（昭和44・9）ニ翻刻。

発句

ア行
為文　一
一笑(加州)　一
一竜　一
一蠡(大坂)　二
一露(郡山)　一
桜叟(金竜寺)　四

カ行
戈九　一
可求　一
荷翠　一
我黒　二
亀林　七
琴山　一
軒柳　三
言水　三
原水　一
虎海　一
湖春　一

サ行
さよ(少女)　一
似船　一
周也　二
如泉　二
松濤　一
松木　一
常矩　一
常牧　一
心兮　二
信徳　二
是閑　一
静栄　三
夕煙　一
千足　一

タ行
檀林　一
竹亭　五
長牟　一
釣軒　一
通元(南都)　一
貞隆　一
鉄硯　二
鉄水　一
桐葉　一
桃雨　一

ハ行
芭蕉(江戸)　一
梅氏　一
晩翠(備前)　一
風山　一
鞭石　一
方山　一
方寸　一
法三　一

ヤ行
有南(伏見)　一
呦軒　一

ラ行
来山(大坂)　一
嵐雪(江戸)　一
林虎　一
林鳥　一
蘆秋　二
六翁(大坂)　一

ワ行
和及　一八
作者不聞　二

連句

①独吟百韻〔和及〕

②十一吟十一句〔和及―軒柳―静栄―梅氏―虎海―千足―林虎―呦軒―法三―林鳥―桃雨〕元禄巳弥生すゑつかた…

③九吟九句〔和及―南都鉄水―南都無心―南都秋独―南都扇計―南都露水―南都望景―南都鳩子―少人一桂〕

④三吟三句〔和及―荷翠―竹亭〕元禄巳の七夕の夜於露吹庵…

⑤三吟三句〔亀林―竹亭―荷翠〕其二

⑥三吟三句〔荷翠―和及―亀林〕其三

⑦三吟三句〔竹亭―亀林―和及〕其四

新撰都曲

寺町二条上ル町／井筒屋庄兵衛板。『阿』ニ「元禄三年五月一日」。池西言水編。発句・連句集。半紙本二冊。余春澄書(序)。言水四節之独吟／元禄三午中春(自跋)。早稲田大学図書館他蔵。『早大影印叢書　元禄俳諧集』ニ影印。『新大系　元禄俳諧集』等ニ翻刻。

発句

ア行

京　為文　四
越後柏崎　郁翁　四
越後新潟小原伊藤　一栄　一
京太田氏　一海　二
京　一亀　一
丹州漢部　一吟　一
加州金沢　一水　二
越後新潟雪松　一酔　四
京　一翠　四
和州郡山雨森　一露　四
水口住笹井　印否　二
京　烏玉　四
京　烏水　四
京　雲岫　一
京　易吹　二
丹州福知山　易貞　一
京　延尚　一
京　延貞　一
京　延瀬　四
京　延理　一
但州妙見山　焉求　一
平戸　鉛乙　一
金竜寺　桜叟　二
大津江左　乙州　三
加州　乙汀　一

カ行

京　加柳　四
播州　可悦　一
京梅原氏　可円　二
京　可廻　一
京　可休　二
若州河野氏　可心　四
丹州出石蘆田　可雪　四
丹州峰山　花軒　一
中尾氏　我黒　四
越新潟堤氏　豈風　四
平戸殿川　寛茂　一
京　澗口　四
京小畑氏　澗水　四
法隆寺雪松氏　亀齢洞　四
越後三条　義鷗　一

勢州白子長島氏　義重　四
京　蟻想　三
伊与松山　岌風　一
若州津田　去留　四
京　狂人　一
京　暁水　一
越後柏崎　暁水　四
能州七尾勝木　勤文　一
六条　勤楽　一
京　琴山　一
京　吟望　四
駒角　四
京　空礫　二
難波桜本　恵重　一
京　恵方　一
越新潟渡辺氏　奚疑　三
京　見志　三
与州松山古川　県草　四

丹州峰山武部　玄信　二
和州法隆寺　言春　一
池西氏　言水　四
長崎大塚氏　言夕　一
和州法隆寺　言也　二
大坂　孤松　四
丹州与佐石川　觚哉　二
京池西氏　好友　三
江州柏原南部　江水　四
南部　幸山　一
丹州峰山　幸信　一
江州日野　康歌　一

サ行

江州日野杉江　彩霞　四
京　山路　二
京　市塵　一
京山口　志計　四
羽州山形西村　思晴　一

和州法隆寺　而則　三
京　若水　四
京　雀木　一
京　周也　一
江州　秋山　一
京　萩水　一
丹州福知山　重安　一
芸州佐伯氏　重規　二
勢州白子長島氏　重則　四
難波桜本　春蘭　一
紀州和歌山島氏　順水　四
佐渡相川奥林　順水　二
京　順節　一
京　如琴　四
京　如山　二
京　如水　四
能登田中　如水　一
肥後熊本　如酔　二

斎藤氏　如泉　四
京　如稲　四
京　助叟　四
越後新潟小原　恕行　一
越後三条須藤　恕篚　一
大津江左　尚白　四
京　松隠　四
豊前西小倉　松踞子　三
豊前西小倉　松深　一
武州八王子石川　松濤　四
京　松麻呂　一
京　照山　二
防州岩国仁田　常之　三
佐渡井上　常之　一
大津　心流　四
京　信徳　四
京　真嶺子　三
美濃長郎中島　薪玉　三

越後新潟町田氏　親継　四
京　水円　一
肥後熊本小島　水翁　四
肥後熊本　水狐　三
京　水塵　一
京吉井　水流　四
京　随泉　三
与州松山古川　随友　四
京　井徳　一
和州万水軒　正広　四
京山中　正之　一
京喜多村　正則　一
京　清昌　四
和州土佐　夕歩　一
京榊原　石流　四
京　千春　四
京　仙庵　四
京沙門　玔林　四

京　泉流　二
伏見　扇計　三
西六条　宗清　一

タ行

京　豬蛙　一
越後新潟小原　朝聞　一
京神氏　底元　四
美陽竹斎　貞静　一
京　貞隆　一
京三上　都雪　四
京　桐木　三
京　洞雪　一
南部村井　道弘　四
西小倉　独笑　一

ナ行

京　入安　二

ハ行

京　芭蕉　四

豊前小倉 梅水 一
豊前西小倉 梅麿 二
和州法隆寺 晩水 二
羽州松山 浮水 一
難波 蚊市 二
京 朋水 四
京 北窓 二

マ行

京 万玉 四
若州市石 味両 四
伏見 民也 四
美濃谷氏 木因 三

ヤ行

大津泉原 友益 四
京沙門 友元 三
京 友時 二
越後三条山浦 友重 二
京榊原 友勝 二
京 友晶 一
京 友静 四
京 友繁 二
丹後宮津 祐山 二
京 猶始 一

ラ行

越後三条小中 楽応 二
越後新潟 闌月 三
京 利友 一
豊前大橋 柳浦 一
京那須氏 流水 四
京 良詮 四
丹州与佐石川鶉辺 林松 二
京 露計 三
伏見 露吹 四

ワ行

京梅原 和海 四
京沙門 和及 一

連句

①独吟歌仙〔言水〕吉野興
②独吟歌仙〔言水〕
③独吟歌仙〔言水〕
④独吟歌仙〔言水〕

いつも正月

刊記ナシ。元禄三庚午歳五月上旬（奥）。小野川立吟編。発句集。半紙本一冊。書名ハ内題ニヨル。綿屋文庫蔵。『ビブリア』133（平成22・5）ニ翻刻。

発句

カ行

家久 一
幾知 一〇
幾知女 一
宜為 一
久重 一
金白 一
慶盛 一
孝女 一
古吟 一
江流 一
谷遊 一

サ行

重次 一
重治 一
松洞 一
勝永 一
信光 一
瑞雲 一
随陽 一
随流 一
正勝 一
成治 一
清治 一

専益　一
専竜　二
善九　一
宗悦　二

タ行

蔦女　二
長頭丸（貞徳）　三
七オ　つや　二
貞治　一
貞重　一
度存　一
藤林　一

ハ行

豊林　一

マ行

明順　一
茂春　一

ヤ行

よしかつ　一

ラ行

理平　一
長順庵　立吟　三〇
良順　六
了伯　一

千代の古道

寺町二条上ル町／井筒屋庄兵衛板。『阿』ニ「元禄三午六月五日」。爪木晩山編。発句・連句集。半紙本一冊。于時元禄みつのとし庚午中夏（五月）下旬／吟花堂（晩山）自序。綿屋文庫蔵。『ビブリア』131（平成21・5）ニ翻刻。

発句

ア行

為季　一
山田氏桃樹軒　一嘯　九
一楽　一
雲白　一
永松　一
栄長　一
高瀬氏　栄道　三

カ行

可木　一
寺田氏　珂敬　四
家久　一
寺田氏　賀近　三
郭山　四
桑門　覚丹　一
久重　一
宮正　四
玉穢　一
沙門　空伝　四
玄山　一
玄松　一
玄利　四
南部住　肱枕　二
五葉　一
行長　一
幸栄　一

サ行

散露　一
丹州宮津　志津都　二
枝栄　一
枝茂　一
寺田氏　資延　四
珠山　一
拾草　一
吉川氏晩松軒　秋水　六
十穂　一
重季　一
重義　一
重高　一
重治　一
重正　三
山田氏　重政　一
寺田氏　俊姑　四
春好　一
春信　一
如春　一
如嘯　一
如丹　一
昌宣　一
松久　一
松声　一
辻氏　松林　一
笑淵　一

常珍　一
常風　一
信清　四
信雪　四
仁笑　二
水晶　一
（野間氏嘯水軒）正興　四
正重　一
（江州伊香郡）正従　一

（南部住）政清　一
（遊佐氏）政長　九
（今村氏雲錐亭）政要　四
夕可　一
夕水　二
（吉川氏）石柱　二
瓔石　一
（丹州神吉住）宗永　一
宗貞　一

タ行
知角　一
（下山氏）知山　二
長好　四
直風　一
（二道軒）東河　一
東水　一
（濃州）東随　一

ハ行
（爪木氏）梅丸　四
（爪木姓）晩山　五
晩柳　一
武本　一
風枝　一
風松　一
甫遊　一
方玉　一

方石　一
マ行
茂山　一
茂春　一
茂長　一
ヤ行
友松　一
（南部住佐藤）友随　四
（南部住菊池）幽香　四

（青木氏）遥廻　二
ラ行
礫水　一
（中谷氏渚月亭）蘆舟　四
ワ行
和忠　二

連句

①十二吟百韻〔晩山8—一嘯9—秋水9—正興8—政要9—蘆舟8—栄道8—遙廻8—玄利8—茂山8—東河8—石柱8—執筆1〕本式之俳諧／賦万何

②両吟漢和歌仙〔一翠漢18—晩山和18〕漢和之歌仙双吟／追加

誹諧大悟物狂

寺町二条上ル町／井筒屋庄兵衛板。元禄三庚午五月日（奥）。『阿』ニ「元禄三年六月十日」。上島鬼貫編。発句・連句集。半紙本一冊。囉々哩居士鬼貫（自序）。無記名跋（鬼貫自跋）。版下ハ鬼貫筆。柿衞文庫他蔵。『新大系　元禄俳諧集』等ニ翻刻。

発句

鬼貫　一〇四

連句

①両吟百韻〔鸞動1—鬼貫99〕（鸞動発句ノ脇起シ百韻）

②八吟五十韻〔鬼貫7—才麿7—来山7—補天7—瓠界7—西鶴7—万海7—舟伴1〕

誹諧朧月夜

京寺町二条上ル町／井筒屋庄兵衛板。『阿』ニ「元禄三年午七月八日」。木畑定直編。連句集。半紙本一冊。備前定直書（自序）。綿屋文庫蔵。『俳書集成』31ニ影印。

連句

①両吟世吉〔定直22—進歩22〕春風ゆるく吹て芳草いまた…

②両吟世吉〔進歩22—定直22〕春の日暖にして燕雀高し…

③両吟世吉〔定直22—進歩22〕桜さくらに月一つ…

④両吟世吉〔進歩22—定直22〕つれなく見えしわかれのあした…

蓮の葉

散逸書。『阿』ニ「一冊　淵瀬作　元禄三年七月廿九日」。

花摘

江府書林西村唄風版行（後印本ハ書林西村載文堂）。元禄庚午歳上秋（七月）下旬／宝井其角撰（奥）。宝井其角編。句日記形式ノ発句・連句集。半紙本二冊。一灯礼其角述（自序）。山田筍深跋。版下ハ山川筆。個人他蔵。『宝井其角全集』等ニ翻刻。

発句

ア行

［盲人］滑橋 一
［加賀］一笑 一
越人 一
遠水 五
翁（芭蕉） 三
横几 一

カ行

かしく 二
［近江］加生（凡兆） 一
角上 一
寒蟬 一
岩翁 四
岩泉 三
几鵬 一
其角 一〇〇
枳風 五
［少年］亀翁 六
亀足 一
去来 三
［伊賀］魚口 二
暁雲 一
［ぜゝ］曲水 七
金鳳 一
琴風 三
訓女 一
渓石 六
［土田］玄素 一
［僧］己百 五
湖春 一
［清水寺］行舟 一

サ行

［女］さの 一
［久居］柴雫 四
崔雨 一
柵雪 二
三翁 二
［淀］三ケ 二
山川 一〇
舟竹 一
［女］秋色 三
重則 二
粛山 八
春魚 一
筍深 六
鋤立 一
［大津］尚白 三
松翁 二
松風 一
［妓童］松嵐 一
［三井］笑種 二
［僧］蕋芰 一
［由良］是吉 二
正春 一
青女 一
石鼓 一
［ぜゝ］千破 一
仙化 四
沾荷 六
沾徳 一
戦竹 一
賤水 一
全峰 四
［近江］そめ 一
素見 二
［僧］宗派 一

タ行

達曙 一
旦水 一
探泉 一
［伊賀］知津 一
［尼］智月 二
竹井 一
彫棠 四
［観修坊］釣雪 一
珍夕（洒堂） 二
定良 一
鉄蕉 二
［近江女］とよ 一
東順 四
桃固 一
童次 三
［妙延寺］道可 一

ハ行

巴山 七
巴風 三
斐淵 一
［長崎］白藤軒 一
莫陵 一
［水戸山口］半夢 三
［車輪下］非人 一
百里 一六
氷花 三
風喬 一
［小僧］文松 一
文鱗 一
［少年］匏瓜 二
［妓童］棚雲 一
防風 一
卜宅 二

マ行

万四 一

ヤ行

野径	三	友五	一	僧幽水	一
伊賀野狐	一	由之	二	幽也	二
		由水	一	揚水（楊水）	二

ラ行

嵐雪	一	妓童梨水	二	作者不記	一
里東	三	僧路通	三		
		羽黒露丸（呂丸）	一		

連句

①八吟歌仙〔芭蕉7―露丸（呂丸）8―曽良6―釣雪6―殊妙1―梨水5―円入2―会覚1〕此日閑に飽て翁行脚の折ふし羽黒山於本坊興行の歌仙をひらく元禄二年六月にや

②五吟六句〔其角2―定良1―幽也1―松風1―渓石1〕七月朔日／父の煩はしきを心もとなくまもりゐたるに…

③両吟二句〔渓石―其角〕

④三吟歌仙〔其角12―渓石12―琴風12〕

⑤両吟歌仙〔曲水18―其角18〕四月晦日／石山幻住庵をかたり出て

⑥三吟歌仙〔其角12―粛山12―彫棠12〕昼顔の憎き様なる旅の日数そいとくるし…

⑦両吟二句〔粛山―彫棠〕首途

⑧三吟歌仙〔卜宅12―其角12―柴雫12〕六月十一日

⑨三吟三句〔旦水―浮萍―亀翁〕七月十三日／橋上吟

⑩三吟歌仙〔其角12―遠水12―岩翁12〕七月十九日／半時

⑪三吟歌仙〔仙化12―其角12―百里12〕宗祇の夜寒おもひやりて

空戯縁矢

稿本（雨行自筆）。孤松軒雨行著。俳諧作法書。半紙本一冊。元禄三庚午林鐘（六月）下旬（雨行自序）。元禄第三庚午夷則（七月）下旬／孤松軒雨行（自跋）。綿屋文庫蔵。例句ハ一句ヲ除イテ無記名ナノデ、ソレノミヲ記シ集計ハ省略スル。

発句

貞室　一

日本行脚文集

刊記ナシ。元禄三庚午於涼床試筆／行脚散人三千風綴焉（奥）。書名ハ内題ニヨル。大淀三千風編。俳諧紀行（発句・和歌・漢詩等ヲ多数収載）。大本七冊。于時元禄二歳舎屠維大荒落相行祥日（七月）／大箭数寓言堂三千風大淀友翰（自序）。元禄庚午孟夏下浣（四月下旬）洛陽伊東春琳跋。岡本勝他蔵。『資料類従』37ニ影印。『俳諧文庫』24等ニ翻刻。岡本蔵本ハ初印本ヲ訂正シタ編者手択本デ、コレヲ底本トスル。連句ノ前書ハ本文ト見分ケガタイモノモ多イノデ、スベテ省略スル。無記名ノ作ハスベテ三千風ト判断シタ。

発句

ア行

阿童（山形専性寺）　一
安之（柴田）　二
安春（高橋）　一
安信（高橋）　一
安但（三村）　一
安貞（甲府宗匠松本氏）　一
安満（三井氏）　一
鷃杖（直江小池）　二
以帆（畑）　一
以風（只野）　一
衣水（村田）　一
為承　一
意桂（高島）　一
意宣（ママ）（宿川内大井村辻氏）　歌一
一栄（羽州大石田鷹野氏）　一
一桜（津山田氏）　一
一鶯（辻氏）　一
一景（伊与松山秦氏）　一
一見　一
一砂（久治目）　一
一十子（観音寺西山氏）　一
一笑（淡路飛田氏）　一
一笑子（井上氏）　一
一塵（宿建部）　一
一水（仙台木村氏山洞軒）　漢詩一　一
一正（加州金沢井筒氏）　一
一扇（江戸）　一
一筌（塩飽氏）　一
一村（村川）　一
一知（布家）　歌一
一丁（宿主）　一
一丶（小田原柏木）　一
一得　一
一任（石氏三淑）　一
一盃（宮本氏）　一
一峰（森氏）　一
一木（川村）　一
一友（田中氏）　一
一有　一
一裏（ウキタ）　一
一柳（左柳二子六歳）　一
烏口（伊藤）　一
雲湖（丹羽）　一
永弘（肥前長崎諏訪神職青木氏）　歌一　一
英岸（常陸久昌寺中）　一
栄存（伊福寺中）　一
円意（願楽寺）　一
円栄（延命寺普門院）　一
円智（願楽寺法印）　一
延柳（とみやま）　一
応山（延命寺地蔵院）　一

カ行

加之（誹諧所和風軒）　一

可休 仙庵子 一
可雪 臼井 一
可入 三州神戸 一
何休 今井 一
花蝶 社司 一
花木 三木 一
夏葉 杉原 一
嘉林 清水氏 一
蝸声 一
我酔 三輪氏 一
快順 伊福寺中 一
快雪 山形井上 一
快長 西村 一
戒光院 高野山西谷 一
鶴志 仙北ヨコテ迎氏 一
活車 長府 一
活堂 勢州波多瀬補陀岩下比丘 漢詩 一
瞎秀子 松島瑞岩寺七才 漢詩 一

竿水 藤氏 一
間水軒 正真寺 一
翰柳 とみやま 一
還酉 伊福寺浄誉 一
岸水 長井 一
雁山 筑前宗象宿中村氏 一
秀実 長門住吉社官吏部賀田氏 歌 一
机長 会津田中氏医 漢詩 一
喜之 菅野 一
喜房 吉村氏 一
幾音 大坂 一
魁風 三樽 一
磯舟 内田 一
磯侍 一
羈風 金毘羅 一 歌一
宜仙 野間氏 二
宜繁 宜仙子九才 一
義風 富山氏 一

吉堅 内田氏 一
吉次 大田村石綿氏 一
吉勝 三好 二
逆流 長崎菊養亭 漢句 一
休意 松岡 一
休源 白江氏 一
朽木 江刺 一
求心 射和宮古山蓮華精舎 漢詩 一
汲清 恵山水際 漢詩 一
宮女 昌常娘十三歳 歌 一
魚淵 一
教他 山形斎藤 一
玉正 多村氏童子 一
金吾女 長井玄廸娘九歳 歌 一
金忠 板倉氏 一
吟松 辻氏浄林二子 一
吟夕 ヒラツ、ミ富松 一
吟廸 徳島堀江氏 漢詩 一

吟風 一
吟柳 勢州大和谷 一
経栄 辻氏 一
継貞 家城氏 一
慶欽 京水島 漢詩 一
慶重 宿主若松新田氏 一
鷁奄 讃岐丸亀瀬川松雨軒 漢詩 一
芡風 一
元水 村田 一
元知 小平 一
元陳 大西氏 一
元平 緑川 一
元武 加州小松式部氏 一
玄加 漢詩 一
玄之 猪野氏 一
玄唱 赤間関儒臣 一 漢詩一
玄仙 細川医師 一
玄祐 甲州花咲善福寺 一

玄亮 江府書生谷部 漢詩 一
言夕 大塚氏 二
孤月 一
孤松 高知 一
虎流 大坂莵角軒 漢詩 一
湖山 敦岡柏氏 一
広長 勢州大和谷 一
光吉 長井 一
光俊 村上氏 一
光成 羽州赤坂氏 一
光宗 井狩 一
光天 仙北ヨコテ瀬谷 一
光徳 原水吉村氏 一
好元 金沢 一
好興 奥野 一
好成 一
江舟 一
行次 上館 一

孝意 高野 一
更能 備中倉敷 一
更也 一
香水 泉州岸和田石丸氏 一
興治 角田 一
興祐 仙台亀岡八幡宮大別当千手院 漢詩 一
谷水 一
今始 一

サ行

左柳 いせ射和富山浄円子息 六
再好主 曽祢 一
鯊吟 遠野 一
三栄 医師 一
三益 加賀美 一
三休 成田 一
三敬 駿府近藤 一
三夕 石巻上地氏 一
三千風 紫冥軒尺鶉堂 四三 歌一三五

本間氏 三藤 一
松林 山井 一
福島 山宗閑 一
尾花沢村川 残水 二
山本 残雪 一
山形松岡 子守 一
田川 氏広 一
五十嵐 之春 一
曽根 此情 一
槙谷 志適 一
平 枝水 一
泉氏 思泉 一
糖谷 紫峰 一
長州赤間関 耳海 歌一 一
耳洗 一
松島随岩会下 自達 漢詩 一
鈴木 似休 一
越後柏崎長井氏 似水 一

安藤氏 似水 一
佐藤 似柳 一
宿主伊藤氏 治直 一
高知今村氏 治竜 一
塩穴氏 時住 一
矢吹氏 時房 一
臼井 雀声 一
主席 漢句一 一
から津 寿院坊 一
埜山御庵室 秀翁 歌一 漢詩一
秀翁弟子 秀乗 一
藤野 重栄 一
仙北ヨコテ片野氏 重賢 一
紙谷氏 重玄 一
宿主梅原 重次 一
宮市島氏 重政 一
三原氏 重政 一
巽氏 重澄 一

丸池 重美 一
山形行蔵院一睡堂 俊証 一
歌川 俊親 一
新田氏 俊門 一
春山 一
蓮生寺上人 春子 一
中津宿藤氏 春味 一
とみやま 春柳 一
京伊東氏 春琳 一
興善寺 筍雪 一
油谷 曙松 一
長井玄廸庵 汝啓 歌 一
辻氏 如元 一
国分寺法印 如心 一
片山 如草 一
奥田 如風 一
田丸水月軒 如流 一
長崎片山 助叟 一

奥州松浦 小川氏 一
蓮生寺十一歳 小柳 一
渡辺 尚 一
招鵑 一
勢州長谷川氏 昌常 歌 一
奥野 昌信 一
禰津 松声 一
松島瑞岩会下 祥鸞 漢詩 一
日照寺 笑外 一
宇喜田 勝舎 歌 一
宇佐美 仍申 一
富山氏 浄円 一
辻氏 浄林 一
時房子息 常也 一
常住光院 心海 歌 一
蓮生寺 心柳 一
宝原 臣常 歌 一
筑前福岡奥野 信興 一

近藤 信重 一
神門寺 一
山崎 振節翁 漢詩 一
伊州西蓮寺 真能 歌 一
宮浦氏 真良 漢詩 一
秀翁弟子 深秀 一
川崎氏 進歩 一
内田氏居士 薪休 歌一 一
出野氏 薪舟 一
末次 薪遊 一
宇佐美 親家 一
鶴氏 人弄 一
仙北角田 水昌 一
仙北角田 水仙 一
宿北崎 水滴 一
仙北角田 水呑 一
仙北角田 水辺 一
仙北角田 水泡 一

仙北角田 水練 一
越後高田巻淵 睡雲子 一
臼井 睡枝 一
魚住 睡樗 二
睡柳 一
大和谷 随車 一
八王子馬淵 是好 一
平田 是耳風 一
沖津 是泉 一
岡垣氏 正以 一
阿蘇宿 正員 一
式部 正義 一
駒井 正克 一
村川 正哲 一
村井 正芳 一
大田村清水氏 正利 一
西河 一
宿岡上 西亀 一

高島 西香 一
西子 一
沙門 西秋 一
高島 西松 一
一松軒 西雪 一
性桂尼 歌一
奈良 政定 一
桑門 清知 一
富山 晴柳 一
蓮生寺中 盛旭 歌一 一
寺島 赤子 一
家城氏 昔也 一
志州戸羽 雪堂 一
とみやま 千柳 一
亀田氏 仙柳 一
石橋氏 泉谷 一
辻氏 泉林 一
仙北角田 禅伯 一

祖軽 一
氷見 素巌 一
福性院 素秋 一
姫路高橋氏 素伯 漢詩一
富山氏 素木 一
浄円二子 素柳 二
小田原平井道晋子息 素林 二
吉田 疎休 一
武江苾芻 蘇外 一
牧野 宗山 一
友雲 宗実 漢詩一
宗信 一
三井氏 宗貞 一
仙北ヨコテ小室氏 宗博 一
連歌師 宗養 一
木村氏 草益 一
吉田氏 窓意 一
住持 尊寿 歌一

秀翁弟子 尊心 一

タ行

長禄会下無物庵 大訥 漢詩一
三州吉田観音院 淡雪 一
伊勢丹生禅尼 知空 一
戸賀 知直 一
奥田 蜘葉 一
中須氏 竹友 一
下朝熊 中也 一
福島村越 樗哉 一
会津田中氏 長庵 漢詩一 一
伴ノ 長行 一
長井 長秋 一
伊福寺中 長天 一
阿州徳島 釣寂 漢詩一 一
上館 直次 一
直入 漢句一
葛西 枕也 一

辻浄林三子 椿葉 一
富山氏 汀柳 一
関矢 定久 一
定供 一
定好 一
家城氏 定正 一
荒木 定道 一
松本 貞久 一
長井 貞次 一
冬桃 一
洛陽一色 東渓 漢詩一
細川春庵 棟雪 一
須賀川相楽氏 等躬 一
伊勢 洞元斎 一
恵林下 道休 一
常意軒 道純 一
須賀川長禄寺 得水 歌一
左柳室 徳女 一

守谷 独笑 一
湖山 呑空 歌一

ナ行

柴田 二笑 一
八才 二水 一
三州池田 二徳 一
妙伝寺 日応 一
太田蓮華寺 日遥 一
京 任侘 一

ハ行

覇風 歌一 一
豊前椿膝村 梅丸 一
大須賀 梅巌 一
若林 梅休 一
上遠 梅随 一
下条 梅釣 一
白燕 一
福田 白イ 一

瑞応七十七叟 泊如 漢詩一
半笑 歌一
斎藤 晩翠 一
敦岡松浦氏 比入 一
山形応向軒 匹如身 一
六江伊藤氏 平吟 一
井坂 瓢水 一
内田 不休 一
吉田 不辛 一
ミウラ 不是 一
不背 一
紫陽福城慚愧林 孚明 漢詩一
臼井 怖鳥 一
斧賤 一
筑前福岡勝木氏 浮客 一
左柳子息十才 富柳 一
渡辺 武久 一
和田 風子 一

富長 風志 一
文嘉 一
神門高勝寺 文峰 一
宿榎木津町 丙水 一
扇井坂氏 碧水 一
恵林下 片雲 漢詩 一
沢田 匍匐 一
高松永井 芳水 一
峰松 一
射和勝田氏 蚫盛 一
石黒 北楊 一
岩倉 北柳 一
川村 卜之 一

可児 卜水 一
小田原土谷 卜二 一
墨竜 一
立山神司佐伯氏 本雄 歌 一

マ行

未済 一
松枝 未丹 一
川内大井女寺 妙善 漢一 歌一
残春親父 無染翁 歌 一
大坂堀内 無乀 歌 一
伊福寺中 無底 一
赤間関 無敵 漢詩 一
神門寺 無名 一

長府 夢休 一
岩城富岡 茂吉 一
竹下 茂門 一
美濃大垣 木因 一
五十嵐 木子 一
木枕 一

ヤ行

紙小庵 友翁 一
金沢 友琴 一
辻氏浄林子息 友己 一
辻 友己妻 歌 一
森氏 友水 一
相馬中村三浦氏 由之 一

温泉沙門 有遍 歌 一
村谷 酉水 一
五岳主翁 宥謙 歌 一
松崎沙門 幽玄 漢詩 一
奥州柳浦内田 幽雪 一
山形豊田 幽窓 一
長楽寺 祐信 一
内野 祐仙 一
加来 遊可 一
富山氏 遊松 一
延命寺中山田氏 遊夢 二
馬庭氏 与三 一

ラ行

秀翁弟子 頼秀 一
山形富田 蘭夕 一
長門住吉社官吏部賀田氏 李実 歌 一
萩原 律友 一
三浦 柳圭 一
柳糸軒 一
和田風子子 流水 一
豊前羅山苾芻 竜山 漢詩 一
吉田氏市風軒 旅休 二
人丸寺 了慶 一
桑門 了悟 一
菅原氏 良継 漢詩 一

宝照院法印 良興 歌 一
越中魚津岸本 涼水 一
大野氏 林春 一
林昌 一
播州荒井村 列之 一
竹川 憐松 一
仙北ヨコテ赤坂氏 露舟 一
井上 蘆角 一
加藤 蘆吟 一

連句

①両吟二句〔三千風—加之 仙台和風軒〕
②両吟二句〔三千風—幽間 南部盛岡太田氏〕
③両吟二句〔幽間—三千風〕
④両吟二句〔三千風—残水 宿村川氏〕

⑤両吟二句〔内記 羽州北横手大部氏—三千風〕
⑥両吟二句〔光成 羽州北横手赤坂氏—三千風〕
⑦両吟二句〔三千風—玄順 酒田宗匠伊東氏〕
⑧両吟二句〔玄順—三千風〕

⑨両吟二句〔三千風—似水 越後柏崎長井氏〕
⑩両吟二句〔三千風—睡雲子 酒田高田巻淵〕
⑪両吟二句〔三千風—歓昌 高田墨竜軒〕
⑫両吟二句〔歓昌—三千風〕
⑬両吟二句〔三千風—棟雪 細川春庵〕
⑭両吟二句〔三千風—扇橋 直江照蓮寺〕
⑮両吟二句〔三千風—専性 観音院〕
⑯両吟二句〔梅風 越後糸魚川—三千風〕
⑰両吟二句〔三千風—蛙子 越中滑川桐沢〕
⑱両吟二句〔随有 越中富山中田氏—三千風〕
⑲両吟二句〔三千風—云云子〕
⑳両吟二句〔三千風—宗心 越中高岡大坪氏〕
㉑両吟二句〔三千風—一正 加州金沢井筒氏〕
㉒両吟二句〔三千風—和徳 泉氏〕
㉓両吟二句〔三千風—元武 加州小松武部氏〕
㉔両吟二句〔三千風—水魚 敦賀点屋〕
㉕両吟二句〔水魚—三千風〕
㉖両吟二句〔三千風—不言 京高島〕

㉗三吟三句〔三千風—素桂 いせ松坂富山—左柳 いせ射和富山〕
㉘三吟三句〔左柳—三千風—素桂〕
㉙三吟三句〔素桂—左柳—三千風〕
㉚両吟二句〔三千風—左柳 富山〕
㉛両吟二句〔三千風—自悦〕
㉜両吟二句〔三千風—似船 蘆月庵〕
㉝両吟二句〔似船—三千風〕
㉞両吟二句〔三千風—可計 江州八幡伴氏〕
㉟両吟二句〔三千風—正友 江州西川〕
㊱両吟二句〔三千風—一重 江州勝美〕
㊲両吟二句〔三千風—直全 江州堀氏〕
㊳両吟二句〔三千風—深宗 現生了円法印〕
㊴両吟二句〔深宗—三千風〕
㊵三吟三句〔三千風—浄円 富山—左柳 富山〕
㊶三吟三句〔三千風—遊松 主富山氏—素木 主富山氏〕
㊷両吟二句〔浄法 竹川—三千風〕
㊸両吟二句〔三千風—信風 松坂清水氏〕
㊹両吟二句〔正信 松坂鈴木氏—三千風〕

(45)両吟二句〔(紫冥軒)三千風―(度会)直方〕
(46)十吟十句〔三千風―(荒木田)未済―未白―(島崎)又玄―一有―(田村)勝延―(中津)益光―(御座)清里―(田村)正延―(秦氏)文嘉〕
(47)三吟三句〔三千風―(喜早)口吟―雷枝〕
(48)三吟三句〔三千風―(岩田氏)尽性―(山田宇治寺田)未酔〕
(49)両吟二句〔三千風―(山田綿谷氏)文昭〕
(50)両吟漢和八句〔(現住)主席―三千風〕（各句数ハ不明）
(51)六吟六句〔(本坊)主席―三千風―宜仙―(興楽院)直入―祖暁―(望海庵)孤月〕
(52)両吟二句〔三千風―(二階堂)命昭〕
(53)両吟二句〔円澄―三千風〕
(54)六吟六句〔三千風―(常住光院)心海―(西連院)頼意―(明石氏)山楽―(浄光院)未染―(妙泉院)夏月〕
(55)両吟漢和二句〔(御庵室)秀翁―三千風〕
(56)両吟和漢二句〔三千風―秀翁〕
(57)両吟二句〔(南都竹村)俊清―三千風〕
(58)両吟二句〔三千風―(村井氏)道弘〕
(59)両吟二句〔道弘―三千風〕
(60)両吟二句〔(勝井氏)友勝―三千風〕
(61)両吟二句〔三千風―(中垣氏)松子〕

---

(62)両吟二句〔(和州神末中子氏)吉家―三千風〕
(63)両吟二句〔三千風―(伊州阿波野本願寺)源雄〕
(64)両吟二句〔(川内久宝寺今村)西毛―三千風〕
(65)両吟二句〔(川内吉内氏)政家―三千風―(政家子息)机旦〕
(66)両吟二句〔(吉内氏)机旦―三千風〕
(67)両吟二句〔三千風―(薬師寺岬雲子)範竜〕
(68)両吟二句〔三千風―(白江氏)直家〕
(69)両吟二句〔(泉州岸和田石丸氏)香水―三千風〕
(70)六吟六句〔三千風―来山―西鶴―益友―轍士―幽院〕
(71)両吟漢和三句〔(千原霜葩軒)寒庭漢1―三千風和2〕
(72)両吟二句〔三千風―(ちはら)寒庭〕
(73)両吟二句〔三千風―(綿谷氏)文昭〕
(74)両吟二句〔(仙庵子)可久―三千風〕
(75)両吟二句〔三千風―(大坂土橋氏)以慶〕
(76)両吟二句〔三千風―(いせとみ山)素柳〕
(77)両吟二句〔三千風―(五百蔵古西翁)愚入〕
(78)両吟二句〔愚入―三千風〕
(79)両吟二句〔三千風―(小松)正賢〕

(80)両吟和漢三句〔三千風和―貞継漢（神主）―良継漢（貞継子息）〕
(81)両吟和漢二句〔三千風和―素伯漢（姫路高橋氏）〕
(82)両吟二句〔三千風―氏孝（室野本氏）〕
(83)両吟二句〔三千風―流閑（医師）〕
(84)両吟二句〔双吟（住侶）―三千風〕
(85)両吟二句〔定直（岡山誹林）―三千風〕
(86)両吟二句〔如流（法印）―三千風〕
(87)両吟二句〔三千風―晩翠（庵主斎藤）〕
(88)両吟二句〔三千風―長久（長州下関吉村氏）〕
(89)両吟二句〔三千風―耳海（下関伊藤氏）〕
(90)両吟二句〔耳海―三千風〕
(91)両吟二句〔長久（宿吉村氏）―三千風〕
(92)両吟二句〔三千風―売炭（豊前小倉）〕
(93)両吟二句〔売炭―三千風〕
(94)両吟二句〔三千風―道之（豊前小倉）〕
(95)両吟二句〔三千風―素秋（福性院）〕
(96)両吟二句〔残春（豊前大橋）―三千風〕
(97)両吟二句〔三千風―柳浦（宮市豊風軒）〕

---

(98)両吟二句〔柳浦―三千風〕
(99)両吟二句〔三千風―一羽軒（主亀石坊）〕
(100)両吟二句〔三千風―言縁（俊覚坊）〕
(101)両吟二句〔三千風―梅丸（豊前猪勝村）〕
(102)両吟二句〔一羽（亀石坊）―三千風〕
(103)独吟三句〔三千風〕
(104)両吟二句〔三千風―盛昌（宇佐永松氏）〕
(105)両吟二句〔春味（中津宿藤氏）―三千風〕
(106)両吟二句〔三千風―宗朝（菊氏）〕
(107)両吟二句〔三千風―松国（豆田町島氏）〕
(108)両吟二句〔三千風―吉左（宮原奴留湯氏）〕
(109)両吟二句〔三千風―正貞（阿蘇宿）〕
(110)両吟二句〔三千風―捨舟（肥後熊本）〕
(111)両吟漢和二句〔一見子漢（熊本長崎氏）―三千風和〕
(112)三吟和漢三句〔三千風和―一見漢―捨舟漢〕
(113)両吟二句〔三千風―三春（原田）〕
(114)両吟二句〔水翁（小島氏）―三千風〕
(115)両吟二句〔三千風―一雲子（肥後内田）〕

(116)両吟二句〔三千風―内田氏薪休居士〕
(117)両吟二句〔三千風―出野氏薪舟〕
(118)両吟二句〔薪舟―三千風〕
(119)両吟二句〔薪休―三千風〕
(120)両吟二句〔三千風―野田氏重交〕
(121)両吟二句〔三千風―筑前福岡素閑〕
(122)三吟三句〔三千風―一夢子―薪休〕
(123)両吟二句〔三千風―舟本氏思桐子〕
(124)三吟六句〔三千風2―勝水浮客2―高井斧賤2〕
(125)三吟三句〔安楽寺中快鎮―三千風―検校当住快風〕
(126)両吟二句〔当山座主弘有―三千風〕
(127)両吟二句〔三千風―雁山〕
(128)両吟二句〔金崎中村元舟―三千風〕
(129)両吟漢和二句〔長府浄岩寺寂阿漢―三千風和〕
(130)両吟二句〔萩東行寺考尹―三千風〕
(131)両吟二句〔人丸寺了慶―三千風〕
(132)両吟二句〔石州銀山熊谷直澄―三千風〕
(133)両吟二句〔三千風―宏雄〕

---

(134)両吟漢和二句〔本成寺友梅子漢―三千風和〕
(135)両吟二句〔三千風―備前岡山定直〕
(136)両吟二句〔三千風―阿州徳島釣寂〕
(137)両吟二句〔三千風―如礫〕
(138)両吟二句〔三千風―伊東氏蘆笛〕
(139)両吟二句〔三千風―阿波高島睡計〕
(140)両吟二句〔三千風―吉本氏正勝〕
(141)両吟二句〔三千風―内子村高久〕
(142)両吟二句〔三千風―清色寺快翁〕
(143)両吟二句〔三千風―観音寺西山氏一十子〕
(144)両吟二句〔三千風―宥玗〕
(145)両吟二句〔三千風―一柳軒寸木〕
(146)両吟二句〔丸亀高島重直―三千風〕
(147)両吟二句〔三千風―室野本氏氏孝〕
(148)両吟二句〔三千風―宿岡上西亀〕
(149)両吟二句〔三千風―松柳軒西鶯〕
(150)両吟二句〔三千風―高砂古西娘十一才勝女〕
(151)両吟二句〔三千風―美濃大垣木因〕

(152)両吟二句〔三千風—道普（四宮氏素扇軒）〕
(153)両吟二句〔三千風—勝政（鎌倉渡辺）〕
(154)両吟二句〔三千風（無月庵）—住僧（伊豆温泉寺）〕
(155)両吟二句〔三千風—重伸（伊藤松原）〕
(156)両吟二句〔三千風—桜田氏（下田宿）〕
(157)両吟二句〔三千風—経氏（角谷）〕
(158)両吟二句〔三千風—時長（下田田畑氏）〕
(159)両吟二句〔三千風—林氏（米沢大町宿）〕
(160)両吟二句〔三千風—俊証（山形行蔵院）〕
(161)両吟二句〔崇智（三井）—三千風〕

---

(162)両吟二句〔宗円（タカノス鈴木氏）—三千風〕
(163)両吟二句〔三夕子—三千風〕
(164)両吟二句〔初風（亀岡社人）—三千風〕
(165)両吟二句〔三千風—興祐（亀岡大別当）〕
(166)両吟二句〔興治（角田）—三千風〕
(167)両吟二句〔三千風—崇閑（福島）〕
(168)両吟二句〔三千風—忠光（中津）〕
(169)独吟歌仙〔三千風〕独吟歌仙
(170)独吟歌仙〔三千風〕行脚成就之歌仙独吟

俳諧哥仙点取白うるり

刊記ナシ。元禄三竜集庚午七月尽日／吐雲亭天竜吟（前書）。吐雲亭天竜著。俳論書。半紙本一冊。蘭亭主書（序）。雷亭主跋。早稲田大学図書館他蔵。『早大影印叢書　元禄俳諧集』ニ影印。『北条団水集　俳諧篇』上ニ翻刻。天竜独吟歌仙ニ言水・我黒・団水・常牧・如泉ガ加エタ点ト判詞ヲ掲ゲ、ソレラヘノ反駁ヲ試ミタモノ。

ひさこ

寺町二条上ル町／井筒屋庄兵衛板。『阿』ニ「元禄三年八月十三日」。浜田珍碩（洒堂）編。連句集。半紙本一冊。元禄三六月／越智越人（序）。月明文庫他蔵。『蕉門俳書集』5ニ影印。『新大系　芭蕉七部集』等ニ翻刻。題簽ノ表記ハ「飛さこ」デ、ソノ下部ニ「膳所」トアル。

連句

①三吟歌仙〔翁（芭蕉）12―珍碩（洒堂）12―曲水12〕花見

②五吟歌仙〔珍碩（洒堂）9―翁（芭蕉）1―路通8―荷兮10―越人8〕

③六吟歌仙〔野径6―里東6―泥土6―乙州6―怒誰6―珍碩（洒堂）5―筆1〕城下

④九吟歌仙〔乙州4―珍碩（洒堂）4―里東4―探志4―昌房4―正秀4―及肩4―野径4―一嘯4〕雑

⑤両吟歌仙〔正秀18―珍碩（洒堂）18〕田野

其帒

于時元禄午八月中旬／書肆唄風刊（後印本ハ西村市郎右衛門）。服部嵐雪編。発句・連句集。半紙本二冊。元ンろく三年かのえむまみな月吉辰嵐雪自序。富山県立図書館志田文庫他蔵。『古俳大系　蕉門俳諧集一』等ニ翻刻。

発句

ア行

為睦　一
渭橋　六
甲府一映　一
一口　二
紀州一三　一
一詞　一
一笑　一
加賀一泉　二
一徳　一
一峰　一
伊勢一有　四
宇門　一
衛門　一六
越人　一
伊勢一有妻園女　一三
遠水　二

カ行

かしく　三〇
花蝶　二
臥葛　一
季吟　一
其角　一六
其水　一
枳風　一
伊丹住鬼貫　五
亀翁　一
逵曙　一
菊匂　三
菊峰　四
菊鈴　三
菊离　一
京去来　三
挙白　四
虚洞　一
魚児　一
峡水　一
暁雲　二
曲水　一
琴蔵　一
琴風　一四
吟水　一
富士大宮銀雨　一
銀鉤　一
景道　一
月下　一三
言亀　一
言滝　一

其俤

京　原水　二
みの釈　己百　三
孤屋　三
湖舟　三
湖春　三
湖水　七
湖風　二
好柳　一
紅雪　八
紅葉　一

サ行

左衽　一
才治　一
才麿　一一
細石　一
三翁　四
山夕　一
山川　一二
山店　一
杉風　二
子英　五
止行　一
舟雪　一
舟竹　一六
秀泉　一
秀風　一
秀和　七
楸下　三
粛山　一
鋤立　一四
大津　尚白　七
さの　松子　一
笑種　一
京　信徳　一
草加　水山　二
翠紅　二
随友　一
寸木　一
青女　八
伊丹住　青人　一
尾花沢　清風　一
夕口　二
雪江　一
京　千之　二
京　千春　一
仙化　三
沾荷　四
沾徳　四
沾蓬（沾圃カ）　一
専跡　二
素行　一
素親　一
素竹　一
素堂　一二
疎木　一
鼠弾　一
鼠尾　二
宗長法師　一
釈　宗派　二
霜白　一

タ行

苔翠　一
大柳　一
濁子　一
達暑　二
団友（涼菟）　一
竹井　一
樗雲　三
兆風　二
長雅　一
十一歳　調武子　一
調柳　九
杜英　二
杜格　三
土鮮　一
冬蟬　一
冬文　一
当歌　六
東雲　三
東吨　三
東順　一
東石　一
東流　一
桐雨　一八
稲花　一

ナ行

年弓　二

ハ行

吉田氏　巴山　一
巴洗　一
巴風　三
芭蕉　八
破笠　一
甲府　梅庚　一
梅車　一
美濃　梅川　一
富士大宮　白盆　一
八木　一
帆雪　一
難波　伴自　二
伴叔　一
少年　弥五郎　一
百花　五
百里　一三
氷花　一六
不一　一
不角　一
不障　三

孚先 一
斧鉞 一
普船 一
風吟 一
風子 四
風洗 五
風瀑 二
北鯤 一
卜尺 一

卜千 一
卜宅 七

マ行

無倫 一

ヤ行

夜帝 一
野水 一
友五 一
勇招 一
幽山 一
幽亭 二
葉水 一

ラ行

来山（大坂） 三
雷笠 一
乱糸 一
嵐恵 一
嵐夕 一

嵐雪 五九
嵐雪妻 一
嵐蘭 一
李下 二
李由（近江） 一
立霞 一
立吟 二
立志 二
柳玉（伊勢） 一

笠下 二
笠扇 二
笠凸 五
涼葉 二
緑糸 一
呂洞 一
呂道 一
路通 二
露言 一

露尺 一
露沾 四
六花（富士大宮） 一

ワ行

和賤 三
作者不知 一
作者不記 一

連句

①両吟八句〔孤屋4—嵐雪4〕八句／科戸の風の吹放つことのごとく
②三吟三句〔鬼貫—才麿—来山〕三句／追善
③四吟半歌仙〔沾荷6—芭蕉6—露沾5—嵐雪1〕夕照
④三吟歌仙〔立志12—嵐雪12—鋤立12〕
⑤四吟歌仙〔挙白9—嵐雪9—李下9—氷花9〕

⑥両吟歌仙〔立吟18—嵐雪18〕
⑦四吟歌仙〔百花9—菊峰9—笠凸9—嵐雪9〕
⑧三吟歌仙〔其角12—百里12—嵐雪12〕
⑨三吟歌仙〔秀和12—舟竹12—嵐雪12〕
⑩三吟歌仙〔寒陽堂月下12—嵐雪12—桐雨12〕

誹諧物見車

二条通寺町西エ入／本屋半兵衛開板。加賀田可休編。点取・発句集。半紙本五冊。維時元禄三庚午のとし中秋（八月）尽／雒澨橋頭隠士歩雲子（方山）叙（序）。元禄之有三庚午歳昏南斗中之日江東以貫子滌筆於律襲軒（跋）。竹冷文庫他蔵。『資料類従』48等ニ影印。『古俳大系談林俳諧集二』ニ翻刻。編者（匿名）自注ノ歌仙ヲ掲ゲ、梅盛・似船・如泉・言水・常牧・方山・我黒・晩山・立志・調和・其角・一晶・挙白・又玄・団友（涼菟）・尚白・西鶴・来山・一時軒（惟中）・万海・六翁・才麿・西吟・荷兮・横船（蘭秀）カラ得タ点ヲ模刻シタモノ。巻四発句部デ作者ヲ職人名トスルモノハ「職人名」トシテ一括シタ。

発句

ア行

惟舟（ママ）（維舟／重頼）　一
意伯　一
一葦軒　一
雲呼堂　一
（尾陽）越人　一
（金竜寺）桜叟　二

カ行

（遊君）かしく　一
可廻　六
可求　七
（尾陽）荷兮　一
荷翠　一
我黒　二
澴水軒　一
岸松　一
季吟　一
（東埜）其諺　二　漢句一
亀林　三
旧白　一
求之　一
琴山　二
（紫藤軒）言水　三
（誹諧堂）湖春　一
行安　一
幸佐　一　漢句一
紅色　二

サ行

乍仲　一
（春理斎）才麿　四
芝雪　一
治剣　一
周也　一
如雪　二
（真珠庵）如泉　三　漢句二
松逗　三
松木　一
（繁田）常牧　一
心兮　二
（桑門）身軽　一
真珠庵（如泉）　一
（桜塚）西吟　三
雪蓑　漢句四

タ行

竹亭　四
貞徳　一
貞隆　一
鉄硯　三
杜木　一

ハ行

晩山　一
不及　一
風山　三
鞭石　二
（招鳩軒）方山　八
（尼）芳樹　一

マ行

（大坂）万海　一

ヤ行

（勢州山田）又玄　一
友也　一
幽竹軒　漢句一

ラ行

（大坂）来山　二
蘭斎　漢句一
立甫（立圃）　一

ワ行

（桑門）和及　四
和南挙　一
職人名　二四

連句

①独吟歌仙〔作者不記（可休）〕歌仙之誹諧／自註
②三吟三句〔方山―可休―心兮〕三吟の歌仙とりむすひしにすゑまて巻と、かすして
③三吟三句〔湖春―言水―如泉〕去御方の御懐紙第三まてを写し
④三吟三句〔言水―如泉―湖春〕第三まて写し得て
⑤三吟三句〔可休―如泉―信徳〕懐紙の表第三まて

幻住庵記

元禄三年八月成。最終定稿ハ元禄四年七月三日刊『猿蓑』ニ所収。松尾芭蕉著。俳文。草稿本ガ多ク、真蹟ハ『芭蕉全図譜』ニ影印・翻刻。『新大系　芭蕉七部集』ニ諸本ノ翻刻。推敲順ニハ諸説アルガ、ココデハ『新大系』ニ従イ、各段階ノ句ノ有無ナドヲ示ス。

（イ）最初期草稿断簡（真蹟。京都国立博物館蔵）
発句ナシ
（ロ）初期草案（写本『芭蕉翁手鑑』所収。洒竹文庫蔵）
発句ナシ
（ハ）初稿（写本『芭蕉文考』所収。元禄三夷則（七月）下。国立歴史民俗博物館他蔵）

発句

芭蕉桃青（芭蕉）　二

（ニ）再稿草稿断簡（写本『芭蕉翁手鑑』所収。洒竹文庫蔵）
発句ナシ

（ホ）再稿本一（真蹟。巻子本一巻。綿屋文庫蔵）
発句ナシ
再稿本二（真蹟。巻子本一巻。元禄三初秋（七月）日。個人蔵）
発句ナシ
（ヘ）定稿一（真蹟。巻子本一巻。元禄三秋。個人蔵）

発句

はせを（芭蕉）　一

定稿二（真蹟。巻子本一巻。元禄三仲秋（八月）日。個人蔵）

発句

芭　蕉　　一

定稿三（『猿蓑』所収）

発句

芭　蕉　　一

黒うるり

刊記ナシ。元禄三午秋（奥）。室賀轍士著（無記名ナガラ、『阿』ニ「轍士作」、『広』ニ「大坂轍士　白うるり評判」）。俳論書。半紙本一冊。学習院大学日本語日本文学研究室蔵。『北条団水集　俳諧篇』上ニ翻刻。『白うるり』所載歌仙への各点評ト天竜ノ反論ヲ掲ゲ、双方ヲ批判スル。

誹諧 後の塵

散逸書。以下ハ「荻野清ノート」ニヨル。通油町七兵衛梓。二冊（全二十四丁）。発句・連句集。後の塵と題して自みたりに序す比は庚午秋畢／陸奥南部口耳斎其詞（自序）。発句・連句ニツイテモ「ノート」ニ摘記サレタ作者名ナドヲ記ス（句数ハ不明）。

発句

一晶	其角	琴蔵	素堂	南部不見
南部一瞪	南部其詞	才麻呂（才麿）	南部荻風	風瀑
南部桜水	虚洞	南部自求	南部芼子	南部里市

連句

①両吟連句（百玕—蘭舟）
②両吟連句（蘭舟—百玕）
③両吟歌仙（柳玉—其詞）伊勢の柳玉ときこえしは年〱　あつまわたらひして…
④独吟歌仙（其詞）

俳諧 かつら河

寺町通二条上ル町／井筒屋庄兵衛板。『阿』ニ「元禄三午十月朔日」。正春編。点取集。半紙本一冊。午九月日（自序）。広島県三原市立中央図書館他蔵。『専修国文』7（昭和45・1）ニ影印。編者ノ首尾歌仙ニ似船・如泉・言水・常牧・我黒・和及・団水・方山・只丸・好春・春澄・千春・素雲ガ加点シタモノ。題簽ノ脇題ニ「首尾歌仙　京中点取」トアル。

あめ子

京寺町二条上ル町／井筒屋庄兵衛板。『阿』ニ「元禄三年十月十日」。槐本之道（諷竹）編。発句・連句集。半紙本一冊。元禄三九月上旬／蟻門亭槐之道（自序）。穎原文庫他蔵。『蕉門俳書集』2ニ影印。『新大系　元禄俳諧集』等ニ翻刻。

発句

行	地名	作者	句数
ア行	大坂	安枝	一
	大坂	一空	一
	尾州	越人	一
	大坂	縁山	一
		翁（芭蕉）	一
	大津	乙州	二
カ行		加酔	一
	京	加生（凡兆）	一
	大坂	何処	一
	伊丹	鬼貫	二
	大坂	蟻国	一
	加州	魚素	一
	大津	旭芳	一
		玉子	一
	京	玄来	一
	大坂	古客	一
	大坂	光延	一
サ行	大坂	三楽	一
	大坂	之道（諷竹）	九
	大津	尚白	一
	大坂	昌房	一
	加州小松	塵生	一
		是計	一
	膳所	正秀	一
	桑門	摂受	一
	大津	千那	二
	大坂	扇山	一
	大坂	素立	一
タ行	膳所	探志	一
	大津	知月（智月）	一
		忠清	一
		珍碩（洒堂）	三
ハ行	大坂	舞郷	一
	大坂	蚊夕	一
	加州	北枝	二
ラ行	大坂	落英	一

連句

①三吟半歌仙〔翁（芭蕉）6—之道（諷竹）6—珍碩（洒堂）6〕三吟

②七吟歌仙〔及肩5—珍碩（洒堂）7—之道（諷竹）7—昌房5—正秀6—探志4—翁（芭蕉）2〕二句乱

③七吟歌仙〔落英5—蚊夕5—忠清5—光延5—舞郷5—是計5—之道（諷竹）5—筆1〕七吟

④独吟歌仙〔之道（諷竹）〕独吟

⑤両吟半歌仙〔光延9—之道（諷竹）9〕両吟

⑥両吟六句〔鬼貫（伊丹）3—之道（諷竹）3〕中の秋十日あまり之道芭蕉翁をたつねて行日後のなつかしきを

⑦三吟三句〔珍碩（洒堂）—之道（諷竹）—翁（芭蕉）〕第三まて

俳諧物見車返答特牛

寺町通二条上ル町／いつゝや庄兵衛板。北条団水著。俳論書。半紙本一冊。北条団水白眼居士／元禄三年十月十四日之夜（自跋）。綿屋文庫他蔵。『北条団水集　俳諧篇』上等ニ翻刻。『誹諧物見車』ニ対スル反駁ノ書。

誹諧秋津嶋

京寺町二条上ル丁／井筒屋庄兵衛板。『阿』ニ「元禄三年十月廿八日」。北条団水編。発句集。半紙本一冊。洛下童言水序。濫觴軒淵瀬書（序）。元禄三年初冬日京城下／我黒跋。芝蘭散人（跋）。綿屋文庫蔵。『北条団水集　俳諧篇』上ニ翻刻。

発句

ア行

京　為文　一
江戸　渭橋　一
法橋　維舟（重頼）　一
太田　一海　一
加州　一笑　一
一晶　一
江戸　一蕭　二
京　一水　三
京　一翠　二
京十三才　一滴　一
一徹　二
一等　一
大坂　一蠡　一
因也　一
烏玉　一
京　烏水　一
十才　韞玉　三
江戸　衛門　一
易吹　一
尾州　越人　一
淵瀬　四
大坂　遠舟　一
翁（芭蕉）　一
大津　乙州　一

カ行

江戸　かしく　一
京　加生（凡兆）　一
少女　花鈴　二
我黒　一
少年　角上　一
越後　閑月　一
京　観水　一
頑石　一
大坂　鬼貫　三
亀林　一
蟻想　一
京　吉辰　一
江戸　旧花　一
居士（団水）　亖　漢詩一
挙白　一
御　一
京　漁舟　四
旭山　二
セヽ　曲水　一
琴水　一
大坂　矩久　三
駒角　一
空礫　一
江戸　渓石　一
江戸　月下　一
江戸法橋　兼豊　一
京　軒柳　一
言水　三
京　原水　一
湖春　一
尾州　後似　一
京　好春　一
アフミ柏原　江水　一
京　幸佐　一
大坂　幸方　一
高政　一

サ行

少女　さよ　一
才麿　一
江州　彩宴　一
大坂　昨非　一
江戸　山川　一
山茶花　一
江戸　杉風　一
京　珊瑚　三
蚕海　一
京　只丸　一
京　芝蘭　七
髭音　一
似船　一
伊丹　治賢　一
且楽　一
守武　一
伊丹　酒人　一
寿水　一
萩水　一
重五　一
重仲　一
重徳　一
春風　一
順山　四
紀州　順水　一
京　順也　一
如雲　二

如琴 一
如山 一
如翠（村井） 二
如泉 二
如稲 三
助叟 二
鋤立（江戸） 一
尚白（大津） 一
昌文 一
松琴（京） 一
松春（京） 二
松笛 一
松濤（江戸） 一
松木 一
常牧 一
心棘（尾州） 一
心兮 一
心水（江戸） 一

信徳 一
水雲（青木） 三
水翁（肥後熊本） 一
水狐（ヒゴ） 一
水仙（美少） 一
吹水 一
随友 一
随流 一
是吉（其角奴） 一
正広（大和） 一
正俊（大坂） 一
西吟（桜塚） 一
西武 一
西鵬（西鶴）（難波） 一
西妙 一
雪山（京） 一
千春（京） 一
仙庵 一

仙花（仙化）（江戸） 一
沾荷（江戸） 一
善林（京） 一
その（園女）（女） 一
ソ角（鼠角カ） 一
素雲 一
素堂 一
鼠角 一
鼠弾（ミの） 一
宗鑑 一
宗準（大坂） 二

タ行

大笑（江戸） 一
琢石（京） 一
湍水（尾州） 一
竹亭（京） 二
樗雲（江戸） 一
長好（中江） 一

長江（京） 一
釣雪（尾州） 一
調柳（江戸） 一
珍夕（洒堂）（セヽ） 一
通葉 一
定之（京） 一
定清 一
定宗 一
定直（備前） 一
底元（京） 一
貞室 一
貞恕（京） 一
貞道 一
貞徳 一
貞隆（京） 一
鵜石 一
鉄硯 一
天竜 一

都水 一
土水（十一才） 一
冬風 一
桐案（京） 一
桐雨（江戸） 一
棹歌 四
道寸 一
呑吐（大坂） 二

ナ行

難雲 一
任口（桑門） 一

ハ行

破笠（江戸） 一
破笠（京） 一
唄風（江戸） 一
梅盛 一
梅舌（尾州十三才） 一
梅友（京） 一

晩山 一
晩翠 一
百里（江戸） 一
氷花（江戸） 一
不障（江戸） 一
浮水（羽州松山） 五
風山（京） 一
風子 一
風水（出雲） 一
風洗（江戸） 一
楓橋 四
文鱗（江戸） 一
蚊市 四
鞭石 一
保紹（大坂） 二
方山（京） 一
朋水（京） 一

マ行
難波 万海 一
万満 一
未及 一
未徳 一
伏見 民也 一
井上 無滴 一
命政 一
備前 茂門 一
ミノ 木因 一

ヤ行
尾州 野水 一
又玄 三
大津 友益 一
京 友静 一
大坂 由平 一
遊園 一
防州岩国熊谷氏 遊仙 三

ラ行
大坂 来山 一
江戸 嵐雪 二
江戸 李下 一
李梅 二
立圃 一
律友 一
柳枝 一
京 柳水 一
柳塘 二
柳風 一
良詮 一
林鴻 二
令徳 一
路通 一
蘆辺 二
江戸 露沾 二
伊丹 鷺助 一

ワ行
和及 二
読人不知 一

連句

①三吟三句〔天王寺豊流—言水—団水〕

誹道手松明

元禄三庚午歳初冬日／京高辻通雁金町／中村孫兵衛・江戸大伝馬町三町目／西村理右衛門梓。出口貞木著。俳諧作法書。小本一冊。元禄三庚午九月上澣／花香堂出口貞木謹序（自序）。元禄庚午十月朔日昌陽軒書（跋）。綿屋文庫他蔵。『校註俳文学大系』1ニ翻刻。

落松葉

散逸書。『阿』ニ「一冊　手松明共ニ貞木作」。同ジ頃ノ成カ。

阿蘇名所集

京二条通晴明町／田原仁左衛門板行。宇治友隆編。半紙本欠一冊（下巻ノミ現存）。元禄三年午霜月朔日／阢陌住松月庵中島随流上（跋）。綿屋文庫蔵。原本句引ニ従イツツ、各地域ゴトニ五十音デ並ベ替エタ。

発句

京住

自楽庵 以夕 七
満田氏 花木 五
山下氏 義船 一〇
山下氏 義風 二〇
山下氏流滴子 義隣 三〇
今井氏 金豎 六
今井氏 金聴 三
長井氏 吟風 五
女 こゆり 一
女 こよし 一
乾氏 好和 七
木村氏 自縄 五
永田氏 昌栄 二〇
中島氏 随風 一〇
中島氏松月庵 随流 二〇
隠岐氏 清応 七
乾氏 貞恕 二
琴川 都松 四
井ノ口氏 方常 一〇
杉谷氏 未英 一〇
鵜川氏 祐豊 五

伊勢山田住

秦氏 伊親 一
田付氏 勝延 四

豊後府内住

可笑 二
石川氏鶴隣軒 松雨 九
高屋氏 松風 九
吉田氏 素拙 九

豊後鶴崎住

湯地氏 元処 二
無名軒 野草 二

豊後日田住

国葉子 一

肥後熊本住

惟豊 一
長崎氏 一見 三
東流軒 隠山 一
竹葉軒 円水 一
荒瀬氏 金門 一五
中村氏 常定 一
小島氏 水翁 二
随道子 二
篠原氏 善子 二
浜氏 長可 一
兼坂氏 定方 三
女 とよ 三
藤友 一
立石氏 楠木子 六
篠原氏 門月 一

肥後八代住

江藤氏 一支 五
渡辺氏 横婦 二
岩崎氏 可旧 一
祭須氏 可吟 二
山石 九
小城氏 虱的 五
法雲院 尚白 九
渡部氏 笑草 一
飯田氏 勝平 三
稈方氏 水哉 一
正因 二
陰旭軒 凍蝿 七
拍子 一
岩崎氏 平也 三
西橋氏 不早 二
嚢田氏 朴也 一
加藤氏 夜舟 六

肥後宇土住

言笑 二
重氏 二
親常 二
忠恒 一
専行寺 道故叟 三
十三歳 道正 二
江上軒 蘆舟 一

肥後川尻住

富安氏 言湊 二
兼富氏 松吟 二
緒方氏 杖入 二
江良氏 朴益 三

肥後阿蘇南郷住

西光寺 隠宅 一
円月子 一
縁福寺 菅仲 五
西光寺 香山 二
津留氏 忠勝 一五
西蓮寺 独笑子 二
聆盲 一

肥後阿蘇住

宮原氏 為安 二
元真 一
嘉祥院 豪伝 二
吉田氏 重直 一

肥後阿蘇山住

円達坊 二
娯楽坊 五
妙円坊 豪淵 三
得善坊 豪快 一
那良延坊 豪弁 二
極楽坊 三

寂海（福満坊）　二
新楽坊　三
大弐　一
長善坊（法印）　一
直順　一
道場坊　三
怡応（成満院隠居）　三

了実坊　二
□□（鏡坊隠居観了坊）　三

肥後阿蘇浜宮

長寿院　一

肥後阿蘇宮地住

惟元　一
惟克（大里氏）　八

惟条（坂梨氏）　三
河井氏　二
家長（社家今村氏）　二
快伝（青竜寺）　三
吉近（社家草部氏）　二
吉千（社家草部氏）　五
経寛（社家宮川氏）　三

経矩（社家宮川氏）　三
経雪（社家宮川氏）　四
経直（宮川氏）　三
経保（社家宮川氏）　二
経連（社家宮川氏）　三
残鉄　三
秀勝（吉村氏）　二

重近（坂梨氏）　一
正方（栗林氏）　三
宗信（社家宮川氏）　二
宗直（社家宮川氏）　一
宗門（社家宮川氏）　一
つね（九歳女）　一
平氏女　七

末之　一
友貞（阿蘇宮神主兼大宮司隠居従四位上中務権大輔宇治朝臣）　七
友隆（阿蘇宮当神主兼大宮司従四位上宮内権大輔宇治朝臣）　一八三
□因（極楽□）　一

〔枯野〕

稿本。元禄三年午霜月（十一月）三日（奥）。松月判。点取帖。横本一冊。北海道大学付属図書館蔵。発句ト付句カラナリ、前者ノ題ハ「枯野」。

発句

ア行

一山　付　二一
一也　付　二一
烏雪　付　二一
英明　付　二一
円枝　付　二一

カ行

閑吟　一
吉中　付　二一
久信　付　二一
渓鶯　付　二一
鶏月　一
高　付　二一

サ行

似水　付　二一
舟月　付　二一
秀　付　二一
秋水　付　二一
重直　付　二一
重友　付　二一

松陰　付　二一
松高　付　二一
松辭　付　二一
常喜　付　二一
常之　一
信方　付　二一
須古　付　二一

正桂　付　二一
正次　付　二一
正信　付　二一
泉柳　付　二一
宗則　付　二一
霜骨　付　二一

タ行

旦丘　付　二一
忠利　付　二一
礎夢　付　二一
定網　付　二一
土宣　付　二一
洞雲　付　二一

ハ行

白三　付二一
薄風　付二一
盤影　一

マ行

方富　付二一
卜我　付二一
万都　付二一

ヤ行

友船　付二一
遊春　付二一
養柳　付二一

ラ行

利久　付二一
柳煙　付二一
柳塘　付二一

涼傘　付二一
嶺夕　付二一

誹諧生駒堂

京寺町二条上ル町／井筒屋庄兵衛板。『阿』ニ「元禄三年八月」。月津灯外編。発句・連句集。半紙本一冊。伊駒堂月津灯外自序。元禄三午陽復（十一月）仲旬／十万堂々翁（来山）跋。綿屋文庫他蔵。『蕉門珍書百種　別巻和露文庫』ニ翻刻。

発句

ア行

陰涼　一
猿風（伊丹）　二
遠舟（和気）　一

カ行

可軽（御城内）　一
歌俊　一
寒松（薩摩）　一
丸鏡　一
岸柴　一
岸水　二
其角（江戸）　一
鬼貫　三
吟水　二
矩久　二
愚哉（堺）　一
月尋　一
元順（堺）　一
光竹　一
好朝　三
幸三（阿州）　一

サ行

三閑　三
若礼　一
秋夕　二
従直　一
順水（紀州）　二
如記　一
宵扉　一
信之　一
尽明　一
睡竹　三
随風（阿州）　一
正信　一
西鶴　二
西吟（桜塚）　一
青人（伊丹）　三
川柳　三
その（園女）（いせ）　一
素露　二
宗月　一
宗旦（伊丹）　一

タ行

地蔵院（明石）　一
的山　一
鉄卵（伊丹）　二
天外　一
田六　三
冬春（阿州）　一
灯外　五六
東滝　一

ナ行

任舌　五

ハ行

芭蕉　二
梅花翁　三
梅暁（阿州）　一
梅山　二
梅肆　一
盤水　一

平歌　一
舞興　二
（雲州）風水　四
文丸　三〇
文丸奴　一

保直　一
補天　一

マ行

万海　二
万儀　三

民風　二
門秋　一

ヤ行

友加　三
由平　八

幽青　一

ラ行

来山　一六
嵐風　二
藍橋　一

（伊丹）鸞動　一
（阿州）律友　二
（京）柳水　五
（大坂）柳水　一
林水　一

路通　三
蘆錐　八

連句

①六吟半歌仙〔灯外12―来山1―由平1―万海1―鬼貫1―西鶴1―執筆1〕句は爰に及ンで時は黄昏に成ぬ…再会の序よとの云捨をつけて我かものとしるす〔八句目カラハ灯外独吟〕

②両吟二句〔由平―灯外〕

③両吟二句〔西鶴―灯外〕生駒堂にて

④両吟歌仙〔鬼貫17―灯外18―筆1〕

⑤五吟十二句〔（阿州）釣寂2―灯外3―来山2―文丸2―律友2―筆1〕

⑥両吟半歌仙〔来山9―文丸9〕

⑦両吟歌仙〔（道堂）文丸17―灯外18―筆1〕

⑧三吟半歌仙〔岸水6―吟水6―灯外6〕

⑨七吟半歌仙〔万儀3―平歌3―灯外3―梅肆3―田六2―眠竹2―秋夕2〕西岸寺を出て

⑩三吟三句〔尽明―灯外―民風〕生駒堂をたつねて

⑪三吟三句〔民風―尽明―灯外〕木辻に旅寝して

⑫三吟三句〔灯外―民風―尽明〕故梅花翁の家にてせし句

⑬両吟六句〔（阿波）律友3―灯外3〕両吟

⑭両吟六句〔灯外3―律友3〕同（両吟）

⑮両吟六句〔舞興3―灯外3〕同（両吟）

⑯三吟半歌仙〔（薩摩鹿児島）寒松6―灯外6―盤水6〕

⑰両吟世吉〔来山21―灯外22―筆1〕

誹諧破暁集

寺町二条上ル町／井筒屋庄兵衛板。『阿』ニ「元禄三年十一月廿一日」。島順水編。発句・連句集。半紙本一冊。洛下童／言水序。元禄三庚午無射（九月）中浣／紀陽若山島順水自跋。綿屋文庫他蔵。

発句

ア行

京 為文 一
南都 郁堂 一
丹波あやべ 一吟 一
京 一才 一
郡山 一露 一
京 烏玉 二
堺 云若 一
京 嬰木 一
南都 淵鯉 一

カ行

江州神照寺 可春 一
若州小浜 可心 一
江州 夏雪 一
京 瓦玉 一
京 我黒 一
水口住 芥舟 一
平戸 寛茂 一
大坂 季範 一
江戸 其角 二
大坂 鬼貫 一
南都 亀林 一
羽州松山 蟻穴 一
南都 鳩子 一
京 去来 一
若州 去留 一
大坂 虚風 二
江戸 駒角 二
水口 奚自 一
京 元水 一
堺 元竹 一
京 言水 三
江州大溝 古帆 一
丹波あやべ 古林 一
大坂 瓠海 一
江戸 湖春 一
江州 行水 一
京 孝栄 一
南都 幸山 一
大坂 紅水 一
南都 高深 一

サ行

難波 才广呂（才麿） 二
日野 彩霞 一
大坂 子英 一
南都 氏弘 一
大坂 之道（諷竹） 一
京 只丸 一
京 志滴 一
京昼蛍子 若水 一
南都 秋独 一
南都 重之 一
京 重徳 一
順水 八六
京 潤口 一
南都 如蛙 一
京 如琴 一
京 如泉 一
南都 助玄 一
京 助叟 一
大坂 宵扉 一
京 常牧 一
京 信徳 一
肥後熊本 水狐 一
京 水仙 一
水口 寸庵 一
桜塚 西吟 一
伊丹 青人 一
南都 政之 一
和州土佐 夕歩 一
大坂 川柳 二
大坂 扇士 一
羽州尾花沢 素英 一

タ行

京 琢石 一
京 長加 一
南都 通元 一
南都 鉄水 一
伊丹 鉄卵 一
大坂 天外 一
大坂 灯外 一
京 藤雪 一
日野 藤林子 一
南都 道弘 一

ナ行

南都 任口 一

ハ行

江戸 芭蕉 一
豊前西小倉 梅水 一
大坂 半山 一

京 伴水　一
南都 斑竹　一
大坂 盤水　一
羽州松山 浮水　一
雲州 風水　一
大坂 文十　二
京 蚊市　一
土山 方至　一
京 朋水　一
南都 望景　一

マ行

和州 万水軒　一
江州 茂山　一

ヤ行

大坂 野逸　一
京榊原 友勝　一
南都 友風　一
南都 友和　一
大坂 由平　二
勢州白子 由良　一
江戸 幽山　一
京 猶始　一
若州 杏松　一

ラ行

大坂 来山　三
江戸 嵐雪　一
江戸 立志　一
南都 柳枝　一
京 柳水　一
京野沢 流水　一
京 涼山　一
京 菱谷　一
江戸 露言　一
江戸 露沾　一

ワ行

京 和及　一

連句

①独吟歌仙〔順水〕
②独吟歌仙〔順水〕

③独吟世吉〔順水〕

水尾杭

散逸書。『阿』ニ「一冊　盤水作　元禄三年十一月廿八日」。

犬居士

京寺町二条上ル町／井筒や庄兵衛板。『阿』ニ「午十二月朔日」。上島鬼貫著。俳諧日記・俳諧紀行。半紙本一冊。元禄三庚午十月日（自跋）。板下ハ鬼貫筆。洒竹文庫蔵。『鬼貫全集　三訂版』等ニ翻刻。紀行ハ架空ノ「禁足之旅記」。

発句

鬼貫　六三　歌一
虚風　二
馬桜　一
盤水　二
文十　一
由平　一

連句

①両吟六句〔由平3―鬼貫3〕六句の吟
②両吟歌仙〔来山18―鬼貫18〕歌仙
③三吟歌仙〔虚風12―鬼貫12―文十12〕歌仙
④独吟二十句〔鬼貫〕独吟　伊丹風
⑤両吟歌仙〔瓠界18―鬼貫18〕歌仙
⑥両吟歌仙〔灯外17―鬼貫18―執筆1〕歌仙
⑦両吟半歌仙〔素竜9―鬼貫9〕半歌仙
⑧両吟歌仙〔之道（諷竹）18―鬼貫18〕歌仙
⑨両吟歌仙〔嵐雪18―鬼貫18〕（一座シタノデハナク、『其帒』ノ嵐雪句ヲ用イテ作成シタモノ）

松の奥

写本。元禄三年十二月廿日（奥）。山口素堂著。俳諧作法書。半紙本一冊。山口信章来雪（素堂）みつから叙（自序）。綿屋文庫他蔵。『俳諧文庫』14ニ翻刻。素堂ニ仮託シタ後世ノ偽書ト考エラレル。例句ハ作者名ノアルモノノミヲ集計シタ。

発句・付句

其角　二―西行　歌二―宗因　付一一―天暦帝　歌一
実朝卿　歌一―素堂　一―宗長　一―嵐雪　一

連句

①三吟三句〔仙吟―宗長―宗祇〕
②三吟三句〔玄旨（幽斎）―紹巴―昌叱〕

俳諧たれか家

刊記ナシ。『阿付』ニ「元禄三年」。宝井其角編。連句集。半紙本一冊。無記名序（其角自序）。版下ハ其角筆。柿衞文庫他蔵。『宝井其角全集』等ニ翻刻。

連句

①四吟百韻〔挙白25―才麿25―嵐雪25―其角25〕第一

②四吟百韻〔嵐雪25―挙白25―其角25―才麿25〕第二

③十一吟百韻〔李下9―其角9―才麿9―嵐雪9―挙白9―湖水9―青井9―渭橋9―普船9―白燕9―氷花9―執筆1〕第三

様々桜

散逸書。『故』ニ「元禄三」。

庵日記

稿本（土芳自筆）。服部土芳著。俳諧日記。現存ハ巻一ノミノ中本一冊デ、元禄元年ヨリ同三年マデノ作ヲ収メル。三重県伊賀市沖森文庫蔵。『庵日記・横日記』（沖森書店　昭和34年刊）ニ複製・翻刻。

発句

翁（芭蕉）（はせをモ見ヨ）一　三郎一　土芳一（兵）　李丸二

芹家一　車来一　はせを（芭蕉）（翁モ見ヨ）一

連句

①三吟三句〔宗好―卓袋―土芳〕三日宗好か別野にはしめてあそふ…

②三吟三句〔宗好―土芳―卓袋〕夜にいたりて…

横日記

稿本（土芳自筆）。服部土芳編。俳諧日記形式ノ発句・連句集。現存ハ中本一冊デ、元禄元年春ヨリ同三年秋マデノ作ヲ収メル。三重県伊賀市沖森文庫蔵。『庵日記・横日記』（沖森書店昭和34年刊）ニ複製・翻刻。

発句

ア行
蛙洞　一
芋翠　一
翁（芭蕉）　一

カ行
芹家　一

サ行
酔猿　一
雪シ（雪芝）　一

タ行
卓袋　二
兆ト　一
荻子　一

ハ行
梅額　一
買山　一
半残　六
風麦　三

マ行
無風　一
明覚寺　一

ラ行
雷洞　二
梨雪　二
柳雪　一
蘆風　二

連句

①七吟八句〔酔猿―和声―蘆馬（土芳）―リ丸（李丸）―雷洞―鶴水―蕉雪―筆〕翁のうにほる岡を見て

②両吟歌仙〔蘆馬（土芳）18―リ丸（李丸）18〕り丸子と両吟

③三吟歌仙〔リ丸（李丸）17―蘆馬（土芳）17―啞々子1―筆1〕其次

④五吟六句〔酔猿―和声―リ丸（李丸）―リ雪（梨雪）―蘆馬（土芳）―筆〕月次一順

⑤四吟歌仙〔芭蕉―蘆馬（土芳）―半残―リ丸（李丸）〕さやの舟廻りしに有明の月入はて、…（各句数不明、芭蕉発句ニ蘆馬ガ脇ヲ付ケタ後、蘆馬・半残・リ丸デ巻イタモノカ）

⑥両吟二句〔路通―土芳〕猿雖別業に安脚（ママ）路通か初て遊ふ時

⑦九吟五十韻〔園風8―梅額5―半残4―土芳7―良品4―風麦5―芭蕉6―木白6―配力5〕霜月廿二日草庵に会有きのふ半残宅に翁有て草亭の会の談して定む…

誹諧吐綬雞

寺田蘭秀堂（重徳）開刊。元禄三年成カ（内容）。三井秋風編。発句・連句集。半紙本一冊。無記名跋（秋風自跋）。版下ハ重徳筆。柿衛文庫他蔵。『日本古典文学影印叢刊　絵入俳書集』（貴重本刊行会　昭和61年刊）ニ影印。多数ノ絵ガアル。

発句

ア行
一笑　一
一晶　二
一風（加州金沢）　一
一鵬　一
一友　一
園女　一
乙州　一

カ行
荷平（大坂）　一
其角　四
儀都　二
暁雲　一
玉鱗　一
金峰　一
恵水（僧）　一
奚疑（越後新潟）　一
月洞　七
元機（ママ）（元璣）　二
元親　五
玄三　一
言水　二
湖春　三
光重（芋福）　一
幸佐　一

サ行
才丸（才麿）　一
杉風　一
慈敬（僧）　一
秋風　四五（漢句五）
重徳　三
順也　三
如琴　一
如世（中村）　三
如泉　四
如来（山中）　一
常征　一
常牧　二
辛崎　一
新女　一
水疑　一
正武　一
染女　一
素雲　二
素堂　一
宗因　二

タ行
淡水　一
智月（大津）　一
定直（備前）　一
泥玉（江戸）　一
桃青（芭蕉）　三

ナ行
任口（七十八才・八十歳）　三

ハ行
籬雪　六
晩翠（備前斎藤）　一
福富（備州水野氏梅径）　一
北窓（人見）　一

マ行
万海（大坂）　一
茂門（備前岡山竹ト）　一

ヤ行
友静　一
由ト　一

ラ行
雷枝（山田）　一
嵐雪　一
嵐蘭　一
離雲　一
流水（尾州）　二
作者不知　三

連句

①独吟三句〔秋風〕山家の歳旦

②三吟三句〔如泉―如帆―秋風〕歳旦

③三吟三句〔如泉―如帆―秋風〕元日
④独吟二句〔秋風〕元日／山家
⑤両吟二句〔桃青（芭蕉）―秋風〕山家の梅林

---

⑥両吟二句〔如泉―秋風〕
⑦独吟三句〔秋風〕山家の歳旦
⑧三吟三句〔秋風―元親―重徳〕元禄三年元日

元禄四年（一六九一）辛未

誹諧三物盡

寺町通二条上ル町／井筒や庄兵衛板（梅盛巻末）。元禄四辛未（梅盛巻頭）。歳旦集。横本一冊。

佐賀県祐徳稲荷神社中川文庫蔵。『西日本国語国文学会翻刻双書　元禄四年歳旦集』（同刊行会昭和40年刊）ニ翻刻。

●梅盛
③梅盛—残石—命政
③命政—梅盛—残石
③残石—命政—梅盛
▽梅盛　命政　残石
松葉　是式

●随流
③（松月庵）随流—昌栄—流滴
③流滴—随流—昌栄
③昌栄—流滴—随流
③随風—吟風—未英
③未英—随風—吟風
③吟風—未英—随風
▼随流

●貞兼
③貞兼—勝周—種円
③種円—貞兼—勝周
③勝周—種円—貞兼
▽益忠　益忠　徳忠
依西　松竹
久太郎　知徳
益貞　種円　種円
種円

●貞恕
③貞恕—光之—光益
▽（越山中）頼尚　（溝井）主人　何有
愚闇　（丹波）独甫　（肥後）使帆
（肥後城南沙門）広図
▼何有

●重栄
③重栄—正栄—政顕
③政顕—重栄—正栄
③正栄—政顕—重栄
▽（十二才）心計　重虚
去御方　在縁
三善　孝在　（八才）三郎
酔秋　直通　（後藤）光房
用雪　成正　宝生
重交　家永　（諸満改名）常夢
光久

●似船
③（蘆月庵）似船—薄椿—柳燕
③柳燕—似船—薄椿
③薄椿—柳燕—似船
▼似船

●如泉
③（太平興国真珠庵）如泉—如琴—素雲
③素雲—如泉—如琴
③如琴—素雲—如泉
▼如泉　素雲　如琴
▽元清　如帆　幸佐
梅素

●重徳
③重徳—信徳—仙渓
③仙渓—重徳—蠡海
③蠡海—仙蠡—重徳
▽信徳
▼琢石
▽（青木氏）直賢　（野田氏）直春　吉勝
（寺田）信秀　大蔵　近張
（大津）嘉休

●言水
③言水—為文—烏玉
③烏玉—言水—為文
③為文—烏玉—言水
▽空礫　烏水
▼言水　信徳

●常牧
③常牧—旦楽—由卜
③敲推—常牧—一要
③富玉—如遊—常牧
▽由卜　旦楽　一要
如遊　従心

●我黒
③（舟叟翁）我黒—小褶—朋水
③朋水—我黒—白木
③通見—曾之—我黒

●方山
③（東六条招鳩軒）方山—友竹—鉄硯
③（醸水軒）鉄硯—方山—旧白

③（律襲軒）友竹—嶺風—方山
▽旧白　嶺風　可廻
心嶺　二夕

●和及
③（桑門露吹庵）和及—軒柳—静栄
③荷翠—知足—和及
③知足—虎海—荷翠
▽亀林　静栄　軒柳
虎海　梅氏　松翠
遊見　九雪　周木
周竹
▼和及

●貞木
③（出口）貞木—古吟—三秋
③（神足）三秋—貞木—古吟
③（西村）古吟—三秋—貞木
▼貞木
▽（中村）富丸　（小野）一春　嘉伯

●常春
③（眠柳室）常春—止清—宗種
③宗種—常春—正景
③定勝—宗種—常春
▽止清　正景　是信
正範　清定　友重
光春

●信房
③信房—元理—宗明
③元理—信房—好孝
③好孝—宗明—信房
▽（田辺）宗明
▼信房　宗明
▽永久　（河村）玄仙　（田辺）宗賀
（藤田）令水　（大石）吉之
（十二才長谷川）清七

●友扇
③友扇—器水—朋風
③攀高—友扇—季南
③朋風—攀高—友扇
▽器水　季南　文鴉
門柳

●舟露
③（佐藤）舟露—西角—流蛍
③（中川）西角—舟露—可楽
③（松浦）流蛍—可楽—舟露
▽（陸間）可楽　梅女　利明

●晩山
③（吟花堂）晩山—一嘯—秋翠
③一嘯—秋翠—晩山
③秋翠—晩山—一嘯
▽（爪木姓十歳）梅丸
▼一嘯

●苑扇
▽示右
③苑扇—景桃—好春
③（洛西軒）潤口—苑扇—又石
③（十二才）景桃—長之—潤口
③又石—潤口—苑扇
③露芝—又石—長之
③長之—露芝—又石
▼苑扇

●真嶺子
③真嶺子—蟻想—尹具
③尹具—真嶺子—蟻想
③蟻想—尹具—真嶺子
③真嶺子—蟻想—尹具

●通容
③通容—水仙—冬風
③冬風—通容—水仙
③水仙—冬風—通容
▽清芳　ゆき　かる
鹿玉　政長　孤繭
（福水老人）太良　（デンノ）は丶　（八十二才）行正
▼通容

●都水
③都水—柳水—柳水
▽とよ
③柳水—都水—都水
▼都水　冬風　柳水

●遊園
③遊園—林下—由良
③（湘水子）由良—遊園—林下
③林下—由良—遊園
▼遊園　林下　由良

●丈竹
③（霽月堂）丈竹—壺中—蘆角
③蘆角—丈竹—壺中
③壺中—蘆角—丈竹
▽（藤井）闌夕　（永井）梨雪　又好
▼壺中

●林鴻

③林鴻―通容―柳水（雲風子）
③重慶―林鴻―一思
③養十―重慶―林鴻
⑥梅塢―正純―正為
―林鴻―重慶―養
十(漢和)
▽不残　暁水　鉄盃
正重　花林　門柳
小川氏　梅女（川さき）
信治（木村）　一言
●只丸
③只丸―我鑪―夕推
③笑山―集友―芳沢
③我鑪―笑山―集友
③芳沢―只丸―我鑪
③夕推―芳沢―笑山
③集夕―夕推―只丸
●好春

③好春―梅友―苑扇
③卓錐―好春―守株
③澄風―水雲―好春
③水雲―守株―澄風
③守株―澄風―水雲
●団水
③団水（居士）―芝蘭―淵瀬
③淵瀬―団水―芝蘭
③芝蘭―淵瀬―団水
▽李梅　作者不記
作者不記
▼団水　団水　信徳（京）
西鶴（大坂）
●則風
③則風―秀風―日鴉
③友船―秀興―寒鷗
③風葉―松水―則風
▽吟舟　秀興　秀風

呉衛　如松　風吟
台順
●助叟
③助叟（椿木亭）―為文―友作
③卜也―助叟―清昌
③宗卜―玉人―助叟
▽友作　清昌　玉人
▼為作　助叟
●松笛
③松笛（春花堂）―信武―松林
③松林―松笛―信武
③信武―松林―松笛
▼松林　松笛
●定武
③定武（服部定清跡和宏事）―一雫―常牧
③直氏―定武―不酔
③光俊―賢信―定武
▽不酔　一雫　賢信

●定之
③定之（東林軒）―好水―保利
③勇山―定之―歌水
③好水―元水―定之
③保利―春亀―勇山
③春亀―保利―元水
③府彰―重山―志宿
●浮草
③浮草―円之―冬風
③掉歌―浮草―円之
③円之―掉歌―浮草
▽林江　林鳥　竹枝
円山　素白　飛鯉
花林　水仙　通容
▼円之　浮草
●芝峰
③芝峰（友鶴山人）―全林―定
▽定（伏見沙門）　全林（筒井氏）　桐林

政武　夕三
③白水（田中氏）―円木―川柳
③川柳（豊島氏）―白水―円木
③円木（万田氏）―川柳―白水
●水雲
③水雲（青木三省軒）―蠡海―琢石
③叢明―水雲―随友
③月笑―叢明―水雲
▽琢石　信徳　蠡海
好春
▼重徳　団水　水雲
秋清
●弥生
③弥生（姫路）―弥生―重徳
▽風外子（天満）
▼風外子
●一至
③一至―我止―鬼外

③鬼外—一至—我止
③我止—鬼外—一至
▽和積　壺中　一雫
笑外　秋嵐　吟可
椿石　酔夕
▼一至　壺中

●風子
竹葉軒 ③風子—私言—柳枝
一葉軒 ③柳子—風子—私言
紅葉軒 ③私言—柳枝—風子
③南枝—亀友—花曲
③花曲—南枝—亀友
③亀友—花曲—南枝

●児水
洛下宝樹軒 ③児水（吟独）
③児水（吟独）
③児水（吟独）
▽藤武　雨窓堂 的山

難波 発句翁（三楽）
難波 発句翁（三楽）
難波 ▼発句翁（三楽）
難波 ▽発句翁（三楽）

●貞真
和田氏 ③貞真—吉賢—重徳
③尋牛—貞真—吉賢
③吉賢—尋牛—貞真
▽是信　一止　正幸
永松　春柳　友直
源八郎

●良詮
有朋軒中村 ③良詮—海東 真貫—小島 桐案
③桐案—良詮—真貫
③真貫—桐案—良詮
▽良詮（句漢）　石田氏 可雪（句漢）
今井氏 秀時（句漢）　釜座 孤松
児山氏 一音　嘉寿　国政

●鞭石
井亀軒 ③鞭石—素石—鵝風
③好里—鞭石—岩勝
③素石—好里—鞭石
▽岩勝
▼岩勝　鵝風
▽一桂

●竹翁
桑門 ③竹翁—秋鹿—荷翠
③松見—竹翁—秋鹿
③荷翠—松見—竹翁
▽秋鹿　九才 惣十良
玉芝　一秋　魚住
柳枝　周竹　桃渓
▼竹翁

●問随
伏陽多問院 ③問随—歌竹—有隣
友里改 ③歌竹—若木—問随

---

③若木—問随—秋澄
▽安翎軒 十風　方好　松滴軒 有隣
▼歌竹　充耳　若木
有隣　河清　問随

●紅雪
虚白庵 ③紅雪（吟独）
忘吾軒 ③是誰（吟独）
③俳花（吟独）

●笑山
③笑山—千梅—石竜
③石竜—笑山—千梅
③千梅—石竜—笑山

●尚白
大津 ③尚白—通雪—旭芳
③旭芳—尚白—通雪
③通雪—旭芳—尚白
▼尚白　旭芳　通雪

●蘭妃

膳所 ▽蘭妃　素卜　桜梯
之角　里端　濁水
了性

●珍碩（洒堂）
▼翁（芭蕉）
膳所 ③珍碩（洒堂）—蟬鼠—裾道
③裾道—珍碩（洒堂）—蟬鼠
③蟬鼠—裾道—珍碩（洒堂）
▽淡水子　淡水子
汀鵜　其白　序端
千破

●加生（凡兆）・去来
▼翁（芭蕉）
▽加生（凡兆）　去来
曽鹿　とめ（羽紅）
元志
▼去来　加生（凡兆）
示右　とめ（羽紅）

乙州
●路通
▽沙弥 路通　渓石　粛山
曲水　智海　柴雫
山川　かしく
彫棠
▼其角
▼少年 亀翁　路通　粛山
彫棠　枳風　仙化
渓石
●其角
③其角—仙化—枳風
③枳風—沾蓬（沾圃カ）—揚水（楊水）

③揚水（楊水）—其角—仙化
③仙化—枳風—沾蓬（沾圃カ）
③沾蓬（沾圃カ）—揚水（楊水）—其角
●宗旦
⑥伊丹也雲軒 宗旦（独吟）
▽作者不記（宗旦）
日中
●西吟
③落月庵 西吟—吟可—吟鶯
③吟鶯—西吟—吟可
●百丸
③城州笠置蘭日堂 百丸—鉄卵—琴蔵
③旭柴—百丸—鉄卵

③行人—琴蔵—百丸
●十五
③肥後八代 十五（独吟和漢）
▽結心（和歌）
●荷兮
③尾張 荷兮—一井—釣雪
③釣雪—荷兮—一井
③一井—釣雪—荷兮
③野水—三州 烏巣—越人
③越人—野水—烏巣
③烏巣—越人—野水
●落梧
③美濃岐阜 落梧—草々—蕉笠

③蕉笠—落梧—草々
③草々—蕉笠—落梧
●才麿
③才麿—粁郎—昨非
③昨非—才麿—粁郎
③粁郎—昨非—才麿
▼才麿　昨非　粁郎
●定直
③備前岡山 定直—即章—進歩
③進歩—定直—一鵬
③即章—進歩—定直
▼定直　即章
▽定耕

●草也 備後三原歳旦集
③澄心軒 草也（独吟）
③村上氏 草仙—澄心軒（草也）—楢崎 時習
③時習—草仙—澄心軒（草也）
●春堂
▽大坂布袋庵 春堂
春堂（歳旦以外ノ発句一八）
●虚風
③虚風—天外—文十
③文十—如記—秋里
③秋里—虚風—如記

〔元禄四年江水歳旦〕

京寺町通二条上ル町／井筒屋庄兵衛板。元禄辛未乃歳（冒頭）。流木堂江水編。歳旦帖。横本一冊。洛下童言水書（序）。綿屋文庫蔵。『俳書集成』17ニ影印。一丁表ニ八絵ガアル。

●二丁目
③湖東 江水—暮山—遠水

③遠水—江水—夏雪
③夏雪—和全—江水

③林卜—暮山—和全
●江水三丁目

▽露泊　水子　木鐘
十五歳 女　山木　紅花

③桑門 心外（独吟）
●江水四丁目

③美濃大垣 如船―連隅―山流
③山流―如船―連隅
③連隅―山流―如船
③所しらす 見竜（支考）（吟独）
●江水五丁目
③湖東 信光―天水―蓮実
③蓮実―信光―天水
③天水―蓮実―信光
③彦根 一昨（吟独）
●江水六丁め
③みの岩手 木麟―梅門―月山
③月山―木麟―梅門
③梅門―月山―木麟
▽麟角　麟谷

●江水七丁目
③ミの岩手 露香―言笑―黒人
③黒人―露香―言笑
③言笑―黒人―露香
③洞離軒（吟独）
●江水八丁目
③南池河崎氏 木竜（吟独）
③安孫子 雫滴（吟独）
③下坂 山休（吟独）
③大鹿 短木（吟独）
●江水九丁目
③竹生島 常之（吟独）
③常之（吟独）
③竹生島 塵友（吟独）

③竹生島 梅樹軒（吟独）
●江水十丁目
③竹生島 宵風（吟独）
③長浜 松路（吟独）
③須川 行水（吟独）
▽彦根 伴山　彦根 随時　彦根 久笑
●江水十一丁目
▽彦根 闇笑　彦根 唐松　国友 柳也
出路 信勝　下坂 空公　河内 幼夢
物持寺 光山　自性山下 隠睡　隠睡
長浜 見水　長浜 湖水　長浜 山通
長浜 喜心
●江水十二丁目
▽彦根 言笑　彦根 自笑　彦根 喜伯

彦根 愚百　彦根 祐房　梅原 遊船
みの大垣 小蝶　長沢 清水　下沢 里人
ヒコネ 和田氏　ヒコネ 串田氏
ヒコネ すいち　八市 一雨
●流木堂江水十三丁目
▽美濃牧田 乗船　美濃牧田 随友　美濃牧田 春扇
美濃垂井 木雁　美濃下笠 集学　集学
志賀上板木 小谷氏　所小野 西村氏
所沙門 通骨　八まん 貞治
湖東 一径堂　南照会下 安心
南照会下 流水　南照会下 蛙口
彦根 小菅氏　□□ 光山
▼一径堂
●流木堂江水十四丁目

▽荒神山下 独耳　独耳
荒神山下 快蔵亭　荒神山下 帰一軒
荒神山下 野子　荒神山下 古仙　彦根 三珍
出路 月成　ミノ大垣 木屑
塚村 益三亭　小川 如酔軒
小川 紀女　小川 之光　小川 似猿
ツカ 益三　長沢 羽淵氏
▼小川 山休　神照寺 木竜
●江水大尾
▼下坂 卜入　南池 呼吸　国友 遊清
荒絶 かん女　川南村
神崎本庄 元久　暮山
洞離軒　夏雪
江水

かなしみの巻

京寺町二条上ル／いつゝや庄兵衛板。『阿』ニ「元禄四年正月廿一日」。乾昨非編。発句・連句集。横本一冊。昨非／辛未正月五日（自序）。孟春日／一時軒（惟中跋）。綿屋文庫蔵。昨非母ノ五十日追善集。

発句

一時軒（惟中）漢詩一 歌二　幸方一　昨非一　晴嵐一　補天一
益翁一　才麿一　籾郎一　素竜一　由平一
快笑一　歳人一　舟件一　椿子一　六翁一

連句

①独吟百韻〔昨非〕

俳諧団袋

井筒屋庄兵衛板。明稔未竜集孟陬（一月）下浣／梓行（一丁裏）。『阿』ニ「元禄四年二月四日」。北条団水編。発句・連句・俳論集。半紙本一冊。自序。元禄三むまの冬／大坂西鵬（鶴ノ字ヲ改）序。洒竹文庫蔵。『北条団水集　俳諧篇』上等ニ翻刻。

発句

為文一　金鈴一　示石一　常牧一　丁常一　陽川一
烏玉一　言水一　如琴一　信徳一　貞木一　良詮一
淵瀬一　好春一　如泉一　琢石一　晩山一　和及一
我黒一　只丸一　助叟一　団水一　方山一

連句

①両吟半歌仙〔西鵬（西鶴）9—団水9〕両吟
②両吟半歌仙〔団水9—西鵬（西鶴）9〕夜話
③両吟二十二句〔団水11—淵瀬11〕両吟
④三吟六句〔団水4—天竜1—李梅1〕しる人のかり…
⑤五吟歌仙〔言水7—淵瀬7—我黒7—信徳7—団水7—執筆1〕五吟春

⑥五吟歌仙〔我黒7―団水7―信徳7―淵瀬7―言水7―執筆1〕夏
⑦五吟歌仙〔団水7―我黒7―淵瀬7―言水7―信徳7―執筆1〕秋
⑧五吟歌仙〔淵瀬7―信徳7―言水7―団水7―我黒7―執筆1〕冬
⑨五吟歌仙〔信徳7―言水7―団水7―我黒7―淵瀬7―執筆1〕春
⑩五吟六句〔芝蘭―淵瀬―団水―信黒―信徳―執筆〕元禄四未淑節初会開三物

俳諧初学祇園拾遺物語

元禄第四竜集辛未春睦月（一月）吉辰日／江戸神田新革屋町／西村半兵衛・京三条油小路東へ入町／西村市郎右衛門・坂上甚四郎。坂上松春編。俳論書・点取・発句・連句集。半紙本一冊。洒竹文庫他蔵。『俳書集成』11ニ影印。『俳書叢刊』7ニ翻刻。歌仙二巻ノ表・裏ゴトニ我黒・似船・言水・梅盛・調和・其角・如泉・来山ノ評点ガアル。論書部分ノ例句ハ記名ノアルモノノミヲ集計シタ。題簽ノ下部ニ「並八衆見学／京江戸大坂点取」トアル。

発句

ア行

一声　一
一清　三
（清水）雨行　四
（吉田）円木　二
乙勝　一

カ行

（丹州黒井）可忍　一
歌夕　三
我黒　一
（江戸）其角　一
（女）久　三
（江戸）挙白　一
玉船　一
（丹州黒井）径石　一
言水　一
（丹州黒井）湖秋　二
湖春　一

サ行

（筒井）芝峰　四
似船　一
舟全　一
重次　一
如泉　一
松吟　三
松慶　二
（坂上）松春　六
松声　五
松夕　四
（九才）松川　一
丈竹　二
常矩　一
正重　二
正森　一
川柳　三
宗因　一
宗栄　一
宗入　一

タ行

覃水　六
団水　一

- 調和（江戸） 一
- 定宗（色聚庵） 二
- 貞徳 一
- 藤（女） 一

ハ行

- 梅盛 一
- 不知台 二
- 不卜（江戸） 一
- 楓山 二
- 蚊市（大坂） 二
- 蚊足 一

マ行

- 未達（西村） 一七
- 夢心 四

ヤ行

- 有月 三
- 幽松（丹州黒井） 四

- 不知作者 二

連句

①両吟歌仙〔松春―未達〕八衆見学両吟（各句数ハ不明）

②両吟歌仙〔松春―未達〕（各句数ハ不明）

③両吟歌仙〔松春18―未達18〕歌仙両吟

大元式

散逸書。『阿』ニ「一札　柳水作　元禄四年正月」。『俳諧大辞典』ニ「俳諧句集。半一。柳水著。自序。元禄四年（一六九一）刊。井筒屋板。柳水の句集」トノ記述ガアル。

師走比

散逸書。『阿』ニ「一冊　天竜作　元禄四年正月」。

犬丸

散逸書。『阿』ニ「一冊　瓠界作　元禄四年正月日」。タダシ、『故』ハ「元禄三」トスル。

かゝみ幕

散逸書。『阿』ニ「一冊　三楽作　元禄四年二月十一日」。

花見辨慶

元禄四辛未年二月吉日／寺田与平次（重徳）梓刊。寺田重徳編。連句集。半紙本一冊。蘭秀子叙（重徳自序）。版下ハ重徳筆。洒竹文庫他蔵。『俳書集成』11ニ影印。

連句

①独吟世吉〔重徳〕たゞあれかしと人はいへとも
②独吟世吉〔信徳〕六十年来世の眠りいまださめず誹諧やら連歌やら
③独吟歌仙〔信徳〕賦何鰄誹諧連歌
④独吟歌仙〔琢石〕独吟
⑤独吟歌仙〔随友〕独吟（信徳判）
⑥両吟歌仙〔粛山18―信徳18〕両吟
⑦両吟歌仙〔信徳18―粛山18〕両吟（粛山ノ発句一ヲ付ス）
⑧両吟歌仙〔如琴18―信徳18〕両吟
⑨両吟歌仙〔烏玉18―信徳18〕両吟
⑩三吟歌仙〔重徳12―琢石12―信徳12〕三吟（作者不記ノ挙句ハ信徳ト判断シタ）

誹諧渡し船

京寺町二条上ル町／井筒屋庄兵衛板。紀州若山島順水／元禄辛未歳睦月（一月）上旬（奥）。『阿』ニ「元禄四年三月十六日」。島順水編。発句・連句集。半紙本一冊。元禄重光協洽之歳春正月紀府ノ一散人草ス（序）。竹冷文庫他蔵。『資料類従』36ニ影印。『俳書集覧』3ニ翻刻。

発句

ア行

紀州若山 意水　二
越後雪松 一酔　二
江戸 一徳　二
伊勢 一有　三
尾州 越人　二

カ行

可休　二
桜塚南江 夏炉　二
大坂 華郷　二
京 我黒　三
京 勧楽　一

俳号	所	数
季吟	江戸	一
其角	江戸	二
鬼貫	伊丹	四
蟻道	伊丹	二
岌風	予州松山	一
虚風	大坂	一
琴風		一
月下	江戸	一
元順	堺	一
言水	京	八
孤松	大坂	一
瓠界		二
湖春	江戸	五
江水	江州柏原	一
紅水	大坂	一
紅雪		一
サ行		
才麿	大坂	五
作非（ママ）（昨非）	大坂	六
山川	江戸	一
子英		一
之道（諷竹）	大坂	一
耔郎	大坂	二
似船	京	一
若礼	繁田	一
萩水	京	一
順水		五六
如記	大坂	一
如琴	京	一
如泉	京	四
鋤立	江戸	三
昌遠	大坂	一
松嵐	紀州若山	一
宵扉	大坂	一
常牧	繁田	一
信徳	京	一
人角	伊丹	一
吹角	紀州若山	一
随友	予州松山	一
是琴	紀州播本	一
生水	摂島村	一
西鶴	大坂	四
西吟	桜塚	七
西子	大西	一
青女		一
青人	伊丹	二
千春	京	一
川柳	大坂	三
仙庵	京	一
沾徳	江戸	一
専跡		一
扇計	大坂	一
その（園女）		一
楚秋	大坂	二
宗旦	伊丹	一
桑風	大坂	一
タ行		
濁水	伊丹	三
団水	京	一
椿子	大坂	三
定明	大坂	一
鉄卵	伊丹	三
天外	大坂	一
天升	大坂	一
冬風	摂浜松	一
灯外	大坂	一
東雲		一
桃青（芭蕉モ見ヨ）		一
桃林	大坂	一
藤紫	大坂	一
ハ行		
芭蕉（桃青モ見ヨ）	江戸	二
伴自	大坂	一
晩翠	備前	一
美郷	大坂	一
不暦	大坂	一
風水	雲州	二
風廬	大坂	一
文丸	大坂	四
補天	大坂	一
母柳	大坂	一
方山	京	二
朋水	京	二
マ行		
万海	大坂	五
門秋		一
ヤ行		
又玄	勢州山田	一
由平	大坂	六
ラ行		
来山	大坂	一
嵐雪	江戸	四
立志	江戸	四
立甫（立圃）		一
律友	阿州	一
柳玉	伊勢	一
柳水	京	二
蓮子	大坂	一
露沾	江戸	二
鷺助	伊丹	二
六翁	大坂	二
六水	伊丹	一
ワ行		
和及	京	三

連句

①七吟世吉〔来山7―順水7―鬼貫7―天外7―椿子1―文十7―虚風7―執筆1〕
②七吟世吉〔才麿7―順水8―西鵬7―椿子7―杼郎7―万海7―舟伴1〕
③両吟歌仙〔順水18―才麿18〕
④両吟歌仙〔西吟18―順水18〕
⑤両吟歌仙〔順水18―西吟18〕
⑥独吟歌仙〔順水〕

無尽経

散逸書。『阿』ニ「一冊　元禄四年三月廿九日　伊丹住(ママ)」、『広』ニ「一　宗旦」。『国書総目録』ハお茶の水図書館成簣堂文庫ニ写本ガ蔵サレル旨ヲ記スガ、現在ハ所在不明。

誹諧五乃戯言

寺田重徳梓行。伊藤信徳編。発句・付句集。半紙本一冊。元禄の四とせの春桃花をともす夕（三月無記名序）。重徳跋。洒竹文庫蔵。「誹諧三十六番発句合…信徳独吟」ト無記名ノ「誹諧新古付句合」カラナリ、スベテ信徳ノ作ト推定サレル。題簽ノ下部ニ「信徳／独吟」トアル。

発句

信徳　七三
付　六〇

誹諧帆懸舟

三条室町御倉町／井筒屋伝兵衛版。春花堂松笛編。発句・連句集。半紙本一冊。松笛撰（自序）。辛未之春／斗城鯉山藤袴題（跋）。綿屋文庫蔵。『俳書集成』11に影印。

発句

ア行
以来　四
為文　四
慰水　五
一枝　一
一笑　四
尹具　一
栄姿　五
遠山　一

カ行
加柳　四
霞吟　二
我黒　二
菅定　一
寛政　二
季吟　一
亀丸　二
亀林　二
蟻想　一
玉之　二
玉芝　一
玉波　一
近元　四
金政　一
軒柳　二
元来　三
言水　二
源恒　一
古柳　三
虎海　一
湖春　二
好春　三
好風　一

サ行
才麿　一
只丸　一
自笑　四
時計子　一
周也　二
秋水　七
集加　二
集友　四
重則　一
春次　二
如松　二
如泉　二
如梅　二
小雪　一
小林　四
（大津）尚白　一
松蔭　二
松山　四
松笛　二
松林　四
常春　二
常牧　二
心計　二
信徳　一
信武　四
真嶺子　二
水色　二
水流　四
酔雪　二
清竹　二
静栄　二
静敏　四
夕推　一
雪川　三
扇車　一
扇流　四
素雲　四

タ行
大川　一
知足　二
（桑門）竹翁　二
竹亭　四
通客　一
貞木　二
登計子　三
（江州）東柳　一
桃雨　二
洞山　一

ナ行
南枝　四
入安　四

ハ行
芭蕉　一
浮石　二
朋水　三

マ行
木竜（江州川崎氏）　三
ヤ行
友水　二
友知　一
由良　二
遊園　二
ラ行
来山（大坂）　二
柳花　三
柳風　三
竜山　一
良全（良詮カ）　二
林永　一
林鴻　一
蘆亀（南都）　二
蘆琴（南都）　四
蘆葉（南都）　三
六花　一
ワ行
和及　四
和石　一
作者不記　一

連句

①三吟歌仙〔松笛12―加柳12―素雲12〕歌仙
②五吟歌仙〔信武7―栄姿8―松笛8―和石7―松山5―筆1〕歌仙

誹諧六歌仙

京寺町二条上ル町／井筒屋庄兵衛板。『阿』ニ「元禄四年四月廿八日」。鋤立編。発句・連句集。半紙本一冊。素堂書ぬ（序）。誹諧六歌仙跋／椎本才麿。酒竹文庫他蔵。『元禄前期江戸俳書集と研究』ニ翻刻。

発句

ア行
一時軒（惟中）　一
一晶　一
一桃　一
一有　一
宇月　一
園女　一
猿風　一
カ行
我黒　一
其角（大坂）　一
鬼貫　一
挙白　一
挙風　一
琴風　一
瓠界　一
サ行
山夕　一
子英　一
自鏡　一
車要　一
如泉　一
尚白（大津）　一
勝風　一
青人　一
宗旦（伊丹）　一
タ行
太枝　一
団水　一
竹亭　一
桐雨　一
ハ行
氷花　一
文十　一
マ行
万海　一

ヤ行

由平 一　羊素 一

ラ行

嵐雪 一　立吟 一　江戸古 立志（初代立志）一　柳水 一

連句

①三吟歌仙〔立志12―鋤立12―子英12〕遍照／さかの、をみなへしは…

②両吟歌仙〔鋤立17―嵐雪19〕業平／しほめる花の色なきは言葉の足らさるをや

③三吟歌仙〔和及12―鋤立12―柳水12〕康秀／ことはたくみにて…

④両吟歌仙〔言水18―鋤立18〕喜撰／雲にあへる月のあかつきは

⑤両吟歌仙〔才麿18―鋤立18〕小町／をの、小町か風雅は…

⑥両吟歌仙〔来山18―鋤立18〕黒主／花に休む山人を…

俳諧新行叓板

寺町二条上ル町井筒屋／筒井庄兵衛板。『阿』ニ「元禄四年四月」。定宗編。人名録・発句集。半紙本一冊。岡本勝蔵。『続七車と研究』（未刊国文資料刊行会　昭和33年刊）ニ翻刻。題簽ノ下部ニ「次第／不同」トアル。

発句

ア行

安為 一　依西 一　一時 一　一利 一　永政 一　栄春 一　益忠 一　益貞 一　苑扇 一　淵瀬 一

カ行

加水 一　加生（凡兆）一　嘉悦 一　我黒 一　丸心 一　幾長 一　器水 一　休身 一　金道 一　兼森 一　元広 一　元勝 一　言水 一　原柳 一　広永 一　好春 一　好徳 一　近江柏原 江水 二

幸佐　一
高政　一

サ行

才入　一
之好　一
只丸　一
芝蘭　一
自悦　一
若意　一
守松　一
酒計　一
種円　一
秋風　一
重栄　一
重嘉　一
重徳　一
春永　一
春中　一
如泉　一
小林　一
松景　一
松月　一
松笛　一
咲山　一
勝周　一
丈竹　一
心咲　一
信徳　一
信房　一
水肩　一
随柳　一
正奥　一
正由　一
政利　一
石岩　一
川　一
仙悦　一

タ行

琢石　一
団水　一
知徳　一
竹斎　一
忠利　一
珍石（ぜゞ）（ママ）（珍碩／洒堂）　一
通葉　一
定之　一
定宗　六
定武　一
定猶　一
定量　一
貞兼　一
貞恕　一
貞常　一
貞木　一
天竜　一
東川　一
道嘉　一
徳忠　一

ハ行

梅盛　一
晩山　一
風山　一
風止　一
方山　一
包次　一
（美濃大垣）木因　二

ヤ行

遊心　一
養竹　一

ラ行

頼久　一
立元　一
了元　一
了源　一
両袖　一

ワ行

和及　一
和随　一
作者不知　一

一丁鼓

散逸書。『阿』ニ「一冊　定之作　元禄四年清和（四月）下旬」。タダシ、『故』ハ「元禄二」トスル。

二見笘

散逸書。『阿』ニ「二冊　発句翁（三楽）　元禄四年五月十五日」。

一枚起請

散逸書。『阿』ニ「一冊　宗量作　元禄四年未五月十五日」。

卯辰集

京寺町二条上ル丁／井筒屋庄兵衛板・金沢上提町／三ケ屋五良兵衛。元禄四年卯月日／賀陽庶人北枝（奥）。『阿』ニ「元禄四年五月廿六日」。立花北枝編。発句・連句集。半紙本二冊。桑門句空書（序）。学習院大学日本語日本文学研究室他蔵。『新大系　元禄俳諧集』等ニ翻刻。

発句

ア行

意情　二
違風（富山）　二
一好　一
一笑　一
一井　一
一泉　一
一草　一
一男　一
一洞　一
一風　一
宇白（石動）　二
雨柏（鶴来）　二
雨邑　二
雨柳　一
雨鹿（鶴来）　一
雲口　二
英之（湊宮詞）　三
柑雪　一
越人　二
円木　三
遠里　二
燕子　一
翁（芭蕉）　二〇
乙州　一〇

カ行

加生（凡兆）（京）　一
可廻（京）　一
可友　一
何之（鶴来）　四
何処（大坂）　四
荷兮（尾張）　二
其角　六
其糟　八
亀洞　一
幾葉　三
去来（京）　一
魚素　二
漁川　七
玉斧　三
勤文（七尾）　一
句空　二〇
薫煙（松任）　一
けん（女）　一
元之　二
言蕗　一
源之　一
古庭　三
孤衾（小松）　一
孤舟　八
孤白　三
胡及（尾張）　一
光山（僧）　二
行山　一

注記	俳号	数
	紅爾	七
	康楽	二
	サ行	
	左里	一
	三岡	三
	三秋	三
	杉風	一
	四睡	一三
高岡	市巷	二
山中	自笑	三
	七里	一
	朱花	一
	岫曲	二
	拾葉	二
釈	秋之坊	一五
	春幾	九
松任十歳	春之	一
宮腰	閏之	一
	順之	二
	女	二
	如柳	四
	小春	三
尾張	昌碧	一
七尾少人	松鶴	一
	蕉下	二
宮腰	橡青	二
小松	鐘昏	一
	瀼茂	二
	新露	一
鶴来女	甚子	一
	井関	一
宮腰	清流	一
	盛弘	三
鶴来	跡松	一
	雪水	一
大坂	川柳	一
	素洗	三
江戸	曽良	三
鶴来	疎松	一
	楚常	三〇
	蘇守	二
	宗因	一
	宗鑑	二
	草籬	四
	タ行	
尾張	旦藁	二
大津尼	知月（智月）	四
小松	致画	二
	遅桜	四
五歳	長皿	三
	貞喜	二
	貞室	二
七尾	滴水	一
	唐爾	四
少年	桃英	二
山中少人	桃葉（桃妖）	一
	洞梨	三
	徳子	一
	ナ行	
	南浦	三
	忍市	一
	ハ行	
	破瓶	一
鶴来	梅雫	一
	梅露	五
	白函	一
	伯之	二
鶴来女	不中	四
魚津	不的	一
小松	斧卜	四
	浮葉	二
宮腰	普人	三
京	風喬	二
	芬芳	一
	北枝	二四
水橋	卜幽	一
	牧笛	一
	牧童	一六
	マ行	
	万子	二
	万声	一
	民屋	一
	ヤ行	
尾張	野水	二
	又笑	一
	邑姿	二
	幽子	三
	誉風	三
	遥里	三
	ラ行	
	蘭子	二
	李東	一五
鶴来	李圃	二
	柳宴	四
鶴来	柳江	一
	柳絮	一
松任	柳川	一
松任	柳川姉	一
	流志	一
	林蔭	三
	冷袖	一
	路舟	一
	路通	二
鶴来	盧水	四
	蘆沼	一
越中いなみ	浪化	一

ワ行

和角　一
和平　一
和野　一

連句

①三吟歌仙〔北枝14—曽良7—翁（芭蕉）14—筆1〕元禄二の秋翁をおくりて山中温泉に遊ふ／三両吟
②三吟歌仙〔乙州12—北枝12—牧童12〕柿喰三吟
③五吟歌仙〔牧童7—乙州7—小春8—魚素7—北枝7〕枇杷五吟
④六吟歌仙〔四睡6—北枝6—紅爾6—魚川6—牧童6—李東5—筆1〕霜六吟

俳諧勧進牒

京寺町二条上ル町／井筒屋庄兵衛板。『阿』ニ「元禄四年五月廿六日」。斎部路通編。発句・連句集。半紙本二冊。奉加乞食路通敬白（自序）。狂而堂（其角）／元禄四年の春（跋）。竹冷文庫他蔵。『蕉門俳書集』1ニ影印、『古俳大系　蕉門俳諧集一』等ニ翻刻。

発句

ア行

いく　一
宇白（越中）　一
羽白　一
越人（尾陽）　二
遠水　五
王嘯　一
横几　二
乙州　八

カ行

花江　三
花明　三
荷兮　一
会覚（釈）　一
観活　一
岩翁　五
岩松　一
岩泉　二
其角　三
枳風（江戸）　五
亀翁　五六
休甫　一
玖也　一
去来　一
居文　一
挙白　一
漁夫　一
曲水　六
玉文　二
琴風　一
駒角子　一
愚堂（禅士）　一
荊口　三
渓石　一
兼豊　一
玄札（高島）　一
コ谷　五
姑川　一
行舟（釈）　一
耕月　一
鉤雪（ママ）（釣雪）　一
今水　一

サ行

柴雫　二
三翁　一
三箇　一
山川　二
杉風　二
残香　二
此筋　二
思風　一
紫塵　一
紫塵母　一
斜嶺　一
尺草　三
守武　一
大覚院 秀長　一
重行　二
重之　二
重頼　一
粛山　三
春魚　一
春曙　一
小虫　一
昌房　一
松翁　二
鼓月 松歌　一
松渓　一
松青　一
つるが岡 宵花　一
紹二　一
丈松　一
寸歩　一
是吉　一
正秀　一
京 千春　一
千川　一
仙化　三
仙景　一
沾荷　二
沾徳　七
沾蓬（沾圃カ）　一
白炭忠知子 沾木　一
扇角　一
全峰　二
前川　三
そめ　一
素彳　一
素堂　五
曽良　一

タ行

旦水　三
単進　一
せゞ 探志　一
探泉　一
淡水子　一
智月　二
花洛 釣雪　一
朝四　一
蝶々子　一
調和　一
直行　一
直善　一
珍碩（洒堂）　二
汀鴉　一
貞貫　二
貞徳　一
兎扶　一
其角父 東順　一
桃里　一
童次　一

ナ行

任口　一

ハ行

巴山　一
波柱　一
白羽　一
八橋　一
百里　三
不角　一
袖浦 不玉　三
不徹　一
東叡山 不白　一
孚先　二
浮筏　一
浮萍　三
普船　一
風音　一
風羅坊（芭蕉）　三
風嵐　一
風鈴軒（風虎カ）　一
禅士 仏頂　一
文鳥　一
江戸 文鱗　三
望鳥　一
卜宅　一

マ行

眠鶴子　一
木吟　一
木司　二

ヤ行

野径　三
野水　一
友静　一
由之　一
遊行上人　一
揚水（楊水）　三

ラ行

落荷　一

嵐雪 二	里鶴 一	梨水 一	了源（隠士） 一	路通 一八	露沾子 四
李吟 二	里水 一	立志 一	霊椿 一	露茄（はぐろ） 一	
李春 一	里東 三	立甫（立圃） 一	呂丸（羽黒） 三	露言 一	作者不知 一

連句

①五吟歌仙〔路通7―曲水7―其角7―里東7―芹花7―筆1〕俳諧勧進始曲水亭

②四吟歌仙〔露沾9―路通9―沾荷9―コ谷9〕路通餞別

③十八吟歌仙〔風羅坊（芭蕉）3―乙州6―珍碩（洒堂）3―素男3―智月1―凡兆2―去来2―正秀1―探志1―其角3―路通3―曲水2―里東1―芹花1―素葉1―寒水1―落荷1―飛陰1〕乙州か江戸へ起（ママ）くとき

④五吟歌仙〔露沾6―乙州7―挙白8―沾荷7―路通7―筆1〕即席

⑤四吟歌仙〔粛山9―其角9―路通9―彫棠9〕

⑥六吟歌仙〔居文6―枳風6―扇角6―路通6―文鱗6―キ角（其角）6〕壁隣りにむかへられ古風を起す

⑦五吟歌仙〔由之7―路通7―枳風7―全峰7―湖心7―筆1〕行脚急なるよし聞て暇乞のこゝろにとりあへす

⑧八吟五十韻〔岩泉6―岩翁6―牛竿6―路通6―横几6―沾徳6―遠水6―尺山6―筆2〕燭寸

⑨五吟歌仙〔路通7―其角7―普船8―仙化7―渓石7〕

旅立ける日も吟身やむことなふして

〔元禄百人一句〕

寺町通二条上ル町／井筒屋庄兵衛板。『阿』ニ「元禄四年五月」。流木堂江水編。発句集。半紙本一冊。元禄かのとの未春三月…白桜下木因子（序）。流木堂江水（自跋）。正式名称ハ「百人一句」。綿屋文庫他蔵。『新大系　元禄俳諧集』等ニ翻刻。巻末ニ付載サレル「俳諧作者目録」ハ省略シタ。

発句

ア行

加賀　一笑　一
江戸　一晶　一
伊勢　一有　一
京　烏玉　一
尾州　越人　一
京　淵瀬　一
尾張　横船（蘭秀）　一

カ行

京　加生（凡兆）　一
京　花扇　一
尾張　荷兮　一
京　我黒　一
京　観水　一
江戸　季吟　一
江戸　其角　一
伊丹　鬼貫　一
江戸　去来　一
若狭　去留　一
江戸　挙白　一
大坂　虚風　一
江戸　駒角　一
京　言水　一
京　湖外　一
江戸　湖春　一
京　好春　一
あふみ　江水　一
京　幸佐　一
京　高政　一

サ行

大坂　才麿　一
京　只丸　一
京　似船　一
京　舟露　一
京　秋風　一
京　重栄　一
京　重徳　一
京　春澄　一
京　如琴　一
美濃　如行　一
京　如泉　一
京　助叟　一
大津　尚白　一
京　松笛　一
京　丈草　一
京　常春　一
京　常牧　一
京　信徳　一
京　水雲　一
京　随流　一
大坂　西鶴　一
桜塚　西吟　一
出羽　清風　一
伊勢女　その（園女）　一
江戸　素堂　一
大坂　素竜　一
伊丹　宗旦　一

タ行

京　琢石　一
京　団水　一
伊勢　団友（涼菟）　一
京　竹翁　一
江戸　調和　一
膳所　珍碩（洒堂）　一
京　定之　一
京　定宗　一
備前　定直　一
京　定武　一
京　貞兼　一
京　貞木　一
京　都水　一
大坂　灯外　一
越前　洞哉　一

ハ行

芭蕉　一
京　梅盛　一
京　晩山　一
備前　晩翠　一
大坂　盤水　一
大坂　瓢界　一
江戸　不卜　一
京　風子　一
出雲　風水　一
京　鞭石　一

（京）方山　一
（讃岐）芳水　一

マ行

（大坂）万海　一
（美濃）木因　一
（伏見）問随　一

ヤ行

（伊勢）又玄　一
（京）友静　一
（京）友扇　一
（大坂）由平　一
（京）遊園　一

ラ行

（大坂）来山　一
（美濃）落梧　一
（江戸）嵐雪　一
（江戸）立志　一
（京）良佺（良詮）　一
（江戸）路通　一
（尾張）露川　一
（江戸）露沾　一
（伊丹）鷺助　一
（大坂）六翁　一

ワ行

（京）和及　一

俳諧四國猿

京寺町二条上ル町／井筒屋重勝板。元禄四竜集五月／阿陽琴枝亭律友撰（奥）。琴枝亭律友編。発句・連句集。半紙本一冊。春江嬾人寂甫（序）。辛未夏五月／花洛俳林団水居士跋。綿屋文庫他蔵。『西鶴研究』9ニ影印。

発句

ア行

（沢田）一燦　一
一楝　一
（若村）一遊　一
一蠡　一
逸竹　一
雲志　一
雲洞　一
（備前）雲鹿　一
易吹　一
淵瀬　三
（金竜寺）桜叟　一

カ行

（女）花鈴　一
（少年（ママ））花鈴（金鈴カ）　一
歌麿　一
我黒　一
（斎藤）賀子　一
雅来　一
快笑　三
（天王寺）海秋　一
閑志　一
閑雪　一
鬼貫　一
（十歳）亀太　三
義水　一
久次郎　一
（備前）旧白　一
漁舟　一
（鴨川）近軒　一
（少年）金鈴　一
吟秋　一
（沙門）吟水　一
（可住庵）吟夕　四
荊子　一
軒雪　一
（小松）元知　一
言水　一
言雫　二
孤松　一
（江州彦根）湖帆　一
好春　一
幸三　二
幸方　五
虹音　一
（沙門）耕慮　一
鉤義　一
（春江堂（ママ））鉤寂（釣寂）　七

サ行

才麿　一九
（南都）歳人　五
昨非　三
三琢　一
（僧）止水　五

只丸　一
芝蘭　四
耔郎　七
（川島）指月　一
（藤田）紫水　一
醜石　一
（松本）重松　一
重徳　一
（紀州）順水　一
如山　二
（菊本）松計　一
松律　一

峭山　二
宵扉　一
信徳　一
水雲　一
随風　二
随柳　二
是水　一
（江州）正吉　一
正勝　一
生重　一
（藤田）夕雨　一
石草　一

千代三郎　一
楚秋　三
桑風　二

タ行

達友　一
団水　一〇
（村上）竹情　一
竹亭　一
朝風　一
直水　一
定明　二
轍士　五

天竜　一
刀春　四

ハ行

巴水　三
梅花　一
梅秀　一
発句翁（三楽）　一
半山　一
美郷　一
不醒　一
不暦　一
風京　一

風虎　一
（桑門）風慮　一
保山　一
補天　二
暮柳　一
豊丸　三
（天王寺）豊流　一

マ行

万海　二
（少年）万玉　一

ヤ行

勇雌　一

ラ行

雷朝　一
楽水　一
蘭水　一
欄桜　一
（堺）利安　一
（芸州）里洞　二
律友　一九
蘆笛　一
鷺白　一

連句

①両吟八句〔（阿波風春堂）豊丸4―律友4〕
②四吟半歌仙〔（阿波）巴水5―（阿波）南樹5―律友4―（阿波）一棟4〕
③三吟半歌仙〔（阿波）刀春6―（阿波）梅暁6―律友6〕三吟
④三吟歌仙〔（阿波可住庵）吟夕12―律友12―（阿波）幸三12〕餞別に
⑤両吟八句〔（琴枝亭）律友4―（阿波）豊丸4〕

⑥両吟歌仙〔（阿波春江堂）鈞寂（ママ）（釣寂）18―律友17―筆1〕両吟
⑦両吟歌仙〔（大坂）才麿18―律友18〕大坂
⑧両吟十二句〔（大坂）万海6―律友6〕京にゆくを名残て
⑨三吟半歌仙〔（大坂室賀）轍士6―律友6―（大坂）万海6〕
⑩両吟八句〔（江戸）鋤立4―律友4〕

⑪七吟八句〔律友―昨非（大坂）―才麿（大坂）―美郷（大坂）―籽郎（大坂）―歳人（南都）―万海（大坂）―筆〕それより安居の家に入て

⑫両吟半歌仙〔西鶴（大坂）8―律友9―筆1〕鳴門見て富士見て世に見るは皆ちいさし…

⑬三吟三句〔万海（大坂）―律友―西鶴（大坂）〕

⑭六吟歌仙〔言水6―律友6―団水（京）6―淵瀬（京）6―芝蘭（京）6―助叟（京）5―執筆1〕

⑮六吟半歌仙〔律友3―団水（京）3―信徳（京）3―芝蘭（京）3―淵瀬（京）2―我黒（京）3―執筆1〕

⑯八吟二十二句〔律友3―我黒（京）3―芝蘭（京）3―団水（京）3―和及（京）3―助叟（京）2―陸舟（南都）2―淵瀬（京）2―執筆1〕

⑰四吟八句〔言雫（京）2―律友2―団水（京）2―淵瀬（京）2〕野径眺望

⑱両吟半歌仙〔団水（京）8―律友9―筆1〕離別八年／阿波と津の国と海をへたて山を隔て…

俳諧藤波集

寺町通二条上ル町／井筒屋庄兵衛板。一存軒簪竹編。俳諧紀行・発句・連句集。半紙本一冊。四条壬生桑門／和及跋。元禄四年未五月日／南都簪竹一存軒（跋）。綿屋文庫他蔵。『俳書集成』11ニ影印。

発句

ア行

倚月　一
遺橋軒（郡山）　一
一翁　一
一骨　一
一笑（釈氏）　一
一道　一
一保（中しま）　一
一友　一
一楽（少人）　一
一露（郡山雨森）　二
栄室　一
淵鯉　一
遠山（少人）　一

カ行

かね（少女）　一
可忍　一
我黒　九
感海　一
亀子　一
及山　一
鳩子　一
吟志　一
吟拙　一
軽葉（郡山）　一
慶諷　一
好風（宇多）　三

サ行

歳人　一
三郎（少人）　一
杉葉軒（郡山）　一
氏弘　一
志子　一
思計（三田村）　一
秀松　一
周休　一

秋山 一
秋独 一
重之 一
荀難（郡山） 一
如蛙 一
如雲（少人） 一
如ノ（林田氏） 一
如友 一
小扇 一
松之 一
松命 一
松緑（少人） 一
笑言（郡山） 一
色波 一

心楽 一
信庸 一
随子 一
是計 一
世塵（郡山） 一
正勝 一
席少 一
仙露 一
泉沢 一
扇計 一
宗全（少人） 一
息交 一

タ行

碓声（辻内） 一

池石 一
知水 一
竹葉軒（郡山） 一
中盛 一
長丹 一
直友 一
通元 一
貞治（郡山藤井） 一
鉄水（手飼） 一
都之 一
都（ママ）堂（郁堂） 一
桃水 一
等水 一
道弘（村井） 一

道静（村井） 一

ナ行

任口（日下氏） 一

ハ行

巴月 一
梅水 一
梅風（少人） 一
拍子 一
雹林（森氏） 一
不求 一
哺山 一
望景 一
望月 一
ト山 一

マ行

無ノ 一

ヤ行

友勝 一
友石 一
友稚 一
友和 一
遊ト 一

ラ行

楽詞（宇多） 一
蘭宝 一
陸舟 一
柳雅 一
柳枝 一

流笑 一
竜淵 一
了水 一
良尚 一
鈴之 一
憐子 一
露山（郡山） 一
鷺水（郡山） 一
蘆水 一
六水（郡山） 一

ワ行

和及 四
□定 一

連句

①三吟三句〔我黒―郁堂―道弘〕（百韻ノ第三マデ掲載）
②六吟歌仙〔我黒6―息交6―郁堂5―道弘6―友勝6―和及6―執筆1〕歌仙
③三吟歌仙〔言水12―和及12―我黒12〕神前法楽
④両吟歌仙〔和及18―我黒18〕神前法楽
⑤九吟十六句〔我黒2―鉄水2―和及2―望景2―淵鯉

2―通元2―秋独2―扇計1―竜淵1〕

発句

菱川月次のあそひ

元禄四年未五月吉日／日本絵師菱河吉兵衛師宣／大伝馬町三町目鱗形屋開板。菱河師宣著。句入絵本。無記名序。大本一冊。東京大学総合図書館他蔵。『新編稀書複製会叢書』34ニ複製。

発句ハスベテ無記名（師宣カ）。

作者不記　三

鬼瓦

散逸書。『阿』ニ「一冊　正春作　元禄四年五月」。タダシ、『故』ハ「千春　元禄四」トスル。

足揃

散逸書。『阿』ニ「一冊　車要作　元禄四年五月」。

俳諧瓜作

武江通油町／井上又兵衛梓。生玉琴風編。発句・連句集。半紙本一冊。タダシ、『種』ハ「二冊　琴風作　元禄四年」トスル。元禄辛未季夏既望（六月十六日）／伝庵海部柳序。白鴿堂琴風撰（自跋）。洒竹文庫他蔵。『俳諧文庫』18ニ翻刻。『枕草子』ニ倣ッタ題デ句ヲ編集スル。

発句

ア行

渭橋　三　　鹿沼一東　二　　一楓　二　　翁（芭蕉モ見ヨ）　二

以上　三　　甲府一執　二　　一桃　二　　南紀運宵　二

カ行

瓜茎　一

瓜芋　一
其角　七
挙白　四
峡水　二
琴風　五三
錦糸　一
吟水（鹿沼）　一
吟調　一
けん女　二
渓石　六
渓雪　三
硯水（秋田）　三
古水　二六
湖月庵　一
湖春　一
好似　一
紅燕　一
荀且　一
高和（甲府）　一

サ行

才麿　一
柴雫　一
巵房　一
舟竹　二
秀和　四
秋色（女）　一
従先（甲府）　一
鋤立　一
少入　一
世風　二
政直　一
汐泡（越後高田）　二
扇雪　一八
素柳　四

タ行

逐塵　七
蔦道（駿府）　一
調柳　五
滴水　一
杜格　二
東海　一
東湖　六
東梅（少年）　二
桐雨　一

ハ行

芭蕉（翁モ見ヨ）　一
唄言　三
梅軒　三
白燕　一
白桜　五
白扇　八
白流　三
半風（少年）　一
百里　四
氷花　五
不角　三
不及（越後高田）　二
不蹟（奥州桑折）　一
不卜　四
普船　二
風賀（少年）　一
風橋　二
風澄　一
楓船　一〇
蚊芝　一
卜女　二

マ行

まつ　二
民水　一

ヤ行

友巴　二
由水　一〇
勇招　三
誘誰　三

ラ行

嵐雪　三
李子　一
里山　二
里夕　一
立朝　一
柳角　三
柳甫　一
路通　一
蘆鴨　七
鷺雪（南紀）　一

ワ行

和応　一
和鑽　一
和賤　一

連句

①両吟歌仙〔琴風18―扇雪18〕春は曙

②四吟歌仙〔楓船8—琴風9—古水10—由水9〕秋は夕暮

瀬田の長橋

寺町二条上ル町／井づ、屋庄兵衛梓行。元禄四辛未年五月十八／西洞院通七条上ル町蘆月庵似船撰之（奥）。『阿』ニ「元禄四年六月廿七日」。富尾似船編。歳時記・付句・連句集。半紙本六冊（巻五ガ付句ト連句ノ二分冊）。版下ハ富尾嘯琴筆。書名ハ付句部題簽ニヨル。綿屋文庫他蔵（綿屋文庫本ハ付句部ヲ欠クタメ、刈谷図書館本ニヨッテ補ウ）。原本句引ニ従イツツ（連句ノミ参加ノ作者モ句数ヲ空欄ニシテソノママ掲出。発句・付句ノ合計数ヤ連句ノ句数ハ省略）、各地域ゴトニ五十音順デ並べ替エタ。

発句

山城国京七十六人

- 似空軒 安静 一
- 遊女 いく世 四
- 遊女 いこく 三
- 野村 一通子 四 付二
- 一柳 三
- 雲彩 付一
- 大蔵 永治 付二
- 蘆月庵清書所吉田 円木 四
- 吉田 円木妻 二
- 猿尾 付一
- 西河氏 可周 一
- 雑賀 可遊 二
- 哿和 二
- 田中 榎川 二 付四
- 西六条中島 蟹蜷 六
- 山中 玩竹 一
- 季南 二
- 器水
- 吉貞 一
- 中村 吉連 一
- 芝田 金虎 一 付二
- 空喰 一
- 国領 慶命 三
- 賢己 二
- 山岡 元隣 一
- 孤柏 二
- 少人 五百丸 一
- 片岡 好信 一
- 孝栄 二
- 遊女 しつか 一 付一
- 速水旧ハ号若水 思月 五
- 自斎 一
- 似船 三 付三
- 舟露
- 渡部 萩夕 一 付一
- 松春 付一
- 杉本 松髯 二
- 高橋 松白 三 付四
- 蘆月執筆 嘯琴 二
- 渡部 信勝 一 付一
- 信成
- 信房 一
- 的場 正次 三 付一
- 岡本 千之 一
- 川柳 一
- 粉川 洗柳 一 付四
- 野間 粗吟 一
- 内海氏 宗英 一
- 談夢 一 付三
- 遊女 長橋 二
- 鳳池軒 枕流 二 付三
- 貞福 二
- 遊女 とさハ 三
- 桃羊 一
- 阿形 独楽 一
- 貝水
- 雑賀 梅枝 四
- 薄古
- 薄椿 二

伴水　二
一通子妻 平井氏女　付 一三
酒家 浜主　一
風喰　付 二三
夢橋　一
夢鹿　一
野水　一
友扇　六
雑賀 友貞　三
磯部 由直　一
頼房　一
石津 柳燕　付 二三
流蛍
桑門 了心　付 一
中条 露形　二
遊女 和州　一
和北　一

鳥部山一人

沙門旧ハ鷹峰隠侶 一妙　三

ふし見三人

木屋 時楽　一
赤井 尚栄　三
遊佐 政長　三

宇治九人

一矢　付 二一
厭世　一
中井 恵笑　一
更幽　四
如雲　一
成辰　一
任世　二
宮崎 友獲　三
林月　付 一

八幡山一人

沙門 空雲　三

上津谷一人

沙門 松雲　二

大和国六人

玄長妻 桜女　一
曽我村 桂笑　一
今井住 元隆　一
今井住杉生 玄長　付 四一
曽我村 随友　付 一
玄長息 清太郎　一

河内国七人

北花田 一紅　一
大坂 久永　一
猪名野沙門 旭山　一
如翠　二
北花田 雪子　付 一
大坂藤原 貞因　一
沙門 桐葉　一

いせの国二十二人

四日市森本 可習　三
四日市太田 賀焉　二四
四日市河田 几翁　三
四日市太田 箕雪　五
四日市太田 吉孝　一
四日市太田 吉房　三
とんだ広瀬 好永　六
大淀呑空軒 三千風　一
四日市坂倉 松秀　付 一二
四日市加藤 省我　三
四日市随柳軒 伸蠖　三
四日市伊藤 晨笑　二
四日市丹羽 正延　二
四日市泰竜軒 雪洞　二
四日市広田 草也　八
四日市板倉 忠重
四日市森本 忠信　一
もりもと 忠寧　一
四日市森本 釣淵　四
四日市青木 二己　二
四日市 名計　三
四日市 蓮蕊　三

あふみの国二人

かしは原 桜三　付 二
流木堂 江水　五

わかさの国四人

青木 温知　付 一
小浜津田 去留　付 三二一
小浜滝 参俊　付 一一
寿硯　一

越後国七人

孔雀軒 一酔　付 七八
豈風　付 三三
北村 観水　付 一二
玉淵　付 三
新潟渡部 奚疑　付 三五
恕行

町田 蘭月　付 七六

たにごの国三人

峰山民部 玄信　付 五二
寺田 幸信　付 九一
沼田 信夕　一

但馬国三人

生野銀山 吟夕　二
仙遊寺 如風　一
わたなべ 信清　一

備前国四人

岡山 応声　一
是春　一
千紅軒 是春　一
不風　一

安芸国厳島八人

廿日市 益友　一
正木 近知　二
昌山　一

宵若　二
単西　付二二
仲品（をか村）　三

柳六　一
林角　四
安芸国広島四人

応昌（寿養軒）　付一三
治忠（平賀）　一
重規（佐伯）　六

和用（服部）　付一二
さぬきの国一人
茂宣（高松住高木）　一

松前住一人
笑計（辺見）　三
以上作者百六十五人

連句

①五吟歌仙〔奚疑（越後新宿住）7—一睡7—如行7—豈風7—玉淵7—執筆1〕歌仙誹諧

②七吟歌仙〔似船5—器水5—薄古5—貝水5—舟露5—流蛍5—友扇5—執筆1〕元禄四年辛未の春下弦の比上京本隆寺にてはいかいつかまつりけること…中西器水といふ人雲林院を舞出給ひければはめて、申侍る

③独吟百韻〔似船〕

我か庵

京寺町二条上ル町／井筒屋庄兵衛板。『阿』ニ「元禄四年五月五日」。室賀轍士編。発句・連句集。半紙本一冊。年は辛未時はみな月（六月）／東鮒庵轍士（自序）。才麿跋。潁原文庫蔵。『京都大学国語国文資料叢書』10ニ影印。発句ハ大坂・京・江戸・分国雑々ニ分ケテアルノデ、ソノソレゾレノ中デ五十音順ニシタ。

発句

大坂

ア行

杏酔　一
一丸　一
一灯　一
一蠡　一
雨原　一

カ行

可幸　一
花瓢　一
歌丸　一
霞中　一
賀子　一
雅木　一
快笑　一
季範　一
鬼貫　一
客遊　一
虚風　一
矩久　一
元知　一
孤松　一
幸方　一

サ行

才麿　一
昨非　一
山井　一
止水（僧）　一
志吟　一
志用　一

我か庵

芝丸 一
籾郎 一
指月 一
詞仙（市川） 一
車丸 一
車要 一
重成 一
春林 一
如記 一
如貞 一
恕回 一
勝当 一
正巴 一
正甫 一
西流 一
性水 一
夕幽 一
夕嵐（森川） 一

石草 一
千春 一
川柳 一
泉流 一
素水 一
素竜 一
楚秋 一
宗月 一
宗準 一
桑風 一

タ行

打笑 一
竹猗 一
竹亭 一
直水 一
椿子 一
定興 一
定明 一

轍士 一
天外 一
灯外 一
東陽 一

ナ行

二万翁（西鶴） 一

ハ行

梅因 一
白松 一
盤水 一
平次 一
風舟 一
文十 一
萍風 一
補天 一
豊勝 一

マ行

万海 一

むさし（遊女） 一

ヤ行

由平 一
勇雉 一
羊山 一

ラ行

来山 一
藍橋 一
隣花 一
葦梅 一
蘆角 一

ワ行

和汀 一

京

ア行

淵瀬 一

カ行

花鈴（女） 一
我黒 一
金鈴（十一歳） 一
言水 一
光能 一
好玄（岩井） 一
幸佐 一
壺中 一

サ行

如桂（今むら） 一
如山 一
如草（椹） 一
如稲 一
信徳 一
生之 一
政勝 一
泉流 一

タ行

団水 一
定方 一

ハ行

はな崎（遊女） 一
晩山 一
蚊市 一

ラ行

利車 一

江戸

ア行

一晶 一

カ行

キ角（其角） 一
挙白 一
孝吟 一
香夕 一

タ行

調和 一

ハ行
不角　一
武原　一

ラ行
嵐雪　一
立志　一

分国雑々

ア行
勢州 一有　一
金竜寺 桜叟　一

カ行
播州 空我　一

サ行
泉州 重賢　一

河州 重興　一
さかい 正むら（正村）　一
勢州 その（園女）　一

タ行
さかい 刀春　一

ハ行
芭蕉　一

八尾 風喬　一
雲州 風水　一
讃州 芳水　一

マ行
室津遊女 みねの　一
阿州 未切　一
濃州 木因　一

ヤ行
尾州 野水　一
勢州 又玄　一

ラ行
芸州 里洞　一
さかい 律友　一
江州 蘆蝶　一

阿州 名乗失念　一

連句

①両吟六句〔言水3―轍士3〕当集のため上京して…
②四吟八句〔轍士2―淵瀬2―団水2―芝蘭2〕立春の日都にのほり
③両吟六句〔団水3―轍士3〕初秋
④三吟八句〔車遊3―轍士3―キ角（其角）2〕往年其角のほりしに…
⑤三吟歌仙〔季範12―轍士12―虚風11―筆1〕三吟云捨たりしか…
⑥九吟世吉〔西鶴5―轍士5―才麿6―一灯5―白松4―山井3―元知5―歌丸5―万海5―筆1〕俳諧我庵と外題して一句帳を集められしに…

京の水

寺町通二条上ル町／井づゝ屋庄兵衛板行。『阿』ニ「元禄四年七月二日」。片山助叟編。発句・連句集。半紙本二冊。今の元禄ひつしけふの皐（五月）甲子／行脚散人三千風（序）。助叟撰（自序）。元禄四年中夏（五月）中旬／洛下童言水跋。酒竹文庫他蔵。

発句

ア行

為文　八
郁堂（和州奈良）　一
一水　一
淵瀬　二
焉玉　二
焉水　二

カ行

加柳　四
可雪　漢句二
我黒（中尾氏）　三
我笑　一
寒月　三
吉之　二
玉人　二
見志　三
元之　一
元静　二
言水（池西氏）　二
湖春（北村氏）　一
好春　二
幸佐　漢句一　一
幸清　二
国政　三

サ行

さま（十二歳女）　一
左柳（射和富山氏）　二
才麿（椎本）　一
三秋　三
三千風（桑門）　三
杉春（仙台）　一
残之　三
只丸　二
志計　二
芝峰（筒井氏）　一
芝闌（ママ）（芝蘭）　二
自閑　一
自水　三
守武　一
秀興　八
秀風　二
周也　二
秋若　一
集加　一
春知　一
如琴　二
如泉（斎藤氏）　一
如草　一
助及（江戸）　三
助叟（椿木亭）　五
松軒　一
松静　一
松林　二
勝道（山崎氏八歳）　一
常牧（繁田氏）　一
植松（伊勢射和）　一
信徳（伊藤氏）　二
水色　一
是沖　二
正方　二
青水　二
政（山崎氏十二歳女）　一
清昌　四
静栄　一
仙庵　一
素雲　四
素木（勢州射和）　一
宗卜　四
則風（紀氏）　二

タ行

団水（北条氏）　一
竹亭　一
長松（児）　一
貞徳　一
杜若　一
都西（沙門）　一
都雪　二
土清　一
冬翠　一

ハ行

繁士　一
不知台　二
富柳（富山氏十一歳）　一
蚊市（難波）　二
聞計　二
暮四　一
北窓　一
卜也　四

マ行

万玉（少年）　一

ヤ行

友源　二
友作　六
友集　一
友勝　一
友晶　一

ラ行

律友（阿波）　一
良詮（中村氏）　漢句一　一
隣松（伊勢射和）　一

ワ行

和海　五
和及（露吹庵）　一
作者不知　二

連句

①四吟歌仙〔如泉9―助叟9―素雲9―如琴9〕
②三吟二十句〔我黒7―助叟7―和及6〕
③四吟半歌仙〔団水5―助叟5―淵瀬4―芝闌(ママ)（芝蘭）4〕
④両吟三句〔和及1―助叟2〕両吟すへかりしをさはることありて
⑤十七吟歌仙〔助叟3―玉人2―北窓2―寒月2―我笑2―杜若2―残之2―元静2―秀興2―卜也2―友源2―宗卜2―春知2―是仲2―三秋2―雪月2―為文2―執筆1〕南をみつからの四季に
⑥両吟半歌仙〔助叟9―三千風9〕
⑦三吟二十二句〔助叟7―友作8―清昌7〕
⑧両吟歌仙〔助叟18―信徳18〕
⑨両吟歌仙〔三千風18―助叟18〕把不庵のえせ法師今こゝに散来りぬれは…
⑩四吟歌仙〔言水9―助叟9―焉玉9―為文9〕

猿蓑

京寺町二条上ル丁／井筒屋庄兵衛板。『阿』ニ「元禄四年七月三日」。去来・凡兆編。発句・連句集。半紙本二冊。晋其角序／元禄辛未歳五月下弦。元禄四稔辛未仲夏／風狂野衲丈草漢書（跋）。雲英文庫他蔵。『猿蓑』（新典社　平成5年刊）等ニ影印。『新大系　芭蕉七部集』等ニ翻刻。芭蕉ノ俳文「幻住庵記」等ヲ含ム。

発句

ア行

（伊賀）一唼　一
（伊賀）一桐　一
羽紅　一三
（尾張）羽笠　一
（三川）烏巣　一
越人　六
（伊賀）園風　二
（伊賀）猿雖　二
（江戸）遠水　一
（遊女）奥州　一
（大津）乙州　八

カ行

（大坂）何処　二
（江戸）花紅　一
荷兮　二
（膳所）画好　一
（尾張）芥境　一
（伊賀）槐市　一
（江戸）岩翁　一
其角　二五
（江戸）亀翁　三
（膳所）及肩　二
去来　二六

膳所 裾道 一
伊賀 魚日 一
膳所 曲水 三
加賀 句空 一
江戸 渓石 一
元志 二

サ行

江戸 山川 二
江戸 山店 一
杉風 五
尾張 杉峰 一
三川 子尹 一
膳所 支幽 一
大坂 之道（諷竹） 三
史邦 四
美濃垂井 市隠 一
伊賀 示峰 一

伊賀 式之 一
伊賀 車来 二
伊賀 順琢 一
如行 二
尚白 一五
膳所 昌房 四
僧 丈草 三
九州小松 塵生 一
膳所 正秀 六
伊賀 石口 一
亡人 千子 一
千那 一〇
江戸 千里 一
仙化 一
膳所 扇 一
伊賀 蟬吟 一
膳所 蟬鼠 一

江戸 全峰 一
曽良 一三
宗次 一

タ行

伊賀 沢雉 一
伊賀 卓袋 一
尾張 旦藁 三
伊賀 探丸 五
膳所 探志 二
大津尼 智月 五
美濃 竹戸 一
伊賀 長眉 一
長和 一
珍碩（洒堂） 七
膳所 泥土 一
伊賀 荻子 一
長崎 田上尼 一

亡人 杜国 一
伊賀少年 杜若 一
伊賀 土芳 六
膳所 怒誰 一
加州山中 桃妖 一
等哉（洞哉カ） 一

ハ行

江戸 巴山 一
芭蕉 四一
伊賀 配力 一
尾張 薄芝 一
伊賀 半残 九
津国山本 坂上氏 一
伊賀 百歳 二
伊賀 氷固 一
羽州坂田 不王（ママ）（不玉） 一
江戸 普船 一

伊賀 風麦 三
長崎 暮年 一
長崎 卯七 一
加州 北枝 二
江戸 卜宅 一
膳所 朴水 一
凡兆 四二

マ行

伊賀 万乎 一
木節 五
伊賀 木白 一

ヤ行

野径 一
野水 三
野童 三
伊賀 祐甫 一
膳所 游力（ママ）（游刀） 一

揚水（楊水） 一

ラ行

亡人 落梧 一
嵐虎 一
嵐推 一
嵐雪 五
嵐蘭 二
伊賀 利雪 一
平田 李由 一
膳所 里東 二
亡人 柳陰 一
伊賀 良品 一
路通 五
長崎 魯町 一
露沾 一
不知読人 一

連句

①四吟歌仙〔去来9—芭蕉9—凡兆9—史邦9〕

②三吟歌仙〔凡兆12—芭蕉12—去来12〕

③四吟歌仙〔凡兆9—芭蕉9—野水9—去来9〕

④十六吟歌仙〔芭蕉3—乙州5—珍碩（洒堂）3—素男3—智月1—凡兆2—去来2—正秀1—半残4—土芳3—園風3—猿雖2—嵐蘭1—史邦1—野水1—羽紅1〕餞乙州東武行（近江・伊賀・京ト場所・連衆ヲカエテノ満尾）

星祭

井つゝや庄兵衛板。『阿』ニ「元禄四年七月七日」。乾昨非編。連句集。半紙本一冊。文月六日（昨非自序カ）。版本所在不明ノタメ、潁原文庫蔵ノ写本ニヨッタ。

連句

①七吟八句〔才麿—椿木(ママ)（椿子）—万海—孤松—桑風—籾郎—昨非—執筆〕乞巧尊

②七吟八句〔椿子—万海—孤松—桑風—籾郎—昨非—才麿—執筆〕薫姫

③七吟八句〔万海—孤松—桑風—籾郎—昨非—才麿—椿子—執筆〕七夕

④七吟八句〔孤松—桑風—籾郎—昨非—才麿—椿子—万海—執筆〕願糸

⑤七吟八句〔桑風—籾郎—昨非—才麿—椿子—万海—孤松—執筆〕星会

⑥七吟八句〔籾郎—昨非—才麿—椿子—万海—孤松—桑風—執筆〕天河

⑦七吟八句〔昨非—才麿—椿子—万海—孤松—桑風—籾郎—執筆〕梶葉

題一夜菴

発句

三千風 一

歌 一

稿本（三千風自筆）。元禄四未文月（七月）上澣／湖山飛散人無不非軒三千風法師・興昌現住桃岩（奥）。大淀三千風著。俳文。巻子本一巻。興昌寺蔵。『新編香川叢書　文芸編』（香川県教育委員会　昭和56年刊）ニ翻刻。

あやの松

散逸書。『阿』ニ「一冊　芳水作　元禄四年七月廿日」。

色杉原

京寺町二条上ル丁／井筒屋庄兵衛板・金沢上堤町／三ケ屋五郎兵衛。元禄四年七月吉旬（奥）。神戸友琴編。発句・連句集。半紙本二冊。辛未首秋／衣魚斎原田寅直叙（序）。学習院大学日本語日本文学研究室他蔵。『加越能古俳書大観』上ニ翻刻。

発句

ア行

（法橋）維舟（重頼） 一
（小松）一雲 一
（高畠）一益 二
（高松）一音 一
（七尾小瀬氏）一可 五
一笑 四
（ミヤノコシ）一寸 一
一扇 二
（松本）一調 二
う白（宇白） 五
雨松 四
雨帆 二
雨邑 一
雨柳 二
雲心 二
雲水 一
（大津）乙州 五

カ行

（東岩瀬）可笑 一
可卜 一
荷葉 五
霞夕 一
（京）季吟 一
（江戸）其角 一
其糟 三
幾葉 一
（能州松波）吉章 一
（京）去来 一
虚才 一
魚素 一
（藤木宮腰）玉之 二
句空 八
（松任）薫煙 一
（月津）桂葉 一
軽舟 四
元之 四
（京）言水 一
言露 一
源之 一
古庭 二
孤白 一

若松 孤白子　二
梧翠　二
田中氏 好宣　一

サ行

才口　一
大坂 才麿　一
三岡　三
三十六　八
支枕　二
字路　二
宮腰 似堂　一
七里　一
七人 寂円　一
ミヤノコシ 守水　二
舟路　五
秋雫　四
秋里　一
野町 女　一

ミヤノコシ 如春　一
京 如泉　一
小春　三
小夜　二
大津 尚白　一
吉山 塵也　一
睡鶯　二
寸子　二
ミヤノコシ 寸柳　二
ウナミ荻野 井関　四
ぜゝ 正秀　一
政愷　二
盛弘　一
ミヤノコシ 夕二　一
雪水　七
大津 千那　一
江戸 沾徳　一
越中ウ波 扇子　一

江戸 素堂　一
素由　一
ミヤノコシ 曽世一　二
蘇守　三
江戸 草籬　五
松任 窓雪　三
窓柳　一
ミヤノコシ 孫市郎　一
孫重　一

タ行

ミヤノコシ 袋中　一
京 団水　一
放生津 池水　一
大津尼 智月　一
松任十一才 長松　一
松任 独之　一
鈍子　二

ナ行

南甫　五
鳰一　一

ハ行

宮腰 巴琴　三
巴水　四
宮腰 波之　一
芭蕉　一
梅市　二
ミヤノコシ十一才 梅笑　一
梅露　二
買文　三
月津 薄子　九
不干　五
江戸 不卜　一
宮腰 布人　七
蚊子　三
ノ松　四

能州末吉村 豊久　一
凡範　一

マ行

万煙　一
万子　五
万吹　一
万声　六
京 未達　一
民屋　五
女 木　一

ヤ行

野牛　三
野水　一
野夕　一
友琴　六
能州堀松 友志　一
ミヤノコシ 友恥　五
遊柳　一

ラ行

未花　二
頼元　一〇
宮腰 蘭仙　四
宮腰 莅裳　五
柳宴　三
柳絮　一
松任 柳雫　三
柳葉　二
流志　五
流端　三
流望　二
林陰　三
連糸　二
蓮心　一
宮腰 蘆葉　一

ワ行

京 和及　一

和州　一
和風　二

連句

①三吟歌仙〔友琴（山茶花）12―三十六12―句空12〕歌仙三詠／公子風流嫌錦繡…

②両吟歌仙〔流志18―友琴17―執筆1〕

③三吟歌仙〔三十六（六々庵）12―友琴12―乙州12〕

④三吟歌仙〔句空（桑門）17―三十六17―友琴2〕

誹諧ひこはえ

皇都書賈新井弥兵衛・小佐治半左衛門板。三上和及編。発句・連句集。半紙本一冊。辛未初秋（七月）／洛西壬生露吹庵桑門和及（序）。竹亭（跋）。書名ハ一部推定ニヨル（綿屋本ノ後補外題ハ「誹諧ひこはゑ」）。綿屋文庫他蔵。雲英末雄『元禄京都俳壇研究』（勉誠社　昭和60年刊）ニ翻刻。

発句

ア行

郁堂（南都）　一
一夏（少人）　一
一秋　一
一春（少人）　一
一露（郡山）　一
桜叟（金竜寺）　一
奥長（八まん）　一

カ行

可及（小野氏）　一
荷翠　二
我黒　一
賀（甲良）　一
芥舟（八まん）　一
九雪　一
玉水（ツルカ）　一
琴業　一
軒柳　六
玄流（ツルカ）　一
言水　一
古林（江州八幡）　二
虎海　三
好春　一
孝栄（京）　一
幸佐　一

サ行

歳人（南都）　一
山竹（江州八幡）　一
しづか（遊君）　一
詞計（江州柑子村）　一
次宗（江州八幡）　一
自眼（若狭小浜）　一
車要（大坂）　一
周竹　一
周木　一
周也　一
秋独（南都）　一
秋鹿　一
女（小舟木）　一
如泉　一
少酔（ヒコネ）　一
尚白（大津）　一
松山　一
松枝　一
松翠　三
松木　一
常牧　一
心楽（南都）　一
信竹（京）　一
信徳　一
正重（八まん）　一
静栄　一〇

南都 扇計　一
南都 息交　一

タ行

知足　三
知房　一
竹翁　一
竹亭　四
江州八幡 釣歯　一
南都 通元　一
八まん 汀雁　一

貞隆　一
南都 鉄水　一
都雪　一
桃雨　一
南都 道弘　一
丹波笹山 独酔　一

ナ行

ヒコネ 日意　一

ハ行

梅氏　一
晩山　一
ふちはかま　一
作州津山 撫琴　一
大坂 文十　一
萍水　一
鞭石　一
暮四　三
方山　一
伊丹 放言　二
朋水　二
南都 望景　一

マ行

大坂 万海　一
江州八幡 未入　一
江州 茂法　二
伏見多門院 門随　二

ヤ行

南都松井氏 友勝　一
大坂 由平　一
由良　一

ラ行

大坂 来山　一
芸州ヒロシマ 里洞　三
南都 陸舟　一
南都 流笑　一
芸州ヒロシマ 笠丸　一
林下　一
八まん 林稔　一
蘆秋　一
大坂 六翁　一

ワ行

遊君 わしう　一
和海　一
和及　七
作者きかす　二
作者不知　二
作者失念　二

連句

①独吟歌仙〔和及〕歌仙之俳諧　独吟
②独吟歌仙〔和及〕

③独吟歌仙〔和及〕
④独吟歌仙〔和及〕

新花鳥

京寺町二条上ル町／井筒屋庄兵衛板。『阿』二「未ノ八月廿五日」。児玉好春編。発句・連句集。半紙本一冊。寛幽水謹序。愛知県立大学他蔵。

発句

ア行

安春　一
一可　一
一丸　一
一雫　一
一眠　二
一葉　一
一林　三
雨竜　一
雲洞　五
円佐　一〇
円女　一
淵雨　三
淵瀬　一

カ行

加生（凡兆）　一
伏見 可笑　一
瓦玉　一
我黒　一
我鑪　七
回雪　四
嵬嵓　一
季吟　一
金丁　一
琴水　一
琴流　一
吟松　四
偶中　一
玄鶴　一
玄入　一
言水　二
古盛　二
和州宇田佐々 孤舟　一
湖春　一
五盃　一
好春　三
和州宇田吉田氏 好風　四
江州流木堂 江水　四

サ行

三ケ　一
三徳　一
三楠　一
四六軒　六
志計　一
志滴　一
和州宇田山口氏 詞水　五
示右　二
自笑　一
自鳰世　一
似船　一
雀木　一
守義　四
和州 舟雪　四
秋恵　二
秋水　一
秋声　四
重慶　一
重徳　二
春水　五
春澄　一
潤口　一
初山　一
如泉　一
和州 如友　四
小吟　一
松詠　一
素袖羽客子 松卜　三
笑山　三
常雪　四
十一才 心計　一
信徳　一
森安　一
青木 水雲　三
酔雪　一
正光　一
備前 西松　一
政長　三
石川氏　一（漢詩）
拙言　一

タ行

卓錐　一
和州宇田 短舌　二
団水　一
茶嫌　一
沖雁　一
西園寺和尚 長海　一
長貞　一
澄風　二
聴霜堂　一
村上 定宗　一
杜若　一
洞水　四

ナ行

伏見西岸寺 任口　一〇

ハ行

芭蕉　一
拝行　一
梅友　八
伯雨　一
伴士　一
尾程　一
不外　一
不知　一
賦　三
芳沢　一

マ行

江戸 未角　一
田辺氏 未弁子　五

民也　六
木魚　三
木斎　一
伏見多門院 門加　一

ヤ行

芸州広島佐伯氏 勇山　一
祐方　七

ラ行

和州松山 楽詞　四
芸州広島佐伯氏弄芭雅 里洞　一六
小谷 立静　一
ヒナヤ 立圃　一
芸州可部住諏訪氏 柳江　三
両風　三
良昌　一

ワ行

林鴻　一
和吟　一
和得　一

作者不知　一
作者不記　二

連句

①三吟歌仙〔好春12―我鑪12―一林12〕
②三吟歌仙〔賦12―回雪12―好春12〕
③三吟六句〔民也2―周木2―好春2〕六句
④五吟歌仙〔好春9―我黒9―松径8―風山8―小袴1―執筆1〕
⑤両吟二句〔江州貞長―好春〕好春夏万句に
⑥四吟三十二句〔信徳8―好春8―巴水8―梅友8〕
⑦八吟歌仙〔和及6―好春6―円佐6―林鴻5―常春5―祐方5―我鑪2―松林1〕
⑧三吟歌仙〔志滴12―好春12―言水12〕
⑨三吟三句〔其角―好春―木村三ケ〕於好春亭
⑩両吟和漢二句〔好春和―去御方漢〕去御方ニテ
⑪五吟歌仙〔夢鹿7―似船6―好春7―露芝7―苑扇8―執筆1〕

石車

元禄四辛未歳中秋（八月）／京城上村平左衛門・江府万屋清兵衛・大坂寿善堂。松魂軒（西鶴）著。『阿』『広』等ニ「西鶴作」。俳論書。半紙本四冊。元禄四辛未歳中秋／難波松魂軒（西鶴自序）。挿絵ヲ含メ版下ハ西鶴筆。個人他蔵。『資料類従』48ニ影印。『定本西鶴全集』12等ニ翻刻。『誹諧物見車』ニ対スル反駁ノ書。以下ノ発句四句ハ序中ニ見エルモノ。

発句

我黒　一
似船　一
常牧　一
晩山　一

當流誹諧若恵美酒・當流誹諧躍大黒

元禄四辛未暦仲秋（八月）吉日／中野氏小左衛門板行。田辺慶養編。三物・狂歌・狂詩・小咄集。半紙本二冊（二冊ノ書名ガ異ナル）。元禄四辛未春三月中澣／若松軒田辺氏慶養自序。竹風軒富山氏水奥書之（跋）。綿屋文庫蔵。古歌・古詩・故事等ヲ挙ゲ、コレニ基ヅク自ラノ作ヲ掲出。種々ノ作ガ混在シテイルタメ、集計ハ省略スル。

遠眼鏡

寺町通二条上ル町／井筒屋庄兵衛板。『阿』ニ「閏八月八日」。中村良詮編。発句・付句・連句集。半紙本一冊。言水書（序）。元禄二二歳末八月吉／洛下有朋軒／中村良詮（自跋）。竹冷文庫他蔵。助叟点・如泉点・言水点・良詮点ノモノハ、点者ゴトニ掲出スル。

発句（無点）

為文	一	言水	二	松葉	二	定宗（衣棚）	一	万水（和州兵庫）	二
郁堂（南都）	四	如琴	二	信徳	一	繁士	一	友作	四
焉玉	二	如泉	三	水流	三	不嫌	一	良詮（中村）	二 漢二
我黒（李洞軒）	二	助叟	一	清昌	三	朋水	四		

発句（助叟点）

元静	三	志計	一	宗卜	付一	聞計	一
残之	三	秀興	三	都雪	一	和海	一

発句（如泉点）

真貫	付一	宗卜	一	八水	一	聞計	二
清昌	一	定長	一 付二	繁士	付二	隣笛	一

発句（言水点）

湖舟 一　勝菫 一　清昌 一　定長 一
只計 付一三　真貫 付一　宗卜 付一　友栄 付三一

発句（良詮点）

一音 付三一　作重 三　十八女 付三三　真貫 付一　大吉 一
五郎八 一　只計 一　如柳 一　政親 一　友栄 六

連句

①独吟歌仙〔洛下有朋軒中村良詮〕八歳九歳にして誹諧の発句付合の志あり…三十六句をつゝりて老若の笑ひの種となし侍りぬ／自序

②独吟八句〔言水〕表八句／山家秋夕

③独吟八句〔椿木亭助叟〕独吟面

寝物語

京寺町二条上ル町／井筒屋庄兵衛板。于時元禄辛未季夏（六月）吉旦（奥）。『阿』ニ「閏八月十日」。湖翁編。半紙本欠一冊（『阿』ニ「二冊」トアル内、現存ハ下巻ノミ）。連句集（上巻ハ発句集カ）。長江童兔苑軒大毫跋。愛知県立大学蔵。

連句

①六吟歌仙〔蘆風軒1―緑扇8―厚積8―湖舟8―螺甲8―軒苗3〕第一

②両吟歌仙〔湖翁18―桃日18〕第二

③九吟歌仙〔甘湖4―湖翁4―低耳4―泊楓4―大毫4―碧水4―百川4―旭松4―白蘋4〕第三

④四吟歌仙〔蓬雨9―一子8―白蘋8―百川9―大毫2〕第（ママ）

⑤三吟歌仙〔泊楓12―低耳12―大毫12〕追加

俳諧柏原集

京寺町通二条上ル町／井筒屋庄兵衛板。元禄かのとひつしの夏／華山叟江水（八丁裏）。『阿』ニ「元禄四年閏八月十五日」。流木堂江水編。発句・連句集。半紙本一冊。洛下童言水序。洛陽俳叢林方丈団水跋。柿衛文庫他蔵。

発句

ア行

米原 一径堂 一
ミノ浅草 一晫 一
よし田 一雫 一
イセ山田 一有 四
鷹飼 一養 一
間田 逸之 一
塚 益三 四
のと川 益秀 一
所 遠水 一

カ行

霞漸 一
京 我黒 一
ミノ洞戸 我卜 一
江南荒神山 快蔵 三
ツカ 快蔵亭（快蔵） 一
下笠 塊人 一
彦根 厂木 一
彦根 閑月 一
季吟 一
江戸 其角 一
荒神山 帰 一
長はま 喜心 三
磯人 一
所 宜仲 一
蟻道 一
米原 吉次 一
長沢 玉水 一
江東 玉泉 一
ミノ大垣 謹言 一
ヒコネ 空風 一
長はま 見水 二
京 言水 二
曽禰 言保 一
京 湖外 一
江戸 湖春 一
杉沢 湖動 一
江水 二〇 歌付 一四
須川 行水 一
京 幸佐 一
ミノ今次 香酔 一

サ行

八まん さま 一
大坂 才丸 一
乾 三季 四
伊丹 三紀 一
彦根 三珍 一
下坂 山休 三
長はま 山通 二
彦根 残笛 二
ミノ赤川 市堂 一
竹生しま 至岸 一
京 似船 一
江南居ツカ 重綱 二
乾 重雪 一
ミノ牧田 春扇 二
記州若山 順水 三
ミノ 女彩 一
米原 如臼 二
ミノ 如行 一
所 如雑 一
岩昭 如水 二
所 如誰 一
京 如泉 二
長はま 小才 一
ミノ大垣 小蝶 二
長はま 松路 一
竹生島 常之 三
ミノ岩手 常直 一
京 常牧 一
ミノ栗かさき 水流 一
ヒコネ 政次 一
長沢 清水 一
長沢 清風 一
出路 絶正 一
ミノ洞戸 川柳 一
イセ山田 その（園女） 三
醒井 草子 一
江南居 滄浪軒 一

タ行

安孫子 雫滴 一
永明寺 短悦 一
大シカ 短木 一
京 団水 一
イセ山田 団友（涼菟） 四
ミノ洞戸 蜘水 四
長はま 長茂 一
枕月 一
所 珍加 一
河南 貞 一

八まん　貞治　四
多和田　東柳　三
ミノタル井　唐柏　一
川内　洞離　一
荒神山　独耳　二

ハ行

幻住　はせを（芭蕉）　一
ミノ大垣　班牛　三
京　晩山　一
長浜　枇色　一
ヒコネ　不錬　一
京　富明　一
ミノ洞戸　風色　一
山里　ノ生　一
所　暮山　一

マ行

タルミ　無角　二
ミノ　木因　四
ミノ上之江　木鳶　一
ミノ樽井　木雁　二
ミノ大垣　木屑　一
ミノ赤坂　木巴　一
南池　木竜　二
ミノイハテ　木麟　三

ヤ行

米原　友菓　一
所　友雪　一
彦根　由流　一
梅原　遊船　二
ミノ牧田　葉船　二

ラ行

長沢　利国　一
彦根　柳支　一
国友　柳也　三
梅原　流船　一
国友　林宅　一
所　林卜　一
江戸　路通　一
ミノ大垣　蘆本　一
所　露扇　一
八まん　滝水　一

ワ行

京　和及　一

連句

①独吟歌仙〔江水〕明星山にのほつていか成かこれ俳諧といへは…江水独吟／寸香歌仙

②独吟十六句〔江水〕始終之独吟

③独吟半歌仙〔江水〕半歌仙

④三吟漢和歌仙〔洞哉漢6・和6―暮山漢4・和6―江水漢8・和6〕誹諧之漢和

蓮実

京寺町二条上ル町／井筒屋庄兵衛板。『阿』ニ「閏八月廿日」。斎藤賀子編。発句・連句集。半紙本一冊。元禄四未次星稔仲秋（八月）日／紅葉庵賀子（自序）。綿屋文庫他蔵。『新大系　元禄俳諧集』等ニ翻刻。

発句

ア行

大坂　蛙市　一
大坂　杏水　六
江戸　一晶　一
大坂　一風　一
一蠡　一
大坂　衛門　一
大坂　円水　六
京　淵瀬　二
大坂　遠舟　四
大坂　縁水　三

カ行

大坂　可幸　三
大坂　花瓢　三
京女　花鈴　一
南江村　夏炉　一
大坂　歌麿　四
京　我黒　一
大坂　賀子　六
大坂　葛民　四
大坂　季山　一
江戸　其角　一
大坂　客遊　一
大坂　久永　四
大坂　及甫　一
半町村　休計　一
若州　去留　一
大坂　巨岩　一
江戸　挙白　一
大坂　矩久　四
大坂　見里　五
大坂　元知　五
京　言水　三
大坂　呼牛　八
大坂　瓠界　一
江戸　湖春　二
大坂　幸方　四
大坂　香葉　二
阿州　鉤（ママ）寂（釣寂）　一

サ行

大坂　才麿　七
大坂　宰賀　四
南都　歳人　一
大坂　昨非　四
大坂　三喜　一
大坂　山木　一
京　芝蘭　一
大坂　自問　四
大坂　且水　三
大坂　洒鬢（油鬢カ）　一
大坂　重栄　四
和泉　重賢　一
大坂　重成　二
大坂　春林　二
京　如泉　一
京　如稲　一
大坂　倡和　六
京　常牧　一
京　信徳　一
島村　生水　一
大坂　西鳥　一
大坂　西鶴　二
桜塚　西吟　四
江戸　西乃　二
大坂　西流　一
大坂　性水　一
最上　清風　一
大坂　夕幽　二
江戸　石玉　一
大坂　川柳　二
大坂　扇士　二
大坂　素竜　一
大坂　宗準　三

タ行

京　団水　二
大坂　知童　五
大坂　竹亭　九
江戸　朝軒　一
大坂　朝秋　二
江戸　調和　一
大坂　直成　一
大坂　椿子　四
京　定之　三
大坂　定準　一
大坂　定明　二
阿州　亭笑　四
大坂　轍士　三
伏見　奴水　一
浜村　冬風　一
大坂　灯外　一

ハ行

江戸　芭蕉　四
大坂　梅子　二
大坂　帆睡　四
大坂　盤水　二
大坂　鄙省　二
出羽　浮水　一
大坂　武仙　一
大坂　風舟　一
大坂　蚊市　四
大坂　補天　一
大坂　豊流　二

マ行

大坂　万桜　五
大坂　万海　四
京　万玉　一
伊勢　未白　一

ヤ行

芸州　野羊　一
伊勢　又玄　一
大坂　由平　四
大坂　油鬢　三

ラ行

大坂　来山　四
江戸　嵐雪　一
大坂　藍橋　三
越後　蘭月　一
大坂　李渓　八
芸州　里洞　二

（阿波）律友　一
（芸州）柳江　一
（大坂）柳江　五
（大坂）竜山　一
（大坂）良重　三
（大坂）鈴風　三
（大坂）蘆錐　一
（大坂）蘆売　六
（大坂）露友　一

ワ行

（江戸）和汀　一

連句

①両吟歌仙〔賀子18—西鶴18〕　折にてぬ
②四吟歌仙〔西鶴9—賀子9—万海9—轍士9〕
③両吟半歌仙〔杏酔9—賀子9〕編集にいとまなくて一
④三吟歌仙〔蘆売12—倡和12—知童12〕
⑤両吟歌仙〔来山18—賀子18〕

常陸帯

元禄四年辛未閏八月吉日／高辻通雁金町／中村孫兵衛梓。宝樹軒児水編。発句・連句・俳諧語彙集。半紙本一冊。元禄四のとし葉月の暮／重徳序。元禄四辛未年壮念八／洛下清客堂児水自跋。学習院大学日本語日本文学研究室他蔵。『資料類従』47ニ影印。

発句

ア行

（杉野氏）一正　一
（伊藤）一竹　一
一柳　一

カ行

可吟　一
可敬　一
（江戸河鹿）可徳　一
我黒　三
雅忠　一
願也　一
蟻想　一
汲浅　一
琴蔵　一
閭湘　一
慶竹　四
犬竹　一
兼水　一
元喬　一
言水　二
湖外　二
光金　一
好春　一
幸佐　一
高政　一
（江戸大塚）谷水　一

サ行

只丸　一
私言　一
似船　一
児水　三
重慶　一
重徳　一
重郎　一
春澄　一
如泉　一
助叟　一
松月　一
松軒　一
松春　一
松笛　一
蕉林　一
常雪　一
常牧　一
信徳　二
真嶺子　一
酔雪　一
是水　一

正由 一
清可 一
素雲 二
宗竹（十才岡村） 一
宗伴 三
孫三郎（六才田辺） 二

タ行
太枝 一
大見 一
大林 一
団水 一
チヤ女 一
丁常 一
定之 一
貞則 一
貞徳 一
洞山 一
道吉 一

ナ行
南枝 一

ハ行
巴石（松柏子） 一
梅盛 一
晩山 一
不残（駄陌） 一
富丸 一
風子 一
鞭石 一
方山 一

マ行
万貞 四
卍芥 一
木月 一

ヤ行
遊計（那波氏） 一
陽川 一

ラ行
良佺（良詮） 一
林鴻 一

ワ行
和及 二

連句

①十二吟歌仙〔林鴻2—常雪4—円佐4—重慶3—陽川3—雲水3—児水3—不残3—慶竹4—南枝1—急水3—万貞3〕歌仙之誹諧詞書略之

②独吟歌仙〔宝樹軒児水〕独吟

誹諧大湊

元禄四年辛未閏八月吉日／高辻通雁金町／中村孫兵衛梓。高田幸佐編。発句・連句集。半紙本一冊。三径序。洒竹文庫蔵。

発句

ア行
為父 一
惟走 一
一松 一
一正 二
一啄 一
一鉄（江州頭山） 一
一甫 一
一歩（信州松本） 二
一柳 一
栄元 一
栄道 一
延安 一

カ行
可廻 一
可勝（江州八幡） 二
我黒 三
樗子 一（漢句）

連句

閑卜　一
岸松　一
其諺　一
旧白　一
筐水　一
曲肬（江州八まん）　一
玉輂　一
玉籠　一
琴山　一
吟志　漢句一　一
恵方　一
瓊石　一
元来　一
言水　四
源谷　二
己千（貞幸）（河端氏）　漢句一　一
孤舟　二

虎竹　一
湖春　二
口文　一
光恭　一
光泰　一
江水（江州柏木）　一
幸右　二
幸佐　四
幸山　一

サ行

索有　一
三径　一
只丸　一
似船　四
寂山　一
雀木　一
周也　漢句一

秋翠　一
集加　一
重船（江州土山）　一
如琴　一
如泉　三
如帆　漢句一
助叟　二
昌峡（交野隠士阿端）　漢句一
松木　一
常牧　三
心兮　一
信徳　一
水有　一
水礫（江州土山）　一
酔雪　漢句一
翠春（江州土山）　一
是水　一

正興　三
正友　漢句一
生水　一
政要　一
清昌　一
素秋　一
曽之　二
宗富　漢句一　一

タ行

探約子（豊州小倉）　二
竹亭　一
長牟　一
定之　漢句一　三
轍士（大坂）　一
東随　一
島子（江州八まん）　一
道山　一

ハ行

白木　一
晩山　漢句一　四
不孤　一
富丸　一
風山　一
方玉（江州土山）　一
方山　三
芳流　一
朋水　一

マ行

未之　一

ヤ行

友竹　一
友也　一
由章　三
幽香（南都田名郡）　一

猶始　一

ラ行

蘭竹　二
里洞（芸州広島）　三
柳下　一
良詮　漢句一
林鴻　一
林也　一
嶺風　一
蘆蝶（江州水口）　二

ワ行

和及　三

①六吟歌仙〔如泉6—幸佐6—素雲6—如琴6—松木6—貞隆6〕

②七吟歌仙〔我黒6—幸佐5—朋水5—元来5—通見5—是水4—白木5—執筆1〕

③十三吟歌仙〔方山4—幸佐2—閑卜3—可廻2—旧白3—道正3—寂山3—友也3—琴山2—友竹3—心兮3—求之3—嶺風2〕

④三吟歌仙〔和及12—幸佐12—竹亭12〕

⑤独吟漢和世吉〔幸佐漢22・和22〕俳諧漢和四十四独吟

⑥独吟漢和世吉〔幸佐漢22・和22〕滑稽漢和ヨ、シ独吟

⑦独吟漢和世吉〔幸佐漢22・和22〕鄙諺漢和四十四独吟

⑧両吟漢和世吉〔幸佐漢22—晩山和22〕詠諧漢和ヨ、シ両吟

⑨両吟漢聯十句〔幸佐5—竹仙5〕狂聯句一表両吟

⑩八吟漢聯十句〔幸佐2—其諺2—蘭出1—周也1—迪岫1—白鷗1—薦暢1—散樗1〕狂聯句一面八吟

縄すたれ

散逸書。『阿』ニ「二冊　昨非作　元禄四年九月七日」。

誹諧わちかひ

散逸書。以下ハ「荻野清ノート」ニヨル。元禄四晩秋（九月）上旬刊。菊園舎小野松緑編。半紙本一冊（全六丁）。連句集。「誹諧十八韻」ト題スル四季ノ独吟連句四巻ヲ収録スル。

連句

①独吟半歌仙〔松緑〕誹諧十八韻／春

②独吟半歌仙〔松緑〕誹諧十八韻／夏

③独吟半歌仙〔松緑〕誹諧十八韻／秋

④独吟半歌仙〔松緑〕誹諧十八韻／冬

二俣川

散逸書。『阿』ニ「二冊　乙勝作　元禄四年九月十七日」。

大和狐

散逸書。『阿』ニ「一冊　大和住天弓作　元禄四年九月廿八日」。

誹諧京羽二重

寺町二条上ル町／井筒屋庄兵衛板。元禄四年九月吉日(奥)。堀江林鴻編。発句集・俳人系譜・俳諧作法書。半紙本四冊。元禄重光協洽之歳夷則（七月）下澣日／鳳城駝陌雲風子林鴻操觚於煙月堂(自序)。信徳(跋)。露吹庵和及(跋)。言水（跋）。辛未無射念五日／吟花堂晩山（跋）。元禄四年辛未秋閏八月下浣／蘆月庵似船書之（跋）。元禄万年之四秋之季（九月）月之晦／鴨水只丸下翰於弄松東軒（跋）。洛下永昌坊清白老人跋。元禄四ひつしのとし中秋（八月）中浣／幽竹堂幸佐（跋）。蘭花堂常牧書（跋）。好春（跋）。招鳩軒方山（跋）。団水書（跋）。重徳（跋）。元禄二二の秋閏燕去の末／洛下廛ラの隠士／池流亭松春（跋）。綿屋文庫他蔵。『俳書大系　俳諧系譜逸話集』ニ翻刻。句ガ入集シナイ場合モ、住所ノ記サレル「誹諧隠者」ハ一括シテ掲載シ、「作者次第不同」ハ省略シタ。作法書ノ例句モホトンドガ無記名デアリ（記名ハ貞徳ノ二句ト立圃ノ一句）、集計ヲ省略シタ。本書ニハ訂正版ガアリ、巻二デ随流・随風・流滴・昌栄・未英・吟風ノ句ガ削ラレテイル。ココデハ初版本ニ従ッタ。

発句

ア行

竹や町通東洞院東へ入 阿誰　一
寺之内通百々町 安重　一
東六条 杏分　一
横大宮 以水　一
依西法子　一
新町錦上ル 為文　一
たこやくし御幸町西へ入 惟豊　一
松原新町西へ入 移心　一
小川下立売下ル 意酔　一
両がへ町御池 一海　一
寺町高辻上ル 一喜　一
堀河六角下ル 一言　一
五辻一色町 一之　一
岩神四条下ル 一秋　一
大宮一条下ル 一松　一
洛東五条 一嘯　一
両ガへ町御池 一翠　一

柳ノばゝ松原上ル　一正　一
室町通長者町下ル　一雫　一
御幸町高辻上ル　一歩　一
鳥辺山　一妙　一
松原新町西へ入　一有　一
小川下立売町　一要　一
川原町二条上ル二丁メ　一林　一
中川丸田町通新町西へ入町　引牛　一
竹や町室町東へ入ル　尹具　一
魚棚油の小路西へ入　右貞女　一
衣の棚御池下ル　雨行　一
新町通六角下ル　烏玉　一
両がへ町末吉　烏水　一
吟灯子北野おまへ通千本西へ入二丁メ　雲水　一
油小路中立売下ル　永之　一
東本願寺門前油の小路東入　永治　一
三条御幸町下ル　栄道　一
西陣糸や町　益忠　一

西陣糸や町　益貞　一
西陣本北小路町　悦章　一
押小路富小路西へ入ル　円佐　一
小川二条下ル　円山　一
西洞院通二条下ル町蘆月庵　清書元　円木　一
四条油小路西へ入　延尚　一
姥柳木町　延消　一
両がへ町二条下ル　淵瀬　一
小川蓮池　遠之　一
烏丸二条下ル　桜友　一
松原室町西へ入　鴨流　一
上立売堀川西へ入ル　乙勝　一
二条通矢橋町　音水　一

カ行

新町四条下ル　加柳　一
東六条　可廻　一
本誓願寺葭や町　可閑　一
五条御幸町東へ入　可休　一

東六条　可笑　一
七条通堀川西へ入　可遊　一
寺町上御霊　花扇　一
東六条　花笠　一
東洞院松原下ル丁　珈妾　一
七条下ル生酢や橋　哿和　一
恵比須川通柳馬場東へ入町　夏夕　一
岩神四条下ル　荷翠　一
室町中立売　荷葉　一
西洞院下長者町上ル　嘉保　一
室町竹ヤ町下ル　歌風　一
舟叟翁東洞院通綾小路下ル町　我黒　一
下立売千本西へ入　我ト　一
二条樋ノ口　我鈩　一
烏丸丸太町上ル　貫虱　一
衣棚三条上ル　寒月　一
中立売西洞院　澗水　一
室町二条上ル　観子　一

中立売通小川　観水　一
いゝくま魚ノ棚下ル　丸目　一
万寿寺高倉西へ入　岸杣　一
西洞院四条上ル　岩勝　一
西洞院通六角下ル町西洞軒　季春　一
園山之内　其諺　一
中立売西洞院西へ入ル　亀三　一
中長者町小川東へ入ル　亀女　一
二条高倉西へ入ル　亀友　一
大北小路大宮東へ二町メ　器水　一
松原室丁東へ入　義雪　一
洛西　蟻想　一
車屋町竹や町上ル町　吉音　一
新町七条上ル二丁メ　吉忠　一
東六条中ノ数珠や町　旧白　一
東六条　求之　一
中長者町堀川東へ入ル　去来　一
堀川六角下ル　魚住　一

御幸町五条上ル　魚水　一
烏丸竹や町下ル　漁舟　一
洛西若水事　筐水　一
さはら木町通高倉東入ル　玉淵　一
岩神四条下ル　玉芝　一
さはら木町堺町かど　玉輦　一
朝妻町　玉籠　一
油小路本願寺前下ル　金虎　一
五条高倉西へ入　琴山　一
東洞院通出水上ル町　琴蔵　一
黒門中ノ立売上ル　吟松　一
大仏伏見海道三丁メ　吟松　一
烏丸大立売下ル　吟睡　一
川原町三条上ル　吟風　一
東洞院にしき上ル　吟望　一
烏丸三条下ル　空礫　一
衣の棚二条下ル　薫風　一
衣の棚二条下ル　薫木　一

椎木町三条下ル　恵方　一
室町中立売　景卿　一
室町中立売　慶笑　一
烏丸御池下ル　慶命　一
中立売松の下松声事　鶏賀　一
東洞院五条上ル　軒柳　一
油小路五条下ル町　軒柳　一
烏丸下立売下ル　元恵　一
御池西洞院東へ入　元清　一
四条新町西へ入　元来　一
柴藤軒新町通六角下ル町　言水　一
四条南良物町　言林　一
二条油小路西へ入ル　原水　一
綾小路柳ノ馬場西へ入　古吟　一
椎木町三条下ル　古柳　一
油ノ小路松原上ル　虎海　一
小川上立売半町西上ル　壺中　一
一松軒富小路通五条上ル町　湖外　一

西陣桜井のづし　公意　一
四本松通松原下ル　光吉　一
四条富小路　光泰　一
万寿寺ふや町西へ入　好意　一
黒門中立売上ル　好行　一
向陽堂御幸町通押小路下ル町　好春　一
西陣本北小路町　行栄　一
高田御幸町通三条下ル町　幸佐　一
菅谷富小路通錦小路上ル町　高政　一
東六条　高里　一
小川下立売通角棚　敲推　一
谷崎高倉通竹屋町下ル町　谷遊　一

サ行

御幸町高辻上ル　三好　一
四条立売西町　三秋　一
新町下立売下ル　三竹　一
新町下立売下ル　三友　一
室町三条下ル　残之　一

市村北野経堂今小路町　残石　一
鴨水川原町通二条上ル町　只丸　一
松原室町西へ入　只石　一
新町四条上ル　志計　一
丸田町　私言　一
友鶴山人西洞院通御池下ル町　芝峰　一
両がへ町御池　芝蘭　一
さはら木町高倉かど妻町　翅之　一
蘆月庵五条橋通東洞院東へ入朝妻町　似船　一
宝樹軒御幸町通五条上ル町　児水　一
椹木町間の町　且閑　一
車屋町丸太町上ル　車俵　一
東洞院押小路下ル　酒的　一
西陣五辻町　種丹　一
佐藤本誓願寺通知恵光院西へ入二町目　舟露　一
室町三条下ル　秀興　一
醒井松原上ル　周竹　一
醒井松原上ル　周木　一

綾小路新町西へ入ル　周也　一
洛東五条　秋翠　一
魚や町堀川西へ入ル　秋竹　一
堺町三条下ル　集加　一
油小路通七条上ル　萩夕　一
竹山室町上ル下柳原　重栄　一
室町竹や町下ル　重慶　一
寺町通二条上ル町井筒屋庄兵衛　重勝　一
寺田寺町通二条上ル町　重徳　一
柳ノ馬場綾小路　獣石　一
大宮中立売下ル　春水　一
高倉二条上ル　春澄　一
廬山寺　春豊　一
童種庵二条通油小路西へ入町　淳竹　一
洛西　潤口　一
にしき室町西へ入ル　如琴　一
烏丸通場ノ町　如水　一
八木大宮通上立売上ル町　如水　一

室町二条上ル　如翠　一
真珠庵寺町通四条上ル町　如泉　一
両がへ町御池　如稲　一
新町六角　如帆　一
油小路魚ノ店　如遊　一
椿木亭錦小路通室町西へ入鐘木のづし　助叟　一
西洞院にしき上ル　小褶　一
西陣五辻町　尚春　一
木ヤ町三条上ル　昌栄　一
二条二王門町　昌宣　一
室町三条上ル　松隠　一
大宮中立売下ル　松詠　一
東六条　松煙　一
油小路五条下ル　松閑　一
李樹堂綾小路通御幸町東へ入町　松径　一
撤谷中立売通西洞院角　松月　一
綾小路油の小路西へ入ル　松見　一
松原室町西へ入　松軒　一

池流亭衣棚通御池下ル町　松春　一
下長者町西洞院西へ入ル　松船　一
春花堂車屋町通押小路下ル町　松笛　一
西六条西中筋花や町下ル　松白　一
五条新町東へ入　松木　一
西寺内油小路東へ入　松理　一
御幸町通高辻上ル　松竜　一
竹や町東洞院東へ入　松林　一
木や町二条下ル　笑山　一
下立売西洞院　商山　一
松原西洞院西へ入　勝伊　一
西陣五辻町　勝周　一
蘆月庵執筆新町七条坊門　嘯吟　一
木戸小川通上行当妙頭寺西へ入町　丈竹　一
眠柳堂寺之内大宮西へ入二町目　常春　一
押小路富小路角　常雪　一
蘭化堂油小路通丸田町上ル町　常牧　一

新町中立売下ル　情入　一
東六条　心兮　一
鵜殿猪熊通丸田町上ル町　心咲　一
押小路東洞院東へ入ル　信治　一
油小路七条上ル　信勝　一
伊藤新町通竹屋町下ル町　信徳　一
車屋町押小路下ル　信武　一
鈴村今出川通西へ入二丁目　信房　一
洛西武州鬼峰事　真嶺子　一
三条富小路西へ入ル　水色　一
室町下長者町下ル　水風　一
室町ゑん行者町　水流　一
さはら木町堺町かど　酔雪　一
高辻新町西へ入　雖志　一
川原町三条上ル　随風　一
新町竹や町下ル　随友　一
松月庵川原町通三条上ル町　随流　一
寺町松原上ル　是水　一

新町通丸田町上ル木村源六 是正 一
西陣本北小路町 正愛 一
四条富小路 正業 一
田中堀川通二条下ル町 正業 一
押小路柳ノばゞ、東へ入ル 正光 一
四条富小路 正行 一
東洞院二条上ル 正興 一
七条もちや町 正次 一
西陣五辻町 正辰 一
西陣糸や町 正則 一
柳ノ馬場綾小路下ル 正反 一
室町竹や町上ル 正甫 一
小川中立売下ル 正豊 一
宮川道柯居士建仁寺町通五条上ル町 正由 一
室町下立売上ル 正隆 一
二竹軒上長者町通小川東へ入ル町 生西 一
東堀川本誓願寺上ル 西角 一
新町四条上ル 清昌 一

西六条角店 石流 一
烏丸竹や町上ル 石流 一
高倉四条下ル 雪山 一
両がへ町御池 雪山 一
車屋町押小路下ル 雪川 一
西洞院下長者町上ル 雪川 一
高倉二条上ル 千春 一
六角通柳ノばゞ、東へ入 千植 一
七条油小路カド 洗柳 一
知恵光院橘町書林 船山 一
新町四条下ル 素雲 一
ふや町にしき下ル町 素丸 一
ふや町六角下ル 素秋 一
新町松原上ル 素石 一
油小路町 素雪 一
三条大橋 曽之 一
西六条 粗吟 一
西陣本伊佐町 宗勝 一

西六条 宗清 一
西陣本北小路町 宗清 一
にしき室町西へ入 宗卜 一
大宮中立売下ル 宗明 一
河副小川通中立売上ル町 宗量 一
新町魚棚下ル 草也 一
東寺 嗽石 一
油小路通二条下ル町 則風 一

タ行

両がへ町竹や町上ル 太枝 一
松原室町西へ入 大見 一
菅原新町通竹屋町下ル 啄石 一
北条両替町通二条上ル町 団水 一
油小路五条下ル二丁メ 知足 一
浄福寺西へ入北小路中之町 知徳 一
烏丸下立売下ル 知房 一
室町中立売 遅牛 一
松原室町西へ入 遅速 一

耕斎岩神通四条下ル町 竹翁 一
小川二条下ル 竹枝 一
醒井綾小路下ル 竹亭 一
西陣五辻町 忠嘉 一
秋香軒中長者町通小川東へ入ル町 丁常 一
柑拾士室町通仏光寺下ル町 長牟 一
車屋町竹や町 朝愛 一
室町大門ノ町 朝風 一
小川一条上ル町 直氏 一
一条堀川西へ入ル 枕流 一
西洞院にしき上ル 通見 一
東林軒東洞院通六角下ル町 定之 一
西陣当麻町 定勝 一
衣の棚二条上ル 定宗 一
服部新町通中長者上ル町 定武 一
姥寺前之町 定隆 一
二条玉や町 底元 一
北野境内 貞義 一

藤谷今出川通大宮西へ入町北小路町 貞兼 一
東寺内魚棚室町西へ入 貞秋 一
西寺内魚棚 貞春 一
乾東洞院通四条上ル町 貞恕 一
西陣五辻町 貞真 一
丸田町東洞院西へ入ル 貞則 一
花香堂綾小路通東堂院東へ入ル町 貞木 一
五条新町東へ入 貞隆 一
横大宮 庭水 一
仏具屋町通四本松町 滴水 一
吐雲閣丸田町通西洞院東へ入町 天竜 一
二条通矢橋町 田水 一
いノくま間通下ル 都水 一
新町四条上ル 都雪 一
竹や町室町東へ入ル 冬風 一
矢野宮川町 東河 一
大仏伏見街道三丁メ 東有 一
室町ゑん行者町 桐木 一

さめがい五条下ル町 桃雨 一
魚棚油小路町 洞烏 一
丸田町 洞山 一
七条樵木町 道正 一
西陣糸や町 徳忠 一

ナ行

丸田町通東洞院西へ入ル 南枝 一
東六条 二夕 一
室町三条上ル 入安 一

ハ行

松原室町西へ入 巴石 一
京西洞院二条上ル町 芭蕉 一
大宮一条上ル二丁メ 貝水 一
松原新町西へ入 梅氏 一
七条大宮東へ入 梅枝 一
高瀬二条通西洞院西へ入ル町 梅盛 一
西寺内魚棚西洞院西へ入 梅雪 一
四条道場 梅素 一

梅竹　車屋町竹や町　一
梅里　五条新町東へ入　一
白水　竹や町東洞院西へ入ル　一
白木　西洞院にしき上ル　一
薄古　橘祥軒葭屋町通出水上ル町　一
薄椿　西六条　一
抜川　西六条西中筋花や町下ル　一
反木　富小路神明町　一
晩山　吟花堂御幸町錦小路上ル町　一
不残　室町竹や町下ル　一
不知　押小路ふや町　一
浮草　下長者町西洞院西へ入ル　一
富王　さはら木町間の宮　一
富丸　出水上ル町やぶの下柳ば、東へ入　一
賦山　川原町二条　一
風山　東白軒仏光寺通東洞院東へ入奥之町　一
風子　竹葉軒三条通川原町　一
風葉　西洞院柳ノ水ノ町　一

蚊市　油小路三条上ル　一
萍水　油小路松原上ル　一
鞭石　井亀軒松原通室町西へ入ル町　一
歩叟　ふや町六角下ル　一
保高　六角通柳ノば、東へ入ル　一
暮四　油小路四条下ル亀林事　一
方山　招鳩軒東六条　一
芳沢　木や町二条下ル　一
芳流　車屋町通二条上ル　一
朋水　たこやくし新町西へ入　一
萌也　四条南良物町　一
卜也　室町にしき上ル　一
墨袖　寺之内　一
凡兆　小川さはら木町上ル　一

マ行

万芥子　松原室町西へ入　一
未英　南禅寺　一
未及　衣の棚丸田町下ル　一

未達　三条油小路東へ入ル　一
無関　東六条　一
夢雪　五条新町　一
茂春　六角通柳ノば、東へ入　一
問柳　駝陌　一

ヤ行

又玄　ひくらし丸田町下ル　一
友作　新町四条上ル　一
友之　西洞院五条上ル　一
友夕　二条二王門町　一
友扇　佐藤廬山寺通大宮西へ二町メ　一
友竹　東六条柳の馬場　一
友貞　七条大宮東へ入　一
友也　七条樵木町　一
由章　烏丸仏光寺下ル　一
由卜　室町今出川下ル　一
勇山　室町三条下ル　一
祐方　柳のば、おし小路　一

遊園　御影堂の内　一
遊計　車屋町竹や町下ル　一
予潤　堀川通本誓願寺上ル町　一
呦軒　五条新町西へ入　一
陽川　一二軒小川通上長者町上ル町　一

ラ行

蘭斎　富小路仏光寺角　一
李梅　高倉押小路下ル　一
梨雪　下立売油小路　一
立吟　恵風軒堺町通竹屋町上ル町　一
立植　幽賞軒六角通柳馬場東へ入町　一
柳淵　二条車屋町下ル　一
柳燕　四条西洞院西へ入ル　一
柳枝　丸田町通烏丸東へ入　一
柳水　竹や町両替町の角　一
柳石　烏丸下立売下ル　一
柳雪　知恩院町　一
流蛍　二条堺町　一

流水　中立売西洞院　一
流水　西洞院丸田町上ル　一
流水　ふや町にしき上ル　一
流滴　三条中島町　一
了元　西陣本北小路町　一
良詮　有明軒新町通三条下ル町　一
涼傘　一条小川西へ入ル　一
涼風　知恩院町　一
林夏　御幸町通橘町　一
林虎　五条新町西へ入　一
林鴻　車屋町通竹屋町上ル町　一　漢詩一
林松　富小路松原上ル　一
林鳥　新町松原下ル町　一
林鳥　小川二条下ル　一
林也　東洞院通仏光寺下ル町　一
令水　大宮中立売上ル　一
令富　鶏冠井西陣あわとの町　一
蠡海　新町竹や町下ル　一

嶺石　室町大門ノ町　一
嶺風　東六条烏丸　一
蘆角　寺之内天神のづし　一
露訂　烏丸通場ノ町　一
鷺水　青木御幸町通二条上ル町　一

ワ行

和海　新町四条上ル　一
和海　両がへ町御池　一
和及　露水庵仏光寺通大宮西へ入町　一

誹諧隠者

一旨　蛸薬師通油小路東へ入
可周　新町通二条下ル
自悦　高倉通押小路下ル
秋風　室町通御池上ル今ハ鳴滝ニ居
重好　猪熊通丸田町下ル
重知　恵比須川通堺町
順也　堺町通丸田町上ル今ハ嵯峨ニ居
如雲　両替町通竹屋町下ル

柳馬場通八幡町下ル　如風
高倉通二条上ル今ハ知恩院町ニ居　千之
小川通三条下ル　貞竹
一条通烏丸西ヘ入　友貞
富小路通押小路下ル　忠直
烏丸通一条下ル　友静

連句

①六吟六句〔真珠庵 如泉—林鴻—素雲—蕉林—重慶—南枝〕積糸成寸…

江戸餞別五百韻

京寺町二条上ル町／井筒屋庄兵衛板。元禄四年未菊月（九月）下浣（奥）。『阿』ニ「元禄四年十一月十六日」。小野川立吟編。発句・連句集。半紙本二冊。版下ハ不角筆。牛見正和他蔵。『江戸書物の世界』（笠間書院　平成22年刊）ニ翻刻。

発句

ア行
唖宥　一
一晶　一
遠水　一
艶士　一

カ行
岩翁　一
岩泉　一
其角　一
亀翁　一
菊箸　一
菊峰　一
挙白　一
暁雲　一
琴蔵　一
琴風　一
渓石　一
軒松　一
湖月　一
好柳　一
耕角　一

サ行
在色　一
尺草　一
舟竹　一
秀和　一
袖角　一
鋤立　一
昌伴（連歌師法橋）　一
声花　一
清正　一
精子　一
石原検校　一
沾徳　一
専吟　一
扇角　一
素堂　一
疎木　一
宗也　一

タ行
長雅　一
調和　一
直方　一
東兆　一

ナ行
日遶（釈）　一

ハ行
百花　一
不貫　一
風洗　一
風瀑　一
文士　一
暮船　一
葆光　一
卜宅　一
牧人　一

マ行
未陌　一
無倫　一

ヤ行
幽山 一
雄氏 一
羊素 一

ラ行
嵐蘭 一
梨氏 一
立霞 一
（糸耕軒）立吟 一
立些 一
立心 一
流草 一
笠凸 一
列志 一
露言 一

連句
①両吟百韻〔立志50—立吟50〕小野川立吟老ぬしはそのかみ…
②両吟百韻〔子英50—立吟50〕
③両吟百韻〔不角50—立吟50〕
④両吟百韻〔嵐雪50—立吟50〕
⑤両吟百韻〔山夕50—立吟50〕

誹諧小松原

元禄四辛未歳閏八月仲浣／重徳刊。鴨水只丸編。発句・連句集。半紙本二冊。元禄第四岳淵散人喃筆於弄松閣漫序（序）。古柳序。元禄四のとし未秋の末月（九月）／露分庵千之（跋）。上巻ハ早稲田大学図書館蔵、下巻ハ綿屋文庫蔵。雲英末雄『元禄京都俳壇研究』（勉誠社　昭和60年刊）ニ翻刻。

発句

ア行
（近江日野坂本）為知 一
為文 一
（肥前天草住）一鷗 八
一知 二
一直 一
一徳 七
一眠 四
一眠母 一
一林 四
尹具 二
烏玉 一
（近江日野）云爾 一
（勢州住小山）雲岫 一
易吹 四
円佐 四
苑扇 五
菀柳 一
淵瀬 二
（江州日野杉江）鸚鵡 一

カ行
加柳 三
可休 二
可陋 二
嘉長 二
我黒 一
我鑪 四
寛政 二
寛祐 一
（近江日野谷田）丸一 一
翫柳 一
其角 七
鬼白 二
亀翁 三
（近江日野坂本）祇福 二
義沢 一

蟻想　二
吉丸（十三才）　一
却回吟　二
久富　一七
久卜（近江水口）　一
久留　一
求源（近江）　一
共之　一
筐水　一
吟静　三
恵風（越後新潟）　一
渓口　一
見峰（三州田原）　三
元志　一
元来　四
言水　一
言雫　三

源水（近江）　一
古言　一
古残　三
古柳　五
孤石　二
孤竹　二
幸佐　一
谷水（近江大沢氏）　六
谷遊　二
国広（近江日野坂本）　一
黒人（三州田原）　一

サ行

さよ（女）　一
山水　三
史邦　二
只丸　四一
志計　二
芝蘭　一

自悦　一
似泡（近江日野大沢氏）　二
雀角（近江日野安井）　三
酒楽（江州日野木田）　一
澍松　二
周也　一
秋恵　八
秋山　一
集友　四
重次　一
重徳　五
春澄　一
女　二
如琴　一
如山　三
如春　一
如翠（村井）　二
如泉　二

如竹　二
如林（近江）　一
助叟　一
小雪　三
昌房　二
松丸（十四才）　一
松寿　一
松笛　二
松木　五
松露　二
笑山　七
晶水　三
湘水　三
丈草　一
常雪　二
常牧　二
心勝（近江日野）　一
信秀（寺田）　二

信徳　六
真嶺子　四
水雲　二
酔雪　一
随友　三
随流　一
正家　一
正光　二
政之　三
政女（山崎氏十一才）　二
政長（山伏）　四
清鳥　一
盛丸　一
夕推　五
石丸（三州田原）　一
石竜　一
千之　一
千春　八

千植　四
宗魚　二
宗悟　二
宗卜　一

タ行

琢石　二
団水　二
蜘糸　一
竹亭　四
中車　三
長貞　四
長祐（近江日野大沢）　一
珍雨　一
定之　一
貞隆　三
都雪　一
等清　一
洞水　六

ハ行

芭蕉　一
梅丸（十二歳）　一
梅盛　一
梅風（宮本）　二
梅友　一
白央（近江日野）　一
白賁（近江長井）　一
晩山　一
怖鳥（越後魚津）　一
賦山　四
碧雨（近江日野坂田）　一
保高　二
方山　二
包政（近江下迫村）　一
芳沢　五
朋信　四
朋水　四

マ行

茂松　一

ヤ行

野童　四
又五　二
又石　一
有石　一
祐佐　五
祐方　八
遊園　二
遊水　六

ラ行

立帰　三
立植　一
両風　四
林鴻　三
林照　二
蠡海　二
路通　二
蘆蝶（近江水口）　一

ワ行

和海　二
和及　三
和順　一
作者不知　二

連句

①六吟歌仙〔只丸6—我鑓6—夕推6—笑山6—集友6—芳沢6〕元禄午歳五月廿三日
②五吟歌仙〔素雲7—只丸8—如泉9—古柳6—政之6〕同年九月廿六日
③両吟歌仙〔信徳18—只丸18〕同年九月上旬
④両吟歌仙〔言雫18—只丸18〕同年十月廿三日
⑤五吟歌仙〔一眠4—賦山10—只丸7—一休7—洞水7—筆1〕元禄四辛未年三月十九日
⑥四吟歌仙〔宗旦（伊丹）14—只丸12—好春7—茲市2—筆1〕元禄四辛未年六月廿三日
⑦四吟歌仙〔円佐9—常雪9—只丸9—祐方9〕元禄四未とし八月廿三日
⑧独吟歌仙〔久富〕独吟

誹諧まくら笈

堺大道湯屋丁書肆／文流軒判行。由仙編。発句・連句集。半紙本一冊。摂河中州某／蘭秀(序)。盛田草風子光教序。元禄四年未鴻賓月（九月）／寸眠斎杉井由政跋。竹冷文庫蔵。

発句

ア行

一閑 一
隠士 一
云也 一
永重 一
遠風 四

カ行

瓦鶏 漢句 一
活計 一
漢々子 一
其脛 漢句 一
戯雪 一
及肩 九
休甫 一
（大坂）玖也 一
（天満）空存 一
顕成 一
元々子 四
元順 二
元竹 八
元竹妻 一
元竹祖 一
元登 二
元楓 一
湖舟 四
顧容 一
光山 四
好延 四
行脚僧 一
膠柱 漢句 一

サ行

（越後屋小女）さよ 一
才吟 四
（大坂）才麿 五
（南都）歳人 二
（大坂）昨非 四
（大坂）耔郎 五
治之 一
守生 一
秀也 一
（京）重頼 一
松風 一
（主）上人 一
正水 四
正村 五
成安 一
成一 一
成之 一
成陽 一
素行 漢句 一
素泉 一
（大坂）宗因 一
（今井）宗薫 一
草風 二九
桑風 五

タ行

長治 一
（大坂）椿子 五
定住 二
当之 九
桃仙 二
（由仙僕）藤介 一
洞水 六

ハ行

梅仙 一
百水 四
（大坂）文十 四

マ行

（大坂）万海 五

ヤ行

由政 一〇
由仙 六八
（大坂）由平 五
（有家ノ）優賢人 一

ラ行

来雁 一
（十万堂）来山 四
楽山 四
蘭秀 漢句 一
（千氏）利休 一
（出雲）旅人 一
了意 漢句 一
読人不知 一

連句

①両吟六句〔正村3―由仙3〕しらけたる夜の月影に…
②三吟三句〔草風―由仙―好延〕上巳
③三吟三句〔由仙―好延―草風〕其二
④三吟三句〔好延―草風―由仙〕其三
⑤両吟六句〔湖舟3―由仙3〕
⑥三吟三句〔元竹―由政―由仙〕女房悋気
⑦七吟八句〔昨非―由仙―才磨―椿子―耔郎―桑風―万海―執筆〕由仙か宅に儲て
⑧八吟九句〔元登―万海―昨非―椿子―桑風―耔郎―由仙―才磨―執筆〕同しく挨拶して
⑨両吟歌仙〔当之18―元竹18〕歌人の家の木の実には…
⑩両吟六句〔由政3―由仙3〕
⑪両吟三句〔当之1―由仙2〕名月浮船／この句西肥の長崎より到来す筆のつゐてにつたなく脇第三を記す
⑫両吟六句〔元竹3―由仙3〕
⑬両吟六句〔百水3―由仙3〕

---

⑭両吟二句〔休昌（佐藤氏）―由仙〕佐藤休昌辞世に／…おろそかに脇して筆前にたむくあとをもつゝりけれと於爰ニ略ス
⑮両吟六句〔光山3―由仙3〕
⑯両吟六句〔才吟3―由仙3〕
⑰両吟六句〔洞水3―由仙3〕
⑱両吟六句〔正水3―由仙3〕
⑲両吟六句〔楽山3―由仙3〕
⑳両吟六句〔来雁3―由仙3〕山家よりのち産とて
㉑両吟三句〔湖舟1―由仙2〕由仙所労の比草庵に宿すある日見まひて
㉒四吟四句〔元順（早世）―政秀（早世）―元梅―由仙〕いつのとしか忘れぬ反故の中より見出す
㉓三吟三句〔元梅―蝶ト―由仙〕おなしく
㉔四吟六句〔由仙2―川柳（大坂）2―蝶ト1―梅元1〕おなしく
㉕両吟二句〔由仙1―円順（天王）1〕隣家の僧来りてやつかれ

に発句を望是非なく漸

㉖三吟半歌仙〔由仙6―由政6―百水6〕

㉗両吟六句〔草風3―由仙3〕山房随分楽清朝／長愛孤松対寂寥

㉘両吟歌仙〔由仙18―草風18〕費長房／訪汝南桓景

西の雲

京寺町二条上ル丁／井筒屋庄兵衛板・金沢上堤町／三ケ屋五郎兵衛板。『阿』ニ「元禄四年十一月十一日」。小杉ノ松編。連句・発句集。半紙本二冊。水傍蓮子誌之（序）。向井去来（序）。元禄四年辛未十月中旬／原田寅直書（跋）。石川県立図書館他蔵。『石川県立図書館蔵　影印元禄俳書』（桂書房　平成20年刊）ニ影印。『加越能古俳書大観』上ニ翻刻。小杉一笑ノ追善集。

発句

ア行

- （大坂）阿国　一
- （宮腰九才）安太郎　一
- 一好　三
- 一志　一
- 一笑　一〇四
- 一泉　一
- 一知　一
- 一風　二
- 一夢　三
- 一有　一
- 陰支　二
- （今石動）宇白　一
- （京）羽紅　一
- （亡人）雨邑　一
- （松任）雨柳　一
- 雲口　五
- （僧）雲甫　一
- （河崎氏）英之　三
- （尾張）越人　一
- 宴残　一
- 遠里　一
- 翁（芭蕉）　七
- 桜十　二
- 乙州　一七

カ行

- （大坂）何処　四
- （尾張）荷兮　一
- （亡人）霞夕　二
- （ぜゝ）臥高　一
- （大津）角上　三
- （堅田）貉睡　一
- 其角　一
- 其糟　二
- 枳風　一
- （宮のこし）喜重　一
- （ぜゝ）及肩　二
- 去来　三
- 魚素　六
- 漁川　一
- （ぜゝ）曲水　一
- （宮腰）玉之　二
- （桑門）句空　一五
- （亡人）言蕗　一
- （僧）古翁　一
- 古岑　一
- 古梵　三
- 湖八　一

サ行

- 三岡　二
- 三十六　六
- （江戸）杉風　一
- 子格　一
- （大津）支幽　一

（大坂）之道（諷竹）　二
（京）史邦　二
四睡　二
（京）実延　一
（亡人）寂円　一
（宮腰）守水　一
拾葉　二
（桑門）秋之坊　三
（松任）秋雫　一
（亡）秋里　一
春幾　二
（宮のこし）春山　一
（みの）如行　一
如柳　一
小春　六
（大津）尚白　一
（ぜゞ）昌房　一
（ノ松嫡子）松水　二

丈草　二
（小松）塵生　四
睡鶯　三
随芳　一
（宮腰）寸子　一
井関　二
（膳所）正秀　三
（堅田）成秀　一
（宮腰座頭）清都　一
夕桜　一
雪水　一
雪鳴　一
千那　一
仙花（仙化）　一
（江戸）沾徳　二
（宮腰）素秋　一
（江戸）素堂　一
曽良　一

（大津）楚江　一
（亡人）楚常　二
蘇軒　（漢）一　二
宗寿　一
草籬　一
（松任）窓雪　一

タ行

（大津）探志　二
（大津）智月　八
遅桜　一
竹子　一
（膳所）珍碩（洒堂）　五
等雲　一
徳子　一

ナ行

南甫　二
任有　一

ハ行

（宮腰）巴琴　一
巴水　二
梅下　一
梅露　四
買文　一
（僧）盤子（支考）　四
靠柳　二
（ぜゞ）犾玄　二
不干　二
（宮腰）布人　一
文鱗　一
蚊子　一
ノ松　一〇
北枝　五
北井　一
牧童　四
（京）凡兆　一

マ行

民屋　一
（大津）木枝　二
（大津）木節　五

ヤ行

野牛　一
（尾張）野水　一
（京）野童　二
又笑　一
（宮腰）友琴　五
（宮腰）友恥　一
（ぜゞ）游刀　二

ラ行

（みの亡人）落梧　一
（江戸）嵐雪　二
嵐蘭　一
（宮腰）蘭仙　一
李東　四
里径　一
里東　一
（宮腰）莅裳　一
柳宴　二
柳雫　一
流志　四
流水　一
流端　一
林陰　二
路通　五
（大津）露玉　一
（江戸）露沾　一

ワ行

和州　三

連句

①八吟歌仙〔乙州《大津》5—ノ松4—雲口5—一志5—徳子5—一泉5—何処《大坂》5—句空《桑門》2〕人〱の句を吟しあはれに覚えて…

②両吟歌仙〔句空《桑門》18—三十六18〕ノ松巻の句をおもひて

③四吟歌仙〔ノ松12—乙州12—何処11—松水1〕亡人一笑かすける中にも…

④五吟歌仙〔横几7—岩翁7—其角7—路通7—遠水7—筆1〕巻を乞に便りあはたゝしく…

⑤独吟歌仙〔友琴《山茶花》〕独吟

⑥四吟歌仙〔何処10—巴水10—乙州10—李東5—筆1〕

⑦独吟歌仙〔流志〕旅行独吟

⑧五吟歌仙〔横几11—乙州10—小春4—之道《大坂》(諷竹)7—智月《大津》4〕雑／難波のあしも時によりての名なるへし

⑨三吟歌仙〔北枝12—秋之坊12—牧童12〕

⑩独吟六句〔ノ松〕独吟思ひかけしかともつたなく行つまり思ひ切てやみぬ

⑪三吟歌仙〔曲水12—正秀12—珍碩(洒堂)12〕

⑫十五吟歌仙〔去来3—臥高3—里東3—珍碩(洒堂)3—乙州3—游刀2—昌房2—犯玄2—野径3—探志2—及肩2—楚江2—木節2—野童2—史邦2〕

⑬五吟歌仙〔小春9—魚素9—木節《大津》6—楚江6—乙州6〕(初折ハ小春・魚素ノ両吟デ名残ノ折ハ木節・楚江・乙州ノ三吟)

誹諧よるひる

京寺町二条上ル丁／井筒屋庄兵衛板。『阿』ニ「元禄四年九月廿一日」。高橋文十編。発句・連句集。半紙本一冊。元禄辛未冬霜月(十一月)／北水浪士一時軒惟中序。十万堂堪翁来山(跋)。柿衛文庫蔵。

発句

ア行

- 一日以（江戸）　一
- 一礼　三
- 尹具（京）　一
- 栄道（京）　一
- 淵瀬（京）　一

カ行

- 花瓢　一
- 瓦鷺　一
- 岸柴　一
- 季範　七
- 其角（江戸）　二
- 鬼貫　三
- 挙白（江戸）　一
- 虚風　八
- 矩久　二
- 月尋　一
- 言水（京）　一
- 瓠界　二
- 幸方　二
- 幸雄　一
- 虹音　一

サ行

- 才麿　八
- 歳人（南都）　二
- 昨非　五
- 残夕　一
- 止水（僧）　二
- 之道（諷竹）　二
- 籽郎　二
- 車丸　一
- 車要　一
- 尺流　一
- 春林　二
- 如記　七
- 如琴　一
- 如泉（京）　一
- 鋤立（江戸）　四
- 宵扉　一
- 信徳（京）　一
- 正村（堺）　一
- 西吟（桜塚）　二
- 川柳　一
- 素竜　二
- 宗準　二
- 桑風　二
- 存湖　一

タ行

- 団水（京）　一
- 朝笆　六
- 釣寂（阿波）　八
- 椿子　五
- つね（六翁娘）　一
- 轍士　二
- 天外　七
- 刀春（阿波）　一
- 灯外　一

ハ行

- 芭蕉　一
- 破了　一
- 伴自　二
- 美郷　一
- 百里（江戸）　一
- 不暦　一
- 風水（出雲）　一
- 文丸　一
- 文十（路鳥斎）　八六
- 蚊市（京）　一
- 豊流（天王寺）　一

マ行

- 万海　三
- 茂吟　一
- 茂三　一

ヤ行

- ゆた（六翁娘）　一
- 由仙（堺）　二
- 由平　九
- 幽山（江戸）　一

ラ行

- 来山　九
- 藍橋　二
- 柳水（京）　一
- 炉柴　二
- 路通　二
- 露言（江戸）　一
- 六翁　一

ワ行

- 和及（京）　二

連句

①五吟歌仙〔文十7―虚風7―来山7―由平7―万海7―執筆1〕

②両吟歌仙〔釣寂18―文十18〕
③三吟歌仙〔西吟12―車要12―文十12〕
④三吟歌仙〔昨非12―文十12―椿子12〕
⑤両吟半歌仙〔季範9―文十9〕
⑥両吟半歌仙〔一礼9―文十9〕少年に対して
⑦両吟六句〔美郷3―文十3〕

⑧両吟歌仙〔鋤立18―文十18〕
⑨両吟六句〔瓠界3―文十3〕
⑩六吟歌仙〔虚風6―如記6―天外6―車要6―文十6―季範6〕
⑪両吟歌仙〔来山18―文十18〕巻末
⑫両吟歌仙〔才磨18―文十18〕追加題辞／李白は酒を…

誹諧こんな事

寺町二条上町／井筒や庄兵衛板。元禄四のとし十一月／洛青木三省軒鷺水稿（奥）。青木鷺水編。発句集・俳論書。半紙本一冊。蟬川子壊衲只丸序。自跋（鷺水自跋）。綿屋文庫蔵。

発句

ア行
一林一
円佐一

カ行
月笑一
好山一
好春一

サ行
春夕一
如竹一
信徳一
津田一
真楽一
正定一

タ行
琢石一
団水一
釣寂（河州）一
低頭一
洞水一

ハ行
不勝一

マ行
岷水一

ヤ行
野水一
友春一
友林一

ラ行
柳線一
鷺水一

誹諧をたまき

皇都書賈／新井弥兵衛・小佐治半左衛門板。『阿』ニ「元禄四年十一月廿一日比」。溝口竹亭著。俳諧作法書・語彙集。小本一冊。洛下竹亭（自序）。元禄辛未七月三日／露吹庵和及（跋）。高野山大学他蔵。『近世前期歳時記十三種集成並びに総合索引』（勉誠社　昭和56年刊）ニ「四季之詞」ノミ影印。元禄十年版（新井単独版）・同十一年別版（江戸版）・同十六年版（「誹諧をたまき綱目」）等ノ諸版ガアル（立項ハ省略）。ココデハ元禄四年版・同十六年版デ作者名ガアル句ノミヲ集計シタ。

元禄四年版

発句

ア行
為文 一
意計 一
一言 一
一春 一
一水 一
一鉄 一
桜叟 一

カ行
可全 一
荷兮 一
荷翠 二
我黒 一
季吟 一
其角 三
亀林 二
去来 二
挙堂 一
軒柳 三
玄察 一
言水 一
古根 一
虎海 一
湖春 一
高政 一

サ行
山川 一
山店 一
周竹 一
周木 一
周也 一
如琴 一
如件 一
如生 一
如泉 二
尚白 一
昌維 一
松翠 一
松笛 一
松木 一
常矩 一
常牧 一
信正 一
信徳 一
随友 一
正義 一
正時 一
千那 一
専雪 一
素堂 一

タ行
知足 一
竹翁 二
竹亭 三
彫堂 一
通達 一
貞室 二
貞隆 一
土芝 一
灯外 一
東海 一
桐葉 一
桃雨 一
道柯 一

ハ行
芭蕉 三
梅氏 一
梅洞 一
不及 一
父鉞 一
富丸 一
風虎 一

風山　一
文丸　一
萍水　一
鞭石　一
方山　一
朋水　一
法三　一

ヤ行

野水　一

ラ行

来山　一
嵐雪　二
林下　一
林閣　一

ワ行

和及　二
和之　一

元禄十六年版　発句

ア行

為文　一
意計　一
維舟（重頼）　一
一言　一
一春　一
一笑　一
一水　一
一鉄　一
一幽（宗因）　一
越人　一
おにつら（鬼貫モ見ヨ）　五
桜叟　二

カ行

かしく　一
戈丸　一
可全　二
荷兮　二
荷翠　二
瓦雪　一
我黒　一
季吟　三
其角　七
鬼貫（おにつらモ見ヨ）　三
亀林　二
去来　二
巨海　一
挙堂　三
琴風　二
渓石　一
軒柳　四
玄察　一
玄来　一
言水　二
古根　一
虎海　一
湖春　一
行露　一
幸佐　一
高政　一

サ行

山川　一
山店　一
暫酔　一
似空（安静）　一
爾云　一
周竹　一
周木　一
周也　一
如琴　一
如件　一
如生　一
如泉　三
尚白　一
昌維　一
松翠　一
松笛　一
松木　一
常矩　三
常牧　一
常友　一
心圭　三
信正　一
信徳　二
晨風　一
随友　一
正義　一
正時　一
正芳　一
正由　二
成之　一
西吟　一
千春　一
千那　一
専雪　一
霰艇　一
素堂　二

タ行
知扇　一
知足　二
竹翁　二
竹亭　四
長之　一
彫堂　一
調柳　一
通達　一
貞室　三
貞隆　二
鉄州　一
土芝　一
灯外　一
東海　一
桐葉　一
桃雨　一
道柯　二

ナ行
二水　一

ハ行
はせを（芭蕉モ見ヨ）二
芭蕉（はせをモ見ヨ）二
梅氏　一
梅盛　一
梅洞　一
晩山　一
不角　一
不及　一
不卜　一
父鉞　一
富丸　一
風虎　一
風山　一
文丸　一
萍水　一
鞭石　二
暮四　二
方山　三
芳樹　一
朋水　四
法三　一
凡兆　一

マ行
目恍　一

ヤ行
野水　三
野鳥　一
友元　一

ラ行
来山　二
嵐雪　二
蘭水　一
利冬　一
離雲　一
立静　一
立圃　一
林下　一
林閣　一
鷺助　一
鷺水　一

ワ行
和及　四
和之　一
作者不知　二

嵯峨日記

写本。元禄四年成（内容）。松尾芭蕉著。俳諧日記。巻子本一巻。野村胡堂旧蔵本（野村本）ト芭蕉翁記念館蔵本（曽我本）ノ二種ガアリ、真蹟カ否カヲメグッテ諸説ガアル。『芭蕉図録』（靖文社　昭和18年刊）ニ野村本ノ影印ガアリ、曽我本ハ別ニ複製ガアル。『校本芭蕉全集』6等ニ翻刻。

発句
羽紅　一
其角　付三
去来　一
曲水　三
史邦　一
尚白　二

丈草 漢一 一　曽良 二　嵐雪 三　作者不記（芭蕉）一〇
西行 歌一　凡兆 一　李由 一

連句

①五吟五句〔史邦―芭蕉―去来―丈草―乙州〕

〔曽良日記〕

稿本（曽良自筆）。元禄四年成。河合曽良著。神名帳抄録・歌枕覚書・元禄二年日記・元禄四年日記・俳諧書留・雑録。横本一冊。綿屋文庫蔵。『天理善本叢書』10ニ影印。『近世文芸資料と考証』1（昭和37・2）ニ翻刻。

元禄二年日記

発句

翁（芭蕉） 二　女 付一　作者不記 歌二

元禄四年日記

発句

高泉 漢一　丈山 漢一　曽良 二

俳諧書留

発句

翁（芭蕉） 三三　此竹 一　定家 歌一　不玉 一　遊行七世 歌一　作者不記 歌一 付一 二
家隆 歌二　西行 歌二　底耳（ミノ岐阜弥三郎） 一　北枝 一　頼朝 付一
左栗 一　曽良 三五　梶原 歌一 付一　遊行六世 歌一

連句

①七吟歌仙〔芭蕉8—翠桃8—曽良8—翅輪6—桃里4—二寸1—秋鴉（桃雪）1〕奈（ママ）須余瀬／翠桃を尋て

②両吟二句〔翁（芭蕉）—曽良〕元禄二年孟夏

③三吟歌仙〔翁（芭蕉）12—等躬12—曽良12〕奥州岩瀬郡之内須か川相楽伊左衛門ニテ／元禄二年卯月廿三日

④四吟四句〔翁（芭蕉）—栗井—等躬—曽良〕歌仙終略ス／連衆等雲・深竿・素蘭以上七人

⑤三吟三句〔曽良—翁（芭蕉）—等躬〕

⑥三吟三句〔等躬—ソラ（曽良）—翁（芭蕉）〕

⑦四吟四句〔桃雪—等躬—翁（芭蕉）—ソラ（曽良）〕

⑧四吟歌仙〔翁（芭蕉）9—一栄9—ソラ（曽良）9—川水9〕大石田高野平右衛門亭ニテ

⑨七吟歌仙〔風流5—芭蕉7—孤松2—ソラ（曽良）5—柳風5—如柳5—木端6—筆1〕

⑩三吟三句〔翁（芭蕉）—風柳—ソラ（曽良）〕風柳亭

⑪三吟三句〔翁（芭蕉）—柳風（息）—木端〕盛信亭

⑫八吟歌仙〔翁（芭蕉）7—露丸（呂丸）8—曽良6—釣雪6—珠妙1—梨水5—円入2—会覚1〕羽黒山本坊におゐて興行／元禄二六月四日

⑬四吟歌仙〔翁（芭蕉）9—重行9—曽良9—露丸（呂丸）9〕元禄二年六月十日／七日羽黒に参籠して

⑭七吟七句〔翁（芭蕉）—詮道（寺島）—不玉—定連（長崎一左衛門）—ソラ（曽良）—任暁（かゞや藤衛門）—扇風（八幡源衛門）〕六月十五日寺島彦助亭にて／末略ス

⑮三吟歌仙〔翁（芭蕉）12—不玉12—曽良12〕出羽酒田伊東玄順亭にて

⑯四吟四句〔会覚—芭蕉—不玉—曽良〕羽黒より披贈

⑰八吟二十句〔ばせを（芭蕉）3—左栗（石塚喜左衛門）4—曽良3—眠鴎（聴信寺）2—此竹（石塚善四郎）1—布嚢（石塚源助）1—右雪（後藤元仙）3—義年2—筆1〕直江津にて

⑱三吟三句〔右雪—曽良—翁（芭蕉）〕直江津にて

⑲四吟四句〔翁（芭蕉）—棟雪—更也（鈴木与兵衛）—曽良〕細川春庵ニテ

京の曙

散逸書。『阿』ニ「一冊　大坂　杏酔作」、『故』ニ「一　杏酔　元禄四」。

我立杣

散逸書。『阿』ニ「一冊　如稲作」、『故』ニ「一　加稲　元禄四」。

弥之助

散逸書。『阿』ニ「一冊　団水作」、『故』ニ「団水　元禄四年」。

市女笠

散逸書。『蕉』ニ「一冊　紀州　此葉女　よしの行　壱匁八分」、『種』ニ「一冊　元禄四年引手」。

二木の梅

散逸書。『故』ニ「芥舟　元禄四」。

元禄五年（一六九二）壬申

〔元禄五年歳旦集〕

寺町二条上ル町／井筒屋庄兵衛板（中候二枚目末尾）。元禄五歳壬申春（似船冒頭）。歳旦集。
横本一冊。柿衞文庫蔵。途中乱丁ガアルノデ、コレヲ直シテ配列シタ。綿屋文庫蔵『〔歳旦集〕』
（元禄六年・七年ノモノト合綴）ヨリ四丁分（晶山以下）ヲ末尾ニ補ウ。

●似船　五条橋通東洞院
ノ東高倉ノ西あさつま町
③（蘆月庵）似船—薄椿—柳燕
③柳燕—似船—薄椿
③薄椿—柳燕—似船
▼似船
▽似船
●似船引付二丁目
▽（慶命入道）[結]佐　薄古　（沙門）一妙
榎川　松白　洗柳
永治　金虎　[談]夢
正椿　流蛍　安斉
但広　但長　但時
円木　円木妻
可昔　松滴　雲彩
俊古

●似船引付三丁目
③友貞—梅枝—可遊
③可遊—友貞—梅枝
③梅枝—可遊—友貞
▽（高橋）貞友　野水　蟹蜷
風柳　亀女　直清
③一柳（独吟）
▽杉女

●似船引付四丁目
③正次—歌和—三夕
③歌和—三夕—正次
③三夕—正次—歌和
③（蟻磨亭）萩夕—一睡—湖白
③（昨非軒）湖白—萩夕—一睡
③（遊松軒）一睡—湖白—萩夕

●似船引付五丁目
山城国ふしみ
▽（遊佐）政良　（赤井）尚栄　（木屋）時楽
摂州大坂
▽（藤原）貞因　（藤原）言因
摂州魚崎
▽（覚浄寺）友知
但馬国生野
▽吟夕　（わたなへ）信清
肥前国住
▽不非　無境
▼但長　盃遊
▽せいじゆ　松髯
玩竹　（蘆月庵執筆）嘯琴

●似船引付六丁目
③（志水氏）枕流—一通—猿尾
③（石井氏）猿尾—枕流—一通
③（野村氏）一通—猿尾—枕流
▽一通子妻　梅雪
粗吟　宇用　正次
大和国南柳生村
▽（森）遠水
肥前国
▽釣心
▼梅雪

●似船引付七丁目
▽（静之庵）風喰　慶流

●友扇
③友扇—李南—文鴉
③文鴉—朋風—桃半
③李南—友扇—朋風
③桃半—文鴉—李南
③朋風—桃半—友扇
▼友扇

●友扇引付一
宝[穫]—和扇—梅友
③梅友—宝[穫]—和扇
③和扇—梅友—宝[穫]
▽栄良　千[華]　忠久
桂旭　猿望　（鷹峰）素卜
（鷹峰）同柳
③舟皇（独吟）

●友扇引付二
③頼房—義安—艶木

③艶木—頼房—義安
③義安—艶木—頼房
▽柳扇　友順　益則
桂口　是清　和道
松求　秋月　清春
半月　宝徳　佳之

●舟露
③（佐藤）舟露—西角—流蛍
③（陸間）可楽—舟露—迦吟
③（松浦）流蛍—可楽—舟露
▽（中川）西角　（越山）貝水　（飯田）利明

●舟露引付二枚目
③（西風事入江）迦吟—明風—臥雲
③（上村）臥雲—迦吟—明風
③（藤井）明風—臥雲—舟露
▼舟露　西角　流蛍
堅治　喜重　予潤
迦吟

●舟露引付三枚目
③季一—景口—和順
③和順—季一—景口
③景口—和順—季一
▽鉄船
▽（秋山）堅治　（加藤）予潤
（舟露娘八才）くめ　千花

●舟露引付四枚目
▽（永原）舟山　（辻村）常久　（辻村）杜永
（袋角改ニ）正勝　（山内）了順　（岡）善春
（下野）露運　是哭　（外山）鷺石
森重　正仙　（野口）重次
団雪

●舟露引付五枚目
▽（遠藤）正重　重次　杉柳
蘆春　（不及改）露石　正数
迎雲　（伊藤）吟夕　吟水
可清　義信　（辻村）光勝

（吉田）吉次　常足　鳥風
角水　和遊　竹皮
高水

●舟露引付六枚目
▽水住　正春　春近
村上　林竹　実政
梅窓　春英　岩梅
友水　正平　正水
竹水　貞信　舟好
定久　亀水　為也
是時　栄長

●鞭石
③（井亀軒）鞭石—素石—鵜風
③好里—鞭石—岩勝
③岩勝—好里—鞭石
▽素石
▼右勝　子協　一方
林鴻

●鞭石引付二丁目
③（移心堂）子協（吟独）
▽方寸　一方　梅氏
（大津）丁古　友之　一山
全舛　無関　松煙
花笠　友墨　可笑
不計　在延　石流

●鞭石引付三丁目
▽吉辰　米井　汶山
義政　井水　（柳井軒）道宅
（東林軒）水月　（松梅軒）長歌　林石
勝伊　井上　松楽
幸行　卍芥　巴石
鴨流　（十才）次良吉
（中村）林雀　（大森氏）卜水　義定
松水

●鵜風
③（西陽堂）鵜風—涼水—季定
③（一意斎）涼水—季定—鵜風
③季定—鵜風—涼水
▼鵜風　季定
▽柏之　林虎　一朝

●雲水
③（吟灯館）雲水子—素雲—園竹
③園竹—雲水—素雲
③素雲—園竹—雲水
▽（毫友軒）善祐　（北村）秋水　（太田）南松
（満川）吉久
▽政宣　久巴　松本
友次

●雲水引付
▽殷硯　元北　重次
正春　家広　光勝
友勝　元宣　国永
林孝　栄長　長永
政勝　忠春　花筏

▼正延　角水　素雲
雲水　友俊　賢治
久巴　園竹
●尚白
③（大津）尚白—草士—旭芳
③旭芳—尚白—草士
③草士—旭芳—尚白
▼尚白　旭芳　草士
●尚白引附二
▽千那
▼千那
▽浴子　英子
（ふしみ）三千尺
▼三千尺
▽玄甫
▼玄甫
●尚白引附第三
▽一竜　通雪　定克

心流　宇月　知辰
江山　（僧）角上　夏白
素石　素男　古梵
宣秀　丁古　圭志
而得　杉候
●尚白引附第四
▽有栗　桃固　（江戸）右茉
昨木　与風　（本間氏）丹野
政直　貞盈　東松
羽峰　嘉究　将鬲
敬人　曹雨　松洞
（九歳）四郎　庸山
●尚白引附第五
▽（若州）味両　嵐流　梅墩
露玉　維節　幽古
嵐香　二木　清親
漏玉　路外　庸水
未中　柳夢　文体

正家　照円　小作
●尚白引附第六
▽（彦根）許六　（彦根）馬仏　（僧）露香
玄清　虎子　飯袋
一治　（かた田女）潜魚　雷山
（京）貞好　孫ト　相雨
久後　光春　巴水
半林　清助　寸口
●尚白引附第七
▽梅子　一只　竹隣
与三
▼心流　通雪　宇月
（若州）嵐流　許六　馬仏
玄清　（江戸）右茉　庸山
杉候
●尚白引附第八
▼幽古　古梵　雷山
路外　東松　将鬲

敬人　（京）貞好　言竹
小作
●尚白引附第九
③御—其香—旭芳
▽御
▼（台子）其香
●吟睡　烏丸下立売下ル町
③（月窓軒服部）吟睡—柳石—春月
③春月—吟睡—柳石
③柳石—春月—吟睡
▽風子　柳枝　私言
洞山　重信　春月
▼吟睡　陽川
●宗量
③宗量—憲三—呂声
③呂声—宗量—憲三
③憲三—呂声—宗量
▽長豊　長久　春清

如泉
▼呂声　憲三　宗量
●丁常
③丁常—永之—澗水
③澗水—丁常—永之
③永之—澗水—丁常
▼丁常　永之　澗水
陽川
●陽川
③（一二軒）陽川—雨月—信竹
③信竹—陽川—雨月
③雨月—信竹—陽川
▽作者不記　隆止
忠安
●陽川二丁目
③月星—九子—唐山
③唐山—月星—九子
③九子—唐山—月星

▽玄勝　寛雄　尹恕
●陽川引附
③伏陽住 悦山—甚志—呰求
③呰求—悦山—甚志
③甚志—呰求—悦山
▽右貞女　洞鳥
湖水
●(陽川引附)
▽予潤　泉松
作者不記　隆古
其笛　重供　素間
中林 梅流　有馬 梅山　闌夕
水月　洞雫　藤波
夢風　十才 ふり
●陽川引附
▼丸風　吟睡　信竹
予潤　湖水　雪山
雨月　重友　其笛

右貞女　洞鳥
素閑　九子　丁常
陽川
●西吟一丁目　坂陽ノ
二里北桜塚山落月庵
③西吟—吟可—吟鶯
●西吟二丁目
③東山田 吟鶯—西吟—吟可
③吟可—吟鶯—西吟
③吹田高浜ノ閑人 益応—彦輝—袖彦
③吹田高浜太田氏 袖彦—益応—彦輝
③吹田高浜佐尾氏 彦輝—袖彦—益応
●西吟三丁目
③南郷 夏炉（独吟 和漢）
③浜 冬風（独吟）
③上宮天神 履橋（独吟 和漢）
▽東山田田中氏 露水　南郷今西氏 知水
南郷今西氏 盛風

●西吟四丁目
③桜塚山 鳥翁—之洗—卜瓢
③福井 卜瓢—鳥翁—之洗
③岡山 之洗—卜瓢—鳥翁
③北条 風草（独吟）
③玉手氏 越風（独吟）
●西吟五丁目
③新免 如水—千百—濁酔
③新免 濁酔—如水—千百
③新免 千百—濁酔—如水
③吹田阿寒斎 一露—葉沐—烏白
③烏白—一露—葉沐
③葉沐—烏白—一露
●西吟六丁目
③南郷 巴水（独吟）
③北条 北風（独吟）
③茨木樋口氏 倚貞（独吟）
③大坂厚東氏 休計（独吟）

●西吟七丁目
③芸州広島柾氏 井水（独吟）
▽イセ山田笠木氏 琴友　琴友
③井水（独吟）
▼イセ山田 琴友
▽朝日寺 元貞
●西吟八丁目
③大坂 尚風（独吟）
③紀ノ橋本 是琴（独吟）
▽島村露白堂 生水
▼生水
●西吟九丁目
▽神峰仙 松好　萱野氏 紅山　藤井氏 蘭風
伊原氏 十五歳　小曽根 風塵
小曽根 芭風　小曽根 吟風
東山田十二才 鶯子　服部 勘太郎
岳 可村　可休
上岩天神十二才 小三　上岩天神 立閑

▼南郷 夏炉　紀ノ橋本 是琴　大坂 休計
小曽根 風塵　東山田十二才 鶯子
芸州広島 一唯　芸州広島 風雪　山田 吟可
鳥翁
●西吟十丁目
▼西吟　西吟
●可春
③大津住 可春—大津住 常正—近江住 玉風
③大津住 常正—近江住 玉風—大津住 可春
③近江住 玉風—大津住 可春—大津住 常正
●可笑
③伏陽 可笑—民也—扇計
③扇計—可笑—民也
③民也—扇計—可笑
▼可笑　扇計　民也
▽三箇
▼三箇
●申候

伏陽映雪軒
③申候―秋澄―三箇
③桃雨―申候―秋澄
③如件―桃雨―申候
申候（詩漢）
▼申候　伏見夢礫軒 秋澄
●（申候二）
▽摂泉堺 正村　佐見 武宗　矢代氏 迂遠

石口　時楽　方好
▼武宗　時楽　柳桜田 有隣
▽摂泉堺 安信
③秋澄―申候―三箇
●晶山
③晶山（吟独）
▽晶山（句漢）

▼晶山
●常牧
③蘭化堂 常牧―旦楽―有三
③松声事 鶏賀―常牧―富玉
③一要―敲推―常牧
▽忠径事 有三　旦楽　敲推
富玉　従心　薫風

●如泉
③真珠庵 如泉―如琴―素雲
③素雲―如泉―如琴
③如琴―素雲―如泉
▼如泉　如琴
●梅盛
③梅盛―残石―命政

③命政―梅盛―残石
③残石―命政―梅盛
▼梅盛　命政　残石
是式　一水

誹俳三物

京寺町二条上ル丁／井づ、屋庄兵衛板。元禄五申歳旦（冒頭）。小西来山編。歳旦帖。横本一冊。柿衛文庫蔵。『小西来山全集』（朝陽学院　昭和60年刊）ニ翻刻。

⑥湛翁 来山（吟独）
⑥文十3-椿子2-来山1
⑥椿子3-文十2-来山1
⑥天外3-如起2-来山1
⑥如起3-天外2-来山1
⑥志用（吟独）
⑥東林5―来山1
⑥夏林5―来山1

⑥冬橘3-友夕2-来山1
⑥友夕3-冬橘2-来山1
⑥和尹-和白-専之-
和空-和流-来山
⑥虎竹2―古黛2―
紅水1―来山1
⑥古黛2―紅水2―
虎竹1―来山1

⑥紅水2―虎竹2―
古黛1―来山1
⑥一泥3-茂三2-来山1
⑥茂三3-一泥2-来山1
⑥筆行5―来山1
⑥宵扉-虹音-不暦-
車丸-破了-来山
⑥虹音-不暦-車丸-

破了-宵扉-来山
⑥不暦-車丸-破了-
宵扉-虹音-来山
⑥車丸-破了-宵扉-
虹音-不暦-来山
⑥破了-宵扉-虹音-
不暦-車丸-来山
⑥不計5―来山1

⑥如柳5―来山1
⑥治直3-立国2-来山1
⑥立国3-治直2-来山1
⑥休計5―来山1
⑥遥翠5―来山1
⑥友故2―風子2―
亀丸1―来山1
⑥風子2―亀丸2―

友故1—来山1
⑥亀丸2—友故2—
風子1—来山1
⑥竹葉5—来山1
⑥孫花5—来山1
⑥万儀5—来山1
⑥釣舟5—来山1
⑥花洞5—来山1
⑥堺才吟5—来山1
⑥堺洞水5—来山1
⑥堺由仙5—来山1
⑥堺光山5—来山1
⑥堺楽山5—来山1
⑥堺正水5—来山1
⑥河内衣摺村闇酔5—来山1
⑥播州姫路千山5—来山1
⑥播州姫路弥生5—来山1
⑥播州姫路桜井5—来山1

⑥因月5—来山1
⑥則空5—来山1
⑥玉貞5—来山1
⑥舟橋5—来山1
⑥三京3-外海2-来山1
⑥右左5—来山1
⑥友風3-連子2-来山1
⑥連子3-友風2-来山1
⑫矩久—宗準—花瓢
—知童—蘆売—葛
民—如藍—藍橋—
紫丸—油鬢—来山
—執筆
⑫藍橋—花瓢—宗準
—油鬢—知童—如
藍—矩久—紫丸—
蘆売—葛民—来山
—執筆

⑫蘆売—知童—葛民
—如藍—紫丸—宗
準—油鬢—矩久—
藍橋—花瓢—来山
—執筆
⑫油鬢—紫丸—知童
—藍橋—矩久—葛
民—宗準—蘆売—
花瓢—如藍—来山
—執筆
⑫紫丸—油鬢—蘆売
—葛民—宗準—花
瓢—知童—如藍—
矩久—藍橋—来山
—執筆
⑫葛民—如藍—油鬢
—花瓢—藍橋—紫
丸—矩久—宗準—

知童—蘆売—来山
—執筆
⑫如藍—葛民—紫丸
—蘆売—花瓢—矩
久—藍橋—知童—
油鬢—宗準—来山
—執筆
⑫知童—蘆売—如藍
—矩久—葛民—藍
橋—花瓢—油鬢—
宗準—紫丸—来山
—執筆
⑫花瓢—藍橋—矩久
—宗準—如藍—蘆
売—油鬢—紫丸—
葛民—知童—来山
—執筆
⑫宗準—矩久—藍橋

—紫丸—油鬢—知
童—葛民—花瓢—
如藍—蘆売—来山
—執筆

▽由平　美郷　酒家季範
車要　茂吟　松甫
呼牛　月尋　魚柳
ノ水　咽鉄　近吉
尺流　平可　因古
梅子　好朝　秋夕
民風　好竹　睡竹
黒心　正次　笑給
若鶯　一卜　定友
遠水　卜宿　豈右
楊水　是由　梅朝
夏秋　春山　炉柴
一水　雲嘯　晴嵐
泉州佐野湖水　泉州佐野流卜　泉州佐野可遠

不知（泉州佐野）　甫宵（泉州佐野）　観久（久宝寺）

鸞竃（平野）　嵐山（土州）　夕山（土州）

随雪（土州）　香紫（難波）　風京

〔元禄五年尾陽歳旦〕

京寺町二条上ル丁／いつゝや庄兵衛板。元禄五壬申歳（冒頭）。山本荷兮編。歳旦集。横本一冊。藤園堂文庫蔵。『俳書集成』17ニ影印。『岡崎市史研究』9（昭和62・3）ニ影印・翻刻。

尾陽名護屋

③荷兮―釣雪―舟泉
③舟泉―荷兮―釣雪
③釣雪―舟泉―荷兮
③越人―烏巣―羽笠
③羽笠―越人―烏巣
③烏巣―羽笠―越人
③長虹―荷兮―越人
③傘下―鈍可―冬文
③冬文―傘下―鈍可
③鈍可―冬文―傘下
③文長―薄芝―成菌

③成菌―文長―薄芝
③薄芝―成菌―文長
③桃里―二松―白扇
③白扇―桃里―二松
③二松―白扇―桃里
③短蓑―可袋―朝水
③朝水―短蓑―可袋
③可袋―朝水―短蓑
③如猊（蓁蘆窟）（吟独）

参州岡崎

③霰艇―梺白―橋月
③橋月―霰艇―梺白

③梺白―橋月―霰艇
③川烏（岡崎）―歌的―雀声
③雀声―川烏―歌的
③歌的―雀声―川烏

参州挙母

③松菊―尹之―盤石
③盤石―松菊―尹之
③尹之―盤石―松菊
▽酔竹　一葦　一歩（八歳）
与流　野木　漁舟
呂松　鵜支　卓志
愚益　鶴羽　防川

蕪葉　桂夕　河詠
快宜　如春　箇済
草駒　松牛　水月
時直　柳風　斧諧
夕道　居等　我木
柳水　其線　不睡
洞和　甫節　雪晤
蚊聴　友水
▼野水　暮四　漁船
茢支　不睡　舟泉

三陽岡崎

▽秋冬　睡闇　秋月

柏里　一葉　沾参
不交　布泉　千釣
嘉竹（今岡）

遠州奥山

▽和詠　和言

美濃成田

▽兼止（成田）　塊人（下笠）　其外（垂井）
可笠（垂井）
▼川烏（岡崎）　湖舟（岡崎）　雀声（岡崎）
歌的（岡崎）　霰艇（岡崎）

〔元禄五年晩翠歳旦〕

京極通二条／井筒屋庄兵衛板。元禄五壬申稔（冒頭）。斎藤晩翠編。歳旦帖。横本一冊。個人蔵。

備前岡山

●晩翠
③晩翠―千代丸―雲鹿
③風笛―旧白―梅林
③雲鹿―晩翠―風山
③梅林―旧白―風山
③千代丸―風笛―晩翠
●晩翠引付二
③是水―松声―枕友
③松声―枕友―是水
③枕友―是水―枕友
③栄求―雲水―雪斎
③雪斎―栄求―雲水
③雲水―雪斎―栄求
●晩翠引付三
▽兀峰

---

③知義―不風―兀峰
③知香―知秋―知義
▽取易　兀随　知命
峰及
▽作者不記　作者不
記　作者不記
▼作者不記
●晩翠引付四
⑥栄流（吟独）
③（嶺松軒）一水（吟独）
③万杏（吟独）
▼万杏
③蓮也（吟独）
▼蓮也
●晩翠引付五
▼風子

---

③風子（吟独）
③（荀蕉堂）好角（吟独）
③来柏（吟独）
③茂風（吟独）
③巵言（吟独）
●晩翠引付六
③梅角―画水―素仙
③素仙―梅角―画水
③画水―素仙―梅角
③梅流（吟独）
③不恐（吟独）
③旧風（吟独）
●晩翠引付七
③泛舟（吟独）
③盛全―盛仲―盛姓
③露白（吟独）

▽（奥山氏）房軒　心慰　一玉
何有
▼何有
③風来（吟独）
▼風来
●晩翠引付八
③（菜花庵）鬼車―土竜―蝸牛
③（竹尾□）蝸牛―鬼車―土竜
③（芙蓉館）土竜―蝸牛―鬼車
③岸松（吟独）
③竹盛姓―榛―元
③禄―壬―申
●晩翠引付九
③（杏孤軒）赤子―一楫―家教
③（督巵軒）一楫―家教―赤子
③（柳生軒）家教―赤子―一楫

---

③（矢杉氏）悔世1―（中川氏）汲幹2
▼汲幹
③葉風―素石―風山
●晩翠引付十
▽茂門
▼茂門
▽（回主庵）楽山　（中川氏）汲幹　（林尾氏）寿伯
舞石　白英　友風
一楽　流水　佩鹿
一泉　冬山　水石
長風　（沙門）梵和　慮得
頼尭　懐古
●晩翠引付十一
▽塵風　加竹　拙口
如林　西水　如水
古順　勝平　直光

直正　ナヨ　イロ
竹丸　蘭丸　忠重（小山氏）
▼忠重
▽利長（清書堂）　一見　蝶之
●晩翠引付十二
備前八浜
▽覡雲子（持傘軒）
▼覡雲子
③阿嵐—秋楽—一毛
③一毛—阿嵐—秋楽
③秋楽—一毛—阿嵐
▽常立　重昌　成房
▼阿嵐
●晩翠引付十三
備前下津井
③軽舟（独吟）
③霧遊（独吟）
▼軽舟

備前福岡
③長治（独吟）
▼長治
③松笛（独吟）
▼松笛
●晩翠引付十四
備前佐伯
③式部卿—一夢—雲鹿
▽一夢（桑門）
備前福山
③義勇（金□軒）（独吟）
▼雲竜
備前大富
③蟻心（山竹軒）（独吟）
▼蟻心
●晩翠引付十五
備前浮上
▽安仲（岸氏）　柳子

▼安仲
備前胸上
▽磯団　有松　知木
喜云　静抱
備中西阿知
▽重賢　曲喉　松林
勝磨（丸川少人）　文洗（硯睡庵）
▼桐英
●晩翠引付十六
③瓢睡（草花庵）（独吟）
▼瓢睡
③旦瑟（麟向堂）（独吟）
▼旦瑟
③桐英（酔月庵）（独吟）
▼文洗
▽笑慶
●晩翠引付十七
備中帯江

▽盛昌（平松氏）　盛喜　一声
吉都（座頭）　池水（沙門）
▼池水
▽尚雪　不見
亀杏庵（漢詩）
▼尚雪
●晩翠引付十八
③漏角（独吟和漢）
備中高松
▽正房　正住　流船
一要
備中連島
③梅雲院（独吟）
▽自友　雪鷺　義行
▼自友　雪鷺
●晩翠引付十九
備中足守
③吟幸—如滴—楓滴

---

③楓滴—吟幸—交竹
③交竹—楓滴—吟幸
▽如滴
③炉雪（漏月庵）（独吟和漢）
▽炉雪
●晩翠引付二十
③臨流（舒嘯軒）（独吟和漢）
③曲枕（又新軒）（独吟）
▼炉雪
備中水田
③柳水（三輪氏）—交柳—柳風
③岸松（鈴木氏）—重胤—和水
③柳水（鈴木氏）—岸松—交柳
●晩翠引付二十一
③和水（鈴木氏）—城令—不外
▼柳水
備中松山
③作者不知

備中加茂
③半眠（吟独）　〔破了軒〕
③水舟—正由—只睡　〔本庄村・西汲・行柳〕
▼只睡
●晩翠引付二十二
美作倉敷
③茂麿—涼松—和適　〔可仕候〕
③和適—茂麿—涼松　〔以舒嘯〕
③涼松—和適—茂麿　〔竹華軒〕
▽自徳（詩漢）　〔桑門〕
●晩翠引付二十三
▽下葉　夢林

▼茂麿　涼松　和適
▽和適
美作津山
③□畳（吟独）　〔落霞堂〕
③槐卜（吟独）
▽竿吹
▼竿吹
●晩翠引付二十四
▽雪松　千里　〔野未堂〕
美作久世
③山鹿（吟独）　〔当礼□〕
③重就（吟独）

▽忠利　口英　一笑
林雪　不笛
▼不笛
●晩翠引付二十五
美作高田
▽谷水　自焉　〔荊〕
備後鞆
▽無求　里仙　楓〔遊女〕
備前□□
③蟻子（吟独）　〔不屑軒〕
讃岐上高瀬
▽鷗石　里梅　小流

古松
●晩翠引付二十六
讃岐丸亀
③鉄丸—随風—口笛　〔松扉軒〕
③口笛—鉄丸—随風
③随風—口笛—鉄丸
▽風琴　竜口　愚家
一鷲　葉舟　正勝
蘆鴇
▼鉄丸
●晩翠引付二十七
備中倉敷

▽蘆竿　梅吟　懐残
花□　猶児　蘭桟
孤山　楓携　和省
③和省（独吟漢和）
▼懐残　蘭桟
●晩翠引付二十八
▼風山　風笛　梅林
旧白　好角　雲鹿
千代丸

壬申歳旦

刊記ナシ。壬申歳旦（書名）。岸本調和編。歳旦帖。横本一冊。綿屋文庫蔵。『俳書集成』17ニ影印。題簽ノ下部ニ「調和／引附」トアル。

③調和—直方—心水
③直方—止水—好柳
③心水—調和—止水

③好柳—心水—直方
③止水—好柳—調和
▽駒角　調由子

調賦子　藤匂
東籬　任々子
調颯子　花蝶

竹苞　原水　水月
嘉吟　釉蝶　蘭巵
筐鹿　岫雲　旭膻

杏栄　調玉　石柳
三子　玉山　調寿
彳子　水藻　誹士

紫蘭　和肘　調柳
軒松　（羽生）調格　（甲州）調実
和賤　浅山　和汀
不貫　柳燕　和推
青水　志水　芥子
和菖　杜若　只旦
白萍　調甘　可雲
和鑚　和蠢　和鉄
和英　調布　包袋

柳滴　調云　風原
風子　百渓　嫩芽
（布川）調葉　（布川）清宣　（布川）調白
（布川）葉菊　（布川）葉立　（須藤堀）調余
（長沖新田）調寸　蟻思　露畔
（駿府）卵葵　白兎　狂風
露江　洞水　露珍
（宇都宮）卜子　（羽州六角）六角　（羽州六角）末香
（上総）松夕　白色　調喜

（葛西）夕友　（葛西）無友　（葛西）夕隣
（葛西）紫藤　（葛西）祢好　（葛西）一貞
（葛西）豊尚　（葛西）定雄　（葛西）独笑
（羽生）調山　（羽生少人）菊丸　定政
方室　半角　袖琴
小畚　吟春　和松
（羽州最上）未覚　（羽州松山）浮水　（羽州山形）自染
蛍車　仲藤　寿伸
（少人）調武　晋角　秋風

松諷　一鷗　今袋
（須加川）祐碩　（武州久喜）和丈　（上総久留里）幸和
（越後新潟）一酔
③（須加川）等躬―等翁―等仙
③等仙―等躬―等翁
③等翁―等仙―等躬
▽東梅子　（須加川）素蘭
（須加川）常水　（須加川）栗斎　（須加川）口蕀
（須加川）杜覚　（須加川）久沢　（石川）等盛

（石川）守朴　（石川）等般　（石川）等秀
（長沼）少計　（日和田）蘆葉　（二本松）包抄
（天原）康吉　（天原）延久　（岩城）寸虫
（下妻）箙　黒水　一歩
風笛　風滴　風尋
小泉　一箇　風吟
言風　和旦　一蠢
随友

〔誹諧長柄の橋〕

元禄五壬申年正月十日／京五条橋砌／梅村板刊。長牟編。連歌俳諧語彙・発句・連句集。横本一冊。元禄四年辛未年南呂日／洛下筍芽柑拾士長牟誌（自序）。個人蔵。原本未見ノタメ、雲英末雄『元禄京都諸家句集』（勉誠社　昭和58年刊）「書誌」ニ記サレタ連句ノ情報ヲ再録スル。

連句

①独吟五十韻〔望一〕（百韻ノ内ノ半分）
②両吟五十韻〔望一―長牟〕（各句数ハ不明）
③両吟歌仙〔我黒―長牟〕（各句数ハ不明）
④独吟歌仙〔長牟〕
⑤四吟歌仙〔和及―長牟―晩山―幸佐〕（各句数ハ不明）
⑥五吟歌仙〔鞭石―義雪―長牟―蘆秋―云胡〕（各句数ハ不明）

俳諧小からかさ

元禄第五暦申正月吉辰日／江戸神田新革屋町／西村半兵衛・京三条通油小路東へ入町／西村市郎右衛門・同衣棚御池下ル町／坂上甚四郎。坂上松春著。西村未達校。俳諧付合語集。小本一冊。元禄四年中冬／洛下童言水序。綿屋文庫他蔵。『資料類従　参考文献』13ニ影印。

胡蝶判官

元禄五壬申年孟春（正月）吉辰／寺町二条上ル町（寺田重徳）。伊藤信徳・寺田重徳編。連句集。半紙本一冊。元禄四臘月日洛下／梨柿園信徳（序）。版下ハ重徳筆。綿屋文庫他蔵。『俳書集成』11ニ影印。『俳書叢刊』4等ニ翻刻。

連句

①独吟百韻〔信徳〕閑居情
②独吟百韻〔重徳〕いにし春むさし坊に…
③両吟歌仙〔素英18―清風18〕
④四吟八句〔素英2―可心2―去留2―温知2〕
⑤両吟歌仙〔（若州小浜津田）去留18―（羽州尾花沢村川）素英18〕あつまの客をまうけて
⑥三吟歌仙〔（若州小浜）可心12―温知12―去留12〕
⑦両吟歌仙〔十卯20―信徳16〕
⑧独吟八句〔（梨柿園子方斎）信由〕追加

俳諧河内羽二重

京寺二（ママ）条上ル町／井筒屋庄兵衛板。『阿』ニ「元禄五年申正月日」。麻野幸賢編。発句・連句集。大本（オヨビ半紙本）一冊。元禄四稔未仲冬日／河南林邑甘義亭／麻野幸賢（自序）。曳尾堂万海（跋）。綿屋文庫蔵。『俳書集成』20ニ影印。『俳書叢刊』3ニ翻刻。

発句

ア行

（布忍）安求　一
（布忍）安林　一
（小山）為重　一
（国府）意春　二
一知　一
一礼　一
因月　一
（小山）栄竹　一
円水　一
（金竜）桜叟　一

カ行

可心　一
（田井）可林　一
瓦鷺　一
我黒　一
賀子　一
（布忍）外峰　一
季範　一
其角　一
鬼貫　一
久永　一
（大井）休源　一

連句

（柏原）居林 一
虚風 一
言水 一
瓠界 一
湖春 一
幸賢 二
幸佐 一
幸方 一

サ行

（南都）歳人 一
（仙台）三千風 一
（大井）自笑 一
自性 一
自問 一
若礼 一
（大井）岫雲 一
（八尾）秋園堂 一
（小山）充尚 一
（和泉）重賢 一
（大井）重澄 一
（紀州）順水 一
女記 一
（八尾）女楊 一
如泉 一
如葉 一
（八尾）如柳 一
（小山）松軒 一
松山 一
（沢田）松柏 一
（八尾）宵子 一
倡和 一
常牧 一
信之 一
信徳 一
（津堂）正香 一
（津堂）正世 一
（津堂）正冬 一
正立 一
（野中）正林 一
西鶴 一
（藤井寺）政幸 一
（出羽）清風 一
（江州）千那 一
川柳 一
（津堂）宗信 一

タ行

団水 一
知童 一
竹亭 一
（阿波）釣寂 一
直成 一
定明 一
轍士 一
（大和）天弓 一
独友 一

ハ行

芭蕉 一
晩山 一
（備前）晩翠 一
平旦 一
（出羽）浮水 一
（小山）富従 一
（八尾）風喬 一
（出雲）風水 一
文十 一
蚊市 一
方山 一
豊流 一

マ行

（八尾東郷）毎雄 一
万海 一
（布忍）未白 一
（美濃）木因 一

ヤ行

友蛙 一
（小山）友子 一
（津堂）由信 一
猶海 一
（我堂）遊卯 一
（山田）遊林 一

ラ行

来山 一
嵐雪 一
李渓 一
（安芸）里洞 一
（大井）里雄 一
（古市）鯉舟 一
立志 一
柳枝 一
（萱振）流木 一
炉柴 一
路通 一
蘆売 一
（住吉）鷺沢 一

ワ行

和及 一
和汀 一
作者不記（幸賢）一

①独吟歌仙〔幸賢〕独吟

②三吟歌仙〔幸賢12―来山12―西鶴12〕三吟

③七吟歌仙〔里雄5―幸賢5―休源5―重澄5―自笑5―岫雲5―正世5―執筆1〕

④六吟歌仙〔松軒6―幸賢6―正香6―宗信6―為重6―栄竹6〕

⑤三吟半歌仙〔幸賢6―賀子6―轍士6〕三吟

⑥両吟三句〔幸賢1―友子2〕ある夜好士友子亭にてかたりしに…

⑦両吟歌仙〔幸賢18―万海18〕両吟

⑧三吟三句〔万海―幸賢―由平〕里亭萩の盛のころ尋られ

⑨三吟二十二句〔吟松―松山―幸賢13〕さる御方にはいかい望みけれは御いとまなし過し北桑門松山叟となされしを加入あるへきとのたまひて／又の日うちよりて／下略／とはかり書せ送り給ひしを余りに残多まゝつたなきこと葉を綴り一おりとなしぬ〔吟松・松山ノ両吟ニ幸賢ガ後ヲ継イダモノデ、両吟ノ各句数ハ不明〕

⑩三吟三句〔季吟―幸賢―万海〕往年季吟翁のかたへたつね遅稲米まいらせけれは挨拶に

俳諧難波曲

刊記ナシ。『阿』ニ「元禄五年正月」。高木自問編。発句・連句集。半紙本一冊。元禄四のとし新陽（一月）下浣／高木自問（自序）。柿衞文庫蔵。『資料類従』36ニ影印。『古俳大系　談林俳諧集二』ニ翻刻。

発句

ア行

安春　一
為次　一
為昌　一
一塢　一
一行　一
一山　一
一夕　一
一竹　一
新居民一遊　一
一礼　一〇
益翁　一
円水　一
僧桜叟　二
音水　一

カ行

可幸　一
可夕　一

賀士　二
快笑　一
（僧）海秋　一
皆水　一
学海　一
観小　一
観明　一
亀角　一
儀道　二
虚風　一
吟性　一
矩久　一
愚翁　一
見里　一
元順　一
元乗　一
元知　一
古水　一

呼牛　一
孤松　一
（麻野氏）幸賢　三

サ行

才麿　三
宰賀　一
昨非　四
（僧）止水　一
此木　一
史庭　一
耔郎　一
自栄　一
自学　一
自言　一
自性　一〇
自泉　一
自問　二
時喜　一

車跡　一
守次　一
如貞　一
如葉　一
序海　一
恕回　一
（僧）昌悦　一
松雨　一
松風軒　二
松緑　一
倡和　一
浄祐　一
常春　一
信行　一
信性　一
深月　一
水与　一
寸志　一

正孝　一
正房　一
（松寿軒）西鶴　三
（桑門）西順　一
西茂　一
晴嵐　四
石草　一
（十歳）千海　二
（少年）千性　一
素竜　一
楚秋　一
宗因　一
宗月　一
（高松氏）宗旦　一
桑風　一

タ行

打笑　一
探水　一

（谷氏）竹亭　一
（細井氏）釣寂　一
椿子　一
定明　一
定由　一
定祐　一
貞継　一
轍士　一
渡笑　一
冬橘　一
（僧）桐政　一
（僧）唐舌　一
（高木氏）徳正　一

ハ行

波山　一
梅菌　一
（桜井氏）梅人　一
梅飛　一

梅友　一
坂井　一
ひさ女　一
匕頑　一
美郷　一
百丈　一
平旦　一
（須藤氏）不及　一
不琢　一
不問　一
風喬　一
分海　一
分習　一
文十　一
蚊市　一
保友　一
補天　一
豊流　一

本清　一

マ行

枚鳥　一
万桜　五
万海　八
万松　一
万笑　一
万草　一
万敷　一
万里　一
万林　一
茂吟　二
木夕　一

ヤ行

友蛙　一
幽山（水流庵）　一
猶海　一
遊覚　一

ラ行

来山　一
李渓　一
柳翁　一
柳子　一
隆好　一
林水　一
林東　一
漣之　一
蘆売　一
露友　一
六翁　一

ワ行

和詮　一

連句

①七吟歌仙〔季吟1―万海6―才麿6―昨非6―自性6―自問5―一礼5―執筆1〕万海生に逢ひて

②六吟歌仙〔才麿7―平旦7―万海7―松雨6―一礼7―自問1―執筆1〕元禄三衣更著廿五日／平旦興行

③三吟歌仙〔自問12―一礼12―万海12〕耕月庵の柴の扉をたゝいて

④三吟歌仙〔一礼12―万海12―自問12〕友来つて厨をさし…

⑤三吟歌仙〔万海12―自問12―一礼12〕さとびたる犬の声…

俳諧すかた哉

京寺町二条上ル丁／井筒屋庄兵衛板行。和気遠舟編。発句・連句集。半紙本一冊。朧麿（遠舟）／元禄五申歳初春（正月自序）。柿衛文庫蔵。『資料類従』36ニ影印。『俳書集覧』3ニ翻刻。ナオ、『阿』デハ元禄五年四月ノ俳書中ニ配列。

発句

ア行

山シロ 安清 一
大坂 伊舟女 一
一計 一
大坂 一舟 一
大坂 一信 一
難之 一竹 一
一灯 一
アキ 一銅 一
大坂 一卜 四
一礼 一
大坂 員房 一
天マ 雲嘯 一
江戸 雲中 一
益翁 一
大坂 円水 一
延昔 一
大坂朧麻呂 遠舟（朧麿モ見ヨ） 三
遠柳 一
大坂 遠流 二
大坂 鶯柳 一

カ行

下風 一
大坂 可舟 三
豊後 可笑 三
可盃 一
花行 一
赤川 花荘 三
堺 夏葉 一
歌寄 一
都 我里 一
大坂 賀子 五
雅水 一
大坂 海栄 一
河内 閑水 一
大坂 岸紫 六
大坂 雁舟 三
江戸 雁声 二
大坂 季範 四
江戸 其角 一
ツノ国 起風 二
大坂 鬼貫 二
大坂 宜風 四
大坂 久栄 一
イカ 久焦 一
大坂 休計 三
大坂 虚風 二
大坂 玉清 三
大坂 近柳 一
大坂 景写 三
大坂 景舟 一
元知 一
都 言水 一
大坂 戸売（蘆売カ） 一
古松 一
和シウ 古枕 一
大坂 孤松 三
大坂 口嘿 三
大坂 光春 一
ビセン 好名 一
天マ 行元 一
河内 幸賢 一
天マ 幸方 四
堺之 紅葉 一

サ行

大坂 才舟 一
大坂 才磨 四
大坂 妻舟 一
大坂 昨非 三
イセ 昨夢 一
大坂 三志 一
参舟 二
残思 一
ミカハ 止水 二
大坂 字水 三
備州 似戎 一
車堂 一
大坂 捨舟 二
大坂 鵲舟 四
大坂排風軒 舟軒 一〇
長サキ 秋丸 一
都 秋広 一
大坂 十賀 五
天マ 住閑 一
難之 重意 一
大坂 重可 四
大坂 重勝 二
ヤマト 春霜 一
大坂 春林 二
大坂 如回（恕回） 二

如泉　一
恕回（大坂）　二
昌行（ハリマ）　一
昌守（大坂）　一
松翁（大坂）　一
松音（豊後）　一
松月（豊後）　二
松寿（大坂）　三
松荘（赤川）　二
松風（豊後）　四
松緑（大坂）　三
倡和（大坂）　三
勝平（大坂）　一
嘯也（大坂）　一
常信（平野）　一
常房（稲田）　一
心文（大坂）　三
信舟（大坂）　一
信徳（都）　一
水翁（玉モ）　一
誰可（都）　一
随心（大坂）　四
寸寛（二河）　一
正賢（イツミ）　一
正好（大坂）　一
生歌（河内）　一
西鶴（大坂）　六
西吟（ツノ国）　一
西流（大坂）　三
盛風（ツノ国）　三
晴嵐（天マ）　二
拙稿（大坂）　一
雪女（大坂）　一
雪助　一
舌鉄（天マ）　一
川舟（大坂）　一
川柳　四
仙山（大坂）　四
扇士（大坂）　二
倩虎（天マ）　一
早舟（大坂）　二
宗白（ワカサ）　一

タ行

団水　一
知童（大坂）　一
竹亭（大坂）　三
中舟（大坂）　一
沖舟（大坂）　一
忠重（大坂）　一
長江（豊後）　一
長風　一
釣水（大坂）　五
枕蛍（河内）　一
枕舟（大坂）　二
定丸（紀シウ）　一
定方（豊後）　一
定明（大坂）　四
貞頼（イツミ）　一
轍士（大坂）　六
冬風（ツノ国）　二
灯外（大坂）　三
唐陽（大坂）　四
独友（江戸）　一

ナ行

入舟（大坂）　二

ハ行

巴水（ツノ国）　二
波舟（天マ）　一
芭蕉（江戸）　一
梅竹（大坂）　一
白袖　一
白灯　一
伯志　一
伯舟（大坂）　三
半月　一
半伯（江シウ）　一
伴舟（大坂）　二
飛梅（大坂）　二
美郷（大坂）　一
百詞（ハリマ）　一
百齢（天マ）　三
平次（大坂）　三
武仙（大坂）　三
風草（ツノ国）　二
風竹　一
風盧（大坂）　五
文十（大坂）　四
蚊角（大坂）　一
蚊市（大坂）　三
扁住（都）　一
保直（大坂）　四
本也（大坂）　一

マ行

万王（都）　一
万海（大坂）　四
未治（都）　一
木口（大坂）　七

ヤ行

夜白（ミカハ）　二
野風（都）　一
又有（イセ）　一
友清（吉田）　一
友雪　一
友独（大坂）　三
由平（大坂）　二
有秋（河内）　一
幽子（大坂）　一
幽宵（紀ノ）　一

祐舟（大坂）　一
庸寿　一

ラ行

来山（大坂）　五
来舟（大坂）　一
雷也（大坂）　一
落水（江戸）　一
嵐人（ハリマ）　一
闌月（越之）　一
利重（大坂）　一
李堂（大坂）　一
鯉硯（大坂）　一
陸水（都）　一
柳枝（大坂）　一
旅舟（大坂）　四
林女（大坂）　四
林水　一
蘆船（大坂）　二
蘆売（大坂）　四
露舟（大坂）　二
露梅（大坂）　一
露友（大坂）　二
朧麿（遠舟モ見ヨ）　二
鹿山（大坂）　二

ワ行

和水（大坂）　四
和了　一
作人不知　一

連句

①独吟歌仙〔遠舟（朧麿）〕はなひの枕唐人の褌…
②独吟六句〔朧麿（遠舟）〕蟬のから掃捓の賤よ…
③両吟六句〔朧麿（遠舟）3—舟軒3〕極楽坊の擂小木露のもろさや…
④両吟二句〔朧麿（遠舟）—鵲舟〕痩亮か南楼は世に更たる…
⑤両吟二句〔朧麿（遠舟）—雁舟〕松島や小島の海士か眼ニ景なし…
⑥両吟十二句〔朧麿（遠舟）11—西柳軒1〕春の遊ひはするゐ照やまと姫より始まり…
⑦独吟半歌仙〔朧麿（遠舟）〕囈言（エイ）は嬉シき物よ／十八句
⑧両吟二句〔舟軒—朧麿（遠舟）〕追恋

俳諧わたまし抄

大坂高麗橋真斉橋筋南入町／雁金屋庄兵衛板。御風山春色編。俳諧作法書・発句・連句集。半紙本一冊。元禄第五壬申春正月日／一時軒（惟中序）。播州御風山（春色）叙／元禄壬申孟春之日（自序）。元禄五年壬申春正月播州竜野法雲寺記焉／御風山双吟堂春色（自跋）。元禄五申歳初春／難波俳林二万翁（西鶴跋）。柿衛文庫他蔵。『国文学研究資料館紀要』15（平成元・3）ニ翻刻。作法書部分ノ例句（発句五・付句四三・付合六）ハ無記名ナノデ集計ヲ省略シ、句集部分ノ無記名句ハ基本的ニ御風山（春色）ノ句トシテ処理ヲシタ。ナオ、本書ニハ、句集ノ部分ヲ「連俳用捨」ト題スル用語集成ニ差シ替エタ後印本モアル。

発句

ア行

作者	句数
一晶（江戸）	一
一有（伊勢）	一
雲碩	二
遠舟（大坂）	一
横田氏	一

カ行

作者	句数
我黒（京）	一
季吟（江戸）	一
其角（江戸）	一
挙白（江戸）	一
御（春色カ）	一
御風山（春色）	六二
言水（京）	一
湖春（江戸）	一
光重（アコヤ）	一

サ行

作者	句数
才麿（大坂）	一
柴舟（アコヤ）	一
如泉（京）	一
松嵐（タツノ円尾）	二
乗風	一
信徳（京）	一
西鶴（大坂）	一
西吟（大坂）	一
宗旦（伊丹）	一

タ行

作者	句数
大円（大坂）	一
団水（京）	一
致隙	一
釣舟	一
調和（江戸）	一
轍士（大坂）	一
桃花	一
桃川	二

ハ行

作者	句数
芭蕉（江戸）	一
梅翁（宗因）	一
梅林（山崎）	一
弥生（ヒメチ）	一
百亀	一
武久氏	一
風声（円尾）	二
方山（京）	一

マ行

作者	句数
万海（大坂）	一
木因（美濃）	一

ヤ行

作者	句数
由平（大坂）	一

ラ行

作者	句数
来山（大坂）	一
嵐雪（江戸）	一
利祐	二
律友（阿州）	一
柳枝	二

ワ行

作者	句数
和及（京）	一

連句

①独吟二句〔御（春色カ）〕

②両吟二句〔一時軒（惟中）―御風山（春色）〕播州法雲寺に舎りて

③両吟二句〔西鶴―御風山（春色）〕法雲寺初参会に

④両吟二句〔御風山（春色）―三千風〕大淀三千風参会に

⑤両吟二句〔御風山（春色）―方山〕九月九日滝方先生の扉を叩て

⑥両吟二句〔御風山（春色）―法印〕同日（九月九日）瑞仙院の薗に入て

⑦独吟二句〔御風山（春色）〕揖保川の西の庵に自画をうつし留て

⑧六吟六句〔春色―乗風―桃巷―雲碩―柳枝―桃川〕歌

仙表

春の物

刊記ナシ。『阿』ニ「元禄五年正月」。青木鷺水編。発句・連句集。半紙本一冊。団水聞（序）。元禄さるのとし春正月日（団水自跋）。早稲田大学図書館蔵。『早大影印叢書　元禄俳諧集』ニ影印。『ビブリア』28（昭和39・8）ニ翻刻。

発句

ア行
（京）淵瀬　一
只丸　一
（京）芝蘭　一

カ行
重徳　一
（江戸）其角　一
（与州）粛山　一
（京）言水　一
（京）如泉　一

サ行
信徳　一
（大坂）昨非　一
（大坂）西鶴　一

タ行
（伊丹）宗丹　一
琢石　一
団水　一
（阿州）釣寂　一
澄風　一
（難波）轍士　一

ハ行
洞水　一
（大坂）巴水　一
芭蕉　一
（江戸）百里　一
（大坂）蚊市　一

マ行
（京）岷水　一

ヤ行
友扇　一
（常州）葉船　一

ラ行
（阿州）律友　一
（江戸）路通　一
鷺水　二

連句

①独吟三句〔集友〕人々題をさくりて七種のほくつかふまつりけるに／其一寄芹旅
②独吟六句〔洞水〕其二寄薺恋
③独吟三句〔野水〕其三寄御形慶賀／くるすの標野なといへる歌の名所にはあらて
④両吟三句〔山河1─岷水2〕其四寄蘩蔞哀傷
⑤独吟六句〔鷺水〕其五寄仏座釈教
⑥独吟三句〔如竹〕其六寄鈴菜神祇
⑦独吟三句〔谷水〕其七寄酒々代述懐
⑧両吟二句〔鷺水─天弓〕過し冬和州杉生氏天弓にとは

れ侍りて

⑨両吟六句〔野水3—鷺水3〕

あくた舟

京寺町二条上ル町／井筒や庄兵衛板。『阿』ニ「元禄五年正月」。植村芥舟編。連句集。半紙本一冊。元禄四年中冬／言水序。綿屋文庫蔵。『俳書集成』11ニ影印。

連句

①十一吟世吉〔芥舟4—言水5—如泉5—定之2—只丸5—秋山3—助叟4—重徳4—信由3—信徳5—為文3—執筆1〕

②九吟世吉〔芥舟6—信徳6—言水7—只丸5—助叟5—定之4—重徳5—秋山4—如泉1—執筆1〕

③四吟世吉〔秋山11—信徳11—助叟11—芥舟11〕

④十八吟十九句〔信徳—言水—芥舟—秋山—雁玉—為文—定之—助叟—信由—只丸—風子—松春—阿誰—淵瀬—湖水—松木—芝蘭—梅子—執筆〕

忘梅

稿本（現存シナイ）。『故』ニ「元禄五　草稿」。江左尚白編。発句集。半紙本二冊。元禄五年孟春（正月）日／千那（序）。京都大学大学院文学研究科図書館他蔵。『俳書文庫』4ニ翻刻。千那序ガ芭蕉ノ代作デアルコトカラ悶着トナリ、未刊ノママデアッタノヲ、安永六年ニ蝶夢ガ刊行。安永酉のとし二月…／蝶夢幻阿…（序）。安永六年丁酉二月／江左車謹書（跋）。

発句

ア行

杏矣　二
一煙（句空）　二
一笑　二
一雫　二
一鉄　二
一竜　三
宇月　三
宇白　三
艶来　一
桜声　一

カ行

嘉充 一〇
丸力 一
眼石 一
岐節 一三
其角 四
紀北 三
既白 一
鬼貫 一
喜楽 一
喜林 三
祇福 一
去留 三
許六 三
旭芳 一
金八 一
古梵 二
五李 二
梧角 一
好三 一
好政 一
江山 六
恒幸 六
黒墨 一
兀峰 二

サ行

左竜 四
在林 一
昨木 一
索男 二
三沢 一
杉候 八
只眠 一四
枝哀 一
詞流 一
而得 一八
酒笑 一
拾山 四
淳児 一四
小作 一
尚白 二六
勝定 二
蕉分 一
橡（橡青） 一
橡青 一
丈青 一
常士 一
常子 一
心流 三
寸口 一
正義 一
青丈 三
青不 九
清観 一
精方 一
雪風 一
千菊（女） 四
千那 一四
仙様 一
素男 三
蘇入 二
草士 一七

タ行

丹野 一
淡水 三
通雪 一七
定克 一
桃固 一

ナ行

南天 一

ハ行

波之 一
芭蕉 五
馬化（馬仏カ） 一
馬仏 一
梅雲 一
梅墎 四
梅主 一六
白雪 二
白貢 四
不徠 二
普人 一
風国 二
ノ松 二
法林 一
卯之助（七歳） 一
忘卜 一

マ行

万春 一〇
味雨 二
味両 四
木因 二
木兵（猿風） 一

ヤ行

友益 一
優士 一
与三 三

ラ行

嵐雪 一
嵐流 八
李由 一
林下 一
路外 一

ワ行

和及 一
和三 四
作者不知 四

草刈籠

散逸書。『阿』ニ「一冊　風子作　元禄五年正月」。タダシ、『故』ニハ「風子　元禄四」。

宝銭

散逸書。『阿』ニ「一冊　阿州住　釣寂作　元禄五年正月」。タダシ、『故』ニハ「一　阿波釣寂　元禄四」。

菜の花

散逸書。『阿』ニ「一冊　桜塚　西吟作　元禄五年正月」。タダシ、『故』ニハ「一　西吟　元禄四」。

八百韻

散逸書。『阿』ニ「一冊　才麿・桑風・椿子・恕回・快笑・孤松・昨非・耔郎　元禄五年正月」。

きさらき

京寺町二条上ル町／井筒屋庄兵衛板。『阿』ニ「元禄五年如月（二月）十五日」。双楡軒季範編。発句・連句集。大本二冊。元禄五申きさらきの日／双楡軒季範（自序）。元禄五壬申二月日／双楡軒季範自序。連句集ハ長崎県大村市立史料館蔵。発句集ハ版本所在不明ノタメ、綿屋文庫蔵ノ写本ニヨッタ。

発句

ア行

安〔布忍〕求　二
安〔布忍〕昌　二
安〔布忍〕林　二
杏酔　二一
夷風　二一
葦　二一
海　二一
計　二一
松　二一
灯　二
礼　三

和州 一露 二
右左 一
勢州 雲岫 一
雲嘯 二
栄道 二
尾州 越人 一
京 淵瀬 一
遠舟 二
遠柳 一
金竜山 桜叟 一

カ行

可幸 一
可之 二
花瓢 一
夏林 一
瓢界（瓠界） 一
霞松 一
霞仲 一
我動 一
賀子 三
廿年 雅明 一
快笑 一
海岸 一
海秋 一
岸紫 一
江戸 キ角（其角） 四
季渓 一
季之 一
季範 十七
伊丹 蟻道 一
休計 一
江戸 挙白 一
虚風 四
玉栄 一
玉風 一
吟窓 一
矩久 一
播州 空我 一
桂里 一
景写 二
月尋 二
元知 二
京 言水 一
遊女 江口 一
江水 一
幸賢 一
幸方 一
幸雄 三
黒心 一

サ行

才麿 三
奈良 歳人 一
昨非 四
伊丹 三記 一
残秋 一
止水 二
之道（諷竹） 三
此木 一
史庭 二
志水 一
京 芝蘭 一
籽郎 三
自問 三
車風 二
車要 二
伊丹 酒粕 一
京 秋帆 四
重之 一
京 春澄 一
春林 二
紀州 順水 一
如記 一
如泉 一
京 助叟 一
序海 二
恕回 二
江戸 鋤立 二
松甫 二
宵鳥 一
宵扉 一
江戸 鐘明 一
心桂 一
信徳 一
数郷（美郷カ） 一
井蛙 一
西鶴 一
桜塚 西吟 二
青人 二
清流 二
晴嵐 二
夕船 一
石草 二
席梅 一
舌鉄 一
千春 一
川柳 三
扇士 一
倩虎 一
素竜 一
楚秋 二
宗月 二
宗準 一
伊丹 宗旦 一
堺 草風 一
桑風 三

タ行

大西氏 一
団水 二

京 竹亭 二
江戸 樗雲 一
江戸 樗随 一
阿州 釣寂 一
釣水 三
朝笆 一
直水 一
椿子 三
定明 四
大坂 貞因 一
的山 一
轍士 四
天外 一
和州 天弓 一

灯外 一
東海 一
桃英 一
桃青（芭蕉） 二
呑海 一

ナ行

紀州 南水 一

ハ行

梅眠 一
麦刀 一
半山 二
伴自 一
和州 班牛 一
盤水 一

美郷 三
江戸 百花 二
江戸 百里 二
十一歳 平六 一
不磨 一
出羽 浮水 一
舞興 一
雲州 風水 一
風寸 一
風慮 一
文左 一
文士 一
文十 六
萍風 一

保直 一
補天 三
京 方山 一
豊流 一

マ行

枚湖 一
阿州僧 末功 一
万海 二
勢州 万計 一
茂吟 一

ヤ行

也悦 一
由意 一
堺 由仙 一

幽山 二
雄緑 一

ラ行

来山 二
江戸 嵐雪 二
藍橋 一
利広 一
少年 李堂 一
江戸 立志 一
律友 一
柳水 一
流波 一
竜口 一
林樵 一

薩摩 霊好 二
炉柴 二
路通 一
蘆角 一
少年 露葉 二
伊丹 鷺助 二

ワ行

和及 一
作者不記 一

連句

①三吟歌仙〔由平6—季範24—虚風6〕比は正月一日はまいて空のけしきうら〱とめつらしく霞こめたるにといへるはさら也（名残ノ折ハ季範ノ独吟）

②三吟歌仙〔万海13—季範12—海秋10—執筆1〕たゝ過にすくるもの／帆あけたる舟人のよはひ春夏秋寒

上戸の一座

③三吟歌仙〔文十12―季範12―椿子12〕すさましきもの

④両吟半歌仙〔轍士8―季範10〕こゝちよけなるもの／目もあひかたき炎の空俄にうちくもり…

⑤九吟二十二句〔秋帆2―季範2―序海3―桃英3―霞松3―志水3―宵烏3―千第1―玉的1―執筆1〕口おしきもの

⑥三吟歌仙〔車要（潮江）12―季範13―之道（諷竹）10―執筆1〕いやしけなるもの

⑦五吟半歌仙〔虚風3―季範4―春林4―史庭3―幸雄3―執筆1〕人にあなつらるゝもの

⑧八吟世吉〔季範6―団水6―信徳6―淵瀬4―南樹5―釣寂5―元方5―言水6―執筆1〕心ゆくもの／紅葉の比をおもひて京に行事あり…

⑨両吟短歌行〔和及12―季範12〕いにし年上京の砌露吹庵に尋て終日かたりぬ和及即興…といへる主も身まかりぬ…／過にしかた恋しきもの／両吟歌仙に充しも捨かたくてしるす

⑩両吟歌仙〔一礼18―季範17―執筆1〕侘しけに見ゆるもの／ちいさき板屋の黒うきたなけなるか…

⑪両吟歌仙〔川柳17―季範18―執筆1〕木は

⑫三吟歌仙〔来山12―季範11―文十12―筆1〕心もとなきもの／傾城町へはのそかす…

雑談集

刊記ナシ。元禄辛未歳内立春日…校合畢（奥）。『阿』ニ「元禄五年二月」。宝井其角編。発句・連句・俳文集。半紙本二冊。粛山跋。版下ハ其角筆。岡本勝他蔵。『勉誠社文庫』19（勉誠社昭和52年刊）ニ影印。『宝井其角全集』等ニ翻刻。

発句

ア行

一澄（さの） 一
遠水 七
乙州 一
何処 一
岩泉 二

一山（さの） 一
雲口 一
翁（芭蕉モ見ヨ） 付二六

カ行

荷兮 二
季吟 一

一笑 一
越人 一
横几 五
かしく 二
岩翁 三
其角 付一四四

其由　二
枳風　四
亀翁　二五
九十　一
去来　二
挙白　一
曲水　一
吼雲　一
渓石　一
幸水　二

サ行

柴雫（イセ）　四
三翁　一
山川　一
子英　一
子堂　二
史邦（京）　一
詞山　一
自悦　一
且水　四
尺草　五
守武　一
粛山　一四
春水（さの）　三
春澄　二
如春　二
松下（僧）　一
信徳　二
水刀（いせ）　一
翠袖　三
是吉　二
正秀（ぜゞ）　一
青楓（三州）　二
仙化　六
沾徳　一
沾蓬（宝生）（沾圃カ）　二
全峰　二
素堂　一

タ行

探泉　二
智月（母）　一
忠知　二
彫棠　三
鳥跡　一
珍碩（洒堂）　一
貞室　四
鉄枝　一
轍士　二
兎株（いせ）　一
東順　二

ナ行

任口（西岸寺）　三

ハ行

巴山　一
芭蕉（翁モ見ヨ）　二
梅翁（宗因）　三
柏舟　一
百里　一
氷花　三
孚先　一
浮萍　三
普船　七
牡玄（ぜゞ）　一
蓬仙（いせ）　一
牧童　一

マ行

未陌　二

ヤ行

野径（ぜゞ）　一
野水（尾州）　一
野童　一
友吉　一
幽宵　一
幽也　一
揚水（楊水）　四

ラ行

楽宇　一
嵐雪　一
嵐蘭　四
蘭風（三州）　一
路通　一
露沾　三
作者不記（其角）　付一
作者不記（枳風）　付一
作者不記　付一

連句

①四吟六句〔山川2―其角1―渓石1―かしく2〕

②五吟百韻〔其角20―渓石20―揚水（楊水）20―普船20―仙化20〕憶芭蕉翁

③三吟三句〔其角―彫棠―粛山〕七月朔日於観潤亭呈餞

④三吟三句〔粛山―其角―彫棠〕二
⑤三吟三句〔彫棠―粛山―其角〕三
⑥両吟歌仙〔彫棠18―其角18〕六月晦日のゆふべ…
⑦四吟半歌仙〔粛山5―信徳5―路通4―彫棠4〕
⑧三吟歌仙〔粛山12―其角12―彫棠12〕
⑨三吟歌仙〔遠水12―岩翁12―其角12〕

⑩三吟歌仙〔仙化12―其角12―普船12〕八月十八日
⑪十二吟百韻〔亀翁9―且水9―岩翁9―其角9―横几9―未陌9―探泉9―芒風10―尺草9―岩泉8―遠水9―松翁1〕
⑫両吟歌仙〔普船18―其角18〕
⑬両吟歌仙〔其角18―沾蓬（沾圃カ）18〕

誹諧七瀬川

刊記ナシ。『阿』ニ「作者不知　元禄五年二月」。編者未詳（樗子編カ）。発句合・発句集。半紙本一冊。春風堂主人樗子書（跋）。版下ハ我黒筆。中村俊定文庫他蔵。

発句

ア行
(縞花堂)一滴　三
(玉笙軒)鶯窓　八

カ行
(大カキ)歌三　一
我黒　五
翫流　三
季吟　一
其角　一
(湖東)既白　一
鬼島(くわな)　一
蟻想　一
吟雉　三
銀笙　二
言水　二
湖春　一

(あふミ)江水　一

サ行
才麿　一
(三松軒)資石　一〇
示石　一
(窓梅亝)慈悪　一〇
潤口　一
(ミノ)如行　一
如泉　一
(拾花軒)松麿　九
常牧　一
真嶺子　二
人石　一
(草盧亝)選也　三
(ミノ)前川　一
麁士　三

タ行
(六花堂)東柳　三

ハ行
はせを（芭蕉）　二
白[萑]　一
白木　一
扶富　一
(一笠軒)蚊雷　一
朋水　一

マ行
(湖東)無南　一
(ミノ)木因　一

ヤ行
也白　一

ラ行
(江戸)嵐雪　一

柳坡　一
路通　一

二木桜

散逸書。『広』ニ「水口　為郷」。『阿』ニハ『二木梅』ノ書名デ「一冊　水口　為郷作　元禄五年二月」。

太郎月

散逸書。『阿』ニ「一冊　大坂　月尋作」トシテ、元禄五年二月ノ俳書中ニ配列。

誹諧貞徳永代記

元禄五壬申歳三月吉日／三条縄手大黒町／橘屋庄三郎板行。中島随流著。俳論書。半紙本五冊。元禄五壬申歳如月日／松月庵随流述(自序)。松月庵一源子随流述之(自跋)。洛山道人書之(跋)。早稲田大学図書館他蔵。『早大影印叢書　元禄俳諧集』ニ影印。『俳書大系　俳諧系譜逸話集』ニ翻刻。

発句

ア行

維舟(松江重頼入道)(重頼モ見ヨ)　四
一休　歌　一
引牛(中川)　一
雲水(吟灯子)　一

カ行

夏夕　一
我黒(舟叟翁)　一
季吟(北村)　三
吟風(河原町三条上ル町長井)　一
言水(紫藤)　一
湖外(一松軒)　一
好春(向陽堂)　一
幸佐(高田)　一
高政(菅谷)　一
谷遊(谷崎)　一

サ行

残石(市村)　一
只丸(鴨永)　一
芝峰(友鶴山人)　一
似船(蘆月庵)　一
児水(宝樹軒)　一
舟露(佐藤)　一
重永(竹山)　一
重徳(寺田)　二
重頼(維舟モ見ヨ)　二
淳竹(童種庵)　一
如水(八木)　一
如泉(真珠庵)　三
助叟(椿木亭)　一
昌栄(椎木町三条上ル町永田)　一
松径(季樹堂)　一
松月(撖谷)　一
松春(池流亭)　一

春花堂 松笛 一
服柳堂 常春 一
蘭化堂 常牧 一
鵜殿 心咲 一
伊藤 信徳 二
鈴村 信房 一
松月庵 随風 一
河原町通三条上ル町松月庵 随流 六 付一 漢句一 歌二
田中 正業 一
二竹軒 生西 一
無外軒山本 西武 三 歌一〇

宗祇 一 付一
宗長 付一
則風 一

タ行

菅原 琢石 一
北条 団水 一
耕斎 竹翁 一
秋香軒 丁常 一
柑拾士 長年 一
東林軒 定之 一
服部 定武 一

黒田 貞兼 一
安原正章入道 貞室 五 歌一
乾 貞如 一
長頭丸 貞徳 歌一四
花香堂 貞木 一
招鳩軒 滴水 一
吐雲閣 天竜 一
宮川 道柯居士 一

ハ行

高瀬 梅盛 三
橘祥軒 薄古 一

吟花堂 晩山 一
東白軒 風山 一
竹葉軒 風子 一
井亀軒 鞭石 一
幽賞軒 方山 一
丹波朝日山 梵灯 付一

マ行

南禅寺門前杉谷 未英 一

ヤ行

佐藤 友扇 一
木戸 友竹 一

三軒 陽川 一

ラ行

恵鳳軒 立吟 一
立植 一
親重入道 立甫（立圃） 四
三条中島町山下 流滴 一
有朋軒 良詮 一
鶏冠井 良徳（令徳） 二
宗ノ堀江 林鴻 二
林也 一
鶏冠井 令富 一

青木 鷺水 一

ワ行

露吹庵 和及 一
作者不記 一 歌五

連句

①四吟四句〔近衛殿―宗鑑―玄旨法印（幽斎）―貞徳〕

②三吟三句〔玖山―貞徳―玄旨（幽斎）〕連歌本式

③八吟八句〔貞徳[松永]―西武[山本]―立甫[野々口]（立圃）―日如[妙満寺]―道節[末吉]―日能[本勝寺]―令徳[鶏冠井]―宗畔[馬淵]〕此外連衆略之。寛永六年十一月の末つかた、京寺町妙満寺にて…

④三吟三句〔摂政殿下―周阿―侍公〕江州石山にての御発句

⑤三吟三句〔貞徳―正章（貞室）―西武〕承応元年の八月…其席につらなりし連衆鶏冠井良徳・馬淵宗畔・六条の道場金相・北村季吟・末吉道節・池田正式・中島貞義・小原正在・島本正伯・田佳種等也

⑥独吟百韻〔西武[無外軒]〕万葉之誹諧〔万葉仮名ニヨル表記〕

⑦三吟三句〔貞徳―正章(貞室)―西武〕承応元年也此年之三物付／元日

⑧三吟三句〔貞徳―正章(貞室)―西武〕明年癸巳年（承応二年）／元日

⑨三吟三句〔西武―令徳―宗畔〕明くる年（承応三年）五十日時分之会興行（貞徳追善）

⑩八吟八句〔貞徳―徳元(江戸耕斎)―未徳(江戸)―卜養(堺)―慶友(同)―空存(大坂)―休圃(同)―望一(伊せ山田)〕京江戸伊勢大坂堺名ある点者共一巡をして百韻成就せり其時の発句（表八句ノミ掲載）

詼諧書籍目録

誹諧書林／京寺町二条上ル町井筒屋／筒井庄兵衛重勝板。洛陽阿誰軒藤ノ柳磨／竜集壬申三月廿七日（自序）。阿誰軒編。書籍目録。半紙本二冊。余春澄書（跋）。綿屋文庫他蔵。『日本古典文学影印叢刊　近世書目集』（日本古典文学会　平成元年刊）ニ影印。歌仙一巻ヲ付載スル。題簽ノ下部ニ「歴代集／作者附」トアル。

連句

①両吟歌仙〔言水18―阿誰18〕ある夜阿誰軒の主予か門を敲て入来ぬ…／何袋

京大坂誹諧山獺評判

刊記ナシ。『阿』ニ『山太郎』トシテ「元禄五年春」。暁ノ夢助著。俳論書。半紙本一冊。元禄四辛未竜集初冬某日／暁ノ夢助直誌（自序）。綿屋文庫蔵。晩山編『千世の古道』（元禄三年刊）ニ収メラレタ発句・連句ヲ引イテ批判シタ書。同一句ヲ二箇所デ取リアゲテイル場合モ一句トシテ集計シタ。

発句

御　一
心前　一
夢助　歌一
作者不記　歌四

連句

①十二吟百韻〔晩山8—一嘯9—秋水9—正興8—政要9—蘆舟8—栄道8—遥廻8—玄利8—茂山8—東河8—石柱8—執筆1〕本式之俳諧／賦万何

②両吟漢和三句〔一翠漢1—晩山和2〕漢和之歌仙双吟／追加／追加まではくど〳〵しければ第三迄にて筆をとめ侍る…

世のため

散逸書。『阿』ニ「一冊　轍士作　元禄五年春　山太郎評詳」。タダシ、『故』ハ「轍士　元禄四　山太郎評判」トスル。

この古路

散逸書。『阿』ニ「一冊　常牧・我黒・和及・林鴻・示祐・定武　松永示春集」トシテ、元禄五年春ノ俳書中ニ配列。

誹諧風水塵

京寺町二条上ル町／井筒屋庄兵衛板。『阿』ニ『塵集』トシテ「元禄五年卯月（四月）上旬」。都水編。発句・連句集。大本二冊。元禄辛未／花陽都水（自序）。柿衛文庫蔵。空原舎風水ノ発句・紀行・書簡等ヲ自筆ノママ版下トスル。

発句

ア行

一適（荻原）　一
一本院（陰陽山）　歌一
一流　一
尹具　一
雲水（大社山根氏）　一
往水　二
可水（岡氏）　一
潤水　一
丸水　三
鬼貫　一
儀保（馬淵氏）　歌二
吉視　歌一
久利　歌一
玉水　三
軒水（吉見氏）　一
原水　二
コチ（東風モ見ヨ）　四
行重　歌一
岡水　一
虹水　一

サ行

四水（大社岡垣氏）　一
耳ばく　歌一

渡部氏 春水　一
北水弟九歳 小伝　一
称阿　歌一
勝風　一
心水　三
正井氏 森風　一
水琬　一
小倉 井虫　一
青水　一

青泉　三
大社岡垣氏 拙口　一
尊賀　一
尊春霊神　歌二

タ行

太枝　二
多加美禰　歌一
団純　歌一
朝水　二

調柳　一
調和　一
貞利　三
摂陽 都水　三
冬風　一
朝天壺 東風（コチモ見ヨ）　四
大社山根氏 独水　二

ナ行

南水　一

ハ行

武藤氏 巴水　三
白水　一
ヒシ翁（麋塒モ見ヨ）　一
麋塒（ヒシ翁モ見ヨ）　一
浮草　一
原田氏 峰水　一
衝日生堂 北水　七

ヤ行

柳水妹 ゆき　一
荻原 有之　一
誘水　一

ラ行

頼山　二
高津氏源 頼則　歌一
藍水　五
立志　歌一　一

了源　漢一
大社岡垣氏 浪水　一
作者不記（風水）　漢歌 一兲亖

連句

①両吟三句〔作者不記（風水）1―由之2〕
②三吟三句〔作者不記（風水）―都水―朝水〕
③両吟八句〔藍水4―作者不記（風水）4〕
④三吟三句〔作者不記（風水）―羊素―直風〕
⑤両吟六句〔心水3―作者不記（風水）3〕
⑥独吟三句〔一蓮寺衆 名叱上人〕
⑦両吟二句〔作者不記（風水）―一寸〕和漢歌僊
⑧両吟二句〔三雪―作者不記（風水）〕挨拶
⑨両吟六句〔作者不記（風水）3―立志3〕
⑩両吟二句〔心水―作者不記（風水）〕
⑪両吟六句〔一拙3―作者不記（風水）3〕
⑫三吟十二句〔羊素4―鋤立4―作者不記（風水）4〕
⑬両吟三句〔青泉1―作者不記（風水）2〕
⑭独吟三句〔都水〕
⑮両吟二句〔柳水―原水〕
⑯両吟七句〔十万堂 来山3―作者不記（風水）4〕

⑰両吟二句〔秋水—空水〕
⑱三吟三句〔秋水—三水—作者不記（風水）〕
⑲十二吟十二句〔空水—言水—悦水—玉水—風水—水火—剛水—巴水—往水—郭水—青泉—南水〕
⑳両吟二句〔北水—頼山〕

㉑両吟十四句〔作者不記（風水）8—東風6〕
㉒両吟二句〔玉水—作者不記（風水）〕
㉓七吟十二句〔作者不記（風水）2—コチ（東風）2—北水2—空水1—巴水2—青水2—玉水1〕
㉔三吟四句〔虹水2—東風1—作者不記（風水）1〕

合歓堂秘決

写本。于時元禄五壬中稔孟夏中望（四月十五日奥）。水間沾徳著カ。俳諧作法書。横本一冊。柿衛文庫蔵。

北の山

寺町二条上ル町／井筒屋庄兵衛板。『阿』ニ「元禄五年卯月（四月）中旬」。桑門句空編。発句・連句集。半紙本一冊。元禄壬申水鶏なく夜の雨に／桑門句空（自序）。学習院大学日本語日本文学研究室他蔵。『古俳大系　蕉門俳諧集一』等ニ翻刻。

発句

ア行

一笑（亡人）　一
一洞　一
一風　一
陰支　一
雨帆　一
英之　二
猿雖（伊賀）　一
遠里　二
翁（芭蕉）　一
桜十　一
乙州（大津）　一

カ行

花積　一
歌鬻　一
其角（江戸）　四
其糟　二
去来（京）　二
魚素　三
玉斧　二
句空　八
元之　一
古庭　一
孤舟　二

サ行

三岡　一
三十六　二
史邦（京）　二
四睡　二
字路　二
自笑（山中）　一
似川（江戸）　一
七里　一
守水（宮のこし）　一
秋之坊　二
春幾　二

春紅　四
春耕　一
春山（宮の腰）　一
閏之（宮の腰）　一
小春　四
丈草（京）　二
睡鶯　一
寸志（宮腰）　一
盛弘　一
夕桜　一

夕市（小松）　一
沾徳　一
素牛（惟然）　一
素洗　一
蘇守　一
宗寿　一
草籬　一

タ行

探吟（能州七尾）　一
智月（大津ノ尼）　一
遅桜　一
朝ウ　一
珍夕（洒堂）（ぜゝ）　一
貞林　一
冬水（僧）　一
桃妖（山中ノ少人）　二

ナ行

南甫　三

ハ行

巴琴（宮腰）　一
巴水　一
梅露　一
買文　一
白ウ（江戸）　一
不于　一
不中女　一
斧ト（小松）　一
芬芳　一
ノ松　二
北枝　五
牧童　四
木（女）　一

ヤ行

野童（京）　一
友琴　一
幽子　一
遥里　一

ラ行

頼元　一
蘭仙（宮の腰）　一
李東　一
苙裳（宮の腰）　一
柳雫（松任）　一
流志　一
林陰　二

ワ行

和州　一
和風　一

連句

①三吟半歌仙〔翁（芭蕉）1―句空8―去来9〕

俳諧貘物語

京寺町二条上ル町／井筒屋庄兵衛板。『阿』ニ「元禄五年卯月（四月）中旬」。吉川石柱著。俳論書。半紙本一冊。元禄五壬申歳季春（三月）上旬／晩山門弟吉川石柱述（跋）。洒竹文庫他蔵。晩山編『千世の古道』（元禄三年刊）ヲ批判シタ夢助著『京大坂誹諧山獺評判』（元禄五年刊）ニ対スル反駁ノ書。同一句ヲ二箇所デ取リアゲテイル場合モ一句トシテ集計シタ。

発句

一休和尚　歌　一
王維　漢詩　一
火をとほすわらしへ　付　一
家持卿　付　一
随流　付　二
崇徳院　歌　一

西武　一　尼　付一　日本武の尊付　一　立甫（立圃）　一　作者不記　漢歌句付　二二二八

連句

①十二吟百韻〔晩山7―一嘯9―秋水9―正興8―政要9―蘆舟8―栄道8―遥廻8―玄利8―茂山8―東河8―石柱8―作者不記（晩山）1―執筆1〕第二十本式百韻之事／是ヨリ夢助か讒言を打かへして返答する也熱をさましてとくときけ（本書デ反駁ヲスルニアタッテノ記述）

②両吟漢和三句〔一翠漢1―晩山和2〕漢和

姿

刊記不明（重徳版カ）。『阿』ニ「元禄五年卯月（四月）中旬」。伊藤信徳編。発句集。半紙本欠一冊（現存ハ秋ノミ）。版下ハ重徳筆。月明文庫蔵。『石川県立図書館蔵　影印元禄俳書』（桂書房　平成20年刊）ニ影印。『近世文芸研究と評論』67（平成16・11）ニ翻刻。

桂

発句

ア行

阿誰軒　一
羽州秋田 蛙洞　一
江州水口 為郷　二
松井 一言　一
老山子 一酔　一
伊州 一生　二
伊州上野 一咲　二
芸州 一唯　一
加州宮腰 一有　二
加州宮腰座頭 逸一　一
伊州 羽扇　一
京 栄姿　一
遠里　一
備前岡山 応声　一

カ行

伊州来定軒 可笑　一
若州 可心　四
伊州 可添　一
敦賀遊女 河内　一
敦賀稲垣氏 我草　二
江州水口 芥舟　三
伊州松山 鶴亀　三
芸州佐伯氏 季林　一
伊州 亀子　一
与州 義通　一
摂州大坂 吉雅（ママ）（吉雄）　一
摂州大坂 吉雄　二
若州津田 去留　六
御嵐山　一
勢州四日市横霞堂 暁湖　三
加州 玉之　二
敦賀清白堂 玉水　一
金毛　一
琴友　二
羽州秋田 銀吉　一
月棹　一
丹後 工部　一
広徳　一
芸州浅草氏 広流　三
勢州四日市 交鶯　四
江水　一

芦の角

散逸書。『阿』ニ「一冊　大坂　文丸作　元禄五年卯月（四月）中旬」。

敦賀伊藤 紅染 三
越前三田村 紅友 一
伊州 康音 一
穂積氏 谷水 五

サ行

越新潟斎藤氏 自笑 一
桐野氏 秋蛍 一
和州高山 秋山 二
秋風 六
寺田 重徳 三
江州二山 重祐 一
与州 粛山 三
松嵐 一
勢州四日市 省我 一
伊藤 信昌 一
芸州柾氏 井水 二
勢州四日市丹羽氏 正延 四
伊州 正好 四
伊州 正好一子 一
伏見鳥山氏遊佐 政長 五
霽江 一
勢州四日市 雪洞 二
敦賀 宗円 一
勢州四日市 草也 一
加州宮腰十歳 孫市良 一

タ行

菅原 琢石 一
越前府中 濁水 四
越州直江津 竹風 二
勢州可習斎 忠雅 一
勢州四日市 忠信 一
越府鳥山氏 長安 一
釣舟 一
羽州秋田 楪洞 一
敦賀山本氏 泥水 三
丹後一井氏 洞庵 二
羽州秋田 鈍子 一

ナ行

勢州四日市青木 二己 二
任暁 一

ハ行

伊州聚遠軒 波静 一
羽州秋田 波東 一
梅山 一
越前塚原村 白水 一
越後新潟小島氏 伴桂 一
池田氏 弥楽 二
加州宮腰 布人 一
播州竜野 風声 一
芸州津田氏少人 風雪 二
暮虹 一
勢州関 望一 一

マ行

加州金沢 民也 一
伏見近藤 民也 一
伊州西連寺 無量志 一
北斗軒 霧海 一
勢陽小杉木部次周 木端 二
羽州秋田 木奴 四

ヤ行

野半 一
法し 友雀 一
羽州秋田 幽思 一
丹波宮津沙門 楊々 二

ラ行

伊州 雷源 二
加州宮腰 蘭仙 一
芸州広島 里洞 一〇
敦賀田保氏 里牧 二
立植 一
柳江 三
蠡海 二
芸州平賀氏 路芳 三
伊州 蘆夕 二
伊州 蘆夕妻 二

かり座敷

散逸書。『阿』ニ「一冊　菊軒直風作　元禄五年卯月（四月）中旬」。

江戸点者寄合俳諧

稿本。元禄五壬申年五月十三日（奥）。井原西鶴・前川由平点。連句巻。掛幅一軸（元ハ写本一冊）。西鶴ノ評点・奥書等ハ西鶴自筆（由平点ハ別筆ニヨル移記）。個人蔵。『西鶴研究』5（昭和27・10）ニ影印・翻刻。『新編西鶴全集』5下ニ翻刻。百韻自体ノ成立ハ元禄二年冬以前。

連句

①十三吟百韻〔露葉9—露沾10—（江戸点）露言8—（江戸点今大坂）才麿10—（江戸点）立志8—（江戸点）山夕8—（江戸点）沾徳8—宇八5—露荷6—魚千8—（大室）沾雨9—岩泉6—露芝5〕江戸点者寄合俳諧／難波俳林二万翁（西鶴）点／前川由平点

葛の松原

京寺町通二条上ル町／井筒屋庄兵衛板。元禄壬申五月十五日（奥）。各務支考著。俳論書。半紙本一冊。綿屋文庫他蔵。『古俳大系　蕉門俳論俳文集』等ニ翻刻。

発句

ア行
乙州　一
カ行
臥高　二
其角　五
枳風　一
去来　二
曲水　一
（ミノ）均水　一
（ミノ）闇如　一
（ミノ）荊口　一
鳩鴿　一
（ミノ）已百　一
サ行
支考　五
（大坂）之道（諷竹）　一
史邦　二
（大坂）車庸　一
（ミノ）如行　二
尚白　一
（ぜ、）昌房　二
丈草　一
正秀　三
（堅田）成秀　一
（ミノ）夕可　一
千那　一
素牛（惟然）　一
楚江　一
タ行
探志　一
智月　三
竹戸　一
珍碩（洒堂）　三
桃隣　二
ハ行
芭蕉　一

羽州 不玉　一

マ行

木枝　一

ヤ行

野径　一
野童　一
いせ 又玄　一
游刀　一

ラ行

亡人 落梧　一
嵐雪　一
里東　一
羽黒 呂丸　一
路通　一
露川　一
露沾　一
作者不記（素堂）一
作者不記（芭蕉）三
作者不記　付　三

時代不同発句合

刊記ナシ。雨行子編。発句合。半紙本一冊。元禄第五壬申のとしさ月下のいつゝの日（五月二十五日）／三友床雨行子自序。綿屋文庫蔵。

発句

ア行

似空軒 安静　一
為分　一
松浦 意順　一
一景　一
江戸 一晶　一
一水　一
清水 雨行　一
雨鐘　一
燕石　一
音之妾　一

カ行

可随　一
可磐　一
我黒　一
概純　一
季吟　一
其角　一
桜井氏 基佐　一
天満 空存　一
恵佐　一
細川幽斎 玄旨公（幽斎）一
池西 言水　一
湖春　一
堺 弘永　一
光貞妻　一

サ行

武田 三吉　一
肥前香月 三休　一
友鶴山人 芝峰　一
長浜 自笑　一
蘆月庵 似船　一
山田ノ神官荒木田 守武　一
渡部 重往　一
松江後号維舟 重頼　一
青木 春澄　一
如水　一
斎藤 如泉　一
片山 助叟　一
壬生桑門後唯梅 昌意　一
池流亭 松春　一
高井 章旭　一
常牧　一
村上 信英　一
信桐　一
信徳　一
かいはらの すて（捨女）一
随流　一
正久　一
豊前中津 正供　一
池田 正式　一
山もと 西武　一
青木氏　一
にし山の 宗因　一
宗英　一
山崎 宗鑑法師　一
宗祇公　一
山田 宗貞　一
宗二　一

タ行

団水　一
箸音　一
長吉　一
長勝（八歳）　一
定家卿（京極黄門）　一
定盛　一
貞室（安原）　一
貞徳明心居士（逍遊軒花開翁）　一
徳元（江戸の住）　一

ハ行

はつ（衣のたな）　一
芭蕉（江戸の住）　一
梅盛（高瀬）　一
白鳥（長田）　一
不知台（目崎）　一
風鈴軒（風虎カ）　一
蚊市　一
ノ水　一
鞭石　一

マ行

満重（福地）　一
未達　一
未得　一
十一オ
木工之助　一

ラ行

雷窓軒　一
嵐雪　一
立甫（立圃）（野々口）　一
柳枝　一
露頼　一

ワ行

和及（荏森沙門）　一
作しらず　二

伊丹生誹諧

寺町通二条上ル町／井筒屋庄兵衛梓行。元禄五壬申中夏（五月）日（奥）。『阿』ニ「伊丹生誹諧派」トシテ「伊丹　蟻道・青人・百丸作　元禄五年五月」。青人・百丸・蟻道・鷺助・三紀編。発句・連句集。半紙本一冊。洒竹文庫蔵。『鬼貫全集　三訂版』ニ翻刻。

発句

蟻道	九	春堂	二	青人	四	瀬兵	一
三紀	一〇	人角	二	百丸	八	鷺助	三

連句

①独吟歌仙（青人）独吟
②独吟歌仙（百丸）独吟
③独吟歌仙（蟻道）独吟
④七吟歌仙（鷺助30—祐是（古人）1—保友1—顕成1—西翁（宗因）1—重頼1—玖也1）独吟（名残裏ニハ他俳人ノ句ヲ借用）
⑤独吟歌仙（三紀）独吟

誹諧あしそろへ

京寺町二条上ル町／井筒屋庄兵衛板。鴨水只丸編。俳論書。半紙本一冊。市井弄閤壊衲只丸(自序)。旹元禄壬申梅天日(五月)／東川一瓢跡衲只丸跋(自跋)。国立国会図書館他蔵。『未刊連歌俳諧資料』4-4ニ翻刻。『貞徳永代記』デ受ケタ批判ニ対スル論難ノ書。題簽ノ下部ニ「永代記非言」トアル。

発句

ア行
- 松江 維舟(重頼) 一
- 允恭天皇 歌 一
- 憶良 歌 一

カ行
- 紫藤軒 言水 一
- 向陽堂 好春 一

サ行
- 蘆月庵 似船 一
- 俊成朝臣 歌 一
- 池流亭 松春 一
- 随流 三 付 二
- 勢州神戸 寸水 付 一
- 山本 西武 一

タ行
- 滴水 一

ハ行
- 三州新城 北卬 一

ラ行
- 勢州関 流辺 付 一
- 勢州山田住 付 一
- 作者不記(只丸) 一 付 二
- 作者不記(只丸弟子) 一
- 作者不記 一 付 一

連句

①歌仙〔作者不記〕松月庵随流判

八重一重

京寺町通二条上ル町／井筒屋庄兵衛板行。『阿』ニ「元禄五五月日」。和気遠舟編。発句・連句集。横本一冊。元禄五歳さるの弥生／朧麿こと葉(遠舟自序)。個人蔵。

発句

ア行
- 一礼 一

カ行
- 可栄 一
- 賀子 一
- 岸紫 一
- 季範 一
- 休計 一
- 景写 一

サ行
- 才麿 一
- 昨非 一
- 自問 一
- 舟軒 一
- 松寿 一
- 西鶴 一
- 西木 一

西流一
晴嵐一
千賀一
川柳一

タ行
竹宇一
釣水一
定明一
灯外一

ハ行
武仙一
萍風一
保直一

マ行
万海一
木口一

ヤ行
由平一

ラ行
来山一
蘆売一
朧磨（遠舟）一

ワ行
和水一

連句

①独吟半歌仙〔朧磨遠舟〕
②独吟半歌仙〔一心軒岸紫〕
③独吟半歌仙〔林氏定明〕
④独吟半歌仙〔桃風斎舟軒〕
⑤独吟半歌仙〔石川氏松寿〕
⑥独吟半歌仙〔大坂利忠〕
⑦独吟半歌仙〔大坂十賀〕
⑧両吟半歌仙〔曇庵木口9―伯舟9〕
⑨両吟半歌仙〔大坂景写9―恕回9〕
⑩独吟半歌仙〔吟松軒休計〕
⑪両吟半歌仙〔高津心文9―重可9〕
⑫両吟半歌仙〔大坂可之9―友之9〕

⑬独吟半歌仙〔大坂里竜〕
⑭両吟半歌仙〔赤川六翁9―花荘9〕
⑮独吟半歌仙〔松笠軒可栄〕
⑯独吟半歌仙〔大坂一卜〕
⑰独吟半歌仙〔大坂一笑〕
⑱三吟半歌仙〔大坂玉清6―幽見6―和腹6〕
⑲独吟半歌仙〔照闇門蘆船〕
⑳独吟半歌仙〔大坂恕回〕
㉑独吟半歌仙〔大坂和水〕
㉒両吟半歌仙〔大和住烏水9―器水9〕
㉓独吟半歌仙〔堺之住水月〕
㉔両吟半歌仙〔朧磨遠舟9―滴舟9〕

㉕両吟半歌仙〔南楼庵赤烏9―保直9〕
㉖独吟半歌仙〔一葉軒釣水〕
㉗独吟半歌仙〔松寿軒西鶴〕

吉備中山

誹諧書林／京寺町二条上ル町井筒屋／筒井庄兵衛重勝板。『阿』ニ「元禄五年申ノ五月」。須藤梅員編。発句・連句集。半紙本一冊。元禄五天中夏（五月）／洛下童言水（序）。綿屋文庫蔵。『俳書集成』31ニ影印。

発句

我黒　一　幸佐　一　澍松　一　常牧　一　晩山　一　梨雪　一
好春　一　児水　一　執筆松霞　一　旦楽　一　富玉　一　立吟　一

連句

①四吟八句〔如泉2―梅員2―千春2―梅素2〕真珠庵の翁を問しに…
②両吟半歌仙〔信徳9―梅員9〕備中梅員上京両吟発句所望
③三吟歌仙〔言水12―梅員12―定之12〕新樹
④両吟歌仙〔清白翁我黒17―梅員18―執筆1〕
⑤三吟半歌仙〔晩山6―梅員6―幸佐6〕
⑥両吟半歌仙〔団水9―梅員9〕草の戸たゝくは誰備中梅員子入来
⑦六吟六句〔常牧―梅員―好春―富玉―旦楽―澍松〕常牧のあるしまふけして一日嵯峨野にあそふ事あり
⑧四吟四句〔梅員―常牧―晩山―幸佐〕宮古の西の閑けきに…
⑨三吟十句〔江戸立吟4―梅員3―梨雪3〕武蔵野にきこへし数奇人もその庵にいまそかりける
⑩三吟世吉〔備前定直15―梅員15―和風14〕須藤梅員旅たちたまふけるをうらやむ時は卯月になん
⑪四吟歌仙〔梅員9―進歩9―茂門9―定直9〕備前進

歩亭興行

⑫四吟二十句〔梅員6—臥雲5—定直5—和風4〕入に
（臥雲：隠者）
こたへす出るにとがめす…

⑬七吟世吉〔万海7—梅員6—立志6—来山6—才麿6
（立志：江戸）
—自門6—一礼6—執筆1〕大坂万海興行

⑭九吟九句〔来山—才麿—立志—一礼—昨非—洗水—椿子—籽郎—梅員〕（立志句ノミ漢句）

荒田の原 散逸書。『阿』ニ「大坂　無興作　元禄五年申ノ五月」。

ひぢ笠 散逸書。『阿』ニ「大坂　灯外作　元禄五年申ノ五月」。

発心集 散逸書。『阿』ニ「大坂　灯外作　元禄五年申ノ五月」。

住吉踊 散逸書。『阿』ニ「団水作　元禄五年申ノ五月」。

夏衣

散逸書。『阿』ニ「南都記行　大津　尚白作　元禄五年五月」。

平水引

散逸書。『阿』ニ「大坂　発句翁（三楽）作　元禄五年五月」。

難波丸

散逸書。『阿』ニ「大坂　賀子作　元禄五年五月」。

誹諧眉山

京寺町二条上ル町／井筒や庄兵衛板。富松吟夕編。発句・連句集。半紙本二冊。元禄壬申季夏（六月）上浣／阿陽城下輔東散人書（序）。元禄五申季夏／十万堂（来山）蘂下にねころんて（跋）。綿屋文庫他蔵。『俳書集成』21ニ影印。

発句

ア行

いろ（六歳・七才）　二
為□（予州）　一
一可（麻植）　三
一蝸　一
一吟　五
一玄（宮氏）　一
一幸　二
一松　二
一静（麻植）　三
一夕（麻植）　一
一仙　二
一泉（麻植）　三
一知　一
一イ　一
一友　三
一有（伊勢）　一
一予　一
雨音（中山氏）　二
雲子（柳糸亭）　一
雲水（山上）　二
雲石（富岡）　三
永旧　二
永古（二柳軒）　七
永松　三
永伯　一
詠松　二
易高（八才）　一
益光（伊勢）　一
淵亀　一
乙丸（讃州）　一

カ行

加計（六歳）　一
可雲　一
可悦　一
可吟　二

板東氏 可桂 三
飯村氏 可申 一
宮倉 可随 四
立口 可楽 一
花睡 一
撫養 花友 一
臥雲 四
近水和南八十一歳 快秀 四
上田氏 芥河 一
槐風 一
閑々子 四
丸水 七
佐野 岸草 一
翫水 一
季範 一
鬼睡 二
六歳 亀六 一
義昌 一

岡部氏 吉太 一
九水 一
日和佐 境屋 一
伊月 玉泉 一
寒川氏 琴上 三
琴上母 一
吟慶 二
吟志 一
吟夕 一〇
圻屋 吟朝 一
クハン風 二
荊子 二
西岡氏 慶次良 一
大坂人 月答 一
見林 一
玄樹 一
言水 一
琴上方 源次 一

古軒 三
古雪 三
古篝 五
七才 虎丸 一
湖水 一
野村氏 五歳 一
好流 一
岡笑 一
富岡 皇川 一
耕月 三

サ行

藤井 左文 一
才麿 一
採桜 一
昨非 四
撫養 察元 一
三村 二
三蝶 一

山堂 四
川田氏 指折 六
紫石 一
觜鋒 四
小松島 自成 二
山下 時興 四
長谷川氏 執中 二
寂笑 一
馬詰 寿軒 二
重行 一
中庄大野氏 重山 三
出銘 一
櫛淵 春宵 七
撫養 春直 一
春汀 二
大林 春友 一
七歳 女子 一
九歳 女子 二

撫養 如琴 一
沙門 如水 四
如泉 一
如薄 一
北山 如風 三
断玄堂 如柳 一
富岡 松下 一
須本 松嵐 二
牟岐 松嵐 一
田中氏 松律 二
省云 四
小川氏 省耕 三
小松島 笑草 一
城類 一
常丸 三
信徳 二
人ノ妻 一
塵竜 一

一撃斎 錐頭 六
随情 一
富岡 随風 一
宮倉 随柳 二
讃州 寸木 四
佐川氏 是楽 四
麻植 井山 二
星川 一
静風 三
小松島 夕賀 一
夕山 八
夕軸 一
夕友 一
夕遊 一
拙言 三
狼部 千牛 三
千牛妹 一
千水 一

素仙 一
鼠腹 一
宗春 二
窓風 一
嗽石 一
叢明 二
〔野村氏〕村雀 三

タ行

蔕雅 二
探珠 一
〔かやう軒〕団水 一
〔櫛淵〕団風 三
〔伊勢〕団友（涼菟） 四
竹枝 一
〔撫養〕釣水 二
朝山 一
〔日和佐〕直経 一

〔大林〕枕楽 二
〔撫養〕亭水 一
〔富岡〕冬雲 一
〔豊浦〕冬桜 二
〔毛田〕冬嶺 三
〔撫養〕東湖 二
東随 五
桃源 一

ナ行

南海 一
南懐 一
南湖 二
南水 二
軟敗 三
任雅 一
任風 二

ハ行

巴水 一
簸雪 一
〔牧藤〕梅敬 一
〔牟岐〕梅嘯 二
梅正 一
〔富岡〕梅明 一
班竹 二
晩了 三
非士 二
飛田氏 二
平林 二
〔撫養〕不虚 二
不残居士 一
〔寒川氏〕風礫 四
楓軒 一
文柯 四
文十 二
甫水 四
〔讃州〕歩方 二
保山 三
〔村上氏〕保房 二
暮柳 一
方随 四
〔讃州〕芳水 一
北山 一
北樹 三

マ行

未勘 一
無的 一
鳴門居士 三
木端 一

ヤ行

〔伊勢〕又玄 一
〔福長氏〕友松 二
〔海部〕由軒 一
由山 一
幽城 二
〔須本〕幽窓 五
遊井 四
庸章 一
楊々子 一

ラ行

来山 四
〔牟岐〕楽也 二
楽柳 五
里杏 一
〔糸耕軒〕立吟 一
〔和諧堂〕立志 一
立仙 二
柳軒 二
〔松原氏〕柳信 一
〔讃州〕柳泉 一
柳波 二
竜光院 一
〔藤井〕旅水 一
亮風 一
〔漱石堂〕林水 九
〔柳風軒〕倫重 四
臨岸 一
〔五才〕臨太郎 一
露泉 一
〔京歌仙堂〕鷺水 二

ワ行

和屑 一
作者不知 一

連句

①三吟歌仙〔釣寂12―吟夕12―刀春12〕武蔵の月富士の雲詠め来し道とても…
②両吟歌仙〔塵竜18―吟夕18〕
③両吟歌仙〔幸三18―吟夕18〕
④両吟歌仙〔永古18―吟夕18〕
⑤両吟歌仙〔保山18―吟夕18〕
⑥四吟歌仙〔嵐山9―吟夕9―観井9―紅族9〕
⑦両吟歌仙〔団風18―吟夕18〕
⑧六吟歌仙〔永松6―吟夕6―静風6―東随6―季ト6―甫水6〕
⑨六吟歌仙〔柳下軒遊井6―吟夕6―北山6―一滴6―望山6―還玉6〕
⑩両吟歌仙〔玄樹18―吟夕18〕我言の葉をも…
⑪五吟歌仙〔探珠8―吟夕7―紫石7―和屑7―夕山6―筆1〕
⑫五吟歌仙〔拙言7―吟夕7―楓軒7―風興7―吟慶7―筆1〕
⑬両吟歌仙〔夕嵐18―吟夕18〕
⑭両吟歌仙〔丸水18―吟夕17―筆1〕
⑮三吟歌仙〔紫鋒12―吟夕12―夕山12〕沖淵の松陰に氈敷て
⑯五吟歌仙〔中庄大野氏重山7―吟夕7―春宵7―寿軒7―柳信7―執筆1〕
⑰五吟歌仙〔蔦鋒7―吟夕7―一宥7―一予7―任風7―筆1〕
⑱三吟歌仙〔千牛12―吟夕12―如風12〕
⑲両吟歌仙〔才麿18―吟夕18〕
⑳六吟歌仙〔吟夕6―来山6―才麿5―一礼6―昨非6―万海6―執筆1〕
㉑三吟歌仙〔吟夕12―立志12―立吟12〕二人の好士は東武よりのほりあひて…
㉒三吟六句〔信徳2―烏玉2―吟夕2〕
㉓三吟歌仙〔団水14―吟夕14―我黒8〕
㉔三吟歌仙〔千春12―吟夕12―松木12〕

㉕六吟歌仙〔定之6―吟夕6―烏玉5―助叟6―蘇鉄（千春）6―言水6―筆1〕
㉖両吟歌仙〔吟夕18―鷺水18〕
㉗三吟歌仙〔方随12―吟夕12―塵竜12〕
㉘両吟歌仙〔山堂18―吟夕18〕
㉙三吟歌仙〔文柯（一陽軒）12―吟夕12―如柳12〕
㉚三吟歌仙〔吟水12―吟夕12―未白12〕
㉛三吟歌仙〔蘆窓12―吟夕12―時興12〕
㉜両吟歌仙〔倫重18―吟夕18〕
㉝両吟歌仙〔林水18―吟夕18〕
㉞両吟歌仙〔律友18―吟夕18〕

誹諧白眼

寺町二条／井筒屋庄兵衛板。元禄五壬申年晩夏日（六月奥）。室賀轍士編。発句・連句集。半紙本一冊。元禄五竜集綵縷節日／長安梅阜頭陀湛散人具草（序）。梁文代百拝（跋）。藤園堂文庫蔵。雲英末雄『元禄京都俳壇研究』（勉誠社　昭和60年刊）ニ翻刻。書名ハ綿屋文庫蔵写本ノ題簽ニヨリ、ソノ下部ニ「わたち第二」トアル。

発句

ア行
一有　一
雲洲（ヒコネ）　一
雲水　一

カ行
葵白　一
祇福　一
棘士　一
近忠　一
錦袋（御馬）　一
吟松　一
渓室　一
言水（山城）　一
膏車（小坂井）　一

サ行
四川　一
七曲　一
重好　一
春澄　一
如風　一
鐘明　一
常牧　一
蜻餓　一
雪丸　一
千春　一
その（園女）　一

タ行
探水　一
定之　一
泥蓮子（御油）　一
轍士　九
桃先　一

ナ行
二徳（よし田）　一

ハ行
はせを（芭蕉）　一
梅可（国府）　一
白雪　一
白梅（日野）　一
白貢　一
不障（彦根）　一

風角　一
方山　一
豊水　一

マ行

万水（牛久保）　一

ヤ行

夜白　一

ラ行

蘭室　一
柳絮　一
柳水　一
蘆雁（新城）　一
蘆本（杭瀬）　一

ワ行

和三　一

連句

①十三吟歌仙〔轍士3―鐘明3―白賁3―重好3―蜻蛾3―桃水2―祇福3―蘭室3―白梅3―筧水2―柳水2―千峰2―渓室2―水1―執筆1〕三十一日／日埜鐘明興行（「水」ハ桃水・筧水・柳水ノイズレカデアロウ）

②六吟六句〔蘆葉―轍士―文交―晴嵐―栄士―随車〕同州（近江）中野蘆葉に引きとめられ

③六吟歌仙〔轍士6―不障6―花薪6―雲洲6―雨琴5―者也6―筆1〕同州（近江）彦根勇士花実軒不障館に…

④八吟世吉〔寸庵6―轍士6―芥舟5―通茂6―卯否5―烏白5―蘆蝶5―武鳥5―筆1〕孟夏廿日伊勢より京へ出るの時…水口極楽寺にて興行

⑤両吟六句〔江水3―轍士3〕三月廿日彦城を立出る…柏原流木堂江水かたに一宿

⑥三吟三句〔轍士―雲洲―江水〕

⑦三吟歌仙〔木因12―轍士12―蘆本12〕三月廿一日杭瀬川白桜下木因尋て足を休ム

⑧四吟十七句〔荷兮5―轍士4―且藁4―成菌4〕同（三月）廿五日橿木堂荷兮興行

⑨十四吟歌仙〔轍士3―豊水3―二徳3―孝文2―一可3―如沢3―独静3―柏元3―素月1―池舟3―意仙2―滝月1―泉祐2―月2―白1―筆1〕晩春廿八日吉田藪下堂豊水待かねたるのよし（「月」ハ素月・滝月ノイズレカデアロウ）

⑩九吟歌仙〔轍士4―膏車4―郷川4―吟松4―万水4―一滴4―千鈞4―可水3―雲好4―筆1〕同廿九日に同州（三河）小坂井禅林光明寺にまねかれ

⑪十九吟歌仙〔轍士2―白雪2―探水2―桃先2―桃後2―以之2―車文1―雪丸2―桃鯉2―楓橋2―白紙2―扇車2―七曲2―棘士2―梅志2―梅州2―丸碩2―十良2―蘆雁1〕四月朔日鳳来寺に心さす…

⑫三吟三句〔轍士―亀毛(藤本院)―心的(杉本坊)〕四日白雪白紙手を取て鳳来寺にのぼり亀毛子とかたる

⑬五吟半歌仙〔轍士4―梅可4―夜白3―如風3―加今3―筆1〕同（四月）五日同州（三河）国府白井氏梅可かたへ…

⑭七吟半歌仙〔轍士3―夜白3―如風3―錦袋3―加今3―暁昔1―雀2〕同州（三河）浄楽寺夜白御馬の浜に誘れ出る…

⑮三吟歌仙〔その（園女）12―轍士12―一有12〕

⑯三吟六句〔統甫2―轍士2―風角2〕

⑰両吟二句〔桃後―轍士〕

似我蜂

散逸書。『阿』ニ「誹諧其中　轍士作」トアリ、『白眼』ト併出。

俳諧くやみ草

京寺町二条上ル町／井筒屋庄兵衛板。元禄五年成（内容）。北条団水編。発句・連句集。半紙本一冊。比はみな月（六月）の…／かやか軒のあるし白して書（団水自序）。個人蔵。『北条団水集　別巻』ニ影印。『北条団水集　俳諧篇』上ニ翻刻。

発句

ア行

あつま（いつくしま遊女）　一
いく世（いつくしま遊女）　一
いこく（いつくしま女）　一
いつも（いつくしま女）　三
以敬（広島）　二
一瑞（肥後川尻沙門）　一
一唯（星野）　一
雲淵　一
永之　一
奥州（いつくしま遊女）　一

カ行

かの（いつくしま遊女）　一
かるも（いつくしま遊女）　二
花鈴（京女）　五
霞春　一
潤水　一

大坂 岸紫　一
きさらき　一
いつくしま遊女 きみ川　一
季範　一
三州鳳来寺 亀毛　一
伊丹 蟻道　一
少年 金鈴　二
広島 琴峰　三
勢山田 琴友　二
いつくしま女 薫　一
湖春　一
柏原 江水　一
今川　一

サ行

大坂 佐次　一
才角　一
いつくしま遊女 三五　一
八歳 三之助　一
之道（諷竹）　一
枝英　一
籽郎　二
いつくしま遊女 若山　一
伊丹 酒粕　一
秀興　一
春澄　九
いつくしま遊女 小源太　一
信徳　二
真之　一
江州 針水　一
江州 水泉　二
広島 井水　二
いつくしま 井筒　一
西角　一
西鶴　一
千春　二
いつくしま遊女 染川　一

タ行

団水　九
江州 団風　一
広島加部 知種　一
いつくしま 仲品　二
丁常　二
定鯉　二
庭水　一

ハ行

備中 梅員　一
三州国府 梅可　一
アキ 梅友　二
いつくしま遊女 白糸　一
三州新城 白雪　一
いつくしま女 尾上　一
江戸 百里　一
蚊市　四
十三才 伴之助　一
三州吉田 豊水　一
豊流　一

マ行

いつくしま女 まんこ　一
いつくしま遊女 万子　一
いつくしま女 万しゆ　二
いつくしま遊女 みつね　一
みをの　一
茂吟　一
木因　一

ヤ行

いつくしま遊女 やしほ　一
広島 野羊　三
由平　一
幽山　一
いつくしま女 よ川　一

ラ行

李梅　四
広島アキ 里洞　六
立吟　一
立植　一
広島 柳江　四
近江 流水　一
蘆葉　一

ワ行

をきの　一
いつくしま女 をくら　一

連句

①十吟世吉〔団水5―幸賢3―一蠡6―昨非6―才麿6―賀子5―万海4―自問4―石草2―定明3〕いつの比にかありけん大江のあたりに遊ひて

②四吟三十句〔団水8―車要8―信徳7―淵瀬7〕車要に問れて

③三吟歌仙〔久吉〔千春〕1―団水12―千春12―春澄11〕

三吟

④三吟歌仙〔如稲12—淵瀬12—団水12〕三吟
⑤三吟歌仙〔律友12—芝蘭12—団水12〕三吟
⑥両吟十九句〔鷺水9—団水10〕両吟／略
⑦両吟八句〔心桂4—団水4〕両吟／略
⑧両吟半歌仙〔阿波律友9—淵瀬9〕両吟
⑨両吟六句〔轍士3—団水3〕両吟
⑩両吟八句〔助叟4—団水4〕両吟
⑪三吟八句〔三千風2—団水3—千春3〕三吟／団水亭にはしめて遊ふ
⑫両吟十六句〔淵瀬8—団水8〕秋
⑬両吟六句〔団水3—季範2—執筆1〕季範か旅亭の水辺より帰るとて
⑭八吟九句〔昨非—信徳—天王寺沙門海秋—耔郎—重徳—芝蘭—淵瀬—団水—執筆〕秋
⑮六吟十三句〔芝蘭2—我黒3—言水1—信徳2—淵瀬2—団水2—執筆1〕冬
⑯十吟十一句〔団水—心桂—春澄—芳流—淵瀬—如稲—万玉—芝蘭—破笠—千春—執筆〕心桂新宅興行朧月十六夜／百韻略之
⑰三吟半歌仙〔心桂6—淵瀬6—団水6〕三吟
⑱両吟六句〔沙門丈草3—団水3〕団水哲人のもとにはしめてことゝひ侍りしに…／下略
⑲十八吟半歌仙〔団水—李梅—山茶花—舞曲—珊瑚—鼠角—旭山—蘆辺—花鈴—金鈴—蚊市—如稲—破笠—一翠—楓橋—薫風—万玉—天竜〕
⑳両吟歌仙〔団水18—律友18〕
㉑三吟半歌仙〔淵瀬6—団水6—芝蘭6〕

己か光

京寺町二条上ル町／井筒や庄兵衛板。潮江車庸編。発句・連句集。半紙本一冊。元禄五壬申夏日／車庸（自序）。綿屋文庫他蔵。『古俳大系　蕉門俳諧集一』ニ翻刻。

発句

ア行
安枝　二
為有　一
一笑（亡人）　一
遠水　一
艶子　二
翁（芭蕉）　一七
乙州　五

カ行
可南　一
何処　一
臥高　九
其角　三
亀翁　一
及肩　二
去来　六
裾（ぜ）道　一
魚楽　一
曲水　四
芹花　一
句空　一
梧朝　一
荒雀　一

サ行
支幽　二
之道（諷竹）　二九
史邦　八
車庸　三五
尺草　一
萩水（妓童）　一
昌房　三
丈草　四
正秀　一〇
夕市　一
蟬鼠　一
素牛（惟然）　九
素堂　一
楚江　四
荘人　一

タ行
探志　六
智月（尼）　六
珍碩（洒堂）　一二
田上尼（長崎）　一
怒誰　二
桃夭　一
桃隣　四

ハ行
巴山　二
巴流　三
貝寿　一
盤子（支考）　三
百歳　一
百里　一
暮年（長崎）　一
鳳仞　一
卯七（長崎）　二
北枝　一

マ行
木志　一
木節　二

ヤ行
野径　三
野童　二
又玄（伊勢）　一
游刀　五

ラ行
嵐雪　二
嵐蘭　二
里東　六
炉竹　一
路通　一
魯町（長崎）　一
露沾　二

連句

①十一吟歌仙〔珍碩（洒堂）4―車庸4―正秀4―昌房4―曲水4―探志3―之道（諷竹）3―游刀3―乙州2―楚江2

―木枝2―執筆1〕即興

②四吟歌仙〔去来9―之道(諷竹)9―史邦9―車庸9〕

燭寸

③四吟歌仙〔翁(芭蕉)9―半残9―土芳9―良品9〕午

ノ年伊賀之山中春興

④四吟歌仙〔車庸9―珍碩(洒堂)9―素牛(惟然)9―之道(諷竹)9〕

書籍拾遺

散逸書。『阿』ニ「二冊　阿誰撰　元禄五ノ夏　此目録に書もらしたる書籍追加也」。『故』ニ『書籍目録』ノ書名デ「阿誰　元禄五　古今俳諧ノ作者年号時代ヲ考」。

誹諧宮古のしをり

井筒屋庄兵衛板。高井立志（二世立志）編。発句・連句集。半紙本一冊。元禄五壬申七月既望／洛陽漂客梨雪（序）。竹冷文庫他蔵。

発句

ア行

為文　二
烏玉　二

カ行

我黒　二
吟雅（江戸玉笠軒）　一
言水　二

サ行

秀興　一
重行　一
重長（中田氏）　一
春澄　二
順水　二
如泉　三
助叟　二
松麿（江戸格羊軒）　一
常牧　一
心圭　四
信徳　二
正勝　一
千春　三
素竜　一

タ行

団水　四
定之（東林軒）　一
定方　一
轍士　三
東柳（元花堂）　二
吶口　一

ハ行

晩山　一

ヤ行

羊素　七
楊々子（丹波宮津沙門）　二

ラ行

梨雪　一
立吟（糸耕軒）　四
立志　四
鷺水　一

連句

①四吟歌仙〔言水9―立志9―助叟9―烏玉9〕
②三吟歌仙〔団水12―立志12―心圭12〕古ニ曰ク…
③三吟歌仙〔春澄12―立志12―轍士12〕
④三吟歌仙〔千春12―立志12―淵瀬12〕
⑤両吟十句〔定之5―立志5〕本式面十句／賦何櫛
⑥三吟六句〔信徳2―立志2―重徳2〕右は歌仙すへかりしを…
⑦三吟歌仙〔立吟12―立志12―梨雪12〕追加

誹諧難波の枝折

京寺町二条上ル町／井筒屋庄兵衛板。元禄五壬申七月日（奥）。高井立志（二世立志）編。発句・連句集。半紙本一冊。摂陽北水浪士一時軒（惟中序）。竹冷文庫他蔵。

発句

ア行
一時軒（惟中）　二
一礼　五
カ行
花瓢　一
[天王寺]海舟　二
観小　一
季範　四
琴亭　一
矩久　一
月尋　二
元知　二
瓠界　四
五幽山人　一
サ行
才麿　五
歳人　四
昨非　五
[湖月堂]志峰　一
籽郎　四
自性　一
自問　一
秋帆　一
如記　二
榛国　一
晴嵐　一
タ行
椿子　五
定準　一
定明　一
ハ行
馬楽堂（鬼貫）　一
伴月　一
風角　三
[路鳥斎]文十　四
補天　三
マ行
万海　二
茂吟　二
ヤ行
由平　五
ラ行
来山　五
藍橋　一
立志　四
林樵　一
炉柴　一
[洛西壬生]露鳴子　二
作者不記　一

連句

①四吟歌仙〔才麿9—立志9—昨非9—籽郎9〕
②四吟歌仙〔万海9—立志9—一礼9—自問9〕あつまの立志この里に来り…
③四吟歌仙〔椿子9—立志9—文十9—季範9〕
④両吟六句〔五幽山人3—立志3〕
⑤両吟六句〔志峰3—立志3〕
⑥両吟歌仙〔来山18—立志18〕立秋
⑦三吟歌仙〔馬楽堂（鬼貫）12—立志12—瓠界12〕追加

富士詣

元禄五申八月上旬／大伝馬三丁メ／志村孫七。和田東潮編。発句・連句集。半紙本一冊。ころは水無月半…／東潮（自序）。酒竹文庫蔵。『元禄前期江戸俳書集と研究』ニ翻刻。

発句

一楓	一	其角	一	似川	一	東潮	九六	白石	一
可聞	一	亀毛	一	是楽	一	東鵬	一	嵐雪	一
嘉心	一	挙白	一	素イ	一	桃和	一	李梨	一
海沙	一	鯨波	一	東周	一	巴潮	一	柳潮	一

連句

①五吟歌仙〔東潮9—波声7—光潮7—春潮5—海星7—執筆1〕

芭蕉庵三ケ月日記

稿本（芭蕉自筆、歌仙ノ脇以下ハ素堂筆）。元禄八月八日終（連句①ノ奥）。元禄五年成（内容）。松尾芭蕉編。発句・連句・俳文集。巻子本一巻。山素堂序。『芭蕉全図譜』ニ影印・翻刻。『未刊連歌俳諧資料』4-1ニ版本（享保十五年序『三日月日記』）トトモニ翻刻。

発句

ア行
雨洞　一
カ行
其角　二
枳風　一
亀翁　一
去来　二
曲水　一
渓石　一
元富　一
サ行
左柳　一
杉風　三
子珊　三
此筋　一
史邦　一
而已　一
重行　一
粛山　一
初志　一
千山　一
仙化　一
専吟　一
素堂　一
曽良　三
宗波　二
タ行
岱水　三
濁子　二
彫堂　一
珍碩（洒堂）　一
桃隣　二
ハ行
芭蕉　二
梅雀　一
百里　一
普船　一
北鯤　二
ラ行
嵐雪　一
嵐蘭　一
里東　一
呂丸　一

連句

①両吟和漢歌仙〔芭蕉和15・漢3―素堂和3・漢15〕

滑稽堂 西花上洛之日記

稿本（西花自筆）。元禄五壬申八月上旬（跋）。滑稽堂西花著。俳諧日記。巻子本一巻。元禄五壬申八月上旬／滑稽堂西華自跋。綿屋文庫蔵。『俳書集成』35ニ影印。元禄四年三月十四日カラ五月十四日マデ、肥前ヨリ上洛シタ折ノ日記（巻頭ニ「肥前山叟滑稽堂西花上洛之日記」、巻末ニ「句日記終／元禄辛未梅雨仲四焉／西華作」）。

発句

滑稽堂 西華（西花）　三
歌　一六

誹諧釿始

寺町通二条上ル町／井筒屋庄兵衛板。元禄五名月の日（八月十五日奥）。片山助叟編。発句・連句集。半紙本一冊。助叟自叙（自序）。国立国会図書館蔵。『未刊連歌俳諧資料』4-5ニ翻刻。

発句

ア行

安静　一
為道　一
為文　一
為有　一
一山　一
一晶　一
一水　一
烏玉　一
烏水　一
越人　一
淵瀬　一
釈桜叟　一

カ行

可休　一
何処　一
花立　一
荷兮　一
我黒　一
寒月　一
季吟　一
季範　一
其角　一
鬼貫　一
去来　一
筐水　一
玉人　一
吟夕　一
駒角　一
空礫　一
恵方　一
元好　一
元順　一
元静　一
言水　一
湖春　一
盲人湖帆　一
盲人語夕　一
幸佐　一
国政　一

サ行

才麿　一
昨非　一
三千風　一
儳柴（ママ）（纔柴）　一
只丸　一
志計　一
芝蘭　一
自水　一
似船　一
守武　一
舟元　一
秀興　一
秋山　一
秋風　一
重是　一
重徳　一
重頼　一
春知　一
春澄　一
順水　一
潤口　一
如琴　一
如泉　一
如稲　一
如柳　一
助及　一
助叟　一
尚白　一
松隠　一
松径　一
松春　一
常牧　一
心圭　一
信徳　一
女すて（捨女）　一
是沖　一
西鶴　一
西武　一
清昌　一
清風　一
千春　一
仙庵　一
仙化　一
女その（園女）　一
素雲　一
素堂　一
宗因　一
宗鑑　一
宗伴　一

宗卜　一
盲人宗友　一

タ行

団水　一
竹亭　一
釣寂　一
調和　一
直風　一
定次　一
貞室　一
貞徳　一
轍士　一
釈都西　一
都雪　一

ハ行

芭蕉　一
梅盛　一
梅柳　一
晩山　一
不障　一
風山　一
鞭石　一
暮四　一
方山　一
朋水　一
凡兆　一

マ行

万海　一
未達　一
木因　一

ヤ行

野水　一
友吉　一
友作　一
由平　一
有南　一
猶始　一
釈揚々子　一

ラ行

来山　一
嵐雪　一
嵐蘭　一
小野川立吟　一
立志　一
立甫（立圃）　一
律友　一
良詮　一
路通　一

ワ行

和及　一
和泉　一
作者不知　二

連句

①独吟歌仙〔助叟〕いさ折て人中見せん山桜これも…

俳諧之重宝記 すり火うち

書林／江戸十間棚／秋田屋十兵衛・大坂御堂前／森田庄太郎・京寺町／秋田屋五郎兵衛（後印本ハ書林／京寺町通松原上ル町／菊屋七郎兵衛版）。斎藤如泉著。俳諧作法書。横本一冊。真珠庵如泉／壬申仲秋望（八月十五日自序）。元禄五仲秋日／洛下梨柿園信徳（跋）。綿屋文庫他蔵。

誹諧 気比のうみ

刊記ナシ。会所越前敦賀古島寺町／水江重次。中尾我黒点。前句付・発句集。半紙本一冊。元禄五年仲秋望日（八月十五日）序（我黒序）。綿屋文庫蔵。『俳書集成』30ニ影印。木村三四吾『業餘稿叢』（私家版　昭和51年刊）等ニ翻刻。

発句

ア行

フクヰ 安部 一
越府窪田 衣才 付一
ふく井 意計 一
越府 一亀 一
福井 一慶子 付一
ヒコネ 一建 付一
金沢 一志 一
今庄 一声 付一
府脇谷 一滴 二
ツルカ 一徳 付一
ふく井 一風 付一
一方 付一
ヒコネ 一眠 一
大用 一用 一
ツルカ木食上人 一葉軒 一
福井 右吉 一
越中富山 雲煙 付一
新潟 雲軒 付一
ツルカ 雲竹 付一
越前東谷 永義 付一
大坂 永志 一
ワカサ 遠航 一
越前片谷 遠水 一
シノ岩崎 黄蝶 一

カ行

大ノ 加杯 一
越中東岩瀬 可笑 付一
ふくゐ 可水 一
宮津 可全 付一
ふくゐ 可入 一
府 花人 一
八マン丹羽 花友 付一
ふく井 花遊子 一
ワカサ上方郡 夏虫 一
松岡 荷柴 付一
越府 歌 一
宮ツ 歌声 一
長ヲカ 郭翁 一
カヤハラ 寒翁 付一
せゞ女 きち 付一
新潟 喜時 付一
ツルカ 義教 付一
岩本 義真 一
ツルカ 礒浜 一
福井 吉丸 付一
ツルカ 吉次 一
ツルカ 久友 付一
福井 京白 付一
伊藤 玉橋 一
ツルカ 近利 付一
遊女 金や 一
ツルカ 吟嘯 一
ツルカ 銀鳳 付一
ツルカ 愚恕 付二
江州いか 見道 一
福井 元丘 付一
ふくゐ 元休 一
大ツ 元来 一
秋田能代 言可 一
ミヤツ 孤月 一
大津 虎子 付一
ツルカ 湖月 付一
越後寺泊 五合庵 二 付一
十二才 五良松 一
経瓦山 光円坊 付一
越前大野 江山 一
ツルカ 幸流 一
淀 高侍氏 付一
ワカサ 綱勝 付一
ふく井 今翁 一
ワカサ 寥山 一

サ行

越中魚ツ 笹舟 付一
越後 三条 一
ツルカ 三善 付一
ツルカ 三柳 二
今ツ 山 付一
越府 残月 付一
丸ヲカ 子鳩 一
ワカサ 止水 付一
府ノ遊女 市弥 一
ふしミ 志山 付一
府 似鴞 一
福井 七民 付一
福井 若女 一
ミクニ 酒水 付一
ミノイハサキ 寿棟 付二
小松 周蜆 一
富山 岫風 付一
ツルカ 秋香 一
近江剣熊谷口氏 女 一
大ノ 如雪 付一
金沢 如竹 付一
少人 松雨 付一
八マン山 松桂 付一
ワカサ 松翠 一
駄口 松風 付一
福井 松林軒 付一
ツルカ 松露 付一
ツルカ 乗合舟 付一
新潟 食免 付一

福井 信空 付 二
新潟 親継 付 二
東イハセ 塵也 付 一
鯖江 随水 一
さか八木 正好 付 一
ツルカ稲垣 正信 一
八マン 正能 一
宮ツ 正文 付 一
ツルカ 政次 一
新在家 盛長 付 一
府 川水 付 一
ツルカ 善勝 付 一
ツルカ 素柏 付 三 一
ツルカ 早水 一
ワカサ 搶女 一

タ行
ミヤツ 大長宜 一
シナノ善光寺 短棹 付 一
越府 知足軒 付 一
いわもと 竹翁 一
新潟 仲玄 一
浅小井 忠俊 付 一
八マン 長幸 付 一
ミノ 長良 付 一
ふく井 釣角 一
ツルカ 釣竿 付 三
フクヰ 底石 一
江州伊香 貞候 付 一
小松 イ人 一
ミノ岩崎 杜笘 付 一

丹後宮津市井 桐庵 付 二
ツルカ 桃雨 一
ツルカ 桃水 付 一
新潟 盗鬼 付 一
大野 藤淵 一
ワカサ 洞雲 一

ハ行
加州ミヤコシ 波之 一
ヒコネ 梅雨 三
金サハ 梅露 付 一
ツルカ 白水 付 一
鯖江 白雉 付 一
大津 苗村 付 一
栃川 不ノ 付 一
越大タキ 浮水 付 一

秋田野代 富勝 付 一
ワカサ佐柿 武長則 一
富山 撫雪 付 一
ツルカ 風声 付 三
十一才福井 聞子 一
金ツ 芳久 一
金津 豊影 付 一
ツルカ 房門 付 一

マ行
金サハ 満礼 三
ワカサ 未及 付 一
越府 密水 付 一
ワカサ 木人 付 一
長岡 目慕 一

ヤ行
ふくゐ 野丸 付 一
フクヰ 友吟 一
ヒコネ 由師 付 一
宮津 有石 一
金沢川合 邑姿 一
幽池 一
ふく井 祐元 付 一
宮津 游艇 付 一

ラ行
酒田 嵐夕 付 一
ツルカ 利益 一
ツルカ 柳鶴 付 一 一
ふくすミ 柳軒 付 一
大野 柳鴻 一
宮津 柳子 一
松任 柳雫 一
丸ヲカ 柳風 一
越前定友村 流水 一
柳下堂 臨川 付 一
ツルカ 露月 付 一
大ノ 露随軒 一
ツルカ 滝松 一
丸ヲカ 滝水 一
ツルカ 鹿笑 一

ワ行
膳所 和解 一
ツルカ 和水 付 一

連句

①独吟歌仙〔我黒〕京師清白散人 侍気比宮奉納三十六韻上

柞原集

京寺町通二条上ル町／井筒屋庄兵衛開板。元禄五歳中秋（八月）日／桑門句空再拝（奥）。桑門句空編。発句・連句集。半紙本二冊。学習院大学日本語日本文学研究室蔵。『加越能古俳書大観』上ニ翻刻。

発句

ア行

一可 一
山中 一琴 三
亡人 一笑 三
一荘 一
一端 一
一洞 九
一風 一
一夢 一
宮腰 一有 一
亡人 因元 一
京 羽紅 一
雨傘 一
雨青 一
鶴来 雨柏 一
雨帆 四
烏水 一
城ケ端 永叙 一
神主 英之 三
江戸 遠水 一
遠星 一
翁（芭蕉） 一
桜十 一
宮田少人 乙子 三
大津 乙州 三

カ行

加仙 一
可静 三
鶴来 何之 一
夏川 二
亡人 霞夕 一
隔水 一
山中少人 勘助 一
江戸 岩翁 一
江戸 其角 二
其糟 四
江戸 亀翁 一
幾葉 一
京 去来 二
城ケ端 挙来 一
魚素 六
漁川 一
宮腰 玉之 五
玉斧 七
石動 吟雪 一
句空 三
松任 薫煙 二
元之 一
亡人 言蕗 一
古水 三
古庭 四
宮腰 孤角 一
小松 孤衾 一
孤舟 二
枯竹 三
梧翠 二
康楽 一
谷水 一

サ行

左里 一
宮腰 佐文 六
三五 一
三岡 一
三秋 一
三十六 六
江戸 杉風 一
小松 子格 一
宮腰 子文 一
四睡 一二
字路 八
山中 自笑 六
七里 一
江戸 尺草 二
宮腰 守水 一
秋之坊 七
秋水 一
亡人 秋里 一
春幾 四
春紅 一〇
春耕 二
宮腰 春山 一
宮腰 閏之 三
僧 渚水 一
如柳 一
小春 五
尼 松山 四
蕉雫 一
振 二
甚之 一
睡鶯 一

翠〔女〕　二
随善　一
生船〔江戸〕　一
青至　一
盛弘　三
夕桜　一
夕市〔小松〕　二
夕幽　一
雪水　一
仙化〔江戸〕　一
素牛（惟然）　一
素洗　三
曽世〔宮腰〕　一
曽良〔江戸〕　一
楚常〔亡人〕　一
楚桃　二
蘇守　四
宗寿　二
草籬　一

タ行

探吟〔七尾〕　二
知則〔宮腰〕　一
智月〔大津尼〕　五
遅桜　二
椿月〔女〕　一
彳人　一
兎角〔高野桑門〕　一
冬水〔僧〕　三
当和〔江戸〕　一
東賀　四
東子　一
唐爾　一
桃妖〔山中少人〕　三
桃蛘（桃妖）　一
桃隣〔江戸〕　一

ナ行

南甫　九
二方　一
忍市　一
農臼〔宮腰〕　三

ハ行

巴上　一
巴常〔宮腰〕　一
巴水　一
波止〔宮腰〕　一
梅風〔越前府中〕　一
梅露　四
薄子〔日津〕　二
非関　一
不于　一
不玉　一
不中〔女〕　五
布人〔宮腰〕　三
斧卜〔小松〕　二
浮葉　二
芬芳　九
蚊子　一
ノ松　二
逢里（遥里カ）　二
北枝　二〇
牧笛　四
牧童　一二
凡兆　一〇

マ行

万子　一〇
万水〔城ケ端〕　一
万声　一
未陌〔江戸〕　一
民屋　二
民子　一
木〔女〕　一

ヤ行

野水〔亡人〕　一
友琴　四
友恥〔宮腰〕　一
幽慶　一
幽子　一
遊子〔女〕　二
誉風　六
遥里　二

ラ行

頼元　二
嵐雪〔江戸〕　三
蘭仙〔宮腰〕　四
李泰　一
李東　二
莅裳〔宮腰〕　一
柳雫〔松任〕　三
柳葉〔松任〕　一
流志〔亡人〕　五
良阿〔越前滝谷〕　一
林陰　四
呂谷　五
盧水〔鶴来〕　一

ワ行

和平　一
和風　五

①両吟歌仙〔北枝18—句空18〕
②十吟歌仙〔句空6—春紅3—小春3—魚素3—南甫3—呂谷3—玉斧3—松山2—秋の坊（秋之坊）5—牧童5〕秋の坊にて継ぐ（最後ノ十二句ハ秋の坊・牧童・句空ノ三吟）

礒清水

刊記不明。中尾我黒編。俳諧紀行・連句集。半紙本欠一冊（現存ハ上巻ノミ）。元禄壬申仲秋（八月）／門人漆城子書（序）。綿屋文庫蔵。

発句

可春	一	懐徳	一	吟松	一	松山	一	漲水	一
我黒	三	翫之	一	吟風	一	正文	一	又笑	一
我勇	一	吟工	一	守文	一	釣玄	一	祐山	一

連句

①両吟二句〔我黒—吟風〕
②両吟二句〔我黒—祐山〕
③両吟二句〔かさまろ（歌左麿）—我黒〕
④三吟三句〔玄信—我黒—祐山〕
⑤両吟二句〔吟風—我黒〕
⑥独吟歌仙〔歌左麿（近藤性一以軒）〕賦何葉／独吟
⑦両吟半歌仙〔我黒9—歌左麿9〕停牛月
⑧両吟歌仙〔我黒18—吟風18〕
⑨両吟歌仙〔懐徳18—我黒18〕八月十五夜
⑩三吟歌仙〔祐山12—我黒12—釣玄11—執筆1〕清白翁に所の月みするとて
⑪両吟歌仙〔桐庵（関氏）18—我黒18〕
⑫両吟八句〔吟松4—我黒4〕
⑬四吟歌仙〔可春9—我黒9—吟工9—松山8—執筆1〕

我黒にあひて物かたるとて
⑭十一吟歌仙〔我黒5—鷺白4—一得5—種心3—閑水2—種塵5—随風4—言盛1—随松2—安重2—礒水2—執筆1〕福知山鷺白亭
⑮十三吟歌仙〔漲水7—我黒8—朋水2—通見2—白木2—岩勝2—小稲2—是水2—集加2—曽之2—重是2—花立1—長雄2〕我黒とひとつにのりて
⑯七吟歌仙〔歌左麿8—我黒6—吟風2—静思1—懐徳6—祐山8—守文3—執筆2〕いひすてに
⑰十吟歌仙〔歌左麿5—我黒4—祐山4—自笑3—伴勝5—工部4—觚哉2—乱定4—船遊3—釣玄1—執筆1〕於本妙寺我黒にあひて

椎の葉

京二条寺町／井筒屋庄兵衛刊之。干時歳玄黓涒灘律中無射居待之夜（九月十八日）／才麿記（奥）。椎本才麿編。俳諧紀行・発句・連句集。半紙本一冊。洒竹文庫蔵。『新大系　元禄俳諧集』等ニ翻刻。

発句

ア行
一安　一
一幕　一
桜咲軒　三
鷗嘯　一

カ行
可計　三
花子（湯川氏）　一
紀計　三
空我　三
元届　一
幸計　一

サ行
才麿　四六
之白　一
思昔　三
紫竹　一
尚列　一
松吟　一
樵花　四
尋友　一
水猿（遊雲堂）　五
政之　一
仙桜　一
宗因　一

ナ行
忍水　一

ハ行
梅月　一
梅香　一
柏風（ヒロセ氏）　三
蓬跡　一

マ行
未雪　二

ヤ行
野笛　一
猶存　四

ラ行
嵐舟　一
里竹　一
林蝶　一
臨川（松下氏）　五
作者不記　歌二

連句

①三吟歌仙〔才麿12―空我12―仙桜12〕

②四吟八句〔才麿2―思昔2―可計2―鷗嘯2〕或日赤
松が籠居せし白旗の古城を見んとて攀のほりける
：

③五吟六句〔千山―占立―才麿―海牛―尚列―執筆〕勿謂今日不学而

④両吟六句〔空我3―才麿3〕終日寝山

⑤五吟歌仙〔才麿7―尚列7―海牛7―千山7―占立7―執筆1〕秋興

誹林一字幽蘭集

元禄壬申年九月下浣／通油町佐藤四郎右衛門。水間沾徳編。発句・連句集。大本三冊。露沾序。素堂書（序）。綿屋文庫他蔵。『俳書大系　談林俳諧集』ニ翻刻。発句ニハ類想ノ漢詩・古歌ヲ注記スル。

発句

ア行

蛙枕　一
杏翁　一
杏林　一
已哉　三
維舟（重頼モ見ヨ）　三
一鉄　六
百瀬 一峰　一
宇八　一
山岡 雲南　一
彦根 永水　三
岡山 永由　一
亦魚　一
尾陽 越人　一
群山 垣行　一
遠水　四
艶子　一
横几　二
鸚水　三
大津住 乙州　三

カ行

加雲　一
可言　一
太田 可政　一
花蝶　一
花里　一
花葎　三
佳則　二
河雲　二
夏雲　二
荷兮　一
大坂 歌舞伎　一
我黒　一
雅雀　四
快易　一
芥口　二
閑枝　二
伊勢住 閑友　一
歓来　二
釈 澗水　一
高山 灌水　二
岩翁　一九
岩亀　一
岩松　二
岩泉　九
杞柳　二
季吟　五
かいはら住 季成　一

其角 一〇
（彦根住）其葉 一
紀子 一
枳風 一
亀翁 一六
喜水 二
掬匂 一
休甫 一
玖也 五
去来 一
虚谷 二
虚斎 一
魚水 二
暁雲 一
旭峰 一
曲水 一
玉蓮子 一
吟松 一

駒角 二
（釈）空存 二
（小野）愚侍 一
桂堂 一
渓魚 一一
渓石 一
（半井）慶友 一
犬桜 一
（東金）兼世 一
兼豊 一
（南）元順 一
元隣 二
玄札 二
言水 二
源棟 二
姑川 三
（釈）孤雲 一
（上田）孤松 一

虎吟 二
（盲僧）虎銀 五
（中津住）湖竿 一
（近江住彦根）湖虹 五
湖春 一
湖堂 一
湖風 一
湖隣女 一
午竿 一三
口静 四
交夕 一
光貞妻 二
好紀 一
好柳 一
幸女 一
紅糸 一
（備前）兀峰 二
屼平 二

サ行

才麿 一
細雨 二
材種 五
三峰 一
山夕 二
杉風 一
（釈）残花 一
（彦根城）残笛 四
（麗瑞院）暫酔 一
子翠 一
子堂 一三
史邦 一
志賎 一
紫塵 五
詞賎 三
自悦 一
自準（似春） 三

自仙 一
（釈）慈白 一
尺草 一三
（勝尾山）釈義山 一
（岩城住）守常 一
守武 一
岫雲 二
秋航 一
（女）秋色 二
（いせ村）重安 二
（備中住）重安 一
重頼（維舟モ見ヨ） 一
（釈）従古 一
粛山 一
春魚 九
春耕 九
春水 一
春峒 七

（浜田）春倫 一
如泉 一
如白 一
小藤 一
昌雲 二
松雨 一
松塢 五
松翁 一
松吟 一
松水 二
松斎 六
松濤 一
松柏 二
（明石郡主）松葉 三
松葉妻 一
松楽 一
（三井）笑種 一
笑松 一

釈 梢蟬 一
勝盛 一
常牧 一
心棘 一
信徳 一
哂着 五
江口 塵言 一
かいはら すて（捨女） 一
水鷗 一
随好 二
寸好 二
寸竹 七
寸理 一
膳所 正秀 一
中島 正俊 一
正友 一
東金隠士 生白 一
西鶴 一

西武 一
雪紫 一
仙化 一
大室 沾雨 一
沾化 一
沾荷 二
沾岾 一
綾部住 沾山 三
沾徳 九〇
沾蓬（沾圃カ） 一
沾木 一
沾柳 一
釈 専吟 一
浅山 一
浅幽 三
闡幽 七
岨木 四
素堂 四

素楊 一
小島 粗工 一
楚良（ママ）（曽良） 二
踈口 一
宗鑑 一
小 宗甫 一
松江 宗岷 二
宗也 一
仄船 三
存色 二
大光院 尊為 一

タ行

乃竜 一
乃竜妻 一
旦水 一三
探泉 九
岩城住 知信 一
竹塢 二

中子 一
仲子 二
忠知 四
彫棠 二
朝雲 一
調水 一
調柳 一
調和 一
直曲 一
珍碩（洒堂） 一
大坂 定明 一
貞室 一
貞徳 一
摘山 二
真崎 冬虫 一
東潮 一
東民 一
東籬 一

桐宇 一
島風 一
桃隣 一
若狭 藤昌 一
道枝 一
長崎住 道実 一
道寸 一
徳元 二
紀氏 徳流 一

ナ行

釈 任口 四
岡部 任幸 一
任々子 一
山田住 念助 一

ハ行

巴袖 三
芭蕉 八
備中住 梅員 一

梅翁（宗因） 一〇
梅盛 一
梅扇 一
釈 白銑 二
白椿 二
釈 白話 一
柏舟 二
南 薄夫 一
川路 繁常 一
釈 盤子（支考） 一
不貫 三
不酔子 一
孚先 一四
浮萍 四
富長 一
普舟 六
風虎 一四
丹羽 風松 三

作者	句数
風隣	一
小浦 分虫	二
文桂	三
文鱗	一
蚊足	一
大坂 片雨	一
暮楓	一
芳津	一
法春	一
岡田 豊方	一
三芳野 忘水	三
芒風	五
望月	六
マ行	
万年子	二
未琢	一
未得	二
未陌	五
釈 冥之	一
茗風	一
木子	一
ヤ行	
尾州住 野水	一
野梅	二
野間 野遊	一
釈 友円	一
奈良住 友雅	二
友静	一
長州住 友知	一
由平	一
東金 有竹	一
近藤氏 幽意	一
幽山	二
ラ行	
遊女 利生	一
立吟	一
前 立志（初代立志）	二
稲辺 立波	一
立圃	二
留堂	一
河手 笠下	一
崎山 良隆	二
水野 林元	一
林巣	一
蓮阿	一
路通	四
露傾	一
露言	一
明石住 露山	一
露芝	一
露觴	一
露森	一
露沾	三
矢吹 露幽	一
作名不知	三
作者不記	六

連句

①八吟歌仙〔沾徳1―望月5―旦水5―柏舟5―沾化5―沾岾4―亀翁5―春水5―執筆1〕七人五百七十歳白家に会せることをおもふに…元禄三年十一月上旬に合歓堂によひあつめ侍る

②三十七吟百韻〔露沾1―沾徳1―春峒2―材種2―遠水2―未陌2―孚先2―横几2―寸竹2―探泉2―松斎1―芒風2―忘水2―子堂2―岏平2―虎竽1―松塢1―飛泉1―岩松1―河雲1―虚谷2―午竿2―芳津1―友雅1―百川1―春耕1―鸚水1―魚水1―松柏1―喜水1―寸好1―渓魚1―随好1―沾荷2―春魚2―虎竽1―雅雀1―作者不記（沾徳）47〕発句たまふ君あり附句たすけし友ありこゝろさしおなしきをもて独吟となりぬ

鶴來酒

京寺町二条上ル町／井筒屋庄兵衛板・金沢上堤町／三ケ屋五郎兵衛。神戸友琴編。発句・連句集。半紙本二冊（タダシ、下巻ハ現所在不明）。元禄五年壬申歳秋無射（九月）模写／自序（友琴自序）。個人蔵。『加越能古俳書大観』上ニ上巻ノミ翻刻ガアリ、コレニヨッタ。刊記ハ山根公「加越能古俳書「鶴来酒」について」（『国文学論考』22　昭和61・3）ノ報告ニ従ウ。

発句

ア行

意乙　四
一蛙　二
山中 一琴　二
城中うナミ 一扇　二
富山近所 一全　四
一村　一
一波　一
一友　一
宮腰 逸志　一
今石動 ウ臼(ママ)（宇白）　二
京小野山 ウ治右衛門　一
池田 雨青　二
雨帆　七
雲岫　一
雲徒　一
大坂 永志　四
宮腰 乙子　一
志賀津 乙州　二

カ行

可卜　二
歌林　一
宮腰 駕心　一
海翁　一
江戸 其角　一
放生津 鬼口　二
城ケ端 亀長　一
宮腰 喜重　一
江戸 挙白　一
城ケ端 挙来　二
放生津 亟匹　一
宮腰 玉之　八
玉風　一
今石動 吟松　一
句空　二
愚流　一
松任 薫煙　四
亡人 景正　二
軽舟　五
放生津 軒鶯　一
古庭　一
宮腰 孤角　一
小松 孤衿(ママ)（孤衾）　一
小松 孤衾　一
放生津 孤吟　一
宮腰 湖水　二
梧翠　二
光山　三
富山近所 幸慶　一

サ行

宮腰 左文　四
才麿　一
三十六　一
城ケ端 山清　二
宮越女 シユン　一
子文　一
四羊　二
枝東　四
山中 自笑　四
宮腰 似童　一
宮腰 慈房　二
少人 七葉　一
宮腰 守水　五
舟路　二
城ケ端 重貞　一
春紅　二
春山　一
源氏 春子　二
閏之　五
藤井 女　一
小春　二
尼 松山　二
富山近所宮保 松風　二
樵夫　二
氷見 丈柳　一
信重　一
吉山 塵也　一
城ケ端 翠松　一

名	数
小波 寸柳	一
富山近所 正永	一
加藤 正次	一
夕之	三
小松 石水	一
能州押水 宣竹	一
放生津 全哿	一
素牛（惟然）	二
宮腰 素友	二
宮腰 草子	二
草籬	一
宮腰十才 孫市	一
タ行	
放生津 池月	一
放生津 池水	一
尼 智月	一
遅牛	一
丈聖寺 竹葉	一
新保氏 貞臣	一
東賀	一
山中 桃妖	二
ナ行	
南甫	二
農臼	二
ハ行	
宮腰 巴常	三
巴水	二
宮腰 波之	二
翁 芭蕉	一
梅子	二
梅露	三
月津 薄子	四
不于	二
宮腰 布人	七
風子	一
ノ松	二
城ケ端 保水	一
北枝	二
牧笛	一
牧童	一
マ行	
城ケ端 万水	二
民子	二
城ケ端 无底	一
無友	一
ヤ行	
幽志	三
遊笑	一
ラ行	
頼元	二
江戸 嵐雪	一
宮腰 蘭仙	七
宮腰 理可	一
宮腰 莅裳	一
流端	二
流望	一
宮腰 流与	一
林陰	一
林水	一
呂谷	二
蘆葉	一
露子	一
城ケ端 露葉	一
浪化	一
六衛	二

連句

①四吟歌仙〔乙州9―友琴9―ノ松9―巴水9〕隠士のなにかしをたつねしに芭蕉翁の田家の吟更におもひ合せ侍る

②独吟半歌仙〔舟路〕糸さくらの一折独吟

③四吟歌仙〔三十六11―友琴11―牧童10―句空4〕小蟻の歌仙

誹諧浦島集

京寺町二条上ル丁／井筒屋庄兵衛板。楊々子編。発句・連句集。孟冬（十月）上旬／言水序。半紙本二冊。柿衛文庫他蔵。

発句

ア行

板氏 安吉 二
為文 一
宮津 葦雀 二
津軽青森吹田氏 意休 一
宮津 意津市 一
出羽大石田 一栄 一
但馬中島氏 一下 一
一丸 一
丹州漢部 一吟 三
但州高田田路氏 一吟 一
宮津 一幸 一
若州小浜三宅氏 一梢 三
宮津牧野氏 一水 一
宮津 一到 二
宮津竹田氏 一徳 一
宮津白柏町 一甫 一
広島星野 一唯 一
大坂 一礼 一
京 ウるり 一
宮津 雨滴 二
洛西 雲花 二
越前 永義 一
京 焉玉 一
大坂 遠舟 一
京 塩風 二

カ行

田辺 加真 一
宮津釈 加水 一
京早留 加柳 一
但州豊岡 可雲 一
三州吉田 可休 一
但馬高田 可言 一
若州河野氏 可心 三
宮津羽田 可全 三
但州高田下村氏 荷雪 一
京 嘉船 一
宮津村田氏 嘉遊 一
宮津 歌左麿 六
京 歌山 一
芸州神主 我青 一
大坂 賀子 一
加州金沢 芥流 一
宮津福田 懐山 三
宮津水上氏 懐徳 二
越後長岡小中氏 閑応 二
宮津小沢 澗水 三
丹波笹山喜多川 観水 一
宮津鎌屋 翫之 二
大坂 季範 一
湖外 既白 一
和州法隆寺 吉色 一
宮津 求方 二
若州小浜津田 去留 五
みね山 虚計 一
大津 旭江 一
加州宮腰 玉之 二
田辺 琴風 一
宮津 吟志 一
宮津飯田 吟松 一
但馬高田下村 吟水 一
宮津 吟風 二
駒角 一
京 空礫 一
加州 薫煙 一
田辺住 契舟 一
深草 元政 二
丹後峰山武部 玄信 三
言水 六
芳野下市野々村 言智 二
宮津座頭 言逢 一
宮津如願寺 孤月 三
秋田柳原 孤春 一
工部娘十歳 胡蝶 三
宮津 湖水 一
宮津石川氏 觚哉 三
宮津 工部 三
京 好春 一

サ行

大坂 才广呂(才麿) 一
江州日野 彩霞 一
田辺 細流 一
大坂 昨非 三
但州富田氏 山舟 一
若州 参後 一
田辺 桟哉 一
丹波笹山畑氏 市丸 二
京 只丸 一
宮津 志津市 一
宮津青野 志滴 一
京 泗水 一
宮津少女 七 二
田辺 守株 一
和州 守由 二
丹後 酒人 一
秀興 一
宮津岡田氏 秋水 二
加州松任住 秋雫 一
芸州小川氏 重之 一
南都 重之 一
広島小川 重次 一
肥後坂本氏 出水 一

田辺 春山 一
紀州 順水 一
京松田 潤口 四
宮津大串氏 初染 一
京 如玉 一
但馬 如蛍 一
京 如章 一
京 如泉 一
京 助叟 二
丹後湊 小西氏 一
若州 尚山 二
いつくしま 尚政 一
豊前小倉 松踞子 一
石見住 松琴 二
丹後由郎 松原 一
丹後湊 松岡氏 一
和州宇陀 松声 一
京岡田 松占 二

京壬生住 松尾氏 一
丹州上林 笑草 一
京 水鳥 三
肥後熊本 水翁 二
肥後熊本大久保 水丸 二
姫路広瀬氏 水狐 一
津軽青森 井蛙 一
芸州柾氏 井水 二
京川井 正氏 一
丹後峰山 正信 一
京川井 正長 一
宮津田中 正文 二
大坂 西鶴 一
宮津座頭 西木 一
宮津 静思 三
宮津秋庭氏 雪水 二
京草庵㐂 選也 二
但馬高田中島 疎言 一

水口藤原 鼠雲子 一
南都奥村 宗久 三
京三梅軒 宗徳 一
加州松任 窓柳 一

タ行

宮津 丹遊 二
いせ山田 団友（涼菟） 一
若州熊谷氏 池鶴 三
豊前小倉 仲冬 一
若州 眺之 一
猪名原 蔦石 二
宮津 澄春 一
宮津 澄風 一
宮津 蝶水 一
南都森 調水 一
大坂 椿子 一
南都 通元 二
水口市川 辻三 一

京 定玉 一
京 定之 二
京西村 定正 一
京 定輔 二
京 底元 四
越前大塩氏 貞光 一
京西村 貞正 二
京 滴水 一
南都 鉄水 二
京 轍士 一
和州今井杉生 天弓 一
京三上 都雪 二
百瓢裳 東柳 二
丹州栗田村一井 桐庵 二
江州日野 桃水 一
南都 道弘 一

ナ行

宮津 入祐 二

星田 喃口 一

ハ行

加州 巴常 一
備中住 梅員 一
豊前小倉 梅水 一
田辺 梅節 一
京神氏 梅泉 一
豊前小倉 梅磨 一
江州日野 白賁 三
京十二才 半禰 一
京 晩山 一
（ママ）みや津 晩山 一
京 浜水 一
宮津 風化 一
頂明寺 風山 一
宮津 風他 一
京 風葉 二
大坂 文十 二

京 文正 一
京山村氏 文流 二
京一笠軒 蚊雷 一
峰山 米也 二
京真野 ノ乀 二
宮津 保春 四
保入 一
宮津 方吟 二
京 方山 一
田辺天野氏 方水 二
讃州高松 芳水 四
丹後宮津 法橋 二
越中古国府野呂氏 北空 三
越前福居 牧子 一

マ行

田部・田辺 末旦 四
湖東隠客 無角 一
但州奥山 茂都 一

越糸魚川三井氏 茂豊　一
みや津 木端　一

ヤ行

宮津小島 野休　一
わかさ 野子　一
宮津 野風　二
宮津 又思　一
宮津下河辺 又笑　二

加州神戸 友琴　一
芸州広島 友古　一
加州 友恥　二
宮津 友慕　二
難波 由平　一
京 勇山　一
但馬豊岡 幽志　一
宮津釈氏 祐山　八

宮津釈 祐全　一
宮津 遊可　三
和州法隆寺 誘水　一
宮津 伴勝　二
京 伴水　一
宮津 楊々子　一〇 歌一

ラ行

大坂 来山　一

宮津松杉寺 乱山　二
越後新潟 闌月　一
芸州広島 里洞　四
加州 莅裳　四
京 柳山　一
宮津 柳之　三
加州松任住 柳雫　一
宮津 良勝　二

若州浜氏 領春　一
宮津小坊主 林斎　一
但馬中尾 倫之　一
京 隣酔　二
宮津 露間　一
宮津沙門 露玉　三
若州瓜生 露径　四
宮津 露山　一

京山村 露杉　一
宮津大江氏 露秀　一
宮津鈴木七才 六之丞　一

ワ行

京梅原 和海　二
越前金津 和休　一

連句

①独吟歌仙〔歌左麿（天橋立住近藤氏一似軒）〕所は名にしあふ水江のうら島か子の…

②三吟歌仙〔楊々子12—信徳12—言水12〕六月中十五日

③三吟半歌仙〔祐山6—楊々子6—釣玄6〕楊々子身延請といゝしを

④六吟六句〔定之—楊々（楊々子）—祐山—吟風—静思—懐徳〕餞別

⑤三吟三句〔言水—楊々（楊々子）—信徳〕北陸にかへる僧に

⑥独吟歌仙〔釣玄（宮津）〕

⑦独吟歌仙〔吟風（宮津鈴木氏）〕独吟

⑧独吟歌仙〔保春（宮津）〕

⑨四吟歌仙〔楊々子9—助叟9—為文9—秀興9〕

⑩三吟歌仙〔言水1—吟風（宮津）17—祐山（宮津）18〕先生の名月の句とて書をこせるを手してひらき口してあちはへるに…すき人の法師梅すを加へて歌仙になしける

⑪三吟三句〔歌左麿—空礫—言水〕三吟

⑫両吟二句〔吟夕（阿波）—楊々子〕

後しゐの葉

京寺町通二条上ル町／井筒屋庄兵衛板。元禄壬申孟冬（十月）下旬／備陽岡山旅寝之灯下採筆／才麿（奥）。椎本才麿編。俳諧紀行・発句・連句集。半紙本一冊。無記名序（才麿自序）。綿屋文庫他蔵。下垣内和人『近世中国俳壇史』（和泉書院　平成4年刊）ニ翻刻。

発句

ア行
一之　一
一水　一
雲鹿　一
栄求　一
栄流　二

カ行
其由　一
機計　一
義風　一
旧白　四
蛍藻　一
后覚　二

サ行
才麿　二四
如醴　二
松声　一
松嵐　一
是水　一
雪斎　一
千代丸（十一才）　一

タ行
知義　四
知香　一
知秋　一
知純　一
知静　一
枕友　一

ハ行
梅員　二
梅林　四
白英　一
泛舟　一
晩翠　九
不貫　一
不風　二
舞石　一
風山　一
風笛　六

マ行
万杏　一
無我　一

ヤ行
野草（盲人）　一

ラ行
蘆角　一

連句

①五吟歌仙〔才麿7―雲鹿7―晩翠7―風笛7―風山7―執筆1〕
②六吟歌仙〔雲鹿6―晩翠6―風笛6―梅林6―才麿6―旧白6〕
③五吟歌仙〔梅林7―旧白7―風山7―才麿7―晩翠7―執筆1〕
④五吟歌仙〔風笛7―風山7―才麿7―雲鹿7―晩翠7―執筆1〕
⑤両吟二句〔才麿―臥雲〕
⑥六吟歌仙〔才麿6―不風6―晩翠6―知義6―如醴5―風笛6―執筆1〕東照宮の御山など拝して…僧不風催しに

⑦七吟八句〔才麿―其由―晩翠―蘆角―義風―一之―知義―執筆〕唯にやはとておの〱一巡たりて…孟冬十一日於其由宅開席下略

⑧六吟七句〔知義―才麿―如醴―晩翠―風笛―不風―執筆〕予一とせ洛陽にて時雨そめ黒木になるはなに〱ぞと言し句をあいさつせられて下略

⑨五吟歌仙〔才麿7―如醴7―知義7―不風7―晩翠7―筆1〕如醴に催されて

⑩三吟三句〔后覚―才麿―晩翠〕病ひこゝろよくなりて

⑪両吟八句〔知義4―才麿4〕一夜知義と尽話

⑫三吟三句〔万杏―晩翠―才麿〕閑素を好む咄の序でに

⑬七吟五十韻〔晩翠7―才麿7―旧白7―風山7―梅林7―雲鹿7―風笛7―執筆1〕才麿は好て茶物語を述作せらる…

〔其角点「聖像の」百韻〕

稿本。元禄五年甲ノ十二月朔日／東潮会（奥）。宝井其角点。点取百韻。巻子本一巻。俳句文学館寄託。『俳文芸』40（平成4・12）ニ翻刻。作者名ハ点ノ付イタ句ノミニ記サレテオリ、百韻ノ後ニ「六句割」トアルモ、是楽ノミ四句カト推定サレル。

連句

①十七吟百韻〔是楽4―東潮4―海星6―東水4―白鰕4―桂夕4―図牛5―桃和4―素イ4―笛子6―梅風3―衛門5―似川3―光潮4―来子4―リ、4―光少3―作者不記29〕

誹諧冬こもり

刊記ナシ。半田常牧編。発句・連句集。半紙本二冊。元禄申の臘月（十二月）日／梨雪（序）。綿屋文庫蔵。

発句

ア行

注記	作者	句数
越後新潟	為蹊	二
下嵯峨	為有	一
	意酔	一
越後新潟孔雀軒	一酔	四
	一雫	一
丹後田部	一毛	一
	一要	一
和州柳本	雨白	三
丹州薗部	烏角	二
和州柳本	烏角	二
	遠之	一

カ行

注記	作者	句数
若州小浜河野氏	可心	四
	可白	一
京	可倫	一
江州大溝	介石	二
越後新潟	豈風	二
	貫虱	一
江州大溝	閑咲	一
小畑氏	澗水	四
九歳女	きち	一
	喜清	一
鬼峰子	蟻道	二
三州苅谷富田氏	吉根	四
若州小浜津田氏	去留	三
丹後田部	琴風	一
江州大溝	具之	三
江州彦根野田氏	愚千	四
	薫風	一
丹後田部	契舟	一
	鶏賀	一
下嵯峨	鶏口	四
	言水	一
	古竹	一
江州大溝	古帆	五
作州	紅雪	四
	敲推	一

サ行

注記	作者	句数
江州彦根	栽幹	五
	之濤	四
作州吉田氏	時寂	四
	澍松	一
江州大溝十六歳	秀木	一
丹後田部	重方	一
	従心	一
	春澄	一
三州苅谷	如嬰	四
	如春	一
	如泉	一
	如遊	一
	昌房	一
	松現	一
	常牧	五
江州彦根	硨兀	三
京秋江軒	酔雪	八
	翠柏	一
柳垂堂	静眼	四
	千春	一
牧氏	素石	一
作州茨木軒	素宝	四
下嵯峨	鼠隠軒	一
	宗夕	四
	宗房	一
	宗利	一
和州柳本	窓夕	一

タ行

注記	作者	句数
	旦楽	一
	中雅	一
伊賀名張	忠辰	二
	樗雲	一
丹州亀山	長以	四
	長雄	二
播州竜野	釣舟	三
作州帰松庵	聴霜	四
作州如蓮亭	定政	四
作州渡部氏	渡舟	四
	東柳	四
望月氏	凍鶯	四
	桃翁	一
彦根	淘水	二
	藤公	一
	洞山	三

ハ行

注記	作者	句数
作州芳睡軒	梅兄	八
和州柳本	梅風	二
	白雀	四
作州	撫琴	四
	蚊子	四
相逢軒	萍水	四

丹後田部	方水	一
江州大溝	芳風	四
マ行		
江州	無角	四
ヤ行		
江州彦根居竹軒	野叟	四
江州宇賀野	野木	一
作州津山	由之	一
	由卜	一
ラ行		
越後新潟	闌月	四
江戸昨木軒	濫吹	四
	梨雪	一
丹州亀山	柳音	一
野沢氏	流水	四
作州林氏	林翁	四
三州苅谷	露紅	二
掬月亭	弄香	四
	作者不知	二

連句

①両吟四句〔樗雲2—嵐雪2〕眠部氏樗雪訪れて飛藤灰といふこゝろをとあれは

②両吟二句〔作州朱木軒 桃翁—常牧〕江戸にゆくとて通りかけに

③両吟二句〔常牧—桃翁〕桃翁の母に別れしを弔ふ

④四吟歌仙〔我黒9—好春9—常牧9—梨雪8—執筆1〕

⑤四吟歌仙〔好春9—梨雪9—我黒9—常牧8—執筆1〕

⑥四吟歌仙〔梨雪9—常牧9—好春9—我黒8—執筆1〕

⑦四吟歌仙〔常牧9—我黒9—梨雪9—好春8—執筆1〕

⑧独吟半歌仙〔扶昌〕いとまなく繁キをさしおきてよしにし侍る

⑨独吟歌仙〔東柳〕

⑩五吟歌仙〔常牧8—扶昌7—井蛙7—広宗7—一酔7〕扶昌子江府下向の餞別

⑪両吟世吉〔江戸朱木軒 桃翁22—濫吹22〕

⑫独吟半歌仙〔作州津山 如蓮亭〕

⑬三吟二十二句〔作州津山住如蓮亭 定政8—聴霜7—梅兄7〕

⑭三吟二十二句〔作州津山芳睡軒 梅兄8—定政7—聴霜7〕

⑮三吟二十二句〔帰松庵 聴霜8—梅兄7—定政7〕

⑯両吟半歌仙〔若州小浜津田氏 去留9—温知9〕

⑰両吟半歌仙〔若州小浜青木氏 温知9—去留9〕

⑱六吟二十二句〔江州大津 之勝4—古帆5—飛觴4—湖笑3—雀声3—恒武3〕

⑲両吟歌仙〔越後新潟町田 斎藤 闌月18—湖主18〕

⑳独吟歌仙〔餌雲庵 愚千〕

㉑八吟世吉〔讃陽高松住 芳水6—帰白6—茂春6—可木6—野牧5—江水5—芳松5—季春5〕

千句前集

刊記ナシ。芳賀一晶編。連句集。大本二冊。元禄竜集申旦吉（自跋）。綿屋文庫他蔵。『千句前集』（紫水文庫刊行会　昭和14年刊）ニ翻刻。一晶独吟千句ノ内ノ先ニ成ッタ五百韻ヲ収メ（後集ハ宝永元年刊）、自序的ナ俳論「自警七是」ヲ巻頭ニ載セル。

連句

①独吟百韻〔一晶〕
②独吟百韻〔一晶〕倦産業
③独吟百韻〔一晶〕愁秋色
④独吟百韻〔一晶〕疎屋
⑤独吟百韻〔一晶〕魂祭

継尾集

刊記ナシ。『阿付』ニ「元禄五年」。伊東不玉編。発句・連句集。半紙本二冊。継尾集序／羽山呂図司（呂丸）。綿屋文庫他蔵。『俳書集成』31ニ影印。『古俳大系　蕉門俳諧集二』ニ翻刻。巻一巻頭芭蕉句（「象潟の…」）ノ前ニ不玉ノ象潟ニ関スル文章ト蘇東坡ノ漢詩、巻二巻頭ニ野盤子（支考）ノ「象潟の紀行」ヲ収メル。

発句

ア行

酒田 安種　一
安通　一
噫秋　一
大石田 一栄　一
本庄 一空　一

カ行

其角　一
松山 蟻穴　一
幡磨 吉勝　一
玖也　二
玉栄　一
玉喜　一
玉志　一
玉車　一
玉水　一
羽州吉田村 玉巴　一
玉文　四
蚶潟 玉芳　一
玉柳　一
玉林　一
桂櫂　一
大坂 月尋　一
酒田 硯水　一
羽州吉田村 原風　一
ミノ 己百　二
酒田 江潭　一
羽黒山 鉤雪　一

サ行

亀田 山風　一
残夕　一
残昔　一
支考　八
志清　一
志勢　一
酒田 志石　一
鶴岡 重行　一
重信　一
如春　一
亀田 松兼　一
松夕　一

松雪　一
信入　一
（近江）森風　一
西吟　一
政盛　一
清石　一
（尾花沢）清風　五
（大石田）川水　一
（尾花沢）素英　一
曽良　二
（羽黒）即堂　一

（象潟能登屋）孫左衛門　一

タ行

沢庵　一
（僧）単信　一
竹君　一
（堺）長治　一
（大坂）長由　一
（酒田）朝桂　一
（ミノ）低耳　一
（酒田）貞員　二
貞貫　一
貞恕　一
杜橋　一
（乍単斎）等躬　一
棹月　一

ナ行

任暁　一

ハ行

芭蕉　四
梅玉　一
（羽州吉田村）不易　一
不閑　二
不玉　一〇
不顕　一
不習　一
（酒田）不申　一
不撤　三
不白　二
不茫　一
浮木　二
（最上）風仙　一
（最上）風陽　一
（江戸）甫吟　一
（蚶潟）芳雄　一
（釈）法誉　二

マ行

（松山）未覚　一

ヤ行

野盤子（支考）　一
幽可　一
幽心　一
幽夕　一

ラ行

落草院　一
嵐石　一
里学　一
流水　一
（大坂）流麦　一
呂丸　八

ワ行

（天童）和貫　一
和扇　一

連句

①三吟歌仙〔（風羅翁）芭蕉12―不玉12―曽良12〕江上之晩望

②十六吟歌仙〔正秀（ぜゞ）3―野径3―史邦2―野童2―昌房2―臥高2―支考3―楚江2―游刀2―探志2―木志2―智月2―乙州2―素牛（惟然）2―去来2―珍碩（洒堂）2―筆1〕

③三吟歌仙〔（野盤子）支考12―重行12―呂丸12〕

④六吟歌仙〔（骰子堂）路通1―不玉7―呂丸7―不撤7―玉文7―支考7〕

⑤三吟歌仙〔其角12―支考12―桃隣12〕心の奥は猶かきりなくや有けん…酒田の不玉おと、し思ひ立ける集ありこれを都のつとに頼まれ侍るとて頭陀ひらき取出ける…その末につく（コノ前ニ「支考遠遊

の志ありこれにをくるに／白河の関にみかへれいか
のほり　其角」トアル）

⑥三吟歌仙〔（尾花沢）清風12―支考12―不玉12〕

⑦両吟歌仙〔（潜淵庵）不玉18―路通18〕

⑧八吟歌仙〔（羽黒本坊）会覚1―ばせを（芭蕉）1―不玉7―不白1―釣月1―（ミノ）己百6―（ミノ）如行9―支考9―筆1〕餞別

俳諧八重桜集

井筒屋庄兵衛板。元禄五年頃成（内容）。示右編。発句・連句集。半紙本二冊。中孫菴乂石（序）。上巻ハ柿衞文庫蔵、下巻ハ九州大学附属図書館支子文庫蔵。上巻ハ『聖心女子大学論叢』31・32（昭和44・3）、下巻ハ『鹿児島大学文科報告』19（昭和58・9）ニ翻刻。

発句

ア行
（木原氏）伊頼　一
（法橋）維舟（重頼）　二
一丸　一
一之　二
（森本氏）一拙　一
（江州）一竹　一
一林　一
（田中）胤成　一
雲洞　一

カ行
雅章卿　一
乂石　一
休意　一
（一笑子）景雀　一
景神　一
景桃　四
（大西）元雅　三
（池西）言水　二
公簾朝臣　一
（汲谷軒）好春　一

康重　一

サ行
（賀茂）笹軒　二
（梅村）三信　一
氏勝　一
（五雨亭）史邦　一
芝蘭　一
資石　一
示右　九
（松永松栄軒）示春　五
（蘆月庵）似船　二
（宝樹軒）児水　二
（九鬼）澍松　三
秋夕　一
萩水　一
（吉田）充克　二
（竹山）重栄　二
重範　一
松軒　一
（田中）常矩　一
（高橋）常信　一
正勝　一
成正　一
（市川）政顕　六
（中村）政重　一
（山口）赤丸　一

タ行
（江州）大江軒　一
（北条）団水　二
（西園寺）長晦　一
（阿波）釣寂　一
調道　一
（服部）定清　二
（金森）度征　六
東柳　二
（岡本）訥子　一
鈍静　一

ナ行
（英氏）念子　一

ハ行
伯州　一
晩山　一
不洗　二
（土田）不白　二

一笠軒蚊雷 一　竹山宝栄 一　宝生 一

凡兆 一

ヤ行

野童 一

井上友貞 三　祐方 一　用雪 三

ラ行

仁木来珊 一　石黒利貞 一

雲風子林鴻 一　恋誰 一　栗原露芝 一

御方（さる） 一

連句

①九吟歌仙〔芭蕉5―示右5―凡兆5―去来5―景桃丸4―乙州2―史邦5―玄哉3―好春2〕年忘歌仙

②八吟世吉〔信徳6―景桃丸6―好春7―示右7―只丸6―琢石6―水雲2―度征4〕よゝし

③三吟歌仙〔度征（金森氏）12―示右12―乂石12〕歌僊

④八吟歌仙〔好春6―示右6―和及6―定武6―我黒6―示春1―林鴻2―一林3〕

⑤六吟歌仙〔団水8―示右8―釣寂8―景桃4―芝蘭7―示春1〕歌仙

⑥六吟歌仙〔政顕7―示右7―重栄7―景桃7―用雪7―示春1〕

⑦十二吟百韻〔伊良11―示右13―只丸2―松ト11―筐水14―和道9―猶始11―藿木11―信徳13―景桃3―三哲1―一拙1〕百韻

⑧五吟六句〔度征―景桃―示右―加水―充克―執筆〕常盤井宮当社へ御宮詣ありしに…

⑨六吟六句〔如泉（真珠菴）―示右―只丸―景桃―鈍静―示春（執筆）〕歌仙面

⑩八吟八句〔和及（沙門）―景桃―常牧―度征―澍海―鈍静―示右―示春（執筆）〕面八句

⑪両吟半歌仙〔訥子（岡本）1―示右1―作者不記16〕即興歌僊之一折（発句・脇以外ノ作者ハ一二三付ニヨル表記）

⑫五吟歌仙〔只丸8―示右9―団水7―景桃6―一保5―執筆1〕歌仙

⑬五吟歌仙〔示右9―一林9―好春9―林鴻8―示春（執筆）1〕かせん

⑭三吟歌仙〔我黒12―示右12―好春12〕歌仙

⑮三吟歌仙〔乂石11―示右12―言水13〕歌仙

⑯七吟歌仙〔定武6―景桃3―一保5―示右7―不洗5―唯三5―限三5〕歌僊

⑰五吟歌仙〔景桃8―示右8―度征8―示春8―重実3―執筆1〕歌仙

⑱三吟歌仙〔重栄(竹山)12―政顕(市川)12―示右12〕六々韻

⑲十六吟百韻〔示右(法印祐玄)10―景桃(五百丸)9―一藤(原氏)1―乂石(中孫菴)5―我黒(中尾)11―和及(沙門)2―常牧(繁田)11―好春(児玉)9―定武(服部)9―澍松(九鬼)4―林鴻(堀江)8―一林(桂)2―度征(金森)5―充克(吉田)5―鈍静(羽林)8―示春(執筆松永)1〕木院御所御奉納御法楽百韻／勅筆／天神之像

〔貞享五年句集〕

写本。元禄五年頃成カ。元禄五年春（連句⑱⑲ノ識語）。季吟・好与・由的・重栄・遯庵判。連句集。横本一冊。京都大学大学院文学研究科図書館蔵。貞享五年カラ元禄五年ニカケテ制作ノ連句十九巻ヲ収録。

連句

①三吟百韻〔意34―朔33―里33〕貞享五年八月於有馬／季吟判

②五吟漢聯百韻〔里22―朔21―曲19―曰19―力19〕同(貞享五)年同比／狂聯句／朱印由的

③四吟百韻〔里25―朔25―曲25―範25〕元禄元年十月／季吟判

④七吟百韻〔曲16―力16―朔16―里15―曰15―範6―意15―執筆1〕同(元禄元)年十一月／季吟判

⑤六吟百韻〔朔17―曰18―里20―曲19―力19―範7〕同(元禄元)年十一月／季吟判

⑥両吟百韻〔朔50―里50〕元禄二年二月於有馬満座／湯山道中即興／季吟判

⑦三吟百韻〔里34―意33―朔33〕同(元禄二)年二月於有馬／季吟判

⑧七吟百韻〔意14―里14―力14―曲14―朔14―範14―曰14―執筆2〕同(元禄二)年春／好与判

⑨三吟百韻〔里33―曲33―意33―執筆1〕元禄三年夏／重栄朱印

⑩三吟漢聯五十韻〔意17―里17―朔16〕貞享五年八月於有馬／朱印由的

⑪四吟百韻〔里25―朔25―曲25―曰25〕元禄三年秋／重栄朱印

⑫五吟百韻〔里20―意20―曰20―曲20―朔20〕同（元禄三）年冬／重栄朱印

⑬五吟百韻〔意20―曲20―里20―曰20―朔20〕元禄四年春／重栄朱印

⑭両吟百韻〔里50―朔50〕同（元禄四）年冬／重栄朱印

⑮六吟百韻〔曰17―力17―曲17―朔17―意16―里16〕同（元禄四）年／重栄朱印

⑯六吟百韻〔曲17―力17―里17―朔17―曰16―意16〕同（元禄四）年冬／口切の即興に／重栄朱印

⑰六吟漢聯百韻〔曰18―里18―曲18―朔17―意17―力12〕狂聯句／宇遯庵的判

⑱六吟漢聯五十韻〔里9―力9―曲8―朔8―曰8―意8〕元禄五年春／狂聯句／宇遯庵的判

⑲五吟百韻〔朔20―曲20―力20―里20―曰20〕同（元禄五）年春／論語の語を入れて／重栄朱印

〔松寿軒西鶴書画俳諧百韻〕

稿本（西鶴自筆）。元禄五年頃成カ。井原西鶴著。連句巻。巻子本一巻。難波俳林松寿軒西鶴（自序）。綿屋文庫蔵。天理図書館編『西鶴』（天理図書館　昭和40年刊）ニ影印・翻刻。自注・挿絵入リノ独吟百韻デ、『熊野がらす』（元禄七年序）所載ノモノ（十八句目マデ）トノ間ニハ異同ガアル。藤井紫影ノ箱書識語ニヨリ「西鶴翁　独吟百韻自註絵巻」トモ称サレル。

連句

①独吟百韻〔西鶴〕

〔自画賛十二ケ月〕

発句　西鶴　三

稿本（西鶴自筆自画）。元禄五年頃成カ。井原西鶴著。発句巻。巻子本一巻。柿衛文庫他蔵。天理図書館編『西鶴』（天理図書館　昭和40年刊）ニ三点ノ影印・翻刻。草稿ヲ含ム各本ノ間ニハ句ノ異同ガアル。野間光辰『補刪　西鶴年譜考證』（中央公論社　昭和58年刊）ニ「十二句の内、『渡し舟』に見ゆるもの三、『難波曲』に見ゆるもの一、『蓮実』に見ゆるもの二、『すがた哉』に見ゆるもの一、以上七句。従つて西鶴がこの『十二ヵ月帖』に筆を揮つたのは、恐らく元禄五年中のことかと推定せられる」トアル。

山中問答

元禄五年成（タダシ、後世ノ偽書ト目サレル）。元禄二年己巳秋／金城北枝奥（「俳諧大意」）。元禄五年春／翠台北枝奥（「付録北枝叟考／附方八方自他伝」）。立花北枝著。俳論書。半紙本一冊。乙也序。也同跋。『俳書大系　蕉門俳話文集』ニ翻刻。例句数組ハ無記名ナノデ集計ヲ省略シタ。嘉永三年ナイシ文久二年ニ刊行サレタ版本ハ、京堺町四条上ル／御集冊摺物所／近江屋又七刊。

新湊

散逸書。『阿』ニ「一冊　歌仙発句　絵入　杳酔（ママ）（杏酔）作　元禄五年」。

哥仙誹諧独吟合

散逸書。『阿』ニ「大坂　盤水作」トシテ、元禄五年ノ俳書中ニ配列。

高砂子

散逸書。『故』ニ「月尋　元禄五」。

合類

散逸書。『故』ニ「如回（恕回）　元禄五」。

食俳諧

散逸書。『仏兄七久留万』ノ「誹諧ノ書板行目録」ニ「食　元禄五壬申歳　三十二歳　鬼貫・木兵（猿風）・青人　三吟三百韻」。タダシ、『故』ハ「宗旦　元禄四」トスル。

元禄六年（一六九三）癸酉

〔元禄六年歳旦〕

井筒屋庄兵衛板（柳水末尾）。元禄六癸酉年（只丸冒頭）。歳旦集。元禄五年・七年分ト合綴シテ横本一冊。綿屋文庫蔵（『〔歳旦集〕』）。『俳書集成』17ニ影印。六年分ノミヲ抜キ出シテ掲出スル。

●只丸（弄松閣只丸二）
弄松閣 ▽只丸
③只丸—芳沢—一林
③一林—只丸—芳沢
③芳沢—一林—只丸
▽賦山
●方山
招鳩軒 ③方山—豆人—旧白
③旧白—方山—豆人

③豆人—旧白—方山
▽得月　元安　嶺風
▼旧白　友咢
●常牧
③常牧—翠柏—由卜
③有三—常牧—旦楽
③雛賀—一要—常牧
▽敲推　由卜　旦楽
一要　富玉事 翠柏

●定之
東林軒 ③定之—勇山—風葉
③風葉—定之—勇山
③勇山—風葉—定之
▼定之　勇山　風葉
●信徳
▽信徳
③重徳—信徳—蠡海
③蠡海—重徳—如翠

③如翠—蠡海—重徳
③夏木（重尚）—雨伯—長丸
③長丸—夏木（重尚）—雨伯
③雨伯—長丸—信徳
●柳水
風裳舎 ▽柳水　柳水（歌）
柳水　母　妹 ゆき
かる　鹿玉　玉川
座頭 みよ部

▼柳水
●湖外
京城下一松軒 ③湖外—飛茂氏 林鳥—巨白子 一之
③一之—湖外—林鳥
③林鳥—一之—湖外
▼湖外　林鳥　一之

元禄五年如是庵日発句

稿本（西順自筆）。元禄六癸酉年正月十八日（奥）。如是庵西順著。俳諧日記。巻子本一巻。綿屋文庫蔵。『俳書集成』35ニ影印。元禄五年正月一日カラ十二月三十日マデノ一日一句ヲ掲載。巻末ニ「如是庵叟桑門西順／于時行年七十八歳」トアル。

発句
如是庵叟桑門 西順　三五四

誹諧この華

京寺町二条上ル丁／井筒屋庄兵衛板行。半田常牧編。発句・連句集。半紙本二冊。元禄六とし正月下旬／蘭化老人（常牧）自序。竹冷文庫他蔵。『誹諧　冬こもり』（元禄五年序）ノ後集ニアタル。

発句

ア行

安元　四
意勝　四
意酔　一〇
一晶　一
一酔　八
一雫　四
一毛　一
一要　九
烏觜　三
遠之　八

カ行

可見　二
可心　九
可則　三
可白　三
我黒　三
苅之　一
貫虱　一
澗水　八
澗碃　五
岸子　一
きん（女）　一
其角　一
喜清　一〇
吉根　三
九鬼氏（八歳女）　一
久入　一
去留　六
恭以　三
愚千　三
契舟　一
鶏賀　三
鶏口　二
元矩　四
言水　一
古竹　二
広宗　三
光吉　一
好春　一
江水　四
幸佐　二
紅雪　一
敲推　八
膠柱　六

サ行

才麿　三
昨非　四
三友　四
之濤　一
時寂　五
澍松　五
重治　四
従右　四
従左　四
従心　四
如嬰　四
如春　五
如泉　四
如蝶　四
如遊　九
小猫　三
昌房　二
松霞　一
松現　六
松夕　二
松楽　三
蕉林　一
常牧　三三
真嶺　三
翠柏　二二
随時　四
是正　四
井蛙　六
西月　一
静昨　一
涎古　二
素石　一
素宝　四
宗可　一
宗房　二
宗利　七

タ行

旦楽　二
竹見　一
中雅　一
長（女）　一
長以　二
聴霜　二
つた（十一歳女）　一

定政	七
渡舟	三
土流	二
東柳	六
凍鶯	一
（作州朱木樹）桃翁	五
ハ行	
芭蕉	三
梅員	三
梅兄	一〇
白雀	二
晩山	一
（十歳女）ひし	一
扶昌	二
武信	二
撫琴	三
萍水	三
芳風	四
鳳仞	一
北枝	一
マ行	
茂清	一
ヤ行	
野叟	二
由之	一
由卜	三
有三	二
祐元	二
輶酔	六
（六歳女）よね	一
ラ行	
来几	六
来山	一
嵐雪	二
闌月	六
濫吹	二
梨節	一七
立志	三
柳松	七
流水	六
林翁	四
露径	三
露水	一
露酔	四
老鴆	四
弄春	一
ワ行	
和及	二

連句

①独吟六句〔荻水〕

②三吟三句〔荻水―蒿水―蘭花〕

③両吟二句〔蘭化―如草〕

④独吟二十二句〔（芳睡軒）梅兄〕春／四季独吟

⑤独吟八句〔（芳睡軒）梅兄〕夏

⑥独吟半歌仙〔（芳睡軒）梅兄〕秋

⑦独吟八句〔（芳睡軒）梅兄〕冬

⑧三吟歌仙〔（長門萩住）貴和12―嘉保12―不瓶12〕

⑨六吟六句〔常牧―原水―尹具―林鴻―遊園―太枝〕冬

夜なかく人々うちよりて…いさや一句〳〵を総案にせはやとて…これまでにて先やみぬ（発句・脇・第三・四句目・五句目ニハ、別ニソレゾレ脇10句・第三8句・四句目9句・五句目6句・六句目5句ヲ添エル）

⑩独吟世吉〔鶏賀〕

⑪独吟歌仙〔一要〕

⑫独吟世吉〔敲推〕
⑬独吟歌仙〔翠柏〕
⑭独吟歌仙〔遠之〕
⑮独吟十二句〔従心〕
⑯独吟二十二句〔可白〕
⑰独吟八句〔意勝〕
⑱独吟歌仙〔梨節〕下鳥羽のわたりに問てかなはぬ人の侍りて一夜をあかしけるに京には似ぬ雪のあはれそかし
⑲独吟歌仙〔意酔〕勿論のはいかいといふことをわれもすなり
⑳独吟世吉〔常牧〕

斧屑集

散逸書。『補刪　西鶴年譜考證』ノ元禄六年ノ項ニ「正月、梅枝軒閑水撰『斧屑集』刊。発句入集。小本一冊。今手控を失つたので刊年および板元を明かにしない。穎原先生の「西鶴年譜」に、梅枝軒閑水撰題名不詳とあるもの即ちこれであらうと思ふ。俳諧の作法を説いた手引書である。西鶴の発句一、「後の月に」と題して、／名月や桜にしての遅桜／が例句として挙げられてゐる」トアル。

俳諧深川

京寺町二条上ル町／井筒や庄兵衛板。『阿付』ニ「元禄六年」。浜田洒堂編。発句・連句集。半紙本一冊。ことしきさらぎ（二月）のはじめ洛にのぼりてふろしきをとく／洒堂（自序）。洒竹文庫他蔵。『新大系　元禄俳諧集』等ニ翻刻。元文元年版本・寛政二年改版本ガアル。

発句
洒堂一―素堂一―曽良一―芭蕉一―嵐蘭一

連句
①四吟歌仙〔芭蕉9―洒堂9―嵐蘭9―岱水9〕深川夜遊

②六吟歌仙〔杉風6―洒堂6―曽良6―石菊6―桃隣5―宗波6―執筆1〕草庵の留主

③四吟歌仙〔洒堂9―許六9―芭蕉9―嵐蘭9〕二日とまりし宗鑑か客煎茶一斗米五升下戸は亭主の仕合なるへし

④八吟歌仙〔芭蕉4―支梁5―嵐蘭5―利合5―洒堂6―岱水2―桐奚5―也竹4〕支梁亭口切

⑤十八吟歌仙〔洒堂2―嵐竹2―芭蕉2―北鯤2―嵐蘭2―（膳所）昌房2―正秀2―臥高2―探志2―游刀2―野径2―（京）去来2―野童2―史邦2―景桃2―素牛（惟然）2―（大坂）之道（諷竹）2―車庸2〕九月廿日あまり翁に供せられて浅草の末嵐竹亭を訪ひて卒に十句を吟ず興のたえん事をおしみて洛の旧友をもよほしそのあとをつぐ

⑥両吟歌仙〔曲翠（曲水）18―洒堂18〕松の中

⑦三吟三句〔洒堂―素堂―芭蕉〕余興

誹諧浪花置火燵

京寺町二条上ル町／井筒屋庄兵衛板。厚東休計編。発句・連句集。半紙本一冊。酉二月下旬／飛鳥翁書之（後序）。竹冷文庫蔵。『俳書集覧』5ニ翻刻。

発句

ア行

（三四）杏翁 一
（大坂）杏酔 一
（大坂）一時軒（惟中） 一
（江戸）一晶 一
（佐野）一澄 一
（ヒロシマ）一唯 五
（大坂）一有 一
（大坂）一礼 二
（大坂）雲洞 一
（大坂）英子 二
（朧磨大坂）遠舟 三
（高平）遠野 一
（大坂）遠柳 六
薗女（園女） 一

カ行

（三田）かしく 一
（大坂）可栄 一
（大坂）可歌 一
（ノセ）可吟 一
（紀ノ橋本）可楽 一
（大坂）可曨 一
（長崎）歌俊 三
（京）我黒 一
賀子 一
（大坂）雅木 一
（大坂）快笑 一
（ヒロシマ）間通 一
（大坂）岸紫 二
（江戸）岩翁 一
（江戸）其角 一
（大坂）宜風 一
（伊丹）蟻道 四
（大坂）久永 一
（大坂）休計 十六
（江戸）挙白 一

大坂 虚風 一
大坂 魚江 一
大坂 玉意 一
三田 玉水 四
摂島村 玉泉 三
ノセ 吟風 一
大坂 元知 一
長崎（ママ） 元知 一
京 言水 一
虎吉 一
北村 湖春 一
大坂 湖推 二
大坂 口嘿 二
天満 幸方 二
カマノ 紅山 一
大坂 虹音 一
ヒロシマ 谷水 一

サ行

大坂 才秀 一
大坂 才麿 一
イセ 柴友 二
大坂 昨非 一
三吉 一
ヒロシマ 山狼 一
かも川 氏重 一
大坂 志吟 二
大坂 志葉 一
大坂 耔郎 二
京 似船 一
大坂 雀黄 一
大坂桃風斎 舟軒 五
大坂 十賀 一
宿郎 一
伊丹 春堂 四
大坂 春林 一
紀ノ若山 順水 一
大坂 女記 一
如泉 一
大坂 如竹 一
大坂 恕回 一
大坂 少林 一
大坂 松計 一
神峰化 松好 一
大坂 松寿 一
柏下 松寿 三
大坂 宵扉 一
京 常牧 一
大坂 植 一
京 心桂 一
大坂 身門 一
京 信徳 一
ノヤ 深平 一
大坂 新舟 一
摂新免 新水 一
伊丹 人角 四
甚ノ介 一
三田 翠松 一
長崎 随心 一
紀ノ橋本 是琴 一
ヒロシマ 井水 三
一唯家来十三 正助 一
摂島 生水 一
二万翁 西鶴 一
桜塚山 西吟 四
大坂 西木 一
大坂 西流 五
大坂 星山 一
大坂 清流 一
大坂 石草 一
大坂 雪灯 二
大坂 千桃 一
大坂 川柳 一
大坂 仙山 二
大坂 専風 一
扇風 一
北蛇軒 膳吉 一
大坂 素水 一
大坂 楚秋 一
爪先 一
相肩 一
大坂 桑風 一
池田 叢林 一

タ行

大坂 丹歌 一
大坂 短尺 一
大坂 知童 一
大坂 竹意 一
ヒロシマ 忠隆 一
長蔵 一
鳥翁 一
アハ 釣寂 一
大坂 釣水 一
大坂 椿子 一
大坂 廷序 一
大坂 定明 一
大坂 哲盃 一
大坂 轍士 一
大坂 天外 一
大坂 冬橘 一
大坂 灯外 一
はせを 桃青（芭蕉） 一
池田 稲丸 三
道具や 一

ハ行

南郷 巴水 一
大坂 破了 一
高塩 馬吟 一

（大坂）馬楽（鬼貫）　二
貝空　一
倍之　一
（ヒロシマ）梅支　一
（大坂）白歌　一
八太郎　一
（京）晩山　一
（ヒロシマ）非水　一

美郷　一
平六　一
（通左軒）描次　一
（大坂）不暦　一
（池田）風子　三
（ノセ）風善　一
風慮母　一
（大坂）文十　三

（大坂）補天　一
（京）方山　一
（大坂）方昌　一
（大坂）豊舟　一
（大坂）豊流　一
（神原）鳳土　二

マ行

万海　一

（大坂）木口　一
（大坂）木舟　一

ヤ行

由平　一
（大坂）勇雌　一
（大坂）葉舟　一

ラ行

（大坂）来山　四
（江戸）嵐雪　一
（カマノ）蘭風　一
（大坂）李範　一
（ヒロシマ）里洞　四
（大坂）里竜　一
（上宮天神）履橋　一
（江戸）立志　一
（大坂）旅舟　一
（大坂）炉柴　一
（ヒロシマ）露春　一
（大坂）蘆三見　二
（伊丹）鷺助　二

ワ行

（京）和及　一
（大坂）和水　一

連句

①両吟短歌行〔（桜塚山落月庵）西吟11―休計12―執筆1〕
②両吟六句〔休計3―風慮3〕
③両吟六句〔風慮3―休計3〕
④両吟短歌行〔休計11―西吟12―執筆1〕
⑤両吟三句〔（桃風斎）舟軒1―休計2〕
⑥両吟三句〔（吟松軒）休計1―舟軒2〕
⑦両吟歌仙〔休計18―風慮18〕
⑧両吟三句〔（吟松軒）休計2―仙山1〕
⑨両吟三句〔仙山2―休計1〕
⑩五吟半歌仙〔休計4―素水4―快笑4―楚秋3―桑風3〕
⑪三吟三句〔来山―休計―西吟〕追加
⑫三吟三句〔床八―蝶―弥助〕歳旦三物

彼これ集

皇都書林小佐治半左衛門板行。橋部竹翁編カ。発句・付句・連句集。半紙本一冊。元禄六癸酉仲春（二月）日／摂隠士書于洛下桃隣軒（自序）。版本所在不明ノタメ綿屋文庫蔵ノ写本ニヨッタ。和及・竹亭ノ一周忌追善集。

発句

ア行

南都 郁堂　一
一至　二
一秋　一
一晶　付一
大坂 雨露　一
烏巣　二
越人　三
延尚　二
江戸 遠翁　一
桜叟　五

カ行

荷兮　付二
和州郡山 荷水　一
荷翠　七
我黒　二
江州カヤ村 寒翁　二
閑水　一
其角　二 付三
洛西壬生 寄鳴子　四
嶷嶠　四
吉辰　二
去来　一
玉芝　三
听流　二
月尋　一
江州菅原 月夕　三
軒柳　三
大坂 元知　一
南都 玄梅　一
大坂 呼牛　四
虎海　一
瓠界　一
湖春　一 付一
江州彦根 湖帆　一

サ行

杉峰　一
史邦　一
舟丸　一
秀興　三
周竹　三
周木　一
秋露　一
重五　付一
和州郡山 重之　一
美濃大垣 如行　一
如春　四
如泉　付四
如梅　二
常牧　付一
南都 心楽　二
信徳　付一
生駒坊　一
江州八幡 西勝寺　付一
静栄　四
南都 席竹　一
扇雪　付一
その（園女）　一
素風　一
藻水　一
藻風　付一

タ行

旦藁　三
知春　二
知善　一
知足　四
竹翁　一七
竹亭　四 付一
江州八幡 釣歯　二
調和　付一
貞室　付一
鉄洲　五
杜国　一
桃渓　三
桃里　一
南都 道弘　一

ハ行

芭蕉　一 付四
馬楽童（鬼貫）　三 付三
彦根 梅雨　二
洛西壬生松丸氏 梅室　三
江州八幡小舟木 半入　二
晩翠　付一
不角　付七
大坂 不春　一
江州彦根 不障　二
風山　二 付一
大坂 風寸　一
風雪　七
鞭石　四

暮四　四
方山　一
朋水　三

ヤ行

野水　八
友春　一
大坂 幽山　一

ラ行

洋々　付一
来山　一
林下　一

冷雪　二
大坂 炉柴　一
路通　一
大坂 蘆角　一

ワ行

露荷　付一
和及　付四　二

作者不知　二
作者不記　一

連句

①六吟歌仙〔竹亭5―竹翁6―荷翠7―一秋5―周竹6―知足6―筆1〕二句乱
②三吟歌仙〔静栄12―暮四12―朋水12〕三吟
③三吟半歌仙〔竹翁6―玉芝6―荷翠6〕三吟／以下略之
④三吟半歌仙〔風雪6―静栄6―暮四6〕三吟／以下略之
⑤七吟半歌仙〔朋水3―静栄3―竹翁3―暮四3―荷翠2―如春2―嶷嶠2〕七吟／以下略之
⑥四吟歌仙〔暮四9―朋水9―静栄9―竹亭9〕四嘯
⑦五吟歌仙〔桜叟7―朋水7―暮四7―静栄7―竹翁7―筆1〕友のかたより竹亭身まかりぬといひおこせければ／此句につゝけて一巻となしぬ

猿丸宮集

刊記不明。宮村三十六編。発句・連句集。半紙本二冊。于時元禄六稔癸酉弥生（三月）上旬／六々庵（三十六）自序書。山茶花逸人（友琴）跋。版本所在不明ノタメ、月明文庫蔵ノ写本ニヨッタ。『加越能古俳書大観』上ニ翻刻。『故』ハ「猿丸の宮」ノ書名デ「元禄七」トスル。

発句

ア行

一桜　二
山中 一琴　二
一泉　二
一洞　三
宮腰 一有　二
宮腰 逸都　二
雨帆　六
松任 雨柳　三
云之　二
雲口　一
亦春　一

民子　三
木心　一

ヤ行

野風　一
（宮腰）友恥　四
（越中）幽志　三

ラ行

頼元　二
（イナミ）嵐青　一
（宮腰）蘭仙　一
李泰　一
柳宴　一
（松任）柳雫　一
（亡人）流志　一
林子　二
呂丸　一
（橋堪々）呂谷　七
露沾　一
六々庵（三十六モ見ヨ）　二
不知俳人　一
不知作者　一
女不知名　一
作者不記　一

連句

①両吟歌仙〔北枝18—三十六18〕歌仙／猿丸宮奉納
②両吟歌仙〔牧童18—卅六（三十六）18〕
③三吟歌仙〔句空13—三十六13—春紅10〕
④両吟歌仙〔友琴18—三十六18〕
⑤七吟歌仙〔乙州6—三十六2—巴水7—ノ松6—雲口5—一泉5—徳子5〕歌仙

白川集

寺町通二条上ル町／井筒屋庄兵衛板。大久保長水編。発句・連句集。半紙本一冊。元禄六仲呂（四月）上旬／洛下童言水書（序）。京都大学大学院文学研究科図書館蔵。

発句

ア行

（三州）一音　一
（熊庄）一舟　一
（長崎）一助　一
（松橋）一助　一
（京）一嘯　一
（越中城ケ端）一仙　一
隠山　一
（津国平野）烏水　一
（丹波あやへ）円喜　一
円水　七

カ行

（川尻）加計　一
（但州豊岡）可雲　一
（丹後宮津）我眠　一
（大坂）賀子　一
皆木　一
（川尻）竿水　一
帰帆　一
（川尻）玉水　三
玉里　一
（熊庄）琴子　一
琴舟　二
錦帆　二
（但州）駒角　一
空安　一
（川尻）恵旭　二
（川尻）渓王　一
（熊庄）渓石　一
（越前つるが）玄流　一

京 言水 二
和州柳本津田 言席 一
川尻 古童 一
江橋 二
佐州 扣舷 一
京 幸佐 一
紅鹿 一
川尻 谷柳 一

サ行

佐水 二
江州日野 彩霞 一
川尻 策心 一
丹後住 三賀市 一
八代 山石 一
京 只丸 一
糸音 一
僧 使帆 四
加州 舟木 一
十川 一
尻 如空 二
八代 如常 一
和州箸尾 如水 一
矢橋辺南笠 如水 一
如酔 二
京 如泉 一
京 助叟 一
八代 松烏 一
丹後木津村 松岡氏 一
川尻 松馴 四
紀州 松嵐 一
笑猿 二
京 常牧 二
京 信徳 一
熊庄 塵水 四
水翁 四
高瀬 水哉 一
京 水獺 二
水甫 一
矢橋辺南笠 正伝 一
大坂 川井氏 一
先通 四
女 その（園女） 一
素芳 一

タ行

地木 三
長水 三
京 定之 一
京 底元 二
斗水 二
丹後峰山 東水 一
東梅 二
日野住 桃水 一
肥前鹿島 棹雪 一
藤室 一

ナ行

讃州高松 任計 一

ハ行

小倉住 梅水 一
豊前小倉 梅麻呂 一
江州日野 白賁 一
能登正院 半補 一
京 晩山 一
菊地肥後守 武光 一
京 風子 一
文泉 一
京 歩叟 一
京 方山 一

マ行

備前岡山 茂門 一
默進 二

ヤ行

佐渡相川近藤氏 勇水 一
丹後あやへ 遊子 一
京 熊掌 一

ラ行

京広野 柳歯 一
京 柳水 一
西村氏 良庵 一
京 林鴻 一

ワ行

丹波あやへ 和水 一

連句

①三吟六句〔水翁2―使帆2―長水2〕

②両吟十六句〔長水9―使帆7〕 助成寺の境内方五十歩斗にして一筋の道を境とす道の東は大根蕪の果なくその畔〳〵をわけし中にまた生出ぬ麦はたけこそもの淋しけれ

③五吟歌仙〔使帆7―長水7―江橋7―錦帆7―先通7

―執筆1」生死事大／無常迅速

俳諧しらぬ翁

京寺町二条上ル丁／井筒屋庄兵衛板行。元禄六癸酉歳東井（五月）仲旬（奥）。和気遠舟編。発句・連句集。半紙本一冊。和気朧麿（遠舟）弁（自序）。綿屋文庫他蔵。『俳書集成』20ニ影印。『大阪青山短期大学研究紀要』10（昭和57・2）ニ翻刻。

発句

ア行

- 国分 一亦 二
- 大坂 一行 二
- 住吉 一竹 一
- 大坂 一ト 一
- 大坂 一友 一
- 大坂 一礼 二
- 大坂蚰育子 雨柳 二
- 大坂朧麿 遠舟 四五

カ行

- 大坂 可栄 二
- 布下 可舟 二
- 赤川 花荘 二
- 二松軒 佳友 二
- 天王寺 嘉松 二
- 大坂 賀子 一
- 大坂 外ト 二
- 大坂 岸紫 二
- 梅柳舎 鬼雪 四
- 岩手 丘子 二
- 大坂 休計 二
- 大坂 宮木 二
- 田中 曲肱 四
- 大坂 玉清 二
- 小長谷 琴松 一
- 今津 吟得 二
- 三浦 言海 四
- 清水 口嘿 二
- 天満 幸方 二
- 大坂 鉤舟（ママ）（釣舟） 二
- 大坂 鉤水（ママ）（釣水） 二

サ行

- 栗岡 左舟 一
- 春栄堂 才秀 二
- 大坂 才磨 一
- 志津間 妻柳 二
- 大坂 三京 二
- 天王寺 山翁 一
- 聞霜軒 紫丸 二
- 大坂 舎云 二
- 坂本 鵲舟 二
- 亭薗 雀黄 二
- 桃風斎 舟軒 四
- 高津 重可 二
- 高津 重勝 一
- 大坂 春雷 二
- 大坂 如回 一
- 京 如泉 一
- 柏もと 松寿 四
- 蚰草 松舟 二
- 浅山 松藤 二
- 豊後 松風 一
- 今津 松遊 二
- 荒川 常定 二
- 高津 心文 一
- 高津 心友 一
- 大坂 新舟 二
- 永田 正栄 二
- 大坂 西鶴 二
- ツノ国 西吟 一
- 西木 四
- 大坂 西柳 二
- 大坂 星山 一
- 三番 清流 二
- 大坂 夕幽 二
- 大坂 そのめ（園女） 一
- 本庄 宋円 二

タ行

- 天満 泰流 二
- 松洞軒 丹瓶 二
- 大坂 丹竜 二
- 赤川 沖之 三
- 大坂 忠重 一
- 大坂 長松 二
- 自省軒 追風 二
- 大坂 定明 一
- 大坂 灯外 一
- 相生 藤口 一

ナ行
天王寺 南空　二
国分熊野社 南水　四
ハ行
江戸 芭蕉　一
天王寺 梅立　二
大坂 発句翁（三楽）　二
大坂 平次　二
大須賀 平将　二
大坂岩井 武仙　二
風才　四
大坂 風慮　一
国分 福盂　二
大坂 保直　二
大坂 保友　一
大坂高村 豊舟　二
天王寺 豊流　一
梅吹 ト有　二
大坂 本重　二
マ行
大坂 万海　一
曇庵 木口　四
天王寺 木山　二
ヤ行
大坂 由平　二
京ハシ 幽吟　三
ラ行
大坂 来山　二
大坂 来舟　二
徒然堂 嵐山　四
大坂 利忠　二
大坂 旅舟　二
林女　一
大坂守談軒 隣朝　二
釈氏 令極　二
赤川 六翁　二
大坂 鹿山　一
ワ行
大坂 和水　二

連句
①独吟短歌行〔朧麿 遠舟〕小歌仙
②独吟三句〔遠舟〕追て
③独吟世吉〔朧麿 遠舟〕戯言四十四句
④独吟三句〔朧麿 遠舟〕追て戯言
⑤三吟三句〔朧麿 遠舟―虹庵 西木―柏もと 松寿〕恋之賦／雨は桜に霞果

つ…

癸酉記行

稿本（許六自筆）。元禄六癸酉夏五月十五日／旅客五老井許六草稿（奥）。森川許六著。俳諧紀行。巻子本一巻。綿屋文庫蔵。『善本叢書　芭蕉紀行文集』ニ影印、『俳書叢刊』6ニ翻刻。芭蕉ノ「許六離別詞」ヲ巻頭ニ置キ、諸家ノ句ヤ紀行文等ヲ収メル。

発句
其角　二
許六　七
渓曲　二
杉風　一
陳曲　一
桃隣　一
はせを（芭蕉）　一
百里　一
僧 李由　一

連句

①七吟歌仙〔才波5—許六6—隣郭5—泉鮮6—瓦良5—陳曲5—達化4〕誹友とも打こぞりてわかれをおしみける／其吟／木曽路の旅行は画図誹諧の用ならんといひて

②七吟歌仙〔達化4—許六6—隣郭5—泉鮮6—才波5—瓦良5—陳曲5〕其二

③七吟歌仙〔瓦良6—許六5—才波5—泉鮮6—陳曲4—達化5—隣郭5〕其三

④七吟歌仙〔許六7—隣郭6—泉鮮4—瓦良6—陳曲4—達化5—才波4〕感客中一年情／留別

俳諧桃の実

京寺町二条上ル町／井筒屋庄兵衛板。桜井兀峰編。発句・連句集。半紙本一冊。元禄六辛酉歳五月日／芥舟書（跋）。三重県伊賀市芭蕉翁記念館他蔵。『蕉門俳書集』4ニ影印。『俳書大系　蕉門俳諧前集』等ニ翻刻。

発句

ア行
一牛　一
一伴　一
一蜂　一
一鵬　一
烏水　一
雲鹿　一
翁（芭蕉翁モ見ヨ）　二

カ行
可昕　一
何羨　一
荷兮　一
芥舟（水口）　一
莞笑　一
貫如　一
岸水　一
其角　三
其由　一
鬼貫　一
亀翁　一
去来　一
曲水　二
愚口　一
好春　一
兀随　一
兀峰　亖

サ行
才麿　一
三夏　一
史邦　一
志計　一
洒堂　三
粛山　一
尚白　二
進歩　二
雖志　一
随意　一
正秀　一
石亀　一
仙化　一
全峰　一
素堂　一
即章　一

タ行
団風　一
知義　一
知春　一
遅梅　一

彫棠　三
定耕　一
定直　三
摘山　一
桃子　一
桃女（吉治母）　一
桃隣　三

徳之　一

ハ行

芭蕉翁（翁モ見ヨ）　一
梅員　一
梅子　一
晩翠　二
百里　一
氷花　一
普船　一
風笛　一
文鱗　一
峰及　一
峰青　一
峰嵐　二

凡兆　一

マ行

茂門　一
問随　一

ヤ行

野径　一
野蝶　一
又玄　一

ラ行

楽長　一
嵐雪　五
里東　一
流水　一
路通　一
露沾　一
勒也　一

ワ行

和風　一

連句

①三吟三句〔嵐雪—兀峰—芙蓉〕第三迄
②三吟三句〔兀峰—琴蔵—沾徳〕第三迄
③両吟三句〔兀峰1—其角2〕第三迄
④三吟三句〔貞直—兀峰—進歩〕第三迄
⑤両吟三句〔キ角（其角）1—兀峰2〕第三迄
⑥三吟三句〔兀峰—一蜂—山夕〕第三迄
⑦三吟三句〔不風—知義—兀峰〕第三迄
⑧三吟三句〔路通—兀峰—晩翠〕第三迄
⑨両吟半歌仙〔嵐雪9—兀峰9〕
⑩両吟半歌仙〔兀峰9—嵐雪9〕
⑪五吟歌仙〔兀峰10—翁（芭蕉）8—洒堂11—里東4—其角3〕

誹諧呉竹

刊記ナシ。鉄虎編。俳諧作法書。半紙本二冊。武陽鉄虎自序。于時元禄酉夷則（七月）／窈味堂朗明（跋）。綿屋文庫蔵。「古今変異」デハ付合八組ヲ挙ゲテ付句方法ヲ説明スルモ、無記名ノタメ集計ハ省略スル。歌仙ニハ一晶・其角・調和・露言・不角ノ加点ガアル。

連句

①両吟歌仙〔一晶1―桐風35〕是歳(コトシ)首夏之日桐風(トウフウ)何某冥(メイ)霊堂(レイダウ)一晶の脇起りの歌仙競(クラベ)に勝ツ都(スベ)て六十四点なり則チ其角・調和・露言・不角の四師にひそかに伺ふ…（脇起シノ歌仙）

俳諧 青葉山

寺町通二条上ル町／井筒屋庄兵衛板。津田去留編。発句・連句集。半紙本一冊。元禄六年中秋（七月）／若州之野逸去留自序。綿屋文庫他蔵。『俳書集成』31ニ影印。斎藤耕子『福井県古俳書大観続編』（福井県俳句史研究会　平成6年刊）ニ翻刻。

発句

ア行

為文　一
雨伯　二
温知　三

カ行

夏木（重尚）　一
嘉舸　二
我黒　一
去留　五
魚柳　一
言水　二
好春　一
幸佐　一

サ行

只丸　一
志計　一
秀興　一
秋山　一
春知　一
春澄　一
如泉　一
信徳　二
水獺　一
是正　一
千春　一

タ行

団水　二
長丸　三
底元　一

ハ行

晩山　一
風子　一
文流　一
鞭石　一

ヤ行

友元　一
有尚　一

ラ行

蠡海　一

ワ行

和海　一

連句

①十吟世吉〔信徳5―去留5―団水5―雨伯4―秋山4―長丸5―蠡海4―温知3―嘉舸4―夏木（重尚）4―執筆1〕若州去留上京の砌廻国をちきりて誹諧之連歌

②十五吟五十韻〔去留4―言水5―春澄1―文流1―嘉舸4―雨伯4―志計4―友元4―水獺4―底元4

—温知3—和海4—秀興3—為文3—春知1—執筆1〕元禄六年八月三日

③六吟歌仙〔如泉6—去留6—常牧6—温知6—素雲5—如琴6—執筆1〕酉の八月五日

④十一吟世吉〔去留3—我黒5—好春4—只丸4—幸佐4—風子5—鞭石4—晩山4—温知3—千春3—春澄4—執筆1〕

⑤十吟十一句〔去留—盤水（大坂）—我動—梅雲—山笑—門秋—文丸—魚柳—石犬—舞興—執筆〕

⑥両吟二句〔去留—来山〕

⑦両吟二句〔去留—万海〕難波津にて

⑧三吟三句〔来山—去留—魚柳〕

俳風弓

井筒屋庄兵へ板。元禄六酉九月（奥）。踏景廬壺中編。発句・連句集。半紙本一冊。踏景廬壺中（自序）。綿屋文庫他蔵。『俳書大系　蕉門俳諧前集』ニ翻刻。題簽ノ下部ニ「奇なる哉／是俳魂」トアル。

発句

ア行
一至　三
一峰　二
烏巣　一
越人　二

カ行
荷兮　一
其角　一
暁夢　一
吟徳　一
壺中　三　歌一
（松本）湖船　一
荒若　一

サ行
（大津）朔巫　一
（亡人）実道　一
酒楽　二
順幸　二
如山　二
（猪名原）宵闇　一
丈竹　一
（京）信徳　一
（松本）生松　一

タ行
団水　四
（猪名原）蔦石　一
椿石　八
（川島）冬里　一
徳元　一

ハ行
芭蕉　二
風水　一
（僕）文助　一
凡兆　三

ヤ行
野水　一

ラ行
（清川）蘭風　一
（沙門）利雲　一
蘆角　一〇

作者不知　一

連句

①七吟半歌仙〔一至2―越人4―凡兆3―烏巣3―野水2―壺中2―蘆角2〕よし田山即事乱
②両吟歌仙〔壺中18―荒岩18〕
③独吟世吉〔一至〕独吟
④三吟歌仙〔椿石12―壺中12―一至12〕
⑤両吟半歌仙〔団水10―壺中8〕物にはしめ終りあり蛍のさかりに一番二番あり壺中のぬし後のさかりに勢田にまかられけるに送行
⑥両吟百韻〔壺中49―蘆角50―執筆1〕百韻

流川集

京寺町二条上ル町／井筒屋庄兵衛板。元禄六竜集癸酉初冬（十月奥）。沢露川編。発句・連句集。半紙本一冊。序／丈草。岩瀬文庫他蔵。『蕉門俳書集』1ニ影印。『俳書叢刊』5等ニ翻刻。

発句

ア行

闇如（ミノ） 三
衣吹 一
一橘 四
一狐 二
一滴（ミノ） 一
羽廓 二
雨柳（アサノ） 三
雲鴻（ミノ） 二
瀛滌 一
翁（芭蕉） 五
横船（蘭秀） 六
鷗伯（アツタ） 三
乙州 三

カ行

可楽 三
河声 二
臥高（ぜゞ） 二
海石 一
槐人（ミノ） 一
丸露（ミノ） 一
其角 五
枳風 一
菊芳 五
久米（鷗伯妻） 一
去来 二
曲翠（曲水） 一
玉水 一
均水（ミノ） 三
言水 一
己百 二
湖雀 三
呉客（ミノ） 一
好秀 二
好昌 四
江水 一
行信（ぜゞ） 一
谷水 一

サ行

左次 五
犀角 五
昨非 一
しち（東芳妻） 一
支考 三
止水 一
止流（ミノ） 一
之道（諷竹） 二
史邦 二

市山 一
車庸 五
洒堂 四
捨石 五
酒紅（犬山） 一
如行（ミノ） 二
如山（板山） 三
松醒 一
湘水（アツタ） 二
丈草 四
推敲 三
井谷 三

正秀 三
青水 一
夕可（ミノ） 二
夕山 二
夕仙（カギヤ） 二
夕流（犬山） 一
雪客（カギヤ） 五
千声子 二
素牛（惟然） 二
素堂 一
素覧 四
楚虹（アサノ） 三

東芳 四

タ行

旦柳 四
智月（大津尼） 四
東吟 二
東鷲 一
東白（犬山） 一
桃隣 一

ナ行

二竹（ミノ） 一
二亭 三

ハ行

巴丈 五
白雪（三州） 一
白風 一
不玉（出羽） 一
不染 三
斧諧 二
弁三（アツタ） 二
卜口 一
卜志（カメザキ） 三

マ行

岷水（サナゲ） 二

木節（大津） 一

ヤ行

野径 一
野幽（アツタ） 一
唯香（ミノ） 一
友和 二
游刀 一

ラ行

嵐蘭 一
里東 一
梨雨（アツタ） 一
流考 五

流水 一
梁塵 四
呂錐（ミノ） 一
露玉（鳳来寺） 一
露川 一七
鷺鳥 三

ワ行

和泉 三

連句

①四吟歌仙〔宗因（梅下翁）1―露川12―支考12―白堂11〕夏之一
（宗因句ニ付ケタ脇起シ歌仙）

②五吟歌仙〔露川7―二亭7―東芳7―不染7―旦柳7―箪1〕秋之一

③三吟歌仙〔素覧12―露川12―左次12〕春之一

④六吟歌仙〔其角6―岩翁6―支考6―沾徳6―遠水6―横几6〕冬之一

⑤三吟歌仙〔洒堂12―露川12―車庸12〕追加

〔花圃〕

元禄六癸年初冬（十月）末日／丁子屋重兵衛。堀内雲鼓編。発句・連句集。半紙本一冊。無記名序（雲鼓自序）。心圭（跋）。九州大学国語学国文学研究室蔵。

発句

ア行

依旧（若州） 二
一夢（越府） 四
一流（彦根） 五
飲酒 一
隠市（和州下市） 一
雲鼓 二

カ行

可廻 一
可三 四
果卜（隠士） 四
荷兮 一
荷翠 一
我黒 五
寒翁（萱原） 一〇
岸婦 一
キ角（其角） 一
季及（下市） 四
季吟 一
葵白（参州） 一
旧白 四
去留（若州） 一
曲肱（大萩） 四
玉水 一
玉籠 一
月夕（江州萱原） 三
元安（女） 一
言水 二
言智（下市） 二
虎竹 二
光泰 一
好春 二

サ行

才丸 一
三珍（江州彦根） 九
止丘 一
只丸 一
詞葉 一
治剣（高槻） 二
時仙（彦根） 一
守永（下市） 一
守綱 二
守清（下市） 二
守由（和州下市） 四
重好（日野） 一
春色（播州） 一
如水（尾陽） 四
如是（下市） 一
如泉 一
小夜（守田娘） 一
松霞 一
松風 一
鐘明（日野） 四
乗風（播州） 一
浄栄 一
心圭 七
心柳 一
甚之介（蘆京少年） 一
水月 一
数入 一
正近（下市） 二
正直（下市） 一
青雨（彦根） 一
蜻蛾（江州日野） 四
夕烏 一
雪三（下市） 四
千春 一

タ行

退休（日野） 一
団水 五
竹翁 二
長井氏（追村） 一
通見 一
貞岸（中ノ郷） 一
轍士 二
豆人 一
東我（日野） 一
道正 一
得月（自濤堂） 四

ナ行

入安 二

ハ行

芭蕉 一
梅雨（彦根） 七
梅可（参陽） 一
白鴿 一
白木 一
風山 一
風雪 一
文流 一

作者	句数
鞭石	二
方山	六
江州日野 方俊	一
参州 豊水	一
マ行	
眠山	一
茂花	一
濃州 木因	一
ヤ行	
桑門 友元	四
友墨	二
友也	四
彦根 由師	四
ラ行	
江州彦根 柳風	四
和州五所 竜梅軒	二
嶺風	一
播州 櫟士	三
ワ行	
日野少年 六之介	一
日野 和三	三
読人不知	一
□□	一

連句

①独吟歌仙〔吹簫軒 雲鼓〕
②独吟三句〔真珠庵 如泉〕
③独吟六句〔清白翁 我黒〕競短長好毀誉…
④両吟六句〔好春3—雲鼓3〕
⑤両吟六句〔梅翁（宗因）1—轍士5〕（宗因句ニ付ケタ脇起シ六句）
⑥独吟六句〔団水〕傾日古く聞ふるすかた一綴
⑦独吟三句〔幸佐〕第三迄
⑧独吟三句〔晩山〕第三迄
⑨両吟六句〔鞭石3—雲鼓3〕
⑩独吟六句〔助叟〕
⑪独吟六句〔聴松林 滴水〕
⑫独吟六句〔湖外〕したしき友の世を遁たる山住を…
⑬独吟六句〔竹翁〕鄙の旧友をたつねまかりしに…
⑭独吟六句〔風子〕
⑮独吟六句〔和馗屎 方山〕
⑯三吟六句〔彦根 柳風2—雲鼓2—滴水2〕京に来て／後略ス
⑰独吟六句〔紫藤軒 言水〕

曠野後集

京寺町二条上ル町／井筒屋庄兵衛板。山本荷兮編。発句・連句集。半紙本二冊。于時元禄癸酉霜月（十一月）上澣自序／尾之蓬左荷兮子。潁原文庫他蔵。『古俳大系　蕉門俳諧集一』等ニ翻刻。

発句

ア行

杏下（新城）　二
意計（桑名）　一
維舟（重頼）　一
一葦　二
一蘭（ミノ）　一
一山　一
一笑（上有知）　一
一井　九
一雪　一
一鉄　一
一得　一
尹之　六
羽笠　三
雨桐　一
雨洞（雨桐カ）　一
烏紅　二
烏巣　一〇
越人　三
奥猿（岡崎）　一

カ行

戈郎　一
可因（美濃）　二
何処（大坂）　一
荷兮　七
榎抵　七
嘉竹　二
歌的（岡崎）　二
皆酔　二
塊人（美濃）　二
角呂（関）　一
鶴声（岡崎）　五
気風（ミノ）　二
其角　八
亀洞　二
宜楽（鈴木）　一
去来　一
虚舟（上有知）　一
漁船　二
橋月（岡崎）　一
玉屑　二
句空（加賀）　一
空能（江戸）　一
愚益　一
景桃（京十二才）　一
謙之（ミノ）　六
胡及　四
湖舟（岡崎）　三
五条之翁（貞徳）　一
谷水（岡崎）　二
谷水妻　一

サ行

杉峰　二
傘下　三
支流　一
只松　一
枝雪（越中）　二
尺山（小牧）　一
雀声（岡崎）　四
守武（荒木田）　一
寿棟（岩崎）　二
舟泉　九
秋月（岡崎）　二
秋冬（岡崎）　九
重五　三
春可　一
春幾（加州）　二
如行　二
如春　一
如水　一
昌圭　二
昌碧　四
松下（岐阜）　一
松菊（挙母）　一
章甫　一
鷦支　二
常友　一
信徳　二
晨風（松坂）　一
親重（立圃）　一
酔竹　三
睡闇（岡崎）　一
正勝（大野）　一
成菌　九
晴虹　二
夕森（ミノ）　一
雪丸（新城）　一
雪[月吾]　一
千州（岡崎）　三
千釣（三州牛久保）　三

川烏（岡崎）　八
川水　一
沾参（岡崎）　二
専吟（江戸）　一
洗古　九
扇河　一
霰艇　一〇
前川（大垣）　一
素白（岡崎）　四
素文（岡崎）　三
曽良　四
楚調（越中）　一
鼠弾　一四
宗因　一

宗鑑（山崎）　一

タ行

卓志　五
旦霞　三
旦藁　六九
淡水（新城）　二
短蓑　一
端当（岡崎）　一
竹戸（大垣）　一
忠知　一
丁々　八
兆民（岡崎）　三
長江　一
長虹　五

釣雪　九
朝水　四
貞室　一
杜国　一
冬文　六
投雪　一
桃里　七
洞和　一
鈍可　四

ナ行

二松　一
日能（本能寺）　一

ハ行

巴丈　一

芭蕉　四
梅夕（上有知）　一
白支　九
白雪（新城）　四
白扇　二
柏里（岡崎）　二
薄之（薄芝カ）　一
薄芝　三
不睡　一
不琢　四
斧芥　四
風篤（上川辺）　一
風和（今尾）　一
文長　三

牧人　二
凡兆　二

マ行

万水（三州）　一
未出（岡崎）　一
明重（成田）　一

ヤ行

野水　四
野梟　一
ゆん　四
唯行（ミノ）　一
幽斎（細川）　一
猶水（池鯉鮒）　一

ラ行

蘭秀　一
蘭風（三州西部）　一
利重　一
里洞（芸州）　一
侶半（関）　一
林水　一
呂松　一
茘支　二
蘆蚊（関）　五
露計（岡崎）　一
鷺雪（岡崎）　四

連句

①五吟歌仙〔旦藁7—荷兮7—烏巣7—越人7—野水7—執筆1〕絶恋

②五吟歌仙〔胡及7—一井8—長虹7—鼠弾8—荷兮5—執筆1〕

③三吟歌仙〔傘下13—朝水12—冬文11〕

④四吟歌仙〔酔竹9—漁船10—野梟8—長虹8—執筆

1〕

⑤三吟半歌仙〔成菌6―文長6―杉峰5―執筆1〕昔の名ある人〳〵の手跡をみること如神…

⑥両吟半歌仙〔越人―荷兮〕（各句数ハ不明）

俳諧薦獅子集

京寺町二条上ル町／井筒屋庄兵衛板。藤井巴水編。発句・連句集。半紙本一冊。于時元禄酉冬日／加陽巴水（自序）。諸国俳諧勧進路通（跋）。綿屋文庫他蔵。『俳書集成』23ニ影印。『加越能古俳書大観』上等ニ翻刻。

発句

ア行

注記	俳号	句数
	一泉	一
	一洞	二
石動	宇白	一
	羽雪	三
長崎	雨草	一
亡人	雨邑	一
	雨柳	一
	雨笠	一
	雲口	二
名古屋	越人	一
大和今井	越桃	一
	園女	一
江戸	遠水	一
江戸	横几	一
巴流娘	鴎子	二
大津	乙州	三四

カ行

注記	俳号	句数
	加呈	一
長崎	可久通	一
大坂	可曨	一
	何処	三
京	柯山	四
長崎	臥牛	一
ぜゞ	臥高	一
堅田僧	猪睡	一
江戸	岩翁	一
江戸	其角	二
	其糠	一
	亀柳	一
大坂	休計	一
京	鳩枝	四
京	去来	四
	魚素	二
ぜゝ	曲翠（曲水）	三
大津原田氏女	錦江	六
大和今井	吟松	一
石動	吟雪	一
越後長岡	吟和	三
	句空	四
	賢広	二
	賢明	二
	言蕗	一
	孤衾	三
放生津	孤吟	一

サ行

注記	俳号	句数
	蓑立	一
	三五	一
山中	三枝	二
	三十六	六
	三木	一
	子格	一
僧	支考	一
大坂	之道（諷竹）	三
ミの	此筋	一
京	史邦	四
大坂	志用	一
肥後助成寺	使帆	一
	字路	二
山中	自笑	二
大坂	車庸	二
大坂	洒堂	七
江戸	尺草	三
	舟路	二
長崎	周介	一
	周来	四
	秋水	二
	春紅	二
	小春	三
ぜゝ	昌房	二
豊後	松花	一
豊後府内	松風	二

（僧）丈草　五
（小松）塵生　二
（三国）水音　一
（大和今井）随松　一
寸草　二
（ぜゝ）正秀　六
（大津原田）正心　一
（堅田竹内）成秀　一
青楊　三
（小松）夕市　三
（ミの）千川　一
（江戸）沾徳　三
（京）素牛（惟然）　八
（江戸）曽良　一

楚山　一
蘇守　一
宗因　二
宗寿　一
（長崎）村童　一

タ行

（ぜゝ）探旨　一
（放生津）池月　一
（放生津）池水　一
（大津尼）智月　二
（肥後市真中）長水　一
貞室　一
（京）轍士　一
（大和今井）天弓　一

冬雅　三
冬稚（ママ）（冬雅）　一
（山中）桃妖　二
（江戸）桃隣　一

ナ行

南甫　四

ハ行

（山中女）はな　二
巴水　三
（京）巴流　四
（宮腰）波之　一
（桑門）芭蕉　九
梅子　三
（長崎）百川　一

不知　一
（江戸）文桂　一
文水　一
ノ松　二
（江戸南村少人）弁子　一
（大坂）保直　一
北枝　五
牧童　一
（小松）本蓮坊　一
凡兆　一

マ行

万声　一
（大津）木枝　一
（大津）木節　一〇

ヤ行

（京）野童　一
友琴　一
（松任）友交　二
邑史　一
幽明　二
（ぜゝ）游刀　一
（大和）葉文　一

ラ行

（最上）羅陽　二
（江戸）嵐雪　一
李泰　一
（ぜゝ）里東　二
梨月　三

立甫（立圃）　一
（亡人）流志　一
呂谷　一
路通　三
（江戸）露沾　一
六街　一
作者しらす　二
作者不記　一

連句

①七吟歌仙〔（隠士）木節5—巴水5—正秀5—探旨5—泰牛5—昌房5—乙州5—筆1〕とりみたせし中にたつねられて興行

②三吟歌仙〔路通12—巴水12—乙州12〕むかし今の哀三人語り逢て

とし〳〵草

刊記ナシ（不角自家版）。立羽不角編。高点発句集。半紙本一冊。元禄癸酉晩秋（十月）中旬／松月堂不角自序。穎原文庫他蔵。巻頭ニ「年〳〵草／酉九月十五日より初て」、途中ニ「十月十五日」「十一月十五日」「極月十五日切」、巻末ニ「年々草懈怠なく例年編集仕候」トアル。

発句

ア行

住所	作者	句数
甲州住	安春	四
二本松	庵月	一
金谷住	一栄	二
庄内	一角	二
	一軒	一
網代住	一工	二
伊豆網代住	一枝	二
甲州住	一笑	一
	一心	一
	一井	二
村上住	一哲	一
	一歩	一
	一乀	二
奥州棚倉住」	一虻	一
	一□	一
	烏角	七
	雲鴬	三
	円風	一
吉井住	桜角	二
	黄吻	二
	黄也	一

カ行

住所	作者	句数
	可工	四
羽州庄内	可申	三
	可水	二
奥州桑折住	可川	一
	可流	一
鎌倉	霞松	一
江州彦根	角水	一
	甘乳	一
勢州津	間方	一
彦根	閑月	二
	岸珠	三
彦根	雁木	一
	喜雨	一
	蟻角	一
	掬水	一
金谷	鳩有	一
	狂風	一
	峡陰	四
	琴角	一
	吟（吟石カ）	一
最上	吟石	二
	句鷗	一
岩付住	苦俳	一
	桂角	一
	渓水	二
	傾角	一
	見竜	五
	言角	一
	言竿	一
	言盛	一
	言跡	一
近江彦根住	古風	三
甲州	好元	二
	口子	二

サ行

住所	作者	句数
	三思	一
	三辰	一
	残月	一
	此水	一
	志賀	一
忍住	志角	四
	志洗	一
最上	紫関	二
	紫藤	一
	詞紹	一
越後村上住	獅角	三
	自言	三
二本松	自招	三
高崎住	自笑	二
高崎住	時香	二
行徳	酒計	一
甲州住	秀翠	一
	秀浪	二
	周夕	一
伊達藤田住	集望	一
	繡蘚	二
	述芝	二
伊勢津住	春水	二
信州小諸	順角	一
	如岫	一
	如柃	一
	序柳	一
	小橋	一
	松月	二
	松石	一
	松霜	一
	松旦	一

心角 一
心水（駿州下大狩住） 二
心柳 一
水軒（庄内住） 九
水市 一
酔月 一
是楽 二
清谷（奥州三春住） 一
雪渓 二
川山（下妻） 一
扇角 一
素英（甲府住） 一
素秋（甲州） 一
素蕣（甲州住） 三
宗円（秋田住） 一
村長（庄内） 一

タ行

大石 一
沢水（忍住） 一
丹夕（伊勢津住） 二
竹鶯 二
竹仙（庄内） 一
仲角 二
仲藤 二
忠芳 一
樗雲 三
朝山（忍住） 一
蝶我（最上） 一
調薫（薩摩住） 一
調市 三
調武 一
調柳 一
直正 一
定倫（伊勢津住） 二
笛幽 一
鉄蕉 一
東口 二
東子 一
桃水（甲州住） 一
等秀（奥州石川） 一
等盛（奥州石川） 三
等般（奥州石川住） 一
等方（二本松） 二

ナ行

入志（甲州住） 二

ハ行

波瓢（久下田） 二
破扇（越後村上住） 二
盃角 一
梅雨（遠州横砂） 一
梅之（遠州横砂） 二
梅翠（薩摩） 一
白鷗（甲州住） 五
白之 二
白水（甲州住） 二
白萍 一
八角（二本松住） 二
彼琴 二
不角 四
不丸（桑折住） 二
不障（江州彦根住） 五
不碩（奥州桑折住） 四
不二 一
風花 一
風襟 一
風吟（伊勢津住） 四
風月 五
風狐（武州台川岸） 一
風山 一
風枝 七
風夕（甲州） 一
風任（伊豆網代住） 二
風也 一
風雷（甲州住） 一
風輪（江州彦根住） 一
文士 一
文翅 九
文車（二本松） 二
蚊毳 三
聞虫 三
萍水 一
保子 三
方角 一
包抄（二本松） 三
芳昌（久下田） 一
宝角 一
宝士 一
卯門 二

マ行

枚口 五
無角（庄内） 一
木端 一

ヤ行

野堂（忍住） 一
友夕（最上） 一
幽角 一
幽志 一
囿紫（庄内） 一

ラ行

雷角（村上住） 三
蘭凰 二
柳枝（桑折住） 一
柳水（久下田） 三
柳和 一
緑葯 二
林桜 一
林塘 一
露吟（会津住） 一

露計 一
露妐 一
露生（彦根） 一
露綾 一
蘆黒 二
鹿山 一

ワ行

和角 二
和賤 四
和同 一
和氷 二

俳諧けし合

発句

初版初印本ハ刊記ナシ（後印本ハ京寺町二条上ル町／井筒屋庄兵衛板）。『阿付』ニ「元禄六年」。松倉嵐蘭判。発句合。半紙本一冊。元禄壬申の秋／武江の嵐蘭謾書（序）。跋／其角。綿屋文庫他蔵。『俳書大系　蕉門俳諧前集』ニ翻刻。其角句ハ跋中ノモノ。後印本ハ版ヲ改メ芭蕉ノ二句ヲ追加スル。ココデハソレラモ集計ニ加エタ。

ア行

乙州 一

カ行

可南 一
臥高 一
其角 一
去来 一
曲水 一
荒雀 一

サ行

之道（諷竹） 一
史邦 一
車庸 一
昌房 一
松月 一
丈草 一
正秀 一
素牛（惟然） 一
素翠 一
楚江 一

タ行

探志 一
智月 一
珍碩（洒堂） 一

ハ行

芭蕉 二

マ行

万里 一
木枝 一
木節 一

ヤ行

野径 一
野童 一
游刀 一

ラ行

里東 一

萩の露

発句

刊記ナシ。『阿付』ニ「元禄六年」。宝井其角編。発句・連句集。半紙本一冊。柿衞文庫蔵。『宝井其角全集』等ニ翻刻。同年八月、其角ノ父東順ノ病気平癒ヲ祈ッテノ作ヲ収メル。発句ハスベテ名月吟。安永二年版本モアル。

ア行
一習 一
う斎(宇斎) 一
雨夕 一
遠水 一

カ行
可聞 一
可明 一
夏林 一
介我 一
岩翁 一
其角 二
枳風 一
亀翁 一
巨山 一
吼雲 一
桂花 一
固丈 一
孤屋 一
幸隣 一

サ行
山蜂 一
残鳥 一
子珊 一
至暁 一
芝筵 一
需笑 一
秋色 一
松吟 一
神叔 一
水谷 一
是吉 一
正春 一
青山 一
拙候 一
節水 一
千崎 一
仙化 一
沾圃 一
素彳 一

タ行
探泉 一
池石 一
彫棠 一
堤亭 一
鉄松 一
冬鶯 一
東順 二
東潮 一
桃隣 一

ハ行
芭蕉 一
白之 一
平砂 一
楓橋 一

マ行
万巻 一

ヤ行
西花 一

ラ行
嵐雪 一
利牛 一
林也 一
鹿山 一

ワ行
和水 一

連句

①両吟二句〔キ角(其角)—東順〕みつのととり仲秋の月…句をかいて父のふしける蚊屋の中にはりて…文月の初より葉月のはしめ迄看病むつましく…／其座

②十五吟五十韻〔其角6—仙化6—嵐雪1—神叔5—介我6—枳風1—桃林5—幸隣1—鉄松1—芝筵1—素彳5—平砂5—可聞1—万巻5—東潮1〕百里に糧を裹(ツヽ)み…

③四吟歌仙〔仙化9—介我9—其角9—神叔9〕病家の伽とて／四吟

④三吟歌仙〔神叔12—其角12—介我12〕八月十日／かさねて三吟

⑤四吟歌仙〔其角9―固丈9―孤屋9―利牛9〕八月十八日／病父よしと聞えけるに…浅草寺に詣ける誘引の人々泉陵院に立よりて月見しければ即興

佐郎山

京寺町二条上ル町／井筒や庄兵衛板。元禄六年刊カ（内容）。紅雪予編・芳水補編。発句・連句集。半紙本一冊。元禄五とせみづのえ申神無月／虚自庵紅雪於作陽津府書之（自序）。讃陽之住芳水書（序）。綿屋文庫他蔵。『津山高専紀要』22（昭和59・10）ニ翻刻。元禄六年三月二十三日没ノ紅雪ガ集メテイタモノヲ、弟ノ芳水ガ増補シテ刊行。我黒・才麿ノ紅雪追悼文ヲ含ム。

発句

ア行

為渓（与州） 二
為重 一
一自（直島） 四
一声 一
一鵬 二
一有 二
一葉 一
一礼 二
烏雪 二
雲鹿（備前岡山） 一
園女 一
於道 一

カ行

可敬 二
可春 二
可木 三
花囁 二
我黒 二
俄水 三
海岸 一
甘石 一
几丈 三
帰白 二
戯言（作州津山） 二
吉治 一
旧白 一
吟夕（阿州） 一
渓水（作州高田） 一
言水 二
口黄 一
江水 三
紅雪 三 歌二
后覚（備前岡山） 一
兀峰 一

サ行

才麿（大坂） 六
山鹿（作州久世） 三
志滴（讃州高松） 二
時寂 二
若水 一
取貝 一
重就（作州久世） 三
如泉 一
如楽 二
尚雪（備中帯江） 二
松堂 一
常牧 二
信徳 一
進歩 二
榛国 一
寸木（金比羅） 二
是誰（作州津山） 三
成竜 一
青楮（備中倉鋪） 二
清非 六
清流 四
晴嵐 二
その女（園女） 一
素琴 一

素行 一
素紅 一
桑風 三
即章 一

タ行

団水 三
忠利（作州久世） 一
釣寂（阿州） 一
貞恕（京） 一
貞直（備前岡山） 一
洞水 三

ハ行

はせを（芭蕉モ見ヨ） 一
芭蕉（江戸）（はせをモ見ヨ） 一
梅兄（作州津山） 二
半隠（昨非堂） 五
晩翠（備前） 二
不本（釈） 一
風山 一
風笛 一
芳舟 三
芳水 一七
芳夕 二
朋如 三

マ行

万海 三
茂算 二
茂照 七
茂宣（讃州） 二
茂草（備中倉鋪） 一
茂磨（作州倉鋪） 三
茂門 一

ヤ行

野水 二
友鷗（讃州） 二
友吟 一
友衛 三
由戸 一
由仙（堺） 一
猶而 二

ラ行

律友（阿州） 一
柳水（備中水田） 一
涼松 二
林雪 一
廬胡 二
露堂（備中倉鋪） 三
露白（備前岡山） 一
漏角 一

ワ行

和省 一
和水 一
和適（作州倉鋪） 三
和風 一

連句

①七吟歌仙〔紅雪1―芳水6―才麿6―一有6―成竜6―桑風6―園女5〕辞世（紅雪ノ辞世吟ヲ立句ニシタ脇起シ歌仙）

②五吟歌仙〔信徳7―芳水7―言水7―千春7―春澄7―執筆1〕

③七吟歌仙〔言水5―芳水5―信徳6―幸佐5―晩山5―定之5―春澄4―執筆1〕

④三吟半歌仙〔常牧6―芳水6―梨節6〕三吟をとのそまれて

⑤五吟半歌仙〔芳水4―我黒4―春澄3―鞭石3―千春3―執筆1〕我黒亭にて

⑥八吟九句〔芳水―水獺―鞭石―我黒―集加―春澄―千春―底元―執筆〕三月十三日春澄・千春にさそはれて頂妙寺へ月見にまかりて／下略

⑦三吟三句〔芳水―園女―才麿〕挨拶
⑧両吟半歌仙〔紅雪9―芳水9〕両吟／下略
⑨両吟六句〔作州津山是誰3―紅雪3〕両吟／下略
⑩両吟六句〔作州倉鋪和適3―紅雪3〕両吟
⑪両吟六句〔作州倉鋪茂麿3―紅雪3〕両吟／下略
⑫両吟六句〔作州倉鋪涼松3―紅雪3〕両吟／下略
⑬九吟半歌仙〔紅雪2―山鹿2―重就2―忠利2―甘石2―為重2―林雪2―口黄2―取貝2〕九吟作州久世興行／下略
⑭九吟十句〔紅雪―清流―芳水―茂照―帰白―烏雪―几丈―清流―江水―執筆〕讃州高松之興行／下略
⑮八吟二十二句〔備前貞直3―一鵬3―進歩3―和風3―若水3―一声3―吉治2―即章2〕追悼／下略

〔許六集〕

稿本（許六自筆）。元禄六年成カ。森川許六著。俳文・発句・連句集。半紙本一冊。綿屋文庫蔵。『俳書叢刊』6ニ翻刻。『癸酉記行』（元禄六年五月奥）ト重ナル部分ガ多イ。

発句

瓦良	一	溪魚	一	泉鮮	一	はせを（芭蕉）	一	隣郭	一
晋其角	二	才波	一	陳魚	一	百里	一		
許六	九	杉風	一	桃隣	一	僧李由	一		

連句

①三吟歌仙〔許六12―一暁12―溪魚12〕去年申の春古墳に詣で、…其吟
②七吟歌仙〔達化5―許六5―隣郭5―才波5―瓦良5―泉鮮5―陳曲5―執筆1〕達化亭餞別興行
③四吟歌仙〔馬仏9―許六9―米巒9―木道（ママ）（木導）9〕市中

④四吟歌仙〔李由9—許六9—馬仏9—徐寅9〕水村納涼

⑤両吟歌仙〔許六18—徐寅18〕当座

⑥七吟歌仙〔許六5—馬仏5—米巒5—黄逸5—朱迪5—徐寅5—眠石5—筆1〕旅より帰て仲秋に逢

⑦両吟歌仙〔許六18—木導18〕冬籠両吟其一

⑧両吟歌仙〔木導18—許六18〕其二

⑨四吟歌仙〔許六9—木道(ママ)(木導)9—朱迪9—馬仏9〕探題

⑩四吟歌仙〔木道(ママ)(木導)9—馬仏9—朱迪9—許六9〕別墅夜遊

⑪両吟歌仙〔許六18—木導18〕雨中

⑫六吟歌仙〔許六9—木導9—朱迪3—黄逸7—徐寅6—馬仏2〕田家

⑬三吟歌仙〔木導13—許六12—朱迪11〕三吟

⑭三吟歌仙〔李由12—木道(ママ)(木導)12—許六12〕三吟其一

⑮三吟歌仙〔木導12—許六12—李由12〕其二

五老文集

稿本(許六自筆)。元禄六年成カ(内容)。森川許六著。発句・俳文・和歌・漢詩稿。大本一冊。于時元禄第二己巳／山下閑人森六居士(許六)於黄檗堂序(自序)。彦根専宗寺旧蔵。『俳書叢刊』6ニ翻刻。

発句
許六 二六
漢詩 七
歌 五

橋柱集

京寺町二条上ル町／井筒屋庄兵衛板。元禄六年頃刊カ。水田西吟編。発句・連句集。半紙本三冊。桜墳山人飛鳥翁書(序「西吟伝」)。岡山／上月皐庵草(跋)。酒竹文庫蔵。『俳文学大辞典』ニ「元禄五年(一六九二)以降序に引く撰集中最新は元禄五年刊『菜の花』、同六年ごろ刊か」。

発句

ア行

摂茨木 愛濤 五
摂三田 杏翁 九
芸陽厳島 以敬 六
摂茨木樋口氏 倚貞 二
高槻 一須 一
丹波小林氏 一草 一
イタミ 一風 二
芸陽広島里野氏 一唯 四七
高平 隠石 一
摂尼崎光風亭 雨舟 八
摂吹田高浜山 益応 一八
大坂臆磨 遠舟 一
高平 遠野 三
大坂藤田氏 音知 一

カ行

みやしま からいと 一
尼崎 可愚 一
多田 可志 一
井島氏 可井 一
紀陽橋本榎坂氏 可楽 三
大坂 可嚨 一
摂南郷 河水 四
摂南郷 夏炉 四
尼崎 蝸屋 二
ヒロシマ 我青 一
摂山下 我石 二
八幡 学 一
イタミ 貫山 一
摂高槻 含風 一
大坂 岸紫 二
摂ヲゾ子 起風 九
摂イタミ 蟻道 六
摂大坂 休計 三
若州小浜津田氏 去留 四八
三田 夾水 五
摂三田石井氏 玉水 三八
椋橋庄 玉泉 一
芸陽広島 琴峰 四
勢州山田笠木氏 琴友 三
摂東山田 吟鶯 一
摂東山田 吟可 一
多田院 吟松 二
ノセ 吟風 一
芸陽ヒロシマ帚拙堯 蛍草 八五
大坂 元知 一
ヒロシマ柴田氏 玄覚 三
吹田 彦輝 四
ヒロシマ 古錐 一
大坂 瓠界 五
アサダ 湖棹 一
安平次 幸方 八
摂古曽部 香山 一
摂山下 高政 三

サ行

イタミ 三紀 六
ヒロシマ 山狼 二
大坂 止水 四
摂岡山 之洗 四
大坂岩井氏 志葉 一
大坂井島氏 思外 一
大坂 詞淵 二
摂山下 次吉 二
摂茨木 自笑 三
ヒロシマ 似狂 三
高槻 治剣 二
越前福井 時中 八
摂イタミ 酒人 九
イタミ 酒粕 五
摂茨木平井氏 寿春 一〇
大坂 舟軒 一
摂吹田何居平 袖彦 一
摂多田 重孝 二
イタミ 春剛 四
大坂天マ 春堂 五
若山 順水 三
山下 如水 二
大坂 如竹 一
神岬仙 松好 一
山本 宵闇 五
イタミ 象六 五
芸陽ヒロシマ 信晴 三
三田 針竜 八
摂新免 新水 七
イタミ 人角 一八
三田雲梯舎 翠松 三
□玉隠士 随心 一
紀陽橋本牲川氏 是琴 二一
芸陽ヒロシマ 井水 一六
摂山下 正栄 二
高平 正鹿 三
高ツキ 生玉 一
摂島村対日堂 生水 一七
京西山 成好 一
青人 四
丹波薗部 青鸞 二
星山 一
芸陽可部ノ住 清兮 一〇
摂寺田 石雲 四
摂ナサハラ 雪山 三
京西山 雪風 三
摂新免 千百 一

摂伊丹 宗丹　五
摂池田 叢林　一

タ行

芸陽厳島芥川氏 乃林　六
摂伊丹 濁水　一九
新免 濁酔　六
大坂 丹歌　一
芸陽厳島 仲品　八
ヒロシマ 忠重　五
江戸 長軒　一
長頭丸（貞徳）　一
摂浜村 朝風　四

山本 蔦石　五
摂ハマ村 冬風　四
摂岡町 桃枝　一
稲鳥　一
三田 洞水　三
三田 洞泉　三

ハ行

摂南郷 巴水　四
尼崎沙門 破井　一
イタミ 馬桜　三
摂ホヅミ 馬吟　四
大坂 馬楽堂（鬼貫）　三

芸陽ヒロシマ 梅友　二
芸陽渡辺氏 雹亭　二
イタミ 晩嵐　七
百丸　五
多田院 不生　一
摂北条 風草　二
大坂 風慮　一
伏見隠士 弗木　一
イタミ 蚊束　三
摂石蓮寺 浦帆　五
芸陽詞風堂平賀氏 暮虹　二〇
イタミ 房丸　二

摂北条 北風　四
福井 卜瓢　六

マ行

多田年松軒 未白　一
三田田辺氏 木翁　一

ヤ行

芸陽 野羊　二四
岡町 友鷗　三
摂池田 勇吟　八
摂多田 宥伝　二
摂多田院 猶之　四
高平 葉治　一

ラ行

摂寺田 楽風　二
茨木 蘭水　二
摂カヤノ 蘭風　二
ヒロシマ 蘭輪　一
高平 利友　一
芸陽ヒロシマ弄苞稚 里洞　七四
上宮天神 履橋　一
芸陽可部ノ住諏訪氏 柳江　六三
三田花□亭 柳絮　二
京 柳水　四
摂三田福井氏 了清　一三

ヒロシマ 輪友　一
三田 臨水　四
芸陽ヒロシマ平賀氏 路芳　一七
東山田 露水　一
露天　一
イタミ 鷺助　六

ワ行

芸陽柾氏 和桂　四
摂長島 和泥　二

連句

①三十六吟歌仙（落月庵 西吟―青人―春堂―百丸―鷺助―蟻道―人角―貞喜―馬桜―濁水―好昌―漣之―定友―放言―蚊束―川平―酒粕―春剛―虎丸―笛風―月扇―露重―万川―信房―遊客―三紀―蘭石―其水―水西―象六―晩嵐―酒人―泥澄―蜘露磧―宗丹―三沢）伊丹也雲軒を訪ひて其里の一句一順…

反故さらへ

刊記不明。元禄五・六年頃成カ（内容）。両梟堂梨節編。発句・付句・連句集。半紙本欠一冊（現存ハ上巻ノミ）。梨節（自序）。洒竹文庫他蔵。

発句

ア行

為世（前大納言） 二
為文 一
惟中 一
意酔 一
維舟（重頼）（重頼入道） 一
一晶 一
一声 一
一鉄 一
一要 一
一礼 一
尹具 一
右岸 一
烏玉 一
永仙（基佐）（基佐入道） 一
遠之 一
奥州（遊女） 一
鶯子（桐浪） 一
温知 一

カ行

可心 一
可白 一
可木 一
花崎（遊女） 一
家隆（従二位） 付一
荷兮 一
我黒 一
澗石 一
岩翁 一
季吟 一
季範 一
其角 一
枳風 一
鬼貫 一
休甫 一
玖也 一
去来 一
去留 一
挙白 一
虚洞 一
恭似 一
金水 一
空存（花昌坊） 一
堀川（待賢門院） 付一
薫風 一
景時（梶原） 付一
慶友 付一
鶏賀 一
鶏口 一
元順 一
玄札（法橋） 一
玄旨（幽斎）（細川） 一
言水 一
瓠界 一
湖春 一
後嵯峨院 付一
弘永 一
光貞妻 一
好玄（岩井） 一
好春 一
好女（うかれめ） 一
行方妻 一
幸佐 一
幸和 一
高雲 一
敲推 一
膠柱 一

サ行

坐蓬 一
才麿 一
昨非 一
三友 一
山夕 一
しつか（遊女） 一
子英 一
之道（諷竹） 一
史邦 一
只丸 一
籽郎 一
詞宗 一
自悦 一
似硯 一
似船 一
時政（平） 一
爾木 一
守武朝臣 付一 一
澍松 一
秋風 一
重行（小勘） 一
重徳 一

従心 一
粛山 一
春澄 一
如嬰 一
如稿 一
如泉 一
如遊 一
助叟 一
恕回 一
鋤立 一
尚白 一
松雨 一
松霞 一
松現 一
松濤 一
［石川］丈山 一
常矩 一
常牧 一

心桂 一
信徳 一
［貝原］すて（捨女） 一
翠柏 一
随時 一
正式 一
西鶴 一
西行法師 付一
西武 一
［遊女］夕きり 一
千春 一
仙庵 一
仙化 一
沾徳 一
［伊勢女］その（園女） 一
素堂 一
素宝 一
疎木 一

宗鑑 一
宗祇 一 付一
草東 一
桑風 一

タ行

太枝 一
沢庵和尚 一
団水 一
［膳所尼］智月 一
中雅 一
［平］忠盛 一
長頭丸（貞徳） 一
［遊女］長門 一
調和 一
聴霜 一
直方 一
珍碩（洒堂） 一
椿子 一

［黄門］定家 一
［蓮ノ］定孝朝臣 一
定政 一
貞室 一
轍士 一
天弓 一
都水 一
渡舟 一
東柳 一
桃翁 一
［芭蕉庵］桃青（芭蕉） 一
［林学士］道春 一
徳元 一
頓阿法師 付一

ナ行

なつ 一
［釈］日能 一
［西岸寺］任口 一

ハ行

梅翁（宗因） 一
梅兄 一
梅盛 一
白鳥 一
白河院 付一
八千代 一
晩山 一
盤珪和尚 一
百里 一
氷花 一
扶松 一
風斤 一
文十 一
鞭石 一
補天 一
方雨 一
方山 一

朋水 一
［勾当］望 二
北枝 一
凡兆 一

マ行

万海 一
未得 一
［遊女］もろこし 一
木因 一

ヤ行

野水 一
野童 一
友静 一
［宇都宮］由的 一
由平 一
由卜 一
幽山 一
幽昌 一

遊圃 一
輜酔 一
羊素 一

ラ行

来山 一
源頼義朝臣 付一
頼朝 付二
嵐雪 一
利政 一
両晃堂梨節 二
検校立吟 二
立志 一
立圃 三
柳水 一
柳雫 一
林翁 一
林鴻 一
令徳 一
路通 一
老鶂 一

ワ行

和及 一
人しれず 二

作者不記 一

連句

①独吟二十二句〔敲推〕恋の独吟一折
②三吟歌仙〔翠柏12—遠之12—両晃12〕いつの弥生にやしけんさくらの三吟とて
③三吟歌仙〔遠之12—両晃12—翠柏12〕
④三吟歌仙〔両晃12—翠柏12—遠之12〕
⑤両吟歌仙〔常牧18—両晃18〕花さそふあらしにうは書をやぶり…

誹諧入船

京寺町二条上ル丁／井筒屋庄兵衛板行。元禄五・六年頃刊カ。高田幸佐編。発句・連句集・作法書。一翠（序）。幸佐（自跋）。綿屋文庫他蔵。『校註俳文学大系』1ニ翻刻。

発句

ア行

異水 一
越前府中一翁 一
信州松本一歩 五
一哺 一
一柳 一
烏玉 一
雲呼 二
和州今井雲丈 一 漢句二
栄道 四
延安 三
信州松本檜雨 四

カ行

可休 四
江州日野可昌 一
江州八幡可勝 二
勢州小杉河柳 一
我黒 三
翫流 一
越前府中姫小松 漢句二
義雪 一
信州松本九歩 一
勢州四日市夾鶯 四
暁山 一

和州今井 曲柳 二
芸州広島 琴峰 二
吟幸 二 漢句二
銀星軒 一
空伝 一
飯道寺 渓月 一
元好 一
言水 三
己千（貞幸） 二 漢句四
梅村 孤山 一
江州土山 孤舟 一
江州彦根 湖鏡 一
江州彦根 語夕 一
口文 一 漢句一
広一 二
光寛 四
好春 二
幸佐 五 漢句四

幸山 一
幸竹 三
幸忠 五 漢句三
江州勝部 幸流 一
勢州四日市 谷水 三

サ行

江州彦根 残笛 三
只丸 一 漢句一
江州森山 芝好 一
思水 一 漢句一
自閑 一
似船 一
伏見 時閑 二
伏見 時楽 二
秋翠 一
重徳 四
江州土山 重祐 五
春澄 四

如泉 三 漢句一
如竹 二 漢句二
江州彦根 如来 一
助叟 四
少李 一
交野招堤 昌英 漢句一
松春 一
勝喜 一
常牧 三
信徳 二
深谷 一
親行 一
勢州山田村 吹欠 一
江州土山 翠春 四
勢州四日市 正延 五
正興 一
江州八幡 正芳 四
畠山氏遊佐 政長 四

政要 三 漢句一
芸州可部 清兮 二
南部田名部 石水 漢句一
勢州四日市 雪洞 三
千春 二
素州 一
大津 草苾斎 三
草見 一
勢州四日市 草也 三

タ行

濁水 一
竹亭 一
芸州厳島 仲品 三
江州土山十二才 忠佐 一
南部田名部 忠則 二
樗子 一
江州八幡 長幸 二
長牟 一

江州森山 定栄 一
定之 三 漢句一
轍士 一
勢州三重郡 吐欠 一

ナ行

勢州四日市 二己 二

ハ行

越前府中 拝玉 二
晩山子十二才 梅丸 三 漢句一
白木 一
伴松 一
晩山 一 漢句一
百之 一
勢州四日市 賓洞 一
飯道寺 不及 一
不觚 一
不睡 一
風子 一

歩叟 一
方山 一
江州土山 方至 四
交野招堤 峰昌 一 漢句一
南部田名部 卜好 一

マ行

芸州広島 柾井水 二
未達 一
勢州四日市 名計 二
茂雪 二
茂伴

ヤ行

和州今井 野蝶 二
芸州広島 野羊 三
友墨 一
南部田名部 有宝 一
勇山 三
南部田名部 幽香 四

南部田名部 祐因　三

ラ行

芸州広島 里洞　七
江戸糸耕軒 立吟　四
江戸和誹堂 立志　二
芸州可部 柳江　四
信州松本 柳絮　二
越前府中 臨川　二

ワ行

和及　一
和酔　一

連句

①三吟世吉〔言水15—幸佐15—助叟14〕
②三吟世吉〔晩山15—幸佐15—定之14〕韻字誹諧
③両吟和漢世吉〔定之和22—幸佐漢22〕和漢両吟
④両吟漢和世吉〔幸佐漢22—只丸和22〕漢和両吟
⑤十四吟世吉〔信徳3—幸佐4—重徳3—幸忠3—吟幸3—茂伴3—幸山3—己千（貞幸）3—如竹3—孤舟3—思水3—不孤3—深谷3—暁山3—執筆1〕

元禄七年（一六九四）甲戌

〔元禄七年歳旦〕

京寺町二条上ル丁／井筒屋庄兵衛板（来山末尾）。元禄七甲戌年（正葉冒頭）。歳旦集。元禄五年・六年分ト合綴シテ横本一冊。綿屋文庫蔵（『〔歳旦集〕』）。『俳書集成』17ニ影印。七年分ノミヲ抜キ出シテ掲出スル。

●陽川
▼陽川　風国
③陽川（吟独）
③風国（吟独）
●正葉
③正葉—程中—加興
③加興—正葉—梅枝
③秋翁—加興—正葉
▽梅枝　程中
▼正葉
▽貞安　良長　比水

不白　常松　山崎
久竹
▼北水
●梅盛
③梅盛—残石—命政
③命政—梅盛—残石
③残石—命政—梅盛
▼梅盛　梅盛　命政
残石
●常牧
③常牧—鶏賀—由卜

③一要—常牧—翠柏
③敲推—梨節—常牧
▽由卜　梨節　翠柏
鶏賀
●似船
③似船（蘆月庵）—嘯琴—柳燕
③柳燕—似船—嘯琴
③嘯琴—柳燕—似船
▼似船　柳燕　嘯琴
●信徳
▽信徳

③蠡海—信徳—夏木（重尚）
③長丸—嘉舸—如翠
③雨伯—蠡海—嘉舸
③如翠—雨伯—長丸
③嘉舸—如翠—雨伯
③夏木（重尚）—長丸—信徳
●只丸
▽呑静
③只丸（老障閣）—芳沢—一林
③一林—只丸—芳沢
③芳沢—一林—只丸

▽賦山
●水獺
③水獺—文流—底元
③底元—水獺—文流
③文流—底元—水獺
▽長丸
▼言水
●来山
③来山—云昔—□□
▼作者不記（来山）
作者不記（来山）

〔元禄七年其角歳旦帖〕

刊記不明。元禄七甲戌（冒頭）。宝井其角編。歳旦帖。一冊カ。原本所在不明デ、『萩の露』ノ再版本（安永二年刊）ニ付載サレル。『其角全集』（聚英閣　大正15年刊）ニ翻刻。

⑧其角—介我—岩翁
—枳風—彫棠—横

几—芭蕉—仙化
▽岩翁　岩泉　浮萍

亀翁
▽枳風　仙化　介我

彫棠　楊水　探泉
横几　全峰　神叔

闇指　山蜂　湖月
松吟　秋色　平砂

幸隣　八橋
③粛山―晒羅―哉山

③哉山―粛山―晒羅
③晒羅―黄山―粛山

▼粛山　黄山　晒羅
▽行露　千崎　暦山

亀仙　鼓角
かしく　湖風

銀杏　杜若　江楓
秋香　亀羊

青旦

刊記ナシ。元禄七戌のとし／一烏軒（奥）。正村編。歳旦帖。横本一冊。綿屋文庫蔵。

▽笑種　夢間　春憐
妨作
③安信（吟独）
③由仙（吟独）
③天垂（吟独）
③政勝（吟独）
③利広（吟独）
③幸全（吟独）
③良径（吟独）
③芳雄（永尾）（吟独）

③宗矩（信太）（吟独）
③吉勝（吟独）
③正安（吟独）
③長久（吟独）
③一由（吟独）
③度昔（吟独）
③清次（吟独）
③照清（吟独）
③水月（吟独）
③夢常（吟独）

③由之（吟独）
③蘭庄（吟独）
③稚徳（吟独）
③夢常―鯉水―重春
③重春―夢常―鯉水
③鯉水―重春―夢常
⑩正村9―一鷺子1
▽草風　八十郎
若水　政勝　月詠
月詠　和遊　定義

春好　重春　[在]方
鯉水　玄察　夢常
友久　信清　夢常
玄察　重春　友久
吉勝　吉勝　舸隣
蘭庄　思[豆]　夢常
由之　蘭庄　友久
友[重]　友之　蘭庄
重春　蘭庄　夢常
友久　友久　宗春（錦部）

安林（布忍）
③素行―安信―正村（和漢）
③正村―素行―懐山（和漢）
③懐山―正村―安信（和漢）
③安信―懐山―素行（和漢）
③守生―幸全―由仙（和漢）
③由仙―守生―竜水（和漢）
③竜水―由仙―幸全（和漢）
③幸全―竜水―守生（和漢）

誹諧松かさ

元禄七甲戌正月元旦／大伝馬町三丁メ／志村孫七開板。和田東潮編。発句・連句集。半紙本一冊。嵐雪（序）。竹冷文庫他蔵。『俳諧文庫』7ニ翻刻。東潮ノ万句成就記念集。

発句

ア行
以三 一
一芋 一
一水 一
一井 一
一素 一
一徳 一
一楓 一
一露 一
英角 一
艶子 一

カ行
可聞 一
夏風 一
介我 一
海星 一
割舷 一
甘交 一
咸宇 一
寒鴉 一
其角 一
桔梗 一
挙白 一
踞竜 一
玉芝 一
琴風 一
銀雨 一
桂夕 一
渓石 一
虎岩 一
光少 一
光窓 一
光潮 一
光茂 一
好波 一
紅雪 一

サ行
佐文 一
三中 一
山交 一
山石 一
（仙台）山遊 一
止水 一
似川 一
舟竹 一
（女）秋色 一
楸下 一
招伽 一
松琴 一
（女）松吟 一
常陽 一
常和 一
神叔 一
昔朝 一
碩鼠 一
仙化 一
先車 一
沾団 一
沾徳 一
洗石 一
素彳 一

タ行
（鎌倉）知可 一
置泉 一
調葉 一
笛子 一
田竜 一
図牛 一
登鯉 一
東応 一
東水 一
桃隣 一
桃和 一
篤莧（ママ）（馬莧） 一

ハ行
巴潮 一
波声 一
白央 一
（小田原）白行 一
白之 一
白流 一
梶葉 一
百里 一
氷花 一
風吟 一
風子 一
風洗 一
文子 一
蚊毳 一

蚊里　一
暮船　一
鵬翅　一
卜司　一

マ行
（米沢）未知　一
（小田原）未白　一
無倫　一
（鎌倉）孟李　一

問之　一

ヤ行
友角　一
友之　一
游鵝　一

ラ行
来子　一
頼克　一
嵐雪　一
李下　一
（鎌倉）李瓜　一
李里　一
梨水　一
立志　一
（鎌倉）柳雪　一
柳泉　一
（鎌倉）流井　一
呂鬼　一
蘆夕　一
露沾　一

連句

①独吟百韻〔東潮〕蘭や秀たると求むれは菊芳し松風におとろき水音にぬき足して終に化あらはれたり

俳諧よいをの森

元禄七年正月上旬／小佐治半左衛門板。爾周予編・梅中補編。発句・連句集。半紙本一冊。庚午臘月日（爾周自序）。梅中謹書（自序）。綿屋文庫他蔵。『松阪市史』7（蒼人社　昭和55年刊）ニ翻刻。

発句

ア行
安之　一
一歩　一
乙一　一

カ行
下泉　一
可笑　一
介胤　一
宜仙　一
求之　一
愚白　一
孤草　二

サ行
三思　二
之中　四
爾周　一
如水　一
松翁　一
信推　一
信風　四
寸斎　二
寸信　一
寸平　三
寸林　一
疎松　一

タ行
中巴　三
長洞　一
東林　二
等成　一

ハ行
梅中　五
白止　一
不姓　一
不別　一
孚瓢　一
文車　一

ヤ行
野水　二
友風　二
幽室　一

ラ行

柳昌　一
柳也　一

ワ行

和水　一
和幽　一

連句

①三吟半歌仙〔信風6―梅中6―之中6〕人は恒産なふして…比は無神月十日…半旦亭をあて、之中子をゐて行ける／下略

②六吟歌仙〔中巴6―信風6―寸平6―如水6―聊也6―寸信6〕十一月廿五日於松葉軒

③八吟歌仙〔之中4―梅中4―信風5―柳昌5―愚白4―友風5―野水5―信推4〕十一月廿六日於半日亭

④独吟二十二句〔爾周〕柳下恵不違門之女をあたゝめて国たみ其乱をとなへす…／百韻略之

⑤四吟歌仙〔松翁9―寸斎9―三思9―信風9〕十二月十五日於翫月亭

⑥五吟歌仙〔梅中8―孤草7―一歩7―宜仙6―之中7―執筆1〕十二月廿日於半日亭

墨流し

井筒屋庄兵衛板。元禄七甲戌年孟春（正月奥）。室賀轍士編。発句・連句集。半紙本一冊。富山県立図書館中島文庫蔵。『国文学研究資料館調査研究報告』7（昭和61・3）ニ翻刻。題簽ノ下部ニ「わだち／第五」トアル。

発句

ア行

安之　一
一鷗（大野）　一
一慶　一
一声　一
一徳　一
宇白　三
雨柳（松任）　一

カ行

可郷（福居）　三
可寿　一
季草（金沢）　二
其継　二
吟雪（越中）　四
句空　一
藕糸（金沢）　五
軽舟（金沢）　一

サ行

四羊　一
只人　一
枝東　五
紫堂　二
尺草　一
舟路　一

秋湖　一
春紅　一
小松 塵生　三
正元　一
声風　三
青至　一
青楊　四

夕市　一
江戸 専吟　一
東鮒　一

タ行

知卜　一
底石　六
轍士　六

道治　一

ナ行

任之　二

ハ行

宮腰 波之　二
梅子　二
梅水　二

北枝　一

マ行

満礼　二

ヤ行

宮腰 友恥　五
福居 祐元　二
祐子　三

ラ行

羅月　二
宮腰 蘭仙　三
大安自仙居士 流志　一
越中 蘆葉　一
作者不知　一

連句

①六吟歌仙〔轍士6—洞白6—志吟6—安部6—以笑6—大野 糸柳6〕越の福居愛宕山眺望

②三吟三句〔轍士—芳久—和休〕叟か門人芳久館に尋入る…

③四吟歌仙〔轍士9—宇白9—蘆葉9—吟雪9〕今石動車羅堂宇白出むかひていさなはれしはらく日を送る

④六吟半歌仙〔轍士3—秋湖3—専之3—蘆葉3—宇白3—吟雪3〕本覚山宝幢院は有かたき霊地にて…

⑤両吟二句〔轍士—宇白〕車羅堂に日数をへて…

⑥六吟歌仙〔轍士6—提要6—勤文6—探吟6—聿貞5—友之6—執筆1〕あら山をうち越て能州七尾に入…

⑦五吟歌仙〔聿貞7—轍士7—提要7—友之7—勤文7—執筆1〕友之興行

⑧六吟歌仙〔轍士6—洞白6—可郷6—元春6—黒人5—祐元6—執筆1〕福居に引とめられ又日を経る程に…

⑨十吟歌仙〔轍士4—時習4—一ろ4—乍之4—元春4—以志4—旧鶯2—志吟3—元身3—楽助3—執

筆1〕此国の大橋をわたりて挨拶の事あり
⑩八吟歌仙〔轍士5―常定5―以志4―洞白5―元春4―豊子4―中意4―安部4―執筆1〕常定興行
⑪九吟歌仙〔轍士1―浪化5―其継5―夕鳥4―嵐青4―嵐秋4―仙志4―蘆風4―紫堂4―執筆1〕越中石動と云所より同井波まで行程四里
⑫三吟三句〔浪化―紫堂―轍士〕

遠帆集

寺町二条上／井筒屋庄兵衛板。元禄七甲戌年孟春（正月奥）。片山助叟編。発句・連句集。半紙本一冊。甲戌之年孟陬（正月）日／浪花国才麿書（序）。為文跋。綿屋文庫蔵。編者ノ長崎帰郷記念集。

発句

ア行

（女）あきら　一
（西田氏）鞍風　七
為文　三
（檜林氏）一雲　三
一介　八
一顕　一
一好　一
一水　一
（中川氏）一滴　一
（少年）雨草　一
烏玉　一
（摂州平野）烏水　三

カ行

加柳　一
可久通　二
（広島）可進　二
花立　一
歌俊　三
我黒　一
臥牛　一
（築後）晦朔　四
（松花堂）甘雨　二
寒月　二
（江戸）其角　二
亀丸　一
（若州小浜）吉女　一
久利　一
（若州小浜）去留　三
（彭城氏）暁雪　五
玉人　一
近智　一
錦水　一
（若州小浜）吟草　三
近智　一
近通　一
（一介娘十二才）くに　一
元丸　一
元静　一
（和州法隆寺）言色　二
言水　三
言夕　六
（広島）雇牛　七
国政　二

サ行

（大坂）才麿　二
纔柴　一
只丸　一
志計　一
（厥氏）若露　二
舟丸　三
秀興　四
重是　一
（芸州）春袋子　五
春澄　四
如泉　二
（江戸）助及　一
（武田氏）助鶏　四
（山村氏）助元　三
助盛　一

（片山氏）助叟　一八
助友　一
（広島保田氏）昭房　四
笑計　三
紹二　一
信徳　一
是沖　二
（園氏）青翁　一
青銭　一

清昌　三
（南部）石水　一
（大坂）その女（園女）　一
素雲　一
宗卜　三

タ行

（女）たつ　一
（久留米）旦水　二
（江州膳所）遅望　一

定之　一
貞志　一
貞恕　一
泥足　五
轍士　一
天静　一
東鶏　一
橙風　一

ハ行

（江戸）芭蕉　一
梅盛　一
（遊君）八橋　一
不休　一
（彦根）不障　一
（大坂）武陳　一
風哉　一
（林氏）文通　二

方山　一

マ行

（大坂）万海　一
夢船　一

ヤ行

友作　一
（大坂）由平　一

ラ行

（最上）羅陽子　三

（大坂）来山　一
嵐雪　一
（広島）隣牛　一
（江州山賀釈）蘆枯葉　一
（広島）蘆風　七
（沙門）滝音　二

ワ行

和海　五

連句

①六吟歌仙〔（洛下錦綾隠士）助叟6―助鶏6―且水6―暁雪6―鞍風5―一雲6―執筆1〕神代のむかしも今の淡路しまも
②三吟半歌仙〔（酔翁亭）泥足6―助叟6―可久通6〕
③両吟歌仙〔（紫州軒）一介18―助叟18〕
④両吟六句〔（姚扇軒）橋泉3―助叟3〕
⑤三吟半歌仙〔元次7―助叟9―一介2〕
⑥三吟十九句〔甘雨9―助叟8―一介2〕
⑦両吟六句〔（樗本）歌俊3―助叟3〕面六句
⑧三吟六句〔言夕2―可久通2―助叟2〕面六句
⑨両吟六句〔可久通3―助叟3〕面六句
⑩四吟十二句〔助元3―助叟3―泥足3―暁雪3〕歌仙之首尾（初表ト名残裏ノミ収録）

梺の旅寐

甲戌春三月日／京寺町通二条上ル丁／井筒屋庄兵衛。梁文代編。発句・連句集。半紙本一冊。梁文代（自序）。綿屋文庫他蔵。『俳書集成』8ニ影印。

発句

一有	一	支考	一	成竜	一	芭蕉	一	凡人	一	立進	一
甘千	一	之道（諷竹）	二	その女（園女）	四	否専	一	由仙	一		
其角	一	洒堂	二	宗比	三	琶扣	一	猶而	一		
去来	一	焦桐	一	荘人	一	文代	九	嵐雪	一		

連句

①三吟半歌仙〔才麿6―文代6―宗比6〕潮干を見に来りたまふ人にむかひて
②三吟半歌仙〔洒堂6―宗比6―文代6〕
③三吟半歌仙〔之道（諷竹）6―文代6―宗比6〕
④三吟半歌仙〔宗比6―一有6―文代6〕生玉にて
⑤三吟半歌仙〔（江戸）立進6―文代6―宗比6〕
⑥三吟半歌仙〔園女6―文代6―宗比6〕
⑦三吟三句〔支考―文代―団友（涼菟）〕はしめて旅したる人の帰りけるに…／ぬひ目の虱はさひしき旅なり…

〔不玉宛去来論書〕

稿本（去来自筆）。元禄七年成。三月日／去来（識）。向井去来著。俳論。一冊。初稿・再稿ガアリ、トモニ大東急記念文庫蔵『去来抄』自筆稿本ノ紙背ニ記サレル。『校本芭蕉全集』7等ニ翻刻。不玉ノ来信ニ答エタモノ。再稿ニ基ヅキツツ、欠落部分ヲ初稿ニテ補ウ。添削句・改作句ハ集計ニ加エテイナイ。

発句

越人（尾陽）二　去来 二　壺中（洛）付一　洒堂（膳所）一　鳳仞（嵯峨）一

誹諧此日

井筒ヤ庄兵衛板。甲戌のとし卯月（四月）十四日興行（奥）。室賀轍士編。連句集。半紙本一冊。風翁標（轍士自序）。版下ハ其角筆。洒竹文庫蔵。『元禄前期江戸俳書集と研究』等ニ翻刻。

連句

①十五吟百韻（轍士9―其角9―介我6―専吟7―未陌7―氷花6―嵐雪7―紫紅7―桃隣8―百里7―神叔6―尺草7―岩翁2―立志5―乙州6―執筆1）

おくのほそ道

写本（素竜清書）。松尾芭蕉著。俳諧紀行。升形本一冊。元禄七年初夏（五月）／素竜書（跋）。西村家蔵。『影印おくのほそ道』（双文社出版　平成3年刊）等ニ影印。『校本芭蕉全集』6等ニ翻刻。コレ以外ノ主要ナ写本ニ中尾本（芭蕉自筆稿本）・曽良本（書写者未詳）・柿衞本（素竜清書本）ガアリ、元禄十五年ニハ西村本ヲモトニ版本ガ刊行サレル（立項ハ省略）。中尾本ハ升形本一冊。中尾松泉堂書店蔵。『芭蕉自筆奥の細道』（岩波書店　平成9年刊）ニ影印・翻刻。曽良本ハ半紙本一冊。綿屋文庫蔵。『善本叢書』10別冊ニカラー影印。『新編日本古典文学全集　松尾芭蕉集②』（小学館　平成9年刊）等ニ翻刻。柿衞本ハ升形本一冊。柿衞文庫蔵。『柿衞本素竜筆　おくのほそ道』（新典社　昭和44年刊）ニ影印。初版本ハ京寺町二条上ル町／井筒屋庄兵衛板。升形本一冊。雲英文庫他蔵。『元禄版　おくのほそ道』（勉誠社　昭和55年刊）ニ影印。中尾本ノ貼紙下ニハ狂歌等モ見ラレル。ココデハ西村本ニヨッテ集計シタ。

発句

挙白 二　西行 歌一　曽良 二　低耳（美濃国商人）二　芭蕉 五〇　仏頂和尚 歌一

誹諧別座鋪

江戸通油町板木屋／木工兵衛・石町十軒店／西村宇兵衛。元禄七の年仲夏初の八日（五月八日奥）。子珊編。発句・連句集。半紙本一冊。子珊（自序）。綿屋文庫他蔵。『俳書集成』23ニ影印。『古俳大系　蕉門俳諧集一』等ニ翻刻。全故斎素竜ノ俳文「贈芭叟餞別辞」中ノ作品モ集計ニ加エタ。宝暦二年ニ再版本ガ出版サレ、ソノ刊記ニハ、東都書林鶴本平蔵ト京寺町二条橘屋治兵衛板ノ二種ガアル。

発句

杏村	一	杉風	一五	全故（素竜）［素竜斎］	一二 歌	岱水	一	白之	二	利牛	一
岸露	一	子珊	一四	曽良	一	濁子	一	八桑	七	利合	一
其角	一	子祐	四	楚舟	八	桃川	一	風弦	一	李下	一
亀水	一	浄求	一	滄波（宗波）［深川］	三	桃隣	一四	野坡	一	李里	四
兼程	四	夕菊	一	太大	三	芭蕉	五	嵐雪	一	呂国	三

連句

①五吟歌仙〔芭蕉7—子珊7—杉風7—桃隣7—八桑7—筆1〕

②九吟歌仙〔桃隣4—杉風4—子珊4—李里4—八桑4—子祐4—太大4—亀水4—楚舟4〕

③九吟歌仙〔八桑4—楚舟4—桃隣4—子珊4—杉風4—亀水4—李里4—太大4—子祐4〕

④両吟歌仙〔子珊18—杉風18〕贈去秋芭蕉庵

⑤両吟歌仙〔滄波（宗波）18—杉風18〕採茶庵月興

⑥両吟二句〔芭蕉—素竜〕

絵入堀河之水

寺町通二条上ル町／井づゝ屋庄兵衛板行。右全部始終執筆新町七条坊門住富尾左兵衛嘯琴／元禄七甲戌年五月上旬（奥）。富尾似船編。発句・付句集・俳諧歳時記。半紙本八冊。旹元禄五年六月下弦日／さめか井通七条ノ南鎌屋町／蘆月庵似船自序ス。綿屋文庫他蔵。『新修京都叢書』5（臨川書店　昭和43年刊）ニ翻刻。

発句

ア行

似空軒 安静 一
朱雀遊女 いく世 四
朱雀遊女 いこく 三
但州高田住 一下 二
但州高田住 一吟 二
摂州北花田 一紅 一
宇治住 一矢 二 付一
越後新潟住孔雀軒 一酔 一七 付八
一睡 一
野村氏 一通子 九 付二
とりへ山桑門 一妙 三
芸州二十日市 一幽 一
一柳 五

雲彩 付一
士蔵 永治 付二
芸州二十日市 益友 一
吉田 円木 四
猿尾 付一
宇治 厭世 一
備前岡山 応声 一
江州かしは原 桜三 付二
和州今井杉生玄長妻 桜女 一
若州小浜青木 温知 付一

カ行

西川氏 可周 一
いせ四日市森本氏 可習 三
可昔 二

雑賀氏 可遊 二
いせ四日市住太田氏 賀焉 二四
七条堀川之前 賀和 五
田中氏 榎川 二 付四
にし六条中島 蟹蛯 一三
ゑちご新潟 豈風 三 付三
ゑちこ新潟北村 観水 二 付一
山中 玩竹 一
いせ四日市住河田氏 几翁 三
季南 二
いせ四日市太田 箕雪 五
四日市太田 吉孝 一
吉貞 一
四日市太田 吉房 三

四日市太田 吉蓮 一
大坂住 久永 一
若州小浜津田 去留 一五 付三
摂州猪名野釈氏 旭山 一
ゑちごの国 玉淵 付三
玉椿 二
芸州いつくしま正木氏 近知 二
芝田 金虎 一 付二
但州生野銀山 吟夕 三
八幡山 空雲子 二
京 空喰 一
宇治中井 恵笑 一
和州曽我村 桂笑 一
越後新潟渡部 奚疑 三 付五

国領氏 慶命 二
賢巳 付二
和州今井曲柳軒森岡 元隆 二
山岡 元隣 一
丹後峰山武部氏 玄信 五 付二
和州今井杉生 玄長 四 付一
しゅさか遊女 戸さは 二
孤柏 二
昨非軒 湖白 二
少人 五百丸 一
いせ富田住広瀬 好永 五 付一
片岡 好信 一
江州柏原流木堂 江水 六
孝栄 二

宇治住 更幽 四
たにこ峰山寺田 幸信 九 付一

サ行

勢州大淀 三千風 一
但馬高田 山舟 一
若州小浜滝氏 参俊 一 付二
遊女 しづか 付一
速水 思月 五
自斎 一
似船 四二 付三
あきの国ひろしま平賀氏 治忠 一
伏見下板橋木屋 時楽 六
わかさ小浜住 寿硯 一
渡部 萩夕 九 付一

安芸国広島住佐伯氏 重規 五
宇治 如雲 一
但馬生野仙遊寺 如風 三
河内小寺村 恕翠 二
ふしみ住赤井 尚栄 二
いつくしま 昌山 一
やましろ上津谷 松雲 二
いせ四日市板倉 松秀 二 付一
松春 付一
松髯 二
高橋氏 松白 三 付四
いせ四日市加藤氏 省我 三
松前住辺見氏 笑計 三
但州岩谷中島氏 勝信 一
嘯琴 二
いせ四日市随柳軒 伸蠖 二
渡部 信勝 付一

信成 一
但州生野渡辺 信清 三
たにこ峰山沼田氏 信夕 一
信房 二
四日市伊鷹 晨笑 二
和州曽根村 随友 付一
ひせんの国岡山千紅軒 是春 二
いせ四日市丹羽 正延 二
的場氏 正次 四 付一
宇治住 成辰 一
伏見遊佐興左衛門畠山氏 政長 三
やまと杉生玄長息 清太良 一
摂州北花田 雪子 付一
伊勢四日市住泰竜軒 雪洞 二
岡本 千之 一
川柳 一
粉川 洗柳 一 付四

三好 素毫 一
粗吟 一
内海氏 宗英 一
河内長曽根 宗治 付一
いせ四日市住広田氏 草也 七

タ行

あきの国いつくしま 単西 二 付二
談夢 一 付三
芸州いつくしま岡村氏 仲品 三
四日市森本 忠重 一
四日市森本 忠信 一
四日市森本 忠寧 一
朱雀遊女 長橋 二
四日市森本 釣淵 四
平泉子 釣薄 一
芸州宮島瀬良氏 直房 一
京鳳池軒 枕流 二 付三

珍卜 二
芸州広島寿養軒 追昌 三 付一
大坂藤原 貞因 一
貞福 二
摂州猪名野釈氏 桐葉 一
桃羊 一
阿形 独楽 一

ナ行

四日市青木氏 二己 二
宇治住 任世 三

ハ行

雑賀氏 梅枝 四
薄椿 二
伴水 二
円木妻 ひさ 二
野村一通子妻 平井氏女 四 付三
西六条酒家 浜主 一
ひせんの国岡山 不風 一
風喰 二 付三
但州山口住 風斗 一
河内小寺村桐山 豊重 二 付二

マ行

夢橋 一
夢鹿 一
いせ四日市住 名計 三
さぬき高松 茂宣 一

ヤ行

京 野水 一
宇治宮崎 友獲 三
友肆 一
友扇 七
雑賀氏 友貞 八
磯辺 由直 一
安芸国いつくしま 宥善 二

ラ行

頼房 一
越後新潟町田氏 闌月 七 付六
柳燕 二 付三
但馬国西下知見 柳端 二
芸州いつくしま 柳六 一
松浦 流蛍 四
桑門 了心 付一
あきの国いつくしま 林角 一 付三
宇治 林月 付一
いせ四日市竹中氏 蓮蕊 三
中条 露形 二

ワ行

すさか遊女 和州 一
和北 一
あきの国ひろしま服部氏 和用 二 付一

藤の実

京寺町二条上ル町／井筒屋庄兵衛板。広瀬素牛（惟然）編。発句・連句集。半紙本一冊。正秀序。元禄甲戌五月上浣／洛陽西川親長書（跋）。竹冷文庫蔵。『古俳大系　蕉門俳諧集二』ニ翻刻。丈草ノ俳文「仲秋翫月雑説」ヲ収メル。

発句

ア行

杏雨（ぜゝ、少年）　一
一有（大坂）　一
越人　一
園女（大坂）　三
鷗子（巴流娘）　一
乙州　三

カ行

何南（女）　一
伽孝　二
柯山（京）　四
荷兮　一
臥高　二
誐々（大津）　一
含粘（奈良）　四
其角　一
亀柳　五
義首（大坂）　二
戯白（尾張）　一
休可（京僧）　一
鳩枝　六
去来　四
許六　二
曲翠（曲水）　五
錦江（大津女）　一
景桃（京）　一
呉花（大坂）　一
梧朝（京）　二

サ行

左次（尾張）　一
柴車（京）　二
蓑立　八
杉風　一
支考　二
之道（諷竹）　六
史庭　四
史邦　九
志用　五
示右（京）　一
車庸　八
洒堂　一九
舟泉（尾張）　一
俊興（ミノ亡人）　一
如円（僧）　一
助冬　一
昌房（ぜゝ）　四
宵烏　一
蕉桐（大坂）　三
丈草　八
乗雲　一
正己（京）　二
正秀　六
素牛（惟然）　一三
素覊（女）　一
素覧（尾張）　一
曽良　一
楚江（大津）　一
鼠弾（尾張）　一
宗外　一
荘人（大坂）　二

タ行

探吟（能州七尾）　二
探之（ぜゝ）　三
智月（大津尼）　七
通達（京僧）　二
淀水　一
伝女　一
怒誰　一
桃英　一

ハ行

巴丈　一
巴水　四
巴流　九
芭蕉　九
芭蒼（大坂）　一
貝寿　三
梅女（京）　二
半朱（ぜゝ、少年）　二
否専　一
琵扣（大坂）　五
風斤　三
ノ松（加州）　二
鞭石　三
鳳仞　三
本好（大坂）　二

マ行

万里（女）　一
卍春（尾張）　一

ヤ行

野径（ぜゞ）　四

野童　三　游刀　四

ラ行

洛翠　一　李門（大坂）　一
里東（膳所）　六　梨月　四　流砂（大坂）　一
良長（能州大野氏）　一　炉柴（大坂）　二　蘆角（大坂）　二
露川（尾張）　三　露房　一

連句

①六吟歌仙〔去来6―野童6―素牛（惟然）6―風斤6―景桃6―鳳仞6〕人〱嵯峨の宿をとはれけるに

②十二吟歌仙〔曲翠（曲水）3―素牛（惟然）3―丈草3―里東3―正秀3―臥高3―寒酔3―昌房3―游刀3―探芝3―野径3―怒誰3〕

③七吟歌仙〔洒堂5―車庸5―之道（諷竹）5―史庭5―蓑立5―亀柳5―素牛（惟然）5―執筆1〕

④六吟歌仙〔素牛（惟然）6―鳩枝6―巴流6―柯山6―梨月6―貝寿6〕遣悶

〔真蹟去来文〕

稿本（去来自筆）。元禄七年成。五月十三日／去来（識）。向井去来著。俳論。書簡一通。原本所在不明ノタメ、『続蕉影余韻』（菊本直次郎　昭和14年刊）所収ノ写真ニヨッタ。『去来先生全集』等ニ翻刻。浪花ノ来信ニ答エタモノ。無記名ノ例句モ知リ得ル範囲デ作者名ヲ記シタ。添削句・改作句ハ集計ニ加エテイナイ。加筆訂正サレタモノガ寛政三年ニ刊行サレテイル。

発句

越人　一　付一　翁（芭蕉）　四　付二
乙州　付一　其角　一
去来　四　付二　千子　一
不交　一　野水　一
浪化　二　付一

誹諧童子教

京寺町二条上ル丁／ゐつゝや庄兵衛板。元禄七甲戌仲夏（五月）日（奥）。島順水編。発句・連句集。大本（オヨビ半紙本）三冊。浪花津誹隠湛翁来山（序）。闕逢掩茂閏夏日／浪速国椎園才麿誌（序）。浪花俳諧堂西鶴庵団水誌（序）。桜塚山落月庵西吟（序）。馬楽童（鬼貫序）。元禄七中夏／洛下童言水序。甲戌年仲夏日／助叟書（序）。紀陽若山島順水（自跋）。紀陽弱山松花堂門弟曙雪拝（跋）。大阪府住吉大社住吉文庫他蔵。上巻ノミ『新編稀書複製会叢書』9（臨川書店　平成2年刊）ニ複製。

発句

ア行

若山 安山子 一
摂州福井 闇助 二
与州河野口 為渓 一
越後新潟 為蹊 一
京 為文 二
但馬高田 一下 一
長崎 一介 二
但馬 一吟 一
与州 一笑 一
越後新潟 一酔 四
与州 一中 二
越中 一徳 一
広島 一唯 二
大坂 一礼 一
丹州薗部 烏角 一
京 雲鼓 四
土佐高知 雲嶺 一
備前岡山 雲鹿 一
河州若田郡 栄吟 一
京 栄道 一
美濃 越人 一
大津 乙州 一

カ行

美濃 可因 二
但馬 可雲 一
紀州橋本 可閑 一
若山吹上 可笑 二
紀州橋本 可楽 二
京 花橋 二
尾州 荷兮 一
京 我黒 五
摂州茨木 魁鷹 一
大坂 季範 二
江戸 其角 三
其諺 三
摂州曽根 起風 一
与州 器水 四
紀州若山 義房 一
堺 儀信 一
伊丹 蟻道 二
及為 一
江戸 旧花 一
大坂 休計 二
若州小浜 去留 四
大坂 虚風 一
与州 喬木 五
暁山 一
摂州三田 玉水 一
摂州柳橋 玉泉 二
大坂 玉棠 三
但馬高田 吟水 一
大坂 吟水 一
摂州東山田 吟蔦 一
大坂 吟諷 一
越後長岡 吟和 一
駒角 一
丹後田辺 契舟 一
若山 蛍子 一
若山 蛍声 二
紀州日高 月船 五
摂州岡山 元洗 一
紀州 玄水 一
京 言水 三
吹田 彦輝 二
与州 己百 四
大坂 瓢界 一
近江八幡 湖風 一
大坂 好棠 一
江水 三
京 幸佐 四 漢句一
天満安平次 幸方 七
大坂 紅雪 一

サ行

大坂 才麿 四
伊勢 柴方 一
伊勢山田 柴友 三
大坂 昨非 四

但馬高田 山舟 一
紀州 山川 三
大坂 之道（諷竹） 二
耔郎 一
京六条 似白 一
江戸 邪洒子 一
若山 若林 一
京 舟丸 二
舟泉 二
京 秀興 一
紀州若山 秋山 二
秋冬 一
吹田 袖彦 三
与州西条 重次 一〇
大坂 重成 一
加州 春幾 一
伊丹 春剛 一
京 春澄 九

大坂 春林 一
順水 二九四
若山沙門 曙雪 一
大坂 如記 一
越中 如見 一
京 如泉 六
京祇園 如童 二
但馬竹田 如木 一
京 助叟 九
江戸 鋤立 一
河州山田 昌芳 一
京 松霞 三
江戸 松契 一
大坂 宵扉 三
越中 杖雪 一
日高 乗勝 一
豊後佐伯 常泉 一
京 常牧 一

心圭 四
京 心桂 三
京 信徳 三
松坂 晨風 一
岡山 森子 一
京新免 新水 一
伊丹 人角 一
京 水獺 一
京 酔雪 二
作州津山 是誰 一
芸州広島 井水 二
京 正式 一
膳所 正秀 一
河門 正心 一
大津 正冬 一
京 正友 一
堺 正林 一
摂州島村 生水 一

大坂 西鶴 二
桜塚 西吟 七
若山 青松 一
摂州南郷 盛風 一
与州 石風 一
能州飯田 千秀 二
千春 一
三州牛久保 千釣 一
大坂 専風 一
若山 銑山 四
越後三条 鮮古 一
京 素雲 一
高野山 素行 一
吹上 素袖 二
大坂 鼠杖 一
京 宗富 一
京 宗卜 二
和州柳本 窓夕 一

京 叢明 二
豊前小倉 村時雨 一

タ行

濁水 一
濁酔 一
大坂 団水 六
和州原本 断水 一
大坂 竹亭 一
若山菱や六才 長吉 一
鳥翁 一
阿波 釣寂 三
播州竜野 釣舟 一
京 漲水 一
大坂 椿子 三
京 定之 三
京神氏 底元 四
京 貞恕 二
京 轍士 一

田辺住 一
伊与大洲 兎休 一
阿波 冬春 一
摂州浜村 冬風 二
大坂 当之 三
桃里 二
池田 稲丸 二
若山 藤林 一
大坂 道楽 一
丹後亀山 禿翁 一

ナ行

若山 南海 一
与州 任風 七

ハ行

摂州南野 巴水 一
江戸 芭蕉 二
江戸忍岡 芭水 一
日向 芭水 一

紀州田辺 破銭 四
伊丹 馬桜 一
大坂 馬楽童（鬼貫） 一
与州 梅暁 六
作州 梅兄 一
江戸 梅山 一
豊前小倉 梅水 一
江戸 買笑 一
大坂 半隠 三
紀州 半山 一
若山 半水 一
大坂 伴自 一
京 晩山 三
備前岡山 晩翠 一

河州高井田 蕃好 一
岡崎 非民 一
伊丹 百丸 一
江戸 百里 一
摂州吹田 芙聞 三
大坂 浮江 一
紀州若山 舞仙 二
大坂 風景 一
京 風子 三
池田 風子 二
日向延岡 風随 一
摂州北条 風草 一
紀州若山 風也 二
大坂 風慮 四

大坂 文丸 二
阿波 文十 二
京 文流 一
加州金沢 ノ松 一
紀州若山 甫吟 二
京 方山 一

マ行

大坂 万海 五
越中 万水 一
与州 万水 一
大坂 未吟 一
未弁 一
与州 夢芥 三
紀州若山 門入 四

ヤ行

野水 一
若山 友松 一
堺 由仙 五
大坂 由平 一
大坂 幽山 四
池鯉鮒 猶水 一

ラ行

大坂 来山 七
大坂 雷音 一
土佐高知 嵐山 一
江戸 嵐雪 一
越後新潟 蘭月 一
紀州若山 蘭舟 一
参州西郷 蘭風 一
摂州カヤノ 蘭風 一
芸州広島 里洞 四
江戸 立志 三
阿州 律友 一
芸州 柳江 四
摂州三田 柳絮 一
讃州高瀬 柳水 一
京 柳水 一
摂州三田 了清 一
大坂 路通 一
今井 蘆舟 一
露甞 一〇
山田 露水 一
江戸 露沾 一
讃州笠岡 露泉 一
京 鷺水 二
伊丹 鷺助 一
越後新潟 老山 四
紀州吹上 滝鯉 一
六翁 一
摂州 六水 一

ワ行

京 和海 一
和及 一
作者不知 一

連句

①両吟歌仙〔言水18―順水18〕童子教題

②十一吟世吉〔如泉5―順水5―言水5―春澄3―助叟5―晩山5―幸佐5―雲鼓5―我黒4―松露1―其諺1〕

③十一吟五十韻〔来山5―順水5―才麿5―万海5―団水1―虚風5―幽山5―半隠5―文十5―椿子4

—季範4—執筆1〕
④両吟歌仙〔来山18—順水18〕一集の名によりて
⑤両吟歌仙〔順水18—団水18〕北条団水入道京にかりねせし…
⑥両吟半歌仙〔如泉9—順水9〕
⑦三吟歌仙〔言水12—順水12—助叟12〕
⑧四吟半歌仙〔順水5—言水5—助叟4—志計4〕池西氏新宅を賀して
⑨両吟歌仙〔助叟18—順水18〕
⑩両吟歌仙〔順水18—心圭18〕二年あまりにて心圭にまみえて
⑪三吟半歌仙〔順水6—我黒6—助叟6〕我黒子の来たりけるを見せかほに
⑫十二吟世吉〔順水5—言水5—立志5—千春1—団水4—定之2—助叟5—立吟5—春澄1—心圭5—信徳4—如泉1—執筆1〕言水子のもとにたつねてかく言ければそれを脇して幸武下の立志ありしとて

⑬六吟歌仙〔昨非6—順水6—椿子6—来山6—杍郎5—西吟6—執筆1〕順水に始て逢て
⑭六吟半歌仙〔順水3—椿子3—来山3—昨非3—杍郎2—西吟3—執筆1〕椿子のもとへ尋て
⑮十一吟歌仙〔順水5—西吟4—鷺輔（鷺助）3—休計5—彦輝4—袖彦5—新水1—未弁1—芙聞4—森子2—闇助2〕折〳〵の文の通はせにて…
⑯両吟歌仙〔西吟18—順水18〕いてやとて紀の島氏の好きにいさなはれ京にまかりて戯を興するのみ
⑰両吟歌仙〔順水18—西吟18〕御祓見に吟をともなひ難波より…
⑱三吟三句〔貞恕—順水—春澄〕
⑲三吟三句〔春澄—貞恕—順水〕
⑳三吟三句〔順水—春澄—貞恕〕雨いたく降ル日貞恕法師・春澄旅宿を尋に逢て
㉑両吟二句〔似白（京六条）—順水〕生衣の単羽織はおもしとやいふべき例ならぬ気のかろきにつけておもへは
㉒二吟二句〔団水—順水〕順水の雅士浪はやの…

㉓両吟六句〔順水3―幽山3〕五花堂の法師旅宿を尋にあいて

㉔両吟六句〔幽山3―順水3〕題旅宿／島氏の旅宿を問ふに…

㉕両吟六句〔休計3―順水3〕

㉖両吟二句〔伊丹 鷺輔（鷺助）―順水〕

卯花山集

寺町二条上ル町／いつゝや庄兵衛板。神戸友琴編。発句・連句集。半紙本二冊。甲戌猶賓（五月）模写／自序／山茶花友琴。富山県高岡花笠文庫蔵。『加越能古俳書大観』上に翻刻。

発句

ア行

一蛙　一
元吉 一允子　四
福光 一雨　一
元吉 一筋　一
越中 一康　三
水島 一枝　一
松任 一舟　一
城ケ端 一川　二
越中ウナミ 一扇　四
巽氏 一村　四
城ケ端 一徳　四
石動 ウ白（宇白）　六
雨帆　七
平加夕島軒 雨柳　三
岩瀬 雲岫　一
富山 柑雪　一
エキ 亦春　一
円曲　一
園桃　一

カ行

カシン（可申）　一
京 可休　二
元吉 可吟　一
岩瀬 可笑　一
水島 可善　二
放生津 可帆　一
仮主子　八
石動 花橋　六
宮保 花入　二
ノト 河柳　一
夏睡　一
華鶏　一
北空子六才 歌之助　一
賀木　一
海翁　一
宮腰 額甫　一
キ角（其角）　一
季吟　一
小松 季邑　二
ノト一宮 亀六　一
喜慶　三
輪島 喜竹　三
京 器水　一
居竹　四
ノト 玉江　一
宮腰 玉之　二
城ケ端 琴松　二
今湊稲元 瞿麦　三
薫煙　一六
桂葉　二
松沢 軽舟　八
京 言水　一
水島 彦三　一
城ケ端 古鶴　一
古暦　一
広瀬 孤岩　一
放生津越中 孤吟　六
壺吟　二
工庸　一
ノト鵜島 交友　一
岡晴　一
富山近所 幸慶　二

サ行

些笑　四
才麿　一

三枝（山中）　五
三十六　二
三松（城ケ端）　一
山茶花　三
杉峰（川上）　一
四明　一
自笑（山中）　三
持宝（宮丸）　一
主計　一
寿仙（城ケ端）　三
舟路　四
岫風（富山）　一
秋叶　一
秋思（高鼻）　一
重治（城ケ端）　三
春好（越中川上）　一
初（女）　二
女（宮腰）　一

如見（城ケ端）　四
如口（少人）　一
如泉　一
如風　一
小人（佐藤）　四
尚絶　一
松見（城ケ端少人）　一
松子（元吉沙門）　一
松風（松任近）　二
笑之（ツハタ）　一
笑成（越中川上）　一
笑ト　一
樵夫（新氏志甫樓）　四
信徳　一
塵也（吉山）　一
随善（松沢）　一
正吉（放生津）　一
正元（源氏）　一

正次（岩瀬加藤）　二
生布　一
西永（富山近）　一
清五（松任）　一
夕之　四
石川　二
説順（元吉山王）　一
川石（松任近所）　二
草風（松任）　一
桑門（氷見）　一
窓竹（越中沙門）　一

タ行

池月（放生津）　二
池水（放生津）　一
知童（城ケ端）　一
知ト　二
遅牛　二
竹雨（井波）　一

長房（越中）　一
直清（七才）　一
直武（九才）　一
枕袖（富山近所）　一
つり（女）　一
汀船（松沢）　三
定矩（七尾橋本）　三
免睡（元吉）　二
渡舟（富山近所）　一
桃妖　二
藤林（柏）　四

ナ行

任風（大正持）　三
農臼（宮腰）　一

ハ行

波之（宮腰）　五
芭蕉　一
梅枝　一

白夕（七尾白石）　一
伯之　二
薄紙　一
美篷　五
フり（女）　一
不旧（城ケ端）　八
不ト（江戸）　一
不憂（城ケ端）　一
不流（氷見）　四
武竹（輪島島久保）　四
風吟（ノト高島辻口）　二
ノ松（山根）　一
片方　六
鞭石（京）　四
保水（城ケ端）　一
北空（古国府野呂）　七
北名（元吉）　一

マ行

万水　四
民子　五
木端（元吉）　二
問屈（旦暮来）　一

ヤ行

友交（高鼻）　二
友山　三
幽志　七
幽甫（木村）　一

ラ行

乱墨　一
嵐秋　二
嵐和（井波）　二
李窓　一
里松（城ケ端）　二
里柳（福）　一
莅裳　二

（越中）立之　二
（城ケ端）栗山　二
（松任）柳雫　三
柳甫　三
柳葉　二
流端　三
流望　二
了伝　一
（宮腰女）力子　一
（小松）蘆錐　二
（元吉）露端　一

ワ行

（越中）和順　七
（城ケ端）和笑　一
（能州）和風　一

連句

①九吟歌仙〔轍士13―山茶花15―言水1―如水1―信徳1―幸佐1―林鴻1―如泉1―才麿1―執筆1〕花洛永昌坊の轍士北海に歩わたりの折から…〔終盤ノ十句ハ別時ノモノカ〕

②三吟半歌仙〔片方6―柳甫6―一雨6〕朝朗安居寺へ詣侍けるに念珠のかゝりたるを

③両吟半歌仙〔舟路9―轍士9〕深雪におそれて立帰らんとや…

④五吟歌仙〔舟路5―流端10―山茶花9―梧翠9―夕桜2―執筆1〕此華の戯翫

⑤両吟十句〔キ角（其角）2―夕桜8〕東武わたらひの折からキ角子と閑談して誹諧の事をたつね侍りしに

すみたはら

京寺町通井筒屋庄兵衛・江戸白銀丁本屋藤助。元禄七歳次甲戌六月廿八日（奥）。志太野坡・小泉孤屋・池田利牛編。発句・連句集。半紙本二冊。版下ハ素竜筆。元禄七の年夏閏さつき初三の日／素竜書（序）。中村俊定文庫他蔵。『すみたはら』（文化書房博文社　昭和43年刊）ニ影印。『新大系　芭蕉七部集』等ニ翻刻。

発句

ア行

（僧）依々　二
（嵯峨田夫）為有　三
一風　一
（伊賀）猿雖　五
乙州　二

カ行

（女）可南　一
荷兮　二
我眉　一
臥高　一
其角　四

九節　一
（京）去来　七
許六　六
曲翠（曲水）　二
（みの）荊口　三
孤屋　九
湖春　七
湖夕　一
（備前）兀峰　一

サ行

杉風　七
（みの）残香　三
子珊　二
支考　五
支梁　一
（大坂）之道（諷竹）　三
示峰　一
車来　一
（大坂）洒堂　六
斜嶺　四
（みの）如行　一
（僧）丈草　八
（膳所）正秀　二
雪芝　一
千川　一
仙花（仙化カ）　四
仙華（仙化カ）　一
仙杖　一
沾徳　一
沾圃　一
素堂　二
素竜　九
楚舟　二

タ行

岱水　三
濁子　一
探之　一
（大津あま）智月　七
（伊賀）土芳　二
怒誰　一
怒風　一
桐奚　一
桃隣　九

ハ行

芭蕉　一五
買山　一
八桑　一
（越前福井）普全　一
（長崎）卯七　一
北鯤　一
北板　三

マ行

万乎　一
木白　一

ヤ行

野童　一
野坡　二六
祐甫　三
游刀　二

ラ行

嵐雪　三
利牛　一七
利合　二
（江州）李由　二
里東　三
（羽黒亡人）呂丸　一
（長崎）魯町　一
露沾　一

連句

①両吟歌仙〔芭蕉18—野坡18〕

②三吟歌仙〔嵐雪12—利牛12—野坡12〕

③四吟歌仙〔孤屋9—芭蕉9—岱水9—利牛9〕ふか川にまかりて

④三吟百韻〔利牛33—野坡33—孤屋33—執筆1〕

⑤両吟三十二句〔其角16—孤屋16〕孤屋旅立事出来て洛へのほりけるゆへに今四句未満にして吟終りぬ

⑥三吟歌仙〔桃隣12—野坡12—利牛12〕天野氏興行

⑦四吟歌仙〔芭蕉9—野坡9—孤屋9—利牛9〕神無月廿日ふか川にて即興

⑧十三吟歌仙〔杉風5—孤屋2—芭蕉1—子珊5—桃隣4—利牛3—岱水3—野坡3—沾圃2—石菊2—利合2—依々2—曽良2〕

俳諧蘆分船

刊記ナシ（不角自家版カ）。立羽不角編。発句・連句集。半紙本四冊。素翁序。元禄七甲戌林鐘（六月）下旬／不角自跋。酒竹文庫他蔵。

発句

ア行

安昌（行徳住）　一
庵月（二本松）　四
一雨（二本松）　一
一河　一
一角（京）　三
一契　一
一枝（薩州）　一
一清　一
一夕　一
宇玄　一
羽数（高田）　一
羽凸　一
云習　一
雲角　四
英角　一
艶子　一
王花　一
桜角（上州吉井住）　三
音志　一

カ行

可角　一
何云（最上）　四
何吟（棚倉）　一
何和（奥州梅沢）　一
戒角（俑央）　一
海角　二
活鵬　一
侃言（棚倉）　一
岩松（伊達郡）　一
喜雨　二
喜冷　一
義角　一
菊東　一
休角　二
挙白　三
踞竜　三
狂風　五
峡水　一〇
曲全（棚倉）　一
玉角（小田原）　三
琴角　二
琴調　一
琴風　六
吟角　二
駒角　一
系丸（桑折）　一
桂角　一
渓角　一
渓雪　一
傾角　一
肩車（三州新城）　五
硯角　五
玄泉　三
古洗　一
姑川　二
虎角　八
虎軒（棚倉）　二
枯藤　四
鼓角　二
工角　一
光寛（京）　二
好述（宇都宮）　二
更也（高田住）　二
香水　一
高角　三
康瓠（信夫郡）　四
誥杏　一
誥養　一
口子　九

サ行

佐水（新城）　一

才角　八
犀角　八
（奥州桑折）山井　二
山夕　一
（桑折）山也　二
（桑折）散木　一
支角　一
（高田住）支朱　一
志蛙　一
（棚倉）志休　一
志蝶　一
芝苒　一
紫藤　二
（棚倉）觜荒　一
（桑折）次樵　一
（二本松）車牛　一
（行徳）酒計　一
種思　二

周夕　三
袖角　六
袖蛍　三
袖情　一
袖蝶　一
春吟　一
春夕　一
（上州藤岡）筍角　三
女水　一
（奥州桑折）如湖　六
如水　二
（奥州伊達藤田住）如濁　五
（棚倉）如納　一
小山　一
（奥州長沼住）少計　三
（京都）昌韻　一
松鶯　二
松花　一

松角　一
松菊　一
松琴　一二
松常　一
松水　一
松醒　二
（行徳）松風　一
（行徳）笑吟　二
（銚子）笑吟　一
（高田住）笑行　一
（三井）笑種　二
嘯水　二
心角　六
晨鶏　一
吹角　三
随友　二
井蛙　二
（棚倉）世風　一

（大坂）西鶴　一
（奥州桑折棚倉）性水　三
（越後高田住）汐泡　六
（棚倉）雪汀　四
（棚倉）雪畔　一
沾徳　一
扇角　三
岨角　二
素堂　一
（藤浪）桑夕　一
（白川）漱石　一
（棚倉）息思　二

タ行

（戯女）たま　一
大柳　三
（伊勢津）丹夕　二
（三州新城）淡水　二
（棚倉）湍水　一

竹水　一
（庄内）竹仙　三
竹笆　二
竹葉　一
仲角　一
朝山　二
（川原代）調角　一
調市　一
調武　二
調柳　六
調和　三
（上州吉井）椿月　一
汀角　一
（伊勢津）定倫　四
東雲　一
東潮　一
（越後高田細川）棟雪　三
（日和田）等芳　一

（日光山）独歩　二

ハ行

盃角　一
梅花　一
（宇都宮）梅霞　三
（棚倉山脇）梅軒　七
梅雀　一
（棚倉）梅雪　二
梅鳥　二
（越後高田）梅風　二
（小田原）白央　三
（小田原）白音　一
（二本松）白蟻　一
白豕　一
（三州新城）白雪　五
白萍　一
白流　三
（二本松）八角　三

桑折 罷牛 三
氷角 一
珉角 二
松月堂 不角 三六
奥州桑折 不丸 三
桑折 不吟 一
奥州桑折 不硯 一七
桑折 不勝 一
不卜 三
不謡 二
風原 一
風枝 一
風松 一
羽州最上 風仙 三
風民 一
楓若 一

文角 一
文士 三
二本松 文車 八
萍水 二
小田原 包角 四
二本松 包抄 四
下総佐原住 峰角 一
津田 峰松 四
鳳角 八
棚倉 北風 一
高田 北柳 二
宇都宮 卜子 三
小田原 卜二 二
釈 卜也 三
棚倉 卜柳 三

マ行

枚口 四
未角 一
無倫 一
盲探 一

ヤ行

夜章 二
日光山 野光 五
野睡 八
友角 一
友春 一
游鵝 一
誉伯 一

ラ行

鹿沼 嵐夕 二
鹿沢 嵐夕 一
任生 嵐夕 一
蘭巵 二
豆州三島 利徹 二
棚倉 里夕 三
離泥 一
立園 五
立吟 三
立些 五
立志 二
立夕 二
立石 一
立□ 一
京 柳角 四
伊勢 柳蟻 一
伊勢 柳玉 一
日光山 柳絮 二

柳線 一
柳滴 一
流壺 一
二本松 流也 四
竜角 二
桑折 林角 一
簾言 一
蘆黒 七
奥州日和田 蘆葉 二
豊後木付住 露貫 七
露言 一
棚倉 露汀 一
露峰 二
弄香 四
和州庄内 六角 二

ワ行

和英 一
薩州 和角 二
通町 和角 一
和蛍 一
和鉷 一
和菖 三
最上白川 和水 三
和賤 四
和汀 一
和鉄 二
作者不知 一

連句

①両吟歌仙〔調和18―不角18〕踏まぬ草鞋…
②三吟二十二句〔峡水7―不角7―立些7―執筆1〕一折
折
③両吟歌仙〔嵐雪18―不角18〕
④両吟歌仙〔長孝18―不角18〕
⑤三吟二十二句〔松角7―柳角7―不角7―筆1〕一折
乱吟
⑥八吟八句〔袖角―不角―扇角―友角―英角―支角―義角―仲角〕表八句
⑦三吟歌仙〔立志12―不角12―立吟12〕
⑧両吟歌仙〔挙白18―不角18〕
⑨両吟歌仙〔無倫18―不角18〕
⑩両吟歌仙〔不角18―琴風18〕
⑪両吟歌仙〔山夕18―不角18〕
⑫三吟歌仙〔松琴12―不角12―文士12〕

熊野からす

京寺町二条上ル丁／井筒屋庄兵衛板。小中南水・玉置安之編。発句・連句集。半紙本一冊。元禄七甲戌六月日／熊野本宮／小中南水・玉置安之（自序）。跋／朧麿（遠舟）。綿屋文庫他蔵。『俳書集成』20等ニ影印。

発句

ア行
（本宮玉置）安之 一六
（備後沢氏）以忠 一
（本宮）為直 一
（大坂）一行 七
（備後土佐）一歳 二
（天満）一舟 二
（江戸）一晶 一
（本宮）一途 六
（丹州）一拍 一
（大坂）一峰 二
（備後）一葉 一
（大坂）一礼 二
（本宮）一連 七
（本宮）永也 三
（本宮）円知 二
（大坂）園女 一
（大坂朧麿）遠舟 四四

カ行
（備後行武）加友 二
（播州）可松 一
（本宮）可笑 四
（都）可島 二
（勢州）何暮 二
（赤川）花荘 五
（三番）花遊 二
（都）我黒 一
（大坂）賀子 一
（大坂）岸紫 二
（大坂女）キ佐 一

江戸 枳風 一
大坂 鬼貫 一
本宮 喜雲 五
江戸 蟻角 一
大坂 休計 八
大坂 虚風 一
大坂 玉才 一
大坂 近弥 一
堺 愚丸 一
本宮玉置 元真 四
江戸 言角 一
備後古賀 古白 二
江州彦根 古風 一
大坂清水氏 口嘿 一
本宮 光陳 一
都 光友 一
大坂 行子 一
泉州 行止 一

本宮 幸円 四
安平次 幸方 四
芸州 恒忠 二
大坂 香止 一
本宮 高光 五
大坂 高窓 一
大坂 谷人 一
備後長尾 今貫 六

サ行

大坂 才麿 一
都 三枝 一
本宮少年 三弥 一
本宮 糸我 一
伏見 志浅 一
大坂 紫丸 二
大坂 自問 一
備後川口 似浅 一
本宮 治高 一

備後 時慶 一
備後 時習 一
坂本 鵲舟 四
大坂亭蘭 雀黄 二
大坂虹麿 舟軒 七
河州 重行 一
大坂 重山 一
備後 如雲 二
大坂小ノ山 如山 五
備後戸田 如萩 一
柱もと 如水 八
都 如泉 一
本宮 少計 二
大坂柏下 松寿 七
蛇草 松舟 一
備後 笑悦 一
備後 笑草 二
芸州 信安 三

都 信徳 一
都 信来 一
備後木野 真浅 一
堺 水月 二
備後 水交 二
備後 水友 一
備後伊藤 随吟 二
備後沙門 随風 二
大坂 西鶴 二
桜塚 西吟 一
大坂 西湖 一
大坂 西木 六
松風軒 西流 四
新宮 青竹 一
天満 青嵐 一
芸州 政利 三
三番梅林子 清流 三
大坂 盛一 一

本宮青無 盛倫 七
江戸 雪子 一
八王子 千川 一
天満 仙之 一
大坂 仙舟 一
天満 仙幽 一
備後水野 素吟 二
備後菅野 草経 一
備後村上 草仙 四
備後安江 草也 三
備後松田 草幽 二
広島小池 草竜 二
下ノ辻 則重 四

タ行

備後三宅 乃白 六
八王子 短羽 一
備後一清軒 端也 一
大坂 団水 二

水真 知義 四
赤川住 沖之 四
都 忠時 一
本宮 長治 七
本宮 長則 三
尾州 長利 一
大坂 釣水 一
本宮 直方 二
和州 沈計 一
都 定方 一
大坂 定明 一
後家 貞春 一
桑門 滴舟 九
本宮 点存 一
備後 呑水 一

ナ行

本宮 内近 一
本宮住小中 南水 三

大坂 入舟 一
備後沙門 能也 一

ハ行

江戸 巴山 一
江戸 芭蕉翁 二
本宮 梅香 七
本宮 梅枝 二
八王子 梅嘯 一
本宮住請川 梅水 九
大坂 伯舟 三
本宮 八香 七
大坂 半舟 二
安楽川 坂中 一
瞽女 ふう 一
江戸 不角 二
大坂 武仙 一
大坂 風盧 二
大坂 文丸 一
大坂 文十 一
大坂 保直 四
高槻 方貞 一
天王寺 豊流 一
長崎 卜水 四
梅吹 卜有 五
大坂 本住 一

マ行

大坂 万海 一
大坂遊女 みね 一
本宮 未牧 二
本宮 命昭 二
本宮二階堂 命明 二
大坂曇庵 木口 八

ヤ行

大坂 又舟 三
大坂 由平 四
備後片岡 有我 一
備後梶山 西水 一
尼 幽古 一
備後 祐春 一
大坂娘 ヨり 一
大坂 葉舟 二

ラ行

大坂 来山 三
大坂 蘭舟 二
江戸 蘭風 一
柱もと 利貞 一
江戸 立子 一
鞆津 柳丈 二
備後成川 柳水 一
隣朝 四
大坂住釈氏 令極 八
大坂 蘆船 三
広島明石氏 露茖 一
備後分部 露言 二
備後川口 露風 四
都 鷺水 一
赤川 六翁 四
大坂住 鹿山 四

ワ行

遠州相月 和詠 三
大坂黒門 和水 四
備後黒宮 和窓 三
本宮 和滴 四
本宮 和滴女 一

連句

①独吟半歌仙〔松寿軒 西鶴〕百韻之内十八句
②三吟半歌仙〔本宮小中 南水6—虹麿 西木6—朧麿 遠舟6〕十八句
③両吟半歌仙〔朧麿 遠舟9—玉置 安之9〕十八句
④独吟半歌仙〔三原住安江 草也〕十八句
⑤独吟半歌仙〔大坂住柏下 松寿〕十八句
⑥独吟半歌仙〔大坂住松風軒 西流〕十八句
⑦独吟半歌仙〔大坂住清水 口嘿〕十八句
⑧独吟半歌仙〔赤川住 六翁〕十八句
⑨独吟半歌仙〔大坂住佐藤 雀黄〕十八句
⑩独吟半歌仙〔赤川住 花荘〕十八句
⑪独吟半歌仙〔本宮玉置 安之〕十八句
⑫独吟半歌仙〔本宮住小中 南水〕十八句

⑬独吟半歌仙〔遠舟（朧麿）〕十八句

誹諧糸屑

筒井重勝板／京寺町二条上ル町／井筒屋庄兵衛・江戸本石町三町目／西村理右衛門・大坂御堂筋／森田庄太郎。室賀轍士著。俳諧作法書・俳諧語彙集。小本七冊。其角序ス。如泉（序）。元禄癸酉年夏日／風翁轍士（自序）。老樟閣只丸（跋）。洛歌仙堂主白鷺水跋。甲戌夏／我黒跋。甲戌姑洗（三月）下旬／浪花才麿（跋）。早稲田大学図書館他蔵。

市の庵

京寺町二条上ル町／井つゝ屋庄兵衛板。浜田洒堂編。発句・連句集。半紙本一冊。洒堂自序／元禄甲戌之夏。慶應義塾大学図書館奈良文庫他蔵。『古俳大系　蕉門俳諧集二』等ニ翻刻。

発句

ア行
委　均　一

カ行
臥　高　一
キ　柳　一
去　来　一
曲翠（曲水）　一
敬　之　一
呉　華　一

サ行
簑　立　一
杉　風　一
支　考　一
之道（諷竹）　一
史　庭　一
車　庸　一
昌　房　一
宵　烏　一
丈　草　一
正　秀　一
素牛（惟然）　一
曽　良　一
宗　比　一
荘　蘭　一
蒼波（宗波）　一

タ行
岱　水　一
探　之　一
怒　誰　一
桃　英　一

ハ行
芭　蕉　一
文　代　一

ヤ行
野　径　一
野　童　一
游　刀　一

ラ行
嵐　蘭　一
里　東　一

連句

①十吟五十韻〔洒堂5—車庸5—宵烏5—呉華4—史庭5—桃英5—キ柳6—簑立5—委均4—荘蘭5—執筆1〕一

日のあつさをくるしむ

②六吟五十韻〔支考8—キ柳9—車庸8—洒堂8—簑立8—敬之8—執筆1〕草鞋は掃ためにすて頭陀は

棹の手にかけて十日はかりあそふ

③六吟歌仙〔芭蕉6—洒堂8—去来7—支考5—丈草5—素牛（惟然）5〕閏五月廿二日／落柿舎乱吟

備後三次　俳諧衛足

京寺町二条上ル丁／井筒屋庄兵衛板。恕交編カ。発句・連句集。半紙本一冊。恕交／元禄七年甲戌初秋（七月自序）。書名ハ内題ニヨル。金子金治郎旧蔵。『近世・近代のことばと文学』（第一学習社　昭和47年刊）ニ翻刻。

発句

ア行

安至（尾道住）　五
一魁　四
一止（尾道）　一
一志　二
一包（尾道）　二
一楽　一

カ行

我鉄（尾道）　二
割舟　二
閑口　一
関枝　五
丸心　四
丸遊　一
亀良（尾道島末氏）　二
吉次（川村氏）　一
吉重　一
久富（芸州広島松本氏）　三
虚舟（尾道）　一
忻癡　二
玄幽（尾道神原氏）　二
言次（川村氏）　一
言習　一
言祐　一
源内（末国氏十二歳）　一
古白（三原住）　一
広重　一
行遊（新庄住）　一

サ行

山狼（広島住宇野氏）　一
時哉　七
秋木　八
重三　三
重直（新庄住石井氏）　四
春和（芸州広島野村氏）　一
女　二
女不　一
如閑（広島村谷）　二
如交（恕交モ見ヨ）　一
助資　九
序跡（尾道）　二
恕交（如交モ見ヨ）　三
恕錐　四
松滴（尾道）　一
昭房（広島住保田氏）　五
勝政（小田氏）　一
浄哲　一
信重（尾道）　二
森雫（広島）　一
正英（尾道）　二
祖石（尾道）　一

タ行

恥交　二
忠次（小田氏）　二
貞則（尾道住橋本氏）　二
伝笑　二

ナ行

尼（森氏）　一
入江　二
任口（伊丹）　二
任風　三

ハ行

梅雲　一
梅士　一
白庭（今津住）　一
薄露（尾道）　二

不及　二
福山住不設　一
法正　一

マ行

未及　一
尾道無及　一
尾道木毎　一

ヤ行

芸州広島岡崎氏友尚　一
越中幽志　四
藤巻氏祐三　三
近藤氏遊伴　一

ラ行

立朴　一
柳同（ママ）（柳洞）　一
近藤氏柳洞　三
尾道小川氏流皎　一
尾道隆谷　一
福山氏凌詠　三
露計　一
露口　一
嚕吟　三
作者不記　一

連句

①独吟十二句〔閑枝〕首尾
②独吟十二句〔時哉〕首尾
③両吟十二句〔自立軒孤嶺5—隆谷6—作者不記1〕首尾
④独吟十二句〔幽志〕首尾
⑤独吟十二句〔近藤氏柳洞子〕
⑥独吟十二句〔丸遊〕首尾
⑦三吟十二句〔森氏恥交4—嚕吟4—割舟4〕首尾
⑧独吟十二句〔残松軒末国氏助資〕首尾
⑨六吟十二句〔松滴2—安至2—隆谷2—似葉2—孤嶺2—西卜2〕首尾
⑩独吟十二句〔乗武氏任風〕首尾
⑪独吟十二句〔永峰氏秋木〕首尾
⑫独吟十二句〔乗武氏嚕吟〕首尾
⑬五吟八句〔柳洞2—閑枝1—嚕吟2—助資1—秋木1—作者不記1〕面
⑭三吟六句〔尾道薄露2—我鉄2—恷癡2〕面
⑮両吟八句〔尾道隆谷子3—孤嶺4—執筆1〕面
⑯三吟十二句〔尾道孤嶺4—松滴4—隆谷4〕首尾
⑰三吟十二句〔恕交4—孤嶺4—隆谷4〕
⑱三吟十二句〔尾道孤嶺4—虚舟4—安至4〕首尾
⑲八吟二十二句〔時哉3—秋木2—柳洞2—任風3—閑枝3—嚕吟3—恥交3—助資2—執筆1〕一折
⑳両吟八句〔尾道隆谷子3—凌詠4—執筆1〕面
㉑三吟六句〔尾道恷癡2—薄露2—我鉄2〕面

㉒八吟半歌仙〔一魁2—恥交2—嚕吟3—幽志2—柳洞2—助資2—時哉2—秋木2—作者不記1〕

㉓八吟半歌仙〔助資2—時哉3—嚕吟2—幽志2—柳洞3—秋木2—閑枝2—恕錐2〕

㉔三吟六句〔尾道信重2—序跡2—薄露2〕面

㉕独吟十二句〔尾道孤嶺斎〕首尾

㉖独吟十二句〔尾道柳雪〕首尾

㉗両吟八句〔尾道隆谷子3—松滴4—執筆1〕面

㉘三吟十二句〔尾道安至4—隆谷4—孤嶺4〕首尾

㉙三吟六句〔尾道我鉄2—惦癡2—薄露2〕面

誹諧はり袋

江戸大伝馬町／志村孫七開板。紙小庵友鷗編。発句集。半紙本二冊。元禄甲戌夏／黙々庵規外叟題於浅草旅窓下（序）。武陽散人素堂書（序）。無記名序（自序）。草本子書（跋）。江府松月堂不角（跋）。元禄七文ひろけ月（七月）ありきよしの日／湖山散人無不非軒三千風（跋）。牛見正和他蔵。讃岐松賀浦ニ住ム友鷗ノ東下記念集。題簽ノ表記ハ「芳里袋」。

発句

ア行

闇指　五
意水　四
一夏　二
一角　一
一言　一
一管　一
一水　二
一井　一
一石　一
一中　一〇
一程　一
一滴　一
一冬　一
一得（仁尾住）　五
一風（上州川股）　三
一楓　二
一蜂　四
一有（信州）　三
一遊　一
一葉　二
一鯽　二
員貞（中山氏）　一
隠市　四
雨旦　一
烏角　五
烏口　四
烏雪　五
栄阿　四
円角　三
艶子　四
応子　一
枉格　一
桜角（上州吉井）　一
乙中　一

カ行

加風　一
可敬　二
可笑（尾形氏）　三
可村　一
可風　一
何求　三
花厚　三
花柳　三
夏風　二
嘉計　一
海星　一
角水　一

貉童　一
貫玉　一
雁石　一
几丈　二
岐山　一
季吟　一
常州 其心　一
枳風　七
規木　一
亀水　一
幾都　二
蟻角　一
吉長　一
牛松丸　一
去方　二
挙白　四
踞竜　一
峡水　四

暁舟　二
暁中　一
旭旨　一
旭旦　一
琴角　一
琴風　四
越後村上 君角　一
薫木　四
遠州二股 兮笛　一
秋田 桂角　一
桂挙　三
傾角　一
月帆　六
言荷　二
己言　一
虎角　三
虎谷　一
湖月　四

湖春　一
湖松　一
口禾　一
口青　一
口遊　二
工迪　一
光湖　一
京 光実　一
好柳　三
江舟　二
作州 紅雪　一

サ行

才角　一
才如　二
材種　一
房谷 作次郎　一
上州川股 三巴　一
三友　四

山抲　一
山寡　二
山市　三
山夕　四
山蜂　七
小田原 杉堂　一
杉風　二
子珊　二
子石　三
子祐　一
止水　四
之山　三
只角　一
志角　一
讃州 志滴　四
芝水　一
施我　一
紫鹿　一

次言　四
自松　二
時習　四
朱水　一
酒計　三
舟竹　二
秀谷　三
秋航　二
秋帆　二
岡田氏 重房　一
春子　一
純翁　一
信州 順角　一
如雲　一
如石　二
如然　三
小鱗　二
招玉　二

松花　三
松角　一
松琴　四
松吟　二
松口　四
松柏　四
松風　一
松弄　一
常休　一
常住　三
常笑　二
常明　一
常雄　四
常陽　五
常和　二
心角　一
信応　一
信之　一

信治　一
神叔　一
水右　三
水角（上州松井田）　一
水芝　三
是覧　二
井中　二
正友　四
成草　四
西女　一
政春　七
政春母　一
夕秋　二
雪戸　一四
仙水　一
尖哉　三
沾花　一
沾荷　二

沾徳　三
専吟　四
洗石　二
扇角　四
闡幽　一
全峰　一四
素好　一一
素舟　一
素石（長崎住）　二
素専　三
素イ　四
素堂　二
素柳　一
楚舟　一
鼠言　三
宗也　一
草本子　五
操女　一

蔵六　四

タ行

太大　一
太洛　一
雫貞（常州）　一
琢水　一
濁水　一
丹丘　一
旦松　一
探子　一
知可（鎌倉）　一
知忠（奥イハキ）　一
竹水　一
竹明　三
仲角　一
丁行　一
長雅　一
長短　五

調和　一
直善（小心軒）　一
定行（備州福山）　五
定松　一
定親（福山）　三
貞義　一
惛[木+卸]子　一
泥亀　三
笛子　二
滴水　五
電角（越後村上）　二
図牛　一
杜格　九
杜広　二
東湖　四
東女　二
東水　八
桃雨　一

桃角（信州）　二
桃隣　四
等盛　一
洞雨　四
洞風　一
洞友（仙台）　二

ナ行

任計　三

ハ行

巴角　三
巴言　三
盃角　一
梅谷　三
梅水　二
梅雪　一
梅イ　五
白意　一
白央　二

白汀　三
白流　三
白露（小田原）　四
伯イ　一
泊船　一
八角（奥二本松）　二
八卸　一
八桑　一
伴利　三
蕃谷　六
百吟　二
百川　四
百里　二
氷花　四
氷角（薩州カゴ島）　一
氷行　八
珉角　一
ふき（女）　一

不角 五
不貫 二
不丸 一
不蕀 三
不碩（奥桑折） 三
不存 二
浮水 二
風吟 二
風仙（最上山形） 一
風鈴軒（風虎カ） 一
風和 四
文子 五
蚊毳 二
浦僕 二
暮船 六
包角 三
芳水（土佐高知） 一
宝角 一

朋如 一五
卯介（堀氏） 一
卜詞 一
卜宅 一
卜二（小田原） 二

マ行

万我 二
未足 一
未知（出羽米沢） 一
未白 二
未陌 四
無角 一
無倫 四
問之 二

ヤ行

野石 一
野坡 一
友鷗 二六
友協 二
友吟 一
友計 一
友月 一
友硯 四
友好 一
友鵆 五
友鵆母 一
友之 二
友松（二本松） 二
友水（清水氏） 一
友仟（川村氏） 二
友智（湊） 一
由之 二
勇招 一
幽角 一
祐吟（仙台） 二
遊子 四
遊和 二
陽笛 一

ラ行

来子 一
来水 一
嵐山 二
嵐雪 四
利牛 一
李瓜（鎌倉） 一
李月 五
李吹 二
李里 一
里夕 三
里彳 三
里風 一
立子 一
立志 二
柳下 一
柳歌 一
柳角 三
柳之（上州） 一
柳水 三
柳雪（鎌倉） 一
柳泉 一
柳雫 一
柳和 五
笠外（恒々庵） 一
了慶 五
倫々 四
輪錐 四
麟谷 六
麟谷婦 四
歴角 一
連和 二
蘆黒 一
蘆人 二
蘆錐 四
露巾 三
露言 一
露谷 二
露沾 五
露柏 二

ワ行

和英 四
和角（薩摩） 一
和筍 一
和夕 二
和泉 一
和同 二
作者不知 一

十六艸

刊記不明。元禄七のとし桐月（七月カ）下旬／落月庵（西吟）草（自序）。水田西吟編。発句・連句集。半紙本欠一冊（現存ハ上巻ノミ）。櫻井文庫蔵。

発句

作者	句数
休計	一〇
三田岸柳亭 玉水	五六
椋橋ノ庄 玉泉	一〇
ヒロシマ 蛍草	一〇
イセ山田轅市軒 柴友	一〇
広島権氏 井水	一〇
呉服里蕩々軒 稲九	一〇
呉服里澄月亭 風子	一〇
摂三田 幽谷	一〇
蘆野水仙堂 蘭風	一〇
芸陽広島弄苞稚 里洞	四七
芸陽広島諏訪氏 柳江	四八
摂三田 柳子	一〇
三田花瓢亭 柳絮	八
三田福井氏 了清	六八

連句

①独吟歌仙〔西吟〕歌仙之独詠

句兄弟

京寺町二条上ル町／井筒屋庄兵衛板。宝井其角編。句合・発句・連句・紀行集。半紙本三冊。元禄七甲戌稔寿星初五（八月五日）／晋其角（自序）。三重県伊賀市芭蕉翁記念館他蔵。『宝井其角全集』等ニ翻刻。

発句

ア行

作者	句数
安之	二
闇指	三
さが農夫 為有	一
一境	一
一江	一
一雀	三
宇白	一
越人	一
黄山	二
横几	三

カ行

作者	句数
介我	七
角上	三
寒玉	一
含棘	二
岸口	一
岩翁	三
其詞	一
枳風	一
亀翁	三九
棄捨	一
機一	一
蟻道	一
穹風	一
去来	三
許六	五
曲水（曲翠モ見ヨ）	一
曲翠（曲水モ見ヨ）	四
琴風	一
僧 吟市	一
銀杏	一
桂花	一
玄札	一
古梵	一

虎竽　一
湖月　二
湖夕　一
湖風　三
口遊　一
行露　一

サ行

柴紅　二
柴雫　二
山子　一
山川　三
山峰　三
杉風　二
此君(浪化)　一
芝莚　一
思演　六
尺草　三六
拾穂軒(季吟)　一
秋色[女]　六
粛山　二
春澄　一
薯子　三
尚白　一
松翁　二
松吟[老尼]　四
信徳　一
神叔　四
晋子(其角)　七九
晨鐘　一
翠袖　二
正秀　一
西鶴　一
夕秋　一
赤右衛門妻　一
拙候　六
節水　一
千那　一
仙花(仙化カ)　一
沾徳　四
専吟[釈]　四
素彳　二
素堂　一
宗因　一

タ行

智月[尼]　一
彫棠　九
朝三　一
蔦雫　一
貞室　一
堤亭　一
泥足　一
轍士　三
杜国　一
杜若　一
東順　一
東水　一
桃隣　二

ハ行

巴水　一
芭蕉　三
皤羅　三
梅蕊　二
白盆　一
弥子　三
百里　二
氷花　二
芳山　一
望一　一

マ行

未陌　一
木奴　一

ヤ行

野梅　五
野風　三
西花　二

ラ行

来山　一
嵐水　一
嵐雪　一
立圃　一
柳玉　二
路草　一
路通[僧]　一
露沾　一
蘆牧　一
作者不記　二

連句

①三吟歌仙〔粛山12―晋子(其角)12―彫棠12〕
②独吟四十八句〔晋子(其角)〕癸酉八月廿九日の昼亡父葬送の場にて…
③独吟三十四句〔晋子(其角)〕

④三吟歌仙〔晋子（其角）12—柴雫12—介我12〕五月廿八日浅茅か原にあそひて…
⑤三吟歌仙〔闇指12—晋子（其角）12—山蜂12〕六月八日饗燕
⑥六吟歌仙〔芭蕉6—彫棠7—晋子（其角）7—黄山6—桃隣5—銀杏5〕壬申十二月廿日即興
⑦三吟歌仙〔専吟12—晋子（其角）12—沾徳12〕六月廿四日興行
⑧四吟三十二句〔湖月8—素彳8—柴紅8—晋子（其角）8〕
⑨四吟歌仙〔嵐雪9—神叔9—介我9—晋子（其角）9〕七月廿五日於深川栄寿院
⑩五吟二十二句〔寒玉4—桂花5—柴紅3—秋色5—晋子（其角）5〕

ひるねの種

京寺町二条上ル町／井筒屋庄兵衛板。山本荷兮編。発句集。半紙本一冊。元禄甲戌中律望日（八月十五日）／荷兮（自序）。綿屋文庫他蔵。『蕉門珍書百種』1ニ翻刻。

発句

ア行

一鐘　一
一鵬　二
一得　三
永舟　一
越人　一

カ行

可永　一
荷兮　五
榎柢　三
快宣　一
（上有知）角巾　一
（岡崎）鶴声　三
（今尾）気風　一
其角　一
亀洞　一
（岡崎）巨扇　二
漁船　三
橋月　一
（カ、）玉之　一
玉屑　一
（岡崎）桂子　二
古薺　一
古扇　一
湖舟　一
口昌　一
（高須）広時　二
光泉　一

サ行

才郎　一
昨木　一
傘下　七
支流　一
雀声　一
舟泉　一
（タカス）秀南　三
秋冬　三
（岡崎）什佐　二
宿張　三
如春　一
如嚢　一

松牛　一
松魄堂　四
松ト　一
墻角　二
鶴支　一
晴虹　五
川鳥　一
洗古　七
霰艇　二

（岡崎）素文　二
双古　一

タ行

卓志　二
旦霞　二
旦藁　一
単雪　二
長虹　二
長頭丸（貞徳）　一

（岡崎）釣睡　三
釣雪　一
朝水　三
珍之　一
冬文　一
桃栄　二
桃首　二
桃里　七
鈍可　一

ハ行

巴丈　一
巴水　二
芭蕉　五
白支　二
柏里　二
（上有知）飛水　一
不睡　一
斧芥　一
文長　一
抱月　二
牧人　一

マ行

（成田）明重　一
摸之　三

ヤ行

野晃　一
与竹　一

ラ行

（岡崎）里風　三
柳雪　一
（岡崎）路石　一
露計　一
鷺雪　一

当流俳諧伝

稿本（露川自筆）。元禄七戌年九月六日（奥）。沢露川著。俳論書。巻子本一巻。綿屋文庫蔵。

収メラレタ発句・付句ハ無記名ノタメ集計ヲ省略スル。

或時集

刊記ナシ。服部嵐雪編。発句・連句集。半紙本一冊。嵐雪（自序）。神叔跋／元禄甲戌無射（九月）。中村俊定文庫他蔵。『古俳大系　蕉門俳諧集二』ニ翻刻。

発句

ア行

焉斯　一

カ行

介我　三
咸宇　五
其角　三
旭旦　一
玉砂　一
琴月　一
銀雨　一
銀鉤　一
月下　一

湖月　一
湖春　一
口遊　二
紅雪　一
（出雲）紺屋又右衛門　一

サ行

柴雫　二
三翁　一
舟竹　四
楸下　二
（釈）順教　一
神斎　五
神叔　七
翠紅　一
随友　一
政井　一
勢花　一
夕秋　二
仙花（仙化カ）　五
専跡　一
素ゞ　三

タ行

樗雲　一
当歌　一
東潮　三
桃隣　一

ハ行

芭蕉　一
白枝　一
白盆　一
百里　一七
氷花　一〇
（遊鵝改）浮生　五
（京）風子　一
風水　一
風洗　四
蚊羨　一
卜宅　二
牧人　一

ヤ行

友之　二

ラ行

嵐夕　一
嵐雪　一七
柳玉　二
露沾　一
六花　一

連句

①五吟百韻〔百里25―神叔16―氷花25―嵐雪25―神斎9〕

雛形

寺町通二条上ル丁／ゐつゝや庄兵衛板。伊東信徳編。連句集。半紙本一冊。元禄甲戌春／梨柿園於破亭子方斎信由謹序。元禄七年弥生望の日（三月十五日）／伏翼子嘉⿰舟同序。元禄七辰宿閼逢閹茂授衣念五日（九月二十五日）／御溝水頭之一漚鷺水草之（跋）。元禄七のとし末秋（九月）／夏木軒重尚跋。富山県立図書館蔵。『ひむろ』148（昭和13・9）ニ一部ヲ翻刻。連句⑤ニハ信敬・嘉⿰舟同・信由ニヨル注ガ付サレル。

連句

①独吟歌仙〔信徳〕三種ノ笑／つくは悪(わる)しつかぬは悪(ニク)し　ときく世はむつかしの猫の耳

②独吟歌仙〔信徳〕野(や)は物(モノ)につよく卑(ヒ)は物(コト)におかし…

③独吟歌仙〔信徳〕釈迦ふるく弥勒いまた聞(キ)かす夢の中

間に迷ひぬ…／予(ワレ)滑稽の滴(シタヽリ)を嘗(ナム)るにもと下戸性にして…

④独吟歌仙〔信徳〕次韻／言葉のひらたき心のさもしき捨るにもあらす拾ふにもあらす…

⑤独吟歌仙〔信徳〕上臈はつねに沓冠の唯色をよしとす

…／准時元禄甲戌之春蠡海堂於壊扉(クハイヒ)猥註／蠡海堂信敬・伏翼子嘉駉・子方斎信由

⑥三吟歌仙〔信徳12—信由12—嘉駉12〕追加三吟／賦何鰔

其便

京寺町二条上町／ゐつゝや庄兵衛板。和田泥足編。発句・連句集。半紙本二冊。元禄七年雁来南洲日（九月）／晋子序（其角自序）。嵐雪跋。竹冷文庫他蔵。『古俳大系　蕉門俳諧集一』に翻刻。

発句

ア行

アラレ　一
鞍風　三
惟然　三
一雲　六
一介　七
一境　二
一錦　一
一吟　一
一顕　五
一氏（小林）　一
一是　一
一灯（僧）　二
一磨　一
一葉　四
一里（林氏）　一
宇白（越中）　一
烏笑（長野氏）　二
横几　一

カ行

可之　四
可頓　一
伽孝　一
臥高　一
介我　九
晦朔　五
甘雨　七
甘雨妻　二
関船　一
岸口　一
岩翁　二
其携（九才）　一
其詞　一
其由　三
枳風　一
亀翁　二
久利　二
去来　二
曲翠（曲水）　一
近通　五
吟朔（十一才）　一
くに（一介娘）　一
畦止　一
元丸　一
元朔　一
元次　二
元風（横瀬氏）　一
玄酔　一
言夕　五
湖夕　四
甲乙　七

サ行

柴雫　三
呰水　一

連句

三深　二
山泉　三
山武　二
支考　四
之道（諷竹）　五
梔嵐　二
紫紅　八
舎羅　一
洒堂　三
若楓　三
秋色　一
如快　四
如矢　二
如砥　一
助鶏　九
助叟　五
昌房　一
松吟　七
松木　二
笑計　二
焦桐　一
神叔　二
晋子（其角）　二七
真志　一
水丸　一
翠袖　一
正秀　一
西桜　四
西釧　一
西与　四
青翁　五
青眼　三
青柳　二
夕烏　四
折水　一
雪水　四
沾徳　三
専吟　二
泉月　一
素石　二

タ行

旦水　七
探之　一
智之（少年）　一
竹翁　四
竹童（十一才）　一
彫棠　一
泥足　三七
轍士　一
東海　一
東雞　二
東山　五
東潮　六
桃隣　四
稲朔　四
洞月　二
洞風（僧）　二
呑舟　一

ハ行

芭蕉　七
芭蒼　一
梅鶯　一
梅吟　三
柏舟　三
八橋（遊女）　三
八重露　一
筏艇　一
琶扣　一
不知　二
不得　三
附専　一
浮橋　二
富哉　二
風也　一三
文袖　一
蚊毳　一
抃水　一
甫男　四
北溟　八

マ行

夢船　一

ヤ行

又笑　一
由水　六
邑木（田川氏）　一
游刀　二
与韻　四
与鷗　四
陽朔　一

ラ行

ラン　二
嵐雪　一三
里山　二
柳玉　五
柳之（長野氏）　二
柳水　三
流少　一
淋水　四
礼朔　四
連吹　一
連明　一
炉柴　二

①三吟歌仙〔泥足12―紫紅12―晋子12〕晋子の家にて一日崎江のものかたりして
②三吟半歌仙〔北溟6―泥足6―鞍風6〕落花狼藉ととかめられて
③三吟歌仙〔一雲12―泥足12―旦水12〕風光苦吟身といひし春のわかれもあるに
④独吟半歌仙〔山泉〕泥足へうか、ふ独吟
⑤五吟歌仙〔可之7―泥足7―不得7―甫男7―近通7―執筆1〕樹下納涼
⑥三吟半歌仙〔甲乙6―泥足6―助鶏6〕野遊の吟
⑦両吟半歌仙〔言夕9―泥足9〕しらぬ隅田川泥足にこと、はんとて旅立前の夜即興に
⑧三吟半歌仙〔其由6―泥足6―東山6〕
⑨五吟歌仙〔一介7―泥足7―甘雨7―元次7―一顕7―執筆1〕たかまことよりしくれそめけんと吟して
⑩両吟八句〔青翁4―泥足4〕追加面

発句絵入 源氏道芝

江戸大伝馬三町目／鱗形屋板。小島宗賢・鈴村信房編。源氏物語梗概・絵入発句集。大本一冊。自序。元禄七戊数陽之吉／偶応其需妄識其後／洛下素柏撰（後序）。柿衞文庫他蔵。『源氏鬢鏡』（万治庚子臘月之日〈跋〉・度々市兵衛開板）ヲ頭書形式ニ改メタ江戸版（万治庚子臘月之日〈跋〉・江戸大伝馬三町目／鱗形屋板）ノ改版改題本。

発句

ア行

荻野氏 安静 一
渋谷氏紀伊守 以重 一
椋梨氏 一雪 一

カ行

北村氏 季吟 一
中河氏 喜雲 一
鳥川氏 京永 一
堺牡丹花末 慶友 一
高瀬氏 元晴 一
江戸住 玄札 一
勢州山田住 光貞妻 一
江崎氏 幸和 一

サ行

徳昌軒 自安 一
荒木田氏 守武 一
西村氏 重俊 一
松江氏 重頼 一
鈴村氏 信房 一
和州郡山住池田氏 正式 一
正式子 正親 一
島本氏 正伯 一
山本氏 西武 一
住田氏 政信 一

大坂了安寺 夕翁　一
青木氏 宗員　一
山崎 宗鑑法師　一
小島氏 宗賢　一
馬淵氏 宗畔　一

タ行

大坂林氏息女 長　一
端氏 定重　一
服部氏 定清（初代定清）　一
中島氏 貞宜　一
安原氏 貞室　一
松永氏 貞徳居士　一
末吉氏 道節　一
江戸住 徳元　一

ナ行

越前本勝寺上人 日能　一

ハ行

高瀬氏 梅盛　一
森田氏 繁秋　一
石河氏 鄙哉　一
尾州清水氏 不存　一
荒木田氏従五位上 武珍　一
伊勢住 望一勾当　一

マ行

江戸住 未得　一
楓井氏令富母 妙仙　一

ヤ行

尾州名古屋住一原氏 友我　一
要法寺上人 友閑　一
奥西氏 友三　一
藤田氏 友宣　一
沢田氏 由雪　一

ラ行

野々口氏 立圃　一
村上氏 令敬　一
雛冠井氏 令清　一
村上氏 令知　一
雛冠井氏 令徳　一
雛冠井氏 令富　一

ワ行

松坂氏 和年　一

枯尾華

寺町二条上ル丁／井筒屋庄兵衛板。『阿』ニ「元禄七年」。宝井其角編。発句・連句集。大本（オヨビ半紙本）二冊。版下ハ下巻末尾四丁ヲ除キ其角筆。綿屋文庫他蔵。『俳書集成』22等ニ影印。『宝井其角全集』等ニ翻刻。芭蕉追善集。其角ノ「芭蕉翁終焉記」ヤ嵐雪ニヨルル追悼文ナドヲ収録。

発句

ア行

安適　歌一
杏村　一
闇指　一
井つゝや 為酔　一
さが 為有　一
桑門 惟然　三
一雀　一
京や 一鷺　一
宇多都　一
来川 烏栗　一
淵泉　一
猿雖　一
艶子　一
黄逸　一
伊与 黄山　一
横几　一
大津 乙洲（乙州）　三

カ行

かや女　一
女 可南　一
大坂 伽香　二
柯山　一
京 夏木（重尚）　一
木や 我峰　一
臥高　一
大つ 誐々　一
介我　一
ぜゝ 回鳧　一
海動　一
中尾 槐市　一
角蕉　一
僧 角上　一
貉睡　一
咸宇　一
寒玉　一

〔小倉〕閑夕　一
岩翁　一
〔法眼〕季吟　一
其井　一
枳風　一
亀翁　一
亀水　一
〔内神〕九節　一
及肩　一
鳩枝　一
〔京〕去来　三
虚谷　一
〔彦根〕許六　一
裾道　一
〔ぜゝ〕魚光　一
〔西沢〕魚日　一
〔尼〕教清　一
曲翠（曲水）　一
琴風　一
〔伊セ〕空芽　一
愚好　一
荊口　一
〔伊セ〕計従　一
景桃　一
〔藤堂〕玄虎　一
狐屋　一
胡風　一
湖月　一
湖松　一
壺蛙　一
〔ぜゝ〕吾我　一
向震軒　一
〔嵯峨〕荒雀　一

サ行

〔尾州〕左次　一
左柳　一
〔原田〕乍木　一
〔ぜゝ〕砂上　一
柴雫　一
〔ぜゝ〕朔巫　一
山夕　一
山蜂　一
山蓬　一
杉風　一
残香　一
子珊　一
子祐　一
〔僧〕支考　四
支幽　一
〔大坂〕之道（諷竹）　二
此筋　一
芝莚　一
〔大坂〕芝柏　一
〔植田〕示蜂　一
〔浜〕式之　一
〔山岸〕車来　一
斜嶺　一
〔ぜゝ〕這萃　一
尺草　一
朱迪　一
舟竹　一
〔女〕秋色　一
〔堅田〕重氏　一
〔京〕春澄　一
薯子　一
〔みの〕如行　一
〔大坂〕如柿　一
序志　一
〔堅田〕小作　一
〔大つ〕尚白　一
〔膳所〕昌房　一
〔ぜゝ〕松泉　一
〔僧〕丈草　三
神叔　一
晋子（其角）　二
是吉　一
正秀　三
〔堅田〕成秀　一
石菊　一
石人　一
拙候　一
〔山田〕雪芝　一
千川　一
〔僧〕千那　一
〔大久保〕仙杖　一
沾徳　一
専吟　一
専跡　一
素彳　一
素堂　一
〔女〕素鞏　一
〔尾州〕素覧　一
素竜　一
曽良　一
疎雨　一
〔大津〕楚江　一
楚舟　一
蘇葉　一
〔伊セ〕宗比　一
〔ぜゝ〕蚤鳥　一
滄波（宗波）　一

タ行

太大　一
太洛　一
岱水　一
〔岡本〕苔蘇　一
大舟　一
〔伊賀〕卓袋　一

濁子 一
[ぜゝ]探之 一
[伊セ]団友（涼菟） 一
ちり（千里） 一
[ぜゝ]遅望 一
竹官 一
[美濃大垣]竹戸 一
[小童]長年 一
直方 一
[みの]低耳 一
泥足 一
[津子]荻子 一
[京]轍士 一
[伊賀]土芳 一
[大津]土竜 一

怒風 一
冬鶯 一
東潮 一
桃川 一
桃隣 一
[佐治]洞木 一
[大坂]呑舟 二

ハ行

芭蕉 一
馬莧 一
[杉野]配力 一
八桑 一
[いせ]抜不 一
[山岸]半残 一
[ぜゝ]伴左 一

[明覚寺]尾頭 一
[ぜゝ]微房 一
[西島]百歳 一
百里 一
氷花 一
[松本]氷固 一
[ぜゝ]牝玄 一
浮生 一
風弦 一
[京]風国 一
[小川]風麦 一
[浅井]風睦 一
文鳥 一
[彦根]汶村 一
萍水 一

蓬山 一
[井つゝや]望翠 一
卜子 一
[ぜゝ]朴吹 一

マ行

[ぜゝ]麻三 一
[大坂や]万乎 一
[女]万里 一
満水 一
[大つ]木枝 一
[大津]木節 三
[彦根]木導 一

ヤ行

野径 一
[京]野童 一

野坡 一
[嵯峨]野明 一
野々 一
[神部や]祐甫 一
遊糸 一
[ぜゝ]游刀 一
用陽 一
[山岸]陽和 一

ラ行

[さが]来几 一
嵐雪 一
利牛 一
利合 一
李下 一
[僧]李由 一

李里 一
里東 一
涼葉 一
林也 一
霊椿 一
[伊セ]路草 一
[いせ]盧牧 一
[伊セ]蘆本 一
[大つ]露玉 一
[尾州]露川 一
露沾 一

ワ行

和水 一

連句

①四十二吟百韻（晋子（其角）4―文考4―丈草4―惟然3―木節1―李由1―之道（諷竹）4―去来5―曲翠（曲水）1―正秀5―臥高4―泥足3―乙州1―芝柏5―昌房3―探芝3―胡故1―牝玄3

—游刀3—蘇葉1—智月1—呑舟1—土芳4—卓袋3—霊椿2—野童1—素蘗1—万里1—誐々1—這萃2—許六1—回鳧3—荒雀1—楚江3—野明1—風国3—木枝1—角上3—尚白4—丹野1—朴吹1—魚光2〕元禄七年十月十八日／於義仲寺／追善之寺俳諧…右四十三(ママ)人満座興行…

②十九吟歌仙〔嵐雪4—氷花4—百里5—神叔4—東潮4—浮生2—卜宅1—舟竹1—桐雨1—月下1—風洗1—楸下1—咸宇1—牧人1—当歌1—銀鉤1—嵐雪妻1—専跡1—縁子1〕十月廿二日夜興行

③三十六吟歌仙〔桃隣—子珊—杉風—岱水—曽良—序志—太大—亀水—狐屋—子祐—利牛—白之—蚊足—李里—野坡—太洛—八桑—桃川—利合—野々—支梁—湖松—桐奚—嵐戎—石菊—ちり（千里）—嵐竹—此筋—素竜—千川—楚舟—魚蕉—呑村—川鷗—濁子—滄波（宗波）〕十月廿二日興行

④十二吟歌仙〔湖春1—素竜1—露沾1—萍水1—桃隣5—岱水5—野坡5—狐屋4—利牛4—杉風4—素堂1—利合3—筆1〕十月廿三日追善興行

⑤十二吟歌仙〔仙化4—是吉1—介我4—柴雫3—湖月4—神叔4—揚水（楊水）4—枳風2—由之2—全峰2—沾徳3—李下3〕十月廿三日晋子亭にて興行

⑥二十一吟百韻〔嵐雪7—桃隣7—岩翁7—晋子（其角）8—亀翁1—横几6—尺草8—松翁1—去来5—正秀1—曲翠（曲水）1—轍士8—心圭5—暮四5—巨海4—荷兮6—野童3—風国5—集加7—重勝2—遅望2—筆1〕十一月十二日初月忌丸山量阿弥亭興行

⑦二十一吟歌仙〔惟然1—正秀2—臥高3—探芝2—昌房3—游刀2—丈草3—胡故3—直愚上人2—智月1—惟然2—魚光1—微房1—川支1—乙州1—曲翠（曲水）2—蘇葉1—牝玄1—関阿1—這萃1—朴吹1—執筆1〕於義仲寺六七日

⑧三吟三句〔桃隣—智月—正秀〕霜月十六日芭蕉翁三十

五日於義仲寺興行／四句目より略之

芭蕉翁追善之日記

写本。元禄甲戌七年十一月晦日（巻末）。各務支考著。俳諧日記。半紙本一冊。柿衞文庫他蔵。『岡山大学国文学資料叢書』8（福武書店　昭和49年刊）等ニ翻刻。芭蕉終焉前後ノ様子ヲ綴ッタ元禄七年七月十五日カラ十一月晦日マデノ句日記。

発句

ア行
為有　一
惟然　一
翁（芭蕉）　三〇
鷗白　一

カ行
臥高　二
其角　一
去来　一
曲翠（曲水）　一
荒雀　一

サ行
左次　一
支考　七
洒堂　一
十口　一
昌房　一
湘水　一
丈草　一
水西　一
正秀　一
素覧　一

タ行
探芝　一
東藤　一
桐葉　一

ナ行
南北　一

ハ行
巴丈　一
馬蹄　一
梅人　一
半残　一
風国　一
弁三　一

ヤ行
野明　一
野遊　一

ラ行
梨雨　一
露川　一

作者不記（芭蕉）一

連句

①十九吟百韻（支考8―空牙9―廬牧1―信昌5―胡来1―樹石1―路草1―勝延1―計従9―是今7―抜不5―蘆本8―益光1―団友（涼菟）8―桂之8―乙由6―昨応5―流霞6―宗比9―執筆1）
百韻

寝ころひ草

稿本（現存シナイ）。元禄七年甲戌仲冬下浣（十一月下旬）／懶窩野衲丈草述（奥）。内藤丈草著。俳諧随筆。稿本ヲモトニ、享保元年ノ丈草十三回忌ニ魯久・方舟ガ上梓シタ版本ハ橘屋治兵衛刊。大本一冊。『校註俳文学大系』6等ニ翻刻。

俳林名月集

寺町二条上ル町／井筒屋庄兵衛板。『阿付』ニ「元禄七年」。心桂編。発句・連句集。半紙本一冊。心桂（自序）。洒竹文庫他蔵。『加越能古俳書大観』上ニ翻刻。

発句

ア行
- （越中石動）ウ白（宇白）　一
- （石動）雨蟬　一
- （大津）乙州　一

カ行
- 可廻　三
- （晋）其角　八
- （加州）其糟　三
- （越中城ヶ端）其林　四
- 去来　七
- （膳所）曲水　一
- （加州桑門）句空　二
- （京）光山　四

サ行
- 山川　一
- （京）史邦　一
- （加州）四睡　一
- （膳所）洒堂　二
- （京）如泉　一
- （大津）尚白　一
- 心桂　六
- 西蟬　一
- 夕里　一
- 仙志　一
- （越中石動）専之　一
- （江戸）素堂　一

ハ行
- 巴唱　一
- 芭蕉　三
- 百川　一
- （江戸）百里　一
- 風喬　五
- （京）方山　一

ラ行
- （越中井波）嵐秋　一
- （越中井波）嵐青　七
- 嵐雪　一
- （膳所）里東　一
- （京）隣子　二
- （越中井波）蘆翠　五
- 蘆風　一
- （越中石動）蘆葉　三
- 浪化　六

連句

①独吟三句〔心桂〕此ころ野人の家に寓舎して…
②六吟半歌仙〔（落柿舎）去来4―浪化4―心桂3―風喬3―可廻2―方山2〕
③両吟半歌仙〔（自遣堂）浪化8―心桂9―執筆1〕両吟一折
④三吟六句〔（きり波）光山2―浪化2―心桂2〕化し野のおもて

誹諧難波順礼

京寺町二条上ル丁／井筒屋庄兵衛板。元禄七年成（内容）。北村瓢界編。俳諧紀行・発句集。半紙本一冊。洒竹文庫蔵。『近世文芸資料と考証』6（昭和44・2）ニ翻刻。亡子追善ノタメ、三十三ケ所観音巡リニナゾラエ、編者ガ大坂ノ諸俳人ヲ訪ネタ順礼記。

発句

ア行
一有 一
園女 一

カ行
霞哉（松山） 二
金柳 一
吟松 一
元知 一
古柳 一

サ行
瓢界 三
史英 三
市交 一
籽郎 一
春林 二
松菊 二
心撃 一
榛国 二
晴嵐 二
草楽 一

タ行
短知 一
談笑 二
東明 一

ハ行
半隠 四
百銅 一
扶翠 四
舞興 一
文丸 二
萍風 一
保直 二

マ行
万蝶 二

ヤ行
野樾 二
又黒 二
由仙（さかい） 三

ラ行
幽山 三
立進 一

連句

①両吟六句〔馬楽堂（鬼貫）3—瓢界3〕一番
②両吟六句〔幽山3—瓢界3〕二番／迷故三界城悟故十方空…
③両吟六句〔扶翠（如記堂）3—瓢界3〕三番／玉津島は日南所…
④両吟六句〔史英3—瓢界3〕四番／故郷離別は…
⑤両吟三句〔才麿1—瓢界2〕五番
⑥両吟三句〔来山1—作者不記（瓢界）2〕六番
⑦両吟六句〔半隠（昨非堂）3—瓢界3〕七番／ふたらくや岸うつ声の…
⑧両吟六句〔天外3—瓢界3〕八番／居湯（ヨリ）して順礼をもてなす
⑨両吟六句〔文十3—瓢界3〕九番／ほとけの誓ありかたし
⑩両吟六句〔季範3—瓢界3〕十番／瓢界順礼芳屋に入

ぬ…

⑪両吟三句〔虚風1―瓢界2〕十一番

⑫両吟三句〔一礼1―瓢界2〕十二番／我舎リへもとわれしを…

⑬独吟三句〔瓢界〕十三番

⑭両吟六句〔伴自3―瓢界3〕十四番／酒肴は人の所〳〵にあり

⑮両吟六句〔榛国3―瓢界3〕十五番／難波の水は十方に炊て…

⑯両吟六句〔林樵3―瓢界3〕十六番／順礼は誰ソ

⑰両吟六句〔六浦3―瓢界3〕十七番／順礼をなくさむるに

⑱両吟六句〔岸紫3―瓢界3〕十八番／西国順礼の一ふしは…

⑲両吟六句〔一灯3―瓢界3〕廿三番

⑳両吟二句〔炉柴―作者不記（瓢界）〕二十四番／難波入江の草の名を…

㉑両吟二句〔盤水―作者不記（瓢界）〕二十五番

㉒両吟六句〔我働3―瓢界3〕廿六番

㉓両吟六句〔荷仲3―瓢界3〕廿七番

㉔両吟六句〔之道（諷竹）3―瓢界3〕廿八番

㉕両吟六句〔之道（諷竹）3―瓢界3〕二十九番／遊行のしれ者…

㉖両吟六句〔海岸3―瓢界3〕三十番／これ〳〵順礼…

㉗両吟六句〔雲嘯3―瓢界3〕三十一番

㉘両吟六句〔扣推3―瓢界3〕三十二番／三十三身の其ひとつは

㉙両吟六句〔晴嵐3―瓢界3〕三十三番

㉚四吟八句〔江戸立進2―又黒2―古柳2―瓢界2〕題阿部野

㉛両吟百韻〔瓢界49―史英51〕一日二日すきて史英とはれつるに…

丹後鰤

京寺町二条上ル町／井筒屋庄兵衛板。元禄七年成カ（内容）。鴨水只丸編。俳諧紀行・発句・連句集。半紙本二冊。紫藤軒言水跋。上巻ハ京都府舞鶴市立西図書館糸井文庫蔵、下巻ハ早稲田大学図書館蔵。潁原文庫蔵ノ影写本ニ「刊年不詳ナレドモ上巻六丁表ニ五月ニ閏アル事見ユレバ元禄七年ノ紀行ナリト推定セラル　退蔵」トアル。

発句

ア行

あるじ　一
猗竹（新居氏）　三
一峰（如願寺）　二
宇月　五
雨月子　四
雲山（沙弥）　四
栄久（万屋）　一

カ行

可全　五
可聞　二
歌左麿（近藤氏）　一
我松（男山住）　二
我眠　一
我勇（小沢）　四
懐山　三
懐徳　一
外志（職人町）　一
丸子　一
丸志（刀根）　二
宜之　二
魚木（吉村氏）　一
魚目　一
暁山　三
吟松　二
吟翠（宮川）　三
吟風　三
愚口（佐原氏）　九
見義（不破）　一
言水（紫藤軒）　四
言都　四
湖水（如願寺）　一
工部（大野氏）　四
広都　一

サ行

只丸　三六
只才（小倉氏）　五
只樟（柴崎氏）　四
只柳（新井氏）　九
志滴　二
自笑（後藤氏）　二
時習（杉本）　一
守文　一
小助（栗田村）　一
松翠（宮川）　二
笑山（山村）　一
上司（栗田）　二

タ行

代々都　二
忠易（井川氏）　六
忠勝（井川氏）　五
釣玄　三
澄風（鈴木）　四
滴水（坂氏）　一

ナ行

二中（分宮氏人）　一

ハ行

白助　一
伴勝（柴崎氏）　五
畔水（矢野）　二
分定　二
保春（羽田）　二
方吟　漢句一
芳風　二

ヤ行

有石　一
有定（田中）　五
祐山　五
祐水　一
楊々子　二

ラ行

乱定（一色氏）　二
林芝　二
作者不知　四

連句

①両吟二句〔志滴―只丸〕
②両吟二句〔只丸―吟風〕
③両吟二句〔只柳（新居氏）―只丸〕
④両吟二句〔只丸―只柳〕
⑤両吟四句〔代々都2―只丸2〕
⑥両吟半歌仙〔只柳（新居氏）8―只丸9―作者不記1〕歌仙一折
⑦独吟半歌仙〔忠勝（井川氏）〕独吟
⑧両吟歌仙〔只丸19―只才17〕
⑨両吟歌仙〔吟風（鈴木）18―只丸18〕
⑩四吟歌仙〔可春（河守）10―祐山9―只丸9―楊々子8〕
⑪独吟十二句〔我勇（小沢）〕独吟
⑫独吟半歌仙〔我眠〕独吟
⑬五吟歌仙〔祐山（沙門）7―有定7―只丸7―分定7―拾歩7―筆1〕

旅館日記

稿本（許六自筆）。元禄七年成カ（内容）。森川許六著。俳諧日記。中本一冊。彦根市専宗寺旧蔵。『俳書叢刊』6ニ翻刻。表紙ニ「元禄五壬申秋七月」トアルヨウニ起筆ハ元禄五年。備忘記事中ニ出ル古歌等ハ集計カラ省イタ。

発句

ア行
遠水　一
翁（芭蕉モ見ヨ）　七　付四
乙州（大津）　一

カ行
甘水　付一
岩泉　一
キ翁（亀翁）　一　付一
其角　一九
許六（五老井）　一三
漁魚　一
頃鮮　一
湖隣女　一

サ行
杉風　一
尺草　二
秋風　付一
粛山　二
春水　付一
沾徳　一
沾岾　付一
素堂　三
曽良　一
楚良（ママ）（曽良）　一

タ行
陀節　二
智月　一
彫棠　一
珍碩（洒堂）　一
貞室　一
桃隣　三

ハ行
芭蕉（翁モ見ヨ）　二
馬仏　二
汶村　一

マ行
木道（ママ）（木導）　八

ラ行
嵐雪　三
嵐蘭　二
立吟　一

路通　一

連句

①三吟三句〔其角―仙化―枳風〕高砂住の江の松を…
②三吟三句〔枳風―彫棠―介我〕二
③三吟三句〔介我―キ角（其角）―仙化〕三
④三吟三句〔仙化―枳風―彫棠〕四
⑤三吟三句〔彫棠―介我―其角〕五／万代と松にそ君を いはひ鶴と定家卿の真蹟うたかひなきにまかせて
⑥三吟三句〔嵐雪―氷花―百里〕歳旦
⑦三吟三句〔百里―嵐雪―氷花〕二
⑧三吟三句〔氷花―百里―嵐雪〕三
⑨十吟十一句〔昌陸―御―昌純―紹尹―其阿―信円―昌伴―清長―信明―昌億―執筆〕十一月／御城御連歌

〔浪化上人甲戌集〕

写本。元禄七年成（春巻頭ニ「甲戌」）。浪化編。俳諧日記。一冊。原本（自筆稿本）所在不明ノタメ綿屋文庫蔵ノ写本ニヨッタ。

発句

雲洲 一	求之 一	笑慶 一	蘇守 一	嵐青 三	和休 四
其継 一	山紫 二	夕兆 七	白瓜 二	蘆風 五	
其林 一	山鳳 三	全毘 一	嵐秋 二	浪花（ママ）（浪化） 二	作者不記 一

七車集

刊記ナシ。元禄七年成カ（内容）。室賀轍士編。連句集。半紙本一冊。綿屋文庫蔵。『故』ニハ「七草」ノ書名デ「轍士　元禄八」トアル。

連句

①三吟歌仙〔其角12—轍士12—霑（ママ）徳（沾徳）12〕

②十吟世吉〔轍士5—仙化4—素彳4—其角5—百里4—氷花4—穹風4—湖月4—神叔4—介我5—執筆1〕

③七吟世吉〔露沾公7—轍士7—其角7—介我6—沾荷6—言荷4—秋帆6—執筆1〕行脚の轍士見ぬさきより年とともなるへき事をおもひやりて

④九吟歌仙〔嵐雪4—轍士4—百里4—神叔4—介我4—其角4—氷花4—柴雫4—湖月4〕尻居よとて

⑤五吟半歌仙〔柴雫4—其角4—轍士4—神叔3—菟株3〕

⑥六吟歌仙〔氷花5—轍士6—嵐雪6—介我6—其角6—湖月6—執筆1〕

⑦五吟短歌行〔轍士5—専吟5—尺草5—琴風5—其角4〕園めくつて野菜心にまかせたり

⑧八吟世吉〔轍士6—沾徳6—尺草6—其角6—東湖6—介我6—横几5—子堂2—筆1〕

⑨六吟歌仙〔轍士6—湖月6—直方6—尺草6—其角6—神叔6〕垣卑ふして四方遠し嗚呼閑居

⑩六吟歌仙〔岩翁6—其角6—轍士6—横几6—尺草6—桑露6〕

⑪八吟歌仙〔轍士5—百里5—神叔5—嵐雪4—氷花5—仙華5—介我4—其角3〕駒形のあけほの

⑫六吟歌仙〔亀翁6—轍士6—専吟6—尺草6—其角6—平砂6〕

元禄八年（一六九五）乙亥

〔元禄八年季吟歳旦〕

写本中ノ一部。乙亥元旦（冒頭）。北村季吟編。歳旦帖。雑録ノ写本『柴崎村孝女事実』（大本一冊）ニ書キ留メラレテイルモノ。佐賀県祐徳稲荷神社中川文庫蔵。『近世文芸資料と考証』1（昭和37・2）ニ歳旦ノ翻刻。

▽季吟（歌）　湖春（歌）
湖元（歌）
全故（素竜）（歌）
③季吟—湖元—湖春
③湖春—季吟—湖元

③湖元—湖春—季吟
▽素竜　直政（歌）
宗川（歌）　安適（歌）
素蝶（歌）　柯求（歌）
可春（歌）　直政（歌）

（内藤）義英（露沾）（歌）
義英（露沾）（歌）
義英（露沾）（歌）
▼義英（露沾）（歌）
季吟（歌）　湖春（歌）

湖元（歌）
全故（素竜）（歌）
宗川（歌）　安適（歌）
素蝶（歌）　柯求（歌）
可春（歌）

▽玄心　昌築　（京）常牧
（京）言水　（江戸）キ角（其角）
（江戸）嵐雪　（さかい）湖舟　（大坂）団水
（大坂）才麿　一礼
宗春　（偺師）鬼貫

後の旅集

京寺町二条上ル町／井筒屋庄兵衛板。『阿付』ニ「元禄八年」。「芭蕉翁百ケ日追善」ノ末尾ニ「元禄八亥年正月日／如行謹書」。近藤如行編。発句・連句集。半紙本一冊。無記名序（如行自序）。一鼎子（後序）。書名ハ内題ニヨル。愛知県立大学他蔵。『蕉門俳書集』4ニ影印。『古俳大系　蕉門俳諧集二』等ニ翻刻。芭蕉百ケ日追善集。如行ノ「芭蕉翁百ケ日追善」等ヲ収メル。

発句

ア行

衣吹　一
（京）惟然　一
一晧　一

一川　二
（ミノ）一露　二
（亡人）逸行　一
（加州松任）雨柳　一

（東美）雲鴻　一
（桑名）淵魚　一
（みの）淵泉　二
（伊賀）猿雖　一

燕下　一
（三井）燕語　二
凹山　一
翁（芭蕉）　一

黄蝶　一
横葉　二
（大津）乙州　二

カ行

（ミノ）可又　二
霞酔　一
臥高　一

（江戸）介我　二
海道　二
塊人　二
外吟　一
気風　一
其井　一
枳風　一
（垂井釈）規外　三
（柏原）宜仲　一
去来　一
曲翠（曲水）　一
（大津女）錦江　二
（江戸）吟和　二
荊口　二
鶏夕　一
謙之　二
駿外　一
（大乗閣）古梵　二

（膳所）胡故　一
湖雲　一
壺桂　一
呉竹　二
光清　二
耕雪　一
谷子　一

サ行

（尾張）左次　一
左柳　一
犀角　一
（桑名）三世　一
山峰　一
残香　二
（僧）支考　二
（ミノ）支浪　一
此筋　二
史邦　一

（大坂）芝柏　一
自友　一
（大坂）舎羅　一
捨石　一
斜嶺　四
尺山　一
秀南　一
重和　一
如淵　一
（彦根）如元　一
如行　三
如冉　二
如竹　一
序志　一
徐寅　一
（亡人みの）恕水　一
昌房　一
（亡人）松因　一

（僧）丈草　一
水魚　二
（岡崎）睡闇　一
翠苔　一
随柳　一
（亡人）寸木　一
（膳所）正秀　一
正心　一
正則　一
（尾陽）夕道　一
石水　一
赤子　一
千川　二
川支　一
（深川）専吟　一
（美濃）前川　三
素覧　一
素柳　一

（尾張）鼠弾　一
藪椿　一

タ行

大舟　一
（美濃）大川　一
（伊賀）卓袋　一
濁子　一
探芝　一
団可　一
（亡人）知一　一
（尼）智月　二
竹戸　一
直愚叟　（漢詩）一
直全　一
転宥　一
吐竜　二
杜旭　一
（伊賀）土芳　一

怒風　二
東妓　二
東沈　一
桃隣　二
（奥州須賀川）等躬　一

ナ行

忍山　一

ハ行

（尾張）巴丈　一
（京）巴流　一
（武陵）芭蕉　一
馬仏　一
梅陰　一
八十　二
半柳　一
（加州大正寺）弥子　一
（大津）百々　一
不存　一

作者	句数
斧芥	一
文鳥	一
汶村	一
米巒	一
別水	一
暮三	一
篷山	三
篷鷺	二
卜子	一
牧人	一
マ行	
末水	一
未功〔僧〕	一
無関〔京〕	一
明重	二
木因〔美濃〕	二
木枝〔大津〕	一
木節〔大津〕	二
木端〔イセ〕	二
木導	一
ヤ行	
野行〔亡人〕	一
唯行	三
有誰〔僧〕	一
猶荊	一
遊糸	二
游刀	一
葉山	一
ラ行	
嵐舟	一
嵐雪	一
嵐苐	一
蘭風〔イセ〕	三
利堂	一
李旦	一
李由〔平田〕	二
柳外	二
柳雪	一
林紅	二
路通〔湖上三井麓〕	二
蘆川	一
蘆本〔伊勢〕	一
露川〔尾張〕	一
ワ行	
和泉	一
作者不記（如行）	一 付一
作者不記（芭蕉）	二 付一

連句

①二十二吟歌仙〔如行3―荊口3―斜嶺2―燕下2―怒風2―梅丸2―文鳥2―光清2―水魚2―李旦1―唯行2―呉竹2―謙之2―篷鷺1―規外1―八十1―竹戸1―林紅1―蘆川1―如淵1―柳外1―横葉1〕

②八吟歌仙〔此筋4―壺桂5―涼葉4―遊糸5―海動4―山峰4―千川5―大舟4―執筆1〕二七日之悼／雪見の像をかけて

③三吟三句〔梅丸―末水―水魚〕五七日追悼／末略

④三吟三句〔竹戸―燕下―呉竹〕四十九日忌

⑤八吟歌仙〔其角6―桃隣5―嵐雪5―林巴5―介我5―仙化6―紫紅3―枳風1〕翁百ケ日懐旧

⑥五吟歌仙〔荊口7―斜嶺7―如行7―怒風7―文鳥7―筆1〕百ケ日会行／先年越より拾ひきて分おかれし手もとのしたはしく

⑦五吟歌仙〔千川9―桃隣8―其角1―海動8―此筋9―執筆1〕百箇日興行

⑧七吟歌仙〔嵐雪5―淵泉5―其井5―別水5―嵐舟5

—古竹5—嵐芿5—筆1〕追加／懐旧卯月十二日
⑨十吟半歌仙〔斜嶺2—如行2—芭蕉3—荊口2—文鳥

2—左柳2—此筋2—怒風1—残香1—千川1〕
元禄四年の初冬茅屋に芭蕉翁をまねきて

誹諧花蔣

京寺町通二条上ル町／井筒屋庄兵衛板行。日野文車編。発句・連句集。半紙本二冊。元禄八乙亥年梅見月（二月）上旬／百花堂文車序。乙亥年仲春（二月）上浣／雲水軒惟氏跋。学習院大学日本語日本文学研究室蔵。

発句

ア行

庵月（一本松釈氏）　五
闇夕（郡山）　二
惟氏（二本松）　四三
維舟（重頼）　二
一雨（二本松）　一
一几（二本松）　四
一狂子（二本松）　二
一晶　一
一峰　一
一蜂　一
一葉（日出山）　二
永知（二本松）　二
栄春（哂若妻）　六
遠虎（阿州）　三
遠水　二
横几（江戸）　二
鶯朝（勿当）　一
音志（仙台）　一

カ行

かよ（八才女）　一
可悦（三春）　一
可川（桑折）　一
夏水（二本松）　一
荷石（安達住）　二
過且　一
嘉林（二本松）　一二
我黒　五
我笑（二本松）　四
芥口（阿波）　一
寒東（江戸）　一
閑吉　一
鑑水（二本松）　一二
岩翁（江戸）　一
岩泉（江戸）　一
几必（二本松）　一
季吟　二
季毛（近江）　一
其角　三
其詞（南部）　一
其跡（江戸）　一
其柳（二本松）　六
亀翁（江戸）　一
蟻角　二
蟻髭（二本松）　四
九雪（二本松）　一
休意（藤田）　五
挙白　一
魚水　一
筐鹿（江戸）　一
玉意　一
玉泉（二本松）　二
吟松　一
琴山　一
銀角　七
愚口（郡山）　一
軒柳　一
言水　二
虎筌（江戸）　一
枯竹（二本松）　一
湖虹（江戸）　一
湖春　一
口蕀（ママ）（口棘）（須賀川）　一
好柳　一
幸佐（京）　一

サ行

山月（京）　三
山夕　一
之也（二本松）　二
似船（京）　一
車牛（二本松）　二
舟鼠（二本松）　一

秀和　二
拾詞（仙台）　三
秋夕（二本松）　三
衆下（二本松）　一
順也（京）　一
如雲（京）　一
如琴（京）　一
如秋　三
如酔（二本松）　一
如泉　一
如濁（伊達藤田欺玉党）　七
如方　一
如毛（二本松）　一
鋤立　一
小菊（本宮戯女）　一
小清　一
少加（一本松）　五
松（十歳）　一

松陰（江戸）　一
松老（京）　三
常陽　一
哂着　六
塵言（二本松）　二
すて（捨女）（丹州女）　一
水夕　一
正広（二本松）　一
正成（二本松）　一
西鶴（大坂）　一
青牛（二本松）　一
雪雀（二本松）　一
雪窓（郡山）　一
仙花（仙化カ）（江戸）　一
沾徳　二
泉壺（二本松）　三
扇雪（京）　一
扇風　一

扇嵐　一
素堂　一
霜白（江戸）　一

タ行

帯久　一
帯賢（京）　一
泰水（二本松）　二
探泉（江戸）　一
忠知（白炭）　一
昼蛍（但州）　一
調和　一
泥丸（日和田）　一
泥亀（三春）　一
摘山　一
轍士　三
杜覚（須賀川）　三
冬湖（江戸）　一
東者　一

東抄（三春）　一
東水（二本松）　五
東翠　一
東夕（須賀川）　一
凍雲（江戸）　一
桃子　一
等躬（須賀川東籬軒）　三
等子（須賀川）　一
等秀（石川）　一
等般（石川）　二
等芳（日和田）　三
等隣（石川）　一
徳流（二本松）　一

ハ行

芭蕉　一
梅翁（宗因）（大坂）　一
梅月（二本松香影軒）　三
梅子（江戸）　一

梅流（二本松）　二
白羽　一
白蟻（二本松）　八
八角（二本松）　一三
被毳（二本松）　二
不角　三
不貫　一
不珹（桑折）　六
不碩（桑折東柳軒）　一三
不仙（京）　五
不賁（江戸）　一
風虎（風鈴軒）　一
風松　一
楓子（二本松）　一
楓滴　一
文下（一本松）　九
文下妻　一
文几（二本松）　三

文志（二本松少年）　一
文車　五〇
文六（文車僕）　一
方雨（江戸）　二
方山（京）　一
包抄（二本松）　三四
蓬仙　一
北富　一

マ行

未陌（江戸）　一
無倫　一

ヤ行

又新（桑折）　一
友春（二本松）　四
友竹（京）　一
友貞（京）　一
幽山　三
幽志（江戸）　一

ラ行

- 嵐雪　一
- 京耕軒 立吟　一
- 立志　一
- 伊車宿 柳司　一
- 桑折 柳枚　一
- 桑折 涼風　一
- 阿州 量道　一
- 女 綾戸　一
- 二本松 林元　三
- 二本松 倫笑　二
- 二本松 倫水　一
- 桑折 葦梅　三
- 仙台 蘆扇　一
- 蘆葉　二
- 露言　一
- 露沾　一
- 江戸 露篁　一
- 二本松 籠義　七

ワ行

- 京 和及　一
- 江戸 和水　一
- 仙台白石 和石　二
- 尾州 和濤　一
- 京之往　一
- 京 作者不知　二

連句

①三十六吟歌仙（文車—八角—哂肴—量道—徳流—鶯朝—遠虎—衆下—梅月—舟鼠—扇嵐—枯竹—水石—嘉林—籠義—我笑—林元—鑑水—文下—惟氏—東水—嘯月—萍心—蘆葉—等芳—泥丸—蟻角—雪窓—閭夕—友志—里青—交笑—倫笑—一几—白蟻—包抄）わか里の花かつみをひけらかす

ありそ海・となみ山

京寺町二条上ル丁／井筒屋庄兵衛板。元禄八乙亥歳花老（三月）上旬／正竹書焉（上巻奥）。元禄八乙亥歳暮春（三月）上澣／正竹書（下巻奥）。浪化編。発句・連句集。半紙本二冊。懶窩埜衲丈草謾書（序）。洒竹文庫他蔵。『古俳大系　蕉門俳諧集二』等ニ翻刻。上巻・下巻ノ各題簽ニ「ありそ海　浪化集上」「となみ山　浪化集下」。其角ノ「刀奈美山引」等ヲ収メル。

発句

ア行

- イカ 蛙弓　一
- サカの 為有　五
- 惟然　二
- イカ 一鷺　二
- エツ中 宇白　三
- セ、 雨汀　一
- ミノ 淵泉　一
- 猿雖　二
- 彦根 黄逸　一
- 乙州　四
- カ、 温故　一

カ行

- 京 可南女　二
- 大坂 伽香　一
- イカ 我峰　三
- 臥高　九
- 介我　二
- セ、 回鳧　一
- 大垣 海動　一
- 小倉山僧 閑夕　三
- セ、 関河　二
- 奈良 含粘　一
- 岩翁　三

其角（晋子モ見ヨ）　六
其継（エツ中）　七
枳風　一
亀翁　一
亀水　一
九節（イカ）　二
宮城氏（江州関手村）　一
去来　一六
許六　九
裾道（イカ）　一
魚光（セ、）　一
魚日（イカ）　二
曲翠（曲水）　一三
近習（長サキ）　一
錦水（長崎）　二
句空　七
空芽（イセ）　四
堀江氏妻（セ、）　一

計徒（計従カ）（イセ）　一
荊口　五
玄虎（イカ）　一
孤屋　三
胡故　一
胡風（彦根）　一
壺蛙　一
紅朝（越中）　一
荒雀（サカ）　六

サ行

左次　二
左柳（ミノ）　二
山紫（エツ中）　二
山蜂　一
杉風　四
残香　三
子珊　二
子祐（江戸）　一

支考　九
支幽（セ、）　一
支老（ママ）（支考）（ミノ）　二
之道（諷竹）　六
此筋（ミノ）　二
史邦　八
四睡（セ、）　一
市（嵯峨農十二歳）　一
芝柏（大坂）　一
紫紅　二
駟石（セ、）　一
示峰（イカ）　二
車来（イカ）　三
舎羅（大坂）　二
斜嶺　三
尺草　一
朱迪（彦根）　二
寿仙（越中）　四

兕觥（セ、）　一
秋之坊　二
秋色女　一
如元（彦根者）　一
如行　四
小五郎（野明男十一歳）　一
昌房（セ、）　一
丈草　一五
晋子（其角モ見ヨ）　五
麈生（麈生）（小松）　二
正干（セ、）　一
正秀　一三
夕星（越中）　一
夕兆（越中）　二
石推（イカ）　一
雪芝（イカ）　三
千川（ミノ）　二
川支（セ、）　二

仙枝　一
沾徳　一
専吟　二
蟬鼠（セ、）　一
素蘗女（せ、）　一
素覧（尾州）　二
素竜（江戸）　一
楚舟（江戸）　一
蘇葉　三
宗比（イセ）　一
滄波（宗波）（僧）　一

タ行

太大（江戸）　一
岱水　二
待彼（セ、）　一
苔蘇（イカ）　一
沢雉　一
卓袋（イカ）　二

探志（せ、）　三
団友（涼菟）（イセ）　一
智月　四
遅望　一
竹戸（ミノ）　一
彫棠　三
荻子（イカ）　三
点吹（セ、）　一
田上尼（長サキ）　一
土芳　五
弩鳥（セ、）　一
怒風（ミノ）　三
桃妖（カ、）　一
桃隣　五
洞木（イカ）　二
呑舟（大坂）　二

ハ行

芭蕉　一三

彦根　馬仏　一
イカ　配力　二
イカ　買山　二
江戸　八桑　二
半残　一
イカ　半銭（ママ）（半残）　一
イカ　尾頭　二
セ、　微房　二
イカ　氷固　一
越中　平交　四
越中　平水　四
セ、　牝牛　一
羽州　不玉　三

風喬　二
京　風国　五
風睡　二
イカ　風麦　二
ミノ　文鳥　二
彦根　汶村　三
イカ　甫文　一
長崎　牡年　四
長崎　卯七　六
イカ　望翠　三
北枝　六
か、　牧童　一

マ行

セ、　麻三　一
イカ　万乎　二
セ、　万子　一
万里　一
せ、　万里女　一
未陌　一
セ、　民丁　一
大津　木枝　四
木節　二
彦根　木導　三

ヤ行

野径　一
長サキ　野青　一
野童　六
野坡（野馬モ見ヨ）　二
野馬（野坡モ見ヨ）　一
サカ　野明　一〇
イカ　祐甫　二
大垣　遊糸　一
セ、　游刀　二
イカ　陽和　一

ラ行

サカ　来几　二
ミノ　嵐舟　一
エツ中　嵐青　五
嵐雪　三
古　嵐蘭　一
利牛　三
李由　八
里東　二
イカ　良品　二
江戸　涼葉　一
エツ中　林紅　五
セ、　霊椿　二
江戸　呂国　一
エツ中　呂風　五
越中　路健　一
長崎　魯町　二
イセ　蘆本　一
エツ中　蘆葉　一
尾州　露川　三
浪化　六
越中少年　鹿也　一

ワ行

越中　和求　一
よみ人しらす　三

連句

①五吟十句〔其角2—浪化2—嵐雪2—桃隣2—去来2〕
となみ山の表

②五吟歌仙〔曲翠（曲水）9—浪化1—正秀9—臥高9—胡故8〕砥浪山の撰集に我かたの連衆催されければ

③三吟歌仙〔浪化15—去来15—芭蕉6〕

④六吟歌仙〔北枝8—浪化8—句空7—林紅3—牧童8—万子1—執筆1〕ことし乙亥のむ月加賀の金沢

に旅寝すたま〳〵蕉翁の百ケ日に逢けれは…／即興

⑤九吟歌仙〔去来4—浪化1—芭蕉2—之道(諷竹)5—丈草5—支考5—惟然5—野童4—野明5〕蕉翁の落柿舎に寓居し給ひけるころたつねまいりて主客三句の情をむすひ立かへりぬるをその後人〳〵まいりける序終に一巻にみち侍るとて去来がもとより送られける（四句目ヨリ連衆ヲ替エテノ満尾）

⑥七吟歌仙〔嵐青6—其継6—浪化7—呂風5—林紅5—夕兆3—路健4〕

白鷺集

元禄八亥年三月之望（十五日）／麩屋町通二条上ル／板木屋治兵衛板。鴨水只丸編。発句・連句集。半紙本一冊。京都大学大学院文学研究科図書館蔵。

発句

ア行

作者	句数
一山（寺田）	一
一悰（寺田）	二
一風	一
永幸（片岡）	四

カ行

作者	句数
可笑（舘原）	二
喜円（建谷）	二
広吉（黒田）	四

サ行

作者	句数
止水（吉井）	一
只丸（老樟閣）	三
只吟（西畑）	二
只習（寺田）	二
春樹（今村）	五
如風（仙遊寺）	五
笑々（寺田）	八
信清（渡辺）	二

タ行

作者	句数
忠栄（野村）	一
昼蛍（川添）	三

ハ行

作者	句数
白狐（今村）	二
白助	一
不白（浄光寺）	一

ラ行

作者	句数
理丈（建谷）	一

連句

①両吟半歌仙〔夢風（東照寺）8—只丸9—執筆1〕大功徳弁才天のおまし処とて島山を築き…

②両吟半歌仙〔笑々（寺田）8—只丸10〕

③独吟半歌仙〔只丸〕折ふしことにおもひ出らるゝ淋しさ一日二日のほといつくにかおはしぬらん旅行いか、と

三原誹諧備後砂

京寺町二条上ル丁／井筒屋庄兵衛板行。安江草也編。発句・連句集。半紙本一冊。元禄八乙亥年夏五月（草也自序）。澄心軒（草也自跋）。菅野氏夢楽軒草経書之（跋）。広島県三原市立中央図書館蔵。『三原市史』5（三原市　昭和56年刊）ニ翻刻。

発句

ア行

天野氏 一笑 二
土生氏 一童 九
天野氏 一木 四
庄原氏鱸氏 一葉 二

カ行

行武氏 加雲 六
行武氏 加友 八
草也家従小川氏 花介 二
川口氏 霞風 九
吉井氏 喜友 四
三好氏 玉 一
中山氏 吟試 三
西村氏 計心 四
田総住瀬尾氏 慶寛 三
三次ノ住十二才 健子 一
安田屋 源七 一
古賀氏 古白 四
小幡氏 吾竹 四
安田氏 江柳 四
田総住頼母氏 興行 三
長尾氏 今貫 四

サ行

木島氏 三柳 一
三次ノ住 残星 一
三次 只玄 三
広瀬氏 似浅 一
村上氏 時慶 一
楢崎氏夢睡軒 時習 三
三宅氏 守睡 一
河重氏 寿進 九
川口氏 袖丸 四
三次之住黒田氏景担堂 習子 三
伊藤氏 十才 一
安田氏 如春 二
三戸氏 如柳 一
三次ノ住 松吟 一
松山氏 松風 一
成川氏 真似 四
木野氏 真浅 八
川田氏 水友 二
伊藤氏 随吟 四
沙門 随風 四
赤川瀬尾氏 是閑 三
払塵軒 是睡 四
桑村氏 政吉 三
上月氏 夕舟 四
水野氏 素吟 四
夢楽軒 草経 一
野村氏富流軒 草思 七
高岡氏 草滴 四
澄心軒 草也 二九
松田氏秋兼庵 草幽 七
甲山ノ住広瀬氏 草遊 七
安井氏松月亭 草柳 八

タ行

三宅氏花睡軒 乃白 一四
城氏一清軒 端也 八
西城福間氏 知計 三
田総住瀬尾氏 知足 三
井上氏 呑水 四

ナ行

中務氏 南枝 五

ハ行

秦氏 梅起 六
伊藤氏 八才 一
草也家従小島氏 文言 一

ヤ行

村上氏祇幸軒 尤虚 四
大原氏 尤勝 五
片岡氏 有我 四
梶山氏 西水 三

ラ行

品田氏 柳霞 三
生口氏 流水 四
沙門 竜也 一
分部氏 露言 五

ワ行

黒宮氏 和窓 四

連句

①独吟歌仙〔草也（澄心軒）〕独吟歌仙

②独吟半歌仙〔端也〕実誹諧の道柴をはこふ…／半歌仙／独吟

③独吟半歌仙〔草思（野村氏富流軒）〕花に遊ひ酒に馴るは春のならひ…

④独吟半歌仙〔睡流（大戸氏）〕薪を負る山人の花の陰にやすむ風情とたとへられしは…

⑤独吟半歌仙〔草経（菅野氏夢楽軒）〕風よりも猶うき人よ

⑥独吟半歌仙〔尤虚（村上氏祇幸軒）〕春日枯牛眠梅根

⑦独吟半歌仙〔草柳（安井氏松月亭）〕花の名に獅子といへるは…

⑧独吟半歌仙〔乃白〕山里は冬そさひしさとは誠に今もさなるすさひ…

⑨独吟半歌仙〔是睡（払塵軒）〕春三月（ツキ）花にまかせし身を情なくも…

⑩独吟半歌仙〔時習（楢崎氏夢酔軒）〕何らやを拠る綱には大象もよくつなかれ…

⑪独吟半歌仙〔水友（川田氏）〕五十二顔の泪の雨雲は北山にけしき立

⑫独吟半歌仙〔霞風（川口氏）〕華清宮前の柳玄宗の詠め…

⑬独吟半歌仙〔寿進（河重氏）〕一代教主釈迦牟尼宝号…

⑭独吟半歌仙〔草永（安井氏及中軒）〕柳は風にあさむかれてみとりやうやくたれり

⑮独吟半歌仙〔今貫（長尾氏）〕佐々木三郎盛綱の末孫

⑯独吟半歌仙〔遠霞（安井氏）〕つらゆきは都にありなから花の波こそまなくよすらめと…

⑰両吟半歌仙〔随風（誓念寺）1―草也（澄心軒）17〕久しくおとつれて…即興／脇句より独吟して歌仙半にして客人につかはしぬ

⑱九吟歌仙〔尤虚（村上氏）4―古白（古河氏）4―寿進（河重氏）4―時習（楢崎氏）4―随吟（伊藤氏）4―霞風（川口氏）4―乃白（三宅氏）4―似浅（広瀬氏）4―如柳（三戸氏）3―執筆1〕人の心の咲出るさくらは…

⑲両吟半歌仙〔真浅（木野氏）9―随吟（伊藤氏）9〕半歌仙両吟

⑳両吟半歌仙〔草也（澄心軒）9―草経（夢楽軒）9〕道隔たりし酒の里より一樽のかほりは…／折からの雨をとひて先生の許へ来たれば…

㉑両吟三句〔草也1―西鶴2〕難波ニ万翁松寿軒西鶴は
むかしの人と成給ひぬ両吟せしいにしへを思出て
㉒三吟三句〔遠舟（和気氏朧麿）―由平（前川氏破瓢叟）―草也（安江氏澄心軒）〕難波なる破瓢叟・
朧麿のもとより第三せよとてこされけるにつかは
しける

〔芭蕉翁追悼こからし〕

京寺町二条上町／井筒屋庄兵衛梓。元禄八乙亥歳林鐘（六月）二日（奥）。壺中・蘆角編。発句・連句集。半紙本一冊。元禄七甲戌初冬謹識焉／壺中・蘆角（自序）。書名ハ後補題簽ニヨル。綿屋文庫蔵。『俳書集成』22ニ影印。『蕉門珍書百種』5ニ翻刻。芭蕉百ケ日追善集。序中ニ記サレル芭蕉句二、壺中・蘆角句各一モ集計ニ加エタ。

発句

ア行
惟然 一
一至 一
翁（芭蕉） 一九

カ行
伽香 一
去来 一
壺中 二

サ行
支考 一
之道（諷竹） 二
舎羅 一
尚白 一
焦桐 一
丈草 一
信徳 一
荘人 一

タ行
洞雀 一

ハ行
芭蒼 一
筏艇 一
琶扣 一
附専 一
風国 三
保直 一
本好 一

ラ行
嵐如 一
里山 一
流砂 一
路通 一
蘆角 一

連句

①両吟歌仙〔壺中18―蘆角18〕正月廿三日／百ケ日追悼
②三吟歌仙〔蘆角12―壺中12―風国12〕身のいたつらに
翁の百ケ日も過去りけれは
③十三吟歌仙〔正秀3―臥高2―風国3―惟然3―直愚
上人2―舎羅1―土竜3―回晃3―榎軒3―路通
5―丈草2―木節2―乙州2―作者失念2〕出苫

忌義仲寺乱吟

水仙畑

刊記ナシ（アルイハ欠丁ガアルカ）。田間鵗立編。発句・連句・笠付集。半紙本一冊。元禄歳次旃蒙大淵献林鐘上浣（六月上旬）／豊陽茅生田間鵗立自序。佐賀大学大内初夫文庫蔵。『鹿児島大学文科報告』12（昭和51・9）ニ翻刻。編者ノ亡父追善集。「このころ弊邑にて予か墨を汚したる笠句」トシテ載セル笠付モ集計シタ。

発句

ア行

山田 一良　笠一
財津 永胤　笠一
財津 永応　笠一
秋原 永照　笠一
財津 永鐺　笠一
合原 鳶淵　一

カ行

下旦 家次　笠一
隅町 雅風　笠一
杷木 閑夕　一
内川野 義正　笠一
恵良 吉弥　笠一
隅町 京水　笠一
引治 吟雪　笠一
隅町 源海　笠一
引治 虎走　笠一
隅町 後藤氏　笠一
山田 公之　笠一
大原祠官山田 公俊　笠一　一
志波 岡重　笠一
隅町 国水　笠一

サ行

恵良八歳 しな　笠一
恵良 資快　笠一
恵良 資摂　笠一
引治 似猿　笠一
塚脇 似松　一
宝珠山 珠善　笠一
大隅 種次　笠一
鶴川内 重光　笠一
塚脇 春朝　一
野上 信晟　笠一
右田 是易　笠一
隅町 清風　笠一
杷木 夕也　笠一
引地 雪下　笠一
右田 善六　笠一
町田 宗信　笠一
町田 則勝　笠一

タ行

隅町 忠島　笠一
町田 直安　笠一
塚脇 通安　笠一
恵良 統勝　笠一
町田 統清　笠一
町田 統明　笠一
志波 童翫　笠一
中村 独優　一
呑化和尚　一

ナ行

川内 二木　笠一
引地 熱谷　笠一

ハ行

杷木 梅可　笠一
玉江 氷水　一
下旦 ふり　笠一
大隅 不及　笠一
隅町 風流　一
筑前志波 ト糸　笠一

ヤ行

隅町 有随　笠一

ラ行

隅町 蘭水　笠一
杉林庵 里仙　笠一

連句

①三吟歌仙〔朱拙12—頽立12—氷水12〕父々たれは子々たりとは頽立生か此挙ならんか
②三吟六句〔桑門 逸雪2—頽立2—水我2〕面六句／下略
③三吟六句〔水我2—頽立2—逸雪2〕面六句／下略
④三吟六句〔素人2—頽立2—座羅2〕面六句／下略
⑤三吟半歌仙〔座羅6—頽立6—素人6〕一折／下略
⑥三吟六句〔宗之2—頽立2—紫道関2〕面六句／下略
⑦三吟六句〔紫道関2—頽立2—宗之2〕面六句／下略
⑧両吟歌仙〔筑前杷木住 閑夕18—頽立18〕両吟
⑨独吟三十四句〔頽立〕独吟／元の水なき山川のおくれ先たつ人の世の中と…
⑩独吟三十四句〔頽立〕独吟／五日の菖蒲九日の菊は更なり

やはき堤

京寺町二条上ル丁／ゐつゝや庄兵衛板。睡闇編。発句・連句集。半紙本一冊。元禄乙亥林鐘（六月）／尾陽巴丈（自序）。藤園堂文庫蔵。『新編岡崎市史』13（同編集委員会　昭和59年刊）等ニ翻刻。

発句

ア行

蛙子　七
亡人 以人　一
尾陽 衣吹　五
京 惟然　三
一鷗　二
尾陽 一狐　三
一枝　二
津島 一笑　一
薗女（園女）　一
尾陽 凹山　三
翁（芭蕉モ見ヨ）　三
奥猿　九
尾陽 横船（蘭秀）　二
乙州　一

カ行

ミノスハラ 可吟　三
尾陽 荷兮　一
歌竹　一
ミノ 槐人　二
鶴声　二
ミノ 閑水　二
江戸 其角　四
尾陽 菊芳　一
京 去来　二
巨扇　四
膳所 曲翠（曲水）　一
伊勢 空牙　一
伊勢 計徒（計従カ）　一
ミノ 硯石　一
湖舟　六
尾陽 顧丈　一
好糟　二
黒鳥　三

サ行

尾陽 左次　三
尾陽 犀角　二
江戸 杉風　一
伊勢 支考　三
大坂 之道（諷竹）　五
枝残　一

所	名	数
ミノ	指算	一
尾陽	捨石	五
犬山	酒紅	一
ミノ	寿仙	一
尾陽	周海	一
亡人	秋月	五
	秋冬	六
	什佐	三
	宿張	一
大垣	如行	二
尾州板山	如山	三
	松雨	四
尾陽	松翁	一
尾陽	松醒	四
ミノ	嘯風	一
膳所	丈草	三
	睡闇	一五
犬山	随岐	三
膳所	正季（ママ）（正秀）	一
	正秀	一
	斉伝	二
犬山	夕流	二
	石詠	四
新城	雪丸	一
	千州	二
尾陽	千声	二
	霰艇	三
尾陽	素覧	四
尾陽	鼠弾	四
伊勢	宗比	一
	タ行	
	打水	三
	丹集	四
	端当	四
伊勢	団友（涼菟）	二
大津	智月	一
	釣眠	九
尾陽	直全	四
	椿翁	一
尾陽	杜旭	四
犬山	東白	二
新城	桃先	二
	独友	三
犬山	呑水	五
	ハ行	
尾陽	巴丈	四
	芭蕉（翁モ見ヨ）	五
犬山	梅仙	七
新城	白雪	四
	柏里	四
伊勢	秡荷	一
犬山	不流	五
尾陽	斧芥	一
京	風国	二
ミノ	碧川	一
尾陽亀崎	卜志	三
	マ行	
尾陽	卍春	一
	未出	四
	ヤ行	
尾陽	友也	四
	由之	二
尾陽	勇和	一
	ラ行	
江戸	嵐雪	一
伊勢	蘆本	一
尾陽	露川	六
	鷺雪	五
	ワ行	
尾陽	和泉	五

連句

①五吟歌仙〔支考7—素覧7—巴丈7—左次8—露川7〕

②三吟歌仙〔睡闇12—秋冬11—釣眠12—筆1〕

③五吟歌仙〔独友7—睡闇7—由士7—柏里7—石詠7—筆1〕

④五吟歌仙〔巴丈6—直全6—睡闇11—湖舟6—鷺雪6—筆1〕

⑤八吟八句〔其角—鷗伯—露川—湘水—左次—梅人—素覧—野幽〕熱田にしる人ありて此面を状に書入てこしぬ幸として追加ス／あつたは潟とも浦ともい

へりこゝに一夜の眺望…

〔調和点取帖〕

稿本。元禄八乙亥歳六月十日切／清書所（奥）。点取帖。岸本調和点。巻子本一巻。佐藤勝明蔵。冒頭一句分ヲ欠キ、句引ニヨリ作者ハ花丸ト判断サレル。孤蟬ノ部分ニモ切リ継ギガアリ、四句分ノ欠ト考エラレル。

発句

海石　一〇　花丸　九
吟水　一〇　孤蟬　六
三仙　一〇　蕊真　一〇
浮水　一〇　風和　一〇
未覚　一〇　無真　一〇
用水　一〇　陸船　一〇

笈日記

京寺町二条上ル町／井筒屋庄兵衛板。元禄乙亥の秋八月十五日／洛の桃花坊におゐて校焉（奥）。各務支考編。日記・紀行・発句・連句・俳文集。半紙本三冊。元禄乙亥の秋七月十五日／支考自序。綿屋文庫他蔵。『古俳大系　蕉門俳諧集一』等ニ翻刻。

発句

ア行

安世〈本間〉　二　杏雨　九　衣吹　二　為有　一　惟然　四　一狐　一
一水　四　一桐　一　一道　五　一髪　一〇　一露〈僧〉　四　雲鴻　六　越人　二
猿雖　六　桜三〈柏原〉　二　黄蝶〈ミノ〉　三　鷗白　一　鷗歩　二　乙州　二　乙由　三

カ行

加青　一　可吟〈ミノ〉　五　我峰　一　臥高　六　賀枝　七　介我　一
槐人〈ミノ〉　一　角巾〈ミノ〉　一　其角　四　九節　一　去来　四　許六　五　魚日　一
曲翠（曲水）　四　均水〈ミノ〉　二　闇如〈ミノ〉　六　句空〈かゝ〉　一　計従　一　桂之　二　硯石　二

己百 八
胡来 一
壺中 一
呉竹 二
口遊 四
江水（柏原） 二
荒雀 一
凵山 二

サ行

左次 七
柴友 三
犀角 一
颯声 一
山石（女） 一
杉風 一
残香 六
支考 四四
支川 一
枝残 一
指算 二
示峰 一
治棟 一
車来 二
洒堂 二
射江 一
捨石 三
斜嶺 六
朱迪 二
朱巒 一
柊角 一
十水 一
如元 一
如行 七
如山（犬山） 一
如舟 一
如川 一
恕風（ママ）（怒風） 二
徐寅 一
昌房 二
松翁 一
松醒 二
湘水 一
蕉笠 八
丈草 五
信昌 四
水魚 三
水莫 一
水酉 一
吹衣 一
炊玉 二
睡闇（ヲカザキ） 二
随岐（犬山） 一
井水（広島） 一
正秀 六
夕可（ミノ） 二
夕秋 一
石菊 一
雪芝 一
千声 一
川舟 一
仙杖 二
前川 二
その女（園女） 一
素人 二
素堂 三
素覧 八
楚江 一
鼠弾 四
宗波（僧） 一

タ行

岱水 一
苔蘇 一
卓袋 二
丹野（本間） 二
探芝 一
団友（涼菟） 一三
智月 二
長年（ハニ） 一
長利 一
直全 一
低耳 五
荻子 二
吐竜 二
杜旭 四
杜国（万菊丸モ見ヨ） 一
土芳 四
怒風 二
東藤 一
桐葉 一
桃後 一
桃先 一
桃隣 三
呑水（犬山） 二

ナ行

南北 一
二竹（ミノ） 五
二木 一

ハ行

巴丈 五
芭蕉 一五三
馬蹄 一
馬仏 一
配力 二
梅餌 四
梅人 一
梅仙（犬山） 一
梅知 一
白蘋 四

泊楓（長良）　四
跋元　一
尾頭　一
氷固　二
不玉（さか田）　一
不流（犬山）　三
斧芥　一
風国　三
風睡　一
文鳥　二
汶村　三
蚊足　一
碧川　二
弁三　一
抱月　三
蓬雨　六
卯七（長崎）　一
望翠　二
北枝　二
卜志　一

マ行

万菊丸（杜国モ見ヨ）　一
万乎　二
万里（女）　一
卍春　一
木因　五
木之　一
木節　二
木導　五

ヤ行

夜霜　一
野径　二
野青（長崎）　一
野童　一
野明　二
野遊　一
友五　二
友巴　一
友也　一
祐甫　一
游刀　二
陽和　二

ラ行

羅香　一
落梧　四
嵐蓑　二
嵐青（越中）　二
嵐雪　三
李晨　四
李由　二
里東　二
里洞（広島）　一
梨雨　一
柳玉　五
柳江（広島）　一
流霞　二
林木（柏原）　一
令木　一
呂風（越中）　一
路草　五
路通　三
魯町（長崎）　一
蘆本　九
露川　八
浪化　三

ワ行

和泉　三
作者しらす　一

連句

①両吟二句〔猿雖―翁（芭蕉）〕今宵の前後にや有けむ猿雖亭にあそふとて

②五吟歌仙〔猿難7―支考7―土芳7―万乎7―卓袋7―執筆1〕歌仙

③三吟三句〔其角―支考―丈草〕湖南湖北の門人おのおの義仲寺に会して無縫塔を造立す…

④両吟二句〔惟然―翁（芭蕉）〕茄子絵

⑤三吟歌仙〔去来12―支考12―風国12〕歌仙

⑥両吟二句〔翁（芭蕉）―乙州〕おなし年九月九日、乙州か一樽をたつさへ来りけるに

⑦両吟二句〔翁（芭蕉）—正秀〕正秀亭初会興行の時
⑧両吟二句〔曲翠（曲水）—翁（芭蕉）〕
⑨三吟歌仙〔臥高12—支考12—正秀12〕歌仙
⑩両吟二句〔翁（芭蕉）—李由〕元禄五年神な月のはしめつかたならん…
⑪三吟三句〔許六—翁（芭蕉）—嵐蘭〕深川の草庵をとふらひて
⑫両吟二句〔木導—翁（芭蕉）〕
⑬五吟歌仙〔支考7—許六7—李由7—汶村7—木導7—執筆1〕歌仙
⑭両吟二句〔如行—翁（芭蕉）〕貞享元年の冬如行か旧茅に旅寝せし時
⑮両吟二句〔木因—翁（芭蕉）〕舟にて送るとて
⑯両吟二句〔己百—はせを（芭蕉）〕ところ〳〵見めくりて洛に暫く旅ねせしほと…
⑰三吟三句〔荷兮—落梧—翁（芭蕉）〕落梧亭
⑱五吟歌仙〔落梧7—蕉笠7—一髪7—杏雨7—李晨7—執筆1〕歌仙
⑲両吟二句〔露川—翁（芭蕉）〕おなし冬の行脚なるへしはしめて此叟に逢へるとて
⑳両吟二句〔翁（芭蕉）—抱月〕抱月亭
㉑六吟歌仙〔はせを（芭蕉）6—露川9—素覧9—支考4—左次4—巴丈4〕隠士山田氏の亭にとめられて
㉒両吟二句〔その女（園女）—翁（芭蕉）〕かへし
㉓五吟歌仙〔団友（涼菟）7—支考7—木因7—乙由7—蘆本7—執筆1〕歌仙
㉔五吟六句〔支考—雲鴻—夕可—均水—闇如—執筆〕雲鴻のぬし、今は世を引かえて、わひし気なるを思ひわひて
㉕四吟半歌仙〔支考5—可吟5—碧川4—指算4〕可吟亭

ゆすり物

稿本（杜旭自筆）。元禄八乙亥無射（九月）上旬／書之杜旭管（奥）。杜旭編。連句集。半紙本一冊。綿屋文庫蔵。『俳書集成』8ニ影印。

連句

①五吟歌仙〔翁（芭蕉）7―曲水7―臥高7―素牛（惟然）7―支考7―筆1〕

②六吟歌仙〔為有（嵯峨田夫）1―翁（芭蕉）8―素牛（惟然）11―鳳仞11―去来4―之道（諷竹）1〕

③四吟歌仙〔翁（芭蕉）9―木節9―素牛（惟然）9―支考9〕

④三吟半歌仙〔素牛（惟然）6―空牙6―支考6〕

⑤四吟歌仙〔文代11―支考9―空牙8―宗比8〕

⑥四吟三十五句〔支考10―文代10―空牙9―宗比6〕（初裏五句目ヲ欠クカ）

⑦八吟半歌仙〔素覧2―路草2―露川2―支考3―団友（涼菟）3―蘆本2―呑湖2―信昌2〕五月朔日／久保倉右近亭にて

⑧八吟歌仙〔露川4―団友（涼菟）6―支考5―素覧5―宗比5―文代4―呂周4―秡苻3〕曽根の庵にて

⑨六吟歌仙〔はせを（芭蕉）6―露川9―素覧9―支考4―左次4―巴丈4〕戌の五月／隠士山田氏の亭に／とゝめられて

⑩十吟歌仙〔翁（芭蕉）4―荷兮4―巴丈4―越人4―長江4―桃里4―傘下4―桃首4―大椿1―初雪3〕いぬの夏／荷兮亭

⑪三吟歌仙〔可吟（ミノスハラ）12―木阿12―露川12〕戌の九月廿日／於胡桃東庇

⑫四吟歌仙〔露川9―木阿9―素覧9―衣吹9〕同月廿四日／胡桃庇ニ而

⑬四吟歌仙〔松嵐（ミノ）9―露川9―木阿9―素覧9〕戌の十月廿六日／露川宅にて

⑭五吟半歌仙〔木阿4―巴丈4―露川4―素覧3―支考3〕亥ノ正月／露川亭

⑮五吟半歌仙〔支考4―露川4―木阿3―素覧3―衣吹

3—筆1〕いの正月／素覧亭

⑯十吟世吉〔如行4—巴丈4—露川5—燐光4—素覧4—序柳5—十貫4—夕道4—木阿5—犀角2—作者不記3〕いの正月／巴丈亭

⑰三吟半歌仙〔露川6—巴丈6—木阿6〕亥の二月九日／赤水亭

⑱五吟歌仙〔露川7—可吟7—支考7—指算7—碧川7—執筆1〕いの弥生／洲原山中

⑲六吟歌仙〔露川6—之道（諷竹）7—支考7—素覧7—左次6—巴丈2—作者不記1〕おなしつき

⑳六吟歌仙〔支考6—杜旭6—之道（諷竹）6—露川7—和泉6—捨石5〕亥三月杜旭亭／三月尽

㉑九吟歌仙〔惟然4—露川4—巴丈4—左次4—素覧4—湘水4—友也4—衣吹4—大椿4〕いの卯月／露川亭

㉒八吟歌仙〔惟然5—巴丈5—露川5—大椿5—木阿5—松醒4—素覧5—杜旭2〕いのうつき／巴丈亭

㉓十六吟半歌仙〔惟然3—酒紅1—夕流1—随岐1—東白1—露川1—湘水（アツタノ住）1—友也1—衣吹1—素覧1—鼠弾1—左次1—杜旭1—松醒1—巴丈1—捨石1〕林桃院にて

〔西国追善集〕

写本（自筆稿本カ）。元禄八亥年季秋（九月）上浣（冒頭部）。編者未詳。発句・連句集。大本一冊。個人蔵。『語文研究』30（昭和46・3）ニ翻刻。西国百ケ日追善集。当該本ハ表紙オヨビ最初ノ数丁ヲ欠イテイル。

発句

ア行

一幽（宗因）一
逸雪 一
胤子 一
詠水（亡人） 一
鳶淵 一
桜国 一

カ行

荷国 一
公□ 一
国介 一
国迄 一
国久 一

サ行

蒔□ 一
朱拙（散人） 一
笑水 一
水我 一

西花　一
西国　三六
西木　一

宗之　一
タ行
団□　一

徳右衛門　一
ハ行
番国　一

氷国　一
望雪　一

ラ行
杉林庵里仙　一
鶏吟　一

露洸　一
□□　二

連句

①十一吟二十二句〔大津尼智月2―露沾2―西国2―桃隣2―尺草2―未陌2―沾荷2―乙州2―其角2―沾蓬（沾圃カ）2―沾徳2〕江戸興行

②六吟歌仙〔落安舎西国7―露沾6―沾徳6―未陌5―遠水5―沾荷6―執筆1〕

③独吟歌仙〔西国〕

④両吟三句〔西国2―肥後熊本多平次1〕野等に楽みてかくこそ

誹諧よせかき大成

元禄八竜次乙亥九月念五（二十五日）／皇都書肆／井筒屋庄兵衛・和泉屋茂兵衛・柏屋四郎兵衛。青木鷺水著。俳諧作法書・季語集。小本一冊。御溝鷺水（自序）。洛誹林／伊藤氏信徳（跋）。内題ハ「合類　誹諧寄垣諸抄大成」。綿屋文庫他蔵。『青木鷺水集』2ニ影印。同一版木デ吉野屋為八・田中荘兵衛ヲ書肆トスル二冊本、内題ヲ「誹諧八重垣諸抄大成」トスル二冊本モアル。作者名ノ記サレタ例句ノミヲ集計シタ。

発句

ア行
維舟（重頼モ見ヨ）　一
カ行
感之　一

季吟　五
季重（湖春）　一
其角　一
玖也　三

慶彦　一
慶友　一
元隣　一
玄且　一

玄札　一
サ行
糸立　一
守武　三

重頼（維舟モ見ヨ）　六
女　一
如自　一
昌意　一

心敬　一
信徳　一〇
宗鑑　五
宗祇　一

宗養　一

タ行

知徳　二
長女　一
定重　一
貞徳　一五
徳元　四

ナ行

任口　一

ハ行

梅盛　一
白云　一
望一　一

ヤ行

幽斎　一

ラ行

立圃　三
良春　一
令徳　一
嶺利　一
鷺水　二〇

鳥羽蓮花

寺町二条上ル丁／ゐつゝや庄兵衛。梅原和海編。発句・連句集。半紙本一冊。元禄乙亥孟冬（十月）日／要津道人書（序）。元禄八の年文見月（七月）／無不非軒石鳴居士三千風（跋）。綿屋文庫蔵。貞徳追善集。

発句

ア行

一介（長崎）　一
一晶　一
一水　一
一鉄　一
雨伯　一
烏玉　一
越人（尾州）　一
園女　一
遠山　一
応理（勢州桑名）　一

カ行

可因　一
我黒　一
季吟　一
季範　一
其角　一
鬼丸　一
去来　一
見志　一
元静　一
元隣　一
言水　一
湖元　一
湖春　一
好春　一
行志　一
幸佐　一

サ行

才丸　一
三千風　一
山之　一
士清　一
市休　一
自楽　一
似船　一
酒心　一
舟丸　一
秋興　一
春澄　一
順水（紀州）　一
如泉　一
助秋（丹後）　一
助白　一
松笛　一
勝尚（山崎氏十二歳）　一
常牧　一
常也（芸州小島氏）　一
信愛　一
信徳　一
正由　一
西吟（桜塚）　一
西武　一
清昌　一
清風（出羽）　一
素雲　一
爪端（木口氏）　一
宗卜　一

タ行

団水　一

勢州団友（涼菟） 一
張水 一
調和 一
定之 一
底元 一
貞恕 一
鉄仙 一
轍士 一

都室 一
都雪 一
五花堂恐山人東行 一
東明 一
道弘 一

ハ行

梅盛 一
普山 一
武陳 一
風国 一
文海 一
文机 一
文流 一
丹野氏聞思 一
鞭石 一
暮四 一

マ行

万海 一
万蝶 一
木風 一

ヤ行

沙門友元 一
友晶 一
由平 一
幽山 一
猶貫 一

ラ行

丹野氏羅陽 一
来山 一
嵐雪 一
立吟 一
立志 一
林鴻 一
隣松 一
隣酔 一
鷺水 一

ワ行

和海 一

連句

①三吟百韻〔助叟33―和海33―為文33―執筆1〕向貞徳尊霊

誹諧茶辨當

京寺町二条上ル町／井つゝや庄兵へ。島順水編。発句・連句集。大本一冊。落月庵西吟（序）。旹元禄八旃蒙大淵献一陽（十一月）下浣／紀府門人一瓢居士謹書（跋）。柿衞文庫蔵。巻頭ニ順水別邸ノ八景図ヲ配シ、巻末ニ風也ノ五言律詩ヲ収メル。

発句

順水 三 ｜ 西吟 四

連句

①両吟半歌仙〔西吟9―順水9〕千峰の松は斜陽（シヤヤウ）のおさ〳〵しきに映（エイ）し…曲浦遠山の致景白莫池（スヾリ）に逮ひなき事を怡（イ）して

誹諧渡鳥

書林／大伝馬三丁目／志むら孫七。和田東潮編。発句・連句集。半紙本二冊。元禄八／柏十題（序）。竹冷文庫他蔵。『元禄前期江戸俳書集と研究』ニ翻刻。「嵐雪紀行抜書」等ヲ収メル。

発句

ア行

甲州 安子 一
猗竹 二
椅竹（ママ）（猗竹） 一
郁人 二
小田原 一笑 一
一桃 二
一楓 三
栄祥 一
円角 一
円楽 一
鶯夕 一

カ行

可方 一
介我 六
介波 二
回川 三
海星 二
古河住 皆可 一五
皆水 一
懐賞 二
咸宇 一
古河 寒蟬 一
古河 无水 二
其角 一
南部 亀松 一
相州小田原 暁船 一
琴松 一
琴風 四
古河 吟詞 一
吟松 一
銀葉 一
小田原 撃水 四
洛陽 光寛 二
光潮 二
好春 一
好波 一
古河 根星 一

サ行

小田原 左巴 一
相州小田原 子角 一
古河 枝辺 一
指東 一
紫紅 三
舟竹 二
羽州 春林 二
渚岩 三
如水 一
洛陽 如泉 二
昌仙 一
常琴 一
常陽 一
神叔 一
新真 三
水風 一
翠丸 一
古河 瑞流 二
清風 一
相州小田原 夕蕭 一
昔西 一
雪戸 二
仙化 四
先車 五
沾徳 一
扇角 一
長崎住 素石 一
素彳 二
釈 鼠ト 二
宗和 三

タ行

大魚 五
丹水 一
丹頂 一
団笑 一
調翠 一
定松 三
適志 一
古河 鉄蕉 一
図牛 二
岩城 免谷 一
東口 一
東治 一
東水 二
東潮 一八
東民 一
桃隣 四
桃和 一

ハ行

白獅 七
白水 一

白仙　一
白汀（小田原）　五
柏十　二
八匡　三
発止　一
発声　一
伴頃　一

斑玉　一
晩山　一
美谷　一
百里　七
百和　一
平沙（ママ）（平砂）　一
平砂　一

漂花（小田原）　一
負笈　一
浮生　一
普吟（新田）　一
文子　二
文水（古河）　二
蚊毳　一五

包角（小田原）　二
卯志（新田）　七
牧士　一

マ行

未知　一
未陌　二

ヤ行

尤非（米沢）　一
幽洞　一

ラ行

雷笑　一
嵐雪　三
立章　一
柳睡　一
流水　一
倫樵　一
魯可　一
蘆潮　一
露桂　四
露泥　一

連句

①七吟歌仙〔嵐雪5—東潮5—光潮4—大魚5—図牛6—八匡5—渚岩5—筆1〕

②四吟歌仙〔蚊毳9—東潮9—柏十9—白獅9〕荏柄

③五吟歌仙〔百里7—東潮7—神叔7—仙化7—素イ7—筆1〕其頃伊東に遊て

④三吟歌仙〔沾徳12—東潮12—皆可12〕即席

⑤六吟歌仙〔郁人6—東潮6—牧士6—介波6—洞翠6—柳睡6〕

⑥七吟歌仙〔卜二5—東潮5—白汀5—包角5—撃水5—白獅5—蚊毳5—筆1〕塔ノ沢／小田原の人々温泉見舞して一夜興したりけるを此巻に綴

⑦五吟歌仙〔琴風7—先車7—一桃7—東潮7—蚊毳7—筆1〕先車亭則興

芭蕉一周忌

京寺町二条上ル町／井筒屋庄兵衛板。『阿付』ニ『芭蕉翁一周忌』トシテ「元禄八年」。服部嵐雪編。発句・連句集。半紙本一冊。玄峰嵐雪居士（自序）。綿屋文庫蔵。『俳書集成』22ニ影印。『俳書集覧』4ニ『若菜集』ノ書名デ翻刻。芭蕉一周忌追善集。

発句

介我 一
咸宇 一
キ角（其角） 一
月下 一
口遊 一
紅雪 一
舟竹 一
楸下 一
神叔 一
政井 一
石秀 一
仙化 一
専跡 一
素彳 一
桃隣 一
百里 一
氷花 一
浮生 一

連句

①両吟三十四句〔はせを（芭蕉）18—嵐雪16〕
②十吟百韻〔嵐雪13—仙化13—東潮10—月下11—百里13—氷花13—神叔13—専跡2—浮生10—素彳1—執筆1〕元禄乙亥十月十二日／一周忌追善興行

芭蕉翁行状記

板本／井筒屋庄兵衛。『阿付』ニ「元禄八年」。元禄七年冬於湖上三井寺綴此記／小沙弥路通謹書（行状記識）。斎部路通編。行状記・発句・連句集。半紙本一冊。綿屋文庫他蔵。『俳書集覧』4等ニ翻刻。芭蕉一周忌追善集。

発句

ア行
（大津）安世居士 一
惟然 二
宇白 一
翁（芭蕉） 六
乙州 四

カ行
（大坂）何処 一
（大津）夏白 一
誐々 一
（加州）旭江 一
（美濃）均水 一
（女）錦江 二
（加州）兮伝 一
（大津）五季 一
（大津）江山 一
（柏原）江水 一
（加州）岡水 一

サ行
（加州）三十六 一
（みの大垣）残香 一
（大坂）芝柏 一
（定元坊）実永 一
（みの大垣）斜嶺 一
（加州）周来 一
（加州）十進 一
（駿河鶴田）如舟 一
（駿河鶴田）如竹 一
（大津）心流 一
（加賀小松）塵生 一

正道　一
濃州 夕可　一

タ行

大津僧 乃期　一
大津 大武　一
大津 丹野　三
京 短長　一
智月　五

濃州 竹堂　一
大津僧 鳥白　一
土竜　四
みの 怒風　一
桃隣　一

ナ行

加州 南甫　一

ハ行

加州 巴水　一
岐阜 白蘋　一
大津 百々　一
出羽酒田 不玉　一
加州 文川　一
加州 ノ松　一
大阪 保直　一

加州 北枝　一
加賀金沢 牧童　一

マ行

加州 万子　一
木志　一
木節　四

ヤ行

大和今井 葉文　一

ラ行

羽州最上 羅隅　一
加州 頼元　一
嵐雪　一
大津 路外　一
京 路静　一
路通　四
三井 蘆水　一

大津 露玉　一
作者不記（路通）一
作者不記　付一

連句

①十一吟世吉〔路通4―乙州4―木節4―土竜4―卓袋(いか)4―木志3―正道4―如行(みの)4―丹野4―智月4―土芳(いか)4―筆1〕翁一七日十月廿五日会／追善各集粟津義仲寺請直愚上人設斎

②両吟歌仙〔乙州―木節〕初月忌／両吟／おもひ〳〵の追善とも有中に（各句数ハ不明）

③二十二吟五十韻〔木節2―桃隣3―直愚(義仲寺上人)1―乙州3―朴吹2―丹野1―路通3―臥高3―土竜3―游刀3―嵐雪4―探芝2―廻鳬2―遅望3―惟然3―丈草2―昌房1―去来3―重勝1―正秀2―智月1―者水1―執筆1〕五七忌／木曽塚会連衆／京江戸大津膳所

夏木立

京寺町二条上ル町／井筒や庄兵衛板。元禄第八（奥）。堀内雲鼓編。笠付・発句・連句集。半紙本一冊。元禄八乙亥のとし春もくれ…卯の花の垣根白妙に…／吹簫軒雲鼓（自序）。爪木散人（晩山跋）。穎原文庫蔵。『俳書叢刊』7ニ翻刻。無記名ノ笠付一〇六、自作ノ前句付三組ハ集計ニ加エテイナイ。

発句

ア行
和州五条 一風 三
雲鼓 四
雲鼓妻 一
遠山 一
凰山 二
カ行
和州下市少女 かつ 三
加柳 一
可松 一
可楽 一
鵝風 二
京 鬼睡 一
三州吉田 葵白 一
旧白 一
勢州四日市 夾鳥 四
言水 一
勢州四日市 谷水 三
サ行
三州四郷 残雪 一
止丘 二
志計 二
秋柳 二
集加 一
松煙 一
江州曲川 松葉 一
心圭 三
和州下市 正近 二
夕雨 三
三州矢作 素文 三
和州五条 粗工 一
タ行
忠重 一
滴水 一
丹州質志 鉄縄 一
ナ行
江州妙感寺 入江 一
ハ行
晩山 二
孚世 一
鞭石 三
南都 方山 三
マ行
信州善光寺 未格 一
無関 一
勢州四日市 霧海 四
ヤ行
桑門 友元 四
友墨 三
友也 一
和州五所 雄雌子 三
ラ行
嶺風 一
備中ノ住 露堂 一
自瀉堂 弄竹 一
よみ人しらず 一

連句

①八吟九句〔言水―雲鼓―素雲―幸佐―晩山―備中露堂―鞭石―我黒―執筆〕追加／即席一巡

やへむくら

加州金沢上堤町／三ケ屋五郎兵衛・京寺町二条上ル町／井筒屋庄兵衛板。元禄八年成カ（内容）。北空編カ。発句・連句集。半紙本欠一冊（現存ハ下巻ノミ）。早稲田大学図書館蔵。『加越能古俳書大観』上ニ翻刻。

発句

ア行

暗山 二
一雨（高岡） 一
一琴（山中） 一
一笑 七
一声（富山） 一
一村 二
栭雪 一

カ行

可休（京） 一
可月（亡人片山氏） 一
可習 二
華鶏 三
歌之助（北空子七才） 一
其角（江戸） 一
区子 一
薫煙 三
軽舟 三
孤雲 一
孤吟 五
香竹 一

サ行

颯々云 二
三枝 五
三十六 三
シラ（北空女） 一
四明（只静堂） 一
指下 一
自金（富山） 一
自山 一
自笑（山中） 二
如形 四
小竹（氷見） 一
松月 一
塵也（吉山） 一
水瓢 一
寸松軒 一
正次（越中新田） 二

タ行

池月（放生津） 一
竹葉 一
長治 一
朝烏 一
轍士（京） 二
桃蜂（桃妖） 二

ハ行

巴兮 一
薄紙 三
八才（軽舟娘） 一
卑水（埤水カ）（わしま） 四
埤水 二
百華 一
布人 五
武竹 七
片方 四
鞭石 一
北空 三

マ行

麻夕 一

ヤ行

友鶴（高岡） 一
有磯（富山） 一
与風 一
陽方 一

ラ行

頼元 二
嵐雪（江戸） 一
柳燕 一
柳水（沙門） 一
柳雫 三
良勇（七尾） 四
路青（有磯ウミ） 一
鷺水（可仙堂） 二

ワ行

和順 一

作者不記 一

連句

①三吟半歌仙〔轍士（京）3―舟路9―山茶花6〕一と、せの秋を廻りあふも秋

②両吟半歌仙〔府漢9―一誠9〕夏木の二号

稿本（浪化自筆）。元禄八年成（内容）。浪化編。俳諧日記。半紙本一冊。綿屋文庫蔵。『俳書集成』12ニ影印。『俳書叢刊』6ニ翻刻。後補題簽ニ「浪化上人御筆／元禄五年壬申日誌」トアルモ、元禄七年カラ八年ニカケテノ作ヲ収録。発句ノ中ニハ、前書カラ連句興行ノ立句ト知ラレルモノモ含マレル。

〔壬申日誌〕

発句

ア行
惟然　四
宇白（石動）　一
翁（芭蕉）　一七

カ行
花陽　一
其継　六

サ行
去来　四
句空　一
四睡　一
秋之坊　一
順正　歌一
丈草　一
夕兆　二
全匙　一

ナ行
南甫　一

ハ行
北枝　三
牧童　一

マ行
万子　二
卍子　一

ラ行
嵐青　七
林紅　四
呂風　二
路健　一
路通　四
蘆葉（石動）　二
浪化　三

連句

①六吟六句〔風翁―キ継（其継）―浪化―林紅―蘆風―嵐秋〕同（九月）九日／佐々の古廓にのほりて／秋興／表にて止ム

②六吟六句〔嵐青―浪化―林紅―呂風―夕兆―其継〕十月十九日夷講の前夜／即座／下略之

③十二吟夢想歌仙〔御1―浪化5―蘆葉（石動）1―宇白（石動）1―其継4―嵐青5―夕兆4―林紅3―呂風4―路健1―去舟3―全匙3―執筆1〕元壬申の冬十月廿五日の朝夢想を見る事あり…即ワキ仕りてことし二月廿五日開席に及ふ処かれこれ指合て漸十月廿五

日ニ企画／未刻始／亥刻満座

④三吟三句〔林紅―其継―浪化〕同(十月)卅日／神迎即座

⑤七吟歌仙〔寿仙7―其継8―浪化7―夕兆4―嵐青2―呂風2―林紅5―作者不明1〕霜月中此より面にいさゝかの腫物出来て痛み臥侍る各病中之なくさみかつ平癒を祝して〔挙句・句引ノ丁ヲ欠クタメ挙句作者不明〕

⑥六吟歌仙〔呂風5―浪化8―夕兆4―林紅7―嵐青4―其継7―執筆1〕同(十二月朔日／四十九日)夜ノ追善会

⑦十吟歌仙〔浪化8―呂風4―嵐青6―路健1―其継1―林紅4―夕兆4―山紫3―和求2―全匙2―執筆1〕(最初ノ六句ノ丁ヲ欠クタメ句引ニヨッテ記ス)

⑧三吟三句〔嵐青―路健―呂風〕人日之賀

⑨六吟歌仙〔北枝8―浪化8―句空7―林紅3―牧童8―万子1―執筆1〕亡師百忌／廿三日

⑩三吟三句〔万子―北枝―牧童〕廿一日／同百ケ日追善会於卯辰山／伊駒氏万子興行／百韻アリ第三迄〔脇・第三ハ作者名ノミ記載〕

⑪五吟七句〔嵐青2―浪化2―夕兆1―呂風1―路健1〕重三即興

⑫七吟七句〔蘆葉(石動)―其継―浪化―林紅―呂風―夕兆―嵐青〕打つゝきたる御歎の我身の上にも思ひ知ることし涙をおさへて其継雅僧の許へ申遣す／下略

⑬三吟六句〔惟然2―浪化2―其継2〕庭興／惟然子に旅館を問はれてしはらく語ル／即座／下略之

⑭五吟半歌仙〔林紅4―浪化4―夕兆3―嵐青4―山紫2―筆1〕重陽之賀一折

⑮五吟六句〔嵐青2―林紅1―浪化1―呂風1―夕兆1〕十三夜／表迄留ム

⑯六吟半歌仙〔嵐青3―浪化3―林紅3―呂風4―山紫2―路健3〕初冬六日／即席／下略

⑰七吟半歌仙〔芳弓3―浪化4―其継1―林紅3―呂風3―全之1―嵐青2―執筆1〕十九日／追善会／一折

大橋

散逸書。『種』ニ「写本一冊　正武撰　京ノ人　季吟ノ門也　元禄八年」、『故』ニ「此大橋」ノ書名デ「正武」トアル。

元禄九年（一六九六）丙子

手ならひ

ゐつゝや庄兵衛板。青木鷺水著。俳諧作法書。半紙本一冊。元禄九歳在丙子正月踏歌節（十四・十五・十六日）／御溝水頭之一漚鷺水（自序）。書名ハ内題ニヨル。綿屋文庫蔵。例句部分ハ句集ノ趣ヲモチ、記名ノアル例句ヲ集計シタ。

発句

ア行
雲出 一

カ行
金竜 一

サ行
才麿 一
只丸 一
春澄 一
紀州 順水 一
如泉 一
信徳 一
酔雪 三

タ行
探中 一
湛水 一
鉄船 三
藤明 一

ナ行
二卜 一

ハ行
丹州綾部仲氏 風吟 一
湖東 楓谷 一
弁水 一

マ行
万可 一

ラ行
柳糸 三
紀州 鷺洲 一
鷺水 一七
弄礼 一
滝水 一

連句

①独吟八句〔信徳〕ふとくたくましき体
②三吟半歌仙〔春澄6―千春6―鷺水6〕たはふれたる体
③三吟六句〔鷺水2―酔雪2―屋長2〕ほそくからひたる体

元禄拾遺

京寺町二条／井筒屋庄兵衛板。室賀轍士編。発句集。元禄九丙子年孟春（一月）／仏狸斎轍士（自序）。半紙本一冊。藤園堂文庫他蔵。各地域ノ中デ五十音順ニ並ベカエタ。

発句

尾張之部

安信 一
一口 二
一秀 一
一風 一
一邑 一
甘節 一
寄木 一
亀世 一
夾始 一
吟水 一
孤千 一
湖雀 一
此通 一
捨石 一
推之 一
随岐 三
雪紅 一
千夾 一
素覧 一
楚山 一
楚赤 一
旦栖 一
知足[鳴海] 四
蝶羽 一
吐月 一
杜旭 一
東推 一
独卜 一
呑水[犬山] 四
任節 一
業言 二
楽水 一
立枝 一
林月 一
露黒 四
露川[名古屋檜山屈] 一
露草 二

美濃之部

一松[盲人] 一
一水 四
可及[宗ケイ] 二
歌十 二
塊人[下笠] 一
亀千代[八歳] 一
旭雲[十五条] 二
桂子[小柿] 二
荊口 二
芸水 二
已百[岐阜] 一
湖翁 二
幸船 四
左江 一
此筋 二
志友 一
似風[三はし] 一
舟花 一
集古[北方] 三
扃松 二
水石 一
夕湖[竹ケハナ] 一
千川 二
素台 一
大毫[長良] 二
竹寄 二
朝湖[三日市] 一
低耳 二
桃日 三
巴静 一
梅夕 一
泊楓 一
弥三[十一歳] 一
文鳥 二
万次[九才] 一
木因[大垣] 一
野松 一
唯香[美江寺] 一
蘭芝 一
柳也 一
林山 一

伊勢之部

季松 一
成草[カメ山] 一
団友（涼菟） 一
独見 二
浦睦 一
万計 四
命郷 一
嵐夕 二
蘆本 一

近江之部

大つ 安世　一
雲也　一
にし田氏 衍子　一
桜三　一
夏雪　一
其日　一
宜仲　二
喬木　三
柏ハラ 江水　一
日ノ谷氏 重好　二
重之　一
草つ 重道　一
尚白　一
ぜゝ 松月　四
清次　一
素人　一
遅望　六
東扇　一
桑門正明 洞月　四
流考　一
了水　一
隣風　一

肥前之部

長崎 一介　四
一傘　一〇
鹿島 永春　一
吟遊　五
鹿島 渓水　一
月旨　五
彦松　七
サカ 思風　九
長崎 酒心　四
佐嘉 西湖　九
千里風　二
竹夢　三
佐嘉 藤葉子　七
梅可　二
伯廉　四
氷壺　二
風声　三
文右　六
白石 無節　四

肥後之部

蛙吟　九
江橋　一
僧 使帆　一
先通　一
熊本 長水　二
南郷 梅柳　五

出羽之部

一船　二
逸水　四
揮樽　四
玉紛　五
守口　一
松雪　一
寸虫　二
野代 蕉堂　三
爪端　二
朝桂　一
棹月　一
酒田 不玉　一
不撤　二
角館 風瓢　四
聞思　一
野石　二
天童 羅陽　四
嵐夕　一
立子　二

加賀之部

一琴　二
殼舟　一
金子　一
琴糸　一
釈 元尹　二
三枝　二
子格　一
山中 自笑　二
金沢 舟露　四
親山　一
小松 塵生　一
金沢 声風　五
夕市　一
善休　一
素水　二
桃妖　二
洞水　三
大聖持 弥子　四
平井　一
木主　一
林陰　五

能登之部

正院 重安　一
板ハシ 不珍　五

阿波之部

山崎姓 慰迄　二
一空　一
一徳　二
一保　一
雲推　一
ヌヘ 岩水　一
ツル 螘能　二
（ママ） 鉤寂（釣寂）　一
志計　一
尺捶　四
順水　二
少壮　一

生駒姓 翠山　一
西根　一
団雪　一
忠山　四
釘木　二
晩翠　一
文翅　四
豊丸　一
蘭水　五
僧 里雪　一
律友　三

誹諧呉服絹

京寺町／井筒屋庄兵衛板行。坂上稲丸編。発句・連句集。大本（オヨビ半紙本）二冊。稲丸惷草（自序）。元禄九歳丙子花朝日（二月）／稲丸誌焉（自後序）。元禄九晬陽中其晨／落月庵西吟草（跋）。丙子孟春下澣／宮川一翠子書ニ養軒下（跋）。大阪府立中之島図書館他蔵。『池田叢書』4（池田史談会　大正14年刊）ニ翻刻。挿絵九葉ヲ添エル。

発句

ア行

摂福井 闇助　一
以水　六
以立　一
津島 一笑　二
江戸 一晶　一
摂新免 一道　一
芸陽広島 一唯　一
摂神田 一路　一
江戸 遠水　一
摂小浜 遠文　七

カ行

摂椋橋山 可卜　一
河州 瓜花　二
伽遊　四
摂尼崎 花翁　五
摂尼崎 蝸室　一（漢句）八
京 我黒　一
江戸 雅卜　二
江戸 岩翁　一
河州 気淵　一
季吟　一
大坂 季範　一
其角　一
機丸　一
蟻丸　九
蟻道　三
大坂 休計　一七
若州 去留　一
大坂 虚風　一
江戸 魚水　一
旭柳　四
摂椋橋山 玉泉　八
京 渓雅　一
芸陽広島 蛍草　一
摂多田 谿橋　九
河州 硯海　一
京 言水　一
故秋　二
京 幸佐　一
天満 幸方　八
摂長島 紅山　八

サ行

伊勢山田 柴友　六
江戸 山石　二
止丸　四
大坂 自問　一
酒人　二
大坂 秋里　二
集雅　一
鷲山　二
大坂 春山　一
大坂 春水　一
春堂　九
摂富松 春也　一
紀陽若山 順水　一
京 如山　一
京 如雪　一
如扇　四
猪名野隠士 宵闇堂　四
京 信徳　一
人角　三
京 酔雪　一
江戸 随好　二
紀陽橋本 是琴　六
芸陽広島 井水　一

井水（摂食満）　一
井水　五
正招（芸陽広島十三歳）　一
正由（京）　一
西鶴　一
西夕（松山軒）　一
青鳩（京）　一
夕山　三
夕嵐（大坂）　一
石草（大坂）　一
雪戸（江戸）　一
千丸　三
沾徳　一
浅丸（摂山本）　一
宗祇　一
叢明　二
叢林（摂山本）　六

タ行

太郎　一
濁水　三
濁酔（摂新免）　一
探泉（江戸）　一
竹意（大坂）　一
長頭丸（貞徳）　一
朝軒（江戸）　一
漲水（京）　一
定直（神職秦氏）　一
定明（大坂）　一
轍士（京）　一
都梨（津島）　一
桐葉（摂山本）　一
桃山（丹州）　一
藤貫　五
洞吟（摂多田）　五
洞泉（摂三田）　一
頓阿　一

ナ行

任口　二

ハ行

芭蕉　一
馬青（大坂）　一
馬楽堂（鬼貫）　一
梅翁（宗因）　二
梅山（江戸）　四
梅照（摂東山）　一
白木（津島）　一
半隠（大阪）　三
伴自（大阪）　一
晩山（京）　一
百丸　三
百枝　一
不角（江戸）　一
不極　一
布川（摂南野）　一
風郭　二
風香（芸陽広島）　一
風子　歌一
風慮（大坂）　三
文丸（大坂）　一
保水（大坂）　七
保友　一
浦暁（京）　三
牡丹花（肖柏）　一
放言　二

マ行

末学（津島）　一
万花　二
未白（摂多田）　一
未陌（江戸）　二
無事斎（猪名野）　四

ヤ行

友雅（江戸）　三
友之（大坂）　一
友住（江戸）　一
友水（大坂）　一
友知（芸陽広島）　一
由平（大坂）　二
由也（江戸）　一
邑水　九

ラ行

来角　一
来山（大坂）　一
頼久（良因軒）　一
蘭水　九
蘭鳥　一
蘭風（摂萱野）　八
蘭芳　一
里洞（芸陽広島）　漢句二　四
里諷　三
立志（江戸）　一
柳江（芸陽広島）　八
柳睡　四
良吟（摂南野）　一
魯賢（大坂）　二
蘆水（京）　三
露滴（芸陽広島）　一
鷺助　四
鷺水（京）　一
六水（摂鴻池）　四
鹿世　二
鹿也　八

ワ行

和英　一
和及（京）　一
和卜（京）　一
和要（大坂）　一

連句

①両吟歌仙〔西吟18―稲丸18〕謌僊之両機
②両吟八句〔風子4―稲丸4〕呉服之陋譾
③両吟八句〔稲丸4―西吟4〕予は句つくりにかゝはらす只この神のおほんめくみをいふならく
④両吟八句〔保水4―稲丸4〕表八韻
⑤両吟八句〔人角4―稲丸4〕表八韻
⑥両吟八句〔春堂4―稲丸4〕表八韻
⑦十二吟十二句〔京林鴻―稲丸―以水―春水―止丸―里諷―旭柳―藤貫―邑水―蟻丸―柳睡―不極〕歌仙首尾／稲丸の稲は秋を穂に出…〔初表ト名残裏ノミヲ掲載〕
⑧三吟三句〔保水―稲丸―西吟〕澄月亭風子は又なき信友なりしか…此善澄月信士うてなにとゝけ〳〵よや／稲丸叙
⑨両吟八句〔蘭風4―稲丸4〕表八韻
⑩両吟八句〔休計4―稲丸4〕莞爾として己午のあひより自身の名にとのをつけて…

誹諧翁艸

刊記ナシ。元禄九歳子三月上旬／柵松軒里圃集〔奥〕。柵松軒里圃編。発句・連句集。半紙本二冊。元禄八歳亥神無月中二日／沾圃書〔序〕。上巻ハ潁原文庫蔵、下巻ハ国立国会図書館蔵。『蕉門俳書集』６ニ影印。芭蕉一周忌追善集。

発句

ア行

闇指　一
一宇　一
一三　一
一時　一
一蜂　一
亦魚　七
越人　二
遠水　一
翁（芭蕉）　一三
横几　一
横山　一
乙州　一八

カ行

介我　一
皆可　一
額之　九
岩翁　一
キ角（其角モ見ヨ）　二
キ丸　一
季吟　一
其角（キ角モ見ヨ）　八
枳風　一
去来　一

虚谷　三
玉羽　一
玉泉　一
槿堂　三
吟和　三
渓谷　一
渓石　一
兼好　歌一
兼豊　一
涓泉　一
言水　一
湖春　一
好治　一

サ行

才介　一
才麿　六
犀角　二
山夕　一
山店　四
杉風　二
子珊　一
子堂　一
子葉　一
支考　一
似春　一
蝸室　一
尺草　一
若山　一
如現　一
如行　一
如山　二
如泉　一
如草　四
如柳　二
如流　二六
小松（加賀）　一
小長　一
将監（古）　一
丈草　一
進歩　一
随友　一
正春　二
夕圃　二
沾徳　六
沾圃　三〇
専吟　一
扇洲　一
素堂　一〇
曽角　二
曽良　二
楚舟　一

タ行

探志　一
団水　一
ち月（智月モ見ヨ）　二
智月（ち月モ見ヨ）　一〇
竹平　一
調武子　一
調和　一
貞室　一
東潮　一
桃隣　一

ナ行

南甫　一

ハ行

番山　一
平砂　一
不英　一
不角　一
不必　一
不包　三
楓川　一
圃角　一

マ行

万花　二
未陌　一
無倫　一
木節　四

ヤ行

野萩　一
又丸　一
友五　一
猶荊　一
余音　一
養治　一

ラ行

嵐雪　三
嵐竹　三
嵐蘭　一
利牛　一
里圃　三
立志　二
立圃　一
ろか（魯可モ見ヨ）　二
路通　八
魯可（ろかモ見ヨ）　三
露言（古）　二
露沾　二
作者不知（加賀）　一

連句

①両吟歌仙〔里圃18―沾圃18〕芭蕉翁追悼
②七吟歌仙〔沾圃6―素堂4―沾徳6―魯可5―虚谷6―文桂4―里圃5〕燭す
③六吟歌仙〔史邦6―沾圃11―芭蕉6―魯可9―里圃2―乙州2〕
④三吟半歌仙〔如流6―里圃6―沾圃6〕
⑤独吟六句〔如草〕
⑥独吟六句〔沾圃〕
⑦独吟六句〔如流〕
⑧独吟六句〔里圃〕
⑨独吟六句〔乙州〕
⑩独吟六句〔正春〕
⑪四吟歌仙〔魯可9―沾圃9―乙州8―里圃9―執筆1〕
⑫九吟歌仙〔沾圃5―魯可5―素堂1―里圃4―乙州6―圃角2―桃隣5―嵐竹4―犀角4〕

---

⑬八吟半歌仙〔如流3―里圃3―其角2―亦魚2―雲洞2―額之2―夕圃2―沾圃1―執筆1〕
⑭三吟三句〔如流―里圃―乙州〕試筆
⑮三吟三句〔如流―沾圃―里圃〕上巳
⑯三吟三句〔如流―乙州―魯可〕上巳
⑰三吟三句〔如流―其角―額之〕上巳
⑱三吟三句〔立圃―沾圃―翁（芭蕉）〕野々口立圃は我母方にゆかり有人也ある夜夢に見えて此句を予にあたへければ…
⑲三吟三句〔素堂―露沾―翁（芭蕉）〕
⑳三吟三句〔素堂―翁（芭蕉）―沾圃〕
㉑三吟三句〔翁（芭蕉）―沾圃―其角〕古将監の故実をかたりて
㉒三吟三句〔里圃―乙州―亦魚〕しの丶め
㉓三吟三句〔沾圃―里圃―如流〕

誹諧児の筆

刊記ナシ。元禄九丙子三月中旬（奥）。大魚等編。発句・連句集。半紙本一冊。玄峰嵐雪（序）。綿屋文庫蔵。其角句ノ前書ニ「東潮留守見舞」。

発句

ア行
一蜂　一
艶士　一
カ行
介我　一
其角　一
挙白　一
琴風　一
湖月　一
サ行
山夕　一
集和　一
松貢　一
常陽　一
神叔　一
素秋　一
タ行
調和　一
桃隣　一
ハ行
盤谷　一
牡格　一
マ行
未陌　一
無倫　一
ラ行
立志　一
柳絮　一
隆昌　一
露言　一

連句

①三十六吟歌仙〔大魚―八匡―光潮―東水―図牛―巴潮―海星―好波―兎園―郁人―白仙―春賀―蘆潮―玉之―定松―牧士―渚岩―白水―介波―発声―発止―可方―昌仙―栄禅―班玉―東治―丹水―吟水―千要―枯藤―一楓―洞翠―尤非―新真―蚊毛―冬松〕

芭蕉庵小文庫

京寺町二条上ル町／井筒屋庄兵衛板。元禄九丙子歳三月日（奥）。中村史邦編。発句・連句集。半紙本二冊。史邦（自序）。大阪大学山崎文庫他蔵。『古俳大系　蕉門俳諧集二』等ニ翻刻。

発句

ア行

惟然 二
一酌 一
一鷺 一
猿雖 一
乙州 三

カ行

下風 一
可長 一
河瓢 一
会覚 一
去来 三
許六 四
魚日 一
句空 一
荊口 三

サ行

左柳 一
山店 四〇
杉風 一
残香 一
支老（ママ）（支考） 三
之道（諷竹） 三
此筋 一
史邦 六八
式之 一
斜嶺 二
種文 一
如行 二
丈草 一〇
正秀 二
雪芝 二
千川 一
仙杖 一
素絵 一
蘇人 一

タ行

岱水 二
探丸 一
探志 一
智月 四
土芳 二
怒風 一
東以 一
桐奚 一
塔山（ママ）（嗒山） 一
洞木 一

ナ行

南隣 一

ハ行

はせを（芭蕉モ見ヨ） 六四
芭蕉（はせをモ見ヨ） 三
買山 一
白良 一
尾頭 一
氷固 一
風斤 二
風睡 一
北鯤 二
北枝 一

マ行

磨盤 一
万乎 一
木白 一

ヤ行

野童 一
游刀 一
養浩 五

ラ行

嵐竹 二六
嵐蘭（亡） 四
蘭芳 一
利合 一
李由 一
里倫 一
梨雪 一

連句

①五吟歌仙〔はせを（芭蕉）1—山店9—史邦9—嵐竹8—養浩8—執筆1〕煤掃之説／明ぼの、空より…

②三吟歌仙〔嵐竹12—史邦12—山店12〕三吟

③両吟歌仙〔山店18—はせを（芭蕉）18〕餞別

④三吟歌仙〔史邦12—はせを（芭蕉）12—岱水12〕三吟

浮世のきた

京寺町二条上ル町／井筒屋庄兵衛板。古田可吟編。発句・連句集。半紙本二冊。元禄九年の春／獅子庵支考敬白（序）。綿屋文庫他蔵。

発句

ア行

阿波 一
〔少年〕杏雨 一
衣吹 二
惟然 五
慰江 一
一葦 一
〔次川〕一吟 一
一狐 一
〔津島〕一笑 一
一常 二
一道 二
一毛 一
雲鴻 六
〔郡上〕永昌 一
猿雖 七
凹山 一
翁（芭蕉） 八

乙由 六

カ行

加卜 一
可吟 三五
可楽 一
嘉常 二
臥高 二
賀枝 三
階子 一
角巾 四
角呂 一
葛茂 一
其角 四
〔ツルカ〕其松 一
淇水 三
菊芳 二
吉次 一
去来 六
去留 二
挙一 一
〔富田〕挙有 一
許六 六
夾始 三
曲翠（曲水） 二
〔羽州〕玉木 一
均水 五
謹考 二
謹考妻 一
〔坂倉〕吟夕 三
闇如 六
空牙 三
荊口 五
言夕 一
己百 二
湖雀 三
顧丈 一
五来 一
呉竹 二
〔郡上〕好水 一
高繁 一
谷水 二
黒太 七

サ行

〔郡上女〕さわ 一
左次 六
犀角 一
昨応 二
〔長瀬〕昨非 三
杉風 一
支考 三三
之道（諷竹） 二
此筋 四
〔洞戸〕司角 二
市翁 一
市童 一
志計 一
指算 一三
似倭 一
〔郡上〕時永 一
洒堂 一
捨石 三
酒紅 二
寿仏 一
秋光 一
如月 一
如行 三
〔尾州〕如山 一
如醴 三
徐寅 一
松翁 一
松星 二
〔アツタ〕湘水 一

[深田]嘯風 七
丈草 一〇
[越前]常波 一
蜀卜 六
[少年]甚平 一
水魚 二
水甫 一
推敲 一
睡闇 一
随岐 二
[岩]正行 一
正秀 五
夕可 三
夕流 二
雪蓑 一
千川 五
素覧 九
鼠弾 四

宗仙 一

タ行

打眠 一
大舟 一
托巾 一
卓袋 一
旦柳 一
[能州]探吟 一
団友（涼菟） 一二
[老人]知月（智月） 二
中白 二
[老人]長次 一
直全 一
珍夕（洒堂） 一
陳思 二
[カチタ]図解 五
杜旭 二
[少年]杜若 一

土芳 二
東推 二
東白 二
東芳 一
桃彝 一
[三州]桃先 二
呑水 二

ナ行

二竹 三
任口 一

ハ行

梅関 一
梅仙 二
梅知 一
[三州]梅彳 一
白雪 三
跋之 一
反朱 一

盤泉 一
[坂倉]不休 三
[羽州]不玉 一
不染 一
不流 一
芙次 二
風国 二
文鳥 三
汶村 一
碧川 一三
[加州]ノ松 一
望左 一
[加州]北枝 三
[尾州]卜志 一

マ行

万里 一
卍春 一
[郡上]夢明 一

木因 五
木導 二
黙不 八

ヤ行

野佳 二
楡方 一
唯香 一
友然 一
酉夕 一
勇和 一
遊糸 一
[郡上]遊水 一
游刀 二

ラ行

[羽州]羅陽 一
[亡人]嵐松 一
嵐青 一
嵐夕 四

嵐雪 一
洙木[ママ]（浮木） 一
吏明 一四
李由 二
里東 二
離房 一
柳玉 二
流葉 一
旅庭 一
[亡人]呂丸 一
呂詰 一
呂錐 一
呂風 一
路草 二
路半 三
蘆舟 二
蘆風 一
蘆文 三

蘆本 七　露針 一　浪化 一
露含 一　露川 三

ワ行

和泉 三

連句

①七吟歌仙〔支考5—可吟5—碧川5—黒太5—吏明5—黙不5—指算6〕奉納

②八吟半歌仙〔命清（老人）1—可吟3—雪芝3—吏明2—支考2—土芳3—卓袋2—猿雖2〕歌仙半

③六吟歌仙〔去来6—吏明6—可吟6—支考6—丈草6—惟然6〕歌僊

④八吟歌仙〔曲翠（曲水）4—可吟5—臥高4—惟然5—遊刀5—吏明5—丈草4—支考4〕歌仙

⑤八吟歌仙〔許六5—可吟5—李由4—支考5—木導5—李明4—汶村4—徐寅4〕旅行

⑥五吟歌仙〔露川7—可吟7—素覧7—李明7—東推7—執筆1〕歌仙

⑦二十二吟五十韻〔可吟3—吏明3—支考1—楡枋3—嵐夕2—図解3—黒太3—昨非2—指算3—黙不2—路半3—陳思2—去留2—蘆舟2—嘯風3—角巾2—如醴2—好水2—碧川3—甚平（少年）1—長次（老人）1—一毛（老人）1—執筆1〕五十韻

花鳥鰂

散逸書。一十竹編『延命冠者・千之々丞』（元禄十年五月序跋）ノ一十竹自序ニ「去年花鳥鰂（イカ）といへる集を編て傍門の雅子をなくさめける」、沾徳跋ニ「去春は一十竹花鳥鰂といふ一冊を著して」トアル。

俳諧簾

彫板軒二条寺町上／井筒屋庄兵衛重勝営之。元禄第九竜集朱明（四月）上浣／執筆洛陽／錦秋子（奥）。坂上羨鳥編。発句・連句集。半紙本一冊。元禄こゝのつのほしうの花月さくや此梅の里／滑稽堂主団水謹誌（序）。綿屋文庫他蔵。『俳書集成』21等ニ影印。『愛媛国文研究』7（昭和33・7）ニ翻刻。

発句

園女（大坂）　一　信徳（京）　一　伴自（大坂）　一　来山（大坂）　一
如泉（京）　一　羨鳥　三　万海（大坂）　一

連句

①七吟歌仙（予州中之庄仙翁亭）〔羨鳥5—言水（京）5—我黒（京）5—好春（京）5—遠山（京）5—鋤立（江戸）5—雲皷（京）5—執筆1〕金毘羅／宝前
②両吟二句〔羨鳥—言水（京）〕叩俳門俚句
③両吟二句〔羨鳥—才广呂（大坂）（才麿）〕叩俳門俚句
④両吟二句〔羨鳥—園女（大坂）〕叩俳門俚句
⑤両吟二句〔羨鳥—団水（大坂）〕叩俳門俚句
⑥独吟歌仙〔羨鳥〕人日／七日は七草の御糝すとの御儀式いと貴く
⑦四吟十一句〔団水2—羨鳥2—三千（大坂）4—得女（大坂）3〕謌羨鳥俳騒人／歌仙中略（首尾ノミヲ掲載）
⑧両吟二句〔団水—羨鳥〕餞別
⑨両吟半歌仙〔羨鳥9—団水8—筆1〕奉納三角寺

若葉合

刊記ナシ。元禄九丙子稔五月仲旬（第一歌仙ノ前丁）。多賀屋岩翁編。連句集。半紙本一冊。晋其角（序）。武江の白壁に向つて書／山夕（跋）。竹冷文庫他蔵。『其角全集』（聚英閣　大正15年刊）等ニ翻刻。巻末ニ「吉田魚川」トアル十行本ハ後ノ別版。

連句

①独吟歌仙〔岩翁〕若葉第一
②独吟歌仙〔介我〕第二

③独吟歌仙〔尺草〕第三
④独吟歌仙〔堤亭〕第四
⑤独吟歌仙〔横几〕第五
⑥独吟歌仙〔未陌〕第六
⑦独吟歌仙〔常陽〕第七
⑧独吟歌仙〔虚谷〕第八
⑨独吟歌仙〔専吟〕第九
⑩独吟歌仙〔其角〕第十

〔泉州鳥取俳諧集〕

稿本（心操自筆）。元禄九丙子六月日／竹葉軒玉井心操（奥）。玉井心操編。発句・連句集。半紙本一冊。于時元禄九丙子季夏上澣／石橋運梯跋。大阪府岸和田市鬼洞文庫蔵。『和泉志』31（昭和41・1）ニ影印。挿絵三葉ヲ添エル。句引ニ基ヅキツ、各地域ノ中デ五十音順ニ並べ替エタ。

発句

尾崎住
白樫氏 一松 四
鳶飛堂 自鞭 漢句七 一四
石橋氏 事笑 五
玉井氏 心操 六七
倫閑亭 遅牛 三
辻氏 飛吟 三
吉田氏 尾蝿 一〇
玉井氏 瓢也 一三
中村氏 物外 九
辻氏 夢春 三
天羽生氏 友真 二

下出住
沙門 一炊 漢句 一〇
石橋氏 雲梯 一五
釈 彊古 一
釈 石卯 漢句二 三
辻氏 宗貞 三

自然田住
南氏 加席 二

石田住
木村氏 我楽 四
喜多浦氏 好延 二
釈 風外 三
釈 幽渓 八

黒田住
縣氏 益愚 一〇
縣氏 口棘 二
釈 如水 一四
釈 腹皮 三

波有手住
石津氏 雲渓子 三
山崎氏 朽木 二
湯浅氏 重笑 二
木村氏 信政 二
山本氏 竹也 一

連句

①三吟三句〔御—心操—尾蝿〕左者元禄癸丙年林鐘念日ノ夜ノ夢想之句也…
②独吟歌仙〔心操〕独吟
③両吟歌仙〔心操18—瓢也18〕第一桜
④両吟歌仙〔瓢也18—心操18〕第二時鳥
⑤両吟歌仙〔心操18—瓢也18〕第三月

⑥両吟歌仙〔瓢也18―心操18〕第四雪

⑦三吟歌仙〔心操18―遅牛9―雲梯9〕歌仙三吟折替り

⑧両吟和漢歌仙〔心操和18―自鞭漢18〕和漢歌仙両吟

（各半歌仙ヲ両吟デ興行シタモノ）

印南野

播陽書肆井上板。井上千山編。発句・連句集。半紙本一冊。元禄九子晩夏（六月）の日／播陽春曙堂千山（自序）。浪花津誹狼十万堂未来居士（来山跋）。綿屋文庫蔵。『俳書集成』24ニ影印。『蕉門珍書百種　別巻和露文庫』ニ翻刻。

発句

ア行

遊女 いつゝ　一
一吟　四
一時軒（惟中）　一
一品　一
西治村 一葉　三　付一
室津 遠水　四
吉岡氏 桜吟　四

カ行

可計　三
溝口村 可候　五
ツネヤ村 何為　三
室津遊女 花前　一
活潑堂 嘉峰　四
我黒　一
キ角（其角）　一
鬼貫　一
元貫　七
少年 元珍　二
村井氏 孤臨　二
松下氏 湖丸　二
幸計　三
室津 幸男　二

サ行

才麿　一
荻田氏 只定　三
颸中　六
タツノ 秋静　一
大原氏 十世風　一
少年 尚春　二
松雪　一
丈松　四
遊女 常盤　一
少年 信得　一
信徳　一
遊雲堂 水猿　四
千峐　付一
千橘　一
千畦　一
千山　一六
千夕　一
千柳　一
扇風　一
素水　一
神崎氏 素流　四
伊藤氏 鼠劣　一

タ行

シカマ 知夕　二
室津 長山　二
室津遊女 朝霧　一
調和　一
椿子　一
通春　一
定当　一

ハ行

広瀬氏 柏風　一
撥草　二
高橋村 不及　四
西治村 不省　一　付一
西治村 風静　八　付三
文十　一

マ行

少年 万次郎　一

ヤ行

森岡氏 野笛　一
由平　一
要船　付一

ラ行

来山　四
嵐雪　一

連句

魯吟　七―咔（フク）（田村）愈　二

①三吟歌仙〔千山12―元貫12―来山12〕

②五吟歌仙〔文十7―幾範7―茂吟7―千山7―春林7―執筆1〕

③七吟歌仙〔湖丸5―只定5―柏風5―十世風5―嘉峰5―鼠劣5―湖州5―執筆1〕

④七吟半歌仙〔撥草3―蘭辱3―只丸3―千山2―鷗嘯2―元貫2―颸中2―執筆1〕

⑤両吟短歌行〔只定（朝省斎）12―千山12〕ゑひら

⑥五吟歌仙〔孤臨（遅車堂）7―隣光7―湖丸7―只定7―千山7―執筆1〕

⑦五吟歌仙〔只丸7―厚風7―千山7―丈松7―元貫7―執筆1〕

⑧三吟歌仙〔颸中12―只丸12―元貫12〕只丸の旅行をとゝめて一日印南野にあそふ

⑨六吟歌仙〔鷗嘯6―シ中（颸中）6―只丸6―幸計6―可計6―充長6〕

⑩三吟半歌仙〔研省6―幸計6―可計6〕

⑪両吟半歌仙〔幸計9―可計9〕

⑫六吟半歌仙〔一吟3―丈松3―元貫3―無琴3―魯吟3―千山3〕

⑬両吟漢和二十二句〔撥草（随時庵）漢11―千山和11〕

⑭六吟六句〔蘭辱―千山―丈松―元貫―厚風―只丸〕

⑮独吟六句〔流末〕

⑯七吟半歌仙〔元珍3―重専3―尚春3―経光3―久峰3―只丸2―千山1〕

⑰三吟半歌仙〔風静6―千山6―可候6〕

⑱十二吟歌仙〔可計3―鷗嘯3―シ中（颸中）3―撥草3―無琴3―丈松3―充長3―厚風3―黄雁3―幸計3―千山3―元貫3〕

⑲独吟八句〔元貫〕追加

やふれ床

稿本（在色自筆）。元禄九丙子歳六月晦日／野口氏利直（「妻をいためる言葉」識）。野口利直（在色）著。追悼文・発句集。半紙本一冊。長野県上伊那図書館蔵。『野口在色遺稿』3（上伊那郡教育会　昭和10年刊）ニ影印・翻刻。元禄九年六月十一日ニ没シタ妻ノ追悼集。巻尾ニ付サレル正徳三年八月二十三日ニ没シタ娘ヘノ追悼句文（在色ノ漢詩一・和歌六・発句五ヲ含ム）ハ集計カラ除イタ。

発句

ア行
伊沢氏　歌二

カ行
渥美氏 玩竹子　二
中村氏 原色　一
関氏 好月　一

宇津宮 高房　歌二

サ行
遠州伊藤氏 次直　歌一
和田氏 松色　一

タ行
足立氏 檀色　一

渥美氏 長格　歌一
清水氏 長色　一
曽根氏 庭石　一
伊沢氏 桐色　一

ハ行
関氏 梅色　一

泊如子　漢詩一
藤原 房茂　歌二

ヤ行
和田氏 杏色　歌一

ラ行
伊沢氏 嵐色　一

野口氏 利直（在色）　歌三 一
野口氏 利冬　一
中村氏 立竿子　一
清水氏 柳色　一
小野田氏 流色　一
倉田氏 緑色　一

伊沢氏 令色　一

ワ行
和松　一

唱和ひらつゝみ

書肆／京都山本八郎右衛門・江戸志村孫七。和田東潮編。俳諧紀行・発句・連句集。半紙本二冊。元禄丙子之夏／江散人書（序）。綿屋文庫他蔵。『俳書集覧』5ニ翻刻。

発句

ア行
円中　一

カ行
介波　一
海星　五

南部 亀林　一
三州小坂井 郷川　三
槿堂　二

三州小坂井 吟松　二
大宮 銀雨　四
士峰下 銀水　一

小田原 撃水　一
洛陽 言水　二
原中　一

京 光寛　一
光潮　一
三州小坂井 膏車　二

サ行

小田原 左波　二
雀舌　一
三州吉田 重珍　一
渚岩　一
三州 如嬰　三
序令　三
常陽　一
神叔　一
新真　三
長南 晴久　一
大宮 勢花　四
騎西 船雪　二
長崎 素石　一
素狄　一

タ行

大魚　一
朝叟　二
調武　一
呈笑　二
図牛　一
兎園　四
冬松　一
東潮　卆
桃隣　一
洞翠　一

ハ行

波声　一
派洞　一
白獅　一
柏十　二
八匡　一
伴頃　一
摂州 罷牛　一
洛陽 賦山　一
甫盛　一
方救　二
小田原 包格　一

マ行

羽州 未知　一

ヤ行

民丁　二
幽洞　一

ラ行

摂州 来山　一
嵐雪　一
柳睡　一
蘆潮　一
露桂　三
士峰下 六花　二
漉々　一

ワ行

和賤　一

連句

①五吟歌仙〔朝叟7―東潮7―白獅7―序令7―円中7―執筆1〕縚柳之吟
②三吟十二句〔光潮4―介波4―東潮4〕歌僊首尾吟／留守をたのみし輩には…
③三吟十二句〔図牛4―東水4―東潮4〕歌僊首尾吟
④三吟十二句〔大魚4―東潮4―伴頃4〕歌僊首尾吟
⑤三吟十二句〔渚岩4―東潮4―蘆湖4〕歌僊首尾吟
⑥三吟十二句〔八匡4―東潮4―呈笑4〕歌僊首尾吟
⑦三吟十二句〔兎園4―東潮4―白仙4〕歌僊首尾吟
⑧九吟歌仙〔東潮4―光寛4―如泉4―柏十4―一林4―我炉4―賦山4―左波3―好春4―執筆1〕真葛か原に緩談ありけるを
⑨三吟十二句〔小田原 撃水4―東潮4―包格4〕首尾吟
⑩四吟十二句〔膏車3―東潮3―吟松3―柏十3〕首尾

吟

⑪七吟歌仙〔洛陽言水5―東潮6―晩山5―伴頃5―底元5―光寛5―我黒4―執筆1〕かみの薗生に遊ふ旅人に

伊丹古蔵

刊記ナシ。元禄丙子年中秋日（八月十五日奥）。木村鷺助著カ。俳論書。半紙本一冊。某（自序）。無記名跋。柿衞文庫他蔵。『蕉門俳書集』5ニ影印。『鬼貫全集 第三版』ニ翻刻。例句ハ記名ノアルモノノミヲ集計シ、序文中ノ発句ニモコレニ加エテイナイ。

発句

ア行
一晶 一 付二
越人 一
カ行
岩泉 付一
其角 二 付三
蟻道 四
休計 一

去来 付一
言水 一 付一
サ行
才麿 一 付一
昨非 一
三紀 三 付一
秋風 一
春堂 一

助叟 付二
信徳 二
須永 一
西吟 一
青人 三
沾蓬（沾圃カ） 付一
素堂 一
宗鑑 付一

タ行
濁水 一
団水 付一
稲丸 一
ハ行
芭蕉 五 付一
馬桜 一 付一
盤水 一

百丸 四
普船 付二
方山 一
ヤ行
幽山 付一
ラ行
来山 付一
立志 一

鷺助 八 付二
不覚作者 付一
不知作者 五 付一
わすれ 付一

連句

①両吟歌仙〔鷺助18―蘭水18〕左に書付る両吟は他の国にてしたりしをひそかにうつしとりて…

誹諧まくら屏風

寺町通二条上ル町／井筒屋庄兵衛板。滝芳山（方山）編。発句・連句集。半紙本二冊。元禄九子とせ仲の秋（八月）／旭庵八十宇（序）。元禄九丙子年中秋／応々翁芳山（自序）。元禄九年竜集丙子秋八月哉生魄／中根彦圭書於綾富巷（跋）。綿屋文庫蔵。

発句

ア行

京 杏分 一
京 為文 一
南都 一翁 三
ナラ 一枝 一
南都 一存軒 五
半井氏 一六 付一
小泉 壱竜 四
京 雲鼓 五
京 遠山 一

カ行

京 可廻 二
可島 一 漢句一
ナラ 歌蟬 二
京 我黒 四

京六条 角流 三
高槻植松氏 活剣 一
六条 閑ト 一
郡山高柳氏 観水 二
含粘 四
江戸 其角 一
ナラ松寿軒 箕琳 四
播州伊丹 蟻道 三
越昇寺少水軒 蟻路 四
郡山磯部氏 掬水 二
ナラ 掬流 二
南都東城氏 弓歌 四
東六条 旧白 一
大坂鼠丸堂 休計 七
京 求己 一

大坂 虚風 一
ナント 旭庵 漢句四
ナラ 曲肱 一
京 棘山 一
江戸 駒角 二
京藤林 見笑 一
兼丸 一
ナラ 玄梅 三
京 言水 五
京六条 厳風 二
京河端氏 己千（貞幸） 四 漢詩一
豊島氏 古槌 六
湖春 一
郡山太田氏 湖水 九 漢句六
京 光寛 四

京 好春 四
京幽竹堂 幸佐 一 漢詩一
ナラ 肱曲（曲肱カ） 二
ナラ 紅石 八
京東六条 黒水 五

サ行

ナラ越後や十才 さ門 一
南都 歳人 四
イセ 昨応 三
伏陽 三林 一
細井戸 之由 一
百済 志計 一
京 詞葉 一
京 似船 五
ナラ 時松 四

ナラ 舟也 二
ナラ 舟鷺 一
播州伊丹 春堂 三
光瀬寺 如雲 二
ナラ 如袖 四
郡山釈 如水 四
京真珠庵 如泉 九
ナラ 如風 二
河内 昌英 一
ナラ 松烏 一
京六条 松煙 五
ナラ 松霞 一九 漢句三
京 松風 一
郡山軽薄堂 笑言 五
ナラ 浄仙 二

京 信徳 四
ナラ十三才 森子 四
伊丹 人角 一
秋田 随風 一
桜塚 西吟 四
ナラ 雪麿 二
南都 仙露 四
ナラ 穿山 二
京 曽之 一
福井氏 争吟 三
郡山松山氏 宗仙 八
郡山亡人 宗甫 四

タ行

ナラ 湛水 四
ナラ 団支 一

南都藤花軒 知水 一
置散 八
南都 竹秋 一
郡山八条氏 長次 二
京西六条巴ヤ 珍卜 四
富川氏十才 槌丸 一
ナラ 通元 二
底元 二
京 貞恕 一
ナラ 貞信 二
東六条 滴水 四
京 鉄硯 二
ナラ 鉄水 四
京 鉄鼠 一
京 轍士 三
郡山不耕斉 投閑 三 漢句二

郡山採菊亭 東山 五
京 東白 一
和州百斉 桃翁 一
播州 稲丸 四
播州多田二階堂氏 洞吟 六
芸州 洞里 二
ナラ 道弘 三
京 道正 一

ナ行

南外 一

ハ行

郡山富松氏 梅吟 七
京西六条 梅雪 四
ナラ 柏風 一
ナラ 八十宇 三
法隆寺 伴水 四

京 晩山 二
百花 一
ナラ 不求 二
京六条 不計 二
郡山茂白堂 富水 五
ナラ 富定 五
ナラ 普山 四 漢句一
伏陽 撫景 四
風喬 一
京 風山 五
出羽最上 風仙 一
大坂 文士 一
文扇 一
京 鞭石 七
京露月洞 保水 四
方山（芳山モ見ヨ） 三 漢句一

ナラ 方水 四
伏陽 方白 五
芳山（方山モ見ヨ） 三
尼 芳樹 四
ナラ 豊里 一〇

マ行

万蝶 一
京 茂伴 二 漢句一
美濃 木因 一
ナラ 黙露 一
門竜 一

ヤ行

イセ 唯応 一
京東六条 友墨 九
京東六条 友也 四
郡山 幽加 三

郡山 遊子 二
百済二条村 誘水 一
京 優士 三

ラ行

江戸 嵐雪 一
郡山 蘭种 二
芸州広島佐伯氏 里洞 三 漢句二
郡山吉田氏 籬山 六
京 立吟 一
南都 柳雅 四
ナラ奥氏 柳鞠 一
郡山黄鳥軒 柳子 四
東多田横道山 柳水 二
京六条 竜水 五
越前福井 嶺都 二
京 路通 一

ナラ 蘆鶴 一
京青木 鷺水 四
弄竹 一 漢句一

ワ行

京 和海 一
和馗屎 五
郡山服部氏 和言 一
よみ人知らす 一
作者不記 漢句二

連句

①四吟六句〔よみ人知らす2―重恒1―如泉1―湖春1―直汎1〕韻字俳諧表／末略之

②両吟歌仙〔弄竹17―浪化18―執筆1〕両吟
③両吟歌仙〔八十宇18―芳山（方山）18〕両吟／お留守の御所といふをのそき入て
④独吟三句〔渭水（ナント）〕歳旦／今茲在于東武之旅館
⑤五吟歌仙〔含粘7―東山7―八十宇7―箕琳7―方山6―執筆2〕帯ときの里の花を見にとさそはれて
⑥三吟三句〔歳人―八十宇―芳山〕須磨より帰り侍りて八十宇のもとに尋て道すからの物語なとする
⑦三吟歌仙〔普山12―芳山（方山）12―豊里12〕三吟
⑧独吟三句〔如水（梅風堂釈）〕独吟第三
⑨三吟三句〔笑言（郡山軽薄堂）―含粘―如水〕四季の三ツ物
⑩三吟三句〔如水（梅風堂）―東山―含粘〕夏
⑪三吟三句〔含粘（三曲窩）―笑言―東山〕秋
⑫三吟三句〔東山（採菊亭）―如水―笑言〕冬
⑬三吟三句〔歳人（ナラ）―紅石（ナラ）―玄梅（ナラ）〕天孫佳節第一／鎊るにもうつくしきを専とするなれは
⑭三吟三句〔玄梅（ナラ）―歳人（ナラ）―紅石（ナラ）〕其二
⑮三吟三句〔紅石―玄梅―歳人〕其三

---

⑯独吟三句〔松霞（南都）〕漢和第三
⑰独吟六句〔撫景（伏陽住）〕独吟六句表／ひとり居ぬ身のひとり居ル夜有りしかも名月
⑱独吟八句〔閑卜（東六条）〕漢和独吟八句表
⑲両吟六句〔蟻道（女水軒）3―言水（京）3〕端午の比京にありて両吟六句面／末ハ略之
⑳三吟半歌仙〔松雁（ナラ）6―箕琳6―舟鷺6〕三吟一折
㉑独吟八句〔湖水（郡山太田氏）〕和漢一表
㉒三吟十二句〔芳山（方山）4―西吟4―休計4〕播州桜塚西吟のもとにて鼠丸堂の休計なと、語りぬ折ふしの花を
㉓両吟八句〔置散（郡山後藤氏）4―東山（同）4〕漢和両吟一表
㉔独吟六句〔時松軒（南都）（時松）〕独吟一面
㉕三吟半歌仙〔鞭石（京）6―友墨（同）6―滴水（同）6〕三吟一折／海辺眺望
㉖両吟六句〔芳山（方山）3―時松3〕両吟
㉗三吟半歌仙〔伴水（和州法隆寺）6―湛水（南都）6―言拙（法隆寺）6〕三吟一折
㉘両吟六句〔随子（和風軒）3―湛水3〕あの岡此暇と目に枯は

て、心すこくおとなく二人か中に六ツの句をつ、りぬ

㉙四吟半歌仙〔道弘(一觴軒)4―不求5―方山4―団支5〕眼病

よろしかれとこころ祝ひに

㉚両吟八句〔雲鼓4―芳山(方山)4〕両吟／表八句

〔詩句文巻〕

稿本。元禄丙子秋八月／六成堂（馬仏）漫書（「片馬子三夜欠席跋」奥）。森川許六等著。発句・漢詩・俳文集。巻子本一巻。柿衛文庫蔵。発句・漢詩トトモニ李由「良夜曲」等ノ文章ヲ収録。詩文ニ記サレタ別号モ肩書トシテ掲ゲル。

発句

許六（一維道人） 六 漢詩一
胡風 一
除寅（自在堂） 四 漢詩一
朱岫（朱廸） 四
程己（白日堂） 四
馬仏（六成居士） 一
閔良 一
汶村 四
米巒 一
李由（月沢） 五 漢詩一

初蟬

京寺町二条上町／井筒屋庄兵衛重勝梓。元禄九年重陽の日（九月九日奥）。伊藤風国編。発句・連句集。半紙本二冊。鳥落人（惟然）序。風国撰（自跋）。綿屋文庫他蔵。『俳書集成』23ニ影印。『俳書叢刊』5ニ翻刻。

発句

ア行

蛙足（イカ） 二
杏雨（セ、少年） 一
鞍風（長サキ） 一
衣吹（尾州） 一
為有（嵯峨農夫） 七
惟然 一九
一雨（越中高岡） 一
一吟（いせ雲出） 一
一至 一
一村（越中高岡） 一
一保（筑前クロサキ） 二
雨夕（越中高岡） 一
越人（尾州） 二
猿雖（伊賀） 九
鳶子（ふんこヒタ） 一
翁（芭蕉モ見ヨ） 一
乙州（大津） 一

カ行

可習（越中高岡） 一
可南女 一
花幸（イカ少年） 二
我峰（イカ） 二
臥高（セ、） 二
其角（東武） 五 歌一
箕香（大津） 一
去来 四 歌二
許六（彦根） 五
夾始（尾州） 一
曲肱（加州（ママ）） 二

膳所 曲翠（曲水） 三
いか 近之 三
金毛 二
いせ 空芽 四
豊後日田 愚心 二
南都 玄梅 一
長サキ 言夕 一
壺中 一三
壺中妻 一
長サキ 甲乙 一
長サキ 国丸 一
備前 兀峰 一

サ行

尾州 左次 五
筑前クロサキ 沙明 三
いせ久居 柴雫 二
いせ 柴友 一
いせ 昨応 一

僧正 三清 一
東武 杉風 一
僧 支考 二
大坂 之道（諷竹） 六
東武 史邦 一
豊後日田 芝角 一
大坂 芝柏 三
尾州 雇丈（顧丈カ） 一
膳所 自旦 一
平 時政朝臣 一
イカ 車来 一
舎羅 二
セヽ 者翠 一
イカ 射江 二
尾州 捨石 一
豊後日田 若芝 五
朱拙 七
彦根 朱迪 一

井筒や 重晴 一
与州 粛山 一
ミノ 如行 二
筑前クロサキ少年 助童 一
彦根 徐寅 二
雲出少年 小駒 一
大津 尚白 一
昌房 二
尾州 松星 一
長サキ 笑計 一
僧 丈草 一九
真愚子 一
筑前クロサキ 水札 二
尾州 水杖 一
イカ 吹衣 二
膳所 正秀 一七
いか 雪芝 三
尾州 千声 一

いか 仙杖 二
難波女 その（園女） 一
長サキ 素行 二
東武 素堂 一
尾州 素覧 二
東武 曽良 一
尾州 鼠弾 一
宗之 二
イセ 宗比 一

タ行

苔蘇 二
イカ 托巾 二
イカ 卓袋 四
丹水子 一
探芝 三
与州 淡斉 一
いせ 団友（涼菟） 三
団幽 一

大津あま 智月 八
膳所 遅望 二
筑後吉井 杜山 一
肥後天草 樗水 一
豊後日田 釣壺 八
いか てう女 一
貞徳 歌一
彦根 程己 一
泥足 五
イカ 荻子 三
長サキ 田上尼 一
尾州 杜旭 一
伊賀 杜若 三
伊賀 土芳 八
大津 土竜 一
東武 桃隣 一
豊後日田 頽立 三

ハ行

巴流 一
芭蕉（翁モ見ヨ） 二四 歌六
彦根 馬仏 一
配力 一
大津 梅主 三
筑前クロサキ 帆柱 一
いか 尾頭 一
江戸 百里 一
イカ 氷固 二
幽泉亡兒 氷水 一
いか 瓢竹 二
いか小女 ふさ 一
越中高岡 不知 二
長サキ 不得 一
風国 四 歌一
風睡 二
彦根 汶村 一

牡年（長サキ） 一
卯七（長サキ） 四
望翠（いか） 二
帽底（イカ） 一
北枝（加州） 一〇
北童（加州） 二

マ行

万乎（いか） 三
無筆（いか） 一
毛紈（彦根） 一
木枝（大つ松本） 二
木導（彦根） 一

ヤ行

也水（豊後日田） 三
也葉（豊後日田） 二
野径（せゝ） 三
野明（さか） 三
ゆり（為有孫十二） 一
友鶴（越中高岡） 一
有収（イカ） 一
幽泉（豊後日田） 六
祐甫 一
游刀 三
陽川 四
陽和（イカ） 二

ラ行

嵐雪（東武） 二
李由（江州平田） 五
里千（豊後日田） 三
里東（膳所） 一
魯町（長サキ） 二
蘆角 三
蘆本（イセ） 一
露川（尾州） 九
浪化（越中） 一

ワ行

和泉（尾州） 一
よみ人しらす 歌 一

句ぬししらす 一

連句

①両吟歌仙〔丈草18―風国18〕

②両吟歌仙〔風国18―丈草18〕去夏ノ比なるへし稲荷へ屏風を奉納する好士ありとて短冊遣すへきよし井筒やか取つきに此句いたせしを槐之道（諷竹）来りあはして一巻にみたしむ

③三吟歌仙〔正秀12―風国12―惟然12〕

④五吟歌仙〔惟然7―風国7―泥足7―蘆角7―壺中7―筆1〕惟然か筑紫に出る日いなりのやしろにまうてゝほ句奉納しけるを筆のはしめとしもしの関といふ記行ありいま恙なく帰洛せし事偏に神慮にかなふなるへしと其句をもとめて

⑤五吟歌仙〔其角歌1―風国15―壺中14―周山3―魚人2〕晋子か狂歌きこえけれは冠にして〔狂歌一首ヲ発句・脇ニ代エル〕

⑥両吟歌仙〔去来18―風国18〕落柿舎へ遣しける文のかへりに

亡師一周忌独吟百韻・同三廻忌連吟百韻

稿本（浪化自筆）。元禄八年十月十二日（独吟百韻識語）・元禄九年十月十二日（連吟百韻識語）。浪化著。連句集（百韻二巻ノ合綴）。半紙本一冊。綿屋文庫蔵「浪化集」ノ中ノ一点。

連句

①独吟百韻〔浪化〕追哭芭蕉翁桃青隠士一廻忌…／右独吟百句為師翁一廻追善三日之間吟了之畢／于時元禄八年十月十二日

②七吟百韻〔浪化21―林紅6―呂風16―路健7―嵐青21―夕兆13―虚舟14―作者不記1―筆1〕芭蕉翁三廻懐旧／誹諧之連歌／元禄九年十月十二日／右師翁三廻忌日為追福哀悼之吟誹諧百韻一日一座満畢　連衆七人

俳諧反古集

京寺町二条上ル町／井筒屋庄兵衛板。元禄丙子臘冬（十二月）余閑索諺字五三以抜書童耳（下巻奥）。遊林子詠嘉編。発句・連句集・諺字辞書。半紙本三冊。元禄丙子臘月上澣／珍著堂遊林子詠嘉（自序）。柿衛文庫他蔵。『資料類従』47ニ影印。下巻ハ「諺字」ヲ収メタ語彙資料トナッテイル。無記名ノ前句付等ハ集計カラ除キ、出題者ガ記サレル前句ハ「付」トシタ。

発句

ア行

勢州神戸 安眠子 一
京 為文 一
河内板持 一栄 一
駿府 一閑 一
河州南大伴 一口 一
河州板持 一女 一
河州白木 一水 一
和州大塚 一珍 二
河州白木 一歩 一
和州林堂 一葉軒 三
和州箸尾 一露 二
能州 屋島 一

カ行

河州大ケ塚 可安 二
可休 付三
河内大ケ塚 可魚 一
江戸 花蝶 一
丹後田辺 歌品 一
和州大屋 快立軒 一
和州名柄 葛山 二
河州富田林 貫子 一
和州広瀬 閑子 一
江州 丸士 一
和州ホツミ 岸桂 一
和州郡山 規水 二
河州山田 吉方 五
九翁 二
河内大井 休源 一
京 玉船 一
和州九品寺 寓滝軒 二
能州 恵中 一
勢州神戸 奚角 三
河州山田 経久 二
和州今井 顕興堂 漢句三
河内山田 元吉 一

加州金沢 幻軒 二
京 言水 五 付四
河内小山 孤柳 一
南部田名部 湖山 一
和州郡山 湖水 一 漢句一
江戸 好柳 一
醍醐 江流 漢句一
河内林 幸賢 二

サ行

勢州神戸 柴氏 一
勢州寓言堂 三千風 三
河州大ケ塚 三入 一
和州安部 之由 二
駿府川辺 志井 一
江州梅津 芝翁 一
河州大井 自笑 一
河州白木 似云 一
京 似船 一
河州山田 治長 五
江州水口 雀角 一
沙門 岫雲 一
能州 秋思 一
河州白木 重香 一
河州大井 重澄 一
河内大ケ塚 重貞 一
江州草津 重道 漢句二
能州西入堂 如水 二
和州郡山 如水 三
京 如泉 三
河州大ケ塚 如淡 一
河州大ケ塚 如風 二
京 少風 一
江州大津 尚白 一
和州道穂 松水 一
和州郡山 笑言 四
河内富田林 勝重 一
河内大ケ塚 常成 一
三州 仁連木 一
江州彦根 吹峰 一
和州大田 随子 一
能州 寸鏡 二
勢州神戸 寸満 一
難波 西鶴 一
河内山田 清岸 六
河州山田 清方 一
大坂 夕月 一
江州彦根 石水 一
和州箸尾 雪蛙 二
和州大谷 扇翁 一
河州大ケ塚 善金 一
和州下牧 走舟 一
和州西辻 宗好 二
駿府 草也 一

タ行

能州七尾 探吟 一
大坂 団水 五 付二
竹翁 七 漢句一
河内山田 竹二 一
丁因 二
丁々子 一
江戸 調和 一 付二
珍著堂（遊林モ見ヨ） 二 漢句三
伊州上野 定行 二
京 定之 一
若州小浜 貞計 一
和州今井 泥貲 一
丹州漢部 田丁 一
江戸 吐拙 一
和州百済 桃翁 二
江州 藤麿 一

ナ行

伊州上野 南氏 一
和州大屋 南枝軒 二

ハ行

芭蕉翁 五
河内大井 破笑 二
能州 梅雨 一
和州山田 梅花 一
江州水口 梅月 一
河州白木 白山 一
河内大ケ塚 柏子 二
大坂（ママ） 半自（伴自） 一
河州平石 敏実 二
江戸 不切 一
丹後田辺 不存 一
能州 風吟 二
江州水口 風粗 一
江州山田 片丈子 四
河州平石 房種 一

マ行

河内山田 万二 一
伊州上野 民加 一
江戸 無倫 二 付二
若州 木人 一
加州金沢清水 黙堂 二

ヤ行

又翁 六
又玄 一 漢句四
能州来間氏 友交 三
大坂 由平 一 付二
南部田名部 幽香 二
遊林（珍著堂モ見ヨ） 三

ラ行

大坂 来山 一 付一
勢州神戸 蘭風 二
芸州広島 里洞 漢句一

（河内大井）里雄　二
（南部田名部）柳水　一
（和州道穂）竜水　四
（河内一須加）良玄　一
（和州沙所）良弘　一
路通　一
（播州竜野）盧中　漢句二
（江戸前ノ）露言　一　付四

ワ行

（洛下）和及　二
（能州）和風　一
（能州来間氏）和養子　二
（和州今井（ママ））□○　一　漢句一
不知作者　一

作者不記（御製）一
作者不記　三〇

連句

①八吟八句〔（洛下）言水—又翁—遊林—順水—志計—水獺—底元—烏玉〕下略
②三吟三句〔（武江）調和—觚堂—直方〕元旦／松は五葉もよし
③三吟三句〔直方—和英—止水〕雞旦／ゆつりはの形より／大判の工みありて
④三吟三句〔止水—調和—和推〕苧暦
⑤三吟三句〔和推—直方—觚堂〕改陽
⑥三吟三句〔觚堂—止水—和英〕正朔
⑦三吟三句〔和英—和推—調和〕肇歳
⑧三吟三句〔（能州七尾）提要—探吟—聿貞〕元旦
⑨三吟三句〔聿貞—提要—探吟〕其二
⑩三吟三句〔探吟—聿貞—提要〕其三
⑪三吟三句〔（醍醐）如毛—江流—引觴〕歳旦
⑫三吟三句〔珍著堂（遊林）—加西氏—伊達氏〕元禄丙子試毫
⑬三吟三句〔伊達氏—珍著堂（遊林）—加西氏〕同
⑭三吟三句〔加西氏—伊達氏—珍著堂（遊林）〕同
⑮独吟半歌仙〔（和州道穂）竜水〕独吟
⑯十吟十一句〔（河南林）幸賢—遊林—（大井）里雄—（大井）休源—（大井）自笑—（大井）重澄—正世—（大井）桂琴—（大井）勝風—（大井）徂隆—（大井）執筆〕
⑰三吟半歌仙〔（河州白木）重香6—遊林6—竹翁6〕三吟
⑱独吟三句〔（江州山田）片文子〕独吟／下略
⑲独吟四句〔清岸〕又／下略
⑳十八吟半歌仙〔（江戸佐藤氏）仮吟—遊林—又翁—（駿府）風管—（駿府）草也—（駿府）志井—（駿府）中子—催風—可吟—一志—仮言—云屑—好和—幽吟—未醒—云後—秋露—東子〕

㉑七吟七句〔京 風葉―遊林―幸佐―歌水―一葦―知王―三峰〕都の月に／珍会をまうけて
㉒独吟六句〔和州郡山 散人〕独吟
㉓五吟六句〔和州百済 桃翁―和州安部 之由―和州平尾 忠次―和州大塚 力勝―同所(和州大塚) 一珍―執筆〕一おもて
㉔独吟六句〔和州大屋 南枝軒〕独吟
㉕独吟六句〔河内山田 吉方〕又
㉖独吟六句〔和州林堂 一葉軒〕独吟一おもて
㉗七吟半歌仙〔又翁3―遊林3―吉方3―清岸3―丈子2―清方2―経久2〕七吟／下略
㉘三吟三句〔勢州神戸 奚角―竹翁―遊林〕心ならぬ身にしあれは／下略
㉙三吟漢和十一句〔京高田氏 幸佐漢2・和1―遊林漢2・和2―又玄漢2・和2〕漢和三吟／下略
㉚両吟和漢二十二句〔遊林和6・漢5―又翁和5・漢6〕和漢両吟
㉛両吟漢和二十二句〔衆妙堂漢6・和5―珍著堂(遊林)漢5・和6〕漢和両吟
㉜三吟三句〔三千風―又玄―遊林〕酬寓言堂／下略
㉝独吟漢和八句〔又玄漢4・和4〕漢和独吟
㉞独吟歌仙〔遊林子(遊林)〕追加／独吟／笑ひを招く次手に／子仲冬上澣／東武無倫在印

桃舐集

井つゝや庄兵衛板。『阿付』ニ「元禄九年」。長水編。発句・連句集。半紙本一冊。肥陽白川長水述(自序)。路通漫綴書(序)。学習院大学日本語日本文学研究室他蔵。『俳書大系　蕉門俳諧続集』ニ翻刻。

発句

ア行

肥後 蛙吟　三
阿蘇 惟克　一
久留米 惟計　一
一舟　一
一声　一
一柱　一
肥後 印計　一
隠山　一
雨青　三
園桃　一
小野 お通　一
城ケ 桜雀　一
乙州　一
温故　二

カ行

可久通(なかさき)　一
可笑　一

連句

城ケ 花仙 一
くるめ 柯徳 一
夏井 一
豊後 霞山 一
キ角（其角） 三
季邑 一
草部氏 吉近 一
ナニハ 休計 二
なには 休甫 一
魚素 二
加州 旭江 一
ヒゴ 琴子 一
肥後 琴舟 一
琴松 一
女 げん 一
大坂 契松 一
ヒゴ 渓石 一
加州 軽舟 一
大坂 月尋 二
肥後 元安 一
加州 孤雲 二
肥後 江橋 二
天満 幸方 一

サ行

加州 左右 二
江戸 杉風 一
之凍 一
加州 四睡 一
芝柏 一
僧 使帆 四
枝東 三
周来 一
越中有磯 拾貝 一
僧 秋坊 一
従吾 一
如空 一
城ケ 如硯 一
か、 如此 一
如酔 一
加州 如童 二
小春 一
松花 一
肥後 松月 一
松水 一
豊後 松風 三
笑猿 一
水翁 一
西吟 一
久留米 西与 一
夕市 二
ヒゴ 素芳 一
加州 素蓉 一
宮川 宗信 一

タ行

短長 一
知流 一
竹葉 一
長水 三
のと 通応 一
通成 二
定方 一
大ツ 吐竜 一
渡流 一

ナ行

南甫 四
楠鳥 一
二位法師 一
ヒゴ 入残 一

ハ行

巴水 一
芭蕉 二
城ケ 不旧 一
不二 一
肥後 文通 一
ノ之 一
芳弓 一
北枝 一

マ行

万子 二
民屋 一
あそ南郷僧 夢仲 一

ヤ行

誉風 一
やまと 葉文 五

ラ行

もかみ 羅陽 一
囉、里（鬼貫） 一
加州 頼元 二
軽舟娘九才 楽 一
加州 李草 一
慮程 一
呂谷 一
路通 五
ふんご 路柳 一
加州 蘆錐 一

ワ行

和島 二
加州 和風 二

①三吟歌仙〔路通17―長水17―翁（芭蕉）1―執筆1〕工夫／両吟之俳連
②両吟歌仙〔長水18―路通18〕天然
③八吟歌仙〔芭蕉3―安世2―文考2―空芽3―吐竜1―丹野5―路通2―葉文2―作者不記16〕本間丹野か家の舞台にて
④三吟半歌仙〔法誉1―路通3―月尋4―作者不記10〕みしか夜の寐覚に
⑤両吟八句〔休計4―路通4〕路通のわかれて京にゆくを送る

熱田皺筥物語

京寺町二条上ル町／井筒屋庄兵衛板。『阿付』ニ「元禄九年」。穂積東藤編。発句・連句集。大本（オヨビ半紙本）一冊。于時元禄八歳次乙亥八月／狂士梅人於尾陽九衢斎誌之（跋）。綿屋文庫他蔵。『蕉門俳書集』2ニ影印。『古俳大系　蕉門俳諧集二』等ニ翻刻。『阿付』ハ編者ヲ「尾州祖月」ト誤ル。

発句

ア行
いぬ女（九才）　一
一又（僧）　一
鷗白（亡人）　一

カ行
鶴歩　一
亀江　一
乞食僧　歌一
桂楫　一
幸丸　一

サ行
山更　一
寿永（尼）　一
湘水　一
水西　一
推門　一
寸光　一
宣阿（時宗）　一
祖月　一

タ行
馳登（僧）　一
東藤　二
桐葉　三

ナ行
南北　一

ハ行
芭蕉　七
馬蹄　一
梅人　一
白羽　一
弁三　一

マ行
木公　一

ヤ行
野幽　一
又巴　一

ラ行
蘿堂　一
覧竹　一
梨雨　一
律風　一
良海（密宗）　一
林東（僧）　一
魯道　一
蘆丈　一

連句

①三吟三句〔翁（芭蕉）—桐葉—東藤〕
②三吟三句〔翁（芭蕉）—閑水—東藤〕
③両吟二句〔翁（芭蕉）—桐葉〕又神前の茶店にて
④四吟歌仙〔翁（芭蕉）9—桐葉9—東藤9—工山9〕
⑤両吟二句〔桐葉—翁（芭蕉）〕
⑥両吟二句〔桐葉—翁（芭蕉）〕
⑦両吟二句〔翁（芭蕉）—東藤〕
⑧両吟二句〔翁（芭蕉）—桐葉〕
⑨九吟九句〔翁（芭蕉）—梅人—支考—湘水—弁三—桃隣—馬蹄—野幽—梨雨〕
⑩十吟歌仙〔弁三4—東藤5—梅人4—野幽4—又巴4—桐葉4—良海3—幸丸3—林東1—梨雨4〕星崎浦
⑪七吟歌仙〔野幽5—桐葉6—東藤6—幸丸4—梅人5—弁三5—梨雨4—執筆1〕景清屋敷
⑫八吟歌仙〔梨雨4—又巴4—幸丸3—弁三5—桐葉5—東藤5—梅人5—野幽4—筆1〕呼続浜
⑬十九吟歌仙〔蘆丈2—山更2—祖月2—南北2—律風2—亀江2—馳堂2—推門2—寸光2—鶴歩2—覧竹2—湘水2—蘿堂2—一又2—木公1—白羽1—水酉2—魯道2—馬蹄2〕烏祭／是なむ頭八咫烏なり…

住吉物語

京寺町二条上ル町／井筒屋庄兵衛板。元禄九年刊カ（内容）。稲津青流（祇空）編。発句・連句集。半紙本二冊。序するものは北水浪士のなにかし（惟中序）。綿屋文庫蔵。『俳書集成』23ニ影印。『俳書叢刊』5ニ翻刻。

発句

ア行

河州布忍 安求 六
河州布忍 安林 五
惟然 三
大坂 惟中 三
大坂 渭川（一有） 一九
江州小室 慰水 一
広島 一軽 二
江戸 一晶 一
河州木本 一鎮 二
大坂 一礼 四
郡山 一露 一

大坂　雲嘯　二
雲林　一
備前　雲鹿　三
円水　一
大坂　往来　一
伊予松山　黄山　一
尾陽　横船（蘭秀）　一

カ行

伊勢四日市　可習　二
田井城　可明　三
大坂　何中　六
舸隣　一
大坂　鵝動　四
侃楽　三
閑也　四
岸和田　感々　五
大洲　灌花子　一
大坂　岸紫　二

江戸　其角　一
イタミ　鬼貫　一
松山　鬼嗷　一
広島　亀板　一
伊与松山　戯楓　一
京　去来　一
江戸　挙白　一
ヒコネ　許六　一
曲翠（曲水）　一
伊勢　琴友　一
サヌキ　吟墨　三
松山　銀杏　一
イヨ　隅亀　一
イセ　計徒（計従カ）　一
平戸　荊口　一
亡人　畦止　一
ヒロシマ　景林　一
松山　県草　二

阿知子　顕成　一
元嘉　一
元順　二
元登　五
元梅　一〇
京　言水　一
イヨ大洲　古水　二
大洲　孤舟　一
イセ　弘卿　一
大坂　扣推　二
岸和田　香水　九

サ行

坐井　四
大坂狂六堂　才麿　一九
岸和田　細石　六
仙台　三千風　一
イセ　山児　一
大坂　山笑　一

イセ　支考　一
僧　止水　一
大坂　之道（諷竹）　八
大坂　芝柏　四
大坂　籽郎　三
伊与大洲　自鋤　三
今井　自省　一
広島　治忠　一
松山　呰海　一
大坂　洒堂　七
伊勢山田　雀風　二
充宗　一〇
広島　重仲　一
竜野　春色　一
紀州和歌山　順水　二
京　如泉　一
如楓　九
京　助叟　一

恕回　一
大洲　除歌　一
江戸　鋤立　一
僧　丈草　一
広島　信清　一
イセ四日市　晨笑　一
広島　親之　一
水月　二
水残　一
広島　井水　一
膳所　正秀　一
松山　正統　二
亡人　成之　一
亡　西鶴　一
墨吉　青吉　一
青竹　四
青流（祇空）　四一
少年六才　盛太　一

大坂　晴嵐　二
石丈　四
江戸　仙化　一
大坂　その女（園女）　二四
素琴　一
江戸　素堂　一
宗因　二
宗重　一
イセ　宗比　一

タ行

知誰　一
大津尼　智月　一
松山　竹水　一
墨吉　竹端　四
厳島　仲品　三
松山　樗風　二
亡人　釣水　一
江戸　調和　一

枕肱　一
（大坂）椿子　一
定平　一
（伊賀）土芳　二
（大坂）東明　八
（松山）桃花　一
（竜野）桃十　一

ナ行

（伏見）任口　一

ハ行

芭蕉　六
梅林　二
（伊与大洲）白獼　四
（大坂）半隠　六
（大坂）伴自　一
（大坂）盤水　四
（江戸）百里　一
（江戸）氷花　一
（イセ）舞巾　一
（大坂）舞興　四
（大洲）風音　一
（松山）風皆　四
（大坂）風各　一
（備前）風山　二
（江州小室）勿勝　一
（大坂）文丸　四
（大坂）文十　二
（大坂）補天　一
（讃岐）芳水　三

マ行

（今井）毎将　一
（八尾）毎雄　一
万海　四
（河州清水）未白　二

ヤ行

（松山）友正　二
由仙　七
（大坂）由平　一
（大洲）幽暮　一
（大坂）猶而　二
（我堂）遊可　一
（大湊）遊汀　一
（大和今井）葉文　三

ラ行

（大坂）来山　一
来水　三
（江戸）嵐雪　一
嵐竹　三
（高野山）利広　四
李堂　一〇
（セ、）里東　一
（芸州広島）里洞　四
（江戸）立志　一
柳左　一
（大坂）流残　四
（筑前甘木）良休　一
呂圭　六
（京）路通　一
（エツ中）浪化　一
（岸和田）潦水　一

ワ行

（芸州広島）和用　二

連句

①七吟歌仙〔芭蕉6―畦止4―惟然5―洒堂6―支考5―之道（諷竹）5―青流（祇空）5〕住吉の市を立てそのもとり長谷川畦止亭におの〳〵月を見侍るに

②三吟歌仙〔元梅12―青流（祇空）12―渭川（一有）12〕鹿苑院義満公わすれ草を津守のなにかしに尋させ給ふに…

③三吟歌仙〔青流（祇空）12―李堂12―充宗12〕三吟

④三吟六句〔才麿2―呂圭2―青流（祇空）2〕ある日青流子をたつね呂圭にいさなはれて…

⑤三吟歌仙〔竹端12―青流（祇空）12―青竹12〕歌仙

⑥三吟六句〔その女（園女）2―嵐竹2―青流（祇空）2〕

偶興

⑦三吟歌仙〔由仙12—来水12—青流（祇空）12〕

⑧三吟歌仙〔東明12—青流（祇空）12—之道（諷竹）12〕即興

⑨三吟六句〔万海2—如楓2—青流（祇空）2〕東明にはかに旅たつことありて巻のすゑをつゝらす／六句吟

---

⑩三吟歌仙〔才麿12—青流（祇空）12—半隠12〕夏は涼をまねく冬は寒をふせくこれ一般一部に加へて巻の終

⑪四吟百韻〔洒堂25—青流（祇空）25—その女（園女）25—渭川（一有）25〕追加／百韻

元禄十年（一六九七）丁丑

俳諧 掃除坊主

寺町二条上ル丁／ゐつゝや庄兵衛板。大江蛻平編。前句付・笠付・発句・連句集。半紙本二冊。浪花津誹叢林／十万堂翁誌（来山序）。摂陽城北東桃庵隠士抜／破瓢叟由平（跋）。個人蔵ノ完本ハ未見ノタメ、洒竹文庫蔵本（下巻ノミノ零本）ニヨッテ下巻ノミヲ集計シタ。上巻ハ元禄十年一月ノ自序ヲ備エル前句付・笠付集デ、柿衞文庫蔵『さうちはふす』ハソノ残欠本。下巻後半ハ高田長流ノ八景詩各篇ニ由平・来山・万海・三千風・虚風・一礼・淳平・蛻平ノ発句ヲ和シテ画トトモニ掲載シ、コレモ集計ニ加エタ。

発句

ア行

一円 二
一丸 一
真玉 一笑 一
一浦 一
真玉渡部 一楽 一
耕月庵 一礼 一
高田大江氏女十三才 いろ 一
員従 一
高田植木 宇平 一

カ行

高田金谷 芥平 一
隈井 岩海 二
国崎夷隅弁 岩水 三
豊後日田 儀全 一
洒落斎 虚風 一
長崎青木 橋波 一
銅ノ 銀山 一
芝崎老人 元真 一
長崎堀氏 元直 一
豊前宇佐 言滴 一
公木 二
好客 一
大江氏六歳 甲七 一
国平 二

サ行

砂塵 二
大矢数 三千風 一
高田是水 自影 一
肥前吉岡氏 枝連 一
重正 二
柴崎土屋 重政 一
前川 淳平 一
笑吟 一
豊前中村 松山氏 一
豊後府内 松風 一
高田金谷 如〔虫+気〕 一
柴崎早瀬 如鮎 一
如鯉 一
柴崎西山 如輪 一
高田志賀 如蓮 一
高田西井老人 正勝 一
高田網野老人 正信 三
肥州住市川老人 正末 三
高田網ノ老人 正利 一
木付鵜川氏 新蔵 一
立石松尾 西瓢 三
豊前中津 西友 一
石苔 一
真玉弓崎 素柳 三
柴崎土屋 漱石 一
高田吉原 孫六 一

タ行

真玉弓崎 知竹 一
高田 長流 漢詩八
豊前宇佐宮田 貞儀 一
田水 一
土流 二
道澄 二

ハ行

梅遊 一
高田塩屋 半七 一
不休 一
釈 不木 二
芝崎植木 風木 一
大坂路鳥斎 文十 二
柴崎浜村 豊正 一

マ行

曳尾堂 万海 一
網野氏女十三才 みね 一
豊前中村 木下氏 一

ヤ行

大坂前川 由平 二
友鶯 三

ラ行

大坂十万堂 来山 二
府内上野 来友 三

里山（真玉野村） 一　鯉水（高田帯屋） 一　鯉木 一　立庵（高田金谷老人） 一
流巴 二　蛶牙（立石松尾） 一　蛶塊 二　蛶吟 四
蛶轟 二　蛶国 一　蛶絶 一　蛶足 三
蛶平 八　柳浦（豊前大橋） 一　林梅（明石氏） 三

ワ行

和角（橋津西氏） 一　和水（橋津松本） 一　和南（山行院） 一
作者不記（勢州扇館氏） 一

連句

①両吟歌仙〔国平18―蛶平18〕歌仙／別府の湯の正こそ名に聞え…

②両吟歌仙〔蛶轟18―蛶平18〕瓢一つを命にて今日の日もおしく…

③両吟歌仙〔流巴18―蛶平18〕夜るは夜を専とし火燵に足をもたけ…

④十一吟十二句〔郷平―蛶平―蛶轟―砂塵―如山―梅遊―可庭―丹卜―鶴嶺―流巴―蛶舌―執筆〕暮風霖雨あらは…

⑤両吟漢聯十句〔（夷）岩海1―（僧）睡雲9〕大江氏蛶平公撰掃地坊主書…

俳諧真木柱

元禄十歳丑閏二月廿九日／摂州平野屋勝左衛門・江府平野屋清三郎板行。挙堂著。俳諧作法書。小本一冊。心圭（序）。元禄丁丑閏二月廿三日／人子朋水書（序）。城南挙堂（跋）。洒竹文庫他蔵。『校註俳文学大系』1ニ翻刻。作者名ノアル例句ノミヲ集計シタ。

発句

ア行

安静 一　伊安 二
惟中 二　維舟（重頼） 二　一三 一
一笑 三　一晶 二　一静 一
一鉄 三　一髪 一　一六 一
胤及 一　芋々 一　羽笠 二
衛門 一　越人 五　桜叟 三

乙州　一

カ行

可廻　一
可休　一
可尋　一
可全　二
可理　一
荷兮　付一　七
荷翠　一
嘉国　一
我黒　二
皆酔　二
鶴声　一
乾宅　一
岩翁　一
季吟　五
其角　付一　七
枳風　一
鬼貫　付一　二
基佐　一
亀洞　一
棄瓢　一
蟻足　一
蟻道　一
吉頼　一
玖也　一
去来　九
巨海　二
挙堂　三
挙白　二
听流　一
吟市　一
慶友　一
兼載　一
軒柳　一
元恕　二
元隣　二
玄札　一
玄旨（幽斎）　三
玄的　一
玄圃　一
言水　一
原水　一
コ斎（壺斎）　一
孤屋　一
虎竹　一
胡兮　二
湖春　付一　三
好春　一

サ行

才丸（才麿モ見ヨ）　一
才麿（才丸モ見ヨ）　一
昨非　一
三紀　一
傘下　二
之道（諷竹）　一
史邦　一
只松　一
自悦　三
似船　二
爾木　一
守武　四
舟泉　一
周也　一
秋然　一
秋冬　一
秋帆　一
秋風　四
集松　一
春澄　三
順水　一
如行　二
如春　一
如川　二
如泉　二
如貞　二
如梅　一
如風　一
助叟　一
尚白　二
昌維　一
松濤　一
丈草　二
常矩　四
常牧　一
色供　一
色政　一
心圭　四
信章（素堂事）（素堂モ見ヨ）　一
信徳　七
晨鐘　一
晨風　二
親信　一
ステ（捨女）　一
翠袖　一
正秀　一
正盛　一
正冬　一
正芳　一
正立　一
正隣　一
成菌　一
成次　一
西鶴　二
西吟　二
西勝寺　付一
西武　二
青人　一

政納 二
清長 一
千之 一
仙吟 一
沾徳 二
［宝生］迠（ママ）蓬（沾圃カ） 一
霰艇 一
その（園女） 一
ソラ（曽良） 一
素雲 一
素仙 一
素堂（信章モ見ヨ） 二
宗因 三
宗鑑 二
宗祇 一
宗旦 一
宗長 一
藻風 付一

存昔 一

タ行

卓志 一
旦藁 四
団水 二
知足 三
竹亭 三
仲昔 一
忠知 三
彫堂 一
調和 付一
定清 一
貞兼 二
貞室 八 付一
貞恕 一
貞則 一
貞同 一
貞徳 六

程寛 一
鉄州 二
トメ女 一
杜国 二
冬丈 一
東海 一
道柯 七
道之 一
道州 一
徳元 一

ナ行

日能 一
任口 三

ハ行

はせを（芭蕉モ見ヨ） 三 付二
芭蕉（はせをモ見ヨ） 五 付三
梅盛 三
晩山 一

盤斎（磐斎） 一
美郷 一
百丸 付二
百助 一
氷花 一
平吉 一
不角 二
不障 一
風山 一
風雪 一
風鈴軒（風虎カ） 七
文性 一
蚊足 一
鞭石 四
暮四 四 付一
芳山 一
朋水 八
望一 一

卜圃 一
凡兆 二

マ行

木因 一

ヤ行

野水 七
又十 一
友静 一
友雪 一
由己 一
幽山 一
祐元 一
遊君 二

ラ行

来山 二 付一
落梧 一
嵐雪 五
蘭秀 三

利当 一
離雲 二
籬山 一
立圃 六
立也 一
了味 一
林下 一
林可 一
令富 一
嶺利 一
路通 四
露川 三
露沾 二
六翁 一

ワ行

和及 五

はしもり

井筒屋庄兵衛板。元禄十丁丑年閏二月下澣（奥）。山本荷兮編。発句・連句集。半紙本二冊。愛知県立大学市橋文庫他蔵。『日本文学説林』（和泉書院　昭和61年刊）ニ影印。『名古屋叢書』15（名古屋市教育委員会　昭和37年刊）等ニ翻刻。題簽ノ表記ハ「葉至茂里」。

発句

ア行

岡崎 畏計　一
桑名 一好　一
一井　四
一雪　一
桑名 一滴　五
一歩　一
一栗　四
三州 尹之　二
羽立（羽笠カ）　一
羽笠　八
雨桐　一
三州 烏巣　一
京 雲水　三
越人　六
美濃 淵水　二
岡崎 奥猿　二
横船（蘭秀）　一

カ行

可遊　一
荷兮　二四 付一
榎柢　九
今岡 嘉竹　一
岡崎 歌竹　一
芥諧　一
美濃 塊人　二
岡崎 鶴声　一〇
季吟　三
其角　二
美濃 亀仙　二
亀洞　三
葵圭　一
喜教　一
巨翁　一
夾始　一
玉屑　一五
加賀 句空　三
美濃 欠之　一
美濃 謙之　一七
玄笑　一
三州 古水　一
美濃松山 湖雲　二
岡崎 湖舟　五
湖東　二
黒烏　二

サ行

昨木　一
杉峰　三
傘下　二九
加賀 子格　三
四友　一
美濃 自覚　一
宇治 自笑　一
車山　二
主月　二
舟泉　二
秀堅　一
岡崎 秋寄　一
岡崎 秋冬　四
重五　一
重頼　二
昌圭　一
岡崎 松雨　四
美濃 松水　二
松星　四
湘水　二
鵤支　三
塵生　一
酔竹　一
高須 正庵　一
晴燕　五
晴虹　一三
加賀 夕市　一
夕道　六
雪中　三
知多 雪洞　二
岡崎 千州　一
三州 千釣　一
岡崎 川烏　五
岡崎 沾参　一
洗古　二八
霰艇　二
素堂　四
素白　一
岡崎 素文　六
美濃 疎雪　一
鼠弾　一
宗因　二
村俊　一
村能　一

タ行

大毫（美濃長良） 二
沢松 一
卓志 二
丹集 四
旦霞 三〇
旦藁 七
探水 一
端吟 一
端雪（田原） 一
端当 一
団友（涼菟） 二
丁々 二
長虹 一七
長頭丸（貞徳） 二
釣雪 一
釣眠 三
朝水 九
潮東 二
貞室 一
貞里 一
杜国 一
冬文 四
東山 一
東鶩 一
桃青（芭蕉モ見ヨ） 一
桃里 三七

ハ行

巴丈 一
把水（美濃） 一
把卜（美濃） 一
芭蕉（桃青モ見ヨ） 一
梅陰（立野） 三
白支 一五
班雪（西尾） 一
不知 一
文長 九
保直（大坂） 三
暮山（知多） 二
抱月 二
卜梢 一

マ行

明重（美濃） 七
摸之 五

ヤ行

野梟 一
野水 一
友寄（岡崎） 一
雄勝 四

ラ行

里洞（岡崎） 一
里洞（芸州） 二
里洞 二
里風（岡崎） 二
立甫（立圃） 三
柳枝（知多） 一
蟒光 二
嶺猿（熱田） 一
路石 一
鷺雪（岡崎） 二
朗風（知多） 二

作者不記 八七

連句

①六句〔作者不記〕宗因時代付合…一連歌と誹諧と付分たる体
②四句〔作者不記〕宗因時代付合…一古事のはたらきある体
③六句〔作者不記〕宗因時代付合…一言葉立入たる体
④六句〔作者不記〕宗因時代付合…一用付にして一句立体
⑤四句〔作者不記〕宗因時代付合…一俗にくたりたる体
⑥二句〔作者不記〕宗因時代付合…七百五十韻末句
⑦四吟十句〔桃青（芭蕉）1—其角1—才丸（才麿）1—楊水1—作者不記6〕二百五十韻
⑧十六吟歌仙〔荷兮4—長虹3—釣雪1—舟泉1—羽笠

1―傘下3―冬文3―桃里3―文長2―撲之2―朝水2―榎柢2―晴虹2―洗古2―旦霞2―越人1―執筆2〕元禄九丙子正月一五日／賦男何俳諧

⑨五吟歌仙〔桃里7―晴虹7―榎柢7―洗古7―荷兮7―筆1〕

⑩六吟歌仙〔長虹6―荷兮6―桃里6―冬文6―洗古6―晴虹5―執筆1〕

⑪三吟二十二句〔洗古7―越人7―荷兮8〕いつくの落足にて二人の御とふらひそや…

⑫六吟歌仙〔傘下6―桃里6―朝水6―長虹6―撲之6―晴虹5―執筆1〕

⑬三吟十四句〔晴虹5―荷兮5―旦霞4〕追加

鳥のみち

京寺町二条上ル町／井筒屋庄兵衛板。石岡玄梅編。発句・連句集。半紙本二冊。元禄十丁丑春三月上浣／湖南游刀子援毫於垂葉堂下（序）。綿屋文庫他蔵。『俳書集成』33ニ影印。『俳書叢刊』5ニ翻刻。

発句

ア行

蛙声　一
蛙足　二
杏軒　一
（釈）伊誰　一
（ヲハリ）衣吹　二
（田夫）為有　一
惟然　一〇
（イカ）惘底　一
（長崎）一介　一
（イセ須川）一吟　一
（クロ崎）一保　三
（イカ）宇陀都　一
（セヽ）雨汀　一
栄枝　五
円解　二
猿雖　四
翁（芭蕉・はせをモ見ヨ）　一九
（江州八幡）乙吉　一
乙州　一

カ行

可暁　三
可吟　一
（ヲハリ）可楽　一
（イカ）花幸　二
（ミノ）嘉常　三
我峰　一
我亮　一
回凫　一
（ミノ）角呂　一
（春日社人）霍觜　二
（太田）干皐　一
（小クラヤマ）閑夕　三
（郡山）含粘　三
其角　一
鬼市　八
（イセ）幾雪　一
（遊女）九重　一
（イカ）九節　二
去来　五
（亡人）魚光　一
（イカ）魚日　一
（ヲハリ）夾貽（夾始カ）　一
曲翠（曲水）　一
（イカ）近之　二
（日田僧）愚信　一
（イセ）桂之　一
（イカ）桂中　一

元灌（姫路）　二
玄海　三
胡古　一
湖雀（尾張）　一
壺中　三
顧水　四
洪水　一
紅石　三
敲友（ミノ）　一
黒太（ミノ）　一

サ行

さつ（馬場）　一
さつは、　一
左次　一
乍木（イカ）　一
沙明（筑ノ黒崎）　六
座羅（日田）　四
才一（少年）　一
歳人　九
颯声　一
三岐（イカ）　一
三四郎（玄梅价）　一
支考　三
支幽（膳所）　二
史邦　一
志計（ちくせん）　一
志用（大坂）　二
志葉　一
志六（イカ）　一
芝柏　二
指算（ミノ）　一
示蜂　一
自省　一
似随　一
車来（イカ）　二
舎羅　三
洒堂　三
射江（イカ）　二
捨石（ヲハリ）　二
若芝（ヒタ）　二
朱拙（フンコ日田）　八
酒紅　一
舟彦（馬場）　一
秀宣（イセ）　一
重年　一
宿香（三ノ川辺）　一
春魚（春日社人）　一
如行（みの）　二
如岫　三
如醴（ミノ）　一
助童（黒崎少人）　二
昌房　三
松泊（江州幡山）　四
湘水（ヲハリ）　一
丈草　六
慎曲　一
水札　三
水杖　一
水甫　一
吹衣　二
随岐（犬山）　一
随尺（大さか）　二
正秀　八
青觜（日田）　二
雪芝（イカ）　四
仙杖（イカ）　二
素伸（長崎）　二
素覧　二
曽良　二
鼠弾　二
宗之（日田）　三

タ行

打睡　一
苔蘇（イカ）　二
卓袋（イカ）　四
探芝（ミノ）　四
団友（涼菟）　五
知外　二
智月　四
遅望　二
沖二（羽州山形）　三
柱山（筑後吉井）　一
長（イカ女）　一
長年（イカ少人）　一
釣壺（日田）　四
朝敬　三
直愚上人　一
砧石（ミノ）　一
追風子（陸奥フクシマ）　二
てう女（イカ）　一
貞寿（老尼）　一
堤柳　一
泥足　二
荻子（イカ）　二
鉄水　一
天睡（大さか）　一
吐竜　一
杜旭　一
杜若（イカ）　二
土芳　四
東向　二
東山（郡山）　一
東志（犬山）　一
東推　一
東馬　三
桐井　二
唐扇（ミノ）　一

桃苑（ミノ）　一
桃淵　二
桃先（三州新城）　一
童墨（ヲハリ）　一
道弘　一
呑水（犬山）　三

ナ行

二柳（川辺）　一
任口（ミノ）　一

ハ行

はせを（翁・芭蕉モ見ヨ）　一
巴流（洛）　三
芭蕉（翁・はせをモ見ヨ）　一
配力　二
梅吟　一
梅仙　一
白歌（イセ）　一
白雪　一
筏雪（膳所）　一
反朱（イセ）　一
反哺（イカ）　一
帆柱（クロサキ）　一
比枝（加州）　一
尾頭（イカ）　二
氷固（イカ）　二
瓢竹（イカ）　一
牝玄　三
ふさ（イカ少女）　一
芙雀（大）　二
富定　二
普山　二
風国　六
風睡　一
楓声　一
諷竹　九
碧川（ミノ）　一
保直　一
豊里　三
卯七（ナカサキ）　三
望翠（イカ）　一
北枝　一
卜志（知田）　一
牧童　一

マ行

麻三　二
万乎（イカ）　四
妙寿（せ、禅尼）　一
無筆　二
免露（イカ）　一
木志　一
木節　二

ヤ行

也水（日田）　四
野径　二
野童　三
野坡（江戸）　二
野明　二
愈花　一
友然（太田）　一
有収（イカ）　一
幽泉（フンコ日田）　七
祐甫（イカ）　二
遊泉（ヲハリ）　一
遊友（イカ）　一
游刀　六
陽和（イカ）　四

ラ行

吏明（ミノ）　一
履丈（顧丈カ）（尾張）　一
離房　二
陸舟（江戸）　一
路尹（ミノ）　一
路通　三
魯中　六
魯立　二
蘆角　一
蘆蚊　一
蘆本（イセ）　二
露川　四
鷺立（ミノ）　二
老石（ナラ女）　一
浪化　一

ワ行

和及　一
和泉（ヲハリ）　一
不知作者　一

連句

①四吟歌仙〔翁(芭蕉)9―木節9―惟然9―支考9〕元禄七年六月廿一日／大津木節庵にて

②七吟歌仙〔土芳5―玄梅5―猿雖5―雪芝5―苔蘇5―万乎5―卓袋5―執筆1〕

③九吟歌仙〔諷竹4—舎羅4—何中4—羽竹4—其道4—芙雀4—因之4—千百4—知外4〕
④十吟三十一句〔風国4—壺中3—泥足3—去来4—野明3—蘆角3—野童3—関夕3—丈草3—惟然2〕口切比申侍りし

⑤四吟歌仙〔正秀9—探芝10—游刀8—昌房9〕
⑥四吟歌仙〔紅石9—惟然9—玄海9—魯中9〕
⑦六吟歌仙〔玄海6—鬼市6—紅石6—志葉6—栄枝6—歳人6〕

梅桜

京寺町二条上ル／井筒屋庄兵衛板。坂本朱拙編。発句・連句集。半紙本一冊。丁丑花春(三月)／菊人書(序)。四方郎朱拙(跋)。綿屋文庫蔵。『俳書集成』33に影印。

発句

ア行

惟春(玖珠) 一
惟然 三
一雲(日田) 一
一鷗(筑後) 一
一嵐(玖珠) 一
一六 一
猿雖(伊賀) 一
鳶古(筑後) 一
横几(江戸) 一
鷗吟(筑後) 二
乙州(大津) 一

カ行

加能(中津) 二
荷暁 二
荷明(日田) 二
臥高(膳所) 一
雅蝶(玖珠) 一
介我(江戸) 二
竿水(中津) 二
閑夕(筑前把木) 二
岩翁(江戸) 二
其角(江戸) 三
枳風(江戸) 一
亀翁(江戸) 二
菊人(豊後日田) 二
去来(京) 四
許六(江戸彦根) 二
犢鷗(筑後) 一
曲水(膳所) 一
曲風(玖珠) 一
愚心(僧) 一
呼牛(日田) 一
孤屋(江戸) 一
湖春(京) 一
岡重(筑前志波) 一
谷卜(日田) 一

サ行

左次(尾州) 一
沙明(筑前黒崎) 一
沙遊(日田) 一
座羅(日田) 一
山眠(中津) 一
杉風(江戸) 二
支考(伊勢) 一
之道(大坂)(諷竹) 一
史邦(江戸) 二
市六(日田少年) 一
糸白(中津) 一
芝角(日田) 二
紫道(日田) 一
若芝(日田) 二
朱拙(四方郎) 二
重時(日田) 一

准鴉（筑後）　一
女鶴（玖珠）　二
如行（美濃）　二
尚白（大津）　一
昌房（膳所）　一
笑吟（中津）　一
丈草　二
正秀（膳所）　一
西国（日田亡人）　一
西幽（中津）　三
西六（日田）　一
青波（玖珠）　一
清道（筑後久留米）　一
雪柱（日田）　二

千那（江戸）　一
沾徳（江戸）　一
泉加（中津）　一
素覧（尾州）　一
曽良（江戸）　一
宗之（日田）　二
村言（筑後言律女十一）　一

タ行

岱水（江戸）　一
碓風（日田）　一
探芝（膳所）　一
団友（涼菟）（吉井）　一
智月（大津尼）　二
蟄谷（玖珠）　一
杜山（吉井）　一
彫棠（江戸）　一
釣壺（日田）　二
朝鷗（筑後）　一
澄元（日田）　一
吐雲（中津）　一
吐籠（膳所）　一
菟角（中津）　一
土芳（伊賀）　一
弩曲（玖珠）　二
桃国（筑後吉井）　一
桃水（日田）　一
桃隣（江戸）　一
濤鷗（筑後）　一
道香（豊前中津）　一
独有（日田）　二
呑鷗（田主丸）　二

ハ行

巴風（江戸）　一
芭蕉　四
梅岸（日田）　一
梅谷（日田）　一
半残　一
尾頭（伊賀）　一
氷水（日田）　一
普船（江戸）　一
風国（京）　四
放牛（日田）　一
北枝（加賀）　三
凡兆（京）　一

マ行

万乎（伊賀）　一
万草（中津）　一
万斗　一
茂市（日田少年）　一
毛一　一

ヤ行

也水（日田）　一
也葉（豊後玖珠）　二
野紅（日田）　一
野坡（江戸）　四
幽泉（日田）　二
游刀（膳所）　一
葉貞（玖珠）　一

ラ行

嵐雪（江戸）　一
利牛（江戸）　三
李由（江州平田）　一
里仙（日田）　二
路通（三井）　二
露川（尾張）　一
鹿子（黒崎）　一

連句

①十九吟二十句〔朱拙2―惟然1―探芝1―正秀1―游刀1―昌房1―丈草1―風国1―釣壺1―里仙1―若芝1―雪柱1―也水1―宗之1―荷明1―其角1―座羅1―碓風1―独友1〕鳥落人（惟然）の行脚の旅外に申つかはしぬ

②三吟歌仙〔朱拙12―竿水12―万斗12〕豊前の国遊行の

折から中津竿水亭にして俳談のつゐて…
③三吟歌仙〔朱拙11―菊人12―鵗立12―執筆1〕此集か丶ると訪はれて

④五吟歌仙〔風国7―朱拙7―泥足7―惟然7―壺中7―執筆1〕追加

末若葉

刊記ナシ。丁丑仲夏初二（五月二日）／落柿舎嵯峨去来稿（「贈晋渉川先生書」奥）。宝井其角編。発句・連句・俳論集。半紙本二冊。晋子述（自序）。版下ハ其角筆。綿屋文庫他蔵。『古俳大系 蕉門俳諧集二』等ニ翻刻。上巻ハ岩翁編『若葉合』（元禄九年識）ヲ襲ッタ独吟歌仙十巻デ、其角ガ加点ヲスル。

発句

ア行

闇指 六
一境 三
一江 五
一雀 五
一十竹 四
雲洞 一
翁（芭蕉） 五
黄山 二
横几 一

カ行

可朴 三
我常 九
介我 三
岩翁 九
其角 四六
其雫 三
機一 一
穹風 一
去来 三
巨宇 一
虚谷 二
許六 四
曲翠（曲水） 一
銀杏 一
景帝 一
湖月 一
湖東 一
湖帆 三
口遊 二
行露 八
衡山 一

サ行

砂人 歌三
柴雫 六
醋止 三
山夕 一
山蜂 六
巳応 二
支梁 二
此友（女） 一
志良 二
翅林 一
紫紅 八
自悦 一
尺草 二
需笑 二
洲荻 一
秋航 二
秋色 二
粛山 六
春澄 一
薯子 六
如流 一
尚白 三
昌川 一
松吟（老尼） 三
心酔道人（漢詩） 一
水刀 三
翠袖 八

是橋　二
西鶴　一
青山　一
星泉　一
拙叉　四
千調　一
川子　一
沾徳　六
専吟　三
素堂　一
楚舟　一
桑露　一

タ行

太泥　二
丹子　一
竹巷　一
丁分　一
彫花　一
彫棠　六
鵰　一
堤亭　八
兎谷　一
東順　三
東水　一
東流　一
桃雫　一
桃隣　二

ハ行

巴山　一
波麦　八
梅橋　三
梅遊（盲人）　一
弥子　四
風喬　一
蜂腰　一
望水　四

マ行

万巻　二
木奴　三
問津　二

ヤ行

夜錦　二
野風　一
幽之　五
幽竻　一

ラ行

落霞　一
嵐蘭　一
蘭関　五
利合　一
柳糸　一
林也　一
露沾　一
露柏　三
浪化　二

連句

①独吟歌仙〔彫棠〕第一
②独吟歌仙〔柴雫〕第二
③独吟歌仙〔拙叉〕第三
④独吟歌仙〔闇指〕第四
⑤独吟歌仙〔我常〕第五
⑥独吟歌仙〔波麦〕第六
⑦独吟歌仙〔紫紅〕第七

⑧独吟歌仙〔蘭関〕第八
⑨独吟歌仙〔山蜂〕第九
⑩独吟歌仙〔一十竹〕第十
⑪三吟三句〔其角―介我―堤亭〕左
⑫三吟三句〔堤亭―其角―介我〕中
⑬三吟三句〔介我―堤亭―其角〕右
⑭三吟三句〔行露―桃隣―其角〕志賀なら金竜寺の花は

その荘園より折て奉る…

⑮八吟歌仙〔其角7—専吟6—沾徳5—堤亭8—紫紅4—彫棠2—介我3—山川1〕十月十二日深河長慶寺／芭蕉翁移墓回愁之吟

⑯両吟三句〔其角2—行露1〕行露公あたみへたゝせ給ふに…御駕籠にみそなはし侍る／あたみより御相湯のよしにて

延命冠者・千々之丞

京寺町二条上ル町／井筒屋庄兵衛板。一十竹編。発句・連句集。半紙本二冊。元禄丁丑若葉の後／晋其角序。けむろく丁丑かふたつる日／武江商一十竹（自序）。元禄丁丑中夏（五月）下旬、合歓堂沾徳（跋）。東京都立中央図書館加賀文庫他蔵。『元禄江戸俳書集』ニ翻刻。上巻ハ「延命冠者」デ、下巻ハ「千々之丞」。一十竹自序中ノ発句一モ集計ニ加エタ。

発句

ア行
一箮　三
一十竹　四
一拙　一
桜花堂　二

カ行
加集　三
画竜　一
嵒組　二
其裔　一
其角　三〇
玉牙　二
玉芙　一
琴口　一
琴風　一
蛍嚢　一
故水　二
瓠水　一
行露　三
香知井（板根氏）　一

サ行
三千芝　二
山皷　二
子孑　三
紫紅　一
尺水（女）　一
霋竹（盲人）　一
十万家　二
薯子　二
色葉　一
翠袖　一
千寿（遊女）　一
沾秀　一
沾徳　一
専吟　三
泉川　二
草連　一

タ行
茶夕　一
中里　一
丁丁　四
都牛　一
桃牛　二
桶之　一

ナ行
南流帆　一
難波（遊女）　一
二四木　二

ハ行
白亀　四
白[日+朋]　一
百竹　一
平砂　一

孚兄　一
武竹　四
楓子　四

マ行

未陌　一

ラ行

来示　一
柳笠　三

露橋　一
鷺白　一

作者不記　三　付一

連句

①七吟八句〔子才1―一十竹2―玉牙1―四四谷1―其角1―白亀1―二四木1〕
②四吟歌仙〔専吟9―一十竹10―沾徳9―其角8〕
③独吟八句〔一十竹〕夢は信ずへからす…はいかいの野馬台とおもひなしてつゝりける詞／…右の句加左
④両吟十二句〔三千芝6―一十竹6〕閑籬尋花
⑤独吟百韻〔一十竹〕
⑥五吟歌仙〔白亀11―一十竹11―二四木6―子才5―一拙3〕
⑦三吟三句〔南流帆―四四谷―一十竹〕
⑧四吟四句〔丁丁―桃牛―四四谷―一十竹〕五四雑吟
⑨四吟四句〔四四谷―丁丁―桃牛―一十竹〕牛ハ耕ス農夫ノ前へ／犬ハ吼ル乞食ノ後へ
⑩四吟四句〔桃牛―四四谷―丁丁―一十竹〕二月尽
⑪独吟四句〔一十竹〕歳末
⑫両吟四句〔一十竹2―白亀2〕碑文谷ニテ
⑬両吟二句〔其角―一十竹〕
⑭両吟二句〔一十竹―其角〕
⑮両吟二句〔二四木―蘭口〕

葵車

井筒屋庄兵衛梓。元禄十丑年梅雨（五月奥）。室賀轍士編。発句・連句集。半紙本一冊。楓翁轍士標（自序）。佐藤悟蔵。『連歌俳諧研究』78（平成2・3）ニ翻刻。

発句

秋田 依風　一　　怪石　一　　浪花 休計　一　　言水　一
浪花 才麿　一　　秋石　一　　堺 充宗　一　　如泉　一
東武 鋤立　一　　松雨　一　　東武 勝風　一　　丹野　一
イセ 団友（涼菟）　一　　烏丸 はつ女　一　　晩蝶　一　　浮沈　一
立吟　一　　蘆睡　一　　鷺水　一

連句

①十吟百韻〔轍士11―松雨9―如泉11―立吟11―随風9―百花9―右茉10―怪石10―丹野9―路通10―執筆1〕

②五吟歌仙〔金毛7―楓翁7―泥足7―丹野7―淡斉7―執筆1〕追加

はしらこよみ

京寺町二条上ル／井筒屋庄兵衛板。元禄十丁丑林鐘（六月奥）。鶴声編。発句・連句集。半紙本二冊。元禄十丁丑歳林鐘上澣／荷兮（序）。藤園堂文庫他蔵。『新編岡崎市史』13（同編さん委員会　昭和59年刊）等ニ翻刻。

発句

ア行

畏計　一七　　一枝　六　　コロモ 尹之　八　　羽笠　二　　京 雲水　三
江戸 栄白　一　　尾陽 越人　三　　奥猿　八

カ行

東城 花葉　三　　荷兮　一三
歌竹　一　　ミノ 塊人　一　　鶴声　六七　　其角　三　　十一才 亀之丞　一　　吉田 葵白　一
巨扇　五　　橋月　一　　イホ 橋流　二　　友国 吟水　三　　胡蝨　二　　湖舟　一八
加州桑門 向空　三　　好糟　一　　谷水　三

サ行

東城 三風　四　　山素堂（素堂）　一
尾州 傘下　四　　四郷 残雪　二　　只丸　二　　始流　一　　八才 若松　一　　雀声　三

秀（江戸釈） 一
秀友 二
秋冬 三四
什佐 三
春鷗（伊保） 四
松雨 四
松軒 一
松伴 一
松葉（伊保） 一三
睡闇 六
随雲（サクラ町） 二
寸松（伊保） 三

清波（桜町） 一
晴虹（尾州） 四
夕侍（イホ） 七
接興（加州） 一
雪丸（新城） 三
千州 二
川烏 三
川水 一
川漏 一
仙化 一
洗古 七
洗石（尾州） 一

霰艇 六
素文 一七
鼠弾（尾州） 一
亀生（加々） 一
宗波（江戸） 一
宗和（江戸） 一

タ行

打水 一
大毫（ナカラ） 二
丹集 三
旦霞（尾州） 四
旦藁 三

探水 二
端当（尾州） 一〇
長虹（尾陽） 三
釣雪（尾州） 二
釣眠 四九
桃洗（新城） 六
桃里（尾州） 一六
独友 九

ハ行

芭蕉 四
白雪（新城） 一〇
柏里 二

磐石 一
不存（東城） 一
不文 三
布泉 四
保直（大坂） 一
卜遊（小坂井） 一
墨烏 四

マ行

万水（牛久保） 一
満足（岡田氏） 一
未出 五

ヤ行

野水（尾州） 一
友寄 二

ラ行

里洞（芸州） 三
里風 六
路石 四
露計 一
鷺雪 一三

作者不知 一

連句

①三吟歌仙〔（尾高畑）白支12—亀仙12—淵水12〕
②三吟歌仙〔釣眠12—秋冬12—鶴声11—筆1〕
③四吟歌仙〔奥猿9—鶴声9—湖舟9—鷺雪9〕
④六吟歌仙〔湖舟6—畏計6—鶴声6—巨扇6—鷺雪6—端当6〕

⑤四吟歌仙〔荷兮1—千州12—沾参12—不文11〕千州亭にて
⑥十二吟十二句〔路通—秋月—沾参—千州—承候—雖闇—石詠—布泉—秋冬—湖舟—未及—鶴声〕太田氏元重夢想あり…程ありて沾参・秋月・千州我をか

たらひて…

⑦七吟半歌仙〔越人3―苔翠2―芭蕉3―友五2―夕菊4―泥芹2―依々2〕東武苔翠にて

⑧八吟歌仙〔鶴声4―桃里5―荷兮5―洗古5―晴虹4―旦霞4―長虹4―傘下4―執筆1〕

俳諧夕紅

刊記ナシ。岸本調和編。発句・連句集。半紙本二冊。元禄十丁丑季夏（六月）日／壺瓢軒清書所（調和自序）。洒竹文庫他蔵。序ノ後ニ「歳ノ子丑ヲ続テ追々開板」トアル。

発句

ア行

作者	注記	句数
蛙言		一
蛙流		一
安子	甲州市川	七
安全	駿州岩淵	二
鶡杖	をし	六
慰志		一
一以		一
一鷗		一
一関	駿河	一
一口		二
一嗹		二
一松		四
一扇		一
一直		二
一桐		一
一洞	筑州柳川	一
一鳳	甲州	二
一○		四
一竜	大坂	二
宇玄		二
鸎言	忍ノ住	二

カ行

作者	注記	句数
かしく		一
伽夕	米沢	一
花丸	伊勢	一
花畝		二
花蝶		三
花木		一
河野	築州	一
我唯	羽州松山	七
海秋		一
海石	羽州	八
涯漠		一
崕雪		二
狢堂		二
鶴志		一
葛東		一
甘乳		四
岸珠		一
枳橙		一
鬼歯		一
稀云		一
蟻山		一
九羽		二
挙石		一
魚水	羽州	一
梟角		二
噛石		一
曲樗	米沢	一
吟志		一
吟水	羽州左沢	三
吟石		二
銀嵐	伊勢	一
薫風		一
兮耑		一
恵尚	羽州松山	三
硯水		一
玄之		一
玄真	松山	一
古川	羽州松山	一
孤蝉	羽州	三
虎笑	大坂	一
湖旦		一
口寸		一
好水		五

国第　一
凵睡　一
悟意（米沢）　一

サ行

催風（駿府）　二
材言　一
三仙（羽州）　一
止水　一
此水　一
志井（駿河）　一
柿青（豆州）　一
思秋　一
指水（肥州）　二
自言　四
自泉　二
秀錐（豆州）　一
岫虹　二
秋香　一
秋毫　一
秋竹　一
秋蚊　一
袖琴　一
袖包　一
袖笠　一
集水（丹州田辺）　一
如猿　一
如此（仙北）　三
如々山　一
如琢（仙北）　三
如蝶　一
少虫（忍）　一
松盈（羽州亀山）　一
松夕　一
松葉　一
宵睡（江尻）　一
水月　一
睡緇　一
雖篙　一
随宜　二
蕊蟻（羽州左沢）　一八
寸志（川村氏）　一
正直　一
石流（河原代）　三
雪渓　七
賤忘　一
然平（築州三池）　一
菴吟　二
宗也　一
霜鶴　一

タ行

帯雲　一
袋雲（北条）　一
沢蟹　一
恥言（忍ノ住）　二
竹水　一
茶瓢　一
中子（スルカ）　一
朝かほ　一
朝三　二
調角　二
調貉（羽生）　一
調蒿　二
調膠　一
調市　三
調車　五
調序　一
調松　一
調尋　一〇
調当　二
調武　三
調葉（布川）　一
調柳（槿堂）　七
枕睡　一
貞助　一
兔嘯　一
東沢（羽州左沢）　四
東峰　二
桃艶　一
桃風　一
洞松　一

ハ行

破笠　一
俳狂　一
梅英　一
梅言（忍）　五
梅嘯　一
梅府　一
梅両（遠州）　一
白鷗（甲府）　二
白萍　一
白楊　一
八角（二本松）　三
尾長（駿州）　一
瓢朗　一
不月　一
不周　二
不術　一
不切　二
不調（米沢）　一
皁月　一
浮水（羽州松山）　二
風夕　一
風切（甲州）　一
風任（豆州）　一
風和（羽州大谷）　五
楓岡　二
文霞　一
文車（二本松）　一〇

文囚（米沢）　二
汶水（米沢）　四
ノ蝨　一
甫仙　一
包抄（二本松）　三
包袋　一
蜂谷（伊勢）　一
鳳角　一

卯下（江尻）　一
卯子（江尻）（卯下カ）　一
乏顧　二

マ行

枚口　五
未覚（羽州左沢）　三五
無真（羽州左沢）　一三
木コリ（忍ノ住）　一〇

ヤ行

野笑　一
友時（仙北）　一
友夕（山形）　一
勇夕（羽州友沢）　一
幽笛　二
遊水　一
庸探　一

ラ行

雷角　一
嵐松　一
陸船（羽州左沢）　一七
葎月　一
柳燕　五
柳雀（越後）　一
柳絮　一
柳石　二
柳雪　一
流富（相州）　一
緑筠（河原代）　二
林及　一
倫樵　一
倫随　一
露仲　一

ワ行

和英　二
和巾（薩州）　三
和吟　一
和賤　一〇
和鉄　一
和氷　五
和友　七

連句

①六吟歌仙〔立志6―調和6―秀和6―立嘯6―柳絮5―一蜂6―執筆1〕
②五吟歌仙〔山夕7―調和7―無倫7―尺草7―艶士7―執筆1〕
③七吟歌仙〔不角5―調和5―直方5―和推5―和英5―淮漢5―止水5―執筆1〕

たひまくら

稿本（知足自筆）。丁丑文月（七月）上旬書之／寂照軒知足子（奥）。下里知足著。俳諧紀行。大本一冊。千代倉家蔵。『俳文芸』3（昭和49・6）ニ翻刻。題簽ノ表記ハ「多日万久羅」。

発句

如泉　一
知足　六〇　漢詩一

連句

①両吟三句〔知足1―如泉2〕此脇第三は十九日に如泉かり行し時せられし也三吟歌仙に仕懸侍れと重けれは爰に略す

②両吟二句〔高政―知足〕当座発句…かく脇して夜更るまていへと歌仙にも満すしてやみぬ

③両吟二句〔作者不記―知足〕廿日余りの馴染さへ名残となれは人〳〵も三条大橋まて送り来て別れを惜む人のいふ…口より出るまゝに脇してさらは〳〵の暇乞…

染川集

京洛／井筒屋庄兵衛板。哺扇（哺川）編。発句・連句集。半紙本一冊。元禄丁丑初秋（七月）日／諷竹誌（序）。松宇文庫蔵。『近世俳諧資料集成』1ニ翻刻。

発句

ア行

惟然 三
一栄（ハカタ） 一
一肴（壱岐島） 一
一笑（三代） 一
一水 一
一酔（アシヤ） 一
一島（名シマ） 一
一保（クロサキ） 二
一楽（ソノヘ） 三
一蘆（ツヤサキ） 二
運ト（ナシマ） 一
円水（田代） 五
猿雖（イカ） 一

カ行

家山（タシロ） 一
我笑（ツヤサキ） 二
臥高 一
喈桜（ナコ） 一
閑得（あしや） 一
きさ（フクヲカ女） 一
去来 二
元水（フクヲカ） 二
虎杖（吉木） 二
考白（アシヤ） 二
香風（アシヤ） 一
鉤壺（ママ）（釣壺）（日田） 一
壺中（京） 一

サ行

沙明（黒サキ） 二
砂冷（田代） 二
之竹（長サキ） 四
糸白（田代ノ女） 三
指月（フクヲカ） 一
舎翁（博多） 一
舎羅（大さか） 七
朱拙（日田） 一
春江 一
如風 四
助童（クロサキ少年） 二
昌房 一
松林庵（松サキ） 四
丈草 二
水札（クロサキ） 一
随風軒（アヲヤキ） 一
正秀 一
西花（クロサキ） 四
染雫（クロサキ） 一

素柳（博多） 一
素六 一

タ行

卓袋（イカ） 一
探志 一
知月（智月）（老尼） 一
長快（大クマ） 四
土芳 一
東紫軒 一
東明（大坂） 二
洞水（土井） 一

ハ行

芭蕉 三
帆柱（クロサキ） 二
磐井（上対） 三
芙雀 三
浮木（田代） 三
蚶考（サカイ） 二
風国 二
諷竹 六
文中（アシヤ） 二
哺扇（哺川） 二
卯七（長サキ） 二

マ行

木端（田代） 一

ヤ行

野江（日田） 二
野明（さか） 一
游刀 一

ラ行

羅香（大さか） 一
柳水（田代） 二
蘆角（京） 一
蘆舟（シモノフ） 一

連句

①三吟三句〔御―哺扇（哺川）―誕竹〕
②両吟六句〔哺扇（哺川）3―西花（田代）3〕面六句
③三吟半歌仙〔文中6―哺扇（哺川）6―考白6〕一折
④三吟半歌仙〔春江6―哺扇（哺川）6―文浦6〕一折
⑤五吟半歌仙〔哺扇（哺川）4―如風4―円水4―糸白3―浮木3〕餞別一折
⑥独吟六句〔円水〕面六句
⑦独吟六句〔浮木〕面六句
⑧独吟六句〔糸白（田代女）〕面六句
⑨両吟六句〔舎翁3―哺扇（哺川）3〕面六句
⑩独吟六句〔糸白〕面六句
⑪独吟六句〔砂冷〕面六句
⑫独吟六句〔一楽〕面六句
⑬独吟六句〔如風〕面六句
⑭五吟六句〔諷竹―哺扇（哺川）―舎羅―東明―芙雀―執筆〕面六句

菊の香

京寺町井つゝや庄兵衛板。元禄丁丑九月念日（二十日奥）。伊藤風国編。発句・俳論集。半紙本一冊。元禄十丁丑重陽／風国（自序）。綿屋文庫他蔵。『俳書集成』33ニ影印。『古俳大系蕉門俳諧集二』等ニ翻刻。

発句

ア行

蛙足（イカ）　一
衣吹（ヲハリ）　一
惟然　二
遠雖　四
温和（越中高田）　一

カ行

可吟（ミノ州ハラ）　一
可南（女）　一
可楽（ヲハリ）　一
花幸（イカ少年）　一
我峰　二
臥高　一
机下（ヲハリ）　一
其角　九　歌三
去来　六　歌一
許六（ヒコネ）　一
魚人　一
夾始（ヲハリ）　一
橋木（イカ）　一
近之（イカ）　二
愚心（ふんこヒタ）　一
景明（ヲハリ）　一
元灌（はりま姫路）　一
壺中　一
顧丈（ヲハリ）　一
吾仲（京）　二
谷水（ミノ）　一

サ行

左次（ヲハリ）　三
沙明（クロサキ）　三
子直（京）　一
支考　二
車来（イカ）　一
射江（イカ）　一
捨石（尾州）　一
若芝（ふんこヒタ）　一
朱拙（豊後日田）　六
十丈（越中）　三
如行（ミノ）　二
助童（クロサキ少年）　一
昌房（セヽ）　一
松星（ヲハリ）　一
丈草　五
水札　四
水杖（ヲハリ）　一
正秀（セヽ）　一
青鴬（ふんこヒタ）　一
雪芝（イカ）　三
千山（姫路）　二
仙杖　一
染雫（クロサキ）　一
素覧（ヲハリ）　一
鼠弾（ヲハリ）　一
宗之（ふんこヒタ）　一

タ行

苔蘇（イガ）　一
托巾（イカ）　一
卓袋（イカ）　一
探芝　一
団友（涼菟）（イカ）　一
智月（大津あま）　一
釣壺（ふんこヒタ）　二
てう女（イカ）　一
泥足　一
荻子（イカ）　二
杜若（イカ）　二
土芳（イカ）　二
投印（イカ）　二
東推（ヲハリ）　一
呑水（犬山）　一

ハ行

はせを（芭蕉モ見ヨ）　五
芭蕉（はせをモ見ヨ）（イカ）　三
配力（イカ）　一
梅主（大津）　一
白雪（三州新城）　一
范孚（京）　一
氷固（イカ）　一
瓢竹（イカ）　一
風国　六　歌二
風睡　一
風麦（イカ）　一
望翠　一
北枝（加州）　二

マ行

万乎（イカ）　二
眠山（豊前中津）　一
無筆（イカ）　一
蒙野（京）　一

ヤ行

也水（豊後日田） 一
也葉（ふんこノ玖珠） 一
野径（セ、） 一
野坡（東武） 一
野明（さか） 一
幽泉（豊後日田） 四
祐甫（イカ） 一
游刀（セ、） 一
陽和（イカ） 一

ラ行

蘭水（越中） 一
李由（彦根） 三
里千（ふんこヒタ） 一
呂物（京） 一
蘆角 一
露川（ヲハリ） 三

ワ行

和泉（ヲハリ） 一

誹林良材集

元禄十辰宿丁丑重九念五／御溝水頭白梅園主人鷺水（自序）。京華京極銅駝坊北／誹書肆井筒屋庄兵衛。青木鷺水編。俳諧作法書。半紙本三冊。梨柿園信徳叙（序）。皆元禄十辰宿丁丑重九念五（九月二十五日）／御溝水頭白梅園主人鷺水／採筆於三省軒下（自序）。元禄十丁丑年九月念五／御溝水頭之一漚鷺水（自跋）。綿屋文庫他蔵。『青木鷺水集』3ニ翻刻。作者名ノアル例句ノミヲ集計シタ。

発句

カ行

可頼 一
季吟 一
其角 一〇
去来 八
行助 一

サ行

重継 一
如泉 一
尚白 六
心敬僧都 一
信徳 九
正秀 六
専順 一
宗砌 一

タ行

団水 一
長頭丸（貞徳モ見ヨ） 七
貞室 一
貞徳（長頭丸モ見ヨ） 二

ハ行

はせを（芭蕉） 三 付二
風国 五

ラ行

嵐雪 四
立圃 八
鷺水 二

俳諧紙文夾

通油町／四郎右衛門開板。志村無倫編。発句・連句集。半紙本二冊。無倫清書堂／元禄十歳丁丑素秋日（自序）。上巻ハ綿屋文庫他蔵、下巻ハ雲英文庫蔵。上巻ハ『元禄江戸俳書集』、下巻ハ『江戸書物の世界』（笠間書院　平成22年刊）ニ翻刻。

発句

ア行

惟氏（二本松）　一
一雨（二本松）　一
一志　一
一舟　一
雨蔣　一
英倫（越後）　一
桜里　三
横舟（肥後）　一

カ行

可吟（肥後）　一
花屑　一
花蝶　四
花夫　一
夏水　一
我笑　四
賀倫　一
掬水　一
菊径　一
玉觴　一
吟和　二
慶子　一
軒蜘　一
言友　二
原倫　四
古作　一
湖月（肥後）　二
梧風　一
国草　一

サ行

さよ女（十歳）　一
轍半　一
山鳩　一
士口（南部）　四
止水　四
此木（肥後）　三
志計　一
志水　一
紫藤　二
似鷗　一
秀硯　六
秀子　一
袖月　一
如舟　一
恕北（尾陽）　一
小舟（肥後）　一
小清　一
昌水　一
湘舟　一
常和　一
静斎　一
雪川（川崎）　二
染縷　一
扇峰　五
素鉅（番町）　三

タ行

兆木　一
調武　一
直風　一
珍笑（深川）　一
汀石　三
定方（肥後）　一
泥亀（肥後）　二
徒竹（西島）　一
東習（肥後）　一九
東鳥（川崎）　一
東籬　一
凍水（相山）　八
島牛　一
楝雪（肥後）　一
藤巴　一
道可　一
惚言　一

ハ行

梅寒　一
梅月（二本松）　七
梅元　一
梅山　一
白言　一
白芝　一
白舟（肥後）　一
白笑　一
白水　一
八角（二本松）　七
風花　一
風重　一
風嘯　一
風生　二

風柳　二
楓滴　一
文幹　一
（二本松）文車　三
（奥州）包抄　二
（尾張）芳吟　一
芳舟　三
抱琴　一
卜琴　一

マ行

（讃州）万外　一
無倫　三

ヤ行

（肥後）友水　三
由己　一
遊水　一

ラ行

嵐山　一
蘭若　一
籬柱　二
（肥州）柳子　一
柳松　一
柳夕　二
流子　一
竜起　一
（肥後）緑水　二
倫皆　三
倫月　一
倫子　一
倫々　五
烈忠　一
蘆川　一
露峰　一

ワ行

（肥後）和石　二
（渋谷）和友　二

連句

①三吟歌仙〔調和12―無倫12―山夕12〕歌僊
②三吟半歌仙〔立志6―無倫6―鋤立6〕半歌仙
③独吟三句〔花蝶〕第三迄
④独吟三句〔白萍〕第三迄
⑤独吟三句〔風襟〕第三迄
⑥独吟三句〔耕静〕第三迄
⑦独吟三句〔（川崎）雪川〕第三迄
⑧独吟三句〔（尾陽）随柳〕第三迄
⑨独吟三句〔冬鶏〕第三迄
⑩独吟三句〔梅子〕第三迄
⑪独吟三句〔白水〕第三迄
⑫独吟三句〔紫藤〕第三迄
⑬独吟三句〔言友〕第三迄
⑭独吟三句〔八角〕第三迄
⑮独吟三句〔友枕〕第三迄
⑯独吟三句〔抱琴〕第三迄
⑰独吟三句〔万水〕第三迄
⑱独吟三句〔梅雀〕第三迄
⑲独吟三句〔楓滴〕第三迄
⑳独吟六句〔由子〕表六句
㉑独吟六句〔浮木〕表六句
㉒四吟歌仙〔嵐雪9―無倫9―艶士9―止水9〕歌仙

㉓独吟八句〔霜白〕表八句
㉔独吟三句〔紋水〕第三迄
㉕独吟三句〔一人〕第三迄
㉖独吟三句〔東松〕第三迄
㉗独吟三句〔佐藤〕第三迄
㉘独吟三句〔勢州二葉〕第三迄
㉙独吟三句〔嵐睡〕第三迄
㉚独吟三句〔倫撫〕第三迄
㉛独吟三句〔荷風〕第三迄
㉜独吟三句〔貫玉〕第三迄
㉝独吟三句〔友元〕第三迄
㉞独吟三句〔遠州青草〕第三迄
㉟独吟三句〔云此〕第三迄
㊱独吟三句〔友倫〕第三迄
㊲独吟三句〔播州一睡〕第三迄
㊳独吟三句〔八角〕第三迄
㊴独吟三句〔京秋雪〕第三迄
㊵独吟三句〔竜水〕第三迄

㊶独吟三句〔歌笑〕第三迄
㊷独吟三句〔之方〕第三迄
㊸独吟三句〔一春〕第三迄
㊹独吟三句〔一口〕第三迄
㊺独吟三句〔湘舟〕第三迄
㊻独吟三句〔梅元〕第三迄
㊼独吟三句〔風柳〕第三迄
㊽独吟三句〔如竹〕第三迄
㊾独吟三句〔筆染〕第三迄
㊿五吟歌仙〔不角7―無倫7―里風7―我笑7―和英7
―執筆1〕歌仙
51独吟六句〔繡蘇〕表六句
52独吟六句〔彡子〕表六句
53独吟六句〔梅月〕表六句
54独吟六句〔光潮〕表六句
55独吟六句〔玄水〕表六句
56独吟六句〔白色〕表六句
57独吟三句〔一中〕第三迄

(58)独吟三句〔之風〕第三迄
(59)独吟三句〔竜走〕第三迄
(60)独吟三句〔荷風〕第三迄
(61)独吟三句〔柳和〕第三迄
(62)独吟三句〔松花〕第三迄
(63)独吟三句〔亀眼〕第三迄
(64)独吟三句〔和濤〕第三迄
(65)独吟三句〔窓蝶〕第三迄
(66)独吟三句〔三口〕第三迄
(67)独吟三句〔秋笑〕第三迄
(68)独吟三句〔洞雪〕第三迄
(69)独吟三句〔玉淵〕第三迄
(70)独吟三句〔藤水〕第三迄
(71)独吟三句〔桜井〕第三迄
(72)独吟三句〔山井〕第三迄
(73)独吟三句〔寸竜〕第三迄
(74)独吟三句〔関洗〕第三迄
(75)独吟三句〔如竹〕第三迄

---

(76)四吟歌仙〔無倫9—道可9—不貫9—染縷9〕歌僊
(77)独吟六句〔紋水〕表六句
(78)独吟六句〔石丸〕表六句
(79)独吟六句〔袖雪〕表六句
(80)独吟六句〔彡子〕表六句
(81)独吟三句〔風尋〕第三迄
(82)独吟三句〔竹員〕第三迄
(83)独吟三句〔黄吻〕第三迄
(84)独吟三句〔賀倫〕第三迄
(85)独吟三句〔方室〕第三迄
(86)独吟三句〔洗車〕第三迄
(87)独吟三句〔紅蔦〕第三迄
(88)独吟三句〔波雪〕第三迄
(89)独吟三句〔之也〕第三迄
(90)独吟三句〔銀竹〕第三迄
(91)独吟三句〔酔柳〕第三迄
(92)独吟三句〔炻山〕第三迄
(93)独吟三句〔竹翁〕第三迄

元禄十年（1697）丁丑

⑼4 独吟三句〔竜眠〕第三迄
⑼5 独吟三句〔巴水〕第三迄
⑼6 独吟三句〔季雲〕第三迄
⑼7 独吟三句〔元政〕第三迄
⑼8 独吟三句〔博元〕第三迄

⑼9 独吟三句〔梅月〕第三迄
⑽0 独吟三句〔得習〕第三迄
⑽1 独吟三句〔一僻〕第三迄
⑽2 独吟三句〔青石〕第三迄
⑽3 独吟三句〔梅口〕第三迄

誹諧先日

誹林志村孫七。元禄十稔小春（十月）之日（「橋の四季」句文奥）。和田東潮編。発句・連句集。半紙本一冊。東潮（自序）。富山県立図書館志田文庫他蔵。『元禄江戸俳書集』ニ翻刻。洒竹文庫蔵『〔枝うつり〕』モ同本。

発句

ア行

愛鶴　一
安子（甲州）　一
囲牛　一
一巴　二
一楓　三
一峰　一
栄笠　一
猿拱（新田）　一
翁言（田部井）　一
黄吻　三
鴨足（古河）　一
鷗我　一

カ行

可堂（古河）　二
嘉水　一
介我　一
回川　二
海星　一
皆可（古河）　六
灌木　一
岸松　一
岩蔦　二
既白　一
蟻少　一
芄水（古河）　一
蚯歌（新田）　二
暁松　四
琴月　六
吟潮　四
銀雨（大宮）　三
愚言　一
撃水（小田原）　二
古川　三
虎竽　二
光寛（京）　一

サ行

左波（小田原）　一
才車　一
散木　一
残雪　一
士子　一
志徳（世良田）　三
治水　一
鷲峰（新田）　一
春林（田部井）　一
筍子　一
準松　一
渚岩　二
女蔦　一
如仰　一
如桂　二
如鶏（新田）　一
如竹　一

如竜　一
序令　一〇
舒紅　二
小音　一
（田部井）松雨　一
（遠州）嘯翠　一
常陽　一
真義　一
新真　五
水歌　一
（熊本住）水雪　一
酔月　二
（大宮）井石　一
西帰　二
西乃　一
勢花　二
汐志　一
仙鶴　一
沾雨　三
（騎西）船雪　二
闡幽　五
全阿　二
素暁　二
素狄　一
素桐　一
素養　一
宗和　一
倉止　一

タ行

大魚　二
大町　一
（鎌倉）長水　一
朝叟　八
（木曽）直重　三
（新田）枕流　一
呈笑　四
貞章　一
提泉　一
（信州）吐虹　一
図牛　四
兎園　二
東魚　一
東錦　一
東紫　一
東潮　一九
凍雲　三
桃隣　二
桃和　一

ナ行

任舌　一

ハ行

はま　一
巴紋　一
梅女　一
（新田）梅友　二
白獅　一
白水　二
（大宮）白盆　二
柏樹　二
柏十　三
伴興　一
百里　一
瓢雪　一
払意　一
分我　一
文雀　四
（古河）文水　一
甫盛　一
（新田）卯志　二
防嵐　一
（新田）卜志　三
卜女　一

マ行

（米沢）未知　一
民丁　二

ヤ行

冶山　四
（新田）友交　一
由衣　二
有隣　一
幽意　三
幽響　一
幽道　一
幽独　一

ラ行

嵐雪　二
嵐荻　二
履信　二
立些　一
立嘯　一
（米沢住）柳舟　二
柳睡　一
柳調　一
倫樵　二
蘆潮　三
露鶴　一
露宿　一
露碩　一
（大宮）六花　三

ワ行

（世良田）和友　一

連句

①六吟歌仙〔其角5—東潮6—図牛6—伴興6—大魚6—兎園6—筆1〕歌仙
②五吟歌仙〔沾徳7—東潮7—朝叟7—全阿7—仙鶴7—筆1〕歌仙
③三吟歌仙〔闌幽12—幽意12—幽独12〕歌仙
④六吟歌仙〔立些6—皆可6—回川7—文水6—鴨足6—艽水5〕糟壁の家居に水貰ふて
⑤七吟歌仙〔嵐雪5—朝叟5—神叔5—序令5—撃水5—東潮5—柏十5—筆1〕歌仙

千世の睦月

京極通二条上ル町／井筒屋庄兵衛板。元禄十稔十一月中旬（奥）。富尾似船編。発句・連句集。半紙本五冊。時に元禄十稔九月十八日のあした／蘆月庵富尾似船序之（自序）。春・夏・秋・冬（合二冊）ハ早稲田大学図書館蔵、付句・連句（一冊）ハ柿衞文庫蔵。原本句引ニ従イツツ、各地域ノ中デ五十音順ニ並べ替エタ。マタ、句引ニ記載サレル歌仙入集分ハ除キ、連句トシテ別ニ集計シタ。

発句

山城国五十三人

安斎　一
似雲軒 安静　一
一睡　九
野村 一通　一　付二
吉田 円木　一

円木妻　一
石井 猿尾　四　付一五
桜雪　一
可遊　付一
賀和　付一
田中 榎川　一

叶司　一
田中氏 玉　一
金虎　一
女房 琴雪　五
湖白　二　付一
はまいち 行益　三　付五

女房 さよ　一
内田 三夕　二　付二
横山 山木　五　付一
思月　二　付一
似船　八　付二
〆石　一

山岡氏 秀女　一
萩夕　四
潤口　一
如竹　一
高はし 松白　一　付一
国領 紹佐　一

富尾 嘯琴　三　付一
的場 正次　一
粉川 洗柳　一
粗吟　六
内海 宗英　一
但広　三　付七

但澄 一六 付六
上坂 淡雪 二
談夢 二
長頭丸（貞徳） 一
真田政之入道 直玄 六
珍卜 六 付二
滴水 付二
梅枝 一
薄古 四
広瀬 薄流 八 付二
風喰 三
一通妻 無弁 一 付二
深草沙門 黙信 一
沙門 野水 一
友貞 付一
石津 柳燕 五 付八
松浦 流蛍 一
和海 二

伏見三人
下板橋 時楽 六
赤井 尚栄 三
遊佐 政長 二

大和国二人
坊城村島氏 一舟 一
荒時村 野風 二

摂津国九人
梅仙寺 一風子 付一
福原庄二葉屋 吟好 三
堺 草楽 一
兔会郡塚本 都辰 一 付二
梅関 一 付二
兔会郡沙門 梅慶 付一
堺かなや 美宣 四
福原庄二葉屋 由清 一
大坂睡闇門 蘆船 六

武蔵国六人
江戸 周夕 六
江戸 晨鶏 二
江戸 素紈 一
江戸 嵐吹 二
江戸 柳夕 一
江戸 露峰 二

甲斐国一人
甲府 白鷗 二

近江国四人
彦根 花薪 三
かし八原 宜仲 二
かし八原 江水 二
日野西野 康歌 三

加賀国三人
山中 自笑 三
山中 桃妖 一
月津 薄紙 一七

能登国二人
南海 二
富来 友古 一

越後国十八人
にゐかた 為蹊 一
地蔵堂 一跨 二
三条山浦 一井 二
新潟 咽流 付一
新潟 気帆 二
にゐかた 散木 三
にゐかた 秋水 一
三条須藤 如篦 一
石山氏 正従 一
三条宮島 羨鷗 六
三条村山 鮮古 一三
地蔵堂 素吟 一
三条 朝可 四
新潟小島 伴桂 二
ちさう堂 友露 一
三条山浦 楽洞 二
新潟町田 闌月 四 付三
新潟雪松 老山 一九

松前住一人
逸見 笑計 一

丹波国一人
舟井竹内 息水 二

但馬国十七人
高田 一下 三
高田 一吟 五
高田 可寒 一
高田 荷雪 一
高田 廓誉上人 一
高田沙門 吟水 三
高田 山舟 五
いく野仙林寺 如風 二
岩屋谷 勝信 一
いく野柏村 正義 二
いく野銀山 正歳 二
高田中島 踈言 一
高田 竹葉 一
高田 猫角 一
とよ岡 友仙 一
下知見 柳端 三

安芸国六人
星野 一唯 一
柾氏 井水 五
小潟浦高井 生保 一
聞如 二
広島佐伯 里洞 二 漢句六
諏訪氏 柳江 八

豊後国三十四人
真玉 詠竹 一
府内平野 可笑 一
都甲 干梅 一
渡部 岸松 一

府内 吉道 一
高田銅野 郷平 一
たしふ 玉峰 一
都甲 古水 一
たかた 国平 一
柴崎 沙慶 一
大岩氏 支流 一
たしふ渡辺 似雲 一
真玉 持蓮 一
真玉 淳水 一
木付桜井 如心 一
柴崎 如鯉 一
木付矢野 如流 一
府内 松水 三 付
府内 松風 三 付
柴崎 政意 一
真玉 素柳 一
夷住隈井 田水 一
都甲 梅子 一
都甲 卜吟 一
岸松妻 まん 一
たしふ羽島 妙清 一
都甲 木端 一
高田銅野 来季 一
たしふ羽島氏女 里起 一
真玉 里木 一
高田銅野 流巴 一
都甲 蛻魂 一
大江 蛻平 一
都甲 林梅 一

肥後国五人

沙門 三舟 四
小笠 清風 五
くまもと吉浦 扇之 二
くまもと吉浦 定方 一
阿蘇内枚町 露水 一

連句

①両吟歌仙〔似船18—粗吟18〕両吟三十六句
②三吟歌仙〔似船12—一睡12—珍卜12〕三吟
③独吟歌仙〔但澄〕源氏物語名目を独吟に
④両吟歌仙〔似船18—薄流18〕目前述懐
⑤三吟歌仙〔似船12—但澄12—但広12〕三吟
⑥三吟歌仙〔似船12—湖白12—萩夕12〕三吟
⑦独吟和漢歌仙〔北伊勢富田住 挙直 和18・漢18〕独吟和漢三十六句
⑧独吟歌仙〔蘆月庵 似船〕

喪の名残

京寺町二条上ル町／井筒屋庄兵衛・加州金沢上堤町／三ケ屋五郎兵衛板。元禄十年丑十一月吉旦（奥）。立花北枝編。発句・連句集。半紙本二冊。北枝拝稿（自序）。于時元禄十稔九月十日／秋之坊寂玄書（跋）。綿屋文庫他蔵。『加越能古俳書大観』上ニ翻刻。芭蕉三回忌追善集。

発句

ア行

小松 安通 一
膳所少年 杏雨 二
いち 一
那古屋 衣吹 一
有磯 依使 一
有磯 為胎 三
越中 為有 二
惟然 七
長崎 一介 三
有磯 一顕 一
一扇 三
高岡 一草 一
高岡 一村 一
一柱 一
越中佐野 一灯 一
越中黒崎 一保 一
尹子 一

有磯　宇白　一
雨青　三
烏水　一
越中　椎雪　一
燕下　一
なこや　凹山　一
翁（芭蕉）　一四
乙州　二
有磯　乙堆　一
越中　温古（温故モ見ヨ）　四
越中　温故（温古モ見ヨ）　五

カ行

豊後日田　可暁　二
山中　可馴　一
嵯峨女　可南　一
夏川　一
大正持　我笑　一
有磯　海人　三

井波　角山　一
小倉山　閑夕　一
堺　含風　一
季流　二
其角　八
其糟　一
南部　鬼一　一
宜唯　三
有磯僧　義静　五
井波十二歳　求古　一
越中魚津　求聴　二
去来　五
有磯　虚舟　一
許六　五
漁川　一
暁川　一
旭江　二
玉粳　二

句空　三
豊後日田　愚信　一
伊勢　計従　一
荊口　二
名古屋　景明　一
軽舟　二
南部　玄梅　四
有磯　原之　一
有磯　原水　一
古暦　一
豊後日田　呼丁　三
小松　孤衾　一
高岡　好風　一
大津　江山　二
南部　紅石　二
嵯峨　荒雀　一
美濃　谷小　一
今叶　一

サ行

那古屋　左次　二
豊後日田　沙遊　三
豊後日田　座羅　二
南都　歳人　二
山中　三枝　二
三十六　三
杉風　四
江戸　子珊　一
子笑　二
支考　二
氏幸　二
此筋　二
此山　一
四睡　一〇
四明　二
志風　二
志用　一

豊後　芝角　二
芝柏　一
枝東　五
豊後日田　紫道　三
字路　四
山中　自笑　三
なこや　似偃　一
有磯釈氏　似中　二
舎羅　三
膳所　者水　二
洒堂　四
豊後日田　若芝　五
豊後　朱拙　七
拾貝　二
秋之坊　一八
高岡　十丈　二
従吾　二六
春紅　一

尾張知多　女山　一
如鶴　五
小松　如形　四
如行　七
如此　二
如童　四
越中福岡釈　如風　一
小春　一
少年　小泉　一
有磯少人　小半　一
尚白　五
セ、　昌房　三
尼　松山　四
那古屋　松星　一
みの　嘯風　一
丈草　八
大津　心流　三
女　甚子　一

注記	俳号	句数
	水魚	三
筑前黒崎	水札	二
那古屋	水杖	一
	随尺	一
	正秀	一三
	青揚	一
	盛弘	二
	夕紅	一
	夕市	五
	千川	二
江南	泉子	一
長崎	素行	一
長崎	素候	一
長崎	素仲	三
那古屋	素覧	一
江戸	楚舟	一
亡人	楚常	六
那古屋	鼠弾	一
豊後	宗之	一
伊勢	宗比	一
大津	草士	二
	タ行	
	採志	三
伊勢	団友（涼菟）	五
高岡	池主	一
	知月（智月モ見ヨ）	一
鳴海	知足	一
小松	致画	四
	智月（知月モ見ヨ）	二
セ、	遅望	三
	中志	三
豊後	釣壺	二
豊後	釣嚢	一
小松	朝宇	一
南都	朝敬	一
有磯僧	定風	五
那古屋	泥足	三
小松	イ人	三
	天垂	一
大津	吐竜	三
伊賀	土芳	三
那古屋	東雅（ママ）（東推）	一
那古屋	東推	一
	東泉	二
	東泉妻	一
高岡	東白	三
	桐之	三
那古屋	桃下	一
尾張犬山	桃月	一
山中	桃蚌（桃妖）	四
那古屋	独ト	一
	ナ行	
	南甫	一〇
	二川	二
	二方	二
	入山	一
越中	任出	一
宮腰	農臼	一
	ハ行	
越中	巴兮	二
宮腰	波之	一
小松少人	梅枝	一
	梅樓	一
	白幽	一
	藩月	三
	埤水	二
大正持	弥子	二
	百花	二
井波	平文	一
セ、	牝玄	二
長崎	牝年	一
女	不中	三
宮のこし	布人	一
	芙雀	一
	斧ト	二
	風国	六
	諷竹	五
	芬芳	六
有磯	文外	一
大垣	文鳥	三
	ノ松	三
	保直	一
桑門	泡子	一
	卯七	二
	北枝	二七
越中高岡	北人	三
	ト芝	五
	牧笛	二
	牧童	一六
	マ行	
越中魚津	麻夕	三
	万子	九
	万声	一
那古屋	卍春	一
	民子	一
彦根	木導	三
	ヤ行	
豊後日田	也水	二
セ、	野径	四
豊後日田	野紅	三
京	野童	四
	野坡	一
嵯峨	野明	二
宮腰	友恥	二
豊後日田	幽泉	四
さかい	幽竹	一
女	遊子	一

連句

①十九吟歌仙〔去来2―游刀2―北枝3―正秀3―昌房2―泥足2―遅望2―北玄1―胡故1―風国2―探志2―惟然2―丈草2―重勝1―諷竹2―舎羅2―吐竜2―木節1―智月1―執筆1〕三回忌

②六吟歌仙〔北枝8―正秀8―諷竹7―游刀7―丈草3―惟然3〕於正秀亭餞別

③三吟歌仙〔浪化12―北枝12―万子12〕薬王寺にて

④四吟歌仙〔句空9―北枝9―呂谷9―南甫9〕句空庵四吟

⑤三吟歌仙〔秋之坊12―北枝12―牧童12〕草庵之偶懐

⑥五吟歌仙〔正秀7―游刀8―探志7―野径7―昌房7〕即興題客

誹諧其法師

刊記ナシ。北村瓠海（瓠界）編。発句・連句集。半紙本一冊。旹元禄十丁丑冬朔／易平城衲州里／書于東武之旅館（序）。元禄十丁丑中冬（十一月）／瓠海（自序）。元禄十丑歳次…冬十一月日／洛東醍醐僧青（跋）。書名ハ後補外題（墨書）ニヨル。月明文庫蔵。『石川県立図書館蔵影印元禄俳書』（桂書房　平成20年刊）ニ影印。編者ノ「禁足記」等ヲ含ム。

発句

ア行
芋丸　六
カ行
（平城）禾口　二
花橋　一
角卯　一
其角　一
鬼貫　一
（醍醐）吟酔　一
瓠海（瓠界）　七
（成城）江畔　一
サ行
（武城）才一　一
才麿　一
（熊野）山花　一
之風　二
史英　一
（江戸住）志意　一
州里　五
（十三歳）秀瓠　一
（四明山下）小楽子　一
寸谷　五
青　四
タ行
（江戸住）斉　一
竹隠　一
ハ行
（江戸住）瓢水　一
（醍醐）文流　一
ラ行
立志　一
作者不記　一〇

連句

①四吟世吉〔青11―瓠海（瓠界）11―州里11―花橋11〕
　爐の四方に四人座す青は醍醐の頭陀…
②両吟世吉〔瓠海（瓠界）21―寸谷22―筆1〕
③独吟六句〔青〕丁丑の夏名をあらためて／独吟
④両吟歌仙〔（武江住）之風17―瓠海（瓠界）18―筆1〕両吟

韻塞

京／いつゝや庄兵衛板（上巻）。京寺町二条上ル町／井筒屋庄兵衛板（下巻）。『阿付』ニ「元禄十年」。河野李由（上巻）・森川許六（下巻）編。発句・連句・俳文集。半紙本二冊。元禄九丙子冬臘月（十二月）／買年李由自序。蒲萄坊僧千那書（跋）。于旹元禄九年丙子冬臘月日／於風狂堂選之（許六自跋）。竹冷文庫他蔵。『古俳大系　蕉門俳諧集二』ニ翻刻。

発句

ア行

注記	作者	句数
	為有	一
	惟然	三
ヒコネ	一咕	一
大サカ	一桐	一
大ツ	ウ月（宇月）	一
	猿雖	二
ミノ	燕下	一
	翁（芭蕉）	三四
	乙州	四

カ行

注記	作者	句数
ミノ	可吟	一
	臥高	一
	介我	一
千那子息	角上	三
	其角	一二
大サカ	規柳	一
	去来	八
	許六	八三
	曲翠（曲水）	一
カヾ	句空	二
	荊口	五
エト田氏	奚魚	一〇
京	謙山	三
	孤屋	一
	胡布	五
京	吾仲	三

サ行

注記	作者	句数
	左次	二
草氏	才波	一
	柴雫	一
	山店	二
	杉風	一〇
	残香	二
エト	子珊	二
	支考	八
	支梁	一
	此筋	五
	此竹	一
	史邦	二
エト	似香	一
ミノ	斜嶺	一
	朱佃（朱迪）	一二
	粛山	一
大ツ亡人	旬児	一
老	如元	四
	如行	四
	徐寅	一二
	尚白	二
	昌房	一
大サカ	松風	一
	丈草	一二
	水魚	二
	正秀	三
エト	石菊	一
	千川	二
	千那	一三
	仙化	一
	沾徳	一
	銭芷	六
平田	禅桃	二
	素堂	一
ヲハリ	素覧	一
	曽良	二
	鼠弾	一

タ行

注記	作者	句数
	岱水	三
イカ	苔蘇	二
	卓袋	二
	濁子	一
前氏	達化	一
	探志	一
	団友（涼菟）	二
	智月	二
カヾ	遅望	一
	彫棠	一
門氏	陳曲	三
	程己	一〇
	泥足	一
	土芳	三
ヲハリ	東推	一
エト	桐奚	一
	桃隣	二

ナ行

日鮮　二

ハ行

馬仏（亡人）　六
百里　二
氷化　一
附鳥（大サカ）　一
風国　二
諷竹（大サカ）　七
文鳥　二
汶村　二六
米巒　八
保直（大サカ）　一
牡年（長サキ）　一
芳山　一
卯七　一
望翠　二
北枝（カヽ）　三

マ行

眠山（ヒコネ）　一
毛紈　二〇
孟退（エド安氏）　二
孟代（ヒコネ）　一
木導　二四

ヤ行

野童　一
野坡　四
野明（サカ）　一
游刀　二

ラ行

羅香（大サカ）　一
嵐雪　一
嵐竹（エト）　二
嵐蘭（亡士）　二
吏明（ミノ）　一
利牛（エト）　一
利合（エト）　二
梨期（ヒコネ）　二
理性軒（許六亡父）　一
立甫（立圃）　一
了超（明照十二世）　一
隣郭（柿氏）　一
魯町（長サキ）　一
蘆本（イセ）　二
露川（ヲハリ）　二
浪化　一
不知作者　二

連句

①五吟歌仙〔芭蕉7—許六7—洒堂7—岱水7—嵐蘭7—筆1〕元禄壬申冬十月三日許六亭興行
②四吟歌仙〔李由9—許六9—汶村9—徐寅9〕四吟
③三吟歌仙〔野坡14—許六15—利牛6—筆1〕参吟
④三吟歌仙〔木導12—朱㣙（朱迪）12—許六12〕三吟
⑤三吟歌仙〔汶村12—許六12—木導12〕三吟
⑥四吟歌仙〔毛紈9—米巒9—程己9—許六9〕二二吟
⑦両吟歌仙〔許六18—李由18〕二吟
⑧十一吟歌仙〔許六4—李由4—木導3—朱㣙（朱迪）3—汶村3—馬仏3—米巒3—胡布3—毛紈3—程己3—徐寅3—筆1〕亡師三回忌／報恩
⑨十吟十一句〔李由—銭芷—許六—朱㣙（朱迪）—木導—程己—汶村—徐寅—毛紈—米巒—執筆〕悼馬仏／茲に丙子廿二日六成堂の馬仏例の箭血をはしらして終に身まかりぬ…各焼香追悼して断金のちきりを謝すのみ

みとせ草

刊記不明。片山助叟編。発句・連句集。半紙本欠一冊（現存ハ上巻ノミ）。元禄十のとしの冬…／助叟書（自序）。洒竹文庫蔵。

発句

ア行
為文 一
逸水 一
艶士 一

カ行
介我 一
岩翁 一
其角 一
五陽 一

サ行
柴関 一
三千風 二
翅輪 一
紫孔 一
自性 一
助叟 七九
助竹（十歳） 一
星光（九歳） 一
千調 一
沾荷 一
沾玉 一

タ行
団水 一
桃賀 一
桃水 一
桃雪 一
桃雫 一
等躬（須賀川） 一
道弘 一

ハ行
芭蕉 一
白桃 一
半水 一
風仙 一
聞思 一
北脚 一
北鯤 一

ラ行
羅陽 二
嵐雪 一
闌月 一
立志 一
露沾 一
老山 一

連句

①三吟歌仙〔才麿12―助叟12―東行12〕花洛の助叟行脚の志を発して…

②三吟歌仙〔東行12―助叟12―馬楽童（鬼貫）12〕叟子五花堂を尋て休息の一夕

③四吟歌仙〔園女9―助叟9―渭川（一有）9―山人9〕行脚のもてなし

④十七吟半歌仙〔晴嵐―助叟―万海―榛国―伴自―茂吟―和推―東行―半隠―才麿―史英―瓠界―渭川（一有）―園女―一礼―来山―団水―執筆〕人〳〵円居して

⑤両吟二句〔来山―助叟〕助叟にとはれて

⑥両吟二句〔順水―助叟〕和泉の国を越て若山に入

⑦六吟歌仙〔湖月8―助叟5―其角5―介我6―紫孔6―荷月6〕山かくす春の霞そうらめしきいつれ宮古のさかひといへる詞の桑名より…

⑧三吟十二句〔艶士4―助叟4―咄海4〕歌仙之首尾

⑨三吟三句〔桃雪―助叟―桃隣〕黒羽桃雪亭に入

⑩六吟半歌仙〔助叟4―等霞3―等般4―等盛3―桃隣3―茂清1〕石川等霞亭にて即興

⑪八吟歌仙〔助叟5―露沾5―桃隣4―沾徳6―兎答4―芳津4―沾荷4―沾国4〕こぬ身の浜よしな〳〵の関を打なかめて…

⑫六吟半歌仙〔助叟3―馬耳4―桃隣3―石碩3―衣吹2―桃祇3〕旅の馳走のかきりなきを

⑬六吟六句〔千調―助叟―朱角―桃隣―沾国―玉陽〕洛の桃林名取川の辺に案内して

⑭五吟六句〔羅陽―助叟―聞思―生石―自性―執筆〕草庵即興

⑮三吟三十句〔風仙12―助叟12―柴関6〕山形

⑯両吟十二句〔風陽5―助叟6―執筆1〕風陽と閑居に遊ふ

〔好春自筆句集〕

稿本（好春自筆）。于時元禄十年強圉大奮若除捻／向陽堂好春書（奥）。児玉好春編。発句・連句・前句付集。枡型本一冊。早稲田大学図書館蔵。『早稲田大学図書館紀要』56（平成21・3）ニ翻刻。巻頭ニ置カレタ無記名ノ前句付（前句八〇・付句六五一）ト、巻末ニ付載サレル「秋夕和歌」一五二首（奥書ニ「此秋百五十首和歌作者南柯松本氏保勝秘蔵して見せけるを恋望して写し侍るなり／于時元禄六年梅天下浣寂峰」）ハ集計カラ除イタ。

発句

ア行

杏雨　二
一井　二
一雪　二
一泉　一
一髪　五
雲平　付一
越人　六
鷗歩　二

カ行

加生（凡兆）　一

- 荷兮　七
- 鶴声　一
- 季吟　一
- 其角　一
- 亀洞　四
- 去来　一
- 琴山　付四一
- 桂夕　一
- 胡及　二
- 好春　一〇

サ行

- さつ　一
- 杉風　一
- 傘下　五
- 市山　一
- 市髪　一
- 市柳　一
- 舟泉　一
- 秋声　付一
- 重五　一
- 俊似　一
- 除風　一
- 小春　一
- 尚白　一
- 昌碧　二
- 松下　一
- 松芳　一
- 心苗　一
- 信徳　一
- 晨風　一
- 塵交　一
- 是幸　一
- 素堂　一
- 鼠弾　二

タ行

- 湍水　一
- （大津）智月　一
- 長虹　二
- 釣雪　二
- 貞室　一
- 冬松　一
- 冬文　二
- 藤　一
- 鈍可　一

ナ行

- 内習　一
- 二水　二
- 任他　一

ハ行

- 芭蕉　四
- 梅吉（十二歳）　一
- 薄芝　一
- 弥生　付二
- 凫仙　一
- 風泉　一
- 文鱗　一
- 芳川　二
- 卜枝　二

ヤ行

- 野水　五
- 友五　一
- 遊子（松下氏・松本氏）　付三四

ラ行

- 落梧　一
- 李桃　一
- 柳風　一
- 路通　二
- 鷺汀　一
- 不知作者　一
- 作者不知　二
- 作者不記　一四

連句

①両吟二句〔（松下氏）遊子―秋声〕玄冬素雪の暁或は赤壁をうたひ寒笛をふくもあり　我友は声をうたひにつかふ

②独吟三句〔（和歌山）石舟〕

③五吟歌仙〔好春9―三箇7―賦山6―円佐6―一林7―筆1〕賦花何誹諧

④五吟歌仙〔賦山7―円佐7―一林7―好春7―三箇8〕何玉

⑤五吟歌仙〔三箇7―好春7―円佐7―一林7―賦山7

―筆1〕二字通音
⑥五吟歌仙〔円佐7―一林7―三箇7―賦山7―好春7
―筆1〕二字除沓
⑦五吟歌仙〔一林7―賦山7―好春7―三箇7―円佐7
―筆1〕他添
⑧七吟歌仙〔助叟5―一林5―只丸5―円佐5―賦山5
―好春5―轍士5―執筆1〕

丁丑紀行

写本。元禄十年成（内容）。大高子葉著。俳諧紀行。大本一冊。沾徳（跋）。綿屋文庫他蔵。『赤穂義人纂書　補遺』（国書刊行会　明治44年刊）ニ翻刻。跋文ニ付サレタ沾徳ノ発句モ集計ニ加エタ。版本ハ安政五年刊。

発句

子葉　三
沾徳　一

丙子丁丑風月藻

稿本（浪化自筆）。元禄八年暮レカラ同十年ニカケテノ作ヲ収録。浪化編。俳諧日記。半紙本一冊。綿屋文庫蔵。『俳書集成』12ニ影印。『俳書叢刊』6ニ翻刻。本書ノ欠丁部分ニアッタト推定サレル歌仙一巻ヲ、影印本ノ補遺ニヨリ補ウ。

発句

ア行
惟然　一
カ行
角山　一
其継　二
求古（十二オ・十三オ）　二
去舟　二
サ行
山紫　二
春潮　三
夕兆　四
全匙　二
ハ行
弥子　一
不老　一
芳弓　一
北枝　一
マ行
万子　四
卍子　一
ラ行
嵐青　一六
李吹　一
林紅　一九
林圃（林浦モ見ヨ）　三
林浦（林圃モ見ヨ）　一
呂風　一四
路健　四
浪化　三一
鹿也　二

作者不記　二

連句

①三吟三句〔嵐青―浪化―林紅〕丙子元旦之一／引／自遺堂書／尽ぬる年の限も一夜にせまりて…

②六吟歌仙〔浪化7―其継4―嵐青8―夕兆4―呂風5―林紅7―執筆1〕初交席／正月三日水

③七吟歌仙〔呂風（水酉舎）5―林紅3―浪化7―嵐青7―其継5―路健3―夕兆5―筆1〕乱吟／十四日

④両吟二句〔浪化―全匙〕首夏廿三日／全匙医法体を賀

⑤五吟十一句〔浪化3―嵐青3―去舟3―林紅1―全匙1〕水無月の末暑さ忍ひかねし折二三子に訪はれて／即興／下略之

⑥三吟六句〔嵐青2―林紅2―浪化2〕六月廿九日／即興／表にて止ム

⑦三吟半歌仙〔浪化6―去舟6―呂風6〕七月二日／初秋の即時／一折にて済

⑧両吟五句〔林紅2―浪化3〕廿三夜／閑談之余興

⑨八吟半歌仙〔林逋（林圃）1―浪化3―去舟4―林紅3―嵐青3―夕兆1―呂風2―其継1〕一折

⑩七吟歌仙〔林紅7―浪化7―嵐青6―去舟1―夕兆4―路健5―呂風6〕初冬七日／即事

⑪六吟六句〔呂風―浪化―林紅―嵐青―去舟―夕兆〕ゑびす講／廿日／已上

⑫六吟歌仙〔浪化8―嵐青7―夕兆7―呂風6―路健4―山紫4〕歳旦思ひよらすせめて初交席に

⑬五吟半歌仙〔呂風4―林紅3―浪化5―嵐青4―全之1―筆1〕二月三日其継亭／即興／已上

⑭三吟三句〔浪化―嵐青―林紅〕同（三月）七日、一日山行

⑮七吟半歌仙〔林紅4―林圃1―夕兆4―路健1―呂風3―山紫2―浪化3〕卯月十六日於林圃亭／即興／一折にして止ム

⑯両吟二句〔惟然―浪化〕十五日／重ねて有礒の拾貝を伴ひて来り三夜の興を催す／浪化亭／下略之

⑰八吟八句〔惟然―林紅―嵐青―拾貝―浪化―呂風―路健―夕兆〕十六日／伺晨棲に遊ふ／百韻アリ／別記／此外歌仙数多出来略之

⑱三吟歌仙〔浪化13―呂風10―林紅13〕同（六月）廿八日即席

⑲三吟三句〔嵐青―林紅―浪化〕同（六月）廿九日／林紅亭／即興／下略之

⑳七吟二十六句〔其継1―林紅5―浪化6―呂風4―柳之1―嵐青6―夕兆2―執筆1〕長月初めの七日は各とみの暇を得て暮より林浦亭にこぞりて有所思（十句分欠カ）

㉑五吟半歌仙〔浪化4―嵐青4―呂風3―林紅4―山紫2―執筆1〕十三夜／雨落風冷しく宵過るまゝに／一折にして止ム

㉒七吟歌仙〔渋鶯7―浪化7―夕兆4―呂風5―林紅5―去舟3―嵐青5〕九月十九日加陽渋鶯雅叟の来訪よつて旅行の句を聞即ワキニ及び連衆を促ス／旅行の吟

㉓六吟歌仙〔浪化7―林紅5―嵐青8―夕兆1―呂風6―路健8―執筆1〕九月廿五日林紅亭／偶興

㉔七吟歌仙〔嵐青7―林紅5―呂風5―夕兆4―春潮4―浪化5―路健5―執筆1〕廿八日夜／即興

㉕八吟歌仙〔浪化9―呂風3―夕兆6―嵐青3―春潮8―林紅4―柳之1―林圃1―執筆1〕陽月二日

㉖四吟六句〔夕兆1―春潮2―林紅2―浪化1〕四日／即興／表斗下略之

㉗六吟半歌仙〔春潮2―林紅4―浪化2―夕兆3―路健3―嵐青3―執筆1〕炉開／八日

㉘四吟六句〔嵐青2―春潮2―浪化1―夕兆1〕十七日／即興／一巻燭寸ニ満略之

㉙六吟六句〔路健―嵐青―春潮―林紅―浪化―夕兆〕廿九日／即席／一折満下略之

㉚八吟半歌仙〔浪化3―路健3―嵐青3―梅素2―林紅2―春潮2―夕兆2―高久1〕十一月六日／路健

亭興行／新宅／一折にして略之
㉛七吟半歌仙〔浪化3—呂風1—春潮4—嵐青1—路健4—林紅3—丹芝1—執筆1〕十一月十五日／第三を其後一折次／一折略之
㉜五吟歌仙〔春潮8—浪化8—嵐青6—呂風8—林紅5—筆1〕霜月廿九日／即興／燭寸
㉝六吟半歌仙〔林紅4—呂風3—夕兆2—嵐青4—浪化3—丹芝2〕極月六日／即興
㉞四吟十句〔浪化3—呂風3—春潮2—林紅2〕十二月十七日
㉟三吟三句〔林紅—嵐青—浪化〕臘月廿二日／寒之名残ヲ題ス／其一
㊱三吟三句〔嵐青—浪化—春潮〕其二
㊲三吟三句〔春潮—林紅—嵐青〕其三
㊳六吟歌仙〔浪化8—嵐青7—去舟6—夕兆7—呂風6—全匙1—筆1〕三秋の名残もけふはかり也と…／九月尽日（補遺）

〔観桜記〕

稿本（浪化自筆）。浪化著。俳諧紀行。巻子本一軸。元禄歳有彊赤旧若三月哉生魄之月…／休々山人書（自跋）。綿屋文庫蔵「浪化集」ノ中ノ一点。『丙子丁丑　風月藻』元禄十年ノ条ニ「三月十六日花の名残も今さらに庄村光教寺前の遅桜見んと例ノ輩催シ出／別記一軸アリ」ト記サレタモノ。

発句

山柴　一　全之　一　林紅　三　路健　一
俊頼卿　歌一　嵐青　二　呂風　一　浪化　七　作者不記　漢詩一

連句

①九吟歌仙〔林紅6—全之1—其継1—嵐青6—浪化6—山紫3—夕兆4—路健4—呂風4—執筆1〕歌僊／半折に

して止む満さるも本意なしと月遣堂ニ打より余興を次ク

〔知足俳諧集〕

写本（蝶羽筆カ）。貞享二年カラ元禄十年マデノ作ヲ収録。下里知足等著。発句・連句集。半紙本一冊。千代倉家蔵。『夷参』1（平成22・8）ニ翻刻。芭蕉ノ鳴海訪問時ノ連句等ヲ多ク収メル。

発句

安宣（安信）　一　寂照（知足モ見ヨ）　一　如風　一　知足（寂照モ見ヨ）寂照庵　七三　桃青（芭蕉）　三
自笑　一　重辰　一　業言　一　蝶羽　一

連句

①九吟二十四句〔芭蕉3—吉親（知足）3—桐葉3—叩端3—業言2—氏雲（自笑）2—如風3—安宣（安信）2—重辰2—寂照（知足）1〕庭興

②三吟六句〔寂照（知足）2—翁（芭蕉）2—越人2〕芭蕉翁もと見給ひし野仁を訪ひ三河の国にうつります…

③三吟六句〔越人2—寂照（知足）2—翁（芭蕉）2〕寂照庵に旅寝して

④四吟四句〔荷兮—翁（芭蕉）—寂照（知足）—野水〕翁を問来て

⑤三吟三句〔桃青（芭蕉）—自笑—寂照（知足）〕貞享四年卯十一月廿日／鍛冶出羽守饗に

⑥七吟歌仙〔桃青（芭蕉）6—業言5—寂照（知足）6—如風4—安宣（安信）6—自笑6—重辰3〕貞享四年卯十一月五日／歌仙／業言亭にて

⑦七吟歌仙〔如風4—桃青（芭蕉）6—安宣（安信）7—重辰6—自笑4—寂照（知足）5—業言4〕同（歌仙／業言亭にて）

⑧七吟歌仙〔芭蕉5—安宣（安信）5—自笑4—寂照（知足）7—業言4—如風7—重辰4〕寝覚は松風の

里呼続は夜明てから笠寺は雪の降日

⑨七吟歌仙〔桃青（芭蕉）1―寂照（知足）4―如風5―重辰4―安宣（安信）5―自笑5―業言4―執筆1―作者不記7〕奉納誹諧之連歌

⑩両吟二句〔ばせを（芭蕉）―重辰〕重辰何がしの宅にて鳴海潟一めに見渡さる、けしきを

⑪三吟六句〔芭蕉2―寂照（知足）2―安信2〕賀新宅

⑫三吟三句〔其角―知足―業言〕十七日　寂照亭

⑬三吟六句〔荷兮2―知足2―業言2〕上野、道しれる人に尋ねきて鳴海のむかし思ひつるころ

⑭三吟歌仙〔知足13―安宣（安信）12―酔素11〕歌仙

⑮両吟歌仙〔知足18―扇河18〕歌仙

⑯四吟歌仙〔酔素12―知足12―安宣（安信）11―扇河1〕歌仙

⑰四吟半歌仙〔知足6―扇河7―如風3―業言2〕半軸

⑱三吟三句〔知足（寂照庵）―酔素―雨亭〕鶏旦

⑲三吟三句〔雨亭―知足―酔素〕同（鶏旦）

⑳三吟三句〔酔素―雨亭―知足〕同（鶏旦）

㉑八吟八句〔知足―業言―如風―自笑―安宣（安信）―酔素―雨亭―榎木〕百韻有　省略

㉒独吟歌仙〔知足〕歌仙　独吟

㉓十四吟歌仙〔知足3―雨亭2―独翁3―榎木3―治由2―近利2―重辰2―如風3―安宣（安信）3―酔素2―業言2―自笑1―昨云3―牛歩4―執筆1〕

㉔三吟三句〔知足―伊之―桐葉〕星崎の善住寺にて

㉕十四吟百韻〔知足9―業言9―如風4―自笑8―安宣（安信）10―酔素4―雨亭8―独翁7―榎木7―治由6―重辰1―近利1―昨云3―扇河6―作者不記16―執筆1〕初懐紙百韻

㉖三吟三句〔知足子―柳水―露吟〕天神の御祠造営ありし祝ひ／百韻有　略之

㉗両吟二句〔重敬―知足〕

㉘両吟二句〔知足―旦柳〕伊藤氏旦柳氏に逢ふて

㉙六吟歌仙〔知足11―治由1―安宣（安信）7―如風8―自笑3―業言5―執筆1〕歌仙

㉚七吟歌仙〔知足9—治由4—雨亭8—自笑4—安信3—芙言2—扇河5—執筆1〕三五夜中新月の隈なきに新稽古の囃七番…

㉛六句〔作者不記〕

㉜両吟二句〔知足—重辰〕重辰会

㉝両吟歌仙〔牛歩—知足〕両吟（途中カラ作者名ヲ欠キ各句数ハ不明）

㉞両吟二句〔知足—蟬木〕蟬木亭に遊ぶ

㉟三吟三句〔知足—鱗光—知足〕国守の御連枝義行公天福寺に遊ふ折から…

〔羽觴集〕

京寺町二条上ル町／ゐつゝや庄兵衛板。元禄十年刊カ。厚東休計編。発句・連句集。半紙本欠一冊（現存ハ最終巻ノミ）。花飛下晨／洛月庵西吟草（跋）。竹冷文庫蔵。跋文中ノ文言ニ「盃集」トアリ、柱題ハ「羽觴」。鬼貫著『仏兄七くるま』デ元禄十年ノ条ニ記サレル『羽觴集』ト判断シタ。

発句

休計　九

連句

①十二吟世吉〔（十万堂）来山5—休計4—万海4—東行1—淳平4—文十4—春林4—幾範1—茂吟4—芝柏4—岸紫4—一礼4—執筆1〕鼠丸堂にて興行／賦何

②十吟歌仙〔（鼠丸堂）休計3—言水4—西吟4—轍士4—志計3—保利4—水推2—底元3—為文4—和海4—執筆1〕洛下堂にて興行

③十一吟歌仙〔信徳4—休計4—西吟3—保利4—晩山3—轍士3—幸佐3—我黒2—定之3—木因4—如泉2—執筆1〕祇園三悦庵にて興行／何

④両吟歌仙〔（京東林軒）定之18—休計18〕両述／夜語〱のよすかに

⑤九吟歌仙〔（落月庵）西吟5—好昌3—酒粕2—春堂5—鷺助5

—蟻道5—休計4—水酉3—露碩4〕伊丹好昌宅にて興行
⑥両吟十二句〔虚風（酒落斎）5—休計6—執筆1〕一日心の、るにまかせて／両述
⑦両吟歌仙〔休計17—定之18—執筆1〕両述／夜語〱のよすかに
⑧両吟半歌仙〔路通（京勧進）8—休計9—執筆1〕鼠丸堂にて暫時の両述
⑨十吟四十二句〔西吟5—休計4—来山5—虚風5—文十4—幾範5—淳平3—風慮4—半隠4—春林2—執筆1〕即座の催し
⑩七吟五十韻〔才麿（椎本）7—休計7—盤水7—伴自6—半隠7—耔郎7—団水7—執筆2〕休計宅にて興行／跋／末座貧大盞

誹諧二番船

書林／秋田屋五良兵衛・井筒屋庄兵衛。『入船』（元禄五～六年頃刊）以後、『三番船』（元禄十一年六月刊）以前ノ刊行デ、便宜的ニコノ年ニ配スル。高田幸佐編。発句・漢句・連句集・漢和作法書。半紙本二冊。北山陰士撕蕨序。綿屋文庫他蔵。漢和・和漢ノ作法ガ記サレル中ノ例句モ集計ニ加エタ。

発句

ア行

以敬（芸州廿日市）　三　漢句一
郁堂（奈良）　四
一覚子（勢州山田村）　三
一松　一
一笑（アタゴ）　一
一石（勢州森本氏）　二
一帆（能州）　一
雲鼓　四
雲之　漢句一
雲丈（和州今井）　漢句五
延安　四
垣也　漢句一

カ行

可島　一　漢句一
我黒　五
寒翁（江州カヤハラ）　一
管月（勢州広島）　二
丸石（勢州鷹野）　三
含粘（奈良）　四
岩水（勢州鷹野）　二
其角（江戸）　一
其諺　二　漢句二
鬼外　一
姫小松（越前府中）　漢句一
亀林（奈良）　一
宜雪　二　漢句一
休計（大坂）　三
暁山　二
旭扇　一
曲柳（和州今井）　漢句一
吟志（江州勝部）　一
吟水（信州飯田）　一
言水　四
己千（貞幸）　二　漢句三
孤舟　一

出身	名	注	数
丹後峰山	孤峰		一
	虎竹	漢句	一
信州飯田	湖山		二
江戸	湖春		一
勢州四日市	湖船		六
勢州四日市	交鷺	漢句	二五
	光覚		七
	光義		二
北伊勢富田町	好永		一
	好春		五
	幸佐	漢句	一七七
江州勝部	幸流		二
信州飯田	紅色		一
勢州四日市	谷水	漢句	三
備前岡山	兀峰		二

サ行

出身	名	注	数
南部田名部十三才	才三郎		二
江州日野	彩霞	漢句	一六
江州彦根	三珍		二
奥村氏	散木		一
江州彦根	残笛		一
羽州野代	子焉		二
江州土山	志計		一
大坂	芝柏		二
	詞葉		一
奈良	而則		四
	似船		一
奈良	時松		四
勢州鷹野	若水		一
奈良	舟鷺		二
	重是	漢句	一
江州土山	重祐		三
江州舟木	俊章		二
	徇如	漢句	一
能州飯田	如蚯		六
	如泉		四
	如竹	漢句	四三
	助夫		二
交野河端氏	昌英	漢句	二
奈良	松霞		四
	松風		一
信州飯田	笑声		一
勢州四日市長田氏	勝屋		三
	常牧		一
	信徳		一
	深谷		一
三州岡崎	睡闇		四
播州姫路	随時	漢句	一
周防岩国	随友		一
江州多賀	随陽		三
芸州広島	井水		四
勢州四日市	正延	漢句	三七
	正友		一
摂州桜塚	西吟		四
朱戸	青楓	漢句	二二
勢州山田村平尾氏	政氏		二
江州蜂屋	清長		一
	清茂		二
大津扇やの瀬	屑計	漢句	一
	雪山		四
勢州四日市	雪洞		七
能州飯田	千秀		四
	川水		一
泉州大津	泉柳		一
	素州	漢句	一
江州大津	素丈	漢句	一
	曽之	漢句	一一
南部田名部佐藤氏	曽白		一
豊後日田	宗之		一
勢州四日市	草也	漢句	三五

タ行

出身	名	注	数
奈良	湛水		一
三州吉田	池船		一
武府	樗雲		一
	丁柳	漢句	五四
能州奥田	珍随		二
	定之	漢句	二六
西山	定仙		一
	定補		一
	貞恕		一
備前岡山	貞直		二
和州今十二才・十三才	貞陳	漢句	二
和州今井	泥貲		一
丹後田辺	鉄鏡	漢句	一
	轍士		四
勢州山田村	吐欠		三
勢州四日市	東樹		七
丹後峰山	東水		三
江州日野	桃水		二
丹後宮津	同楽	漢句	三
奈良	洞蛙		一
奈良	道弘		三

ハ行

出身	名	注	数
	梅湖	漢句	三二
	梅主		四
アタゴ	梅貞		一
丹波シウチ	白糸	漢句	五一
奈良	柏子		一
加州大聖持	半清	漢句	四〇
勢州四日市	半補		二
奈良法隆寺	伴水		三
	晩山		四
丹後宮津	美歌都		四
大坂河合氏	百洲	漢句	七一
河合氏	氷室		二
豊後肥田	氷水		二
能州正院	不安		四
能州板橋	不珍		五

勢州四日市 夫麦　一八
箱根山 風嘯　一
江州土山 風草　一
信州飯田 芬色　二
丹後田辺天野氏 文士　漢句二　六
文扇　四
鞭石　五
方至　漢句二　四
奈良 方水　四

方明子　漢句一
奈良 芳山　八
勢州山田村平尾氏 法実　二
峰昌　漢句一
牧牛　漢句五　四

マ行

霧海　漢句六　九
茂伴　漢句五　四
信州飯田 木端　五

信州飯田 木枕　一
野州稲毛田 木兔　一

ヤ行

江州土山 也風　漢句一
和州今井 野蝶　漢句一
丹後田辺礒田氏 唯心　漢句九　三
森氏 友之　漢句一　六
由章　一
中山氏 有原　漢句二

勇山　一
南部田名部上野氏 幽吟　三
幽香　漢句二　五
信州飯田 幽色　一
豊後日田 幽泉　二
吟幸事 熊掌　漢句七
勢州松坂 余志　一

ラ行

頼貞　漢句一

江戸 嵐雪　一
蘭斎　一
芸州広島 里洞　漢句四
奈良 陸之　三
奈良 流加　一
江州 両端　漢句一　一
両風　一
播州竜野 盧中　漢句一　三

ワ行

和島　一
和州今井（ママ） 口〇　漢句七　五
作者不記　漢句一

連句

①独吟漢和世吉〔幸佐漢21・和23〕俚諺漢和四十四独吟

②八吟和漢世吉〔我黒和6—梅湖漢5—熊掌漢6—幸佐和5—暁山和5—文扇和6—丁柳漢5—己千（貞幸）漢6〕滑稽和漢ヨ、シ八吟

③八吟漢和世吉〔己千（貞幸）漢6—幸佐和5—晩山和6—光寛和5—茂伴漢5—熊掌漢6—如竹漢5—定之和6〕鄙語漢倭四十四八吟

④両吟和漢世吉〔信徳和22—幸佐漢22〕詠譜和漢四十四両吟

⑤両吟和漢世吉〔勢州四日市幸竹堂霧海和22—幸佐漢22〕俳諧倭漢ヨ、シ追加両吟

⑥九吟漢和二十二句〔幸佐漢2・和1—己千（貞幸）和2・漢1—茂伴和1・漢2—梅湖漢1・和1—如竹漢1・和1—丁柳漢1・和1—熊掌和2・漢1—暁山和1・漢1—光寛和1・漢1〕鄙諺漢倭一折仄韻九吟

⑦八吟漢聯十句〔熊掌2―己千（貞幸）2―如竹1―梅湖1―暁山1―丁柳1―光寛1―幸佐1〕狂句五言城一面八吟

⑧三吟漢聯十句〔己千（貞幸）4―熊掌3―幸佐3〕詠聯六字城一表三吟

⑨五吟漢聯十句〔幸佐2―其諺2―己千（貞幸）2―茂伴2―熊掌2〕狂連七言城一面五吟

【監　修】
雲英 末雄（きら すえお）
1940年生まれ。早稲田大学名誉教授。日本近世文学・俳文学。2008年逝去。
〔主な著書〕『元禄京都俳壇研究』（勉誠社、1985）・『俳書の話』（青裳堂書店、1989）・『俳書の世界』（青裳堂書店、1999）

【編　者】
佐藤 勝明（さとう かつあき）
1958年生まれ。和洋女子大学教授。日本近世文学・俳文学。
〔主な著書〕『芭蕉と京都俳壇』（八木書店、2006）・『芭蕉全句集』（共著、角川ソフィア文庫、2010）・『蕪村句集講義』1-3（平凡社東洋文庫、2010-2011）

伊藤 善隆（いとう よしたか）
1969年生まれ。湘北短期大学准教授。日本近世文学・俳文学。
〔主な著書〕『俳諧一枚摺の世界』（共著、早稲田大学、2001）・『西鶴の世界』Ⅰ・Ⅱ（共著、新典社、2001）・『カラー版 芭蕉、蕪村、一茶の世界』（共著、美術出版社、2007）

金子 俊之（かねこ としゆき）
1975年生まれ。早稲田大学文学学術院非常勤講師。日本近世文学・俳文学。
〔主な著書〕『「おくのほそ道」解釈事典』（共著、東京堂出版、2003）・『日本文学研究大成 芭蕉』（共著、国書刊行会、2004）

元禄時代俳人大観（げんろくじだいはいじんたいかん） 第1巻 貞享（じょうきょう）元年～元禄（げんろく）10年

2011年6月15日　初版第一刷発行　　定価（本体12,000円＋税）

監　修　雲 英 末 雄
編　者　佐 藤 勝 明
　　　　伊 藤 善 隆
　　　　金 子 俊 之
発行者　八 木 壮 一
発行所　株式会社　八 木 書 店
〒101-0052 東京都千代田区神田小川町3-8
電話 03-3291-2961（営業）
03-3291-2969（編集）
03-3291-6300（FAX）
E-mail pub@books-yagi.co.jp
Web http://www.books-yagi.co.jp/pub

印　刷　上毛印刷
製　本　牧製本印刷
用　紙　中性紙使用

ISBN978-4-8406-9681-4

©2011 HARUKO KIRA/KATUAKI SATO/YOSHITAKA ITO/TOSHIYUKI KANEKO